劳 伦 斯 典 藏 系 列

虹

（修订版）

The Rainbow

【英】D.H.劳伦斯 著

黑马 石磊 ———— 译

团结出版社

图书在版编目（CIP）数据

　　虹 ／（英）D.H. 劳伦斯著 ； 黑马，石磊译. -- 修订
本. -- 北京 ：团结出版社，2020.3
　　书名原文：The Rainbow
　　ISBN 978-7-5126-7573-5

　　Ⅰ. ①虹… Ⅱ. ①D… ②黑… ③石… Ⅲ. ①长篇小
说－英国－现代 Ⅳ. ①I561.45

中国版本图书馆CIP 数据核字(2019)第 264562 号

出　　版：团结出版社
　　　　　（北京市东城区东皇城根南街 84 号　邮编：100006）
电　　话：（010）65228880　65244790　（出版社）
　　　　　（010）65238766　85113874　65133603（发行部）
　　　　　（010）65133603（邮购）
网　　址：http://www.tjpress.com
E-mail：zb65244790@vip.163.com
　　　　　fx65133603@163.com（发行部邮购）
经　　销：全国新华书店
印　　装：三河市东方印刷有限公司

开　　本：170mm×240mm　　　16 开
印　　张：32.25
字　　数：451 千字
版　　次：2020 年 3 月　　第 1 版
印　　次：2020 年 3 月　　第 1 次印刷

书　　号：978-7-5126-7573-5
定　　价：98.00 元

译者序言 1　时代与《虹》①

D. H. 劳伦斯是 20 世纪最伟大的小说家之一，其地位得到了越来越多的人承认，因为"占据他身心的问题今天仍与我们休戚相关。对我们来说，他逝去后事态的发展并没能减弱他精辟洞察的重要性，也没能削弱他所带来的积极乐观与启迪——教育——的必要性"。②

一个伟大的艺术家，应该反映时代的问题和矛盾，在做一位"时代的社会历史学家"③的同时，对社会问题与矛盾进行"充分艺术的表述"④，通过"典型的描写和富有典型的艺术把具体性和规律性、持久的人性和特定的历史条件、个性和社会的普遍性都结合了起来"。⑤

那么，什么是劳伦斯及其同代人所面临的问题和矛盾呢？他又是怎样对此进行艺术的把握和表述的呢？一个并非是思想家的作家能做到这些吗？

20 世纪初，资本主义大工业飞速发展，资本主义社会由自由资本主义进入帝国主义阶段。各种错综复杂的矛盾激化，最终导致第一次世界大战的爆

---

① 本文最早以译者本名毕冰宾发表在《外国文学研究》1985 年第 4 期上。多年后作者对这篇早期论文进行了修改，保留了原文中的基本观点，全文有大幅度增删。

② F. R. 利维斯：《小说家劳伦斯》，企鹅图书公司，1956 年英文版，第 11 页。

③ 与拉法格的谈话，转引自《卢卡契文学论文集》，中国社会科学出版社，1980 年版，第 292 页。

④ 卢卡契：《〈马克思、恩格斯美学论文集〉引言》，见《卢卡契文学论文集》，第 291 页。

⑤ 同上，第 291 页。

发。机器文明的发展，科学技术水平的日益提高，显示出工业文明非人的、异化的本质，人们由采用科学技术发展到惧怕它，这种技术恐惧症所产生的直接后果就是社会悲观主义的泛滥。人们的心理、道德、价值观等开始发生急剧的变化，人的完整性遭到破坏。

作为伟大的小说家，D. H. 劳伦斯的作品反映了他所处时代的特征，这是可以在他的一系列小说如《儿子与情人》《虹》和《恋爱中的女人》中看得到的。在反映时代特征并对工业文明持批评态度上，劳伦斯与他的同代人卡夫卡、茨威格、T. S. 艾略特相似，但劳伦斯的表达方式是独特的。他并没有写《变形记》这样的表现主义作品，可他的小说中常常接触到《变形记》所表达的异化问题，在手法上也多以诉诸主观感受为主；他没有一部茨威格式的意识流作品，可他的很多小说的主题与后者相似，如反对帝国主义战争、性心理分析等；他并没有创造出《荒原》式的史诗，可他的作品中不乏萧索、沉郁的荒原与废墟式描写。总之，"他的注意力集中在那些削弱甚至使人类萎缩的状况上：自然环境的恶化；将个人沦为机器，附属于机器；由于性欲被窒息或误入歧途引起的精神萎缩。所有这些，在他去世后的年月里变得更坏。肉体健康和审美享受都因这种环境而遭危害。劳动正不断地与个人满足相疏远。过多的精力都用于维持生计，其结果是业余生活被动、无生气，无论是在电视机前还是在公共娱乐场里都是如此。性革命，劳伦斯被公认为是其主要领袖人物，现在它扫除了一切障碍，却产生了一种没有快乐、机械的、轻浮的性自由，而这正是劳伦斯猛烈抨击过的"。[1]

劳伦斯以他"惊人的活力，经常是尖锐、敏感的洞察力，对生活中潜在的美之极度真实、细微的感受及其捍卫真实、反对虚假的激情"[2]进行写作。

---

① 乔治·丁·贝克编：《D. H. 劳伦斯》，弗里德里克·安格尔出版公司，1980 年纽约英文版，第 143 页。

② 《新不列颠百科全书》第十集，英文版第 1219 页。

他运用娴熟、细腻的心理分析手法，鲜明、奇异的象征，将优美的传统笔调与"朦胧于意识边缘"[①]的现代手法有机地结合起来，在他的长、中、短篇小说中展示出一幅幅世纪初英国社会经济、政治、宗教和思想生活的画卷，这些画卷艺术地再现了"工业文明给全民族和个人，给人的心理、教育、价值观、恋爱、家庭等等所打上的烙印、所造成的灾难。同时怀着关切和希望的心情塑造了一些不甘沉沦、奋力求生的年轻一代人物"。[②]

在他优秀的社会批判小说中，《虹》颇为重要。诚然，《虹》是以布朗温一家三代人的恋爱婚姻为主线的，着重写了男女之间的关系、人们的道德观念问题等。我们绝不能因为它没有直接描写重大题材而忽视其重要意义，因为"男女之间的关系是人与人之间的直接的、自然的、必然的关系……根据这种关系就可以判断出人的整个文明程度"。[③]而《虹》所着重反映的又恰恰是一种文明与另一种文明交替的时期、社会处在大变动时期的家庭婚姻关系的转化。从这个意义上来说，利维斯认为《虹》是"对现代文明的研究"[④]是有道理的。

所以，布朗温一家没有拮据之忧。他们辛勤劳作，是因为天性使然，并非是因为缺钱。但他们也不挥霍。他们注意不把钱花得精光。他们本能地连苹果皮也不浪费，而是用果皮来喂牛。他们身边，天地生生不息，这样的涌动怎会休止呢？春天，他们会感到生命活力的冲动，其浪潮不可遏止，年年抛撒出生命的种子，落地生根，长出年轻的生命。他们知道天地的阴阳交汇：大地把阳光收进自己的五脏六腑中，吸饱雨露，又

---

① 赵少伟:《戴·赫·劳伦斯的社会批判三部曲》,《世界文学》1981 年第 2 期。

② 同上。

③ 马克思:《1844 年经济学哲学手稿》,人民出版社 1979 年版,第 72 页。

④ F. R. 利维斯:《小说家劳伦斯》,企鹅图书公司,1956 年英文版,第 120 页。

在秋风中变得赤裸无余，连鸟儿都无处藏身。[①] 他们的相互关系就是这样的：感触着土地的脉搏，精细地把土地犁得又松又软，踩上去就会感到像有某种欲望在拖拽你。而收割庄稼时，土地已变得坚实硬朗了。田野里麦浪翻滚，像绸缎在庄户人腿边波光荡漾。他们捧起母牛的奶子挤奶，那奶子冲撞着人的手掌，奶头上的血脉冲撞着人手的血脉。他们跨上马背，双腿间夹起生命。他们给马套上马车，手握缰绳，随心所欲地勒住暴躁的马儿。

秋天，鹌鹑呼啦啦飞起，鸟群浪花般的飞掠过休闲的土地，白嘴鸦出现在水雾弥漫的灰蒙蒙的天空，"呱呱"叫着入冬。这时男人们坐在屋里的火炉边，女人们里里外外井井有条地张罗着。这些男人的身心都被过去的日子、牛群、土地、草木和天空占据，这会儿往火炉边上一坐，头脑都变迟钝了。过去生机勃勃的日子里所积累下的一切令血液都流得悠缓了。

在《虹》的开篇中，劳伦斯以他深邃的洞察力和敏感的内心体验，以舒缓、隽永的笔触再现了乔治·艾略特和哈代笔下的英国农村风景，可他的风格是独具匠心的——他并没有陶醉在田园牧歌式的诗情画意中，而是通过一个个意象让读者感到那连接人与自然之间强大的内在力量，体验到现代工业侵入到农村前那种人与自然之间有机的和谐关系——恬静的外表下那种"血液的交融"（blood-intimacy）。要知道，这种铺垫对整个故事的发展是起着多么重要的作用：这种 blood-intimacy 象征着人与自然的统一，或者说这两者的浑然一体。在此，人、人性是完整的——这就是劳伦斯理想的最高体现（我们暂且不论这种理想是多么天真）。

---

① 西方有学者将首章的开场视为《圣经·创世记》的笔法。见《创世记》第1—3章，第6—9章。

以后，我们看到大工业所带来的一切：大草场上开凿了大运河，那高耸的运河大坝让这一带的农民感到与世隔绝了，他们像被关在牢里一样感到窒息，偶尔看到大坝顶上掠过些车马、人影，他们觉得自己像井底之蛙看到"天上"的东西一样，煤矿城发展起来了，矿井里喷出刺鼻的硫磺味儿；铁路上跑起了火车，那声音震得他们头皮发麻。这些都宣告着远方的文明打进了布朗温家世代耕作的农村。渐渐地，他们生活中那传统的节奏被打乱了。他们也不得不加入到现代世界里来。二儿子阿尔弗莱德进城当了花边厂的绘图员，讨了老婆，在城里安了家，凭这个身分就可以在家里得宠；大女儿嫁给了一个矿工，生活过得很不安定。以后，他们的后代在城里谋生、上学、当教师。现代社会的一切都渐渐浸入这个社会细胞中来了，当然也包括现代人的问题和矛盾。

《虹》"表面上是一部跨越三代人的家史，实际上是对处在变化和崩溃阶段的社会内部生活的创造性分析"[1]，对残酷的、非人性的、使人与人之间关系扭曲的大工业文明的抗议，比他前几部作品更为强烈。劳伦斯在这部作品中谴责机器文明、谴责大工业对自然的破坏，揭露出在追求金钱和物质利益的动机下，人与人、人与社会关系的异化，人与天地万物的和谐遭到破坏，从而人们都成为精神上的阉人。正是在人的完整性问题上劳伦斯倾注了自己的心血与激情。卢卡契说过："在伟大的艺术中，真正的现实主义和人道主义是不可分地结合在一起的。这种结合的原则就是……对人的完整性的关心。"[2]

劳伦斯正是以现代小说的手法艺术地表述了这个问题。在一部不长的小说中，他跳跃式地写了三代人，在结构上打破了旧的写实小说中来龙去脉、生老病死一字不漏的叙述方法，选取了最有典型意义的片段，组成了这部小型史诗。

---

① F. B. 比宁编：《劳伦斯研究指南》，麦克米兰有限公司，1978 年伦敦英文版，第 148—149 页。

② 卢卡契：《马克思、恩格斯美学论文集引言》，《卢卡契文学论文集》，中国社会科学出版社 1980 年版，第 300 页。

老汤姆·布朗温是旧的宗法制度下农民的典型：敦厚、勤劳，人性中天然的美在他身上得到了充分体现。他和波兰女人丽蒂雅·兰斯基的结合，由不习惯到习惯，终于变得美满起来，过着自给自足、生儿育女的小康日子。老汤姆的猝死，象征着农业英国的结束。在这对夫妻身上，劳伦斯寄托了自己美好、质朴的理想。当然，这种"浪漫主义"的立场——"企图逃避到较原始的社会里去"①的立场对整个历史进程来说是消极的，甚至是"反动"的（卢卡契语）。劳伦斯似乎在现实面前屈服了，他理想中的老汤姆不能再"活"下去了，于是劳伦斯不得不让他淹死。老汤姆之死，象征着农业英国从此也"死"了，现实主义胜利了。

老汤姆的继女安娜与他的侄子威尔的结合，则象征着一种由旧到新的过渡。威尔是个没什么大本事、目光短浅的工厂雇员，他除了对中世纪建筑着迷外，就是耽于床笫之欢。就是这样一个人，最初吸引了安娜。安娜向往着外界事物，像所有布朗温家的女人那样，她也是"向外看"的，而威尔这个城里人对她来说就代表着外面的一切新鲜事物。他们很快就结合了。可婚后安娜感到家庭天地太小，丈夫又要像占有私有财产一样占有她，这让她难以忍受。威尔生活趣味之单调，这与她当初幻想中的丈夫不一样，他那种把女人当成洪水中的方舟的行为让安娜看不上眼，这位受到工业文明吸引的村姑感到了某种幻想的破灭，在精神上她不能跟他共鸣。于是，这对夫妻展开了一场无声的灵魂战，最后以安娜屈服于威尔的男性力量而告结束——肉体战胜了精神，用劳伦斯的一句典型用语说，这是："火热的生命掩盖下的彻底分离、互不相干。"②他们的婚姻不是劳伦斯所主张的灵与肉的统一，因此是个失败。与老汤姆的婚姻相比较，威尔与安娜的婚姻是一种堕落。当老汤姆与波兰女人生活得幸福美

---

① 卢卡契:《〈马克思、恩格斯美学论文集〉引言》,《卢卡契文学论文集》,中国社会科学出版社 1980 年版, 第 283 页。

② 见毕冰宾译《劳伦斯中短篇小说选》, 漓江版, 2012 年, 第 23 页。

满时，小安娜的身心得到了健康发展。父母像一道彩虹，她就在这美丽的虹拱下快乐地成长，不必为父母的不和而担忧。可厄秀拉就不同了，她的父母，安娜与威尔的婚姻是不完整的，父亲的欲望不能从婚后把注意力投入家庭琐事和"做母亲的狂喜"中的安娜那里得到满足，于是他精神变态了。他先是把感情转向女儿厄秀拉，后又外出与陌生女人调情。他为寻找刺激，身背着女儿跳进运河游泳，险些被淹死，后来和女儿玩秋千，因寻刺激而拼命荡高秋千，以致把小厄秀拉吓得半死。厄秀拉由亲近父亲到疏远父亲，母亲又是个唠唠叨叨的家庭妇女，只能让她讨厌。她尝够了和一大堆弟妹生活在一起那种乱哄哄的滋味，可母亲却像上了瘾般的不断生儿育女，一直生到第九个才罢休。生孩子已变成了安娜的一种需要——这正是所谓"性欲误入歧途"的一种表现——一种变态。这种变态完全是由于婚姻的不完整所致。威尔的变态也是如此。可倒霉的却是厄秀拉，她感到孤独，感觉不到人情的温暖。

安娜和威尔婚后生活的悲剧，在某种意义上反映了由于社会经济结构的变化所带来的家庭关系的变化。威尔和安娜成家的年代里，封建宗法制度下的"相互依赖的大家族群体"（the organic community of extended family）① 即小生产的、自然经济形式的农业家庭已趋于瓦解，一个家庭已不再是一个闭关自守的生产单位。家庭失去了其独立的经济作用，生产走向社会化，古老的族群和群落意识开始丧失和瓦解。总之，这时的家庭与老汤姆时期的家庭已大相径庭，一个家庭不再自给自足，它离开社会就难以生存下去。安娜不甘囿于小家庭之中，她要"展开"自己，要社交，这种倾向正是适应时代发展的。而威尔则固守陋俗，一心要保持父辈那样的一家之主的地位，从而他反对安娜社交，因为这意味着对他的权威的威胁。由此可见，安娜和威尔之间的斗争，正是"新"与"旧"的斗争。这场斗争带来的只能是感情上愈来愈深的裂痕，最终导致精

---

① 参见 D. H. 劳伦斯：《〈心理分析与无意识〉导言》（菲利浦·里夫），伦敦，海盗书社，1972 年，第 11 页。

神上的离异。在这种情况下，只有"火热的生命"——床笫之欢、放浪形骸才能使他们产生"激情的交融"，于是他们都"堕落"了。劳伦斯认为，堕落并不意味着犯罪，而意味着失去了人的完整性。安娜和威尔之间没能达到肉与灵的和谐统一，因此是"堕落"。性是美的，淫则是丑的。性与美如同火与火焰、躯体与意识一样不可分。但一旦爱的双方之间肉与灵的和谐遭到破坏，则性变为淫、美变为丑。

　　小说的第二部分写厄秀拉进入社会以后的经历。她在诺丁汉的文法学校毕业后就独立谋生，当了一名小学教师。她想和孩子们亲切相处，用人的感情温暖他们，可是整个教育制度就是要把学生训练成机器人，她对学生的宽容态度招来从校长到教师们的非议，后来她不得不按照校规用藤条惩罚一个学生，可这样做是违背她的良心的。她在学校里感到孤独、怅惘，女教师英格对她好，但那多出于同性恋的动机。一切都使她失望、憎恶。后来她与波兰流亡贵族后代、军官安东·斯克里宾斯基相爱，可安东却是个没有主见、没有是非观念的社会机器：他对现存制度深信不疑，"报国"精神很强。他去非洲参加过殖民主义战争，回来后又迫切希望去印度当统治者。意识到这一切，厄秀拉曾跟他争吵过，反对他这种奴性，可安东是没办法改变的。最后厄秀拉拒绝了安东的求婚，尽管她热烈地爱过他并已和他同居。厄秀拉失败了，但她的追求本身是对大工业文明所带来的一切灾难的抗议。首先，她不愿违背自己的天性，成为一个"无情无义、机械地按照某种强加的制度工作的东西"。[①] 上了诺丁汉大学后，她对学校里教授的陈腐知识感到失望。那些花样翻新的老一套，那些"虚伪的哥特式教堂、虚伪的宁馨、虚伪的拉丁文法、虚伪的法兰西式的庄重、虚伪的乔叟式质朴"[②] 正是教授们津津乐道的学问。这些让她感到了学院

----

① 乔治·丁·贝克编：《D. H. 劳伦斯》，弗里德里克·安格尔出版公司，1980 年纽约英文版第 54—55 页。

② 同上，第 54—55 页。

教育的堕落、无可救药。她曾倾心过的安东恰恰是这种社会的虔诚信徒，一个可怜虫。厄秀拉不甘心沉沦，她还要继续追求下去，实现自己的理想——那个"贱民"们"由爬行到挺立从而获得新生的理想世界"。①

当然在厄秀拉身上也具备了一切小资产阶级的弱点。技术恐慌使她产生了要捣毁机器的卢德派思想；由于仇恨她认为资产阶级民主是虚伪的，但又苦于找不到出路，她甚至觉得血统贵族会比这些"选出来"的贵族好些。过度的悲观厌世使她总是郁郁寡欢，喜怒无常。如果说安东太俗气，而她却又太孤傲。她实际上也面临着易卜生笔下娜拉出走后怎么办的命运。厄秀拉执著地认为：女人的命运不是生孩子，不是做男人的"方舟"，而是做自己的"方舟"。可她并没有自觉地把这个问题放到社会这个整体中去考虑，没有把妇女的解放与整个历史进程联系起来进行思索，如果她能那样，她就不是厄秀拉了，因此她个人的反抗是苍白无力的，除了把希望寄托在一条绚丽的彩虹上以外再也无能为力了。也许劳伦斯在此是无心插柳吧，他的"虹"实际上带有另一种含义——幻想的昙花一现，"路"在虚无缥缈中——这才是真正的劳伦斯，如果他能为厄秀拉找到所谓的光明出路，他也就不是劳伦斯了。作者的局限反倒成就了厄秀拉这个人物的真实。劳伦斯没有试图虚妄地超越自身的局限，反倒保全了《虹》自身的完整性。

劳伦斯不能为他的小说中的主人公找到出路，这是很自然的，这是他的世界观局限所致。那种毁灭机器、由血统贵族来统治国家的思想正说明了他历史视野的狭隘，他不能从根本上认识资本主义制度的经济、社会和历史的必然性。他只看到了其违反人性的一面，但他不懂得"人类只有通过这条路才能为自己最后和真正的解放——社会主义——创造基本的物质条件"②。因此他在反

---

① 赵少伟：《戴·赫·劳伦斯的社会批判三部曲》，《世界文学》1981年第2期。

② 卢卡契：《〈马克思、恩格斯美学论文集〉引言》，《卢卡契文学论文集》，中国社会科学出版社1980年版，第293页。

对资本主义大工业的恶的方面时，也否定了历史发展的必然趋向。但是，如果从创作上讲，他小说里暴露的这些思想说明他的笔是忠实的，它客观地反映了特定环境下人物的特定性格。劳伦斯没有为自己的主人公违背真实去设计一个浪漫主义的结局，他在反映人物的有力方面的同时也把其弱点甚至致命伤都毫无掩饰地袒露出来。毫无疑问，劳伦斯在政治上是保守的，但唯其如此，他的作品才真实地表现了那个时代知识分子的彷徨无奈与懵懂的价值追求，因此其艺术才富有真实的历史意义，正如伊格尔顿所说："在缺乏真正革命艺术的情况下，只有一种像马克思主义一样敌视自由资产阶级社会的萎缩价值的极端保守主义，才能产生出最有意义的文学来。"[①]

　　《虹》即使仅从现实主义的批评角度来看都是一部现实主义力作，虽然它整体的艺术价值更体现为表现主义。如果劳伦斯还活着，也许他会否认这一点，他可能把这部小说的成功归功于"下意识"或"血液意识（blood-consciousness）"，但这又有什么关系呢？《虹》出版后就不仅仅属于劳伦斯，它属于历史、属于人类、属于文学创作规律的胜利，这甚至是不以作者的意志为转移的。连劳伦斯自己在评论美国经典作家作品时都道出了身兼作家和批评家的真知灼见："绝不要相信艺术家，但要相信他笔下的故事。"[②]

　　诚然，劳伦斯的哲学思想是不成熟的，甚至有不少人像指责陀思妥耶夫斯基那样指责劳伦斯是个精神病者，甚至要为他做病理研究。鲁迅先生曾说：陀思妥耶夫斯基即使"是神经病者，也是俄国专制时代的神经病者"[③]。劳伦斯如果是神经病者，他不也是他那个特定时代的病人吗？《虹》被禁止发行是"劳

　　① 特利·伊格尔顿：《马克思主义与文学批评》，人民文学出版社1980年版，第12页。

　　② 参见黑马译《劳伦斯论美国名著》，上海三联出版社2006年版，第3页。

　　③ 鲁迅：《陀思妥耶夫斯基的事》，《且介亭杂文二集》，人民文学出版社1973年版，第163页。

伦斯遭受到的最大的打击……其真正原因是他谴责了战争"[①]。以后他又被无端指责为德国间谍。他后来与妻子出国流浪直至抛尸他乡。对《虹》的迫害加快了他悲观思想的发展，最终导致他成为一个"神秘物质主义者"[②]。实际上他的经历正是那个时代小资产阶级知识分子的典型写照。

黑　马

2014 年 5 月 31 日

---

① 理查德·奥尔丁顿：《前言——致弗里达》，《启示录》（劳伦斯著），马丁·塞克有限公司，1932 年伦敦英文版，第 7 页。

② A. 赫胥黎：《劳伦斯书信集前言》，载《劳伦斯书信集》，海纳曼有限公司，1937 年伦敦英文版。

译者序言 2 血韵诗魂虹作舟 [①]

《虹》，恰似一部长诗或散文诗。整个翻译过程就是不断地吟诵和朗诵的过程。其诗的韵律似乎就是我们血脉跳动的节奏：

> 在这里，薄暮是生命的本质，这为色彩所掩映着的黑暗是一切光明与白昼的萌芽。在这里，天正破晓，最后一缕余晖正在西沉。永恒的黑暗中生命的白昼将会花开花落，重复着平静与永恒隽永的沉寂。
>
> 远离时间，永远超越时光！在东西之间，晨暮之间，教堂矗立着，如同一颗沉寂中的种子。发芽前的黑暗，死后的沉寂。这沉寂的教堂，融生死于一体，载着所有生命的喧嚣与变幻，像一颗硕大无朋的种子，它会绽放出难以想象的辉煌的生命之花。但它自始至终都在沉寂中轮回。在彩虹的衬托下，这装饰着宝物的黑暗教堂，沉寂中弹奏着乐曲，黑暗中闪烁着光芒，死亡中孕育着生命，就像一颗种子里，叶子紧叠着叶子，沉静笼罩着根须，花儿将所有的秘密都珍藏在自己的花蕊中。它挣脱了死亡，投向了生命。它不朽，但它仍会再次拥抱死亡。
>
> 在这座教堂里，"过去"和"未来"交织融汇……在此，破晓即是夕照，始末融为一体……
>
> 没有时间，没有生命，也没有死亡，只有这超越时光的完美。地面上无数的冲动腾起来在空中相交，汇成狂喜的拱顶。这就是一切，一切

---

① 此文为早期《虹》的译者序言，此次有修改和增补。

的一切。

（第七章《大教堂》）

多年后我去了这段文字所倾情赞颂的林肯大教堂，由于四面仍然是田园地势与风光，大教堂依旧巍峨耸立在开阔的田野上，威严肃穆，仍能令我感受到年少的劳伦斯翻过一座丘陵，猛然间与这神圣之物相遇时油然而生的宗教激情。或许那一刻他被神的力量击倒在草场上，对此顶礼膜拜过。

一部四十万字的小说，成章成章，成段成段，尽是这样折磨人的、非人的残酷文字。没有什么形式、没有什么逻辑、没有什么叙述观点、没有什么性格塑造。只有生命的轮回，只有直觉的涌动，只有对创造性的生的欲望。血韵的记录，用诗一样的语言。欲望的诗魂冲腾，交成一道彩虹。

《虹》是用欲望和血韵的诗样文字谱写的布朗温一家三代人的心灵浪漫传奇。

第一代人——一个英国男子和一个波兰寡妇，经过理智和激情、灵与肉的冲突，终于弥合了彼此间的感情鸿沟，找到了各自的爱和欲望的满足。

第二代人——沉迷于肉欲和本能，疯狂而美丽的蜜月之后出现的是心灵的陌生和心理变态，只有过眼烟云般的床笫之欢还能为这对夫妻的生活带来一点儿色彩。

第三代人——经历着更为痛苦的社会动荡与理想破灭的打击，他们试图追求灵与肉的平衡，放荡的美好与精神的独立并行不悖，其中表现出的两性间依恋与搏斗处处显示了人为实现个体生命价值与自身解放所付出的代价。

无论文学评论还是影视改编，似乎人们都更看重第三代厄秀拉。用"文化研究"大师霍加特的话说，这是自简·爱和安娜·渥伦尼卡以来又一个崭新的现代女性，是妇女解放与自主自立的象征。她超越了前两者，是因为她开始带有女权主义者的特征了。她从始至终追求的是一种新的恋爱关系，既不服从，也不是主宰，在性关系上完全遵从自己生命冲动的引领，其性欲的爆发是非理性的。[1]

《虹》是生命的心灵史诗。这样高品位的艺术作品曾因其大胆而一度成为英国的禁书，惨遭公开销毁，理由是"黄过左拉"。其实这是一场政治迫害，原因是劳伦斯在第一次世界大战爆发之际"不识时务"地谴责了战争。一经开禁，则全然裸露其艺术杰作之本色。它是一道艺术之虹。

《圣经》上说，虹是上帝与尘世立约的记号。云岚出虹，说明上苍有心保佑凡尘免遭洪水之灾。[2]虹不就是方舟吗？劳伦斯是过去的诗人与未来的诗人。虹就是他自己。如果说济慈的名字是写在水上，劳伦斯的名字就写在虹上。

《虹》这部巨构令传统词穷。这部貌似"家史传奇"和"发展小说"其实骨子里毫无因果发展逻辑的表现主义作品倒很有古希腊戏剧的宗教狂热和仪典的灵气。人物更是性格冲突的悲剧产物而非环境的牺牲品。这就导向本体，导向黑暗的自我，导向潜意识与直觉、经验。

《虹》是劳伦斯完成《儿子与情人》后新觉悟的起点，从此他义无反顾地走向现代主义。他在 27 岁上收到《儿子与情人》的样书后就对自己的文学引路人加尼特挑战般的宣布："我再也不用那种方式（《儿子与情人》）写作品了。那是我青年时代的结束。"[3] 那种方式在他看来就是"生硬、粗暴，过于情绪化，过多的展示"。[4] 他转而走向对灵的穿透，几易其稿，筑出这部 F. R. 利维斯称之为"戏剧诗"[5]的巨制。他试图展示"宇宙间强大、自然、时而是爆破

---

① Richard Hoggart: *Between Two Worlds*，Aurus Press，2001，p69.

② 见《旧约·创世记》9：12—17。

③ 2002 年剑桥版《劳伦斯书信集》，第 577 封。

④ 同上，第 691 封。

⑤ F. R. 利维斯:《小说家劳伦斯》，企鹅图书公司，1956 年英文版，第 139 页。

性的生命，破坏传统的形式，为的是还事物以本来面目"。[①] 他"试图刺破人物意识的表面，触到下面血的关系，摒弃表面的'人格'，为的是揭示原型的自我"。[②] 他宣称："你别指望在我的小说中寻到人物旧的稳固自我。还有另一个自我，照这个自我行事的人让你无法认得清。"[③] 他要"创造一种新的普通的生命，一种根植于我们内心深处的完整的生命"。[④] 用劳伦斯自己的术语说，这就是"血液意识"的原型。

"把散文变成诗。"表现主义作家艾德希密德这样说。[⑤] 劳伦斯这样做了。他因此而"穷尽了英文的词库"。[⑥] 能穷尽英文词库的人是要为此付出巨大的生命代价的，可能这是他在刚入不惑之年不久即辞世的根源吧。据给他看过病的医生说，劳氏的意志是惊人的，以他的病情他本该早死两年的。看来他在最后两年成了个"活精灵"了，那么他最后完成的《查泰莱夫人的情人》和《启示录》该是非人之作了。

其实他在写完《儿子与情人》后就几乎变成了精灵。君不见，《虹》不就是作者带着十二分的虔诚在谵狂状态下的幻象之作吗？ F. R. 利维斯说它是对现代文明的研究[⑦]、是戏剧诗、是英国历史的记录[⑧]。但它绝非在传统意义上享有这些名分。它是表现主义文学的力作，同时仍然是一部难得的现实主义力作。1980 年代我仅仅从现实主义的角度看待它，写了《时代与〈虹〉》的论文。那之后在层出不穷的现代主义和后现代主义理论观照下，我也开始用新的眼光

---

① 克里斯特弗·海伍德：《D. H. 劳伦斯新研究》，麦克米伦出版公司，1987 年，第 125—126 页。

② 同上。

③ 同上。

④ 同上。

⑤ 孙席珍：《外国文学论集》，福建人民出版社，1983 年，第 235—257 页。

⑥ 查理斯·罗斯：《恋爱中的女人·导言》，企鹅出版社，1989 年，第 43 页。

⑦ F. R. 利维斯：《小说家劳伦斯》，企鹅，1956 年英文版，第 120 页。

⑧ 同上，第 126 页。

研读这部英国小说史上的高峰之作，获益匪浅，但仍希望早期的现实主义研究论文能使读者受到启发，从而关注劳伦斯对现实主义传统的继承和推陈出新，两相结合，对这部里程碑式的作品有更全面的认识。

全部译文曾承蒙中国社会科学院外文所刘若端教授审阅。感谢刘先生的中肯批评。刘先生亲自动笔改正了原译稿中（主要是 1—10 章拙译）不少缺乏提炼的中国北方方言，填补了漏译的句子及注释条目，使译文增色。

本人还要感谢前莫斯科国立列宁师范学院米哈尔斯卡娅教授赠送一部精装俄文注释的英文版《虹》（苏联虹出版社 1985 年出版），使译者在没有英文注释本的情况下得以借俄文注释解决一些典故的出处。不少中文注释直接译自该版俄文注释。到 1990 年代我买到了企鹅 1989 年的注解本，发现是第二版，首版标注是 1986 年版。为此很是后悔：那个时候我们太与世隔绝了，不知道早就有了英文注解本。待我将这个英文注解本与俄文注解比较时，发现两者很接近，就断定是苏联学者比英国人早一年做出了注解本。不久前与英国的劳伦斯专家波普洛斯基通信谈到早年根据俄文注释本翻译《虹》的经历，我向他求证 1985 年前有没有英文注解本，否则就说明苏联的注释本为最早。波普洛斯基客观地告诉我：企鹅 1986 年的本子是 1981 年版本的重印，但没标明 1981 年首版，因为 1981 年的版本是属于企鹅图书馆系列，发行量不大，而 1986 年版是属于 20 世纪经典系列，影响较大。

看来苏联的 1985 版注解本应该是翻译或主要翻译自企鹅 1981 年的注释版本！否则两者不会那么相似。但也说明苏联学界对英语国家的劳伦斯研究还是跟得很紧的。至少比正在开始市场经济，在"双轨制"下几乎无所适从的中国学界要正规得多，他们在英文注释本出来后的第四年就出版了俄文翻译本。而 1985 年的中国外国文学研究界仍对劳伦斯持极其保守的态度，劳伦斯还背着"黄色作家"的罪名。整整一年中只有一篇劳伦斯研究论文出现，就是发表在《外国文学研究》上的拙文《时代与〈虹〉》。

《虹》的注解通过俄文本的翻译首次进入中国，靠的还是我那点基本的俄文知识。还要说明的是，第一个英文注解本是沃森教授做出来的，那时他还仅仅是讲师，十几年后才成为劳伦斯研究的权威。原来我是通过俄文间接翻译了他的注解，多年后才以访问学者的身分旁听他的课程，这样的神交与邂逅在我看来都是传奇。

黑　马

2014 年 5 月 31 日

目　录

第一章　汤姆·布朗温娶了一个波兰女人

一

　　布朗温一家祖祖辈辈都住在玛斯农庄。草场上，埃利沃斯河在桤木林中舒缓流淌，它是达比郡和诺丁汉郡的分界线。两英里外的山上耸立着教堂的塔楼，小乡镇的房屋依山而上。布朗温家的人在田间劳作时，随时抬头都可看见伊开斯顿的教堂，塔楼直耸云天。因此，就在四望平展展的田野时，他们也会感到远处高高矗立着什么东西。

　　布朗温一家人的目光中透着对什么未知物的渴望。那神态表明他们对未来从容自信，料事如神，一派继承人的姿态。

　　这精神饱满的一家人，金发碧眼。言谈慢条斯理、清晰明了，使人能从他们的目光中看出他们从高兴到气愤的变化——蓝色的眼里大笑时闪烁着光芒，一生气那光芒就凝住了。从他们的目光中可以看出天空中天气变化的每一个摇晃不定的阶段。

　　居住在自家肥沃的土地上，又靠近一座兴旺的镇子，他们不记得艰苦度日是怎么回事了。他们从来没富有过，因为家里总在添丁，每添一口，家产就少了。不过，在玛斯，日子总还是富足的。

　　所以，布朗温一家没有拮据之忧。他们辛勤劳作，是因为天性使然，并非是因为缺钱。但他们也不挥霍。他们注意不把钱花得精光。他们本能地连苹果皮也不浪费，而是用果皮来喂牛。他们身边，天地生生不息，这样的涌动怎会休止呢？春天，他们会感到生命活力的冲动，其浪潮不可遏止，年年抛撒出生命的种子，落地生根，长出年轻的生命。他们知道天地的阴阳交汇：大地把阳光收进自己的五脏六腑中，吸饱雨露，又在秋风中变得赤裸无余，连鸟儿都无处藏身。[①] 他们的相互关系就是这样：感触着土地的脉搏，精细地把土地犁得又松又软，踩上去就会感到像有某种欲望在拖拽你。而收割庄稼时，土地已变得坚实硬朗了。田野里麦浪翻滚，像绸缎在庄户人腿边波光荡漾。他们捧起母牛的奶子挤奶，那奶子冲撞着人的手掌，奶头上的血脉冲撞着人手的血脉。他们跨上马背，双腿间夹起生命。他们给马套上马车，手握缰绳，随心所欲地勒住暴躁的马儿。

秋天，鹌鹑呼啦啦飞起，鸟群浪花般地飞掠过休闲的土地，白嘴鸦出现在水雾弥漫的灰蒙蒙的天空，"呱呱"叫着入冬。这时男人们坐在屋里的火炉边，女人们里里外外、井井有条地张罗着。这些男人的身心都被过去的日子、牛群、土地、草木和天空占据，这会儿往火炉边上一坐，头脑都变迟钝了。过去生气勃勃的日子里所积累下的一切令血液都流得悠缓了。

女人们则不同，虽然这种血液交融也使她们沉迷——她们想的是哺乳的牛群和欢跑着的母鸡，还有小鹅，给它们嘴里喂食的时候，它们在你手上颤动。可女人们的目光却离开这热乎乎的、盲目的农家乐去看远处的有声世界了。她们意识到了那个世界的嘴巴和头脑，在说话，在表达着什么。她们听到远方的声音，于是她们便伸直了耳朵去谛听。

对男人们来说，土地呼吸着，让他们耕耘，风把潮湿的麦子吹干，田地里麦穗随风摇曳，这就够了；他们给母牛接生，从粮仓里搜出一只只老鼠，或

---

① 从"天地生生不息"到"无处藏身"，这一段被有些评论家认为是仿《创世记》的笔法，见《创世记》第8章，第22节。其意象令人联想到上帝造物和大洪水后挪亚与其儿子们过着富足的生活，他们如同布朗温家的人，是"继承人"。本书注解多意译自英文原版，但也有部分为译者注，译者所撰的注解条目散落于编译的注解条目之间，加"译者注"字样，如有错误，文责自明。

者一拳头脆生生地砸断野兔子的脊梁骨，他们就心满意足了。在这个家充满了温暖、繁衍、痛苦和死亡，他们对此有切肤之感；他们与土地、天空、牲畜和青青的树木之间有那么深的交情；他们的日子过得既充实又沉重，全部身心被这些占据着，总是面对着热血沸腾的一切。他们凝视着太阳，这传宗接代的源泉，凝视着，无法转移自己的目光。

但女人想的则是另外一种生活，跟这种血液交融没有关系。她的房子背负房屋和田地，面向大路，向着有一座教堂和府邸的村子，向着远处的一个世界。她伫立眺望那个有城市和政权的世界，是男人活动的地方。那儿对她来说是富有魔力的地方，在那儿，神秘的东西都揭开了谜底，人们的欲望得到满足。她遥望着那样一个地方。在那里有创造力的男人们统治着一切，他们不在乎这种血液交融，而是走出去发现远方的事物，以此来扩大视野和自由活动的范围。可是布朗温家的男人们就知道朝家里看，惦念着天地万物丰富的生命创造，这样的生命盲目地流入了他们的血管中。

她必然要在屋前遥望大千世界里男人们的活动，而她的丈夫则回头注视着天空、收成、牲畜和土地。她则睁大眼睛盯着男人们奋斗着冲向外面世界去获得知识，伸直耳朵去谛听这些人获胜时发出的言语。她最大的欲望就寄托在这场斗争上——她听见在那遥远、未知的世界边缘，斗争在展开着。她也想得到知识，也想成为一名斗士。

甚至在离这儿不远的考塞西村，有一位牧师，他操着一口与众不同、魔力十足的语言，其风度也文雅，与众不同。这两样东西她都能领会，但永远也做不到。牧师在她的男亲属们的生活圈子以外活动着。她还不了解自己的那些男亲戚们嘛！那是些精神饱满、行动缓慢、体格健壮、专横十足的人，但他们闲适，依赖土地，缺少向外拓展的能力，活动范围狭窄。与她丈夫相比，这位牧师显得黑干瘦小，可他精明，会做人。相比之下，布朗温虽然敦厚和蔼，却显得呆板、土气。她了解自己的丈夫，可这位牧师的本性却是她远不能看透的。正像布朗温能降伏牛群一样，牧师能降伏她丈夫布朗温。牧师身上到底有什么东西使他超出了芸芸众生，就像人能超出牲畜？她渴望了解这一点，她极力想要做一个牧师那样更为高尚的人，即使自己做不到，也要让自己的孩子们做到。一个比牛矮小、羸弱的人却比牛更强壮，是什么能使一个身体羸弱的男人强壮起来的？是什么？不是金钱，也不是权力和地位，牧师怎么会有降伏汤姆·布朗温的那把力气？！没有。可是一旦剥去他们的外衣，把他们都弃之荒岛，牧师竟会是主宰，他的灵魂主宰另一个人的灵魂。这到底是为什么，为什么呀？她认定这是个有没有知识的问题。

那位副牧师够穷的，也没什么做人的诀窍，可他能跟那些上等人平起平坐。她是看着他的孩子们出世、眼瞅着这些小不点儿在他们母亲身边跑来跑去长大的，可这些孩子跟自家的孩子之间已有了明显的区别。为什么自己的孩子就明显地不如别人家的呢？为什么副牧师家的孩子就比自己的孩子强呢？从一落地就占了优势呢？不是金钱，甚至不是阶层所致，她认定了是教育和经验所致。

这种教育和这种高尚，是这个母亲希望给予自己的孩子们的，从而使他们也能在世间过高尚的生活。她的孩子们，至少她的宠儿们具有与当地其他显要人物平分秋色的本质，绝不能让他们落在人后而默默无闻，在劳动者中混日子。他们凭什么就要默默无闻，让自己的生命窒息？他们为什么不能自由自在地活动呢？他们怎样才能学会进入更加优雅、多姿多彩的生活圈子呢？

一想起雪莱府上的地主婆，她的畅想就像一把火越烧越旺。那地主婆带着她的女儿们到考塞西的教堂来做礼拜，女孩子们披着整洁的貂皮斗篷，戴着精美的小帽子，而那女人自己则像一朵冬日里盛开的玫瑰，嫩生生、鲜亮亮的。看人家打扮得那么漂亮，那么珠光宝气！哈代太太的感受布朗温太太是不会有的。哈代太太的本性怎么就跟考塞西的普通女人不同呢？她哪一点令她们难以企及呢？所有考塞西的女人们都热烈地议论着哈代太太、她的丈夫、她的子女、她的客人、她的衣着、她的用人和她的治家本领。哈代太太成了她们梦想的活样板，这女人的生活像一个奇迹那样激励着她们。女人们极力对她进行猜想，议论她那个酗酒的丈夫、谈论她那几位令人反感的兄弟，以及她的朋友威廉·班特利勋爵——这个选区在下院的议员。通过这种想象和闲言碎语，她们在编造着自己的《奥德赛》，里面有珀涅罗珀和尤利西斯，瑟茜女巫、母猪及那张织不完的网。①

这么说，这个村的妇女们倒也够幸运的了：她们在庄园主哈代的太太身上看到了自己过上好日子的情景了。而玛斯的布朗温太太则更好高骛远，她想要过上哈代太太那种上等女人的好日子。像一位旅行家不动声色地把一个遥远的国度展示给人们看那样，哈代太太把自己的生活展示给了这里的女人们。为什么了解了一个遥远的国家就会使一个人的生命发生改变，比以前更好、更强大了呢？为什么人能远远超过为自己效劳的猪和牛？这道理是一样的。

这部《奥德赛》中的男主角们是牧师和威廉勋爵这些瘦弱、充满渴望、行动古怪的人，他们占据了更宽广的地盘，他们的生活范围更广泛。哦！多么希望了解这些人，了解这些思维能力强健的、了不起的人啊！村里的女人们很可能更喜欢汤姆·布朗温，跟他更容易相处，可是如果她们的生活中没有了牧师和威廉勋爵，支柱就会折断，女人们就会感到心情沉重，无精打采，就会愤愤然。只要人们面前展示着一个遥远的奇迹，那么，不管她们命运如何，她们就能过下去。哈代太太、牧师和威廉勋爵这些人正是生活在那遥远的奇迹中，这些，考塞西的人们是有目共睹的。

二

大约在1840年，玛斯牧场上修起了一条运河，这条河直通埃利沃斯谷地

---

① 珀涅罗珀是奥德修斯忠实的妻子。她为了等奥德修斯回来，假称要织完一张网才能接受求婚者们的爱。她白天织，晚上拆，以此拖延时间。尤利西斯是奥德修斯的拉丁文名。瑟茜是《奥德赛》中的女妖，她可以把人变成猪。

里新开的煤矿。高耸的运河大堤横卧在田野上，大堤在农舍边上穿过，像一座沉重的大桥横跨大路。

就这样，玛斯农场和伊开斯顿城被隔开了。玛斯被圈在谷地里，谷地尽头是一座热闹的小山，山上矗立着考塞西村的教堂塔尖。

大堤占了耕地，布朗温家因此得到一笔数目不小的补偿款。不久，运河另一边又开了一座煤矿，随即中部铁路伸向谷地的伊开斯顿山脚下，外部世界终于打进来了。小镇发展得很快，布朗温一家人整天忙着生产供货，他们几乎成了商人，比以前富多了。

但运河这边安宁的土地上，在阳光灿烂的谷地中，玛斯农田仍然是原始、偏僻的，一溪流水缓缓地淌着，蜿蜒流过高耸的桤木林，道路在白蜡树的掩映下从布朗温家的花园门前经过。

但是从园子门前顺路朝右前方看，透过高架在空中的引水渠下黑魆魆的拱洞，可看到附近那座煤矿绵延开去。再远些，简陋的红砖房一片又一片，伏在山谷里。最远处则是那吐着黑烟的小山城。

布朗温家的农舍没有受到文明世界的影响，这座房屋离路边不远，只有一条园中小径与大路相通，春天里小径旁开满了嫩黄的洋水仙花，绿叶黄花，茂盛得很。门前屋后一丛一丛的丁香、绣球花和女贞，农舍完全掩映在花木丛中。

屋后两三码开外有一片棚子，一直伸展到墙根处。墙根下有一方养鸭的池塘。岸边土路上散落着洁白的羽毛。沾满泥土的零散羽毛飞落在运河堤下的草丛和荆豆丛中。运河堤高高矗立在近处，像堡垒的围墙，偶尔会有个把人的身影从堤上闪过，也有人牵着马走在堤上，就像是从天上穿过一样。

最初，布朗温一家被周围这乱七八糟的东西惊呆了：新筑起的运河穿过他家的土地，令他们在自己家的地盘上成了外人。这座生硬的大堤把他们与世隔绝，令他们不安。他们在田野里劳动时，从远处那熟悉的大堤上传来马达有节奏的轰鸣，最初他们只是感到惊奇，后来这声音变得让人头皮发麻。他们心中回响着火车那令人心惊肉跳的鸣笛声，它欢快地宣布着：远方的世界来了。

从城里赶着车回来时，农民们见到刚从矿井下上来的满身乌黑的矿工成群结队走在路上。他们在地里收庄稼时，西风吹来矿上废料燃烧时发出的淡淡硫磺味儿。他们在十一月份拔萝卜时，空空的货车在铁路上吭当吭当地换轨道，这尖锐的响声在他们心头回荡，告诉他们进行中的这事那事与他们无关，是他们弄不明白的。

这时，阿尔弗莱德·布朗温娶了海诺的一个女人，她父亲的绰号是"黑马"。她苗条、俏丽、皮肤黝黑，说起话来怪腔怪调，像是逗乐儿，所以什么尖刻的话只要让她一说也就不刺耳了。她自己都觉得自己是个怪人，表面上牢骚满腹，其实内心却很淡漠，满不在乎。所以，她无休止地抱怨，提高嗓门儿挑她丈夫的刺儿，对那些跟他来的人高声叫喊，只能使那些挨骂的人感到有趣，在感情上跟她更亲近了，就是他们被激怒、厌烦难耐时也是这样。她没完没了地冲她丈夫大声叫喊着，可当她丈夫克制着露出嗔容时，她又会用平缓、轻飘飘的语调和迷人的姿态哄他，让他感到男子汉的骄傲和得意。

这样一来，布朗温的眼角上就堆起了幽默的笑纹，那是默默、开心的笑。他受到宠爱，像上帝一样。他喜欢拿她的叫骂开心，又用她喜欢的腔调逗她。他完全由着性子来，一旦他被刺痛了，他就会大为光火，恼怒得什么似的，一连几天这样，把她吓得够呛，于是就想尽一切办法来安慰他。这两口子性格迥异，却又难舍难离，就像同根的连理，互不相知却又紧紧相连。

布朗温家有四个儿子和两个女儿。大儿子早年到海上去谋生，一直没有回来。打从这以后，母亲就成了这家的主宰。二儿子阿尔弗莱德是他妈妈的宠儿，却也是最拘谨的一个。他被送到伊开斯顿去上学，学出了点成绩。可是除了绘画课以外，无论他怎么坚持努力，他也只能学个皮毛。在绘画上他有特长，就抱着一线希望学着。他对什么都抱怨，都激烈地反抗，试试这个，换换那个，没完没了。最后他父亲被激怒，母亲也几乎绝望了。再后来，他终于在诺丁汉的一家花边厂里当了制图员。

他是个大块头，有点粗俗，说一口浓重的达比郡话。他一心扑在城里的工作上，设计的图案很美，因此小小地富起来了。画起画来，他能运笔自如，绘出的图案线条粗犷，不拘一格。可他却花去时间和精力干花边设计这样的琐事，在小小的一方纸上不停地计划、算计、琢磨，命运对他可真是残酷。他痛苦、执著地做着这一切，呕心沥血，不管代价有多大他都矢志不移。他在生活上也是个刻板、倔强、沉默、近乎乖戾的人。

他娶了一位药剂师的女儿。这位药剂师自命清高，阿尔弗莱德也因此成了一个固执的势利眼，他对家庭表面上的体面抱有极大热情，一旦有什么让他看着笨拙粗俗，他就会大为恼火。以后，当他的三个孩子都长大了，他也成了一个沉稳的中年人时，他反倒追求起一些陌生女人来，默默地耽于私欢，心安理得地忽视他的中产阶级太太。

三儿子弗兰克，从一开始就拒绝跟一切知识打交道。反倒围着那座屠宰场打转。布朗温家在农场后边的第三座院子里开了个屠宰场，杀猪宰牛，除自家食用外，也卖给近邻。就这样，这座农场也经常有屠宰生意可做。

从小，弗兰克就被路上那从屠宰场里流到草料场的黑血迷住了，他着迷地看着屠夫把一大扇牛排从屠宰场抬到肉棚里去，厚厚的肥油层里露出了牛腰子。

他长得很漂亮，软软的褐色头发，相貌周正，真有点像罗马人的后裔。他易激动，比别人更容易丧失理智，意志薄弱。十八岁上，他娶了一位工厂的年轻女工，这女子面色苍白，不过长得很丰满，人也娴静，但目光里透着精明，声音很迷人。她慢慢地取得了他的宠爱，每年给他生一个孩子，把他哄得溜溜转。他接管了屠宰事业后，反倒对此很冷漠，很看不起这摊子买卖，因此也就不去苦心经营了。他酗酒，人们常看见他在小酒店里吹牛。好像没有他不知道的事，其实他是个喋喋不休的大傻瓜。

至于两个女儿，老大艾丽斯嫁给了一个矿工，在伊开斯顿过了段很不安定的生活，后来就带着一群孩子迁往约克郡去了。小女儿艾菲则一直待字闺中。

最小的儿子汤姆比他的兄长们小得太多，所以常和姐姐们做伴儿，他是母亲的爱子。十二岁上，母亲咬咬牙下决心送他到达比郡的文法学校去读书。他不想去，父亲本来想就此让步，可母亲就是不干。她这裹在长裙子中的娇小身躯成了这家的主心骨儿。不干则已，一旦她铁了心要干什么，全家都得顺着她来。

汤姆不得不去上学。他不愿意上，结果一开始就不争气。他承认母亲命他进学堂是对的，那是因为她不承认他不是念书的料儿。他凭着一个儿童的直觉清醒地预感到会发生什么——他在学堂里会混得很可怜，但他把这种痛苦看成是不可避免的。似乎他对自己的天性感到惭愧，似乎他长歪了，而他母亲怀上他并没错。如果他能长成自己所希望的那样，他就会使他母亲聊以自慰，他多么想像他母亲渴望的那样成为一个聪明能干的绅士啊，这是天下的母亲对儿子的希望。可他早就对母亲说，总不能让草窝里飞出金凤凰来呀，他不是那个料儿。这可真够让母亲伤心懊恼的。

入学后，他与自己的无能斗争过，拼命攻读过。他努力过，全力以赴啃书本，累得脸色苍白。可这都无济于事。他起初还能抑制住自己内心的反感，拼命对付书本，可就是没有起色，怎么也学不进去，他的脑瓜儿根本就不转。

在感觉上他倒是很灵，对周围的气氛很敏感。也许这感觉是粗糙的，但同时很细腻。他看不起自己。因为他知道自己的缺陷。他清楚自己长了一副没用的木头脑袋，没救了，因此他倒很谦卑。

可在情感上他又比大多数男孩子们更有鉴别力，这很令他不可思议。在美感方面，他比他们发达，在直觉上比他们更灵敏。那些孩子们在这方面显得迟钝，这让他感到厌恶，着实看他们不起。可一到动脑筋时，他又成了草包，又轮到别人可怜他了。他太笨，连最简单的问题都说不清，所以他不得不去接受那些他根本就不相信的东西。可就是接受了，还是不清楚自己对此到底信不信。他干脆就认为自己已经相信了算了。

但是，他喜欢别人通过情感的传递给他以启迪。他在文学课上听老师动情地朗读丁尼生的《尤利西斯》或雪莱的《西风颂》时，禁不住流露出激动的神情。他双唇开启，眼睛瞪得发酸，眼里闪着痛苦的光芒。老师继续读着，用自己的力量之火燎灼着这孩子。汤姆·布朗温被这种难以名状的体验所感动，多深刻呀，他几乎有点害怕了。可当他几乎是偷偷地、羞涩地自己打开书本读"啊／狂烈的西风／你是秋之气息"时，书上的铅字变成了一股刺人的反感贯通全身，他的脸涨得红红的。他恨自己无能，心中充满了愤怒。他把书本摔在地上，从书上迈过去，出来走到板球场上。他恨书本，好像那是他的敌人，他比恨任何人都更恨书本。

他不能自我控制注意力，他的头脑乱得没有章法，抓不住什么目标，也没有头绪可理。他什么也弄不清楚，也弄不懂自己是怎么了，就是不知道怎么学习，不知道怎么开始。要让他有目的地去理解、去学习，他就会抓瞎。

数学方面他有点天分，可这门课他也学不好了，他简直变成一个不可救药的白痴了。所以他感到脚底无根，不知所措。他笨就笨在没人提示他就回答不上问题来。要让他写一篇正规的有关军队的作文，他顶多给你重复几件他知道的事实："你十八岁可以参军，个子要超过五英尺八英寸才行。"他认定这是个花招儿，可他太平庸了，对付不了。想到此，他气得脸通红，羞臊难当。他划掉已经写好的字句，搜肠刮肚地设想某种正经八百的文体，想不出来又恼羞成怒，把笔一扔，宁可粉身碎骨，死也不再写一个字。

很快，他就对学校习惯了，同样学校对他也习惯了。在学业上，人们把他当作没指望的大笨蛋，但对他那慷慨诚实的天性大家都表示敬佩。只有一个盛气凌人、小心眼儿的家伙（就是那个拉丁语老师）敢欺负他，把蓝眼睛的汤姆气得要发疯。后来布朗温用石板开了这位老师的脑壳儿，那情景真吓人，不过以后再也没事了。那老师没有得到人们的一点儿同情，可布朗温老实了，他一想起那一招来就不寒而栗，到他长大成人后还心有余悸呢。

他是高高兴兴地离开那所学校的，没什么不愉快的，他和其他孩子们一直混得不错，至少他自己这样认为。一天天忙着干这干那，时间一晃就过去了。不过，他清楚，在这个学知识的地方他是处于他人所不齿的地位的，他一直明白自己无能，没出息。可他太健壮、太乐观了，以至于他从不觉得可怜，可他的灵魂却是那么可怜，几乎不可救药。

他曾喜欢过一个热情、聪明的男孩子，那孩子体质纤弱，是个肺病秧子。这两人亲密得不得了，几乎有点像《圣经》故事中的大卫和约拿单，布朗温扮演了侍候人的约拿单的角色。不过，对于这种不平等，他有所感觉，那孩子比他伶俐，一下就把他比下去了。所以在离开学校后，他们也就从此分手。但布朗温一直思念着他过去的朋友，把他当作心里的一盏灯，回忆着那段美好经历。

汤姆·布朗温高高兴兴地回到农场上，这才恢复他自己的本色。他对十分恼怒的母亲说："我的脑袋是一只萝卜，就让我扎根在土里吧。"他太自卑，可一到干起地里的活儿，他就变得兴致勃勃了。他喜欢干活，喜欢闻这泥土的芳香。他年轻、有活力、有幽默感，会逗乐儿，他有法子能忘记自己的缺点，有时他会一生气就发一通火，但好在平时为人处世还是很和气的。

他十七岁那年，父亲从烟囱上摔下来，折颈而死。那以后母亲带着儿女仍住在农场上。当了屠夫的弗兰克偶尔会来小住一下，他总是高声抱怨，嫉恨满腹，抱怨这个世界亏待了他。弗兰克特别恨小汤姆，说他娇生惯养娘儿们气。汤姆则涨红了脸怒目而视。艾菲向着汤姆，可一当阿尔弗莱德从诺丁汉回来时，艾菲和母亲就会站到他一边说话而把汤姆给冷落了。阿尔弗莱德耷拉着脸，少言寡语的，他看不起家里的人。这使得汤姆很气不忿儿：他凭什么在女人们眼里成了个英雄？还不是因为他在外头做事当花边设计师，有那么点绅士派头？不过话又说回来了，阿尔弗莱德确实有些像被缚的普罗米修斯，所以女人们爱他。汤姆以后才理解他的哥哥。

汤姆是家里最小的儿子，管理农场的责任就落在他肩上了，他感到很了不起。他只有十八岁，但他能像父亲那样办事了，当然，他母亲仍然是这家的主宰。

这孩子长得苗壮、机敏，对生活充满渴望。他能干活，能骑马，常赶车去集市，结伴出游，有时会喝得大醉。他还玩九柱戏，去看串乡剧团的演出。有一次他在酒馆里喝醉了，竟被一个妓女勾引到酒馆的楼上去了，那时他才十九岁。

这事可把他吓坏了。在人与人亲密相处的农家村舍里，女人是占有重要地位的。男人们在家敬重女人，在所有的家务事、品德和举止问题上都听女人的。女人是未来生活中宗教、爱情和道德生活的象征。男人们把自己的良心托给女人，对她们说："我的良心握在你手中，做我门口的天使吧，看管我出出进进。"① 女人们没有辜负男人们的信任，男人们百分之百地信任家中的女人们。听到她们的赞赏或斥责，男人们或许会兴高采烈、会气恼、会反感也会发脾气，但他们的心一刻也没有真正逃出女人的约束，因为他们要靠女人过安逸的生活，没有女人他们就会感到自己像风中的稻草，飘零散落，而女人则是他们的避风港和保险箱，是上帝约束男人的手，但有时也真可憎。

十九岁的汤姆像一棵小树一样生机勃勃，一直没有离开过自己的母亲和姐姐们，可现在他正和一个妓女在小酒馆里厮混在一起，他惊呆了。在那之前，他只知道一种女人，那就是母亲和姐姐们那样的女人。

现在该怎么办呢？他不知道这是一种什么滋味儿。他感到好奇、气恼、又有点失望，头一次感到如鲠在喉、噤若寒蝉。难道这必然要发生吗？难道他和女人的关系将会是这么不值钱？在这个妓女面前，他感到有点羞涩，他怕她蔑视他不太行；他讨厌她又怕她。想到说不定会惹一身病时，他简直快吓酥了。但常识告诉他，只要他自己没病，问题就不大——这足以平息他那纷乱的思绪，使他恢复了平衡。事实证明这真没什么大不了的。

---

① 参见 Coventry Patmore（1823—1896）之诗集《家中天使》。这个书名在维多利亚时期成为赞美女性美德的成语。

这事给他震动不小，他怀疑自己了，对自己的内心感到害怕了。可几天后他又过起他那无忧无虑的生活了。他蓝蓝的眼睛还是那么清澈，眼神还是那么诚实，脸色依然是那么容光焕发，胃口还是那么大。

或许这只是表面现象，事实上他已失去激情和自信，疑虑影响了他的外表和举止。

打这以后的一段时间里，他变得沉默多了。他注意不让自己喝醉，跟朋友们来往也少了。头一次与女人的肉体接触就让他失望了。还有他生来就要在女人身上发现那种不可名状的、强烈的宗教冲动，这种与生俱来的欲望加深了他的失望情绪，束缚了他。他恐怕自己会失去什么，失去什么呢？有没有他都不清楚，还谈什么失去？这第一次倒不算什么，但在他的内心深处，爱情成了最严肃也是最可怕的事了。

他受着情欲的煎熬，总想那些肉欲的场景。其实真正阻碍他回到轻佻女人怀抱的，最主要的倒不是他天性的拘谨，而是他觉得上次太没劲了。那算什么，就那么两下子就完了，他都不好意思再来一次。

他竭力不丧失自己那快乐的天性。他本来精力充沛、幽默、豪放而洒脱，现在他感到很紧张。于是目光暗淡，双眉紧蹙起来。他狂热不起来，幽默不起来，变深沉了。日子就这样一天天在心绪不宁中过去了。

他也说不清自己到底与原先有何不同，反正他常感到一种愤怒和怨恨。他知道，他总是在想女人或某一个女人，一天天老这样，这令他怒不可遏。他无法解脱，为此惭愧。他有一两个意中人，开始交际时也希望快些发展关系，可一旦有了一个漂亮小姐时，他又觉得不能急，只要有女孩子在他身边，就不能那样。他不能想象她一丝不挂的样子，那像什么？人家是黄花闺女。他爱她，一想到脱掉她的衣服他就胆寒。他知道，对她来说，赤裸裸的他是不存在的，对他来说也是一样。话又说回来了，要是他和一个水性杨花的女人发生关系，她要是总冒犯他的话，他简直不知道是尽快离开她呢，还是欲火焚身时占有她以满足自己。于是，他又得到了一个教训：如果占有她，他又会感到不满足，他瞧不起这个。他既不是看不起自己也不是蔑视这女子，他是蔑视这种经历所带来的整个后果，他讨厌这个，痛恨这个。

他二十三岁时，母亲去世了，家里只剩下他和艾菲了。母亲的去世对他又是一个难以名状的打击。他不明白，怎么也不明白。一个人就得在出其不意的打击面前认命。每每抚摸一下这打击留下的伤痕，他都会感到疼痛，他真怕这跟他作对的玩意儿。他是深爱自己的母亲的。

从这以后，他跟艾菲吵得很厉害。他俩相依为命，可关系又出奇的紧张，紧张得有点不自然。他尽量躲出去，躲到考塞西的红狮酒馆里去，那里有个角落专门属于他，他是那里炉边的常客。这个小伙子年轻漂亮，四肢粗壮，总仰着头，沉静地坐着。不过他机敏，爱听人讲话，对熟人也挺热情地打招呼，可就是羞见生客。他挑逗所有的女人，女人们可喜欢他啦。他也倾心听男人们谈话，挺有礼貌。

喝了酒，酒劲儿就上脸，蓝蓝的眸子里显出羞涩不安和惊恐。他东摇西晃地回到家，姐姐恨他，就臭骂他一顿，一挨骂他就会像一头公牛那样丧失理智。

他又一次交上了一个妓女。那是降灵节期间，他和两个年轻伙伴骑马出游，先到了麦特洛克，然后准备去贝克威尔。那时的麦特洛克刚成为一处有名的风景区，人们从曼彻斯特或斯塔福特郡的各个城市来这里游览。这几个小伙子在客栈里用午餐时碰上两个姑娘，马上他们就热乎起来了。

挑逗布朗温的那位姑娘有二十四岁，身段很美，也很轻率，她已经被把她带出来的那个男人冷落一个下午了。她见到布朗温，就像所有的女人一样喜欢上他了，这是因为他热情、慷慨，又有点儿内秀。不过她看得出来，他这人非得挑逗不可。既然她让人挑逗了、要了而又没有得到满足，那她就什么都干得出来。她觉得他这个人很容易摆弄，她可以借此机会找回面子。

她胸部很美，乌发碧眼，总是咯咯地笑，满面春风。她还习惯一笑就袖手掩面，那姿态既自然又招人爱。

布朗温很好奇，既想跟她逗又止步不前。他动情了，可对自己又没有把握，不敢太造次，怕让她撅回来，虽然心里火烧火燎的，可他那种天生的对女人的敬重又约束着他，使他放不开胆子。他总感到这种态度荒唐透顶，慌乱得满脸通红。她呢，见到他这种举棋不定的样子，变得更胆大妄为了。她见他动情了，觉得很开心。

"你什么时候回去？"她问。

"没准儿。"

话茬儿就这么断了。

布朗温的伙伴们准备上路了。

"汤姆，"他们叫道，"走不走啊？"

"哦，就来。"他答应了一声，很不情愿地站了起来。他感到失望、窝囊。

他看看姑娘，碰到了她眼中奚落的目光，心里不禁打起颤来。

"来瞧一瞧我的马好么？"他真诚和蔼地对她说，心里却激动得什么似的。

"哦，好啊。"她说着站起身来。

她跟在他身后出了屋子。她发现他是个溜肩膀的人，还打着裹腿呢。其他的年轻人把自己的马牵出了马厩。

"你会骑马吗？"布朗温问她。

"我愿意试一下，嗯，看看行不行，不过我从来没试过。"

"来吧，试试吧。"

他红着脸把她抱上马背，她咯咯笑着上了马鞍。

"我会滑下去的，这不是女人用的马鞍子。"

"抓紧吧，你！"他说着就把她带出了客栈大门口。

姑娘在马背上坐得很不稳当，手抓得很紧。他用一只手扶住她的腰，稳住她。他紧紧抱住了她，这跟拥抱没什么两样。大步走在她身边他激动得不行。

马儿沿着河边行走着。

他对她说:"你得叉开腿才行呢。"

"我知道,这就叉开。"

那时候时兴穿很宽大的裙子。她撩起裙子,分开双腿,动作挺得体,很注意掩盖露出来的秀腿。

"这样就好多了。"她俯视着他说。

"敢情是。"他附和着说。一碰到她的目光,他就觉得骨头发酥。"真不懂干吗要有马鞍子,让一个女人叉开双腿骑马。"

布朗温的伙伴们在路那边叫道:"要不我们就走了啊,你好像长在那儿了。"

他气得脸都红了。

"哎呀,别急呀!"他回头喊道。

"你还要待到什么时候?"

"反正不会过了圣诞节。"他答道。

这姑娘笑了,笑声很清脆。

"好吧,好吧,回头见!"朋友们说。

他们骑马走了,留下了他。他很不好意思,很想跟这姑娘正经起来。不一会儿他就回到了客栈,把马交给店里的看马人就和姑娘一起进了小树林,连他自己都不知道东南西北了。他的心猛烈地跳动着。这可是一桩了不起的冒险啊,他想这姑娘都想疯了。

那以后,他痛快极了,这次可不同寻常。他跟她厮混了一下午,还想跟她过夜,可她却告诉他这不行。她的男人晚上会回来的,她得跟她男人在一起。而他布朗温绝不能泄露他俩在一起待过的事。

说着,她给了他一个狎昵的微笑,让他又惶惑又宽慰。

虽然他答应不再打扰这姑娘,可他就是舍不得走,他在客栈里住了一夜。晚餐时,他见到了那个家伙,一个铁灰色头发的小个子中年人,那张脸长得很奇特,像张猴儿脸,可又挺逗人的,甚至可以说挺好看。布朗温猜他大概是个外国人。跟他一起的是一位英国人，那人无聊极了。他们四人，两男两女，围桌而坐。布朗温目不转睛地盯着他们。

他看得出来，那个外国佬对这两个女人照顾得很周到，但他的神态中却透着蔑视，好像她们是好玩的动物。和布朗温待过的那个女子想摆出一副贵妇人的架势，可她的言谈又不像。她是想赢回自己的男人。甜点上来了，小个子外国人在座位上转过身来，平静地扫视了一下全屋，有点旁若无人的样子。布朗温好奇地瞧着这张冰冷、透着动物的机智的脸：棕色的眼睛圆溜溜的，连瞳孔都是棕色的，好像一双猴子的眼在悄悄地盯着别人，不用看你他就能感觉到你在想什么。他的目光落在布朗温身上。布朗温好奇地看着那张老气横秋的脸转向自己。那人看了看他，似乎觉得他根本不值得一看。那滴溜溜圆、敏锐而淡漠的眼睛上双眉高高挑起，额头上聚起一些浅皱纹，像猴子一样。那张脸很苍老，但又让你说不准他有多大年纪。

这男人一直表现出一副正人君子和贵族的样子。布朗温看着他，被他强烈地吸引住了。而那女子却不安地捵着桌布上的面包屑，又羞又恼。

布朗温坐在大厅里一动不动，怅惘、无聊。那矮个儿陌生人走上前来，面带微笑，举止优雅地请他吸烟。

"请吸烟。"

布朗温从来没吸过烟，可还是接过来了，粗大的手指笨拙地摆弄着烟卷儿，脸一下子红到了耳根上。他那双火热的蓝眼睛与外国人那双嘲讽般的垂着眼皮的双目相遇了。外国人在他身边坐下，与他攀谈起来，主要是谈论马。

布朗温喜欢这个人，人家风度翩翩，举止文雅，老练矜持，像猴子一样自信。他们聊着马匹和达比郡，谈着农事。外国人对他的确很热情，布朗温很是有点兴高采烈，结识了这位古怪干瘦的中年人，布朗温欣喜若狂。谈话本身很愉快自不必说，最重要的是这人风度文雅，谈得来。

他们交谈了许久。每当人家听不懂布朗温的土话时，他就会像个大姑娘那样羞得满脸通红。他们握手告别时互道晚安。然后外国人鞠了一躬，他又重复了一遍"晚安"，并且用法语说：

"Bon voyage."（一路平安）

然后他转身上了楼。

布朗温上楼进了自己的房间。躺在床上，凝视着窗外的夏夜繁星，思绪万千。这都是怎么回事啊？还有一种他根本闻所未闻的生活，那是什么样的生活呢？他接触到的这些都是什么呢？这种新鲜事会让他怎么样？这一切都意味着什么？他了解的或不了解的，里里外外，哪里才有生活呢？

他睡着了。一大早趁别人还在酣梦中他就骑马走了，他不愿意再见到他们。

他兴奋得浮想联翩，想着那女子和那外国人，他们的名字他都不知道。可他们却点燃了他心中的一团火，要把他烧得体无完肤。与这两人的相识，相比之下，跟外国人的结识更有意义。至于那姑娘，他还惦记着呢。

但他说不准。他得让这感受先放一放，他还来不及去总结一下。

这些交往弄得他整天沉浸在回忆中，梦想那风骚的女子和那矮小、干瘦、有着古老民族血统的外国佬儿。只要他一有闲心，只要他不和伙伴们在一起，他就会畅想在麦特洛克与那位外国人的接触，那人脾气好，举止典雅。而在他的密切关系中，还有一位风骚女人，令他心满意足。

他沉醉在自己的梦幻中，似乎那梦变成了现实。他走起路来高视阔步，目光炯炯，一副达官贵人的雍容文雅；同时，他又怀念那女子，被这种怀念之情煎熬得痛不欲生。

渐渐地，他那明亮的目光变得暗淡了，千篇一律、冷冰冰的生活开始了，他讨厌这个。难道他是让幻想欺骗了？他被这恶劣的现实束缚得难受，像头倔强的公牛站在牛栏口，拒绝进入他熟悉的生活圈子。

为了保住自己的激情，他的酒越喝越多。可越是这样，激情就减退得越快，他咬住牙，绝不屈服于平庸。这样反倒使他的激情消失得无影无踪了。

他想结婚，安居乐业，摆脱这种窘境。可怎么办呢？他说什么也迈不开这一步。他曾见过一只小动物被粘鸟的胶粘住了，这一幕对他来说像噩梦一样可怕。他真恨自己这窝囊样儿。

他想抓住什么，以此来解脱自己。可他没有谁可依靠。他一个心眼儿地要在这些年轻女人中找一个来做老婆，可没有一个让他中意的。他懂了，要想生活在像那个外国人一样的人群中，这种想法是荒谬可笑的。

但他梦想这样，而且对此坚信不疑，绝不屈从考塞西和伊开斯顿的现状。他执拗地坐在红狮酒馆的角落里，吸着烟苦思冥想，不时地他会举起酒杯来，可是他一言也不发，因为他觉得全世界都酷似一个打着呵欠的农夫。

一阵狂怒之下，他真想离开——马上离开。他想去国外，可他又跟外国没有联系。再说，他的根是深深扎在玛斯的土地里的，这条根把他与他的房子和土地连在一起了。

后来，艾菲嫁人了，家里只剩下他和蒂丽，这个斗鸡眼儿女仆跟他们家生活十五年了。他感到没指望了，他以前一直固执地与平庸的幻觉相对抗，不让它吞没自己，现在他不得不采取行动了。

他本来是戒酒的，他敏感冲动，因此不敢多喝，喝多了就会恶心。

可是，在他干生气没办法的时候，他下了最大的决心，摆出开怀畅饮的架势要把自己灌醉。他自言自语道："妈的，你说什么也要有条出路——不能这么窝囊——如果你还长着腿就无论如何也要站起来。"

于是他起身来到伊开斯顿，相当笨拙地混在一群小伙子中间。他跟他们对饮，发现自己很能应付一气，他认为这屋里的每一个人都完全符合自己的心意，什么都是美妙的、无可挑剔的。当有人惊呼，说他的衣服口袋着火了，他那张涨红了的快乐的脸上露出来一丝笑意，结结巴巴地说："没，没，没什，什么，让，让它着，着吧。"他高兴地大笑起来，想到别人竟会认为口袋着火是不合理的事，他又会生气：这本来是最令人高兴、最自然的事嘛，这有什么嘛！

他一路走回家，一路上一会儿自言自语，一会儿对着月亮说话。月挂高空，洒下一片银光，地上一摊摊小水洼儿都亮晶晶的。他犹犹豫豫不知该不该在水洼儿里下脚，他觉得这可真见鬼！他冲着月亮大笑，对月亮说这真叫棒！

早晨醒来细细回想，他有生以来第一次感到真正烦躁难忍，脾气坏极了。他冲着蒂丽狂吼大叫了一通，过后又觉得耻辱，于是就一个人独自出来。望着灰蒙蒙的田野和黄土路，他寻思着怎么才能摆脱这种难忍的恶心和反感，这都是昨天欢醉良宵的报应。

他想起白兰地就反胃，他固执地牵着他的小猎狗在田野上走过，看什么什么都不顺眼。

第二天晚上他又来到红狮酒馆的老地方，这回显得有节制、体面了。他坐在那里，执著地等待着将要发生的一切。

他到底相信还是不相信自己是考塞西和伊开斯顿的人呢？反正这儿没一样东西让他喜欢，可他能摆脱这一切吗？他自己具备摆脱这一切的条件吗？难道他是个低能的婴儿，不够大丈夫气，不能像那些年轻人一样开怀痛饮，不费吹灰之力就嫖一气以满足自己？

他固执地想了一阵，感到憋得难受。一股热浪在他心房上冲击着，他的手腕发胀，发抖，脑海中浮现出情欲的场景，似乎眼睛都是血红血红的。他跟自己斗争着想让自己保持常态。他并没有追逐任何女人，只是装作正常。等着吧，会有那么一刻，他要么采取行动，要么死心算了。

然后他特意来到伊开斯顿，悄没声儿地，既心怀叵测又垂头丧气。他要把自己灌醉，大口大口地喝着白兰地，直到脸色苍白、眼睛冒火。可他还是不能得到解脱。他醉醺醺地上床，凌晨四点醒来再接着喝，他说什么也要得到解脱。渐渐地，他情绪上有所缓和，感到很舒服了。他的紧张感放松了，不再沉默，开始喋喋不休地胡扯。他再也不与这个世界做对了，因为他高兴，他与所有的人都血肉相连了。连灌三天白兰地，他血液中全部的青春都烧光了，他终于跟这个世界成为血肉相连的一体了。这是青春和欲望的结束。他淹没自己的个性以此来获得满足，这一个性要靠他的成年时期来维持与发展。

打那以后他就开始酗酒，有三四天不停地喝白兰地，整日都醉醺醺的，他才不在乎呢，他心中燃烧着深刻的厌恶，他敌视女人，理都不理她们。

他二十八了，这个漂亮的小伙子四肢粗壮，体魄强健，满面红光，一对蓝眼睛直视前方。这天，他从诺丁汉运一车种子回来，过了考塞西，就准备大喝一通了。他一直盯着前方，却心不在焉，望着眼前的一切，却又什么也没看见。这是年初的时候。

他慢慢地牵着马前行，越往下走路越陡，马车上的货物就发出咣当声。大路曲曲弯弯，在河岸和篱笆墙下前行，走几步就得拐一个弯。

慢慢地走到下坡最陡处时，马开始尥蹶子。他看到一个女人走了过来，不过这时他一心想的只是他的马。

然后他才扭脸看这女人。她穿着一身黑衣，长长的黑斗篷裹着娇小轻盈的身体，她还戴了顶黑色女帽。她疾步前行，头倾向前，一副旁若无人的样子。就是她这古怪的聚精会神、行色匆匆的样子引起了他的注意，她似乎觉得谁也看不到她。

她听到了马车的声音，抬起了头。她脸色苍白，轮廓分明。她的眉毛又浓又重，宽宽的嘴巴很奇特地抿着。似乎是借着空中闪过的一道光，他把她的脸看了个清楚，他看得太清楚了，一下子不再独自想心事，不知如何是好了。

"是她呀！"他有点情不自禁地嘟囔一声。马车溅着泥点子经过她身边，她往回退着靠向河堤。在他牵着尥蹶子的马走过她身边时，两对目光相遇了。他赶紧向别处看去，仰起头来，高兴得浑身发痛，忘乎所以了。

最后一刻他转过身，看到了那顶女帽、她着黑斗篷的身影和她走路的姿态。随之她的身影在拐弯处消失了。

她从他身边走过去了，他似乎感到他又漫步在一个遥远的世界里，不是考塞西，而是另一个遥远的世界，一个娇弱的地方。他默默地走着，心里很不安，心中充满了渴望。他不想什么，也不说什么，连吭都不吭一声，连个手势都不打，只是一个劲儿地往前走。他简直不敢去想她的面庞。他思念着她，他的思绪在那个渺茫的世界里畅游着。

想到他们相互行了注目礼，他就要发疯，感到被折磨得难受。他不清楚，他凭什么要这么想。这种疑虑真像个无边的空间，浩渺虚无。他一直坚信，他们互相认识了。

一连几天他就带着这样的念头晃来晃去，然后这念头就让这普通而贫瘠的世界打破了。他对人对兽都很和蔼，可他害怕失望带来的空虚又会降临。

几天后的一次，他吃过晚饭背对着火炉站着时，他发现那女人走了过去，他想看看她到底认识不认识自己，对他有没有感觉。他想让人说他们之间有某种关系。他焦躁地看着她顺着大路走远了。他招呼蒂丽道：

"那是谁？"

蒂丽长着一对斗鸡眼儿，四十来岁了，她爱慕布朗温，一听他叫就高高兴兴地跑到窗前来观望。无论他叫她做什么她都高兴。她从窄窄的窗户探出头去，她头一晃，头上的小发髻就一撅一撅的，很好笑。

"嗨，你问她呀，"她抬起头，那双机灵的褐色斗鸡眼儿凝视着他说："你还不知道她嘛，她不就住教区牧师家吗？你知道的。"

他叫道："我怎么知道？！你这个娘儿们。"

蒂丽脸一红，缩一下脖子盯了他一眼，那眯缝的眼中目光尖锐，几乎满是嗔怪。

"你怎么不知道，她是新来的管家。"

"噢，怎么会是管家呢？"

"嗬，是又怎么啦？"蒂丽气恼地回敬道。

"她是个女人，对吗？不管她是不是管家。除了是管家，我更想知道点别的什么。她叫什么，她有名字吗？"

"有吧。反正我是不知道。"蒂丽又回敬一句。她让这个刚长成大人的孩子纠缠得不耐烦了。

"她姓甚名谁？"这回他口气温和多了。

"我真的说不上。"蒂丽很有尊严地回了一句。

"你难道就知道这，说她是教区牧师住宅的女管家？"

"我听人提过她的名字。可我怎么也记不住。"

"你这脑壳上打筛子眼儿了吧，就会胡说八道，长脑袋干什么用的？"

"别人的脑壳干什么用，我的也干什么用呗。"蒂丽又回了一句，她可爱听他骂了。

一阵沉寂。

"我就不相信谁都能老记着这个。"女仆又试探着说了一句。

"什么？"

"她的名字呗。"

"为什么？"

"她是从外国哪个地方来的。"

"谁说的？"

"我就知道这些，她就是外国人。"

"你觉得她是从哪儿来的？"

"不知道。人家都说是从波兰。我可不知道啊。"蒂丽说完了又赶紧补充一句，生怕他又骂她一顿。

"你凭什么说她是从波兰来的？你听谁这么胡说！"

"人家都这么说——不是我，我不知道。"

"谁这么说？"

"班特利太太说她从波兰来，要不就是个波兰人哩。"

蒂丽知道她被缠得越来越不能解脱了。

"谁说她是波兰人？"

"大伙儿都这么说。"

"那她究竟为什么要到这里来呀？"

"我说不上，她还带着个女儿。"

“她有个女儿？”

“有三四岁了，脑袋像个毛毛球儿。”

“黑的？”

“金黄的，金黄色，像个毛毛球儿。”

“她有父亲吗？”

“说不上，我不知道。”

“她怎么到这儿来的？”

“说不上，反正牧师雇用了她。”

“这孩子是她的吗？”

“我想是吧——人家都这么说。”

“谁跟你讲起她的？”

“是利兹，哦，礼拜一我们见到她打这儿过时，利兹告诉我的。”

“不管什么人经过这儿，你们都会嚼舌根的。”

布朗温伫立着沉思起来，那天晚上他又去考塞西的红狮酒馆了，多半是想多打听点儿消息。

他猜她是位波兰医生的遗孀，她丈夫流亡伦敦，死在了那里。她说话带点外国腔，不过还容易听懂。她的小女孩叫安娜；这女子姓兰斯基，那就是兰斯基太太。

布朗温感到不真实的事情到底弄清楚了。他也莫名其妙地认定这女子命定是他的人了。她是个外国人，这让布朗温特别满意。

他觉得世界一下子发生了迅速的变化，似乎在新的创造中他获得了真正的生命。在这之前什么都是僵硬、虚假和空虚的，几乎等于零。而现在，一切都是真的了，他可以驾驭这一切。

他不敢去想这女人，他怕，但他总感到她离自己不远，跟他融为一体了。可他又不敢去结识她，甚至不敢有单相思。

一天，他在路上碰到了她和她的小女儿。这孩子的脸蛋儿像一朵含苞欲放的花蕾，头发金黄发亮，就像鸡冠花一样毛茸茸的，火一样燃烧着。她的两眼很黑。当布朗温看着这女人时，小女孩立即醋劲大发，紧紧偎向母亲，黑眼睛里射出厌恶的目光。母亲则淡淡地扫了他一眼，就这淡淡的一瞟，就让他心神不宁。她生着一双灰褐色的大眼睛，瞳孔乌黑，目光深邃。他感到浑身火烧火燎，好像每根血管都在燃烧。他就那么懵里懵懂地就走开了。

他知道，命运向他走来了，世界在变。他不动声色：该来的总会来。

他姐姐艾菲到玛斯来住了一个星期，他陪她到教堂去了一次。教堂很小，只有十二条板凳，他坐得离那外国女人不远。她很是娴雅，那坐姿，那仰着头的姿势，都令人心动。她来自远方，是个陌生人。可他觉得她又是那么亲近，离他的灵魂那么近，她并非真的坐在那儿，伴着她的小女儿坐在考塞西的教堂里，她也不是在过着这种表面上的日日夜夜，她属于另外一个什么地方。他对此感受极深，这是真的，很自然的。但他感到害怕。他具体的生活圈子仅仅限于考塞西，这让他伤心，也让他担忧。

她的鼻子生得不很对称，鼻梁上方两道浓眉几乎连在一起。她有一张宽阔的嘴巴，唇部很丰腴。她的面孔却朝着另一个世界的生活：那儿既不是天堂，也不是地狱，而是她的心仍然居住的地方，尽管她人没在那里。

她身边的小女儿瞪着一双大大的黑眼睛捕捉着一切事物。红红的小嘴紧闭着，显示出一副奇怪的挑战样子。她好像总在心怀妒意保护着什么，总是警惕着。女孩子的眼睛遇到了近处布朗温那深邃亲切的目光，她那双乌黑、敏感的大眼睛里立即射出仇恨的火焰。

老牧师低沉的声音在教堂里继续回响着，可考塞西的人却无动于衷。这个外国女人置身于活生生的异国他乡，显出神圣不可侵犯的神态，她的小女儿可真叫怪，也是外国人，总带着妒意在保护着什么。

做完了礼拜，他神情恍惚地走出教堂。在教堂的小路上他和姐姐走在这女人和女孩的身后。突然这女孩挣脱了她妈妈的手，以极快的速度滑向后面去捡布朗温脚边的一个东西。她可爱的小手儿挺利索，可还是没捡到那个红扣子。

"你找到什么了吗？"布朗温问她。

他也弯下腰去找扣子。但女孩捡到了扣子，后退一步，把扣子紧紧贴在自己的小外衣上，黑黑的眼睛严厉地盯着他，好像是禁止他看她。她见把布朗温镇住了，转身叫声"妈妈"，就飞身沿着小路跑远了。

母亲一直无动于衷地看着这边，不是看孩子，而是看着布朗温。布朗温感到这女人在看他。虽然茕茕孑立，可这个外国女人却令他臣服。

他感到无所适从，向姐姐转过身去。可那双目光深邃动人的灰色大眼睛却吸引着他不由自主地朝那边看去。

"妈妈，我可以要这个吗？"那边传来孩子银铃般得意的声音，"妈妈"，她似乎总是在招呼妈妈，让妈妈想着她。她妈妈回答说："可以，我的孩子。"说完她就不言语了。好像早就准备好了似的，这孩子跟跟跄跄跑了几步又问："这些人都叫什么名字？"

"我不知道，亲爱的。"布朗温就听到这么干巴巴的一句。

他走着，有些失魂落魄。

"那人是谁？"他的姐姐艾菲问。

"我说不上，"他有一搭没一搭地说。

"她这人挺逗乐儿的，"艾菲用近乎指责的口吻说，"那女孩子真是妖气十足。"

"妖气，她怎么有妖气？"他问。

"你自己看嘛，她母亲也还算一般。可那小的丑得要命。那女人有三十五岁了吧。"

他没在意，姐姐还在说着。

"对了，她可以做你的女人，你最好娶了她。"艾菲说她的，可他还是满不在乎。事情该怎样就怎样。

另一天，吃茶点的时候，他一个人坐在桌旁，听到有人敲前门。像有什么不祥的预兆，他吃了一惊，因为从来没人敲过正门呀①。他站起身拉开门闩，旋动了那把大钥匙。门开了，那位外国女人站在门口。

"能给我一磅黄油吗？"她用一种奇特的外国腔调问。

他试图弄懂她的问话，她则疑惑地看着他。可在问话话音儿里，在她一动不动的站姿中，又有什么东西使他动心呢？

他向旁边跨了一步，她立即就走进屋来。好像他打开门就是为让她进来的。这让他吃了一惊。习惯上是你应该待在门口等人家请你你才能进屋。他进了厨房，她也跟了进去。

擦干净的松木桌上摆满了茶具，炉子上火势很旺。一条狗从炉边上跃起向她走过来，她无动于衷站在厨房里。

"蒂丽，"他大声叫道，"有黄油吗？"

那外国女人一动也不动，那身黑斗篷也一丝儿不动。

"啊？"远处传来蒂丽尖声尖气的回话。

他又大声重复了一遍自己的问话。

"我们的黄油全在桌上呢。"蒂丽在牛奶房里尖声回答着。

布朗温看了看桌子，盘子里有一大块黄油，几乎够一磅。圆圆的黄油块上印着橡子和橡树叶图案。

"我叫你来你能来吗？"他大吼着。

"叫我干什么呀？"蒂丽不满地说着，从另外一扇门的门缝里往里窥视着。

她看到这个外国女人，一双斗鸡眼儿都看呆了，一句话也说不出来。

"我们没黄油吗？"布朗温又不耐烦地问了一遍，似乎他发号施令一通就能有黄油一样。

"我不是告诉你了吗，在桌上。"蒂丽不耐烦了，总不能说你一命令她就

---

① 英国住家一般只有遇上大事或有贵客来访时才开正门，平时都是通过后门进家。突然有人敲前门就容易让人产生错觉。——译者注

能造出黄油来呀。"就这些了，多一丁点儿都没了。"

一阵沉寂。

那外国女人开口了，她的口音极清晰，神态超然，一听她的话就知道是先想好再开口的。

"哦，那谢谢了，对不起，打扰你们了。"

她不懂这儿的人为什么这样没礼貌，这让她有点为难，只要讲点客套就会让大家都过得去。可这时布朗温心里有点慌乱，人家几句客气话就让他脸红了，不过他没有就让她走。

他看看桌上的黄油对蒂丽说："拿个什么东西把那块给她包上。"

他拿起一把干净的刀子，削掉摸过的那一边。

他那句"给她"慢慢地打动了外国女人，却把蒂丽惹恼了。

"按说牧师该从布朗家取黄油，"这女仆愤愤不平地说，"你拿了我们的，我们明天一大早头一件事就得炼黄油。"

"是的，"这波兰女人拖着长腔说，"我到布朗太太的牛奶房去了，她没黄油了。"

蒂丽强低着头，冲动地说按买黄油的规矩，当人家缺黄油时，你这么冒冒失失地来敲人家的正门要一磅应急真是太没礼貌了。既然你该找布朗家，就去布朗家好了。噢，他们家没了，来找我家的充数呀。

布朗温完全明白蒂丽的话中话，而波兰女人却觉察不出来。她只想为牧师搞到黄油，反正明早蒂丽就要做黄油，她就干脆等着。

"快点儿，就这样吧。"布朗温打破沉寂大声说道。蒂丽转身进了里门。

"大概我不应该来，"外国女人审视地望着他说，似乎是要他说应该怎么办。

他感到困惑。

"看你说哪儿去了。"他试图显得和蔼一些，只想为她解围。

"那您——"她故意这样开了头，可她又不知道该说些什么，只好不说了。

她只是一直看着他，因为她讲不好这种语言。

他们面面相觑。狗从她那边跑到他这边，他弯腰去摸它。

"你的小女儿怎么样？"

"哦，谢谢你，她很好。"就这么一句话算回答他了，这不过是一个人讲外语时的一句客套话。

"您请坐。"

她坐在一张椅子上，细长的胳膊从大衣里伸出来，放在膝头。

"你对这个地方还不熟。"他说。他没有穿外套，站在炉前地毯上，背对着壁炉，双眼好奇地直视这女人。她那么稳重，这让他高兴又让他动情，所以他很随便，他觉得要是自己拘拘束束并摆出主人的样子来，那就太不近人情了。

她审视地打量着他，琢磨着他话的意思。

"不熟。"她听懂了，又说："不熟，这儿有点怪。"

"你发觉这儿有点粗野吧？"他问。

"呃——"她盯着他，意思是让他再说一遍。

"我们的做派让你觉得粗野呗。"他重复说。

"是的，是的，我听懂了，是不一样，有点怪。不过，我在约克郡住过。"

"哦，那好，这儿跟那儿差不多。"

她不太明白。他为自己辩护，自信又亲昵，这使她感到有些疑惑。他这是什么意思？如果他对她平等相待，为什么他一点客套都不讲？

"不——"她含糊其辞，眼睛盯着他。

她发现他年轻、天真又粗鲁，跟他没什么交道可打。可他又是那么英俊，头发生得金黄，碧蓝的眼睛里充满活力，身体很健壮。他似乎跟她是平等的。她目不转睛地望着他，他很难让她理解。他热情、粗鲁又自信，好像不知道世上还有"犹豫"二字，是什么使得他这样难以理解地稳健呢？

她不知道。她揣度着，四下打量着他住的这间房子。这里的东西让她眼熟、着迷，同时又让她感到恐惧。老式的家具就像老态龙钟的人那样眼熟。整间屋子跟他本人差不多，好像他与这儿的一切融为一体了。这令她感到不安。

"你在这屋子里住了好长时间了，是吧？"她问。

"我一直住这儿。"他回答。

"噢——你们家里的人呢？"

他说："我们家在这里住两百多年了。"

她的眼睛睁得大大的，一直盯着他，要弄懂他在说什么。他只感到他是为了她才待在这个地方的。

"这地方都是你自己的吗？这房子，这农田——"

"是的。"他说着低头看看她，碰到了她的目光。她心里一颤，她并不认识他，他是个外国人，他们之间没什么交道好打。可他的样子却搅乱了她的心，迫使她去了解他。他自信直率得出奇啊。

"你是独自生活吧？"

"如果你管这叫独自，那就是独自。"

她没听懂问话。她还没听到过这样说话的。这是什么意思？

只要她看他一会儿，他俩的目光就不可避免地相遇了。她感到一团火烧燎着她的脑子。她一动不动地坐在那儿，但心里却打开了小鼓儿。这位近在眼前的是个什么人呢？她这是怎么了？他那年轻、闪着热切光芒的眼睛似乎表明他有权利跟她交谈，有权利保护她。可他又是怎样表达这一切的呢？为什么他要同她讲话？！为什么他的目光那么自信、那么明亮？他根本不等待她的允许或暗示。

蒂丽拿着一大片金箔纸进来，发现这两个人都沉默了。他觉得这女仆进来后，他理所应当开口先说话。

"你的小女儿多大了？"

"四岁了。"

"她父亲去世还不久吧？"

"他去世时她才一岁。"

"三年了？"

"是的，他死了三年了，对的。"

她平静、几乎是简要地回答了这些问题。她又看了他一眼，目光中绽开了某种少女的情窦。他感到自己动弹不得，上前不是，后退也不是。她坐在跟前让他有些如坐针毡，后来他简直变得不知所措了。他看到她眼睛里透着女孩子才有的疑惑神情。

蒂丽把黄油交给了她，她忙站起身来。

"太谢谢您了，这多少钱？"

"就算我们送牧师的吧，"他说，"我反正是要去教堂的。"

"你最好去教堂时把黄油钱捎回来。"蒂丽坚持要求他这样做。

"装进包里去吧，嗯？"他说。

"多少钱呀，请告诉我。"波兰女人对蒂丽说。

布朗温站在一边默不作声。

"好吧，那就多谢了。"她说。

"什么时候带您的小女儿来看看我们的鸡群和马群，她喜欢就让她来吧。"他说。

外国女人说："好，她会喜欢来的。"

她走了。她一走，布朗温脸色就阴沉起来了。他没心思去理会不安地看着他的蒂丽，她还想让布朗温替她消除疑虑呢。他什么也不能想，他觉得他跟这外乡女人有了某种无形的联系。

他感到迷惑，又想入非非了。在他的内心深处，五脏六腑中，又有什么在冲动。好像一道强光闪过，刺得他睁不开眼，别的什么都不知道了，只知道这耀眼的光在他和她之间燃烧着，像一股秘密的力量把他们连在一起了。

自从她来这儿以后，他就一直魂不守舍，连他手里的事情都干得无精打采，整天晃晃悠悠，不言不语，仿佛成了另一个人。他让正在发生的一切支配着自己，听之任之，失魂落魄，沉醉在狂喜的边缘，就像一个即将得到新生的动物。

她带着女儿到玛斯来过两次，可他俩之间隔着一层极冷静被动的东西，令他们就像都麻木了一样，所以没什么积极的变化。他几乎没怎么注意到那孩子。他只是把她抱在马背上骑马，给她几颗玉米喂家禽。凭他天生的快乐性情，他就赢得了孩子的信任，甚至好感。

有一次在伊开斯顿的街上遇到了她们娘儿俩，就让她们上车送她们回家。这孩子紧紧挨着他，像是要得到他的爱抚，而母亲却不动声色。他们的心上笼罩着一层朦胧的雾，他们都沉默不语，似乎是失去了意志的人。他只是看到她的一双没戴手套的手合掌插在膝盖中间，他还注意到了她手指上的结婚戒指，那东西箍着她的生命，这结婚戒指限制着她的生活，而这生活中没他的份儿。不管怎样，他们俩还是能相会的。

他扶她下了马车，几乎是把她举了起来，他感到自己有权利这样把她举在两手之间。当然她是属于另一个人的，属于那个在背后看不见的人。可他必须也照顾她，她太充满生气了，让他无法释怀。

有时她那模棱两可、让他不得其解的样子真让他生气，让他发怒，可他克制住了自己。她不动声色，也不亲近他，这让他又为难又气愤。可他还是忍了好久。以后，她总是对他不理不睬，积怨已久，他终于发作了，他想走，躲开她。

那天她偶尔带着孩子到玛斯来，正赶上他发脾气。他与她面对面站着，他真是一条阴沉沉的壮汉子，一脸的厌恶神情。虽然他不言语，可她还是觉察出他在生气，他不耐烦了。她似乎再一次从麻木中惊醒过来，心里激荡起一股疾流。她看着这个陌生人、一个够不上绅士可仍然坚持要进入她生活的人。于是，一阵新生时的剧痛使她的全身血管都绷紧了，她变成了另一个人。她确实应该重新开始，以一个新人、新的躯壳去迎接对面那具盲目执著的身躯。

新生的痛苦传遍她全身，她颤抖了，这下点燃了他皮肤下的烈焰。她要这个，要他给她带来新的生命，要同他一起新生。可她必须保护自己，因为新生也意味着毁灭。

当他独自一人在田里干活，或是母羊产羔他守在一旁时，日常生活里的一切都消失了，只清清楚楚地剩下一个念头，那就是他应该娶她，她应该是他的生命。

渐渐地，就是看不到她，他也能了解她了。他愿意把她看作他羽翼下的保护对象，就像保护一个没父母的孩子那样。可事实上这不可能，他不得不放弃这种美梦，她很可能会拒绝他，再说他也怕她。

在那漫长的一个个二月的夜晚，当他守护着生产中的母羊时，从羊棚里眺望闪烁的流星，他感到他是不属于他自己的。他必须承认他不过是碎片，是不完整的，他自己做不了自己的主。黑黝黝的天上游动着群星，群星是按照其亘古不变的轨道运行的。所以，他坐在那里是那么渺小，得对更大的指令俯首听命。

她如果不肯来找他，他就一无是处，这真让人难熬。可是，她一而再，再而三地对他不理不睬，他发现自己不入她的眼。他发火，挣扎得精疲力竭想解脱。他声称自己一个人也挺好，他是个大丈夫，能独善其身。但他必须承认，也应该清楚，他应该在这群星灿烂的夜晚，自己委屈一点，承认并明白，如果没有她，他什么都不是。

他是不算什么，可跟她到了一起他就是个真实的人了。如果她现在从羊圈附近湿漉漉的草地上走过来，在母羊和羔羊烦躁的咩咩声中走来，她就会使他成为一个完整、完美的人。如果真会这样的话，那她就应该来找他！会的，命中注定会的。

很久以来，他就铁了心要向她求婚。他知道，如果他求婚，她一定会默许的，一定会这样，绝不是相反。

他对她有所了解了：她穷困、孤单，在她丈夫去世前后那段日子里，她在伦敦生活得很苦。可在波兰，她是个大家闺秀，父亲是个地主。

什么她出身高贵啦，她丈夫曾是位出色的大夫啦，什么她丈夫比她逊色多啦，这些不过是些传闻。可有一种内在真实的东西，一种灵魂上的逻辑把他和她连在一起了。

三月的一个晚上，室外狂风怒吼，求婚的时刻到来了。他坐在壁炉前伸着手烤火，看着火苗儿，他几乎未假思索就决定今天晚上出去。

他问蒂丽："有没有一件干净的衬衫？"

她说："你还不知道吗？你有干净衬衫的。"

"好，拿一件白的来。"

蒂丽拿来一件他父亲留下来的亚麻衬衫，当着他的面在炉火前烤干。她默默地、苦苦地爱着他，可他倒好，双手放在膝盖上面向壁炉前倾而坐。想得出神，对她根本没有注意。最近，她无论在他面前做点什么事，她的心都在颤抖着要喊出声来。这时，她铺开衬衫时双手都哆嗦开了。他再也不喊叫，也不开玩笑了，屋里的沉寂气氛简直让她发抖。

他梳洗时，似乎觉得意识最深处断断续续地冒出一股股泉水来，这真有点儿奇怪。

"这事该办了。"他弯腰从壁炉挡板上拿起衬衫，自言自语道："得办了，还犹豫什么呢？"他对着墙上的镜子梳理着头发，冲着镜子中的自己说："这女人并不是哑巴，她并不是手忙脚乱，她有权自得其乐，她愿意冒犯谁就冒犯谁。"

这个明明白白的大道理让他想了很多。

"你要什么东西吗？"蒂丽突然出现了，她听到他在自言自语，就走进来。她站着，看着他梳理他那淡黄的胡子。他的目光平静、无动于衷。

"唉，"他问，"剪刀放哪儿了？"

她找来剪刀，仍然站着看他伸出下巴来修理胡子。

"看你，像是在参加剪羊毛比赛似的。"她担心地说。他很快就把嘴唇上沾着的毛碴儿吹掉了。

他换了一身干净衣服，仔细地卷好硬领巾，然后穿上他最好的上衣。薄暮时分，他打扮停当了，到果园去采水仙花。苹果林里春风劲吹，朵朵黄花儿在风中摇曳着。当他弯腰去折吹倒了的脆嫩花枝时，他甚至听到了叶子在喃喃低语。

当他走出花园门口时，碰到一位朋友冲他喊："干什么去呀？"

"追女人呗，"布朗温回答了一句。

蒂丽惊恐不安，激动万分，任春风把她从田边吹到大门口眼巴巴地看着他走了。

他爬上山梁，向教区牧师住宅走去。风透过篱笆吹了过来，他用自己的身体为那束水仙花挡着风。他对别的全然无知，只知风在吼叫。

夜幕降临了，光秃秃的树枝在风中呼呼作响，像吹哨又像在击鼓。他知道牧师这时一定在书房里，波兰女人和她的小女儿则一定在舒适的厨房里。昏暗中他穿过大门走上一条小径。径边几朵水仙被风吹弯了腰，碎黄花撒了一地，苍白狼藉。

厨房的后窗子里透出一道亮光，照在灌木丛中。他开始犹豫起来，这事儿该怎么办啊？透过窗口，他看到她坐在摇椅里，膝盖上坐着已换好睡衣的孩子。这孩子有一头金黄茂密的头发，炉火辉映着她光洁的脸蛋儿和皮肤，她似乎像大人一样沉思着。母亲的脸色暗淡、表情平静，他看得出，她正沉浸在过去的生活中。这让他心疼。女孩子的头发像玻璃丝一样熠熠发光。她的小脸儿透着银光，活像一支只内芯燃烧着的蜡烛。风在吼，母亲和孩子恬静地坐着，孩子的黑眼睛无神地看着火光，而母亲则望着空中。小女孩几乎要睡着了，她完全是强打精神睁着眼睛。

风摇撼着房屋，布朗温发现女孩儿突然烦恼地四下里张望一下，小嘴张了几张。母亲开始摇动，他先是听到了摇椅嘎嘎的响声，然后听到她用外国话吟着低沉、单调的歌。又是一阵大风，母亲似乎离开了椅子，孩子的黑眼睁得大大的。布朗温抬头看去，聚集的云团在黑黝黝的天空飞驰而过。

屋里传来孩子执拗、高声的抱怨，像命令。

"妈，别唱那支歌儿了，我不想听。"

歌声渐渐停了。

"你该上床了，"母亲说。

他看得出来，这孩子舍不得去，母亲却显得心不在焉。孩子仍在磨磨蹭蹭，抓着母亲不动。突然传来孩子清脆的声音：

"我想听你讲故事。"

风仍在吼。故事开始了。孩子依偎着妈妈。布朗温在门外犹豫不决地等待着，不时看看狂风中猛烈摇曳着的树木和越来越黑的天空。他要追随自己的命运，他正徘徊在命运的门槛上。

孩子缩在妈妈怀中一动也不动，漂亮的发丝下一对黑黑的眼睛一眨也不眨，真像一只睁眼睡觉的小动物蜷缩着。母亲几乎是坐在阴影中，故事几乎是在自动进行着。布朗温站在门外看着夜幕降临，时间不知不觉地逝去了。握着水仙花的那只手变得僵硬冰凉。

故事讲完了，母亲终于站起身来，孩子还勾着她的脖子吊在她胸前。这女人一定很壮实，否则就受不住这么大的一个孩子吊在脖子上。小安娜勾着母亲的脖子，白皙得出奇的脸偎在母亲的肩膀上，早睡着了，但那双又黑又大的眼睛依然使劲睁着，在和某种看不见的东西斗争着。

当她们离去后，布朗温猛地从原来站着的地方弹起，望了望四下黑漆漆的夜，他希望这个夜晚会真的像刚才那段轻松的时刻那样美、那样亲切。他奇怪地感到这孩子就压在自己身上，是一种痛苦，像命运一样压在身上。

母亲走下楼来，开始叠孩子的衣服。他叩响了门，她打开门，一脸的惊讶，像个生人那样发窘、不安。

"晚上好，"他说，"我就待一会儿。"

她的表情急剧变换着，她没有准备。她低头望去，窗户里射出的光照在他身上，他手里拿着一束水仙花，身后漆黑一片。他穿着黑衣服，这让她更难辨认他了。她为此感到害怕。

可他已经踏进了门槛，随手关上了门。她转身进了厨房，她被这位夜间来客吓着了。他摘下帽子，向她走过来。然后他站在灯光下，一手拿着帽子，一手持着黄色水仙花，他全身从衣服到硬领巾都是黑色的。她后退一步站着，让他吓得魂儿都没了。她不了解他，只知道他是为她而来。她只看到那黑衣人的影子向她压过来，手紧攥着花儿，根本看不清他的脸庞和闪动着的眼睛。

他盯着她，虽然看不清，但他下意识地感到了她的存在。

"我来跟你说句话。"他说着大步走到桌前，放下他的帽子和鲜花，鲜花在桌子上散了开来。她后退着，失魂落魄了。风灌进烟囱中呼呼作响，他等待着。他的手空了，只好双手握起来。

他感觉到她站在那儿，茫然、恐惧，但跟他有缘。

"我来这儿，"他用一种平淡得出奇的口吻照实说，"是来求你嫁给我。你现在是自由的，不是吗？"

一阵长时间的沉寂。他那双蓝眼睛特别镇静地凝视着她的眼睛，企图从中找到真实的答复。她仿佛进入了被催眠状态，非回答不可："是的，我可以自由结婚。"

他的目光变了，和蔼多了。他好像要从她身上看出真正的她来。他们互相目不转睛地久久相望，似乎要一直这样望下去。她好像被这目光钉住，化为乌有了。她颤抖着，感到自己已被他创造着，不由自主地与他融为一体，融入共同的意愿中去。

"你需要我？"她问。他的脸一下子变苍白了。

"是的。"

静谧中仍然有不安的气氛。

"不，"她指的不是她自己，"不，我不知道。"

他感到心像裂了一样，紧握的拳头放松了，他一动也不能动。他站着，看着她，手足无措地站着。他已经莫名其妙地瘫软了。一时间她在他眼里变得不真实了。然后他看到她向自己走来，不知为什么，似乎没有动就过来了，又像是一下子被什么冲到他面前来的，她把手放在他的衣服上。

"是的，我想。"她不动声色地说着，一双凝视着他的大眼睛里目光坦率。那双刚睁开的眼睛，目光里有百分之百的真情。他纹丝不动地站立着，脸色苍白起来，他的眼睛被她盯得怪不好受的。她似乎用一双全新的、孩子般的大眼睛看着他。她以一种奇怪的、让他痛苦的动作将自己棕色的脸庞和自己的胸膛慢慢靠近他。一个深深的吻，让他的头都要炸裂了，眼前顿时一阵昏黑。

他把她抱在怀里，忘情地吻着她。不这样他就会发疯。在他的怀中，她娇小、轻盈的身躯完全像个孩子，接受他的吻。可她那样忘情，紧紧地拥抱着他，这真让他吃不消、受不了。

他转身寻到一把椅子坐下来，仍然把她抱在胸前。好一会儿，他完全睡着了，睡得沉，睡得香甜，如坠云雾之中。

他渐渐醒了过来，发觉还在紧紧拥抱着她。她跟他一样安宁，沉浸在缱绻之中，浑然忘情。

他清醒了，已变成了另外一个人，就像在幽邃的母腹中度过了妊娠期的新生婴儿。一切都生气勃勃，光耀夺目，像早晨一样清新。一切都重新开始了，就像破晓时分，狂喜和朝气充满了人间。她跟他一起静静地坐着，似乎有同样的感受。

她仰望着他，一对朝气蓬勃的大眼睛闪烁着火花。他低下头在她的唇上吻着。在他们的心中霞光普照，新的生活开始了，它如此美妙，美妙至极，那简直像闯入了另一个世界。他猛地把她抱得更紧了。

她的眼里的光芒很快就暗淡了，她把头埋进他的怀抱里，娴静地躺着，她有点儿倦意。她的头沉下去了，她累了。这表明她有点想拒绝他。

"还有孩子呢。"沉默好一会儿她才说。

他没听懂，因为好长时间他没听到说话声了，现在他还听到风在吼叫，好像刚开始刮起来。

"我知道。"他并不理解。他的心缩紧了,微微有些发痛,眉毛轻轻地皱了起来,他想捕获的东西他没得到。

她问:"你会爱她吗?"

他的心又迅速地一缩,痛苦又传遍了全身。

"现在我就爱她。"他说。

她还在贴着他躺着,默默地得到他身体的温暖。她在身旁,他就深深感到踏实。她从他那里获得热量,并把自己的力量和特别的信心都交给他。可她看上去又是那么心不在焉的,她在想什么呢?他满脑子都是疑问,他毕竟不了解她。

她说:"再说我比你大得太多。"

"你多大?"

"三十四岁。"

"我二十八岁。"

"差六岁呢。"

她对此特别关心,甚至感到有点得意。他边听边畅想,让她躺在自己的怀抱中,即使她不理会他,那也是太美了。这样他可以用自己起伏着的胸脯把她托起来,从而感到她生命的重量。于是,他变得完整了,凛然不可摧。他没有打扰她。他甚至不知道她在想什么。多奇怪啊,她全身都尽情地压在他身上。这让他暗自非常得意。用起伏的胸膛支撑着她,这让他感到自己很强壮。这两人的完整是牢不可破的,这让他感到自己像上帝一样,信心百倍,不可动摇。他在猜想,如果牧师知道了会作何议论?

"你不必再在这儿当管家了。"他说。

"我喜欢这儿,"她说,"我到过许多地方,这儿挺好的。"

对这个回答他又沉默不语了。她和他挨得那么近,可她的回答竟是那么不着边际,不过他不在乎。

"你小时候家里是个什么样子?"

"我父亲是个地主，"她说，"家住在河边上。"

这等于什么都没说，一切都还像以前那么模糊不清。不过，既然她离自己这么近，这也算不了什么。

"我是个地主——一个小地主儿。"他说。

"嗯。"

他未敢移动一下。他搂着静静地躺在胸前的她，一动不动地坐了好长时间。尔后，他小心翼翼地把手放在她丰满的胳膊上，放到那不可名状的地方。她似乎挨得更紧了，他只感到一股烈焰蹿上了胸膛。

可她马上就站起身来，从一个抽屉里取出一小块茶盘布垫，然后摆好一只茶盘。她干得安静娴熟。在华沙时，以及在以后的起义中，她一直在她丈夫身边当护士。她还在忙着摆盘子，似乎冷落了布朗温，他坐起来，他不能容忍她这摇身一变。她还在忙来忙去，真令人难以理解。

就在他坐着无聊地思索、猜想时，她靠近了他，灰褐色的大眼睛垂视着他，那眼睛几乎是在微笑，可她那丑得令人疼爱的嘴唇却一动都不动，有点沮丧。他害怕了。

他的双眼因为紧张和不适应而有些发酸，在她面前有点发抖。他感到自己在退却，但他还是站起身来，似乎温顺地低下头去吻她那张沉重、沮丧、宽阔的嘴巴，那张嘴巴在他的亲吻下却纹丝不动，他实在怕极了。他还是没有得到她。

她转开身去。牧师的厨房里很零乱，可在他眼里，有她和孩子在，再零乱也是漂亮的。她身上的那种遥远的美，他接触到的某种东西，让他的心怦怦直跳。他站着，心神不定地等待着。

她又回到了他身边。身着黑衣的他蓝色的眼睛为她放光，又为她所迷惑，他的脸庞充满生机，头发已是乱蓬蓬的一团了。她靠近他，靠近这具黑衣裹着的高度紧张的身躯，把手搭到他的胳膊上。他还是纹丝不动。她那深藏着记忆的目光掩盖不住她的激情，目光深处透着本能的炽热，抗拒着他，也吸引着他。他还是他，艰难地呼吸着，脑门儿上的发际下沁出了汗水。

"你要娶我吗？"她语调缓慢、迟疑地问。

他真怕自己说不出话来。他深深吸了口气说："是的。"

她一只手轻轻搭在他的臂膀上，微微前倾，做出一个奇特的、本能的拥抱动作，一张嘴巴就堵了上来。这嘴巴丑得可爱，他真受不了。他自己的嘴巴印在她的唇上，渐渐产生了反应，力量与热情在这里汇合了，他似乎感到她在斥责他。他受不了，挪开自己的嘴巴时，他已是面色苍白、气喘吁吁了，只有那双蓝眼睛还透出专注的神态，而她黑色的眼睛里则透着微笑。

她慢慢移开了自己的身子。他要离开此地，他实在受不了了，就在他拿不准该不该走时，她却离开了他。

他一气之下做出了决定。

"我明天来对牧师讲。"他说着拿起了帽子。

她毫无表情地看了看他，深邃的目光中看不出答案。

"那样行不行？"

"好吧。"她答应了，但那只算回音，不是一句话，没什么意思。

"晚安。"

"晚安。"

他离开了她，她仍然毫无表情地木然站着。然后她为牧师摆好茶盘。由于要用桌子，她把水仙花放到旁边的饭橱上，看也没看一眼。不过，花儿的清凉气息触到她手上，余香香了好一阵子。

他们互相都是陌生的，永远会陌生，而激情对他是巨大的折磨。亲昵、拥抱、陌生的接触！受不了，接近她、去感受他们之间那陌生的情分令他受不了。他一头钻进狂风中去。天上云絮纷纷，月光流泻。有时，高高的月亮闪着银光掠过晴朗的云隙，有时又被闪着绛紫光圈的云朵吞没。忽而一片云，但没有阴影；忽而又一道银光，像一缕蒸汽。漫天云海翻腾，黑暗的云朵与残雾般的光影和紫色的巨大晕圈交替，一会儿月亮露出来，如水的强烈光线刺得人睁不开眼睛，随之又钻进云絮中去。

第二章　玛斯岁月

　　她是一个波兰地主的女儿。她父亲欠了犹太人一大笔债，但娶了一位有钱的德国女人。起义前夕他就去世了。她相当年轻的时候就嫁给了一个叫保尔·兰斯基的知识分子，这人在柏林留过学，回到了华沙，是一名爱国主义者。她母亲后来又嫁给了一位德国商人，离她而去了。

　　丽蒂雅①嫁给了这位年轻医生后，像丈夫一样也成了一位爱国主义者和新女性。他们尽管穷，可很清高。她学会了做护士工作，以此表明自己是新式女人。他们是刚刚发端于俄国的那个新运动②在波兰的代表人物，不过他们可是极端的爱国主义者，同时又很有"欧洲味"。

　　他们有了两个孩子。然后，伟大的起义开始了。③兰斯基激情满腔，四处奔波，在自己的国民中慷慨陈词做鼓动工作。少量波兰人怒火满腔地冲上华沙的大街，向每一个俄国人开火。他们冲到俄国南部，在那儿，常有六七个一群的波兰起义者挥刀呐喊着飞马冲进某个犹太人村落，扬言要杀所有活着的俄国佬。

　　兰斯基也是个烈性子人。有德国血统的丽蒂雅虽然来自另外一种家庭，

---

　　① 丽蒂雅也是劳伦斯母亲的名字。但小说里这个波兰女人的背景令人联想到劳伦斯妻子弗里达的祖母，她是波兰人，其母亲娘家姓是斯克里宾斯基，这个姓氏在本书以后的章节里会出现。

　　② 应该指的是俄国兴起的民粹主义。

　　③ 1772 年后，俄国占领了波兰大部领土。1863 年，开始在波兰征兵，由此引起的反俄运动被俄国残酷镇压下去。

却全然听从丈夫的宣言，卷入了丈夫的爱国热情中去。他的确很勇敢，他的言谈则更生动无比。他干得艰苦卓绝，战斗到最后，除了双目还炯炯有神外，他已是心力交瘁。丽蒂雅如同服了麻醉药，如影随形，服侍左右、响应他的召唤。有时她带上两个孩子，有时就得抛下他们。

一次，她回来后发现两个孩子都死了，是得白喉死的。她丈夫放声痛哭起来，哭得旁若无人。可是战争还在继续，他很快就又回到了自己的岗位上。丽蒂雅脑海里一片昏黑，走起路来总是悄然无声，如同一个影子。她内心深处充满奇怪的恐怖感。她就想在恐怖中寻求满足，去当修女，在冥冥的宗教礼拜中满足自己的恐怖本能。可她又办不到。

然后他们逃到了伦敦。瘦小的兰斯基一生都在反抗中度过，现在已无法松懈了。他有点失去理智，脾气暴躁，目空一切，这样的人在医院里当助理医师是不行的。他们几乎沦为乞丐，可他仍然自视伟大，似乎完全生活在幻觉之中，在幻想中他很是雄姿英发。他要防备妻子受潦倒境况的屈辱，围着妻子团团转，像一把挥舞着的剑戟保护着她，很有点酸劲儿。这在英国人看来真有点煞风景。他牢牢地掌握住她，好像把她催眠了一样，她则显得驯服、阴郁，总是神态晦暗。

他日渐虚弱。当孩子出生时，他已经瘦得皮包骨了，不过对自己的信念仍然坚定不移。她看着他走向死亡，照顾着他和孩子，可实际上她是心不在焉的。她心上笼罩着一层阴影，似乎是在懊悔，要么就是在回忆着黑暗、野蛮和神秘的恐怖，回忆着死亡和复仇的影子。丈夫死后她松了一口气，他再也不会围着她团团转了。

英国这冷漠陌生的情调正好适应她的心情。她来之前就粗通英语，加上她模仿能力强，来英国后很快就重拾英语。不过她不了解英国人，更不了解英国的生活。是的，这里的东西不是为她存在的。她像行走在地狱中一样，鬼影们一个挨一个挤在一起，但与她没什么关系。她感到英国人是个强壮却冷酷、有些敌意的民族，她就在这些人中间茕茕孑立。

英国人对她算是够尊敬的了。教会照顾她，免得她缺吃少穿。她毫无激情地混日子，像个影子。偶尔孩子的爱恋会使她感到难受。她那奄奄一息的丈夫，他那双痛苦的眼睛和皮包骨的面容让她感到是个幻影，而非真人。她似乎又看到他被埋葬了，抛到一边去了，于是这个幻影消失了，她不再受到他的骚扰了。时光在流逝，黯然无光，她就像在冥冥之中旅行，对身边徐徐展开的风景画毫无感知。每天晚上她摇着孩子，她会哼起一首波兰催眠曲，有时她会用波兰话自言自语。在其他时候她不想波兰，也不想她度过的那种生活。那一大片墨迹隐约变成了空白。她生活中表面上全是英国这一套，她甚至用英文思考了，但她幻觉中长长的空白与黑暗仍然是波兰。

她这样生活了一段时间后，虽然还有点不习惯，但已经对伦敦的市井生活注意起来了。她意识到周围的某种东西非常陌生，她处在一个陌生的地方。以后她被送到乡下，农村使她忆起了自己童年时代的家乡，忆起了家乡田野上的大房子及村民们。

她被派到约克郡，在海边上老教区长家里当护士。生活的万花筒第一次在她面前转了一下，让她见识到她必须见识的东西，开阔的农村和荒野刺激了她的头脑，一次又一次地刺激她，迫使她感受这活生生的东西，唤起了她的童心，她感到这儿与她多少有关系了。

她周围，天空中变幻着绿色、银白和蓝色，与大海潋滟的波光交相辉映，引她凝望。报春花遍地开放，花影浮漾，她弯腰在绊脚的花簇中摘下一两朵来，在生活的新鲜色彩中淡淡地回忆起过去的一切。她一整天都坐在楼上的窗台上，大海波光粼粼，不停地泛着耀眼的光芒，似乎要把她载了去。大海的波涛声令她困倦，她觉得舒坦，昏昏欲睡。意念稍一放松，有时她会恍惚，她眼前会产生活蹦乱跳的孩子的强烈幻景，真让她感到难言的痛楚，神情又开始专注起来。

十分奇特的是辉映在天空的大海波光。小山上一块凹地里的墓场，温暖，芬芳，怀抱着阳光就像一个人在手心里攥着一只麻木了的蜜蜂。灰蒙蒙的草地，苔藓，小教堂，杂草丛中散落的雪花莲，满山坳里的阳光令人无限温暖。

她心里有点不安。听着山溪在树下流过，她吃了一惊，不知那是什么东西。走下来，她发现树丛中的一棵棵风铃草就像一个个精灵在闪光。

夏天来了，荒野上吊钟柳盘根错节，就像马车辙里的水。石南丛已是一片紫红，整个世界都充满了生机。她反倒不安起来。她穿过荆豆丛，左闪右躲地走进了石南丛，就像猛然掉进浴缸里，几乎感受到了刺痛。她抚摸着孩子紧拉着她的小手，听到小家伙急躁的声音在催她说话，令她心烦意乱。

她又躲到自己暗淡的世界中去了，很长时间里安然但一点儿生气都没有。可是当秋天到来，淡红的知更鸟在歌唱，冬天的荒野暗淡无光，她几乎是狂热地复活了。她要找回自己的生活，要像姑娘时代在家乡的田野上和天空下那样生活。白雪皑皑，远处，在昏沉沉的天空下，白茫茫的大地上耸立着一根根电线杆。一股狂野的欲望油然而生。她多希望这是波兰，多希望自己仍还年轻，把波兰和青春都还给自己。

可是，没有雪橇，没有马铃儿，当大地一片银白时，这儿的农民没有身穿羊皮袄、满面红光地走出家门，像换了个人似的。白亮的雪天里，人只有那样看起来才新鲜生动呢。可她什么也没看到，她年轻时的生活没有再回来。她经历了一段痛苦的挣扎，又回到了黑暗的修道院。这儿，四下里撒旦和魔鬼们在怒吼，苍白的耶稣钉在胜利的十字架上。

从病室里向外望去，风卷雪花如同一群群疾行的影子，飞到铅灰色的永不会改变的大海上去完成某种最后的使命。远处是白皑皑蜿蜒的海岸，岸边黑色的礁石一半隐没在雪中，石头上点缀着片片白雪。可近处树干上的积雪倒像是柔软的花朵儿。身后是行将就木的牧师，他一直毫无生气地抱怨着什么。

到雪花莲绽放时，他就没了，他死了，她竟然出奇的平静，回来的路上她看着风吹着脚下草丛边上的雪花莲，吹得白花花一片，可就是吹不走。她望着雪花莲摇曳、跳动，那骨朵紧闭的白花就像被一根丝线拴在灰绿色的草上，就是吹不走，不随风飘去。

一早起来，天色泛白，东方现出一道道白光，风吹着这道道光线，如同刮起一场小暴风雪。光线越来越亮，越来越强，然后天上泛起一片玫瑰紫，化为金黄，随之山下的海面上一片辉煌。她脸上毫无表情，无动于衷。不过她毕竟是逃出了黑暗的包围。

她心头又被那熟悉的阴影所笼罩，她就是头顶着这片阴影悄然来考塞西的，那时她内心充满了对恐惧的敬畏。最初，她觉得空荡荡的，一切都不过是灰暗的。可有一天清晨，黄色的素馨花在她眼前一亮，迷住了她。那天以后，灌木丛中从早到晚不断传来画眉鸟的清脆叫声，她的心为之震动，遏制不住要放开嗓子回敬一番。这些小曲儿在她脑海里回荡着，令她生出满心的烦恼、甚至是痛苦，她不想听这些，可她又被打动了。原先是怕黑，现在又怕光明。如果她能把自己关起来的话，她一定要关上门把自己藏起来。总之，她渴望要恢复原先那副宁静、隐没的老样子，她受不了清醒的罪，她不愿意面对现实。她知道这新生的痛苦太剧烈了，她会受不了的。她宁肯远离生活也不愿意被撕裂、肢解后得到新生，她新生后也活不了。在英国这片陌生的土地上、敌意的天空下，她没有力气重返生活。她知道，她会像冬季结束时过早开放的一朵无香无色的花儿那样死去，那倒不如将这丁点儿生命藏起来的好。

有那么一天，阳光明媚，空气中弥漫起月桂的芬芳，蜜蜂飘飘摇摇飞到黄色的藏红花中去吸吮。她忘却了一切，感到自己变成了另外一个人，不是她自己了，而是另外一个全新的人，她大为欣喜，但她知道这都靠不住，于是她害怕了。牧师在藏红花里放些豌豆粉以吸引蜜蜂，她为此笑了起来。夜幕降临，繁星闪烁，这幅夜景自从髫龄时代她就很熟悉。她知道这耀眼夺目的群星总是胜利者。

她似睡非睡，似乎被夹在过去和未来之间夹得粉碎，就像一朵长出地面的花朵发现一块巨石压在它上面，她感到孤立无援。

惊恐和孤单远没有完结。她感到她将会被川流不息的人群辗得粉碎，想逃也逃不出来。她只能尽量保持原先那种湮没和黯然状态，牧师让她看后门画眉鸟窝里的鸟蛋，她看到鸟妈妈扑棱开翅膀急忙遮住自己的秘密。鸟妈妈这种紧张、急切的动作真让她受不了。早晨起床时她听到画眉鸟窝里的鸣啭，她有点想念它们了。她想："我为什么不死在那儿？为什么偏偏来了这儿呢？"

她觉得周围走过的不是人，倒像是蜃景般的幽灵，她对这些无法适应。在波兰，农夫们都是她的家仆，她拥有他们，使唤他们如同她的牛羊，可这儿的这些人是干什么的？她醒来了，却感到迷惘。

她感到布朗温从她身边走过，好像就跟她擦身而过一样。在她走上大路的那一刻，她感到身上被刺痛了。玛斯厨房之夜后，她全身都在强烈地、执著地呼唤着。她需要他，他是最接近她并把她唤醒了的男人。

可有时她又会陷入浑浑噩噩和无动于衷的老样子中去。似乎有一种内在的意志不让她活下去。但某天早晨起来，她会感到自己热血沸腾，感到自己就像阳光下绽开的花蕾，坚定而充满强烈的欲求。

她渐渐地了解他了，于是她的本能就依附在他身上了——只有他。她对他很反感，因为他跟她不是一类人。可一种盲目的本能又使得她要得到他、占有他，最终把自己给他，这将会很稳妥。她感到他是非常可靠的人，感到了他内在的活力。他年轻、精力充沛，她喜爱他眼睛里那稳健又生气勃勃的蓝色光芒，就像爱清新的早晨。他可真年轻。

可她随后又一次目光呆滞、麻木不仁起来，不过这种状况是会过去的。她身上涌起一股热流，感到自己像一朵绽开的花蕾，亟待阳光雨露，就像小鸟儿的嘴巴张得圆圆的去接受，去接受。她敞开心怀，扑向他、直扑向他。他来了，缓慢，恐惧，难言的恐惧感让他踟蹰不前，但那超越自我的欲望却驱使着他来了。

到了这个时候，过去的一切都从她身上消失了，她变得不同以往，像一朵盛开的鲜花，欣然待露。可他不懂这些，因为不懂，他强使自己循着体面的从求婚到获得许可和登记结婚这条路走下来，所以他去牧师家向她求婚后，尽管她一直在他面前神魂颠倒，时刻等待着得到他，可他却慌乱无措。他把结婚预告交给牧师后，就开始干等。

她在他面前显得殷勤，充满期待，敞开心扉，时刻准备接纳他，可他却没有行动，因为他既为自己担心又对她极为尊重，他就是如此心烦意乱。

几天以后，她渐渐地关上了心灵的闸门，掩饰着自己，对他冷漠、疏远起来。他这才真正地感到了一种深不可测的失望。他知道他失去了什么。他感到失去的永远失去了。他懂得跟她通了款曲而又被抛弃是怎么一种滋味儿。他很痛苦，一颗心就像一块沉重的石头，走起路来都毫无生气了。

他渐渐绝望了，他不能理解她，因此深陷进无尽的逆反之中。他和她在玛斯无声地行走着，内心充满了强烈的沮丧和无言的冲动，他几乎开始恨她了。渐渐地她才意识到他的存在，意识到自己跟他的关系，她的血液又沸腾起来了。她开始对他敞开心扉，再次去接近他。他一直在等待，直到他俩之间又产生了魔力，直到他俩同在一团狂烈燃烧的火焰中相依。然后，他又困惑不前了，似乎被什么绳子拴住不得动弹，不能靠近她。于是她靠近他，解开他坎肩胸部的纽扣，又解开他的衬衫，把自己的手放在上面，借此来了解他。如果她在不了解他甚至摸不到他的情况下把自己献给他岂不是太苦了自己吗？她在这一时刻沉醉得忘乎所以。可他却不同，笨手笨脚的没有得手。

所以，直到婚礼前，他一直恍恍惚惚，似乎半死不活。这一点她是不能理解的，但她又陷入了朦朦胧胧的状态中，日子就这样一天天过去了。他不能跟她有确确实实的接触，她暂时也不去理会他。

一想起实际的婚姻来，他就会痛苦无比，那意味着亲密无间，他太不了解她了，他们相互之间是那么陌生，如一对路人，再说他们也谈不来。她谈起波兰或谈起过去，那些对他是陌生的，她等于什么都没对他说。当他望着她时，对她过分的敬畏和对陌生的恐惧将他的情欲变为崇拜，致使把她与情欲远远地分开来。这真是作茧自缚。

她不知道这些，不懂这些。她觉得他们互相对看了一眼，相互容得下，这样还有什么可畏惧的呢？他们之间的关系已经定了。

在婚礼上，他的面孔呆板，毫无表情。他想以酒解忧，把前前后后的思绪都忘光，借以痛快一时。可这不行，只觉得更没主心骨了。来宾们的嬉笑、噱头和信口胡言只能让他更加心绪纷乱，他受不了。将要到来的一切令他痴迷，不能不想。

她静静地坐着，脸上露出恬静异常的笑意，她一点都不怕。既然接受了他的求爱，她就要得到他。现在她完全沉醉在这一刻韶光中了。没有未来，没有过去，只有现在这一刻，这一刻是属于她的。她和他并坐在桌边，她甚至没有注意他。他离她那么近，他们的结合之时就要到了，还等什么呢？！

客人们都要离去了，她阴郁的面庞开始微微发光，她自豪地向人们点头致意，低首回眸，灰色的眼睛清澈、大方，令男人们不敢多看，令女人们感到欢欣鼓舞，为她倾倒。最精彩的是告别时分，她丑陋的嘴巴上绽开了自豪的笑纹，操着浓重的外国腔向人们温柔地打着招呼，可她那双大眼睛实际上并没注意这些人。她举止优雅、迷人，可其实她并没有注意自己是在把手伸给哪一个人，她压根儿没去注意这些人是男还是女。

布朗温站在她身边，热诚地跟朋友们握手，感激地接受他们的祝贺，感谢他们的光临。可他的内心却经受着折磨，他没有强作欢颜。接受考验和被女人接受的时刻——他的喀西马尼①和凯旋驱进②同时到来了。

对他来说她身后有那么多的未知之物，当他接近她时，他是在接近一具不可名状、令人痛苦的可怕躯体。他怎么才能拥抱她并测出其深浅来呢？他怎么才能用自己的双臂围住这黑暗的躯体，把它揽进自己的怀里并把自己献给它呢？在他身上不可能发生的是什么呢？如果他只是张着双臂永远控制自己，他就永远也抓不住这一切，永远也不能将自己的裸体从自己的手中解脱出来去服从那无形的力量！一个男人怎么才能变得如此强壮，去接受她、拥抱地、占有

---

① 喀西马尼：耶路撒冷附近的花园。耶稣常在这里和门徒们聚会并在此被犹大出卖。

② 凯旋驱进：福音书暗喻，耶稣进入耶路撒冷城，受到人民热烈欢迎的盛况。

她，确信自己能战胜这与自己心贴心的可怕的陌生人呢？她到底是个什么样的人，竟使得他要把自己献给她同时又要拥抱她、拥有她呢？

他将是她的丈夫，这已是既定的事实了，他比需要生命或别的任何东西都更需要这个。她身着绸衣站在自己身边，奇怪地望着自己，令他感到某种恐惧袭上了全身，因为这个奇怪的她就要是他的人了，而他不能另有选择。他不敢看她奇怪的浓眉下透出的目光。

"很晚了吧？"她问。

他看了看手表。

"不，十一点半。"他说完找了个借口进了厨房，把她一个人留在屋里与那些乱七八糟的家什和酒杯做伴儿。

蒂丽正两手支着下巴坐在厨房的火炉旁。他一进来，她马上站了起来。

"你咋还没去睡？"他问。

"我想最好插上门再休息。"

她一激动倒把他镇住了。他做一点吩咐就回来了。现在他情绪稳定下来了，在妻子面前几乎有点害羞。她盯了他一会儿。他别着脸走动着。她说：

"你会对我好的，会吗？"

她娇小，极像个女孩子，大眼睛里闪着奇特的光芒。他心跳到了喉咙，爱和欲望令他痛苦，恍恍惚惚中走过去把她抱在怀里。

"我会的，"他说着把她越搂越紧。紧紧的拥抱使她得到了抚慰。她纹丝不动，软软地贴在他的胸前欲与他融为一体。他放任自己，忘记了过去和未来，沉浸在两人的这一刻韶光里。他得到了她，和她一起了，除了他们俩再也没别的什么。虽然表面上他们陌生，可他们在拥抱中超越了表面上的生分，返璞归真了。可到了早晨，他又不安起来，对他来说，她仍然是陌生、未知的。他既害怕又自豪，因为他相信他配得上她。她呢，在重返生活的这一时刻，一切都忘到九霄云外去了，焕发出了精力和欢乐，弄得他一接触她就感到噤若寒蝉。

婚姻，使他变化很大，一切都变得遥远、毫无意义了，因为他懂得了自己强大的生命源泉之所在，他的目光看到了一个新的世界。他真不明白自己以前为什么那么浅薄。他眼前的一切事物，他使唤的牛群和风中摇曳的麦苗，都显出一种新鲜而宁静的关系。

每次回家，他走起路来都显得稳健，充满希望，就像一个将奔向不可名状的齐天洪福的男人那样。晚饭时分，他来到门道里，犹豫了一下才进屋，为的是先看看她在不在。他看到她正在往擦得发白的桌子上摆盘子。她手臂纤细，身段窈窕，穿着一袭长裙。乌黑的头发用发带紧紧地扎起来，发型很标致。反正说来说去这是她的头，标致、动人，向他表明她是他的女人。她在忙着，身着长裙，衣服很贴身，腰上围着丝绸的小围裙，乌黑的头发柔顺地分开，对他显示出所有细微和内在的美。他知道这是自己的女人，他了解她的本性，他能驾驭她。他似乎跟她就是这种关系，就是这样过日子的。他是和一个陌生、难以理解、难以估量的人在一起过日子。

他们并没有故意注意对方。

"我是掐着钟点儿回来的。"他说。

"嗯。"她就以这么一句话作答。

他要么去找狗，要么去找孩子，只要孩子在他就找孩子玩。小安娜整天都在农田上玩耍，常常跑回来向妈妈喊叫一阵，张开双臂抱住妈妈的裙子让妈妈搭理她，也许让妈妈抚摸她一下，然后她又忘乎所以地跑出去玩儿了。

布朗温在和孩子或双膝间的狗说话时，总会注意到穿着紧身的黑衫、披着三角蕾丝披肩的妻子正伸手从墙角的橱子里取东西。他心里怦地一动——她是属于他的，他也属于她。他意识到他是靠她活着的。他拥有她吗？她会永远在这儿吗？也许她会离去？她并不真正属于他，他们的婚姻也不是真正的婚姻，她可能会离去。他并不感到自己是主人，是丈夫，他不是她孩子的爸爸。她属于别的地方，任何时候她都可能离开他。他总是被她牵着，心里总激荡着难以满足的欲望。他不管到哪儿做事，都必须赶回家来找她。即便是这样，他还是没那么贴近她，总不满足，总是不能平静，因为说不定她会离他而去。

到了晚上他就高兴起来了。在院子里干完活儿，回屋来洗净手脸，当孩子入睡后，他手持他那长长的白烟斗在火炉旁坐着，炉架上放一杯啤酒，他能感觉到她坐在对面绣着花儿，时不时跟他聊点什么。这让他感到平安无事，直到清晨。她出奇的缄默，很少言语。有时她抬起头来，灰色的眼睛里透出奇特的光芒，这目光跟他和这个地方毫无关系。她会跟他谈起自己，似乎又回到了过去，主要是回到了她的童年和跟爸爸在一起的姑娘时代。她极少谈到她的第一个丈夫，不过，有时她会眨着明亮的双眼回顾起她的家来，向他讲过去那混乱的年月，讲她和父亲去巴黎旅行，讲起当一阵自我伤害的宗教狂热横扫全国时农民们的疯狂行为。

她抬起头说：

"当人们修起横穿全国的铁路后，又修了一些小铁路，窄轨的，有一百英里长，直通我们那座小城。我还是个小姑娘时，我的德语女教师基丝拉为此大吃一惊，她还不想告诉我呢。可我听到仆人们的议论了。我记得是马车夫皮利说的。我父亲和他的那些地主朋友搞到一辆车，一辆铁路车——你可以坐进去旅行。"

"那叫火车车厢。"布朗温说。

她情不自禁地笑了。

"我知道那是一大丑闻，真的——一大车女子，知道吗？都是些女孩儿，妓女，赤身裸体的，一大车，来到了我们村里，还路过犹太人的村落，那可真是一大丑闻。你能想象得出吗？整个乡村啊！我妈可讨厌那玩意儿。基丝拉对我说：'可不能让夫人知道你听说了这些东西。'

"我妈妈大吵大叫，她真想揍我爸爸一顿，狠狠打他。她大吵大叫，埋怨我爸爸卖掉森林、木材，衣袋里金钱丁当响，花钱去华沙、巴黎和基辅，要求他收回自己的话，不再卖林子。这时爸爸会不为所动地说：'我知道，我知道，我都听到了，早听到了，你不能说些新东西吗？知道了，知道了，知道了。'

嗨，你绝不懂，听他站在门下说：'我知道，我知道，我早就知道'我是多么爱爸爸。母亲改变不了爸爸，就是她自杀了也改变不了爸爸。她能让任何人回心转意，可就是不能让爸爸这样——"

布朗温是不能理解这些的。他头脑里闪现出一车裸体女人的画面，不知道从何处来到何处去，想象着丽蒂雅笑着说父亲欠了债还说"我知道，我知道"，头脑里闪现出犹太人跑到街上去用意第绪语大叫"别这样，别这样"的景象，闪现出发狂的农民们将他们砍倒——她管农民们叫"牛"——她兴致勃勃甚至是兴高采烈地观望时的情景，闪现出家庭教师、女教师、巴黎和女修道院。这些对他来说真是往事纷纭。而她却坐在那里对着天空而不是对着他滔滔不绝地讲故事，显得比他高明多了。他俩之间有一段距离。她滔滔不绝讲话，海阔天空地东拉西扯，对他来说既陌生又离奇，那根本不是他生活中的事。只要他一感到惊讶，她就会笑起来，当然，她并不责怪他。这让他如坠云里雾中，一下子就乱了方寸，无所适从了。上床以后，他知道，他跟她没有什么关系，她还在忆着她的童年，而他不过是个农夫，一个奴隶，一个仆人，一个恋人，一个情夫，一个影子，或者说他什么都不是。他静静地躺着发愣，环视他熟悉的房屋，他怀疑一切是否存在，窗户、抽屉，这些也许是臆想中的东西。渐渐地，他对她大为恼火起来，可并没有对她进行报复，因为他惊诧，因为他们之间还有隔阂，她是个让他感到神奇的人，她身后展示着那么多奇观。他只是闷躺着，大睁着双眼干生气，一言不发。他不知道这是为什么，反正心里充满了敌意。

他一直生她的气，对她爱理不理的，表面上还是老样子，可心里却憋了一肚子气。她也渐渐意识到了这一点，她意识到他跟自己较劲，这真让她恼火。她又开始变得郁郁寡欢，隐入了与神秘、冥冥的力量的交往中。她这种哀怨的样子把他和孩子都快气疯了。他一连几天跟她憋气，一心要改变她这种状况。不久，他们莫名其妙地突然和好了。那天他在地里干着活计，突然全身的紧张都放松了，激情荡漾、热血沸腾，他感到自己有了一股回天之力，他真想折断一路上的树木，创造出一个新世界来。

他回到家，两人招呼也没打一个。他一直等她过来。等着等着，他感到自己的四肢变得粗壮了起来，他的手臂成了他激情的仆人，于是他浑身产生了一股巨大的活力，血液不可遏制地沸腾起来。

她当然要走过去，抚摸他。他心头腾起了一团烈焰，要她，一下子就忘乎所以了。他们相互凝视着，目光深处是深情的微笑。他又一次毫无保留地占有了她，流连于她无尽的丰美。她为此欣喜若狂，把自己的一切秘密都袒露了出来，同时也扑向他的秘密，颤抖着，既因为害怕，也出于极度的欢欣。

管他们是谁，管他们互相了解不了解呢，这有什么关系？

这一时刻又过去了，他们的感受各不相同。对她来说是愤怒、痛苦和丧失，而对他来说则是沉重的劳作，如同和奴隶们一起推磨盘一般①。可这无所谓，他们享受了他们的那一刻韶光，还要重演，他们有所准备，准备在这场戏停止的地方继续，在黑暗的边缘重演。女人的秘密是男人执著猎取的东西，是男人的冒险乐园，而双方都会为这种冒险而献身。

她有了身孕，他们之间又产生了沉寂和距离。她不需要他，也不需要他的秘密和猎取；他被弃之不顾了，被她驱逐了。他怒不可遏，不理这矮小、嘴巴丑陋的女人了。有时他对她发火，可她不哭泣，而是像一只母老虎那样看着他，于是非大吵一场不可。

他不得不再次学着控制自己，可他又不情愿，他恨她，因为她不是为他存在的，于是他干脆就走，去哪儿都行。

可是，他天生就懂得知恩报恩。一想到她会接受他回去并继续跟他好，他就不会走得太远了。他一直赔着小心不走太远。他知道她很可能忽视他，远离他，愈来愈远，愈来愈远，愈来愈远，直到彻底离他而去。他以足够的理智预感到了这些，以便随机应变。但他归根结底是不愿意失去她的，不愿意她离

---

① 见弥尔顿名著《力士参孙》。

开自己。

他怨她冷淡、自私，只顾她自己，是个本性极坏的外国人，什么都不关心，她内心深处既没什么感情也没什么教养。他发怒，历数她的过失，讲得很是有理有据的。不过他还算讲礼数，没有走得太远。他气得浑身发抖：她竟是那么坏，令人憎恶。可他的心是宽厚的，善良的心告诉他，不管怎样他也不想失去她，他绝不失去她。

所以他对她还算不错，还保持着关系。不过他出去的次数更多了一些，逃到红狮酒馆去散心。要知道，她不属于他，她那旁若无人、冷淡寡情的样子，跟她坐在一起就会让他发疯。他在家中待不下去了，所以他要去红狮酒店。有时他会喝醉，不过他还是有分寸的，因为他还没有失去他们之间的默契。

他眼里闪着痛苦的光芒，好像总有什么缠着他不放似的。他看东西的时候，目光是尖锐、迅速的。他实在不能干坐着无所事事，他要出去找个伴儿放纵一阵子。他没别的办法发泄了，他不能塌下心来忘我地工作，他不会。

怀孕的时间越长，她就越让他孤独。她越来越忽视他，他的存在对她来说已经不算什么了。他感到窝火，窝火透了，他真想发作，大闹一通。瞧她那副样子：宁静、彬彬有礼，似乎他是不存在的，那种态度是对待仆人的态度。

可她怀的是他的孩子，他就该忍着点。她坐在他对面做针线活儿，那张异国情调的脸儿显得处之泰然，真令人费解。他真想敲她的警钟，让她注意他，把他放在眼里，她对他置之不理，这真让人难以忍受，他气得真想揍她一顿，让她从此对自己尊敬起来，他生起气来时真想这么干一场。

可是他心中有某种更大的力量阻止了他。他没有动手，而是走出屋来透透气儿，或者从小姑娘那里取得同情和爱恋。他用了全部的力量来求得小安娜的同情和爱，很快，这父女俩竟像恋人那样好了起来。

他怕自己的妻子。她坐在那儿垂首静静地干活或读书。一见到她这副平心静气的样子，他就感到心上像压了一块磨盘，她就是一座磨盘，要把他压扁，就像黑云压城一般。

但他清楚，他不能把她从这种淡漠中强拉硬拽出来，他断然不能强使她看重自己并与自己协调一致，其结果将是灾难性的，也是对她不敬。所以，不管他怎么动肝火，他也要节制自己，可他的手腕直发抖，好像要发疯、要爆炸一样。

十一月份，落叶萧萧，敲打着百叶窗，发出窸窣的响声。他一抬眼皮，眼睛险些冒出火来。狗抬头望了望他，他又低下头去烤火了。他妻子受到了惊动，他注意到她也在倾听着。

"它们咯咯地响呢。"他说。

"什么？"她问。

"树叶子呗！"

她又不说话了。迎风飞舞的树叶打着木头的声音听起来都比她说话亲切。屋里空气很紧张，他连活动活动自己的头都很困难。他全身每一根神经、每一根血管和每一块肌肉都绷紧了。他紧张地坐着，他觉得自己像散了架子的弓，失去了绷力。她没反响，他的箭就无处可射。他保持着自己的自我，拯救自己，不让自己被这紧张和反抗所粉碎。

在她怀孕的最后几个月里，他显得很压抑，一副如临大敌的样子，这种状况一直延续着。她也很沮丧，有时还要哭。她失去的太多了，太需要重新开始生活了。有时她一哭，他会一动不动地站着，感到自己要火冒三丈，因为她不需要他，甚至不想知道他在身边。一看到她皱眉头，他就得往后站，任她独自怅惘去。他知道她又想起了旧时的悲伤，失去的一切、过去生活的痛苦、死去的丈夫、孩子，这些对她来说是神圣的，而他又不能安抚她，那样等于是害她。如果她需要他的抚慰，她会向他求援的。他怀着一颗拳拳的心，孤独地站着。

他强忍着看她落泪。泪水顺着她那张平时除了皱一下眉头外很少有表情的面孔落到她很少起伏的胸部上，她无声无息，只是有时用一种奇怪、麻木的动作掏出手帕来擦擦脸、擤擤鼻子，然后又接着潜然垂泪。他知道他的任何安慰都只能更坏事、更让她厌恶、让她心烦意乱。她非哭不可，这可要把他逼疯了。他的心让她哭得难受极了，头都给她哭疼了。于是他走出了家门。

他最大的安慰主要是来自孩子。最初她疏远他，很腼腆，不管头一天有多友好，第二天准又跟原先一样对他不理不睬，她冷淡、乖僻，老是对他敬而远之。

婚后第一个早晨他就发现跟这孩子不会那么容易相处。天刚亮他就被门外一个细小的声音惊醒了，那声音怪可怜的：

"妈！"

他起来开了房门，发现她站在门槛上，还穿着睡衣，刚从床上下来。她黑黑的眼睛四下里张望着，充满了敌意，金黄的头发乱蓬蓬的。他与孩子面面相觑。

"我要我的妈妈。"她醋劲儿十足地说着，特别在"我的"上面加重了语气。

"那就进来吧！"他很温柔地说。

"我妈呢？"

"在这儿——来吧。"

孩子的眼睛盯着这位一头乱发、胡子拉碴的人，一动不动。母亲轻轻地叫了她一声，她一双光光的小脚才战战兢兢地迈进来。

"妈妈！"

"来，我亲爱的。"

一双小脚飞快地跑了过来。

"我不知道你在哪儿。"说话声挺可怜。

母亲伸出她的双臂，孩子站在高高的床边上。布朗温嘴里念叨着："起来吧"就轻轻抱起大床边上的小女孩，然后自己也上了床。

"妈呀！"孩子似乎生气地大叫起来。

"怎么了，宝贝？"

安娜扭动着爬进妈妈的怀抱，紧紧贴着妈妈，躲着这男人。布朗温静静地躺着，屋里好一阵子寂静。

突然安娜张望了一下，似乎她觉得他会走开。她看到这男人对着顶棚的一张脸。她精致的脸上那双黑眼睛敌视地盯着他，双臂抱住妈妈，吓坏了。他好半天没动窝儿，无从启口。他的脸和蔼可亲，眼睛里充满了柔光，目不转睛地看着她，眼睛里透着微笑。

"你刚醒吗？"他问。

"走开。"她像毒蛇一样探了一下头回敬了一句。

"不，"他说，"我不走，你可以走。"

"走开！"这回是厉声的命令。

"这儿有你的地方。"他说。

"我的小鸟，你不能把你爸爸从他自己的床上赶走。"妈妈和善地对她说。

孩子对他怒目而视，可又对他无能为力。

"这儿也有你的地方，床够大的。"他说。

她怒视着他，一言不发，然后转过身去抱住妈妈，她受不了。

那天她问了妈妈好几次：

"妈，咱们什么时候回家呀？"

"我们这不是在家里吗，小亲亲！我们就在这里住，这是我们的家，我们跟你爸爸住在一起。"

孩子被迫接受了这个事实，可她还是讨厌这个男人。晚上她又问：

"妈，你在哪儿睡觉？"

"现在我跟爸爸睡在一起。"

当布朗温进来时，她厉声问：

"你凭什么跟我妈妈一块儿睡？妈妈原先是跟我睡一起的。"她说话的声音都颤抖了。

"你来吧，跟我俩一起睡。"他应付着说。

"妈！"她向妈妈求援反对他。

"我可是要有个丈夫啊，亲爱的，是女人就要有丈夫。"

"而你喜欢有个爸爸跟你妈妈在一起，对吗？"布朗温说。

安娜瞪了布朗温一眼，她好像在思考。

"不！"她最后厉声叫道，"不，我不想要。"

她的脸慢慢皱成了一团，伤心地啜泣起来。他站在那里看她，很难过，可这又不能改变。

当她懂了这一切后，她就平静了。他跟她相处得很好，同她交谈，带她去看动物，用帽子给她装来一些小雏鸡，带她去拣鸡蛋，教她把锅巴丢给马吃。她很情愿陪伴他，他给她什么她就要什么，可她仍然跟他若即若离的。

她对母亲总是奇怪地、令人难以理解地妒忌，总是焦虑地想着母亲。如果布朗温和妻子赶车去了诺丁汉，安娜会高高兴兴地玩儿，无忧无虑地玩儿上很长时间。可到了下午，她就只会喊："我要我妈！我要我妈！"一边喊一边可怜地啜泣，这让心地善良的蒂丽也跟着抽泣起来。令孩子感到痛苦的是妈妈走了，不回来了。

可安娜似乎对妈妈又是冷淡的，她不服气，爱挑剔，她会说：

"我不喜欢你干那个，妈。"或者说："我不喜欢你那么说。"布朗温及所有的玛斯人都对她感到没办法，可她照样欢蹦乱跳地在场院里玩，不时回来看看妈妈是否在家。幸福嘛，她倒不像，可她敏捷、敏锐、专心、爱幻想、道道儿多。蒂丽说她是中了魔了，但是只要她不哭就没有事。安娜一哭就让人心碎，她那小孩子的痛苦似乎是那么不得了，那么没完没了，似乎是好几辈子的痛苦。

她跟场院上的小动物们交上了朋友，对她们说话，把妈妈讲的故事又讲给它们听。她还给它们出主意，纠正它们的错误呢。

布朗温发现她在通往围场和鸭塘的门口，从栅栏外朝里巴望着，冲着排成弯弯一队的雪白的鹅群大叫：

"人来的时候你们不许叫，不许叫！"

那些四平八稳的家禽抬起头看看栅栏里这张严厉的小脸和发亮的头发，它们抬起头，摇摇晃晃，发出一阵嘎嘎的抗议声，抖一抖美丽雪白的船型身子，排成一溜儿离开了大门口。

"真不听话，真不听话！"安娜跺着脚叫道，眼里充满了伤心气恼的泪花儿。

布朗温问她："它们怎么啦？"

"它们不让我进去。"说着她羞红了小脸，向他求救。

"嗨，会的。你要进去就能进去的。"说着他为她推开了门。

她迟疑地站了一会儿，看着清冷的天气中聚成一堆的白鹅。

"进去呀！"

她大着胆子迈进去几步。听到鹅群里突然爆发出嘎嘎嘎的嘲笑声来，她浑身一阵抽搐，变得呆若木鸡。鹅群在铅灰低沉的天空下昂起头，缓缓地离开了。

"它们不认识你，"布朗温说，"你应该告诉它们你叫什么。"

"它们冲我大喊大叫，太坏了。"她冲口说。

"那是它们以为你不住在这里。"他说。

后来，他发现她在门口尖着嗓子急切地叫着：

"我叫安娜，安娜·兰斯基，我住在这儿，因为布朗温先生现在是我的爸爸了。他是，对的，他是，所以我才住在这儿。"

这可把个布朗温乐坏了。渐渐地，她不知不觉地依偎到他身上，在她这怅惘、孤独的孩提时代，能爬到一种又大又暖的东西上去该多好啊，于是她一头扎进了他那宽大无比的怀抱中，他本能地照顾她、重视她、顺着她。

可她的情感又让人感到别扭。对蒂丽，她抱有一种孩子气的蔑视，压根儿就不喜欢，甚至讨厌蒂丽，因为这可怜的女人是个佣人。这孩子不肯让女佣照顾她，不肯让她干些贴身的事，就是干也不让她干久，安娜对蒂丽就像对待一个低等种类的人，布朗温可不喜欢安娜这么干。

"你为什么不喜欢蒂丽？"他问。

"因为，因为她总耷拉着眼皮瞧我。"

渐渐地，她接受了蒂丽，把她看成是家里的一件东西，而不是一个人。

在头几个星期里，这孩子的大眼睛一直警戒着。布朗温虽然脾气好，可性子却很急，都是蒂丽把他惯得爱发脾气。如果他不耐烦地吵闹，几分钟内就把全家人闹得心慌意乱的话，这孩子就会瞪着眼愤愤地看着他，还会像条蛇那样猛一伸长脖子说："走开。"

"我才不走呢，"他被激怒了，大叫道，"你自己走，快，起来，滚。"说着用手指指门。

这孩子后退几步，脸都吓白了。可一看他有耐心了，她就会鼓起勇气说：

"我们不跟你住一起，"她伸伸小脑袋冲他说道，"你，你是一个那东西。"

"什么？"他大叫一声。

她迟疑了片刻，又说：

"一个那东西。"

"那，你就是个那玩意儿。"

她想了一会儿对策，小脑袋又凑了过来。

"我不是。"

"不是什么？"

"不是那玩意儿。"

"那我也不是那东西。"

他真生气了。

有时她会说：

"我妈妈不住在这儿了。"

"怎么了？"

"我想让她走。"

"你是想要啥东西了。"他随口说。

于是他们好起来了。他坐车出门时一定要带上她。马在门口备好了，他大呼小叫地走进了宁静的房子，闹得鸡犬不宁。

"好啦，托普西①，戴上你的帽子。"

这孩子挺起胸脯，对这种称呼表示反抗。

"我自己系不上帽带。"她傲慢地说。

"你还是个毛孩子。"他说着就笨手笨脚地把帽带给她系在下巴底下。

她扬着脸冲着他，在他胡乱往下巴上系带子时，鲜红的小嘴动了动说：

"你在胡扯淡。"她这是学他讲话呢。

"你的脸脏得像只鞋子。"他说着掏出一块满是烟草味的大红手帕来在她脸上一通好擦。

"小猫在等我吗？"她问道。

"嗯，不过还是先把你的脸擦干净吧，瞧，就像猫舔你的脸一样。"

她高兴地服从了。他放开她后，她就单脚着地、另一只脚别在身后，咯噔咯噔地跳走了。

"哎，我的小兔子，赶紧着！"

她走过来套上大衣，这两人就启程了。她浑身包得严严的，在双轮小马车上紧挨着他坐着，感到他宽厚的身体晃来晃去撞着她，觉得可好玩儿了。她喜欢马车这么晃晃悠悠的，那样，他高大有力的身躯就会不时地碰她。她笑了，放声大笑了，眼里闪着光芒。那笑声真让人喜欢。

她脾气乖戾，可又富有同情心。母亲生病时，她当护士，在卧室里一直踮着脚走路，做起事来既周到又耐心。那天，妈妈有点不顺心，她就又叉腿站着，双脚撑着拖鞋帮儿，两眼怒视着。看到小鹅在蒂丽手心里蠕动，她哈哈笑起来。当她看到蒂丽用一根小肉扦往鹅嘴里喂食时，她又笑得浑身直颤。她对

---

① 《汤姆叔叔的小屋》里奴隶女孩的名字。

062

小动物们可狠了，一点儿也不爱怜它们，在它们中间跑来跑去的样子，活像个冷酷的女管家。

夏天来了，正是收干草的时候，安娜此时就像个棕色的小机灵鬼儿蹦来蹦去的。蒂丽总是好奇地看着她，但不是很喜欢她。

这孩子总惦记着她妈妈。布朗温太太平安无事时，这小女孩只管尽情玩儿，对她不怎么在意。可秋天来了，秋收过去了，随着产期临近，布朗温太太变得反常、怪僻了，布朗温则开始锁紧眉头，这孩子又恢复了原来焦躁不安、暗自猜疑的老毛病。如果她跟爸爸到田里去，她就不撒开了玩儿，而是央求说：

"我想回家。"

"回家？怎么才来就要回家？"

"我想回家。"

"为什么，哪儿不得劲儿？"

"我想我妈妈。"

"你妈？你妈根本不想你。"

"我想回家。"

眼看着她就要哭了。

"你不是认识路吗？"

他看着她默默地沿着篱笆一溜小跑儿，急切但脚步稳当，头也不回地穿过大门，一直跑到两块田地以外，身影变小了，可她仍然在急切地朝前跑。他脸色阴沉起来，又自顾犁起收割后的土地。

时光流逝，篱笆上浆果红透了，挂满了光秃的枝头。知更鸟鸣啭，鸟群像一排浪花滚过休耕的土地。乌鸦扑棱着翅膀呼啦啦地冲向田野来。他拔萝卜时感到土地已经冰凉了，道路已变得泥泞难行。待把萝卜都码好，盖上土储藏起来后，活儿就少了。

屋里黑洞洞的，鸦雀无声，孩子不安地在屋里绕了一圈，惊讶、可怜地叫着：

"妈！"

布朗温太太身孕很重，懒洋洋的，不愿意回答她。布朗温继续在户外干他的活计。

晚上他进屋挤牛奶时，这孩子就跟在他身后。在舒适的牛棚里，门关着，一盏吊灯在支棱着的牛角上方亮着，屋里暖洋洋的。站在高处，她看着他的手有节奏地挤着牛乳头，牛很安静地让他挤着，奶子喷着奶水。他的手有时缓缓地揉着垂下的牛乳房，对此他了如指掌。就这样，他俩一直做伴儿，可心里总隔着一层，很少说话。

一年中最黑暗的日子到来了，这孩子挺愁苦，叹着气，好像很压抑，跑来跑去的仍然踏实不下来。而布朗温则埋头干着活，心情如同这泥泞的土地一样沉闷。

冬夜降临得早，不到喝茶时分就得掌灯了。百叶窗都关上了，大家被关在屋里，感到紧张和压抑。布朗温太太早早就上床了。安娜在床边的地板上玩耍。布朗温坐在楼下空荡荡的屋子里抽着闷烟，甚至很少意识到他自己的痛苦，不时地走出屋去散散心。

圣诞节过去了，阴冷潮湿的一月又到了。这天气使人厌倦，但时不时地也能看得到一丝湛蓝的晴空。清晨，布朗温走出门来，见到外面透明清澈，习惯的声音又响起来了，很多鸟儿突然飞到篱笆上来了。此情此景令他兴致大好，管他妻子有多么乖戾、忧郁，自己是不是渴望跟妻子在一起，这都无所谓。空气中响着清亮的声音，天空像一块水晶，像一只铃儿，土地是坚实的。有了这些，那些算得了什么？他愉快地干着活计，目光炯炯，红光满面，浑身有使不完的劲儿。

周围的鸟儿忙着啄木，强壮的马匹待命上路，光秃秃的枝丫摇曳着，像人在伸懒腰，攒足了力气直冲云霄。他精力充沛，渴望生活，如果他妻子心情沉重，跟他合不来，自己躲起来，就由她去，自己照样我行我素。事情都是有一定之规的，该怎样就怎样。与此同时，他听到远处传来一声雄鸡的啼唱，一轮淡淡的月影在蓝天中渐渐隐没。

他痛痛快快地扯开嗓子冲着马群吼了起来。唉，要是能驾车去伊开斯顿，碰上一位如花似玉的女人买东西，他就要勒住马，招呼她，把她拉到车上来，跟她紧紧地靠在一起。他的眼睛闪着光，热烈地欢叫、嬉笑、逗她，她的小脑袋就会更漂亮，她就会热血沸腾起来，他俩都会激动万分，那个早晨该多美呀。

管他心灵深处是苦还是忧呢，那只是在心灵深处，让它就埋在心底吧。他的妻子，她在受罪，她即将临产，嗯，是的，这是免不了的。她是在受罪。可他呢，一个有七情六欲的大活人却在门外。他要是再奉拉个脸不高兴，白找罪受，岂不是太荒唐，太下作了吗？对，今早他高兴，驾车进城时，马蹄子踏着坚实的土地，咔咔作响，是的，他高兴，即便这世界有一半人为另一半人哭丧，他也要高兴。想到这些，他感到似乎身边就坐着一位快活的女郎。不管发生了什么事，不管谁死了，女人却是不朽的，让那不能抗拒的苦难降临吧。

黄昏时分，天空绚丽多彩，落日之上浮动着一圈玫瑰色，又渐渐隐退成淡紫色，南北两方则是满天青光。一轮橘黄色硕月已经高挂在东半天上，光华四射。走在落日和月亮之间是多么令人心旷神怡啊。路上的小冬青树那黛色的身躯直耸入玫瑰色与淡紫色的天空中。月光中，天上飞掠过一群群欧椋鸟。可路的终点在哪儿啊？

痛苦已经达到极点了。接下来，他的心和脚步都感到沉重，他的头脑僵了，生命会就此完结。

一天下午，阵痛开始了。布朗温太太被抬上床，接生婆也请来了。夜幕降临，百叶窗关上了。布朗温进屋来喝茶，吃面包。安娜在暗暗地发抖，静静地玩着玻璃珠。屋子里空荡荡的。好像在冬夜里敞开着大门一样，好像这房子没有墙壁似的。

不时传来女人分娩时的呻吟声，这声音显得遥远，震动着屋里的一切。布朗温坐在楼下，心思却也不全在这里。他内心深处的自我是和这女人分不开的，同样在受着折磨。可他外在的自我又禁不住回想起小时候猫头鹰围着农舍打转转的情景，他又回到了自己的少年时代，他被猫头鹰吵得心惊肉跳，忙喊醒哥哥跟他聊天。一会儿，他的心思又转到那鸟儿庄重的面孔上。它们扑拉着宽宽的翅膀，飞快地翱翔着。一会儿，他又想起哥哥打死的鸟儿，一身软羽毛是土灰色的，软塌塌的一团，像睡着了一样，那玩意儿可真是个怪物，死猫头鹰。

他把茶杯举到嘴边，看着安娜玩玻璃珠。他头脑里想的全是猫头鹰，荡漾着儿时与兄弟姐妹在一起时的气息。不过，现在最要紧的是，他和正在分娩的妻子在一起，一个孩子正在从他们共同的肉体中诞生。他和她是一体，生命必须从此产生。那种撕裂并没发生在他身上，可他感到自己的身体被撕裂了。打击是落在她身上的，可其余波却传到了他的身上，直至每一根神经。为一个生命的到来，她非得被撕裂了不可。可他们仍然是一体①，追溯回去，这个生命是他给她的。他还是完整的他，可他的手臂上却托着一块破碎的石头。他们俩的肉体就是一块石头，生命就从这里迸发出来②，迸发自她受到击打和撕裂的肉体，迸发自他颤抖屈从的肉体。

他上楼去看她，一进屋她就对他说起波兰话来。

他忙问："感到很不舒服吗？"

她看了看他，天啊，她疲惫得都听不懂这种语言了，懒得听他说话了，无法顾及他了。她极力去辨别，辨别这个在床前看着她的黄胡子男人是个什么人。她明白一些他眼里透出来的目光，可她不懂他的意思，于是她闭上了双眼。

他转过身去，脸色苍白。

"情况还不错。"接生婆说。

---

① 《创世记》第 2 章，第 24 节。

② 参见《圣经·民数记》第 20 章，第 11 节，摩西杖击磐石，水从石头中涌出。

他知道，他这样会让妻子紧张的，忙走下楼梯。

安娜抬头看着他，惊恐万分地说："我要我妈妈。"她颤抖着。

布朗温心不在焉地轻声说："她现在正不好受哩。"

她看了看他，露出失望、胆怯的神色。

"她头痛吗？"

"不，她要生一个孩子。"

安娜四下张望了一下，他没注意她，她孤零零的，怕极了。

"我要我妈妈。"她吓得哭起来了。

"让蒂丽给你脱衣服上床，你累了。"

屋里静了一小会儿，分娩的叫喊声又打破了沉寂。

"我要我妈妈。"孩子退缩着发出了恐惧的叫声。她是感到孤单凄凉。

蒂丽又走过来，她的心都碎了。

"来，让我给你脱衣服，我的小羊儿。"她哄着孩子说，"明天早晨你就能见到妈妈了，别难过，我的小鸭子，别发愁，我的小天使。"

可安娜仍旧背朝墙壁站在沙发上不依不从。

"我要我妈妈。"她哭叫着。小脸儿抽动着，声泪俱下，这孩子痛苦极了。

"她正难受哩，我的小羊。今天晚上她正难受，不过明天一早就好了。哦，别哭，别哭，小宝贝，妈妈不愿意你哭，是不是，心肝儿？对，她不愿意你哭嘛。"

蒂丽轻轻地拉住孩子的裙子，安娜劈手夺回自己的衣服，歇斯底里地叫道：

"你别脱我的衣服，我要妈妈。"她脸上淌着痛苦的泪珠儿，浑身哆嗦。

"唉，让蒂丽帮你脱衣服，蒂丽喜欢你，今儿晚上别任性啊。妈妈不好受哩，她不喜欢你哭。"

这孩子发狂地哭着，她实在忍不住了。

"我要我妈妈。"她还是哭。

"你脱了衣服就可以去看妈妈——一定得脱衣服，宝贝。让蒂丽帮你脱，你是一颗睡衣里裹着的小珍珠，心肝儿，别哭，别——"

布朗温直挺挺地坐着，感到脑子都发僵了。他走到屋子另一边去，只听到安娜没完没了地抽泣着。

"别出声。"他说。

这句话又把孩子吓了一跳。她不住地哭泣，透过泪眼，她警觉地看着一切，生怕发生什么事。

"我要——我——妈。"孩子自顾抽泣着说。

布朗温气得两腿直打颤。这哭声没完没了，毫无道理，让人心烦意乱。

"你一定要脱衣上床。"他忍着火轻声说。

他伸手去抓她，感到她哭得浑身直哆嗦。不过，他也急了，不顾一切，带着气去解她的兜兜，她想躲又躲不成，全身让他抓得牢牢的。他胡乱解着扣子和带子，什么都不管不顾，他让她气坏了。她一直紧张地挣扎着，可他还是给她脱下了外衣和内衣，露出了白白的胳膊。她木呆呆的，让他给镇住了，他接着干他自己的，她一直在啜泣着喊：

"我要妈妈。"

他闷头不语，毫无表情。这孩子这会儿是不能理解他的，她已经成了一个小木头人了，任他摆布。她就会哭，浑身哆嗦，重复着一句话。

"哎呀，我的老天爷！"蒂丽自己也发疯般地吼叫起来。

布朗温吭哧了好半天，一个劲儿地忙，这才把她的小衣服都脱了下来。这孩子脱得光光的，在沙发上等着换衣服。

"她的睡衣呢？"他问蒂丽。

蒂丽拿来了睡衣，他把衣服披在孩子身上。不过，安娜可没照着他的想法做，胳膊、腿都不动弹，他不得不硬给她套上。安娜死心眼儿地站着，不顺从他，浑身抖着抽泣，嘴里就那么一句话。他逐个搬起她的腿，脱掉了她的鞋袜。

"喝水吗？"他问。

她一动也不动，看也不看他一眼，就在沙发上站着，向后退着，握着的拳头半举着。她的小脸上挂满了泪珠，泪眼婆娑地抬着头，抽抽搭搭地说：

"我——要——我——妈妈。"

"我问你要不要喝水。"

没回答。他双手举起这直挺挺不屈的女孩子，她那犟劲儿真把他气得够呛，恨不得一下子把她折断。

他把安娜放在他的膝上，又坐回到炉边的椅子里，耳边还响着安娜抽抽搭搭、稀稀溜溜的哭声。这孩子直绷绷地坐着，不服他，睬都不睬他。

他越发气恼了。大人说波兰话、吼叫着分娩，孩子又不听话、哭哭啼啼。这又怎么样？干吗要把这些放在心上？让她喊她的，让那孩子哭闹去，她们愿意这样就由她们去吧，他干吗斗这份儿气，由它去吧。她们要怎么着就让她们怎么着算了。

他迷迷糊糊地坐着，不斗气了。孩子还在哭，时间一分一秒地过去了，他有点麻木了。

过了一会儿，他醒来了，忙去照顾孩子。他被那张哭得泪人儿似的脸吓了一跳。他胡乱把她的湿头发往后拢了拢。安娜像一尊悲哀女神的活雕塑，还哭个没完。

"唉，不至于那样，不至于，安娜，我的孩子，来，干吗哭起来没个完？好了，别哭了，你会哭伤身子的。我给你擦干脸，可别再哭湿了。别再哭了，别哭了，没那么可怕。哦，哦，就哭到这儿算了。"

他的声音漠然、平静得出奇。他看着这孩子，她正气得什么似的，他要让她停止哭泣，让一切都停下来，恢复正常。

"来呀，"他站起来转过身说，"我们去给牲口喂晚饭。"

他拿起一块披巾裹上她，抱着她到厨房里去找马灯。

"这大黑天的，你别带孩子出去，"蒂丽说。

"哦，出去一下她就安生了，"他说。

外面下着雨，黑咕隆咚的，安娜猛然被打在脸上的雨点子吓得一惊，不闹了。

"在老牛睡觉前，我们要给它们点儿吃的，"布朗温把她抱得紧紧的，跟她说着话。

雨水哗哗流进储水罐里，雨点子"劈劈啪啪"打在她的披巾上，马灯摇晃着，在一条潮湿的小路和墙基上洒下灯光，不然就黑得伸手不见五指。

他开了上下门，他们进了牲口棚，这里又高，又干燥，就是不暖和也让人觉得暖融融的。他把马灯挂在钉子上，关上了门，他们就在另一个世界里了。灯光柔和地照着木头棚子，照着雪白的墙壁和一大堆干草，一件件工具投下一片片偌大的阴影，一架梯子直通黑乎乎的阁楼。外面雨声阵阵，棚里灯光柔和，气氛安谧。

他一只手抱着孩子，另一只手开始给牛备料，填满了一锅铡好的草、酒糟和一点粮食。这孩子惊奇地看着他。在新的环境下，她像换了一个人似的，不哭了，偶尔抽泣一下，耸耸肩，那是刚才哭得太厉害，余波未止。她吃惊地睁大眼睛，恬静不语，那样子怪招人疼的。

梦一般的，他表面上尽管很平静，可心里却很沉重，他手提着满满一锅食料站起身来，另一只手还小心地抱着孩子。披巾的绸子边儿轻轻摆动着，食料溢出来流到了地上。他沿着食槽后的一条昏暗过道走着，母牛都从黑暗中伸出头来。孩子赶紧缩回身去。他用力保持着平衡，把锅放在食槽边上，给两头牛一边倒一半。母牛的脑袋上下使劲儿动着，拴牛的链子发出一阵阵哗哗声。牛静静地吃着草，吃得舒服而满足，就发出悠长的鼻响。

他得来回走这么几趟才行。棚子里响着有节奏的铲子铲饲料的声音。布朗温就在这两头大家伙之间来回走动着。孩子从披巾里探出头张望着。第二次他猫下腰时，安娜张开双臂搂住了他的脖子，轻柔、温暖的身体贴在他身上，这样他干起活来就容易多了。

牲口都喂完了。他放下锅，坐在一个箱子上照顾孩子。

"老牛现在就去睡吗？"她屏住呼吸问。

"对。"

"它们得先把东西都吃光了才睡吗？"

"对，你听。"

他俩静静地坐着谛听阴影里老牛吃草时发出的鼻响和呼哧声，它们像是在跟这小牲口棚说话。墙上的马灯洒下微弱的灯光。外面还在下雨。他低头看看这块佩兹利披巾①，这使他想起了自己的母亲，她习惯披着它上教堂。他又回到了自己的孩提时代，那时他无忧无虑。

他俩静静地坐着，他的头脑恍恍惚惚的，越来越朦胧。他把孩子抱紧了，感到她哭泣时的战栗一直传到四肢上，于是他把她抱得更紧了。慢慢地，她全身放松，黑亮、警觉的双眼开始合上了。她沉入梦乡了，布朗温的头脑变得空荡荡的了。

他好像刚从梦中醒来，发现自己静静地坐了好长时间了。他刚才倾听什么来着？他似乎是在倾听远方的一个声音，那声音发自生命的彼岸。他想起了妻子，他必须回到她身边去。这孩子睡熟了，眼睛没全合上，缝隙里露出浅淡的黑瞳孔。她为什么不闭上眼睛呢？她的嘴巴也微微地张着。

他轻轻地站起身朝家走去。

蒂丽轻声问："她睡了？"

他点点头，这女仆走过去探视睡在披巾里的孩子，她两颊热得发红，眼圈却是苍白的。

"上帝可怜可怜她吧。"蒂丽晃着头轻声说。

他脱掉靴子，抱着孩子上了楼。他感到自己的心都揪紧了，为妻子捏着一把汗。不过，他还算镇静。屋里静悄悄的，只听得见屋外的风声和雨水滴在储水罐里的"哗啦"声。妻子的房门下透出一丝灯光来。

---

① 一种产于苏格兰的古典花纹披巾。

他把孩子安放在床上，没给她解开披巾，生怕她在冰凉的被褥上着凉。又怕她不便活动自己的胳膊，他又给她松了松披巾。她的眼睛睁开了，漠然地看了看他，又闭上了。他给她盖好被子，她又抽泣了一声就睡着了。

这儿是他的房间，结婚前他就住在这间房里，对这儿他太熟悉了。他还记得自己还是个无忧无虑的年轻人时的那副样子。

他心绪不宁。熟睡的孩子从披巾里伸出小拳头来。他想告诉女人说她的孩子已经睡下了，那他必须到另一层楼去。他去了，那里响着猫头鹰的声音——女人的呻吟。这声音是多么不可思议呀！这不是人的声音——至少对一个男人来说不是。

他下到她的房间里，蹑手蹑脚地走了进去。她静静地躺在床上，眼睛闭着，脸色苍白，疲惫不堪。他的心都快跳到喉咙里来了，真怕她死了。可他知道，她没有死，他看到她的头发散披在前额上，嘴痛苦地咧着。在他看来她是美的——但不是人的美。她躺着，他却怕她，她跟他有什么关系呢？[1] 她跟他完全是两码事呀。

他莫名其妙地走过去摸她攥着床单的手指，她睁开灰褐色的眼睛看了看他，她不理解他的心思。但她知道他是她的男人。她看着他，女人分娩时都这样看她的男人，看着这个在她身上创造了一个孩子的人，那目光淡漠索然，只是这一时刻中女性对男性的一瞥。随之她的眼睛又闭上了。他感到身上掠过一股寂静的火，烧着他的心，烧着他的肺腑，随后变得无影无踪。

又是一阵剧痛，她被疼痛撕裂了。他扭过头去不忍心看她了。但是他那颗苦煎苦熬着的心平静下来了，舒畅了。他走下楼，出了门。在屋外，他迎着雨水扬起脸来，感到黑暗正渐渐向他袭来。

黑暗中雨水的疾速抽打使他镇定下来，他踏实了。他转进屋，怪可怜的。有一个茫茫无垠的世界，永恒不变，生命的世界也是这样的。

---

[1] 《新约·约翰福音》第 2 章，第 4 节。

第三章　安娜·兰斯基的童年

　　汤姆·布朗温从来没有像爱继女安娜那样爱自己的儿子。当他听说生的是个男孩子时，他大为激动。他可当上爸爸了，有了儿子真让他心满意足。可他不觉得对这小娃娃特别喜欢，他是他爸爸，这就够了。

　　他的妻子是他儿子的母亲，这才是件让人高兴的事儿。她平静，有点阴郁，似乎是一棵刚移植的树。生个孩子后她看上去跟换个人似的。现在，她是个真正的英国人，真正的布朗温太太了，不过她好像不那么生气勃勃的了。

　　在布朗温眼里，她风采依旧。她依然激情满腔，燃着一团生命之火，当然这团火并不炽烈，也没有燃烧在表面上。她目光炯炯，容光焕发，可却像一朵树阴里的花，受不了强光的照射。她爱孩子，可就是这样的母爱也笼罩着一片阴影，她仍然有点心不在焉。布朗温一看到她照料孩子时那幸福、沉醉的神情，就像让微火烧了一样痛心，他明白，他必须克制住自己不去接近她，他又想找回那热烈的、极度的爱与激情的交融，就像他们最早时那样。曾几何时，他俩都热烈得不能再热烈了。他有过这样的体验，他现在还需要这个，永远渴求这个，从来不为此后悔。

　　她回到了他身边，像原先一样，抬起下巴，嘴唇凑了上来，令压抑着激情的他晕头转向。这次她又回到了他身边，他高兴得心花怒放，他正巴不得呢。他拥有了她，这回跟以前差不多一样。

　　也许跟以前就没两样，反正这让他懂得什么叫完美了，这成了他长久、永恒的感知。

　　可在他不想结束的时候，它就结束了。她结束了，不能接受得更多了，可他还没有疲倦，还想继续，但这已经不可能了。

他不得不从此尝尝苦头，有所节制，不能随心所欲了。她对他来说就是所有的女人，其他女人都是她的影子。她已经满足了他，可他还要继续。可这已经不可能了。不管他怎么生气，不管他怎么窝火，怨恨她不需要他，不管他怎么发脾气、灌醉自己、骂大街，这都是白费力气。他得明白，她不是不想如他希望的那样对他充满欲望，而是她不能那样了。她需要他，但只能按自己的意愿去做、自己掌握分寸。要知道，在成为一个接受他并满足他的女人之前，她早就是过来人了。她接受他并满足了他，她现在仍要这样，只是她要自己选时间，按自己的方式来。在她面前他要控制自己，节制自己才行。

他意欲把自己全部的爱、全部的激情和一身力气都献给她，可这不可能，他必须找点别的事干，以转移自己的生活中心。她已经和孩子紧紧地连在一起了，于是他嫉妒起这孩子来。

可他是爱她的。是时间给他受阻的生活之流开辟了一条航道，所以这股激流没有在受阻时泛滥成灾。他转向了她的孩子安娜，安娜成了他另一个爱的中心，渐渐地，他的生活之水分流了，流向了这孩子，对他妻子来说这等于是分洪。他还与别的男人结伴相聚，时常酗酒作乐。

娃娃出生后，安娜不再像以前那样为妈妈担心了。看到妈妈跟小男娃在一起时那么愉快、安详，安娜先是感到纳闷儿，然后渐渐开始气恼，最后便我行我素，不再为妈妈而苦自己了。她变得更孩子气了，不像以前那样承担自己不懂的责任了，那时她表现得有点儿不正常。以前她要听妈妈的话，讨妈妈喜欢，现在用不着了。这孩子渐渐地自由了，变成了一个独立、无忧无虑的小丫头了，要爱谁全由她自己。

按她的意愿，她最爱布朗温，或者说对布朗温的爱最明显。这两人到一起就痛快多了，他们两人总有共同的事可干。他到晚上就教她数数，教她识字，这令他快活。他还把忘了个一干二净的儿歌都搜肠刮肚地抖搂出来，教给她。

起初，她觉得这些儿歌挺没趣儿的，可他一笑她就跟着笑，儿歌也就随之成了笑料。她觉得老科尔王①就是布朗温，哈巴德老妈妈②就是蒂丽，而她自己的妈妈就是那位住在鞋子里的老婆婆，这一套胡说八道让安娜喜欢得不行。可跟妈妈在一起的日子里她听到的那些动人心弦的民间故事却总是让她这小人儿心神不宁，疑神疑鬼的。

　　她跟她爸爸一样不管不顾、无忧无虑，会寻开心。他喜欢把她逗得高声叫喊、笑着跟他作对。小弟像妈一样长着黝黑的皮肤、黑头发和淡褐色的眼睛，为此布朗温管他叫黑鸫鸟儿。

　　"哈罗，"布朗温一听到小娃娃哭嚷着要出摇篮就会喊，"黑鸫鸟儿叫了。"

　　安娜也会开心地叫："黑鸫鸟儿唱歌儿呢！黑鸫鸟儿唱歌儿呢！"

　　布朗温俯在摇篮上说："馅饼一切开，鸟儿开始唱。"③他低沉的声音嗡嗡作响。

　　安娜叫道："这小东西不正是国王的一盘好菜吗？"她说着俏皮话，眼睛兴奋地闪着光芒，看着布朗温，想要得到他的肯定。他坐在娃娃身边大声说："唱起来呀，我的宝贝儿，唱呀。"

　　娃娃又大声嚷起来，安娜则开心地叫着，疯狂地跳着：

　　　　唱支歌儿，六便士，
　　　　采鲜花儿，满袋子，
　　　　啊——嚏，啊——嚏。④
　　　　……

---

　　①　传说中的不列颠国王，性情快活，爱喝酒，是儿歌和儿童诗中的主人公。

　　②　一首古老的英国儿歌里的人物，儿歌名为《哈巴德老妈妈》。

　　③　著名的《六便士之歌》的歌词。原歌词里讲到二十四只黑鸫鸟被放入馅饼里烤，但切开馅饼后鸟儿们竟然开始歌唱。

　　④　安娜此时由《六便士之歌》串到另一首童谣《玫瑰》上去了。

唱着唱着她突然静下来，看看布朗温，眼睛扑闪扑闪的，快活地大喊：

"我唱错了，我唱错了！"

"哦，我的天哪！"蒂丽走过来说，"吵吵什么！"

布朗温要孩子静一静，可安娜偏偏要蹦起来接着跳舞，她就喜欢跟她爸爸闹。蒂丽讨厌她这个，不过布朗温太太倒不在乎。

安娜从来不把别的女孩子放在眼里，她对她们称王称霸，好像人家都是小不点儿，什么都不行，比不上她似的。所以她总是一个人在农庄上跑来跑去，对帮工的、对蒂丽和女仆撒娇，没完没了地疯跑。

她喜欢和布朗温一起乘马车，在里面坐得高高的，车子疾驰着，让她大出风头，好不威风，这样虚荣心就满足了，她骄傲极了、疯极了，她觉得她爸爸挺了不起。他挥舞着鞭子赶着马车沿着高大茂盛的树篱笆飞驰，安娜高高地坐在车上看着周围的田园景致。当人们从车下冲他们打招呼，布朗温快活地回话时，她那细小的声音也跟着响起来，还一个劲儿地"咯咯"笑。她抬起头，明亮的眼睛看着爸爸，父女俩会对着脸笑上一阵子。路人按老规矩问候他们：

"你可好啊，汤姆？哟，小姐！""早上好，汤姆！早上好，小丫头儿！""你们一块儿去呀？""你们爷儿俩在一起可是少见哟。"

安娜会跟爸爸一起回答："约翰，你好啊！威廉！你早啊！对，我们去达比！"她一个劲儿扯着嗓门儿喊。别人对她说："你们出双入对儿呀？"她会回答说："哎，就是！"这回答逗得大伙儿都高兴。她不喜欢人们只冲爸爸打招呼而把她给冷落了。

只要爸爸去酒馆，她就跟着去，他喝啤酒或白兰地时，她就在一边坐着。女老板冲她献殷勤，显出一副老板娘们那特有的拍马溜须的样儿。

"哟，小姐，请问你的尊姓大名？"

"安娜·布朗温，"她马上就作了傲慢的一答。

"嘿，说得是哩！喜欢跟你爸爸一块儿坐马车吗？"

"嗯，"安娜羞羞答答地应付着。她讨厌这些蠢话。

大人们一这样无聊地东问西问，她就爱答不理的。

"我觉得，这小姑娘是个小机灵鬼儿。"老板娘对布朗温说。

"噢。"他哼一声，他不希望别人评论这孩子。

一会儿老板娘又送给安娜饼干或蛋糕什么的，安娜一一收下了，把这当成是理所当然的事。

后来她问："她说我是个小机灵鬼儿，是什么意思？"

"她说你伶牙俐齿。"

安娜犹豫了一会儿。她虽然听不懂，可她觉得这话怪可笑的。

以后，每星期他都带安娜去赶集。

每逢星期六或星期四早晨，他衣冠楚楚地打扮成个乡间绅士样儿，她就会问："我也去，行吧？"他立即就面带难色。

可最后，他还是豁出去，把她安置在自己身边坐下，驾起马车驶向了诺丁汉，然后就住在黑天鹅旅店里。情况还算不错。他想把她留在旅店里，可一看她的脸色就知道这可使不得，于是他鼓足勇气，拉起她的手一块儿去牛市。

她惊奇地看这看那，在他身边默默地打转，可一到牛市上她又让人群吓得直躲。到处都是男人，他们穿着笨重的脏靴子，缠着皮裹腿，路上满是牛粪。她更怕见关在牛栏里的老牛，那么多犄角，那么小的牛栏，而人们个个儿都像疯子。听听，牛贩子们在扯着嗓子叫喊。她还感到爸爸让她搞得很不自在。

他从小吃摊上给她买了一块糕，给她找了个座儿坐下。一个人打招呼说：

"早上好啊，汤姆！那是你的孩子吗？"这位胡子汉说着还向安娜点点头。

"嗨。"布朗温很不自在地支吾着。

"都这么大了，还没见过呢。"

"不是我的，是我老婆的。"

"说的是呢！"这人看看安娜，好像她是一头奇怪的小牛，她的黑眼睛怒视着那人。

布朗温要出去看看牛犊的行情，就把她托给伙计照看着。她本能地躲避着这些肮脏、粗野的农夫、屠夫和牛贩子们，可他们都盯着坐在那儿的她，一边买喝的一边大声小气地议论她，那话粗野极了。

"那是谁家的孩子？"他们问伙计。

"是汤姆·布朗温的。"

这孩子干坐着没人理，两眼直盯着门口盼爸爸回来。可一拨又一拨的人都来过了，就是他没回来，她只好孤孤单单地坐着。她知道一个人是不能在这种场合哭鼻子的。别人疑惑地看着她，她干脆理都不理他们。她感到特别孤独，浑身发冷，可爸爸还不回来。她一动不动地继续坐着。

她坐了很久，脑子一片空白，这时布朗温回来了。她从座位上滑下来去迎他，就像一个刚起死回生的人一样。他用最快的速度卖了他的牛，但生意上的事还没完呢。他又带上她走进了熙熙攘攘的牛市里。

他终于办完了事出了牛市的大门。一路上他总是冲这个那个的人打招呼，时不时停下脚步跟人家聊聊地里的事，聊聊牛啊马啊什么的。这些她都听不懂，只能站在脏乎乎的地上听他们说话，周围全是男人们的腿和大靴子，臭烘烘的气味熏着她。不过她总是听人们问这样的问题：

"这丫头是谁呀？我怎么不知道你都有这么大的闺女了？"

"是我老婆的。"

安娜十分清楚自己是妈妈的孩子，因此感到孤独。

最终他们总算离开那儿了，布朗温和她一起进了"笼头匠"大门里一家黑洞洞、古色古香的小餐馆儿。他们点了牛尾汤和肉、卷心菜与土豆。别人一进这个黑暗的拱顶餐馆来吃饭，安娜就会睁大眼睛暗自好奇。

随后他们又去了大市场，到了谷物交易市场，然后去逛商店。他在一个小摊上给她买了本书。他就喜欢买些稀奇古怪的东西，认为有用的他就买。买完东西他们进了黑天鹅酒馆，她喝牛奶，他喝白兰地，喝完就套上马赶着车上了达比路^①。

　　她幻想着，想累了，都懒得再想了。可第二天再想起来，她会蹦蹦跳跳，悠着小腿跳起稀奇古怪的舞蹈来，还会没完没了地讲她的所见所闻，能说上一星期。到了下一个周六，她又会渴望再去。

　　牛市上的人们都熟悉了这个坐在小摊上看热闹的小女孩。不过她最喜欢去的是达比，她爸爸在那边的朋友更多。她喜欢那个小点的城市，对那里更熟悉，那个城市离河更近，虽然也让她感到奇怪，但不让她害怕，因为它比诺丁汉小多了。她喜欢那个有顶棚的市场，喜欢那个老太太。她喜欢乔治客栈，爸爸就在那里歇脚。客栈老板是布朗温的老友，很宠安娜。她经常在舒适的大厅里坐着和红头发胖老板维金敦聊天。中午十二点农夫们回来吃午饭时，她就成了个小英雄了。

　　起初，她只是看他们不起，觉得他们说话粗野。不过他们可是些好脾气的人呢。在他们眼里她可是个小稀罕物儿，一头浓密的金黄头发如同一根根玻璃丝围绕着红苹果花一样的脸和黑黑的眼睛，那黄发就像一圈灿烂的光环。那些人就喜欢这样的小稀罕儿，她把他们都吸引住了。倒是一个从琥珀门来的叫麦利奥特的乡下绅士^②把她惹怒了，那人管她叫臭鼬。

　　"哟，你是个臭鼬啊！"

　　"我才不是呢。"她气坏了。

　　"你就是。臭鼬就是你这样的。"

　　她思忖了一会儿说：

　　"那，你就是，是个——"

　　"什么？"

　　她上下打量了他一下说："你是个罗圈儿腿。"

---

　　①　这是诺丁汉城通往达比郡的一条大路。

　　②　Gentleman-farmer，一类以农活为消遣但不以此为生的人。

他真是个罗圈儿腿。人们立即大笑起来。他们就喜欢她这股子犟劲儿。

"嗨，"麦利奥特说，"只有臭鼬才这么说。"

"行，就算我是臭鼬吧，"她生气了。

人群中又爆发出一阵哄笑。

他们就爱逗她。

"唉，我的小姑娘，"布莱斯威对她说，"你看这羊毛怎么样？"

说着他摸了摸她一缕微微发光的头发。

"这不是羊毛。"安娜说着生气地扯回自己那缕被侵犯的头发。

"那，这是什么呢？"

"这是头发。"

"头发！啥子地方长这样的头发？"

"啥子地方？"她学着他的口音，感到好奇极了。

他没回答，反倒快活地叫了起来。他让她讲了土话，这是个胜利。

安娜有个对头，人们叫他"果仁儿耐特"，或叫他"耐特果仁儿"也行。他是个白痴，长着内八字脚，走起路来肩膀一翘一翘的，浑身晃悠。这可怜的家伙在酒馆里卖果仁儿出了名。他说起话来着三不着两，一张嘴人们就笑话他。

安娜在乔治酒馆里第一次见到他，等他一走，她睁圆了眼睛问：

"他为什么走起路来那个样子？"

"他可没治了，小鸭子，天生就那个德行。"

她想了一下，神经质般地笑了起来，又想了想，红着脸叫道：

"他是个吓人鬼。"

"不，他倒不吓人，他一走路就得那样儿。"

当可怜的耐特摇摇晃晃地进来时，她就溜走。要是有人给她买耐特的果仁儿，她就不吃。要是农夫们用骨牌赌花生，她就生气地大叫：

"那是脏家伙的果仁儿。"

于是人们开始对耐特反感起来，不久他就被迫到贫民习艺所去了。

现在，布朗温暗下决心要让安娜成为一个淑女。他在诺丁汉的哥哥阿尔弗莱德成了一位医生遗孀的情人，那女人受过教育，是个淑女。这桩事成了一宗大丑闻。他哥哥常把自己的老婆和家人丢下，以朋友的身分到达比郡她的住处去，几天后再回家。偏偏没人敢说他一句。他脾气倔性子直，声称自己是这寡妇的朋友。

有一天布朗温在车站上碰到了哥哥。

"你这是去哪儿？"弟弟问。

"去沃克斯沃斯。"

"我听说你在那儿有朋友。"

"嗯。"

"我去那儿时我会去看你的。"

"请便。"

汤姆·布朗温对那女人极为好奇，第二次去沃克斯沃斯时，他就打听她的住处。

他找到了一座靠峭壁而建的漂亮住宅，房子俯瞰着坐落在对面采石场那边盆地里的古老城市。福比斯太太正在花园里忙着，她高高的个子，花白的头发，顺着小径一边走来一边脱下厚厚的手套，放下剪刀。正值秋天，她戴着宽边草帽。

布朗温脸都红到耳根子上了，不知说什么才好。

他说："我觉得我应该来看看，既然知道你是我哥哥的朋友，我得来沃克斯沃斯一趟。"

她马上认出他是布朗温家的人。

"您请进吧，"她说，"我父亲正卧病不起。"

她把他带进一间摆满了书籍的客厅，屋里还有一架钢琴和一个提琴架子。他们聊了起来，她的话言简意赅，娓娓道来，她的仪态更是庄重。这样的房间布朗温从来没见过。屋里的气氛显得坦率、舒畅，就像在山顶上那样畅快。

他问："我哥哥爱读书吗？"

"读一些，他一直在读赫伯特·斯宾塞①的著作，有时我们读勃朗宁的诗。"

布朗温打心眼儿里感到佩服，简直是敬畏。当她说"我们读"时，他的眼睛亮了。最后，布朗温环顾一下房间脱口而出说：

"真不知道我家阿尔弗莱德还喜欢这一套。"

"他可是个不寻常的人呢。"

他惊奇地看着她，很明显，她对哥哥有了新的看法，她明摆着是喜欢哥哥的。他又打量了这女人一下：她四十岁上下，身板挺直，稍有点刚愎，是个奇特、独立的人。不过，他并没因此而爱上她，因为她身上总散发着些寒气，可他毕竟对她崇拜极了。

用茶点时，她介绍他认识了她父亲。他病着，要人照顾，但气色不错，保养得好。头发都白了，可一双蓝眼睛却是明亮的，彬彬有礼中透出些天真，这些对和蔼、快活和淳朴的布朗温来说有些新奇。

他的哥哥是这女人的情人，真不可思议。布朗温回家了，为自己可怜的生活方式感到自卑，他是个乡巴佬，一个粗人，现在他比以往任何时候都更想摆脱出来，爬到这个亦真亦幻的体面世界中来。

他富足，跟哥哥一样富足，阿尔弗莱德一年最多赚六百镑，而自己能赚四百镑，要想多赚还能赚；另外，自己的投资一天天收益好起来，为什么自己不干点什么呢？自己的妻子也是个淑女呢。

可他一回到玛斯，他就感到每件事都变不得，另外一种生活离他太远了，于是他第一次为自己留在农场上继承父业感到后悔，他感到自己是个在押犯，干坐着无忧无虑地混日子，一点险都不冒，他本来是可以冒点儿险干出更多业

---

① 赫伯特·斯宾塞（1820—1903），英国哲学家，进化论者。他用一种涵盖一切的进化原则解释宇宙。为此劳伦斯在《论哈代》一文中对他提出批评。

绩来的。可他既读不懂勃朗宁也读不懂赫伯特·斯宾塞，连福比斯太太那样的房间都没有进过，那种生活跟他没关系。

可他又说他不想这样，这次拜访所带来的激动开始减弱了。第二天他又恢复了老样子，如果他要是想那女人，他就想她身上或她的住处里他不喜欢的那些东西，有点冷酷又陌生，好像那不是个女人而是个非人的东西利用人的生活来达到她冷酷、葬送生命的目的。

夜幕降临了，他跟安娜玩了一会儿，然后就单独跟妻子坐在一起。她做针线活儿，他纹丝不动地坐着抽烟，显得很不安。他能感觉得到妻子在静静地低头做针线。太寂静了，太平淡了，他真想拆掉这几堵墙让黑夜闯进屋里来，那样的话他妻子就不会这么四平八稳地坐着了，他希望空气不要这样窒息。他的妻子跟他毫不相干，她生活在自己的世界里，不动声色、四平八稳、不被注意，也不去注意别人，他让她搞得动弹不得。

他起身向外走去，他再也不能这么闷坐着了，他必须离开这个让人感到压抑窒息的女怪物。

他的妻子抬起头来看他。

"你出去吗？"她问。

他朝下看去，两个人的目光相遇了。她的眼睛黑得不能再黑了，很深邃。当她的目光从上到下打量他时，他感到自己在她面前退却了，自己是在自卫。

"我就是上考塞西去一下。"他说。

她还在盯着他。

"你为什么要去呢？"她问。

他心跳得很快，慢慢地坐下了。

"不为什么。"他说着又木然地往烟锅子里装着烟。

"你为什么常出去呢？"她问。

"那是因为你不需要我啊。"他回答说。

她沉默了。

"你是不想和我在一起了。"她说。

这把他吓了一跳。她怎么知道这事的？这本是他的秘密呀。

"唉。"他支吾着。

"你想干点什么别的事儿。"她说。

他没回答。"会吗？"他自己问自己。

"你不应该要求更多的关照了，"她说，"你又不是小孩子。"

"我也没抱怨呀。"他这样说，实际上是在抱怨。

"你觉得你得到的不够多。"她说。

"这话怎么讲？"

"你觉得你在我这儿得到的不够多，可你是怎么了解我的？你让我爱你，可你做了些什么？"

他大为惊奇。

"我从来没说过我在你这儿得到的不够多，"他回答说，"我不知道你要让我做什么你才会爱我。你需要什么？"

"你已经不能让我们之间好起来了，你对这个不感兴趣，你不能让我需要你。"

"你也不能让我需要你，现在你能吗？"

一阵寂静。两人竟是如此陌生。

"你是想要别的女人了？"她问。

他睁大眼睛，如坠云里雾中。她，他的妻子，怎么能说出这种话来？可那明明是她呀，一个矮小、陌生、跟他有隔阂的女人。除了现在这种认可的关系，她甚至不承认她是他的妻子。她感觉她没有跟他结婚。这他才开始明白真相。说来道去，她是认为他可能想别的女人了，他们之间产生了一条鸿沟。

"没有的事。"他慢吞吞地说，"我会想什么别的女人呢？"

"跟你哥哥一样。"她说。

他沉默了，他感到有些不好意思。

"她怎么了？"他说，"我没喜欢过那女人呀。"

"你喜欢，你喜欢她。"她坚持这样说。

他惊诧地看着自己的妻子，她竟这样冷酷地揭穿他内心的想法，这让他感到愤懑，她凭什么坐在那儿对他讲这些！她是他的老婆，她凭什么像个路人那样对他讲话？

"我不爱她。"他说，"我没想过什么女人。"

"你想过。你想学阿尔弗莱德的样子。"

他沉闷，生气，窝火，还感到惊诧。他原来觉得自己不过是随随便便对她讲过去沃克斯沃斯的事，就那么几句寡淡无趣的话。

她坐着，那张陌生、阴沉的脸对着他，费解地凝视着他，盯得他坐立不安。他开始感到反感了，她又成了一个他面前活生生的陌生人了，他必须接受她么？他不情愿，坚持不那样做。

"你为什么要去找一个女人，把她看得比我还重？"

他的心乱成了一团麻。

"我没有。"他说。

"你为什么？"她重复道，"你为什么不认我？"

他忽然看出来，她可能是感到孤独，与世隔绝，心里没底儿，可他以前总觉得她极有主心骨、极为满足，好像没他也行。她会需要什么吗？

"你不满意我？我还不满意你呢。保尔总是像个男子汉那样待我，可你要么离开我，要么就把我当你的牛，很快就把我忘了——你是想再把我忘了吧？"

"我能记住你什么呢？"布朗温说。

"我想让你知道，除了你以外还有一个人呢。"

"嗬，难道我不懂这个吗？"

"你来到我身边好像是不为什么似的，好像我一钱不值。可保尔总拿我当成一回事儿，当成一个女人，我是一个女人。可在你眼里我什么都不是，是一头牛，或者什么都不是。"

"你让我觉得好像是你不拿我当一回事儿。"他说。

他们都沉默了。她坐在那里看他，看得他一动也不能动。他心潮翻滚，思绪万千。她又回头去做针线活儿了。一看到她在自己面前埋头做活儿，他就不知所措。她是一个怪人，敌视他，又想当家做主，当然并不是很敌视。他坐着，感到自己浑身四肢很强健、硬朗，很有力气。

她缝，静静地缝了好半天。他强烈地感到她那圆圆的头颅是那么亲切、动人。她抬起头来叹了口气，说了一句话，像一团火烧得他立即热血沸腾起来。

"过来吧。"她试探着说。

他好半天没有动窝儿，然后才慢腾腾地站起身从壁炉前走过去。这个举动需要极大的意志或心照不宣才能做得到，他站在她面前低头看着她，她的脸上又泛起了红晕，亮闪闪的双目里好像透着可怕的笑意，对他来说这笑是可怕的——她怎么变了？他不能看她，一看心里就火烧火燎的。

"我的爱人！"她叫道。

她张开双臂抱住了面前的他，把他的腿紧紧地拥向自己的胸口。他觉得她抱住自己的双手似乎让他看到了一个赤裸裸的自己，他看到自己是那么狂热地爱着，他不敢看她。

"亲爱的！"她叫道，他知道她这是在说外国话。此时他心中的恐惧就如同狂喜一样。低头看看她，她的脸泛着红光，目光炯炯，有些可怕。他被她强制住了，她是个可怕的陌生人，让他大受其苦。他弯下腰去，很是痛苦，既不能放任，又不能让自己摆脱出来，反而被她拉着、驱使着。她现在变美了，变得可爱了，变得让他把握不住了。他想走开，他不能吻她，他是他自己，跟她分着。吻她的脚是最容易不过的了，可他觉得这么干挺难为情，那跟侮辱他差不多。她等着他来与她相会，而不是对她鞠躬作揖和巴结效劳。她需要他积极地投入，而不是服从。

她的手指放在了他身上，这简直是在折磨他，她这是要他积极地把自己交给她，融入她；他必须接受她，拥抱她，了解这个不同于自己的女人。即使在他欲望最强的时候，他仍在逃避着，不顺从她，抵抗着，不放松自己，拒绝跟她融合。他怕，他还想保全自己。

沉默了几分钟后，他全身的紧张渐渐放松了，他开始亲近她了。她近在咫尺，也远在天涯。但他放松了自己，交出了自己，他知道自己潜在的欲望力量驱使着他要和她融为一体，在寻找她的过程中失却自己并在她那儿找到自己。他开始亲近她了。

情欲的血液在他周身激荡着。他要接近她，迎合她，她正等待着他，只等他的到来。这位真实、令他难以企及的女人迷住了他，他垮了，懵懵懂懂地压向她，近了，近了，去得到自己最美好的时光，在冥冥中让她接受自己。这黑暗会吞没他自己，会使他服从自己的意志。要是他真能陷入那燃烧的冥冥的中心，自己被摧毁、被燃烧，直到与她燃成一团，那该多么美好、多么美好啊！

结婚两年后，这两口子又合拍了，这一次对他们来说比以往更美好。他们跨进了另一种生活的大门，对他们来说这是为进入另一种生活而进行的洗礼和坚信礼。他们的双足在认知的神奇领域里跋涉着，每一个发现都照亮了他们的足迹。无论走到哪里，都是那么美好，整个世界伴着发现在他们周围发出回响。他们尽情忘我地遨游着。一切都失去了，一切又都找到了。[①] 一个新的世界被发现了，只是还待开发。

他们穿过门道进入了更广阔的天地，这里变幻更大，有束缚、有抑制和劳苦，但仍然完全是自由的。她是他的门道，他也是她的门道，最后，他们都各自向对方敞开了自己的大门，面面相觑地站在门道里，此刻光明从背后流泻

---

① 《新约·马太福音》第10章，第39节。

到他们脸上，他们的容貌变了，获得了主的赞美和认可。[①]

这改变容貌的火焰在他们心上继续燃烧着，他和她都像以前那样按自己的方式各行其是，并没有什么变化，可对他们俩来说，这改变容颜的奇迹确是永恒的。

他大体上了解了她，但对她的了解并不很深、很透。波兰，她的丈夫和这场战争——他不了解她心中的这些。他不理解她的异国性情——一半德国、一半波兰血统，也不懂她讲的外国话。但他理解她，不用懂她的话也能懂她的意思。说些什么，讲些什么，那都是她盲目的姿态而已。她自己内心是强大、清楚的。他理解她，敬重她，他是和她在一起的。记忆到底是什么呢？不过是一串没有实现的可能性的记录。保尔·兰斯基对她来说算什么？不过是一个没有实现可能性的人罢了，可布朗温却是活生生的现实，填上了保尔的空白。安娜是保尔和丽蒂雅的孩子，这又有什么？上帝是她的父母，上帝从他们两口子中间走了过去，但没让他们两口子完全认出来罢了。

现在，上帝对站在一起的布朗温和丽蒂雅·布朗温宣布了自己的到来，在他们最终握手言欢之时，这所住宅完工了，主在此有了自己的位置，[②]于是皆大欢喜了。

日子还像以前那样，布朗温到户外干活，他的妻子照看孩子，也适当地照看大田上的活计。他们并不相互想念——干吗要这样呢？只是到了她摸他的时候，他立刻知道她是跟他在一起的，挨着他呢，她是通向外界的门，她是不可及的。他就在她心里漫游，游向何方呢？管它呢——他总是这样回答。每当她召唤时他就召之即答；每当他请求时，她总是立即回应，或总会回应的。

处在他们二人之间，安娜的心情平静了。她的目光从一个人身上打量到另一个身上，她发现他们安居乐业，这让她感到平安无忧、自由自在。她在火

---

① 《新约·路加福音》第9章，第28—36节。

② 《新约·列王记（上）》第8章第13节。

柱和云柱之间 ① 自在逍遥。她的左右两侧都让她心安神定，她不再被唤去用尽一个孩子的力气去支撑这个拱门断裂的一头了，因为她的父母在空中接头了，而她，身为孩子，则在他们这拱门下的空间里自由自在地玩耍着。

---

① 《新约·出埃及记》第 13 章第 21—22 节。耶和华白日在云柱间、夜晚在火柱间为百姓引路，使他们可以日夜兼程。

第四章　安娜·布朗温的少女时代

安娜九岁那年，布朗温就送她进了考塞西的一家读写学堂①。安娜蹦蹦跳跳地上学去了，不拿这当一回事儿。她由着性子来，不尊重老姑娘柯茨小姐，讥笑她，把她搞得很狼狈。安娜喜欢她，却很幼稚地对她摆架子。

安娜这姑娘既腼腆又泼辣。她对普通的老百姓怀有一种说不出来的藐视，摆出一副高高在上的慈悲样子来。她很腼腆，可别人要是不喜欢她，她又会感到痛苦。除了妈妈，她很少在乎什么人。对她妈妈她是敬而远之。对爸爸，她爱他，可又要对他摆架子。可归根结底她还是要依靠他的，她父母能牢牢地管住她，可别人却拿她没办法，对他们她基本上表现出一种慈悲的态度。她最恨丑陋，最恨别人打扰或傲慢无礼。她小小年纪，就像一只老虎那样高傲、郁郁寡欢、孤独。她可以施舍，可除了她的父母外，她却得不到别人的任何好处。她嫉恨别人太接近她，像野兽，她需要跟人保持一段距离。她总是误解别人对她的亲近。

在考塞西和伊开斯顿，她一直是个陌生人。她有许多熟人，可没有一个朋友。她认识的人中没有一个让她看得上眼的，他们好像芸芸众生，分不清谁是谁。她从来不把别人当一回事儿。

她有两个弟弟。汤姆，黑头发，小个子，感情易冲动。她跟他很亲，但从来没产生过手足情。弗莱德，皮肤白净，人也机敏，她非常喜欢他，可从来

---

① 18世纪和19世纪英国的一种学校，通常由一位穷困的老妇人掌管，以此取得些收入。学校只开读写和算术课。

没把他看作是一个真正、独立的人。她有点太唯我独尊、旁若无人了。

她遇到的第一个让她觉得真正有生气、实实在在的人是斯克里宾斯基男爵，她母亲的朋友。他也是位流亡的波兰人，从格莱斯顿先生①那里接受了一个小村庄的牧师职位，就住在约克郡。

安娜十来岁时，跟妈妈去斯克里宾斯基男爵家住了些日子。他那时正闷闷不乐地居住在他的红砖牧师住宅里。他是一座乡间教堂的牧师，靠一年两百镑多一点的钱过日子，可他管着的却是个大教区，包括几个煤矿，煤矿上住着些新来的野蛮异教徒。他到英国北部去，期望赢得普通老百姓的敬重，因为他是个贵族。可他却遭到了粗暴、残酷的待遇。他一直不能理解这是为什么。他还保留着暴躁的贵族气，只是他不得不学着躲避他教区里的人了。

安娜很喜欢他。他矮矮的个子，不修边幅，满是皱纹的脸上嵌着一双明亮的蓝眼睛。他的妻子是个细高挑儿，有着波兰贵族血统，傲气十足。他讲起英语来仍旧结结巴巴的，这是因为跟妻子形影不离的缘故。在这个陌生排外的国度里，这两口子真够可怜的，所以他们俩总是在一起讲波兰话。他听到布朗温太太很自然地讲一口柔声细气的英语，为此感到很是扫兴。而她的孩子竟然一句波兰话都不讲，这更令他大为失望。

安娜喜欢见到他。她喜欢山上的这座新建的牧师大宅子，它是那么杂乱无章、荒芜、凄惨，跟玛斯比，它可以说是毫无遮拦、荒凉、粗犷。这个男爵，用波兰话和布朗温太太没完没了地聊着，边聊边打手势，蓝眼睛里充满怒火。安娜觉得他那剧烈的手舞足蹈挺有意思。她的天性使得她能跟他豪爽、奔放的举止产生共鸣。她觉得这人很了不起，她在他面前挺腼腆的，不过她喜欢他跟自己说话，在他身边她感到自在。

---

① 威廉姆·艾瓦特·格莱斯顿（1809—1898），英国国务活动家，首相（1868—1874，1880—1885，1892—1894）。

她说不上来是怎么知道的，反正她知道他是个马耳他骑士团的骑士[1]。她记不清是否见他戴过什么星、十字架或勋章，可这些的的确确像符号一样在她头脑里闪现过，留下了印象。说来说去，他是在这孩子面前代表着一个真正的世界，在这个世界里，国王、贵族和王子们业绩辉煌，女王、贵夫人和公主们一个个居高显赫。

她认为这位斯克里宾斯男爵是个真正的人，因为他对她挺尊敬。可当她再也见不到他时，他的形象就淡漠，化作一个记忆了。他永远活在她的记忆中。

安娜长高了，变成一个笨拙的姑娘。她的双眸依然很黑，目光仍然机敏，不过变得淡漠了，不那么警觉、透着敌意了。她一头蓬松的鬈发变成了褐色，越长越茂实，她索性把头发在脑后扎起来。家里送她上了诺丁汉的一所女子学校。

这时，她一心一意要做一个淑女。她十分聪明，可就是对学习不感兴趣。起初，她觉得学校里的女孩子们都像大家闺秀那么好，她也想跟大家一个样。可很快她就失望了：她们一个个都是小气包和自私鬼，这真要把她气疯了。她家是慷慨大方之家，习惯了不拘小节，可这里的人却在为鸡毛蒜皮的小事斤斤计较，真让她别扭。

她很快就变了。她不相信自己，也不相信周围的世界。她不想这么下去，不想进入这个世界，一步也不想走进去。

"我才不搭理那帮女孩子们呢。"她常常带着蔑视的口吻对她爸爸说，"她们算老几？"

可让人烦恼的是，这些姑娘们不按照安娜的法子跟她相处，她们按照自己的意愿跟她相处，否则就不搭理她。所以，她有些不知所措，一段时间内她

---

[1] 马耳他骑士团：最早成立于1048年（耶路撒冷），照料伤患和朝圣者。后来几经起落，成为圣·约翰医护团，属慈善性质。

被她们勾引去了，跟她们合群了。可后来，她又反感了，对她们恨之入骨。

她爸爸问她："你为什么不请些女孩子来咱家呢？"

她大声叫道："是她们不来嘛！"

"为什么不来呢？"

"她们都是些无名鼠辈。"这次她用了她妈妈不怎么常说的一个词。

"鼠也好，猫也好，人家反正都是些好姑娘嘛。"

安娜是不会被说服的。她就是要脱离普通人，她特别跟她的女同学们不投脾气。她不合群，一跟别人在一起她就感到不自在。她也说不清这是她的错还是别人的错。她对这些人有几分尊敬，可不断的失望又让她恼火。她还想尊重别人，因为她觉得她不认识的人都是好人，而她认识的那些人似乎总在约束她，搞点小动作欺诈她，这真让她忍无可忍。因此，她宁可待在家中，避开世界上的别人，把他们都留在想象中。

在玛斯，生活的确是相当自在和舒畅的。没有拮据之忧，没那么多礼数，更没谁小心眼儿要占便宜，不用管别人怎么看你。布朗温太太和布朗温先生对外人的看法都满不在意，他们太与世隔绝了。

所以，安娜只有在家中才自在。在家里，人之常情和父母之间的良好关系让人活得自由自在，这些，在外面她是见不到的。在玛斯以外的地方，哪儿才能寻找到她成长的环境中那种互谅互让的气氛呢？她的父母一如既往，毫不在意谁说他们什么。而她认识的外面的人似乎嫉妒她，还贬低她。她非常不愿意跟这些人在一块儿。她依赖父母，可又想走出去。

在学校，或者说在这个世界上，她常常出错儿，常认为自己没脸见人。她从来都说不准是自己错了还是别人错了。她完不成功课，唉，她不懂，要是她不愿意做功课的话她为什么非做不可？有什么至高无上的理由非要她去做呢？难道这些人，这些女教师们代表着神秘力量和更高级的好人吗？她们自己似乎是这么看自己的。可她不明白，一个女人凭什么要辱骂她，仅仅因为她弄不懂三十行《如愿以偿》①的台词。话又说回来了，她懂不懂这些又有什么关系呢？什么也不能让她相信这有什么大不了的，因为她打心眼儿里瞧不起这些女教师粗鄙的工作，所以，她总是抗上。她们一次又一次教训她，让她几乎要承认自己不行，承认自己天生不如别人。如果真是那样的话，自己就应该处处矮人三分。可她不服，她从来不认为自己差。她打心眼儿里瞧不起那些吹毛求疵、小题大做的人。她蔑视她们，她想报复。她恨她们，可她是在人家手心里呀。

她心目中有一个偶像：一个潇洒、高傲、雍容大度的贵妇人，完全不受卑微琐碎束缚的人。她尽可以从画像上看到这样的贵妇人，如威尔士公主亚历山德拉②就是她的榜样之一。安娜暗自思忖：这位贵妇人曾如此高傲、庄严，把一切低级趣味的欲望都踩在脚下。于是这姑娘把自己的发型做得高高的，再戴上一顶小帽子。她的裙子也打上了流行的裙褶，她还穿上了高雅的紧身儿呢。

她爸爸见此大为高兴。安娜趾高气扬，对伊开斯顿的小市民气的清规戒律不屑一顾，这些清规戒律还真要把她搞得名声扫地呢。布朗温可不这样想，他认为她愿意高贵就让她高贵去呗。他像介于她和这个世界中间的一块石头。

像他们家族的人一样，他长得粗壮、漂亮。他的蓝眼睛炯炯有神，透着一股子灵气，举止稳重但不失诚挚和热情。他行事低调的习性赢得了乡邻们的敬重，他们肯为他做任何事。他虽不为他人着想，可也慷慨大方，所以别人为他效力总能捞一把回去。只要人们不打扰他，他还是爱他们的。

布朗温太太一直我行我素。她有丈夫、两个儿子和安娜，这一切就给她划定了界限和视线，其余的人都成了外人。在她自己的世界里，如梦如幻，逝者如斯，她就在这流逝的生命中忙忙碌碌、紧紧张张，可总是快乐的。她很少

---

① 莎士比亚的一个剧本。

② 亚历山德拉（1844—1925），以美貌著称，后成为爱德华七世的王后。

注意外界的事物，外面的就是外面的，跟不存在一样。她才不管男孩子们是否在斗架呢，眼不见心不烦。可要是在她眼皮子底下开仗，她就会大发雷霆，他们都怕她。就算是他们打碎了火车的玻璃或是把表卖了换钱去"鹅市"大集[①]上痛痛快快地玩儿一场她也不在乎。布朗温也许对这些看不下去。可作为母亲，她觉得这些算不了什么。

倒是一些小事会惹她生气。要是男孩子们在屠宰场周围打转，她就会大为光火，学校的成绩单如果不好她也会不高兴。只要她的儿子们不笨、不比别人差，不管他们干多少坏事她也不在乎。要是他们忍气吞声，她就会恨他们。还有惹她生气的就是安娜身上的一些笨拙的地方，有时她笨拙、粗野的样子会把她气得眼里直冒火。只要没这些，她就会气儿顺，对什么都感到无所谓。

追求着做贵妇人的梦想，安娜长成了一位二八少女。可家里的一些不尽如人意的事把她折磨得够呛。她对她爸爸很敏感。她爸爸一喝酒她就知道，只要一沾点儿酒，她就不能容忍。他喝了酒，酒劲儿就上了脸，脑门子上就暴起青筋来，目光一闪一闪的，露出一股傲慢的暴躁气，目空一切，一副嘲弄人的样子。这可把她气坏了。她一听到他高声狂叫着挖苦人，心里就又气又反感。他一进来她就迅速地先发制人制止他。

她大叫："你真是活现眼，看看吧，喝了个大红脸。"

他回答说："哼，我的脸还没发青呢，青了更难看。"

"准是去伊开斯顿撒酒疯了吧？"

"伊，伊顿，怎么，了？"

她一跺脚愤愤地走了。他看着她，眼睛一闪一闪的，很有些开心，可又情不自禁地为遭到她蔑视感到悲哀。

---

① 鹅市即鹅成熟的季节里以贩卖鹅为主的集市，在 1870 年代诺丁汉的鹅市每次都要举办十天。以后鹅市逐渐演变成一种娱乐活动。法律规定每年 10 月的第一个星期四开市，为期三至四天。

这家人真怪，他们自成一体，闭关自守，俨然是一个无形中的小国家。母亲压根儿就不把伊开斯顿和考塞西放在眼里，外人对她有所求，她睬都不睬。见到外人她就害羞，那客客气气的样子可迷人了。可等来访者一走，她就笑起来：总算把人家打发走了，就跟这人再也不存在了一样。她把所有这一切都当儿戏。她终究是个外国人，心里没个底。可跟自己的子女和丈夫住在玛斯，她就成了一个小国家的女主宰，这里什么都不缺。

她始终怀有一种难以言表的信仰。她本是罗马天主教教徒，加入英国国教是为了求得庇护。披件什么外衣倒无所谓，她有她根本的信仰。似乎她是把上帝当成神秘物来崇拜的，从未试图去弄清上帝是个什么样子。

在她心目中，她对寄托自己生命的上帝的感觉是异常强烈的。英国的教义从没有对她起什么作用，因为这种语言太陌生了。她凭感觉知道掌握生命的大神浑身闪着光，近在咫尺，可怕极了。大神就在身边，这种感觉难以言表。

她向神发出自己的光芒。她是通过自己全部的感官感觉到神的。她身上闪烁着奇妙的神秘之光，她的神秘感觉无法用英语来表达，从来没有通过英语变成思想。可她就是这样活着，活在一个强烈、美好的信念中，她的家人和她的命运都包含在这个信念中。

她让她的丈夫也服从这个信念。他跟她共同生活，对世俗观念全然不顾。她的举手投足和蹙眉都成了对他发出的信号和示意。就在这儿，在这块农田上，他经历了神秘的生、死和创新，经历了奇妙、开怀的狂喜和难以言表的惬意。这些，外人是无从知道的。他们还很富有。这些使得这两口子在这座英国的村落里显得卓尔不群、德高望重。

可安娜却对妈妈那毫无思想的感知将信将疑。她有一串珠母做成的念珠，那还是生父留下来的。这串珠子有什么意义她说不清。可每当她的手指捻着这串银白如皎月的珠子时，她就感到一股难言的激情充满胸臆。在学校她学过点拉丁文，会两句"Ave Maria（万福玛丽亚）"和"Pater Noster（我们的父亲）"。① 她学会了念珠子，不过念得不好。"万福，玛利亚，慈悲的玛利亚，主与你同在。保佑女人中的你，保佑你孕育的果实，这果实就是耶稣。万福，玛利亚，神圣的玛利亚，祈求你立即消除我们的罪孽，保佑我们好死。阿门。"②

她似乎念得不大对，当把这些词翻译过来后，那意思和苍白的珠子上的意思不一样了，矛盾，而且是骗人的。每念到"主与你同在"或"主保佑女人中的你"时她就恼火。她喜欢"万福，玛利亚，神圣的玛利亚"这样神秘的字眼儿，她被"保佑你孕育的果实耶稣"和"祈求你立即消除我们的罪孽"这样的句子感动了。可这当中没有一个字是真的，怎么也不能令人满意。

她不去理这串念珠了，尽管它是用奇怪的情感来打动她的，但那不过是些没什么意义的东西罢了。她把念珠束之高阁了。她的本能让她抛开这些玩意儿，她的本能就是逃避思想，逃避，以此来挽救自己。

她十七了，变得精力充沛、爱生气、郁郁寡欢，说红脸就红脸，老是心绪不宁。因为这样或那样的原因，她跟爸爸亲近，跟妈妈作对，她妈妈那颜色发暗的嘴巴和鼻子，让人捉摸不定的阴险的样子，那稳坐钓鱼台、信心十足的架势，无缘无故的心满意足甚至胜利感，嘲笑什么时的笑声，过分让人为难的要求，更要紧的是她那当家做主的优越感，这些把姑娘气得直发疯。

她心血来潮、飘忽不定。她常站在窗前眺望，似乎要出去的样子。有时她出去和别人待在一起，可总是怒气冲冲地回家来。好像她让人瞧不起、被人污辱了一样。

全家都笼罩在一种沉闷、紧张的气氛中，在这种气氛中激情会导致其不可避免的后果。这屋里那么强烈、深沉、于无声处进行的交流使得其他人家相形之下显得贫乏、不够味儿。布朗温坐在椅子里抽闷烟儿，为人母者则默默地里里外外干她的事，心里自有她的主意。这两个人不言不语，但他们的气场确

---

① 这两句是拉丁文祷词的始句。

② 原文是拉丁文。

是那么强烈。他们不用讲一个字，然而他们交流了思想，他们的思想离得那么近。

可安娜却不自在了。她想离开这里，可不管到哪儿，她都会感到不如别人，似乎在那里她变得渺小了，低人三分了，于是她又赶紧往家里走。

一到家，她就闹气，搅乱了家中司空见惯的那种交流。有时她妈妈会一怒之下，对她大发一通火，丝毫没有留情、给她面子的意思，于是安娜就吓得退却了，去找她爸爸求援。

他还是听她唠叨的，可她妈妈睬都不睬她。有时安娜要跟爸爸谈，想跟他议论议论别人，还想知道点什么。可她爸爸会不安起来，他才不想硬往脑袋里塞东西呢。只是看在她的分儿上，他才听听这些。屋子里稀里哗啦地响着什么声音。猫爬起来，伸个懒腰，不安地向门边走去。布朗温太太一声不吭，她让人觉得怪不吉祥的。安娜说什么也不能继续吹毛求疵地发牢骚了，她觉得甚至爸爸也在跟她作对，他跟妈妈被无形地紧紧连在一起，他们两口子之间有秘而不宣、狂热的亲昵，有他们自己的路数，打搅他们、戳穿他们就会惹怒他们的。

可布朗温真为这姑娘不安。全家都让她搅乱了。她的请求是多么可怜呀，可却碰了一鼻子灰。她敌视她的父母，即使是和他们住在一起、感受着他们的魅力，她也是这样。

为了躲避他们，她试了好多种办法。她去教堂去得很勤，可那儿的语言对她来说却毫无意义：那仿佛是虚伪的，她讨厌用语言表达的东西。宗教的情感在她内心里狂奔，可是一旦这些让牧师讲出来，就变得虚伪、做作了。她试着读，可是读出来的字词也是枯燥和虚伪的，让她受不了。她于是去和女伴们待在一起，起初还觉得挺不错，可过不了多久又打心眼儿里感到厌烦。什么都那么空虚，她总觉得低人三分，好像她永远也不能舒展四肢、昂首阔步地走路一样。

她头脑里闪现出某个法国主教的刑室，在那里面，受刑者既不能站也不能舒展四肢，永远也不能。倒不是她觉得自己跟这件事有什么关系，她只是感到好奇：这样的刑室是怎么建成的？她可以身临其境地感觉到，那种束缚的滋味儿是多么令人毛骨悚然。

她刚十八岁那年，在诺丁汉的阿尔弗莱德·布朗温太太来信说，她儿子威廉要来伊开斯顿的花边厂当小制图员，也就是比学徒稍高一点。他今年二十了。来信希望玛斯的布朗温一家照顾他。

汤姆·布朗温立即写信表示给这年轻人在玛斯安排住处。诺丁汉的布朗温两口子没接受这份好意，但表示了感谢之情。

诺丁汉和玛斯的这两家亲戚从来就没有怎么相互爱护过。这也情有可原。阿尔弗莱德太太继承了三千英镑遗产，对她丈夫还心怀不满，当然对其他的布朗温家人就更淡漠了。可对"汤姆太太"她还装出些尊敬，她就这么称呼她，说这波兰女人不管怎么样也算得上一位上等妇人。

威尔①堂哥要来伊开斯顿的消息并不怎么让安娜激动，她见年轻人见多了，可没一个让她动情的。她一会儿喜欢这个献殷勤的小伙子的鼻子，一会儿喜欢那个的漂亮胡子，一会儿喜欢这个会打扮，一会儿又喜欢那个头发好玩儿或者喜欢那个说话风趣。他们不过是她开心猎奇的对象，跟哪个她都没真的。这些小伙子们！

她唯一了解的男人是她的爸爸。他威严高大如同神，对她来说他就集全部男性特征于一身了。别的男人不过就那么回事儿罢了。

她还记得威尔堂哥呢，他一身城里人打扮，瘦瘦的，头生得奇特，头发乌黑油亮，但不够密实。他这奇特的脑袋让她想起了什么，对，是一种动物，一种神秘的动物，它在树叶遮盖下的黑暗处，虽然不出来，可它活得快活，动作迅速、紧张专注。一想到他，她总会想到他那乌黑的头发和敏感盲目的头颅。她觉得他有点怪。

---

① 威廉的爱称。

一个星期天的清晨，他来到了玛斯。这小伙子身材颀长、消瘦，很精神。他待人挺羞涩，但有分寸。他天生不注意别人，只注意自己。

安娜穿好衣服准备去教堂做礼拜，下楼时，他站起来照常礼跟她打招呼，还握了手。他的风度比她强多了，她脸红了。她发现这会儿他的上唇上已长出了一层黑黑的嫩胡须，在他宽宽的嘴巴上划出一道漂亮的线条。这真让她有点生厌。她又想起了他薄薄的、细毛绒样的头发。她感到他有些怪。

他的声音偏高，中音的共鸣也很响，这倒够奇怪的。她不知道为什么他要这样讲话。他坐在玛斯的客厅里自在着呢。他有着布朗温家族的那种粗放和稳重性情，来到这里倒是宾至如归了。

安娜看爸爸对这位年轻人亲热得出奇，心里很不是滋味儿。爸爸对他彬彬有礼，自个儿谦卑躬让，反倒让那小伙子神气起来。这让安娜气不忿儿。

"爸爸，"她突如其来地说，"给我些钱，我去捐款。"

布朗温问："捐什么款呢？"

"你别装了！"她红着脸叫起来。

"你说吧，捐什么款？"

"你知道不知道今天是这个月的第一个礼拜天？"

安娜感到困惑不解：他为什么要这样？为什么要在这个生人面前让她出洋相啊？

她又重复说："我要点儿钱去捐款！"

"不就这事儿嘛？"他心不在焉地说着，看看她，又转向了他侄子。

她一步上前，把手插进爸爸的马裤兜儿里。他跟侄子谈着话，吸着烟纹丝不动。她的手在兜里摸索一阵掏出了他的皮钱包，白净的脸上泛起红光，眼睛变得明亮起来。布朗温一个劲儿眨着眼，把坐在那儿的威尔搞得不好意思起来。衣着漂亮的安娜坐下，把钱包里的钱一股脑儿都倒在腿上：有银币，还有金币。威尔禁不住向她这边看来。安娜弯着腰俯身在这一堆钱上，手指摸索着这些不同样式的硬币。

她抬起头，黑眼睛里闪闪发光，对爸爸说："我就想要半镑。"她看到堂哥那双浅褐色的眼睛凝视着她，她吃了一惊，赶紧笑着冲爸爸说："爸呀，我就要半镑。"

"行，瞧你那小手多灵巧，拿走你那一份吧。"

"安娜，你去不去呀？"她弟弟在门口叫她。

她马上恢复常态，把爸爸和堂哥都忘在了一边。

"哎，来了。"她说着拿了六便士，把其余的钱都放回钱包中去，再把钱包放在桌子上。

"放这儿。"她爸爸说。她急忙把钱包揣进他的口袋里就往外走。

"你最好跟他们一起走，孩子，好吗？"布朗温对侄子说。

威尔·布朗温踌躇地站起身，不过他那金褐色的眼睛里放射出来的像鸟、像鹰一样迅速和稳重的目光说明他一点也不胆怯。

"威尔堂哥要跟你们一块儿去，"父亲说。

安娜又扫了这怪小伙子一眼。她觉得他总在等她去注意他。他总在她意识的门边跳动，随时都会钻进来。她才不想看他呢，跟他不对眼。

她默不作声地等待着。堂哥拿起帽子跟她一起走了。这正是夏天，弟弟弗莱德从房角的灌木丛中折下红醋栗花枝插在衣扣里，她没去理会，堂哥正跟在身后呢。

他们走在公路上。她觉得心里别别扭扭的，说不清是怎么回事。她一眼看到弟弟扣子上别着的红醋栗花就大叫起来。

"哎呀，我的弗莱德，不能戴那东西上教堂！"

弗莱德有所戒备地看看自己胸上那粉红的装饰品说：

"为什么？人家喜欢嘛。"

"哼，我敢说，就你自己喜欢。"

说罢她问堂哥："你喜欢这股味儿吗？"

他站在她身边，傻大个儿一个，却自作矜持，这真让她受不了。

"我说不清喜欢还是不喜欢。"他说。

"给我，弗莱德，别让这东西到教堂里去放味儿。"她冲着小童仆似的弟弟说。

长着一张小白脸的弟弟顺从地把花递过来。她闻了闻，一声不吭地又把它递给堂哥让他作评判。他好奇地闻了闻这当啷着的花儿说：

"这味道好怪呀。"

她立即发出一阵大笑，几个人的脸色马上开朗起来，小弟走起路来也活蹦乱跳的了。

教堂的钟声响了，他们穿着礼服登上了夏天的山冈。安娜穿着褐色和白色的线条相间的绸连衣裙，紧裹着她的身体和双臂，裙子后面打着优雅的衣褶。安娜穿上这件衣服可真叫漂亮。而威尔·布朗温则有点骑士风度，他穿得也挺讲究。

威尔用手指夹着微颤的红醋栗花走着，他们谁也没有讲话。灿烂的阳光照耀着堤下的朵朵金凤花，田野里芫荽花开如荼，翘首骄耸在如茵的绿草丛中时隐时现的万花之上。

他们到了教堂，弗莱德第一个走向长椅，随后是堂哥和安娜。安娜觉得自己非常引人注目，很是庄重，其实是威尔这小伙子给她长了威风。他站在一旁，让她过去找到自己的位子，然后坐在她身边。坐在他身边，她心里别有一番滋味。

彩色玻璃窗子的反光直向她射下来，这光芒洒在黑木椅上、石头上和破旧的通道上，洒在堂哥身后的柱子上，洒在他放于膝盖的手上。她坐在闪烁的光圈里，周身被光线和光影包围着，她的灵魂是欢快的。她坐着，忘却了这光芒，反倒总注意到堂哥的双手和静止不动的膝盖。某种奇特的东西进入了她的内心世界，这东西全然陌生，跟她过去知道的东西一点也不一样。

她莫名其妙感到兴奋，她坐在一个令人兴奋的、灿烂的幻境里。她的眼睛里露出一丝光来，好像她在欢笑。她知道，某种陌生的东西正闯进来影响自己，她是多么欣喜啊。这说不清道不明的东西以前从来没有过。她没去想堂哥，可他的手一动她的心就跟着一颤。

她希望，在跟牧师轮流作答时①堂哥的回答别太简单，否则就会转移她那淡淡的沉醉感。他为什么要强迫别人来注意他呢？这最倒胃口了。不过，她一直感觉不错。该唱颂诗了，他在她身边起立吟唱起来。这让她满意了。可突然，就在第一个字上他的音量变大了，唱起了男高音，全教堂都听得见。她为此心惊肉跳起来。他的声音响彻全教堂啦！这声音就像号角，一遍又一遍吹奏着。她抱着她的圣歌本咯咯地笑了起来。可他还在沉稳地唱着，声音忽高忽低，自顾自唱着。她忍俊不禁，惊得大笑不止，笑得浑身颤抖。她停了一阵又笑起来，直笑得流出眼泪。她惊奇，又很欣赏这歌声。颂歌还在继续，她不停地笑着，笑弯了腰，局促得脸绯红，笑得直颤，忙假装嗓子眼儿里卡着东西，咳嗽起来。弗莱德抬起头，一双清澈的蓝眼睛凝视着她。她马上恢复了常态。可她身边这粗犷、五音不全的声音一响，又让她忍不住狂笑起来。

她弯腰去祈祷，暗自对自己狠狠地责备起来，可她人跪下了，笑的余波却还没有结束。一看到他跪在祈祷垫子上的双膝，这笑的余波就又传遍了全身。

她努力使自己板起脸。这张淳朴的脸，白里透红，冷峻淡漠，就像一朵圣诞玫瑰，她戴着缎子手套的手搭在膝上，她那双黑眼睛迷茫、无神，对什么都置若罔闻，似乎是在做梦一样。

牧师的布道还在隐隐约约进行着，充满了平和的气氛。堂哥从衣袋里掏出手帕来。他似乎对这布道着了迷，他把手帕贴向面颊时，什么东西掉在了腿上，原来是那枝开花的红醋栗！他低下头，惊呆地看着这玩意儿。安娜忍不住大笑起来，人人都听到了这笑声，那简直是折磨人的笑。他一把捏烂了这朵花，把花攥在手里，抬起头又聚精会神地听起布道来了。安娜又笑出声来，弗

---

① 做礼拜时，众人和牧师轮流作答或吟唱。

莱德忙捅捅她让她注意。堂哥虽然坐着一动也没动，可安娜注意到他的脸红了，她可以感觉到这一点。他的手紧攥着花儿，装出一副镇定自若的样子。安娜胸中又产生了一阵冲击，忍不住笑出声来。她身子前倾，笑得浑身直抖。这回可不是闹着玩儿的，弗莱德不停地捅她，她气急败坏地把他搡了回去。然后她又憋不住要笑，她忙装作咳嗽忍住笑，这一忍不要紧，让她喘得要死。教堂里的人都听到，她恨不得去死。他紧握着的手慢慢向口袋里滑去。她忍着笑，一见他在袋里乱摸索着往外掏花朵，她又要笑。

最后，她感到虚弱、疲惫、沮丧、失意、怅惘。她恨有别人在场，于是她高傲地扬起脸来，连堂哥也不去理会了。

唱最后一首颂诗时，开始募捐了，堂哥又有板有眼地唱起来了。她还是感到好笑，尽管她寡廉鲜耻地自我出洋相，她还是开心，有一种愉快的魔力仍驱使着她去倾听。募捐的口袋拿到面前时，她的便士攥在手套里，往外拿的时候太急了，钱滚了出来，掉在前面一排的长椅上，硬币叮当作响。她站在那里咯咯地笑起来，她实在忍不住了，开怀笑起来，颇为丢人。

走出教堂的时候，弗莱德问："安娜，你为什么一个劲儿地笑呀？"

"嗨，我没办法不笑。"她大大咧咧地自我解嘲说，"我说不清为什么威尔堂哥唱歌会让我发笑。"

"我唱歌怎么会让你发笑呢？"威尔问。

"你声音太大了。"

他们谁也没看谁。可他们都笑了，脸都红了。

大弟弟汤姆吃饭时问道："我们的安娜，你为什么一个劲儿嘿嘿地笑呢？"他褐色的眼睛快活地扑闪着。他是唱诗班里的歌手。"惹得大伙儿都停下来看你。"他又说。

她感到威尔明亮的目光在盯着她，等她讲话。于是她回答说：

"都是威尔堂哥的歌声闹的。"

一听这话，堂哥立即扑哧一下笑出声来，露出一排整齐、尖尖的小牙，紧接着又闭上了嘴巴。

布朗温问道："这么说他有一副好嗓子喽？"

"不，才不是呢。"安娜说，"只是那声音让我浑身发痒——我也说不清是为什么。"

饭桌上随之响起一阵欢声笑语。

威尔·布朗温一张黝黑的脸猛伸过来，眉飞色舞地说："我是圣尼克莱斯唱诗班的人。"

布朗温说："噢，你们做礼拜呀。"

"妈妈做，爸爸不做。"小伙子说。

就是这些诸如一举一动或新奇的声音的小事情让安娜觉得重要。那些正经事让他一说反倒显得荒谬。爸爸说的话似乎也没什么意义，白开水似的。

下午，他们坐在飘溢着天竺葵幽香的客厅里边吃樱桃边聊天。大家要听听威尔的见解，于是他就讲了一通。

他对教堂和教堂建筑感兴趣。罗斯金①的影响激励着他从中世纪的款式中吸取灵感。他讲话有些不太利索，发出的声音含含糊糊的。他一座教堂接一座教堂地讲，什么早期教堂、中殿、圣坛、十字架锦屏、洗礼盘啦，什么雕刻、塑像和窗格啦，具体东西、具体地方细数个没完，可起劲儿了。听他这一讲，安娜的脑海里随之闪现出教堂、神话、发人深思的沉重的圆形石头，透过一道昏暗的彩色光线能看到模糊的什么东西，它隐入黑暗中。哦，那是一张高悬着的令人愉快的神秘帷幕，更为渺远处是一座祭坛。这是一次真正的经验，她被带去游历了一趟，游历的这块土地似乎被一座宏伟的教堂所覆盖。这是一块冥冥中的土地，它因着一个无名的神灵而颤抖着。

她扭头向窗外望去，和煦的阳光下枝繁叶茂的丁香让她心里很不是味儿，

---

① 罗斯金（1819—1900），英国艺术批评家和社会评论家，对哥特式建筑的复兴产生过重要影响。

或者这就是镶了宝石的玻璃吗?

他谈起了哥特式^①的、文艺复兴式的和垂直式^②的建筑，还谈到早期的英国式和诺曼式。他的谈话让她震惊了。

"你去过南威尔^③吗？"他说，"我有一次中午十二点在那儿的教堂的院子里吃饭，教堂里的铃铛正奏着颂歌。

"啧啧，南威尔的教堂真美。粗重的，哦，有一个粗重的大拱门，低低的，架在粗大的柱子上。那拱门伸出来的样子太雄伟了。

"还有，那个祭司席怪小巧的。不过，我还是喜欢教堂的主建筑。还有，嗯，还有那儿的北廊——"

那个下午他很激动，屋里只听见他一个人在说话。他周身烧着一团火，激情满腔，过去的经历都在他眼前实实在在地闪着光。

他叔叔眨巴着眼听他说话，有所触动。婶婶伸着脖子谛听，一张肤色暗淡的脸凑了过来，也有所触动，不过她还被别的东西分着心，只有安娜的脑子在随着他转。

晚上，他迈着快步儿回到自己的住处。他眼睛闪闪发亮，脸上泛着红光，似乎刚结束了一场销魂荡魄、充满激情的幽会。

光仍然在心中闪烁，火依然在燃烧，心就像熊熊烈烈的太阳。他为自己那不为人知的生活和内心自我得意起来。他随时都准备着再去玛斯。

安娜不自主地盼望他来。是他使她得到了解脱。是他拆除了她经历中的墙界。他是墙上的一个窟窿，透过这个窟窿她看到了外部世界灼热的阳光。

他来了，有时，不是经常，重又提起那陌生遥远的真实生活。有时他也谈起他爸爸。他恨爸爸，恨到说不清是恨还是爱的程度；谈到他妈妈，他爱妈

---

①　哥特式：尖拱式建筑。

②　垂直式：14 至 16 世纪英国哥特式建筑的一种。

③　诺丁汉近郊的一座古镇，以大教堂著名。《恋爱中的女人》第二十三章里对此地有更详尽的描述。——译者注

妈，爱到说不清是爱还是恨，还是跟她作对的程度。他说出来的话不成句，发音也含混不清，可他那美好的声音在姑娘的灵魂里回荡着，让她跟他的感情共鸣。他的声音时而火辣辣、硬朗朗的，时而带着奇怪的鼻音，像猫在叫，时而踌躇、局促，时而被笑声打断。安娜让他迷住了。她听他讲话时浑身像有火在烧燎，她爱这火。这个时候，父母对她来说成了生活中毫不相干的人了。

几个星期以来，这小伙子来得频繁，大家都欢迎他来。他坐在他们家人当中，黝黑的脸庞熠熠发光，宽阔的嘴巴上透着渴望和嘲弄，不时咧开嘴笑笑或嚅动一下。他的眼睛就像鸟儿的眼睛一样明亮，让你根本看不清眼睛的深度。布朗温愤愤地思忖着：要想管住这小子是不可能的，他就像一只龇牙咧嘴的公猫。想什么时候来就什么时候来，根本不管别人怎么想。

起初，这小伙子说话时脸对着汤姆·布朗温，然后冲着婶婶，因为她比叔叔更能欣赏他的话，最后转向了安娜，从她那里他得到了自己想得到但从老两口儿那里却得不到的东西。

就这样，这两个年轻人原来听老人的，现在离开他们自成一个王国了。有时布朗温会生气，是侄子惹他生气的，这孩子似乎太特别、太有主意了。他的个性是够强的，可他太心不在焉，我行我素，就像猫一样。一只猫在主人于几步之外痛苦扭动时会默不作声地趴在地毯上，别人的事跟它毫无关系。那么，除了他自己本能要做的事以外，这孩子还会去关心什么呢？

尽管布朗温生气了，可是他还是喜欢这个侄子，让着他。布朗温太太可是让安娜气坏了，这个安娜，一受这小子的影响，马上就变了。母亲喜欢这小伙子，他毕竟不是外人，可她不愿意自己的女儿对他那么着迷。

就这样，这两个年轻人渐渐从老两口那儿脱离出来，自己去搞点名堂。为了讨好叔父，他就去花园帮忙；为了讨好婶婶，他就跟她大谈教堂。他跟着安娜，就像姑娘身后的一个长长的、执著、坚定不移的影子，这尤其招布朗温生气。一见他侄儿这龇牙咧嘴的笑，他就气得不行，他管这种笑叫猫咧嘴。

安娜又变得淡漠，自作主张了。她开始跟父母分道扬镳，这真把她妈妈气得够受。

可是追求继续进行着。安娜可会找机会晚上去伊开斯顿买东西呢。她总是由堂哥陪着回来，他稍稍错后一点走着，伸着脖子把头都伸到她肩膀上来了，真像传说中的魔鬼盯着林肯城①那样。布朗温嘴上话不好听，可心里欢喜。

威尔·布朗温惊奇地发现自己竟如此激情满腔。有一天晚上，当他们从伊开斯顿回家时，他在门口拦住安娜，吻了她。那时他似乎感到黑暗中有什么击了他一下，进门以后，安娜的父母抬起头审视着他俩，这可刺痛了威尔。他们有什么权利那样看他们！让他们一边去或者看别的什么地方去吧。

小伙子一路走回家，天上的群星在他头上旋转，他的心狂暴、执著，因为似乎他感到有什么东西阻碍着他，他真想把这东西捣个稀巴烂。

姑娘呢，正着了魔。她在屋里踱着步，对她的父母置之不理。魔力驱使着她踱来踱去，似乎她成了个隐身人，她确实对他们视而不见，这让她父母恼火，可他们不得不顺着她。她就在屋里痴迷、旁若无人地溜达着，一溜达就是好半天。

他的心头也同样笼罩着黑暗。他似乎隐身在某种紧张、狂暴的黑暗中。他的灵魂、他的生命剧烈地躁动着，对此他完全无能为力。他的头脑里一片昏暗。他飞快地、机械地干着工作，搞出来一些漂亮的产品。

他最喜欢木刻，他为她做的第一件东西是一枚往黄油上压花样的印模，上刻一只神话中的鸟——一只有点像鹰的凤凰。这只凤凰扑棱着一对匀称的翅膀从一圈微微燃烧着的美丽火焰中腾空而起。

他把这件礼物赠给她的那天晚上，安娜还没拿它当一回事儿，可到了早晨，待黄油一做好，拿出他的印模换下那只旧的刻着橡树叶和橡子的木头印模

---

① 这个用语专门用来形容刻薄的人或背后中伤别人的人。此语源于林肯郡大教堂里的一尊石雕像。

时，她极好奇地等着看结果。真神了，杯口样大的地方，线条奇怪地从光滑的边沿开始往里七扭八拐地勾画出一只粗笨的鸟儿来。她按了一下，怪呀，提起印模来，她看到那只鹰钩鼻子鸟挺起了胸脯儿，她欢喜地一遍又一遍地印着，每印一次她都觉得又有一个新东西诞生，每一块黄油都印上了这个奇怪的生机勃勃的图案。

她把这东西拿给父母看。

"还挺漂亮的。"妈妈说着，脸色开朗了一些。

"漂亮啊！"爸爸高声叫着，继而迷惑不解地问："唉，这叫什么鸟？"

以后的几星期中买黄油的顾客也都提出了这样的问题。

"黄油上是什么鸟呀？"

晚上他来了。安娜拉他到牛奶房里让他看。

"喜欢它吗？"他问道，他那洪亮奇特的大嗓门儿在她内心深处回荡着。

他们很少相互抚摸，他们只是愿意挨得近近的单独待在一起，他们之间还有距离。

冷清的牛奶房里，雪白的大奶油锅上方红光高照。他猛地转过头来，可他看到一切却是那么冷漠、那么遥远。他微微张开嘴巴，勉强笑了一下。她站着，低着头扭向一边。他想贴近她，他曾经吻过她呀。他的目光又落到了一块圆圆的黄油上。印上去的鸟儿在烛光下的阴影里挺起了胸脯。是什么在约束着他？她的胸挨近了他，他则像一只鹰一样扬着头。她一动也不动。突然，他以一个快得令人难以置信的动作轻轻地搂住了她，把她拢近了，这一切都做得迅速、利索，就像一只扑食的鸟，俯冲下来，越来越近。

他吻着她的脖颈。她把头闪向一边看着他，黑黑的眸子里闪着火一样的光。而他的目光则是坚定、明亮的，透着某种狂热的目的和喜悦，就像一对鹰的眼睛，她感到他在飞进她的火焰中，像一把火炬，像一只闪光的鹰。

他们互相凝视了一阵，都觉得对方陌生但又很近，就像一只鹰在下扑、俯冲直至跌进深不可测的火焰中去。她拿起蜡烛，他们又走回了厨房。

他们就这样走了一会儿，老是走到一起可又很少接触，更很少亲吻，常常是嘴唇一碰做个样子罢了。可她的眼睛里燃烧着一团不熄的火焰，她常在半路停下来，像要回味什么，又像要发现什么。

他的脸色变得忧郁，神情专注，他没有准备去听她对他讲些什么。

一个八月的雨夜，他来了，夹克领子翻立着，扣子扣得紧紧的，雨水打湿了他的脸。刚从冷雨中走来，他看上去是那样修长、轮廓清晰，她一下子爱他爱得不知所措了。她热血沸腾，可他却坐着跟父母闲扯，这不能不让她生气，她现在想抚摸他，一个心眼儿地想抚摸他。

她那容光焕发的奇特神情令她父亲发疯，她黑眸子凝视着那年轻人，那火样的眼神令他一时胆战起来。

她进了厨房的内间，拿出来一盏马灯，进屋时，父亲一直盯着她。

她对堂哥说："威尔，跟我来，我想看看老鼠洞有没有堵上砖头。"

她爸爸嗔怪地说："你用不着去看嘛。"

她理都不理爸爸。这可叫小伙子夹在中间作难了。爸爸的脸涨红了，蓝眼睛凝视着她。姑娘站在门旁，头稍稍后仰着像是在暗示这小伙子必须跟她去。小伙子站起身来，像往常一样默默地、不动声色地跟姑娘走了。布朗温只感到血直往脑门子上涌。

雨正潇潇。马灯照亮了碎石子路和墙根。她来到一架小梯子前爬了上去，他把马灯递给她，然后也爬了上去。阁楼的鸡窝里，一大窝鸡抱团栖息在高处，红色的肉冠子就像一串串火苗儿，明亮的眼睛都大睁着。一只母鸡转了一下身子引得别的鸡都气愤地乱叫起来制止她。公鸡卧着观察动静，脖颈上黄灿灿的羽毛真像透明的玻璃。安娜从肮脏的地板上走过去。威尔蹲在鸡窝里望着她。在裸露着红瓦的房顶下，灯光显得很柔和，姑娘在另一个角落里蹲下身子。那边又传来一只母鸡跳离栖木时发出的哗哗的声音。

安娜走回来了，停在下面。他正在门边等她，蓦地，她张开双臂抱住了他，整个身体靠了过来，用自己的身体冲撞着他的身体，低声喃喃地说：

"威尔，我爱你，我爱你，威尔，我爱你呀。"她喊得心肝欲裂。

他甚至不大吃惊。他双臂搂住她，骨头都酥了，渐渐朝后靠在墙上。鸡室的门开着，外面，黑暗中狂风以强劲的力量和神秘的速度卷着雨点子斜溅过来。他搂住她，似乎两个人都在剧烈地震颤摇摆着，黑暗中他们搂得更紧了。敞开的鸡房外面一片黑暗，大雨滂沱，拉开了一道雨幕。

"我爱你，威尔，我爱你。"她呢喃着，"我爱你，威尔。"

他搂着她。静静地，他们似乎成了一体。

汤姆·布朗温在屋里等了一会儿就起身走了出来，来到院子里。他看到了从阁楼鸡窝的门里伸出的一根雾蒙蒙的棍子，他几乎弄不清那是雨中的光柱。他还往前走着，直到灯光依稀照在他身上他才抬头朝上看去，透过浑浊的光影他看到小伙子和姑娘在一起，小伙子背靠在墙上，头埋在姑娘的头发里。这位长者看到了他们，虽然雨幕模糊了他们的身影，可毕竟灯在照着他们，他们以为在夜里还挺隐蔽呢。布朗温甚至看到灯光下他们身后干燥的鸡室，看到了屋里的阴影和憩栖着的鸡群，鸡棚上方的马灯在地板上投下了奇形怪状的影子。

在他心里，愤怒和自惭斗争着。安娜不懂自己在做什么，她这是要把自己毁了呀。她还是个孩子，只是个孩子，她不知道自己浪费了自己多少青春。想到此，他感到忧虑、恼怒、痛苦。他难道老了，老到让她成家的年龄了吗？他老了吗？他还不老，他比那个搂着她的毛头小子要年轻。谁了解安娜，是他还是那个痴心的小子？如果她不属于他自己，那她属于谁呢？

他又想起妻子生小汤姆的时候，他深夜里抱到这座谷仓里的那个孩子。他记得这小姑娘搂着他的脖子，他怀里抱着她那柔软温暖的身体。现在她会说他不中用了，她要走了，用不着他了，她会在他心上留下他不能忍受的空虚，他受不了这个。他简直要恨这姑娘了，她怎么敢说他老了呢？他在雨中继续走着，他痛苦，他怕老，他为被迫抛弃他视为生命的东西而愤懑，想着，他出了一身冷汗。

威尔·布朗温没跟他的叔父告别就回家了。他抬起头，让雨水淋着自己发烫的面颊，神情恍惚地走着。"我爱你，威尔，我爱你。"他耳边不停地回响着这几句话。纱帐撕开了，他赤身裸体来到这浩渺的尘世，他战栗着。① 墙壁把他与室内隔开了，让他浪迹在这漫漫的空间里。穿过这漫漫的空间他稀里糊涂地要走向何方呢？在这黑暗的尽头，全能的上帝在哪儿呀？他在什么地方正襟危坐，依然推动着他？"我爱你，威尔，我爱你。"每当这几个字敲击着他的心房，他就会吓得发抖。他不敢去想她的面孔和她那双明亮的眼睛。他不敢去想她那张奇怪的变了形的脸庞。无形的上帝那火光闪闪的手从黑暗中伸出来揪住了他。② 他顺从地、恐慌地走着，他的心被攥住了，在上帝的触摸下燃烧起来。

日子一天天静悄悄地在冥冥之中过去了。他去看安娜，但他们再一次变得拘束起来了。汤姆·布朗温阴沉着脸，蓝眼睛里透着忧郁。安娜在表白自己的感情后变得难以捉摸了，她那白皙的面孔上没有一丝表情，极为木然。她妈妈低着头在她自己那秘而不宣的世界里游动着，内心里十分充实。

威尔·布朗温一拿起凿子干起木雕来就充满了激情，真的，是他胸中的激情激励着他用钢錾去雕刻。这时他正刻一幅《夏娃诞生图》，这是他的夙愿。这是他给一座教堂刻的浅浮雕镶板。亚当睡着，似乎很痛苦，而上帝——一个模糊的庞大身影正揭去纱帐伸出一只手向他扑过来。夏娃，一个娇小赤裸的女体正从亚当撕裂的半边身子上生长出来，像一团流火爬向上帝的手臂。

现在他正在刻夏娃。这是一个消瘦、有灵气、还未成熟的形象。一股激情驱使着他颤巍巍地操刀去轻轻刻她的腹部，刻出一个坚实但尚未成熟的小腹来。这个硬挺挺的小身体，线条清晰，正经受着诞生的痛苦、折磨和兴奋。他触到她时，手颤抖了。他还没有完成过一个形体的雕刻呢。上方，树枝上有一

---

① 请参看以下第二段《夏娃诞生图》。见《马太福音》《马可福音》等。

② 请参看以下第二段。见《圣经·创世记》。

只鸟正展翅欲飞，一条蛇盘着树正向它伸过来，这幅图他还没做完。最后，他终于怀着一腔激情，颤抖着刻成了他的夏娃崭新、清晰的造型。

在夏娃的两侧和远处，两头都有两个用翅膀遮住面孔的天使①，这些天使就像一棵棵树。当他在夕阳下走向玛斯时，他就感到这些遮住面孔的天使都向两边站开了，四周的黑暗就是他们把自己的面孔遮了起来投下的阴影。当他走过运河大桥时，夕阳正洒下最后浓烈的余晖，天空已呈深蓝色，天际上有星星在闪烁，星星从遥远的天际铺展到夜幕下纵横的阡陌上，铺展到天边模糊的水晶带上。

她像一盏闪亮的灯在等待他。好像他的脸被遮住了一样。他不敢抬起头去看她。

这是燕麦收割的时节。一天傍晚，他们穿过农家房舍走出村庄。灰色的天际上悬着一轮金黄的月亮。暮色中高大的树木婆娑婀娜，挺立在路边。安娜和小伙子沿着篱笆墙默默地走着，墙根下的草地上都是马车压出的黑糊糊的车辙。他们穿过一扇门来到一片开阔地带，这里似乎还有一线天光辉映着他们的面庞。阴影里堆放着收割后的一捆捆麦子。很多麦捆像人一样倒在地上，还有的堆成了垛，就像傍晚朦胧的月光下一艘艘船只，渐渐驶远了。

他们并不想回转，可他们要走向何方呢？冲着月亮走吗？他们分开走着。

安娜说："咱们把麦捆堆起来吧。"这样，他们就能在这旷野里待下去了。

他们穿过收割后的茬子地来到长长的麦垛的尽头。这块地可真挤，一捆捆麦子竖立着，还有一些没打捆的麦子铺了一地。

天空是银灰色的，她向四周张望一下，发现树木在远处若隐若现，像传令兵一样等待着前进的命令。在这朦胧的月色中，她的心像是一只响铃儿，她真怕别人听到这铃声。

"你管这一行。"她说着跨过去，站在另一行躺着的麦捆边上，手插进麦

---

① 见《圣经·以赛亚书》第 6 章，第 2 节。

捆里，一手提起一捆沉重的麦子。尽管沉重的麦捆直碰她的身体，她还是把它们都运到了空地上去。她猛地把两个捆往地上一摔，然后轻轻地把它们拢到一堆，这两捆就头顶头靠在一起了。暮色中他模糊的身影走了过来，他也提着两捆。她就等在附近。他轻轻地把他的两捆靠在她的麦捆旁边。他见麦捆有些不稳，就把它们往一起拢了拢。庄稼捆发出窸窸窣窣的声音，像是哗哗的泉水声。他抬起头笑了。

她冲着月亮转过身，每当她面朝着月亮时，皎洁的月光就似乎穿透了她的胸。他顺从地走到对面去，那儿是一片朦胧中的空地。

他们弯下腰，抓住湿漉漉、柔软的麦穗儿，竖起沉重的麦捆儿，然后又走了回去。她总是先到，放下手里的麦捆，又把其余的都斜靠在一起，这时，他携着麦捆的模糊身影随后也到了。她转过身去，只听到他手中的麦子嚓嚓相碰的声音。她从月亮和他模糊的身影之间走了过去。

她又提来两捆径直向他走来时，他刚直起腰。他从不远处走过来。她放下麦捆，把它们码成垛，码得不稳当，她的手一直在抖。她猝然转过身去，面对着月亮。月光洒在她的胸脯上，她觉得似乎她的胸脯和月光一起起伏波动着。他不得不把她那掉下来的两捆重又码上去。他默默地干着，劳动的旋律又把他载远了。她正走过来。

他们一起干着，走过来又走过去。他们的脚步和身体是随着同一个节奏和旋律移动的。她弯下腰提起沉沉的麦捆，扭脸看看黑影里的他，径直穿过茬子地走了。她踌躇地放下她的麦捆，她听到麦子在哗哗作响。他走近了，她必须转开。于是，皎洁如水的月光又洒在她的胸脯上，教她看上去像是在随波起伏。

他稳稳当当、专心致志地干着，穿梭般地在割后的秃茬地上来回忙碌着，把麦垛码得越来越长，渐渐向那模糊的树木逼近了，他的这一溜跟她那一溜慢慢接上了。

她总是赶在他来到之前离开，他一来，她就走，他一走，她就回来。他们难道就永远不碰头吗？会的，渐渐地，他心中低沉的声音会传向她，与她共鸣，将她吸引过来跟他碰头，直到他们走到一起，就像麦捆一样窸窸窣窣，相依相碰。

他们继续干着活，月光更加清晰、明亮了。月光下的麦子在熠熠闪光。他弯下腰去提麦捆，麦捆离开地面时发出刷刷的声音，就像一具具沉重的人体碰撞他，他眼前闪过一片耀眼的月光。然后，他开始码垛，她这时正走过来。

他在等她，双手在麦捆里胡乱摆弄着。她来了，可她却后退站着，直等到他离开。他看到了她模糊的身影。他向她说话。她随口答应着。她看到月光掠过他满是疑问的面孔。但他们之间隔着距离。他转身走了。他们又有节奏地干起活来。

为什么他们之间总隔着一段距离呢？为什么他们不在一起呢？为什么她从月光中走出来要踟蹰、要躲着他呢？为什么他也躲着她呢？他的心在不停地打着小鼓，冥冥地，他的意志淹没了一切。

他劳动的节奏中这时注入了一个休止符——一个坚定的目的。他弯下腰，提起一个捆儿向她那边挪过去，把麦捆放到月亮地里就像放到了她的怀中，然后又转过身去搬。他一个劲儿地憋足力气提起麦捆晃晃悠悠地把它们运到地中央，一个劲儿地赶着她跟自己打照面，一个劲儿地干着自己这一份，靠近她，终于超过了她。月光下，他们过来过去，默默地、专心地干着活计。一会儿麦捆刷拉拉响，一会儿又鸦雀无声，一会儿又是麦捆刷拉拉的响声。他的麦捆的声音响得快了起来，跟她的同步了。她的麦捆刷拉拉单调地响着，他的麦捆响得越来越近了。

最后，他们面对面站到了麦垛前，手里都提着麦捆。月光辉映着他，他全身银白。月光下，他那被阴影笼罩着的面孔把她吓了一跳。她在等他。

"放下你的麦捆吧。"她说。

"不，该你了。"他的声音有点苦涩，却是固执的。

她把麦捆靠在麦垛上。他看到了麦穗中她的手在闪光。于是他丢下手中的麦捆，颤抖着张开双臂去拥抱她。他够着她了，他要吻她，这是他的特权。她的气息带着夜气的氤氲与麦子的芬芳是那样的甘美。他的脉搏跳动着，催他去亲吻她，他用吻来求爱，可她却不那么顺从他。他盯着她鼻翼上的月光流连忘返！她浑身沐浴着月光，可她的内心却是黑洞洞的一片！他拥抱着整个夜色，黑暗和光明都在他的怀中，他拥有这一切！整个黑夜都待他去揭示，待他去冒险，待他进入所有的神秘境地中去发现所有的新大陆。

胜利在望，他颤抖了。他的心像一颗星，闪烁着炽烈的光芒！他的吻越来越深了。

"我的爱！"她低低地呼唤着，这细细的声音对他来说像是来自月光下遥远的地方。他对此根本感觉不到。他屏住呼吸，颤抖着、倾听着。

"我的爱！"又是一声低低的呼唤，带着哀怨。像是夜幕中一只看不见的小鸟儿在叫。

他害怕了，他的心颤栗着，都快碎了。他动不了了。

"安娜。"他试探着叫了一声，似乎是从远方回答她。

"我的爱。"

他逼近她，她也逼近了他。

"安娜。"他带着惊奇和爱的剧痛叫了一声。

"我的爱啊！"她的声音变得狂热起来。

他们的双唇接吻了，这是热烈、意外、长久、真正的吻。月光下他们一直吻着。他吻她，她回吻，然后又一起接吻起来。这时，他又想起了什么，他真怪。他需要她，太需要她了。她是个新奇的东西。他们拥抱着站在夜色里，一动也不动。他全身震惊得直颤，好像遭到了一击。他想要她，他想把这个想法告诉她。可这么大的震惊让他承受不了，他以前从来没意识到。他颤抖着试探，恨自己是个废物，他不知该怎么办才好。他轻轻地去拥抱她，轻柔再轻柔。内心的冲突过去了，他兴奋得喘不过气来，眼泪都快掉下来了。他只是想要她。他内心里坚定了一个信念——她是他的。他真是又喜又怕，在开阔的月亮地里有些手足无措。他透过她的发丝去看月亮，月亮好像一个透明的流体在游动。

她叹了口气，似乎清醒过来了，她又亲了他一下，然后从他怀里摆脱出来，拉着他的手。她离开了他的怀抱，这让他痛心、懊恼。她干吗离开他还要攥住他的手呢？

"我想回家。"她说。她看他的那眼神是他所不能理解的。

他紧紧拥住她，如醉如痴，寸步难行，他不知道该怎么动弹。她拉着他走开了。

他拉着她的手在她身边无助地走着，她只是低着头走自己的路。突然，他的头脑里闪过一个简单明确的解决办法，他说："咱们结婚吧，安娜。"

她沉默着。

"我们结婚吧，安娜，啊？"

她在田野里停下来吻了他，满怀激情靠在他身上，这副样子真让他摸不透，真摸不透。可他不管这些，结婚迫在眉睫、势在必行。他需要她，他需要跟她结婚，他要彻底占有她，让她永远是自己的。他等待着，急切地等待着圆满的结局。可心里总有点恼火。

那天晚上，他对叔叔和婶婶说了这件事。

"叔叔，安娜和我想结婚。"

"啊？！"布朗温说。

布朗温太太说："怎么结呢？现在你们没有钱呀！"

小伙子的脸"唰"地变白了，他恨这种话。他就像一块闪闪发光的鹅卵石那样透明、不可改变。他对此想都不去想，坐在那儿一言不发，但明镜样的心里却自有主张。

布朗温问他："你跟你妈妈说过这事吗？"

"没有，不过我星期六会告诉她的。"

"你要回去见她？"

"是的。"

一阵长时间的沉寂。

"你拿什么结婚？靠你一星期挣来的一镑吗？"

小伙子的脸又变白了，似乎他的精神受到了伤害。

"我不知道。"他说着，眼里透出鹰一样恶狠狠的目光看着他叔父。

布朗温气得跳了起来，说：

"你应该知道。"

"我以后就会有钱的，"侄子说，"我先筹一笔款子，将来还。"

"嚯！为什么这么急呢？她才十八，你才二十。你们俩这个年龄还不能随心所欲，要怎样就怎样还不行。"

威尔·布朗温低下头，尖锐疑惑的目光迅速扫了叔父一下，真像一只困在笼子里的鹰。

"她多大，我多大，这又有什么关系呢？"他说，"我现在和我三十岁的时候会有什么不同呢？"

"会大不一样的，好好想想吧。"

婶婶问道："你没经验，既没经验又没钱，这两样你都没有，那你为什么还要结婚呢？"

小伙子问："婶婶，你说我缺少什么经验呢？"

要是布朗温没有被气坏，如果他不是个铁石心肠的人，他就会答应让他们结婚的。

威尔·布朗温回到住处，特别无动于衷。他感到他不能从既定的目标那儿撤退，他铁心了。要改变主意毋宁被毁灭，他才不会被毁灭呢。是的，他没钱，但他可以从什么地方得到一些钱，这都不在话下。他睁着眼躺了好几个钟头，心里既坚定又敞亮，什么也不用去想，他的心越来越坚定，不可改变，然后，他呼呼地睡着了。

似乎他的灵魂变成了一块坚硬的水晶石，他可以颤栗、大受其苦，可这颗心没有变。

第二天一早，汤姆·布朗温憋着一肚子气恶狠狠地问安娜：

"你们干吗要闹着结婚啊？"

她站着，脸色有一点发白，黑黑的眼睛里露出一个野兽意欲保护自己时的敌意和警觉的目光，敏感地颤抖着。

"我就要结嘛。"她随口说道。

他的火气又上来了，他真想揍她。

"你要结、要结，你这是图的什么呀？"他嘲弄说。

于是，儿时的愤懑、六亲不认的毛病，一个粗野、孤单无援的小东西心中激荡着的敌意又回到了她身上。

"我要结，就是因为我要结。"她像小时候那样歇斯底里地吼起来。"你不是我的父亲，我父亲早就死了，你不是我父亲。"

她仍然是个外姓人，她并不认他。残酷的刀子砍下来，刀砍进布朗温的心灵深处，把他与她的关系砍断了。

"不是又怎么样？"他说。

他受不了。做她的爸爸，做她的爹爹，这是他一直视为珍贵的感情啊。

一连几天，他无所事事，像得了恐吓病似的。他老婆茫然不知所措。她不理解这些，她只是以为，安娜的婚姻受阻是因为威尔没有地位没有钱。

家里静得可怕。安娜尽量做到眼不见、心不烦，她可以一个人孤单地待上几个钟点。

在诺丁汉闹了几场笑话后，威尔·布朗温回来了。他也是脸色苍白、表情淡漠，可他的主意没有改变。他叔叔恨他，恨这个残酷、顽固的小伙子，可到头来他还得把给安娜的那笔股份交给威尔，那可是值两千五百镑啊。威尔看看他的叔叔，叔叔把玛斯的一人笔资金都给了他们。不过这只能让这小伙子更冷静、更坚定。他有他的一定之规，让人难以捉摸。他把这股份交给了安娜。

收到股份后，安娜整整哭了一天，眼睛都哭肿了。晚上，她听到妈妈上床了，就溜下楼来躲在门洞里。她看到父亲像一尊石碑那样沉默地坐着。他慢慢地转过头来。

"爹爹，"她在门洞里喊着奔过去，肝肠寸断地啜泣起来，"爹爹，爹爹，爹爹。"

她双臂抱住他，面向他蹲在炉前地毯上。他身材高大，搂着他可真舒服。但是，有什么刺痛了她的心，让她难以忍受，她几乎是在歇斯底里地抽泣着。

他一只手搭在她的肩上沉默地坐着，心里一片凄楚。他不是她的父亲，她毁掉了这可爱的形象。那么他是谁呢？他离开了那些生活还没有进展的人，他离开了她。他们是两代人，他老了，从热烈的生活中销声匿迹了。他心中的火焰中有那么多的灰烬，冰凉的灰烬。他感到自己的心不可避免地变凉了，他痛苦地忘却了这团火，他就在冷清的一大把年纪和孤独中闲坐着。可他是个有老婆的人呀。他谴责自己，嘲笑自己这种依恋年轻人、总想让年轻人属于自己的情思。

这个偎依着他的孩子，想她那位孩子气的丈夫了，这是很自然的。为此，她要从他汤姆·布朗温这里得到帮助，从而她才能安排好自己的生活。可她不需要爱——不需要他这个臃肿的中年人对她的爱。他们之间为什么要有爱呢？他们之间除了单纯的人与人之间的自愿相助还能有别的什么呢？他是她的卫士，仅此而已。他的心冷如冰霜，面孔冷漠无情，他比一尊塑像都更难感动。

她爬上床去，哭了。但她要嫁给威尔·布朗温了。到那时就没这么多麻烦事了。布朗温怀着一颗冷酷的铁石心肠上床了，他咒骂着自己。他看看妻子，她还是他的妻子，黑亮的头发已依稀露出些银丝。岁月增长了，可她的面容还是那么漂亮，她整整五十岁了，看着她，他心里多么酸楚啊！他真想把自己那仍然放荡地追逐着青春生活速度的心割掉。他多么恨自己呀！

妻子很动人，正当年。她还年轻，还有些少女的鲜活和天真。可她不像他那样仍然管不住自己去要求更多的斗争和控制权。她是很遵从自然规律的，而他则是可恶的，他不顾自然规律硬逞能，不肯放手。这家伙真可恶，这个贪婪的半老头子，他非要像个恶魔一样在生活的路上当绊脚石不可。

他一生中失去了什么呢？难道他那贪婪的心没有得到满足？他不是在学校时有过一位朋友，他不是有自己的母亲、妻子和安娜吗？他尽做了些什么？朋友没交成，也不是个争气的儿子；不过，他经历了跟妻子在一起时得到的满足，这就够了；他不愿意对安娜那样，可他没得到满足，这真让他伤脑筋。

难道他的生活就一无是处？他难道没什么东西、没什么成就可以示人吗？他不去计算自己的工作，谁都能干那个。他只知道跟妻子这漫长的婚姻是情谊深厚的，不知道别的。真怪，这就是他的生活，你就是说什么，这也该算点什么吧，这是不朽的。对谁他都可以说这话，他为此感到自豪。他怀里搂着妻子躺下，她仍使他感到满足，跟以前没两样，这就是一切的一切，没什么别的好说。是的，他为此而自豪。

可汤姆的内心是痛苦的，他仍然不满，他窝了一肚子气，因为一个姑娘竟对他毫不关心。他爱自己的儿子们，他们也是他的孩子。可跟这姑娘在一起，生活就成了一种更富有创造性的生活了，他同样需要这种生活。啊，他感到羞耻，他要先毁掉自己然后再消灭自己。

真累人啊！不管你长多大，总是没个平静的时候。一个人永远无法正确，永远无法体面，永远做不了自己的主人。似乎他的希望是在这姑娘身上。

安娜很快又陷入对那小伙子的柔情蜜意中去了。威尔·布朗温把婚期定在圣诞节前的那个星期六。他在等她，就这么兴高采烈、毫无疑虑地一直等到那个时候。他需要她，她是他的。在这天到来之前，他都生活在悬念之中。结婚的日子——十二月二十三日，对他来说已经绝对地到了，他就生活在这个日子里。

他没有扳着手指数日子，可他像一个乘船旅行的人一样，船不进港他是安不下心来的。

他搞雕刻，在工作间工作，去看望她，这些都不过是等待的形式，他什么问题也不去考虑。

她更加生气勃勃了，她要享受求爱的乐趣。他似乎来去如风，说不清为什么和到哪里去。可她就愿意他在跟前，对她来说他是生活的核心。仅仅抚摸他就够令人心里美滋滋的了。而对他来说，她是生活本身。当他在伊开斯顿自己的屋里雕刻时，头脑中她的形象就像在玛斯的厨房里她坐着凝视他时一样。他的心了解她，可他的外部感官却似乎失灵了，他看她不用眼睛，听她不用耳朵。

　　可是有时候，他拥抱着她时，会颤抖着神魂颠倒起来。他们有时会在粮仓里默默地站着拥抱起来。她的双手触到他年轻、富有张力的躯体，她欣喜若狂，简直受不了。一想到他是她的了，她就兴奋地想跳。他的身体是那么灵活、那么迷人，是她的世界中唯一的真实。在她的世界里，曾有过一个男人有如此这般有力动人的躯体，然后又有一些影子样的男人，但那都是不真实的。只有在他身上，她才触到了真实的核心。他们在一起，他和她，在秘密的心脏里。她把他拉过来，拉过他的身体——一切生命的中心，从这坚如磐石的躯壳里流淌出生命的泉水。[①]

　　而对他来说，她是一团烧燎他的火焰，这团火顺着他的四肢烧上来，烧过他的全身，直到把他烧成灰烬，直到他失去意识，成为她的火焰的黑暗导体。

　　有时，黑暗中一头母牛会发出咳嗽声，传来慢吞吞的反刍声。他们觉得这些似乎是在他们周围流动，从他们身上淌过，就像热血在母腹中流过，产下幼崽。

　　有时，在寒冷的日子里，这对恋人就站在马厩里，空气中弥漫着热烘烘浓烈的马尿味儿。乘夜晚值夜的当儿，他渐渐地了解了她，他们相依在一起，挨得愈来愈近，一个个亲吻越来越温柔、中意。于是，在漆黑的夜里，当一匹

---

　　① 摩西带领以色列人穿过干旱的荒原走向希望之地时，两次击打石头，从中流出水来。石与水的意象经常出现在劳伦斯的作品中，象征男性的生命力。

马突然蹬腿站起来发出烦人的雷鸣声时，他俩会像一个人那样去倾听，像一个人一样有所感知，他们都提防着这里的马。

汤姆·布朗温在考塞西为他们租下一座房子，租期二十一年。看到它，威尔·布朗温立即眼睛一亮。这座房子建在教堂旁边，屋旁和房前绿草茵茵的花园边长着墨绿的老紫杉树；方方正正的红房子，房子上铺着石板顶，房檐很低，窗户也开得靠下。屋里有一间细长的牛奶房兼洗涤间和一间铺着大石板的厨房，从厨房踏上一个台阶就到了一个低矮的前厅。横在天花板上的桁条都粉刷过了。墙角里摆着柜橱。透过窗口向外望去，可看到绿草如茵的花园，花园一边是一行墨绿的紫杉，另一边是爬满青藤的红墙，墙那边是公路和教堂的院子。这座方形塔座上矗立着小塔尖的古老小教堂真像在回首俯视他们家的窗口呢。

"嘿，不用买钟了。"威尔窥视着隔壁塔上洁白的钟表说。

屋后的花园毗邻着一片马场，有一座可以养两头牛的牛棚，还有猪栏和鸡窝。威尔高兴坏了。一想到就要成为自己地盘上的女主人，安娜也乐不可支的。

汤姆·布朗温现在成了童话中的教父了。他现在不买东西他就不高兴。威尔对任何木器家具都感兴趣，正在购置，留给他的任务是买桌子、圆椅子和梳妆台，虽说这些东西挺普通的，不过跟这屋子很相称。

汤姆·布朗温想得更细，给安娜挑了些方便的小用品。有一套新式的炊具，还买了一盏别致的吊灯（尽管房子不高），还买了好使的绞肉机、捣土豆泥的机器和打蛋机。

虽然安娜并不是对每件东西都喜欢，但只要是爸爸想买的东西她就对此感兴趣。尽管她对布朗温认为很精致的东西表示怀疑，可她总是感到有盼头，集市开集的日子里，她心里总是激动地盼望着什么。天一黑他就回来了。一见马车上的铜风灯在闪亮，她就赶紧到门口去迎接。黑暗中他那高大的身躯弯腰护着车上的东西。

"你是喜欢东西才这么机灵的！"他说，他的声音在寒冷的夜空中回响着，他挺激动。她手提风灯在他买来的一堆物品中边翻边看，把他给自己买的油和工具都扒拉到一边去。

她拽出一副结实的小风箱，过了过目就又去拉扯别的东西。这东西有一个长把儿，中间包着牛皮纸，像是穿着一件坎肩。

她捅捅这玩意儿问："这是什么？"

他停下手中的活儿瞟了她一眼，看见她走到马身边的灯下弯腰去看那件新物件。灯光下，她的头发金黄金黄的，白围裙让人看着心里怪舒服的。她扯下牛皮纸，从里面露出一个装有干净的橡皮滚子的绞拧器来。她挑剔地看来看去，就是不知道怎么用。

她抬头看看影影绰绰的汤姆说：

"这东西怎么个用法？"

"这个嘛，碾萝卜用的。"他回答道。

这副腔调让她不痛快。

她说："别骗人，这是个小轧布机，你说怎么用吧。"

"你用螺丝把它铆在洗涤盆边上就行了。"说着他把机器递了过来。

"嘿！"她叫着轻快地蹦跳过来，她一高兴就爱这样。

她二话不说就跑回屋里去了，剩下他一个人卸马套。等他到洗涤池边时，发现她早把轧布机安在带有搅衣棒的洗衣盆上了。她兴高采烈地摇着轧布机的把儿。蒂丽在一旁叫道：

"让我说呀，这小玩意儿真灵巧，省得你费劲了。这敢情是个顶时兴的玩意儿，说的是呢。"

安娜带着主人的热情摇着那把手。摇了好一阵才让蒂丽也试试。

蒂丽一个劲儿地摇着说："瞧它，自个儿就会转，能拧一大溜衣服哩。"

第五章　玛斯的婚礼

举行婚礼的这天是个阳光明媚的日子，尽管道路泥泞，但天空是晴朗的。三辆小马车和两辆带篷子的马车来到了玛斯，人们都激动地聚在前厅迎候。可安娜却还待在楼上。她爸爸一直在一口一口地呷着白兰地。他今天穿着黑上衣和灰裤子，可潇洒了。他的话语里透着诚挚，可话音里又带着些儿不安。他妻子下楼来了，她身着带有花边的深灰色缎子服，帽子上隐约露出些儿孔雀绿来，那娇小的身躯动起来显得自信、有主心骨。还真多亏了她，布朗温才在这大庭广众面前壮起胆子。

四轮马车来了！诺丁汉的布朗温太太身着锦缎站在门洞里吩咐人们如何搭伴进厅。一阵忙乱，前门开了，参加婚礼的宾客们走上了花园小径，那些等待中的人们则扒着窗户朝里窥视，门口的一小群人稀稀拉拉站了一长串。这些盛装打扮起来的人在冬日的阳光下显得着实好笑！

又走了一批人！厅里宽敞多了。安娜身着白缎子衣服，蒙着面纱，红着脸，羞羞答答地下楼来和大家见面。婆母用不偏不倚的眼光打量她一番，给她拉拉白色拖地长裙，给她的纱巾理理褶，借此来表现她自己的地位。

窗外响起一阵喧天的欢呼声，新郎的马车过去了。

"你的帽子呢，爸爸？你的手套在哪儿？"

新娘子跺着穿着白便鞋的脚，带火的目光似乎穿透了面纱。爸爸四下里找来找去，头发都忙乱了。大伙都走了，就剩下新娘子和她爸爸了。他总算准备好了，惊慌得脸都红了，蒂丽在小门廊里颤抖着等着去开门。一个侍女在安娜身边转来转去，安娜问她：

"我这样可以了吧？"

她整好了装，昂起头来，神气十足。然后威严地用力向她爸爸招招手道："过来！"

他走了过去。她一手轻轻搭在他的胳膊上，一只手捧着缤纷的花束，走起来，天啊，真叫优雅。不过，她爸爸的脸那么红，这叫她心上有点别扭。她慢悠悠地从焦急不安的蒂丽身边飘过去，踏上了花园小径。在门口人们嘶哑的叫声中她那泛着雪浪般的身子慢慢地进了马车。

她上车时，爸爸注意到了她细细的脚腕和纤巧的小脚：那还是一双孩子的脚呢。他坚硬的心里顿时升起了一股柔情。可她却正为自己大出风头而欣喜若狂呢。一路上，她坐在马车里心花怒放，喜上眉梢。这一切太可爱了。她低下头，关切地注视着那束花：白玫瑰和铃兰花，晚香玉和孔雀草，富丽溢美，像一挂小瀑布。

她爸爸为这一切生疏的东西惊呆了，他那么心事重重，感到这颗心都变僵了，他什么也不去想了。

教堂为庆祝圣诞节装饰起来了，摆着深颜色的冬青树和清冷、雪样的白花儿。他懵懵懂懂地走到圣坛跟前。他结婚才有多少年？他说不准他现在来是来结婚的还是为了别的什么。他感到困惑的是，他不得不做点什么。他看到了妻子的帽子，心里问自己：她为什么没跟自己在一起？

他们站在圣坛跟前了。他抬头凝视着东窗，窗子射出一束光亮浓重的琥珀绿：闪亮的墨绿中透出些紫红。小黄花儿紧紧地偎依在黑暗中，花影朦胧。在黑色暗中它们竟然生机勃勃地绽放着。

"是谁让这女子嫁给这个男人的？"他感到有人捅了他一下，他心里一惊。这句话仍在他脑海中回荡着，只是话音渐渐远去了。

"是我。"他忙回答。

安娜低下头在面纱里笑了。唉，他是多么荒唐啊！

布朗温转而去凝视圣坛后闪闪发光的绿色窗户，不无痛苦地胡乱思忖道：

他会不会老，会不会感到自己已达到目的、安居乐业了。他在这儿，在安娜的婚礼上，这不错，可他有什么权利认为自己负有一个父亲的责任呢？他还像自己刚结婚时那样，心里没底，动摇不定。他老婆，还有他！这两口子都这么茫然，他终于认识到了这一点，不由得心头感到一阵极度的痛苦。他四十五了，四十五了，都！再有五年就五十了，然后是六十、七十，再往后就完了。我的老天爷啊，我都这个年纪了，可还没有稳定下来！

人怎么才能长大并变得自信起来呢？他希望自己能变得更老些，既然他已经感到自己是个完全成熟的人了，那么现在的他和结婚时的他相比有什么两样呢？他可以再结一次婚——跟他的妻子。他感到自己像一个渺小的人，挺立在一块被浩渺无际喧腾嘶叫着的天空包围着的平原上，他和他的妻子，两个渺小的小人儿，在耀眼的天光和喧嚣声中横越过这块平原。什么时候才能走到头呢？这条路到哪儿才算了啊？没有头，没有了。只有这喧嚣的广漠空间。一个人难道会不老不死吗？这是一种暗示。发现了这个暗示，他竟奇怪地惊喜起来，同时又感到难受。他要和自己的妻子走下去，就像两个孩子那样在平原上安营扎寨，那么，除了这一望无际的天空还有什么呢？可它太浩瀚无垠了。

那高雅的绿色燃烧般地耀眼夺目，在他眼前的阴影里大显威风，那色彩浓艳，绿得堂皇。他的生活曾是多么五彩缤纷、眼花缭乱啊，在他错综复杂、暗无天光的肌体里，生命是火一样的红，火一样地燃烧着。同时，他的妻子，她黑暗的肌体里，火焰又是怎样地燃烧、闪耀着光芒啊！这团生命之火在无穷无尽、没有一定之规地燃烧着！

风琴声大作，人们都进了祈祷室。这里放着一本墨迹斑斑的签字簿。那姑娘神气活现地把面纱往后一撩，忸怩作态地伸出戴着结婚戒指的手，傲气十足地签下自己的名字："安娜·特丽萨·兰斯基"。她骄傲，是因为她出了风头，满足了自己的虚荣心。

安娜·特丽萨·兰斯基——真是个洋洋自得、自作主张的浅薄丫头！新郎身穿黑色燕尾服和灰裤子，身材修长，像一只正经的猫，一丝不苟地签了名："威廉·布朗温"。

这字体看上去正经得过分了。

"爸爸，来签名呀！"这骄横轻佻的女孩子叫了起来。

"托马斯·布朗温，这两笔字可真叫笨拙呀。"他边写边自言自语。

然后，他哥哥，高大、黄皮肤，长着一脸络腮胡子的家伙签字："阿尔弗莱德·布朗温"。

"怎么这么多布朗温呀？"汤姆·布朗温说，他为这个家族的姓氏反复出现感到惭愧。

他们出来，再次来到阳光下。他看到墓碑下高高的青草上染了灰蒙蒙的霜，头上方的冬青浆果在铃声中闪着红光，紫杉树乱蓬蓬的黑树枝纹丝不动，一切看上去都如同一幅幻境。

参加婚礼的人们穿过墓地来到墙根下，踏着小台阶跨过这道墙下到另一边去。嗬，你看那小白孔雀般得意洋洋的新娘吧，她站在墙头上，把手递给墙那边的新郎扶她下去。她那白细纤小、迈着碎步的脚和弯着的脖颈都显得自鸣得意。看她那副傲气无理的样子吧，跟她年轻的丈夫走在一起，似乎把所有的人，包括父母和婚礼嘉宾都不放在眼里。

家里炉火正旺，桌上摆满了酒杯，屋顶上悬挂着冬青和槲寄生枝叶。参加婚礼的客人们蜂拥而至，汤姆·布朗温开始欢快地给大家斟酒。人人都得喝。铃儿在窗棂上丁当作响。

"举起你们的酒杯来呀，"汤姆·布朗温在厅里大声喊着，"举起你们的酒杯，祝他们炉旺家暖，快快乐乐！"

"日日夜夜，幸福快乐！"弗兰克·布朗温补充了一句。

"响鼓重锤，祝他们快活，"郁郁寡欢的阿尔弗莱德·布朗温大喊着。

"满上啊，再干一轮儿，"汤姆·布朗温叫着。

"炉旺家暖，快快乐乐！"

人们先后附和着。

"保佑你们枕边床头，尽情享乐，"弗兰克·布朗温喊了一声。

人们听后都大声重复了一遍这句话。

"祝他们进进出出，痛痛快快儿的，"郁郁寡欢的阿尔弗莱德·布朗温大喊着，男人们随之大胆地开始起哄，女人们则说："你听听！"

这屋里有些胡说八道的气氛了。

然后，人们坐上四轮马车全速驶回玛斯，去吃正式茶点大餐，一直吃了一个半钟头。新郎新娘坐在桌首，正襟危坐，光彩照人，席上人们狂饮时，他俩一言不发。

布朗温家的男人们在饭桌上喝开了白兰地，一发而不可收。阴沉的阿尔弗莱德直喝得眼冒金星，晕晕乎乎的，笑起来出奇的野蛮，满嘴的牙都龇了出来。他妻子直瞪他，像蛇一样冲着他摇头探脑，可对此他压根儿就没看见。屠夫弗兰克喝得满脸通红，显得更英武了。一个劲儿地和他的弟兄高声对嚷。汤姆·布朗温虽然自持稳重，到最后也失态了。

这兄弟三人在所有的来宾中占了鳌头。汤姆·布朗温想讲几句，这是他有生以来第一回想用语言来表白自己。

"婚姻，"他开始说了，他目光炯炯但又很深邃，非常严肃认真地思忖着说，"婚姻，"他的话像所有布朗温家的人一样慢条斯理、字正腔圆，"是天意——"

"让他说下去，"阿尔弗莱德·布朗温慢吞吞令人费解地说，"让他说下去。"阿尔弗莱德太太不满地瞪了丈夫几眼。

"一个男人，"汤姆·布朗温继续说，"就得享受做男人的权利，否则他为什么要做男人呢？"

"这话说得是，"弗兰克红着脸说。

"同样，"汤姆·布朗温接着说，"一个女人就得享受一个女人的权利，至少我们觉得是这样——"

"哦，这还用说嘛——"一个农夫的老婆喊道。

"你回头想想你的生活，就会觉得他说的是那么回事儿。"弗兰克的老婆说。

"要我说，"汤姆·布朗温接着说，"一个男人要想成为一个男人，就得找一个女人——"

"是这么回事。"一个女人阴沉地说。

"一个女人要做一个女人，就得找一个男人才行。"布朗温接着说。

"爷们儿都说说吧，啊！"一个女人叫道。

"为这我们才要结婚。"汤姆·布朗温接着说道。

"行了，行了，"阿尔弗莱德·布朗温说，"你别把我们都说跑了。"

寂静中酒杯斟满了。新娘和新郎这两个孩子表情专注、红光满面地坐在案首，可神情却是漠然的。

"在天上没有婚姻，①"汤姆·布朗温又说道，"婚姻是地上的事。"

"这就是天跟地的区别。"阿尔弗莱德不无嘲讽地说。

"阿尔弗莱德，"汤姆·布朗温说，"你等会儿再说，我们会感激你的。除了婚姻之外，世上别的事儿可就不多了。你可以说怎样赚钱或怎样拯救灵魂。你尽可以拯救你的灵魂七次，可以有万贯家财，可你的灵魂里却尽是些个烦恼、烦恼、烦恼，它会说它一定要得到什么东西才行。在天上没有婚姻，婚姻是地上的事，否则天就掉下来了，天就没底盘儿了。"

"你就叨叨吧，"弗兰克的老婆说。

"说下去，托马斯。"阿尔弗莱德嘲讽地说。

"要是我们都得成为天使，"汤姆·布朗温对大伙儿长篇大论起来，"如果天使没有男女之分的话，我似乎觉得一对结了婚的人就组成了一个天使。"

"都是白兰地闹的。"阿尔弗莱德厌倦地说。

"因为，"汤姆又说，人们都来听他这个谜语，"一个天使不会不如一个人。

---

① 《马太福音》第22章，第30节。

如果它只是一个脱离了人的灵魂，那它就不如一个人。"

"这话不假。"阿尔弗莱德说。

席上响起一阵笑声。汤姆·布朗温越说越来劲了：

"一个天使应该比一个人强，所以我说，一个天使就是一个男人和一个女人合在一起的灵魂。他们的灵魂在世界的末日携手升天，成了一个天使。"

"主圣明！"弗兰克说。

汤姆重复说："主圣明！"

"那，剩下的女人们怎么样了呢？"阿尔弗莱德嘲讽地说。人们变得不安起来。

"那我说不准。我怎么知道在世界的末日会有谁不能升天？就算那么回事吧，我说的是，当一个男人和一个女人的灵魂结成一体时才能变成一位天使——"

"我不知道什么魂儿不魂儿的，我只知道有时一加一等于三。"

弗兰克说着自己笑起来。

"肉体和灵魂，都是这样的。"汤姆说。

"那你太太又怎么样呢？你认识她以前她已结过婚。"阿尔弗莱德对他的讲话感到气愤地问道。

"那我不敢说。如果我要变成天使的话，那是我婚后的灵魂，而且不是我一个人的灵魂。那就不是我孩提时代的灵魂了，那个灵魂不能让我成为天使。"

"我总也忘不了那个茬儿，"弗兰克的老婆说，"我们家哈罗德一淘气就说看到镜子后面有个天使。'妈妈你看，'他说，'看那个天使！''没有天使，我的小鸭子。'我怎么说他也不信，把镜子从梳妆台上拿下来也不行，他硬是吵吵着说有天使。这把我吓坏了，我还以为我失去了自己的儿子呢。"

"我还记得，"汤姆的姐夫说，"有一次我说我鼻子上有个天使，我妈就把我狠揍了一顿。她见我抠鼻子就问我：'你干吗要抠鼻子，别抠啦。'我说：'我鼻子上有个天使。'她结结实实扇了我一巴掌。可天使照样在鼻子上呀。我们都把带刺的蓟草什么的叫作飞舞的'天使'，也不知道为什么，我就喜欢往鼻子里放这么一根草。"

"说起孩子们往鼻子里放东西，那可太好笑了。"弗兰克的老婆说，"我记得我家海眯有一次掐了一截风信子，哦，孩子们管那叫什么'蜡烛'，往鼻子里塞。哎呀，这下子我们可有事干了！我看她在鼻子眼儿上捅，真没想到她那么轻轻儿地一捅就把草给捅进去了。她还是个八岁的孩子，天啊，我们找来一把钩针，可又不知道该怎么办——"

汤姆·布朗温要吹嘘一通的灵感全没了，他把那些忘了个精光，不一会儿就跟别人一起哄叫起来了。外面传来守夜人①唱的圣诞颂歌。守夜人被邀到闹哄哄的大屋子里来，他们有两把提琴和一支短笛在伴奏，他们在大厅里演奏着圣诞颂歌，大伙儿都扯开嗓门儿高唱起来。新娘和新郎干坐着不怎么唱，就是唱也不过是稍稍动动嘴唇。他们的眼睛熠熠闪光，神采飞扬。

守夜人走后，又来了一批怪面人。大家每人都在古老的圣乔治②神话剧里扮演一个小男童，一边演一边鼓掌、欢呼、喝彩，挥着棍子敲烤箱的滴油盘子。

"啊，有一回我扮演魔鬼王子，让人家敲了一棍子。"汤姆·布朗温说着，笑得眼里都是泪花儿。"这下子把我的魂儿都给敲没了，就像敲碎一个鸡蛋那样。不过我告你说吧，等我一醒过来，我又演了一场'老乔尼·罗格和圣乔治'，我真演了。"

他笑得浑身筛糠似的发抖。又传来一阵敲门声，屋里静了下来。

"马车来了。"门外有人说。

"请进吧。"汤姆·布朗温说道。随后一个红脸膛、笑眯眯的人走了进来。

---

① 每当传统节日（如圣诞节）之夜，乐队挨家挨户吹拉弹唱。

② 圣乔治：英国的守护圣徒。

"你们俩，到毛毯市场去吧，①"汤姆·布朗温吩咐道，"好样儿的，你们要是不像闪电一样地走掉，你们就走不成了，也别想睡在一起了。"

安娜默默地起身去换衣服。威尔本想出去，可蒂丽把他的帽子和大衣都拿来了，还帮他穿戴上。

"啊，祝你幸运，我的孩子。"他爸爸高喝一声。

"火上炼油可要炼得吱吱响才行。"弗兰克叔叔提醒说。

"轻轻儿地，轻轻儿地，啊。"弗兰克婶婶大声向他喊，她的话意思跟弗兰克的正相反。

"别笨手笨脚地闹出闪失来，"他姑丈对他说，"别像门口的公牛那么粗野。"

"让人家走自己的路嘛，"汤姆·布朗温不高兴地说，"别胡建议乱建议了，这回是他们结婚，又不是你们结婚。"

"他不需要指路，"他爸爸说，"一个人，有些路要人领着走。对一个斗鸡眼儿来说，有的路他只能睁一只眼闭一只眼走。但现在这条路，无论是瞎子、斗鸡眼儿还是拐子都不会走丢的。他不瞎不瘸也不是斗鸡眼儿。感谢上帝。"

"你别太自信了，"弗兰克的妻子叫道，"有的人半道儿上就不行了，还救不了自己的命呢。但愿他别出毛病。"

"嗯，你怎么懂这一套？"阿尔弗莱德问。

"很清楚，有的人看样子就知道。"他的弟妹利兹反唇相讥。

小伙子似听非听、似笑非笑地站着。他浑身紧张，才没心思听呢。这话那话的对他几乎没有触动。

安娜身着白天的服装走下楼来，那样子令人难以捉摸。她吻了在场的每一个男女。威尔·布朗温同每一个人都握了手，吻了他那开始落泪的母亲。大伙儿都拥到马车前。

小两口儿在车里关上门，汤姆·布朗温对他们下了最后一道命令：

---

① 这是方言中的谐谑语，表示上床睡觉。

"走起。"

马车驶远了，看到车灯光在白蜡树下消失了，大伙儿才静下来进了屋。

"他们可以睡三炉煤的工夫。"汤姆·布朗温看看表说，"我吩咐爱玛到九点钟再叫醒他们，还让她闩上了门。现在才十二点半，他们可以睡三炉煤的工夫，灯亮着，爱玛会用暖床器暖床铺的，我觉得他们会过得挺好的。"

大家安静多了，开始谈论这小两口儿。

汤姆·布朗温说："她说她屋里不要女仆，房子不够住的，只要女仆在附近住就可以。爱玛会按她的吩咐办事，让他们自己过去吧。"

"那好，"利兹说，"那你就轻松多了。"

人们慢悠悠地聊着，布朗温看看手表说：

"来，咱们给他们唱圣诞颂歌去，你们可以在'雄鸡罗宾'酒店里找到提琴手来伴奏。"

"哎，走啊。"弗兰克说。

阿尔弗莱德默默地站起身来，他妹夫和威尔的一个弟弟也站了起来。

五个男人走出门来，夜空中繁星闪烁。天狼星像一盏信号灯在山这边熠熠闪亮，猎户星座平稳、辉煌地斜沉下去。

"这夜景儿可真好。"汤姆说。

"嗯。"阿尔弗莱德哼了一声。

"出来走走真痛快。"

"嗯。"

兄弟俩肩靠肩走着，强烈的血缘纽带连接着他们。汤姆总感到自己要比阿尔弗莱德年少。

"你离开家可有些年头儿了。"

"嗯，"阿尔弗莱德说，"我想我有点老了，可我并不老，老的是这事儿那事儿，不是人自己。"

"什么事儿？"

"大多数和我打交道、跟我有关系的人都不行了。你得一个人走你的路，即便是走向毁灭。就是到了那儿，也不会有同行者。"

汤姆·布朗温回味着这句话。

"也许你从来没不行过？"他问。

"没有，从来没有过。"阿尔弗莱德得意地说。

汤姆觉得哥哥有些看不起他，就有点软了。

"每个人都有他自己的路，"他固执地说，"只有狗才没有。而人不能逆来顺受，也不能放弃。他们必须自己走自己的路，顶多牵上只狗做做伴儿。"

"没有狗也行。"哥哥说。

这句话又让布朗温觉得自己低下，哥哥比自己能多了。说他是什么就是什么吧，要是单独干更好，就单枪匹马地干，可他不管怎么说也不愿意那样。

他们穿过田野，星光下，山上刮着刺骨的小风。他们来到栅门前，来到安娜房间的墙根下。灯熄了，只有楼下的百叶窗缝和楼上的一间卧室里透出星星点点的火光来。

"咱们最好让他们独自清闲会儿。"阿尔弗莱德·布朗温说。

"不，不，"汤姆说，"咱们要最后一次给他们唱圣诞歌儿。"

不出一刻钟工夫，十一名喝得醉醺醺的人就悄悄地爬墙进了紫杉树边的花园，来到窗外。微弱的火光辉映在百叶窗上。两把提琴和一支短笛奏响了，乐曲在雾蒙蒙的空中回响起来。

"跟羊群一起住在田野上啊。"男人们的歌声参差不齐地响了起来。

音乐一响，安娜害怕了。

"是守夜的人们。"威尔喃喃地说。

她还是紧张，心突突猛跳，全身被一种奇怪、强烈的恐惧感所攫取。人群里爆发出高低不稳的歌声来，她支着耳朵使劲听着，低声说：

"这是爹爹的声音。"

"还有我爸爸。"他说。

她仍在听，不过她放心了。她又陷入被子里去，陷入了他的怀抱。他紧紧地拥抱着她，吻她。外面，歌声嘹亮震天，所有的人都使劲儿唱着，在琴声和乐曲旋律的魔力下，他们把什么都忘了。屋里，火光在黑暗中闪烁。安娜能听出爸爸兴致勃勃的歌声来。

"他们真傻。"她呢喃道。

于是他们凑得越来越近，两颗心撞击着，不管歌声怎么响，他们也听不见了。

第六章　安娜胜利[①]了

婚后，威尔·布朗温休了几周假，他们小两口儿独自在新房里尽情欢度蜜月。

日子一天天过去了。他觉得似乎天塌下来了，他和她就坐在一片废墟上。在这个新世界里，别人都被埋没了。只有他们两人是一对快乐的幸存者，想糟践什么就糟践什么。起初，他还为自己的放纵无度感到内疚：难道外面就没有什么要做的事在召唤他吗？

到了晚上，门一关，黑暗包围了他们，一切都是那么美好，到此时他们就是这块看得见的土地上唯一的一对居民，其余的人都沉到洪水[②]中去了。既然如此，他们便无法无天了。他们可以享受，可以糟蹋，可以浪费，就像一对没有心肝的神那样。

可一到早晨，当马车咣咣当当地驶过，孩子们在街上吵吵嚷嚷，小贩开始叫卖，教堂的钟敲响了十一点，他们却没有起床，没吃早点。他为此感到内疚，似乎他做了一件违法的事，他为自己没有忙忙碌碌而感到惭愧。

"干吗？"她问他，"有什么可干的，你就闲溜达溜达吧。"

可后来，甚至闲溜达也是可敬的了。一个人闲逛时还和世界发生点联系，可现在，白天的光线透过拉下的百叶窗隐约射进来，还这样纹丝不动地躺着，与世隔绝。自己把自己关在屋里，故意不去理会这个世界，这真让他感到

---

①　原文是 Anna Victrix（拉丁文：女征服者，女赢家）。

②　见《创世记》第5—9章。

苦恼。

但是，这么躺着跟她闲扯是那么甜美，那么舒坦，比阳光还甘美，那甜劲儿老是不消。教堂的钟声甚至变得让人恼火，似乎时间没有间隔，只有静止金贵的瞬间。她用手指在他脸上摸呀摸，完全漫不经心地摸着，美滋滋地摩挲，他就喜欢她这么做。

可他又对此感到陌生，不习惯。以前的一切一下子就消失了。昨天他还是个单身汉，跟世界在一起，今天却跟她到了一起，就像两颗埋在黑暗中的种子那样远离世界。突然，像一颗剥掉了壳的板栗那样，他闪闪发光的裸体掉到了柔软、丰腴的沃土上，把尘世的知识和经验这个坚实的外壳甩在了脑后。他从小贩儿的叫声、马车声和儿童们的呼唤声中听到了尘世的知识和经验，这就是那个被甩掉了的尘世的外壳。而在里面，在屋里柔美的宁静中，赤裸裸的栗核在无声地抖动着，沉醉了。

屋里极为安稳，活生生不朽的核心就在这里。只是外面遥远的边缘地方才有噪声和烦恼，而在这里，在这个中心，巨大的车轮的轴心却纹丝不动。这里平静的程度是不能用时间来衡量的，因为这平静总是一成不变的，不怕消耗的，无法改变，也消耗不尽。

他们贴身躺着，完全忘记了时间的变迁，好像他们是处在缓慢旋转着的空间飞轮和疾速躁动着的生命的中心，深深地，在它们的内部深处，有放射着的光芒，有永恒的生命和沉浸在赞美中的静谧；这里是所有运动稳定的轴心，是所有醒着的万物之沉睡的中心。他们就在这里，静静地躺在各自的怀抱里；在这一刻韶光里，他们是在永恒的中心，时光咆哮着远去了，永远地去了，向着永恒的边缘去了。

渐渐地，他们从这美妙绝伦的中心来到了赞美、欢乐和兴奋的圈子里，越来越远，靠近噪音和爆裂声。他们的心儿燃烧过了，受到了内在现实的冶炼，他们的欢乐是不会改变的。

渐渐地，他们开始清醒了，外面的噪音变得更真实了。他们听懂了外面的呼唤，还答了话。他们数着钟声的次数，数到中午时，他们明白了，这是世界上的中午，对他们来说也照样是中午。

她开始感到饿了，她早就饿好半天了。就是这样，她仍没有清醒。她听到远方的声音在说："我要饿死了。"可她却一动不动地静躺着，出神地静躺着，这句话她说不出来，还要再待一会儿才行。

不一会儿，她清醒了过来，平静地对他说：

"我要饿死了。"说出这句话连她自己都有点吃惊。

"我也一样。"他无所谓地说。于是他们又陷入了那温暖美妙的静谧中去了。窗外，时间在他们的忽略中一分一秒地飞逝着。

"亲爱的，我要饿死了。"她突然对他说。

清醒对他来说是有一点痛苦的。

"我们就起床。"他一动也不动地说。

她又把头埋进他的怀中。他们静静地躺着，忘却了一切。似睡非睡中，他听到了钟表打点的声音，但她没听到。

"起来吧，"她终于低声说，"给我点吃的。"

"好的。"他说着伸开双臂搂住了她，她的脸贴着他。他们有点奇怪：他们怎么还没有动窝儿？时光在窗口一分一秒地过去了。

"让我去一下。"他说。

她从他怀中抬起头，松开了他。他抽身下床，取了自己的衣服，她把手伸向他说：

"你太好了。"她这一说，招得他又转回来一会儿。

他套上件衣服，扭头迅速扫了她一眼就出了房门。她躺着又进入了一种淡淡、清晰的宁静中。似乎她是个精灵，倾听着楼下他弄出来的声音，她似乎感到她不再属于物质的世界了。

一点半了，他环视了一眼静悄悄的厨房，这里从昨天晚上至今还没有人来过，百叶窗的叶子还都关着，光线暗淡。他赶紧去拉起百叶窗，这样人们就不会以为他们还在床上。不过话又说回来了，这是他自己的家，这有什么？他忙往炉架上塞些木头生火。他心里高兴死了，好像他在一座未被发现的岛上冒了一次险一样。火苗蹿上来了，他在炉上又坐上了水壶。他是多么幸福啊！这间房既宁静又隐蔽，这个世界只有他和她。

当他拉开门，光着膀子往外看的时候，他感到见不得人，感到内疚了。世界还存在着。可他曾感到只有这座房子是洪水中的方舟，其余的都淹没了。门外才是世界，已经中午了。上午消失了，逝去了，这一天已进入暮年了，那清新明朗的早晨在哪儿呀？他自责着。早晨逝去了吗？他是拉下百叶窗后睡着的，就让它悄悄逝去了。

看看外面，下午是料峭、灰蒙蒙的，可他自己却是温柔、热乎乎的。盖着牛奶罐的盘子上有两枝黄色的茉莉花，他猜不出是谁来放在那儿的。他提起罐子，赶忙关上了门，把白天和白天的光线关在外面。让它悄悄逝去吧，他才不管这一套呢，对他来说多一天少一天算什么？即使这一天没有被耗尽天光也会消失，那是它自己愿意消失的。

"有人来过，吃了闭门羹。"他端着盘子上楼后说。他把两枝茉莉花递给她，她从床上坐起来笑呵呵地接过花儿，像小孩子那样把花儿在她穿着睡衣的胸前蹭着。她褐色的头发披散着，像神像头上的光轮罩着她那透着微光的柔和脸庞。她黑黑的眼睛急切地盯着盘子。

"多好呀！"她吸着冷空气叫道，"你干了不少事儿，我太高兴了。"她急切地把手伸向盘子，说："上床吧，快点，太冷了。"她说着使劲儿搓搓手。

他脱掉身上那点衣服，上床坐在她身边。

他说："看你，像头狮子，鬃毛乍着，鼻子直往吃的上凑。"

她咯咯笑着，高兴地吃起早点来。

上午在不知不觉中过去了，下午也正在一步步地离去，他就这样听之任之了。一个大白天不知不觉就过去了！他这样做有点不够男子汉味儿，这有点与老天作对的味道。他还不想就这样混，觉得自己应该起床，赶紧到外面的阳光中去，在下午的露天地里使劲地工作，抢夺这剩下的时间。

可他没有走。其实，还不如一不做二不休算了。他既然失去了生命中的一天就让它失去吧。他不要这一天了，他不去计较他的损失。她不在乎，她一点都不在乎，那他为什么要在乎呢？难道在满不在乎、自作主张上他还不如她？既然她什么都不在乎，他也要跟她一样。

她干起事来总是漫不经心。茶水滴在枕头上，她就用手帕胡乱擦一下，然后把枕头翻过来用。要是他，他会感到内疚的，可她就无所谓。这倒让他感到满意，她对这些事毫不在意的态度让他非常高兴。

吃完了，她用手帕擦擦嘴，心满意足、欢欢喜喜地又躺到了枕头上，手指插进他密实得像兽毛一样的头发里。

夜幕开始降临了，暮色茫茫，天光暗淡。他把脸埋在她的怀里说：

"我不喜欢黄昏。"

"可我喜欢。"她说。

他把脸埋在她怀里，她就像阳光一样温暖，似乎她的体内有阳光一样，她跳动的心就像太阳照耀着他。在她怀里，有一个比普通的日子更真实的日子，给予他的太多了，那么温暖、那么稳定、取之不尽。他把脸埋在她怀里，这时暮色降临了，她躺在床上，一双黑黑的眼睛漠然地凝视着窗外，似乎她是在朦胧境界内畅通无阻地漫游一样。这种朦胧扩大了她的视界，让她过得自由自在。

她的心跳撞击着他的脸，非常宁静、非常温暖，那么近，就像正午的阳光一样，让他兴奋，让他成熟，他的责任感——他的良心都随它去了。

天黑很久后，他们才起床。她匆忙把头发挽成一个发髻，不一会儿就穿好了衣服。他们走下楼来，挨着火静静地坐着，时不时地搭讪几句。

她爸爸要来了。她把盘子收拾了。转来转去飞快地整理房了，好像变了一个人，然后才坐下。他在构思他的木雕"夏娃"。他喜欢让他的作品在头脑里先过一遍，每一刀、每一根线条都过过目。他现在多么喜欢它呀！等他上班再刻造物主题的镶板时，他要完成"夏娃"，把她刻得既温柔又浑身放射异彩。现在他对这件作品还不太满意。主在创造夏娃时应该是沉浸在默默的激情中的。亚当应该是紧张的，像是在做一场长生不死的梦。而夏娃成形时应该浑身微微闪光，身影朦胧，好像上帝都要为她绞尽脑汁一样，她要光彩照人。

"想什么呢，你？"她问。

他感到难以启齿，一想要说出来就害羞。

"我想我刻的夏娃太生硬、太有活力了。"

"为什么？"

"我不知道。她应该更——"他说着打了一个表示无限温存的手势。

他只是有点暗自感到快乐，但表达不出来。他为什么不向她多说两句？这让她感到很扫兴。不过这也没什么。她向他偎依过去。

她父亲来了，他发现这小两口儿都像盛开的花朵那么精神。他喜欢跟他们在一起坐坐，在有爱情芬芳的地方，谁来了都要吸一口香气的。他俩都生气勃勃，超凡脱俗的生活让他们喜不自禁，这对他们来说是一种了不起的体验，让他们能与任何别人共处。

可威尔·布朗温还是感到有点别扭。他有一副有条不紊、循规蹈矩的头脑，可现在他感到那已经墨守成规的东西彻底消失了。按说，一个人应该早晨起来洗漱一番，打扮成一个体面的社会成员。可他俩却赖在被窝里到晚上才起来。她还没洗脸就坐在那儿跟她父亲说话，那红光满面、寡廉鲜耻的样子倒像一朵沾着露水的雏菊花。她要么十点起床，三点或四点半又兴高采烈地上床。光天化日之下把他脱得一丝不挂，高兴得什么似的，对他的不安不屑一顾。她愿意把他怎样他就让她怎样，他感到出奇的快活。她任意摆布他，而他也情愿当她的玩物，于是，他心头的不快消失了，他的准则、他的规矩，还有他那小小的信仰都云消雾散了。她像一个玩九柱戏的里手把他这一切都撞得七零八落，面对此情此景，既惊奇又高兴。

他呆呆地仁立着，甜美地微笑着凝视着那刻着"十诚"的石碑跌跌撞撞、粉身碎骨，滚下山去了，永远离去了。^① 人们说得太对了：一个没有结过婚的男人，是一个没有出生的人。真的，婚后变化太大了。

他纵观这大千世界的表面：房屋、工厂、矿车，这是被遗弃的表面；人们在这上面来去匆匆、忙忙碌碌地工作着。这块地表是一场地震后从地球内部迸裂出来的。世界的表面似乎是支离破碎的，伊开斯顿、街道、教堂、人群、劳动、一天的法规都互不相干；可如果深入进去，把假的表皮剥去，袒露出内部的真实来，个人的存在、奇怪的情感、欲望、信仰和抱负一下子就展示在面前了。这永恒不变的基石^② 与他爱着的女人成为一体了，真令人费解，事情并不像它表面上那样！当他还是个孩子时，判断一个女人是否是女人，仅仅是看她是否穿着裙子和衬裙。现在嘛，整个世界都可以被剥去外衣，它的外衣可以离它远远的，一个人可以赤身裸体站在一个新的世界里，一个新的地球上，一个赤裸的宇宙里。太令人震惊，太不可思议了。

而这就是婚姻！以前的事情变得再也无关紧要了。午后四点钟起床，吃茶点时喝肉汤，大半夜做乳脂糖，有时不穿衣服，有时穿。他还是不知道这是不是犯罪，可他有了一个发现，那就是，一个人可以得到如此大方的宽恕。要说有什么要紧的，那就是他应该爱她，她也要爱他，他们应该在生活中互相点亮对方，好像有上帝存在于两堆燃烧不尽的丛林中一样^③。他们此时就是这样生活的。

她不像他有那么多的束缚，她比较快地成熟了，很快就要重返外部世界了。她准备开一个茶会。他的心沉下去了，他还想保持本来的样子，与外界隔绝，永远跟它断绝关系。他焦虑，渴望仍然和她忘情地停留在那自由自在的由四肢和不朽的胸乳组成的永恒宇宙里，从而断言外部世界的旧秩序完蛋了，他

---

① 参见《圣经·出埃及记》，据说碑上刻的碑文是："至高无上的神对以色列人民的训诫。"

② 指石碑。

③ 见《圣经·出埃及记》：上帝在荆棘丛生的森林中召唤摩西，这森林一直燃烧着，永远烧不尽。

们要将自己的新秩序坚持到底。他们活生生的生命震颤着，它来自那闪光的核心，付诸行动时不需要外壳，不需要掩饰和对外撒谎。可是不行，现在他守不住她了，她又怀念那个逝去的旧世界了——她想再一次走出去，她就要开一个茶会了，这让他胆战心惊、愤怒、痛苦。他怕他刚刚得到的会全部失去，就像童话中的一个年轻人，一年之中只当了一天国王，其余时间都是任人鞭打的牲口——就像盛会上的灰姑娘辛德瑞拉一样。他闷闷不乐，可是她却兴致勃勃地为茶会做准备。他太担心了，他为此担忧，他恨她这浅薄的盼头和欢乐。难道她为了那些浅薄无价值的东西就置现实——这唯一的现实于不顾了吗？她完全可以和他一起在亲昵无间的土地上过得极为和美并让他生活得尽善尽美，可她却要去请别的矫揉造作的女人来吃茶，难道这不是轻浮地摘掉头上的桂冠也变成一个矫揉造作的女人吗？现在他毋庸置疑是被冷落了，他的欢乐破灭了，他必须像一个浅薄庸俗的人一样过表面上的日子，那等于死亡。

他不安，担心。她对家务事变得非常热心起来。她移开家具去拿笤帚时，一把把他推到一边去。他闲待在她身边时，痛苦极了。他想要她回来。恐惧、盼望她跟他在一起的心情、因为对她的依恋而产生的羞愧，这些都导致了他的愤怒，他都快气糊涂了。美妙的境界开始消失了，所有的爱、那辉煌的新秩序就要失去了。她为了外边的事情会置这一切于不顾的。她会重新接受外部世界，她会为外在的壳子而抛弃活生生的果实。他开始恨她这一点。他在屋里踱着步子，唯恐她会陷入孤立无援、几乎是愚蠢的境地。

她撩起裙子，在屋里打着转，专心致志地干她的事。

“你要是晃来晃去闲得慌，就去抖抖地毯吧。”她说。

他忍着心头的反感去抖地毯。她兴高采烈，一点儿都没在意他。他又转到了她身边。

“你不能做点什么吗？”她不耐烦地对他说，好像他是个孩子，“你不能干你的木雕吗？”

他生硬、痛苦地问：“让我在哪儿干呢？”

"哪儿都行。"

这真让他恼火。

"要不，就出去走走。"她说，"到玛斯去，别晃来晃去没个着落。"

他愤愤地让步了，去读书了。他感到他从来没有被这样训斥过，他从没像现在这样有一种未被上帝创造的感觉。

过了一会儿，他又下楼来找她。他围着她打转，想跟她在一起。他无所事事地垂着手，那样子气得她忍无可忍。她胡乱地指责他，这下他气坏了，满腔怒火，脸色发青，心头涌上一股风暴。他黑眸子里闪着凶光，瞪着她，受到挫折后变得如同恶魔一样。

这以后的两天中，他们都情绪低落，郁郁寡欢。她生他的气。而他则感到他是生活在一个黑暗、狂暴的阴间，他的手抖得厉害。她跟他较着劲儿。他好像是个阴沉、可恶的东西，追逐她、逼近她、压抑她。她说什么也得把他撵走。她说：

"你得干点事儿，你应该工作，你不能干点什么吗？"

他情绪更低落了。他现在就这样，精神上完了。一切都离去了。他的意志完全处于一种紧张和沮丧的状态中。他现在不去理会她了，她不存在了。他那莫测的、充满激情的灵魂收缩了，盘桓在仇恨之上，靠自己的力量挺着。他的脸苍白得出奇，苍白得发丑，一丝表情也没有。她战栗着躲开了他，她怕他，他的意志似乎控制了她。

她让步了，到玛斯去了，重又回到了父母的疼爱中去躲起来，而他则待在紫杉村舍中，闷闷不乐，头脑僵死了。他没办法干他的木雕，只好到花园里干点单调的活儿，像只鼹鼠那样盲目。

她回家来了。登上山顶，远眺朦胧中蓝色的城市，她的心情舒畅了，有盼头了。她不想再跟他斗气了，她需要爱，啊，爱。她加快脚步，她要回到他身边去，她满心眼儿地渴望见到他。

他一直在修整花园，修修草皮的边角，给小径铺上石块，他是个能干的好把式。

"你干得多好呀！"她说着试探着走上小径。

可他没注意到她来，也没听到她说话。他的头脑僵硬了，死了。

"你这不是干得很好吗？"她怨怼地重复了一句。

他抬头看看她，他那僵化、没表情、漠然的眼神让她吃惊，让她惊呆了，她眼前一阵发黑。他转身走了。她看到他瘦长的身子弯着腰摸索着走了。她心里有些别扭，就进屋去了。

在卧室里，她摘下帽子，伤心地哭了，有些像小时候那样恼怒、凄凉。她坐着，默默地垂泪。她不想让他知道，她害怕看到他那粗鲁、恶狠狠的样子：倔犟地低着头、弯着腰。她怕他，他似乎是要伤害她那敏感的女性的心，似乎要让她心肝欲裂，而他好像是以折磨她为快。

他进屋来了，沉重的靴子发出的声音让她恐惧：沉重、残酷、恶毒的脚步。她担心他会上楼，可他没有上来。她惴惴地等着他，可他又出去了。

他专门伤害她致命的地方，天啊，她把温柔的女性的心献给了他，可他偏偏就伤她这颗心，辱没她。她气得直揉肚子，泪水顺着面颊淌下来。为什么，为什么，为什么他会这样呢？

她猛地擦干泪水。她要准备好茶点。她走下楼摆好桌子，准备好了吃的，然后招呼他：

"茶点好了，来吧，威尔。"

她自己都能听到自己声音里的哭腔，她又哭了。他不回答，继续干他的活计。她痛苦地等了好一阵，她怕了，像小孩子那样吓坏了，她再也不能跑回家找爸爸去了，她让这个娶了她的男人管住了。

她进了屋，这样他就看不到她哭泣了。她在桌子旁坐下来，不一会儿，他进了洗涤间，他弄出来的响动让她听着刺耳。他汲水的声音越来越大，多么可怕呀！她是多么不愿意听到这声音呀！而他又是多么恨她呀！他恨她，这对她是多大的打击呀！想着想着，泪水又涌上来。

他进来了，脸上显得麻木、没有生气，一副倔强的样子。他坐下来喝茶，那低着头的样子很难看。他的手都让冷水冻红了，指甲缝里还沾着泥巴。他不停地喝着茶。

他对她消极以待，漠然处之，这让她难以忍受，感到肮脏。他的智慧全用在自我陶醉上了。跟这样一个自我陶醉的人坐在一起就像跟一个消极不露面的冤家坐在一起一样。什么都不能触动他，他就知道自我沉醉。

泪水淌下面颊。他似乎被什么惊醒了一样，抬起那双恶狠狠、强横的眼睛，像一只扑食的鸟那样死死地盯着她。

"你哭哪门子？"他暴怒地问。

她的心都缩紧了，她忍不住要哭泣。

"你哭哪门子？"他又像刚才那样问道。她还是没有回答，只是吸吸鼻子。

他的眼睛一闪一闪的，似乎不怀好意。她退缩了，像一只被击中的鸟，闭上双目不理他。她感到孤立无援。她跟他不是同一类人，她不能保护自己。在他面前，她只能是被伤害的，她不抱任何希望。她认输了。

他站起来走出房子，心情坏极了。这种心情一直在折磨他、摧毁他，他内心深处一直在斗争着，只是在黄昏时分干着活时他才暂时得以解脱。他突然发现，他伤害了她。可以前她总是胜利者呀。于是，一种可怜她的心情油然而生。他可怜她，他的心都碎了，同情心让他变得有生气了，他不忍心看她哭泣，不忍心。他想走到她跟前，把满腔的热血都倒出来，他要把一切都献给她，他全部的热血和生命，一点儿不剩地都献给她。他渴望把自己的全身都献给她，全身。

夜幕降临，繁星闪烁。她没有点灯。他的心被痛苦和忧伤焚烧着，他战栗着走向她。

他最终犹豫着走向她，要给她以巨大的馈赠。他已经不再是一具僵硬的躯体了，他现在微微颤抖着的全身都是敏感的，他的手更是敏感得出奇，在关门时竟然回缩了一下，几乎是轻柔地插上门闩。

厨房里只有火光，他没有看到她。他吓得浑身抖起来，生怕她走了，到一个他不知道的地方去了。他一路哆嗦着来到前厅，来到楼梯脚下叫道：

"安娜。"

没有回答。他走上楼去，他怕这空旷的房子，这种可怕的空虚让他的心都要狂叫起来。打开卧室的门时，他心头闪过一个念头：她肯定走了，只剩下他一个人了。

可是，他发现她在床上，背对着他静静地躺着，几乎难以发现她。他走过去，把手放在她的肩膀上，动作极为轻柔，犹豫着，心里害怕，可又想向她赔不是。她不动，他就等她动。抚摸着她肩膀的那只手感到被刺痛了，似乎她正在推开他的手。他懵懂地站立着，很是痛苦。

"安娜。"他叫道。

她还是纹丝不动，就像一只蜷曲了身子避人耳目的动物一样。他的心一阵阵发痛。他的手感到她的身子在动，他知道那是她在哭泣，哭泣时她使劲忍着，为的是不让他看到泪水。他等待着。气氛依旧紧张，也许她不是在哭。可随着一声剧烈的哽咽，她又哭了起来。他爱她又心疼她，为了不让沾满泥的靴子蹭到床，他小心翼翼地跪在床上，把她抱在怀里，安抚她。一声接一声，她痛苦地抽泣着，不过不是冲着他哭，她还跟他保持着距离。

他把她拥到胸前，她则抽泣着挣脱他，他全身都颤抖起来了。

"别哭，别哭。"他的话简单得出奇。这会儿，他的心可是平静如水，充满了纯真的爱。

她还哭着，不去理会他这一套，让他抱着去。他的嘴唇有些发干。

"别哭，我的爱。"他仍然这样干巴巴地说。他胸中一颗苦苦的心像火炬在燃烧，他受不了她凄楚的哭泣，他真恨不得用自己的血来抚慰她。他听到教堂的钟声，似乎这钟声触动了他，他六神无主地等着钟声的逝去。一切重又安静下来。

"我的爱，"他说着俯下身去吻她那张哭湿了的脸。他怕触到那张脸——

真湿啊！他搂着她时，浑身都颤抖了。他是那么爱她，以至于他的心、他所有的血管都要迸裂，意欲用他那能够愈合创伤的热血去淹没她。他知道他的血能够愈合她的创伤并能使她康复。

她平静多了。感谢上帝的怜悯，她总算静下来了。他感到他的头脑在奇怪地燃烧着。他仍然用颤抖的双臂把她愈搂愈紧，他那旺盛的血似乎要把她淹没。

最终，她开始凑近他，依偎着他。他的四肢，他的全身都被这团火引着了，立刻熊熊燃烧起来。她依偎着他，陷入了他的怀抱。这股烈火烧遍全身，他用那燃烧着的强健肌体拥抱着她，这时她要是吻他该多么好啊！他把嘴唇低下去，她那柔软、湿润的双唇接受了他的双唇。他感到他的血管在感恩中几乎要迸裂，他的心都要发狂了，他真想把自己永远喷洒在她身上。

当他们清醒过来时，夜已经深了，两个小时已经过去了。他们静静地躺着，浑身暖洋洋、软绵绵的，就像一对新生的婴儿。可他们那副安安静静的样子又像是还未出生一样。痛苦之后，他的心在幸福地流着泪。他不明白，自己为何竟顺应了她，服从了她。用不着明白，只有默契、服从和完美的战栗。

第二天早晨醒来时，外面下雪了。他惊奇地看着那灰白的天空，呼吸着那雪天特有的气息。雪覆盖着草地，落满了窗棂，压弯了黑色杉树上参差不齐的枝丫。雪使得教区墓地里的坟墓看上去光滑了许多。

不一会儿，雪又下起来，他们出不了门了。他很高兴，因为他们处在不受任何干扰的静谧阴影之中，世界和时间都不存在了。

雪一下就是好几天。礼拜天，他们去教堂做礼拜，花园里的雪地上留下一长串脚印，在翻墙时他又在墙上留下一个宽大的巴掌印。然后，他们穿过教堂院子里的雪地。三天了，他们俩恩恩爱爱，没人打搅他们。

教堂里人不多，这让她高兴。她对教堂是不怎么感兴趣的，她从来不过问什么信仰，她不过是按习俗常做早祷，但对祈祷并不抱什么希望。今天，享受完美的爱情之后又下了一场瑞雪，这让她感到有盼头儿，精神劲儿也就上来了。她还留恋那个永恒的世界呢。

进了中学以后，她总想成为一位淑女，以此实现一个神秘的理想。她听布道并总想从中获得启发。有一段时间，这样挺不错。牧师教她如何这样那样做一个好人，于是她感到她的最高目标就是去完成这些使命。

可这东西很快就对她失去了吸引力。不久，她就对当好人不感兴趣了，她的灵魂在寻求什么，这不仅是当好人或尽力行善的问题，不，她需要别的什么——一种不是现成的义务的东西。任何东西似乎都是一种社会义务，而不是她的自我。大家谈论她的灵魂，却不知道这为什么从来没有唤醒或从来没有牵动过她的灵魂，根本就得不到她的灵魂。

所以，尽管她喜欢牧师拉沃西德先生[①]，并且她还有一种捍卫考塞西教堂的感情，总想帮它做点事儿、保护好它，可它在她的生活中算不了什么。

她岂止是对教堂不满，在丈夫被教堂的思想唤起热情来时，她简直要敌视起教堂来了。她讨厌这虚伪的教堂，恨它不能满足自己的任何愿望。教会嘱咐她做好人，不错，她并不反对这样做。教会谈论她的灵魂，论及人类的幸福，她听到了，也确信说得不错。能否拯救她的灵魂取决于她是否对人类幸福有所贡献。没错，是这样。

可是，她坐在教堂里，脸上的表情却是哀苦和悲伤的。难道她就是来听这些的吗？干这或不干那她就能拯救自己的灵魂吗？她虽然对此没有表示异议，可她脸上的哀苦相却露了馅儿。她要听些别的什么，她要从教会这里得到的是别的什么。

话又说回来了，她算老几能够决定这些？她的欲望没有得到满足，可她都做了些什么呢？她感到羞愧。她把自己内心深处的渴求置之不顾，能不理会就不去理会。这些渴求让她感到恼怒，她想像其他人一样得到相应的满足。

---

① 这个名字的英文是由"情人"和"种子"两个词组成。劳伦斯善于给小说中的人物起一些颇具讽刺性的名字。

他比以往更让她生气，教堂对他有一股难以抵抗的吸引力。他对她心目中的教会并不怎么关心，他倒是关心自己是否是一个坐在那儿的天使，是否是一头传说中的动物，他其实对布道和礼拜的含义根本就不重视。他显出深沉、阴沉、紧张、强势的样子，这股劲头把她气得一句话都说不上来。其实教堂的教义本身对他来说等于零。"饶恕我们的罪过如同我们饶恕那些对我们犯了罪的人。"①——这句话根本就不能触动他，可能就是耳旁风吧。他不愿意什么都能让人懂。他对自己的罪过不在乎，对邻人的罪过也不在乎，操那份心是平时的事，到教堂里就不再注意自己的日常生活了。才不管天天如此的那一套呢，至于人类的幸福，他根本就没意识到还有那样的事，只有在平常日子他感到气儿顺的时候才会想到那东西。进了教堂。他想的是一种冥冥的、难以名状的情绪和了不起的激情的神话。

他对他或她的思想从来就不感兴趣。天啊，这可把她气坏了！他不理会牧师的布道，他忽视人类的伟大，他不承认人类对他的直接重要性，不理会作为一个人的自己。他不把自己在设计室里的生活看得很重，也不把生活在别人中间看得多重，这些不过是一篇经文边上的空白，实在的东西是他和安娜及他跟教堂的联系。他真实的生命在于他对于造物主冥冥的情绪感知中。这篇经文神秘而彰显的重要内容就是他对教堂的感情。

他这样都快把她气疯了，她不能获得他从教堂里得到的满足。对她来说，对灵魂的思考和对自我的思考是紧密相关的。真的，她的灵魂和她的自我在她的内里是同一的。可他简直是忽视了他的自我，对自我置之不顾。他有一个灵魂，一个冥冥中的非人的灵魂，这个灵魂对人类根本不屑一顾。在她眼里他就是这种人。他的灵魂活在教堂的幽暗和神秘中，自由自在，就像一个奇特、抽象的地下的物件。

他在她看来非常陌生：他凭着这种教会精神认为自己是一个精灵，似乎

---

① 《忏悔录》引文。

不受她的约束。而她则有些妒忌他这种冥冥中的自由自在和灵魂上的欢乐，妒忌他身上这种奇怪的东西，这东西让她好奇，让她恨之入骨。她是看不起他，想消灭他身上这个毛病。

在这个雪花飞舞的早晨，他坐在她身边，阴沉的脸上透着些生气。他没有感觉到她的存在，可她似乎感到他正向奇怪的神秘处倾吐着内心激荡着的对她的爱。他聚精会神、略显欣喜地看着一扇有彩色玻璃的小窗子。她看到红宝石色的玻璃，玻璃外面的窗台上堆起的雪在窗上投下了阴影，玻璃上画着一幅熟悉的黄羊抱旗杆的图案，虽然现在图案有点暗淡，可在朦胧的窗内侧却是出奇的亮堂、丰满。

她一直喜欢这扇半红半黄的小窗子。窗子上那只羊画得挺呆头呆脑的，忸怩羞涩地抬起一只前蹄，蹄缝里歪歪扭扭地插着一杆带有红十字的旗子，而这只浅黄的羊儿的影子却是浅绿色的。从小至今，她一直喜欢这个小动物，对它可有感情了，喜欢它就像喜欢孩子们每年都从集市上带回家的那些毛茸茸绿腿儿的小羊一样。她一直喜欢那些玩具，对教堂窗子上的这只羊她同样怀着儿时那种喜爱。可她为这小羊感到不安，她从来就说不准这只擎着旗子的耶稣①会不会比它的表面的含义更多一些。她不相信它，不怎么喜欢它。

他奇怪地眯起眼睛时，脸上显出一丝淡淡的喜悦，这让她感到不舒服——他在跟窗上这只羔羊交流思想呢。她浑身感到一阵寒冷——她的灵魂都变得困惑了。他坐在那儿，纹丝不动，一坐下去就忘记了时间，神采奕奕的脸上透着点紧张。他这是在干什么？他和窗上这头小羊有什么关系？

蓦地，这头擎着旗子的羔羊的光芒四射，她猛地感受到一股强有力的神秘体验，传统的力量钳住了她，把她送入另一个世界。她恨这股力量，抵抗着。

---

① 在这里大写的羊（Lamb）指的是耶稣。在基督教的教义中，基督是一只为人类幸福献身的羔羊。

不一会儿，它又只不过是玻璃窗上一只傻呆呆的羔羊了。对丈夫的一股强烈的、难以名状的恨在她心头升起。他这是干什么，精神抖擞地坐在那儿，魂儿都被牵走了。

她剧烈地摇晃着身子，装作去拾自己的手套，在他脚下摸着，借此机会碰了碰他。

他醒过神儿来了，露出一脸的迷惑神情。他出丑了，除了她，谁都会同情他的。她想让他难堪。他不知道出了什么差错，也不知道自己曾做了什么。

回家后在饭桌旁坐下，他被她那股阴森森的敌意惊得瞠目结舌。她也说不清她干吗动这么大的气，反正她是火了。

"你为什么总是不听牧师布道？"她火冒三丈。气呼呼地质问他。

"我听了。"他说。

"你才没听呢——你一个字也没听进去。"

他沉默了，又自我陶醉去了。他有点深沉，似乎他心里藏有一个地下避难所。他一显出这副样子来时，安娜就不愿意跟他在一间屋子里待。

晚饭后，他躲到前厅去了，还是那副神不守舍的样子，这真让她心头感到压抑得受不了。然后，他走到书架前取下几本书来浏览，她是极少光顾这些书的。

他坐下来入迷地读着一本关于旧祷告书的装饰，然后又迷上一本有关教堂绘画的书，有意大利的、英国的、法国的和德国的教堂。十六岁那年他就发现一家罗马天主教的书店里藏有这类书。

他着迷地翻着书，只是看得入迷，并不去思考。他呀，就像一个眼睛长在肚子里的人一样，她后来这样说他。

她走过来跟他一起看起书来，这些东西她不那么感兴趣。她感到迷惑不解，对这些书时而兴致勃勃，时而又有些生厌。

当她看到那幅圣母玛利亚抱着基督尸体的画像时，她脱口大叫：

"难看透了。"

"什么？"他惊奇不解地问。

"不就那一身的伤口吗，摆出那种姿势要我们去崇拜。"

"你知道，这意味着圣餐的饼①。"他慢吞吞地说。

"得了吧！"她大吼道，"那更要不得。我才不想看到你的胸脯上裂口子，也不愿意吃你的尸首。你白送我吃我都不吃。你不觉得这怪吓人的吗？"

"这又不是我，这是基督。"

"是你又怎么样？太可怕了，你吞下你自己的死尸，还觉得是在吃圣餐呢。"

"你应该理解这画到底是说什么的。"

"它就是，人的身体被割裂，杀死了让人们来祭拜。还能是别的什么吗？"

他们都沉默了，他的灵魂愤怒了，对她冷漠以待。

"我又想起教堂的那只羔羊来了，"她说，"那是教区里最大的一个笑料。"

说着她"扑哧"一声不无嘲讽地笑了。

"那很可能——对那些看不出门道的人来说是这样。"他说，"你知道，那象征着基督，象征着他的纯洁和牺牲精神。"

"不管是什么意思，那只是一只羊！"她说，"我只是一个心眼儿地喜欢羊，不希望它们还意味着什么。至于说圣诞树上的旗子，没——"

她又嘲讽地笑了。

"这是因为你狗屁不通，"他暴怒厉声地说，"你嘲笑就嘲笑你懂的东西，不懂就别嘲笑。"

"我什么不懂？！"

"你就不懂那些东西的意思。"

"什么意思？"

他懒得去回答她，也不容易回答。

---

① 耶稣殉难前曾给他的门徒们吃饼和酒，声称饼和酒象征着他的肉体和血液。

她坚持要问："意思是什么？"

"就是耶稣的胜利复活。"

她感到犹豫、迷惑不解。恐惧攫住了她。这都是些什么呀？某种黑暗的、强有力的东西似乎在她面前伸展开来，难道这真是了不起的事？

不，她拒绝承认这等事。

"不管它假装说明什么，它只是一只傻呆呆可笑的玩具羊，蹄子上还夹着一株圣诞树的旗子。要是它想说明别的什么，就应该是另一副扮相。"

他让她给气昏了头。他为自己喜欢这些东西而感到害臊，他只得把这股子喜欢劲儿全掩盖起来。他为自己竟对这些象征性的东西爆发出忘我的狂热感到羞耻，有一阵他竟然痛恨起那只羔羊和那副神话般的圣餐图来 ①，那是强烈的恨。他心头的热情之火被熄灭了，这是她往上泼凉水的结果。一切都让他觉得恶心，他觉得嘴角上沾满了灰。他气坏了，冷漠地走了出去，把她一个人留在屋里。他恨她。他头顶铅云密布的天空，脚踩皑皑白雪，走着自己的路。

她又哭了，还像以前那么伤心、忧愁，不过她的心平静了，真的，平静多了。

他一回来她就主动要跟他和好。他满脸阴沉相，不过不那么可怕了，她打碎了他心中的一点什么。最后他心甘情愿地甩掉他灵魂里的那些象征符号，去接受她的爱抚。他喜欢在他没有要求或不想的时候，她把她的头放在他的膝盖上；喜欢她张开双臂抱住他对他大胆地如此这般一番，而他却没有爱抚她。他再一次感到自己的四肢里血运旺盛。

她爱他那双深邃的凝眸，这双眼睛望着她时，既聚精会神，又显得幽远，并没有跟她的目光碰在一起。她意欲使这双眼睛与自己的眼睛相遇，她想让这双眼睛了解自己。可是他并不这样，他双目仍然是幽远的凝眸，像鹰眼那么高傲，又像鹰眼那么纯真、无情。她爱他，她抚摸他，把他挑逗得像鹰一样急

---

① 即圣母怀抱着耶稣尸体的那幅图。

迫地渴求她。不过他一点也不温存，他对她狂暴、粗野，就像一只鹰那样袭击她、占有她。他不再神秘了，她是他的最终目标，他的猎物，她被他抓走了，他满足了，到最后甚至腻了。

于是她马上就开始报复他，报复起来她也是只鹰呢。如果说她曾学着可怜的鸽鸟的样子向他凄凄地爬过去的话，那只是这个游戏的一部分。他一得到满足，就变得懒洋洋、美滋滋的，身子没精打采地移动着，头颅有些轻蔑地垂着，尽兴之后理都不理她，忽视她的存在。于是她的灵魂发怒了，她的翅膀变得钢铁般坚硬，她开始袭击他了。当他坐在他的窝里，孤傲、目光尖锐地向四周打量的时候，她一下子猛撞过去，就让他挪窝了，打消了他那股子大男子的威严劲儿，打乱了他骄矜和泰然自若的神态，这下他气得要死，浅褐色的眼睛气得直冒火星儿，这双眼睛看着她就像两团愤怒的火在烧燎她，他把她看作是一个敌人。

很好，那她就当敌人吧。他围着她打转，她就死死地瞪他。他打她一下，她就还一下手。

他发怒了，因为她漫不经心地把他的工具推到一边去，于是工具生锈了。

"别把这些东西摆一地挡我的路。"她说。

"我乐意放哪儿就放哪儿。"他叫道。

"那，我愿意扔哪儿就扔哪儿。"

他们俩怒目相视，他气得攥紧了拳头。她呢，打心眼儿里高兴，她胜利了。他俩势均力敌，非决一雌雄不可。

她去做针线活儿了。茶具一收拾走，她就把活计拿出来，他的火气就跟着上来了。他十分讨厌她撕布时的声音，她好像是在撕着玩儿似的。最后，缝纫机转动的声音让他气急败坏。

"你不能不弄出那声音来吗？"他叫道，"不能白天干吗？"

她抬起头敌视地瞪了他一眼。

"不行，白天不行，我还有别的事要做。再说。我喜欢做缝纫。你少管我。"

说完，她又回过头去比比划划地缝起来。随着缝纫机哒哒哒嗡嗡嗡地响，他的神经就一蹦一蹦地跳。

可她正做得快活。机针沿着一条边哒哒哒飞舞般地走了一趟。把布料不可抗拒地收拢在跳跃的针下。她在把这机器弄得嗡嗡响。然后她很威风地停住了机器。她的手指灵巧、机敏，很专业。

他要是在她身后一动不动地坐着干生气的话，她就会变得更有生气，更有干劲儿，接着干她的活计。最后他憋着一肚子气上床了，直挺挺地躺在床上，躲开了她。她也调过身去不理他。到早上，除了冷冷地寒暄一下，他们再没说话。

晚上他回到家中。当他感到自己错了并且希望她也认错时，他的心变得宽宏大量，升起了一股爱的暖流。她却坐在缝纫机旁，屋里尽是剪下来的白洋布条，炉子上甚至连水壶也没坐。

她被惊动了，故作关切地问：

"很晚了吗？"

他生气地绷起脸，走到前厅又走了回来，然后又走出屋子。她的心沉了下来，赶忙去为他准备茶点。

他心情沉重地上路，去了伊开斯顿。每当他心情变成这样的时候，他就不想什么了，他的思想之门插上了门闩，把他像个囚犯一样关住了。他走回伊开斯顿喝了一杯啤酒。他要什么呢？他谁也不想见。

他要去他的老家诺丁汉城，于是来到火车站，乘上一趟去诺丁汉的火车。到了诺丁汉他照样无处可去，在熟悉的街上走走倒是更惬意些。他焦躁不安地在街上走着，好像是在疯跑一样。他走进一家书店，发现里面有一本关于本博格大教堂①的书，这真是一个发现呢！这就是为他准备的嘛！他走进一家安静

---

① 本博格是德国纽伦堡附近的城市，建于 1004 年。大教堂内存有公元 8 世纪的木雕。

的饭馆去读这本宝贝书。他一页接一页地翻着图画，激动不已。最后，在那些木刻中他发现了什么，他的灵魂得到了满足。多亏他出来寻找才找到啊！他陷入了得到满足的激情中。这些是他见过的最好的木刻和雕像。手中的书就像一个门道，周围的世界不过是一座围起来的房屋，他要从这里走出去。他对那些栩栩如生的妇女塑像流连忘返。他再看看这些皇冠、鬈发和这些女人的面孔，他感到他被一个做工精细、别致的精彩世界包围了。

他更喜欢那些难懂的德文字。他喜欢那些头脑弄不懂的东西，喜爱那些未被发现的或不可能被发现的东西。他认真地研读着所有的图画，这些是木雕像！他认为"Holz"当"木头"讲。这些木雕竟打动了他的心啊！这太让他高兴了。这个没有被人发现的世界，对他的心灵展示出了自己的面目！他的生命操在自己的手中，这多么美好，多么激动人心的生命！难道本博格大教堂不就是他的世界吗？他庆幸自己有能力、有力量、有把握去获得这个世界，他拥抱着这一堆他要继承下来的财富。

该回家了，他最好去赶火车。他的灵魂深处一直隐隐有一丝伤痛，不过那伤痛很平静，他尽可以忘却它。他赶上了一趟开往伊开斯顿的火车。

晚上十点钟的时候，他手里拿着那本软软的写本博格大教堂的书，登上了去考塞西的那座小山。他还没有想到安娜，一点也没有。在他心上烙下创伤的那只黑手令他毫无想法。

他离开家之后，安娜感到内疚了。她一直忙着准备茶点，盼望他回来。她烤了些面包，一切都准备好了，可他却没有回来。她气恼、失望地哭了。他为什么走了呀？他为什么现在还不回来？他们之间为什么有这么一场斗争？她爱他，确实爱他，可他为什么不对她和蔼一点、好一点呢？

她沮丧地等待着，然后心一横，不去想他了。她气恼地想，他凭什么要阻挠她做针线？她气愤地否定了他对她的干涉，他没有这个权力。她不许别人干涉，难道她不是她自己，他不是一个局外人吗？

她全身恐惧地颤抖了一下。如果他要离她而去呢？那她就毁了。她可不知道他接下来要干什么。她就是不喜欢他这种没有定准的样子。但要是他真离开她呢？她坐在那儿，自寻恐惧与痛苦，不禁落下自怜的眼泪来。她不知道要是他离她而去或者跟她反目的话她该怎么办。一想这问题，她就直打寒颤，心头感到孤寂、麻木。不过，在这个陌生人、局外人、这个想称霸的人面前她仍然坚强不屈。难道她不属于她自己吗？一个跟她不是一类的人怎么能对她称霸呢？她知道她是不会改变主意的，不会，她不为自己担心，她只是害怕那些异己的东西，这东西以一个大丈夫的形式从四周向她压过来，压向她，成为她的一部分，这个广漠、强有力的、陌生的世界，这都不是她自己。对了，他有那么多的武器，他尽可以从那么多的方面向她进攻。

他走到门口时，看到她那么六神无主、怅惘、渺小，他的心软了，一股怜悯之情油然而生。她恐惧地朝上翻一下眼皮，吃惊地发现了神采飞扬的他。他动作机敏、优雅，似乎他的头脑清醒了。她大吃一惊，又害怕又觉得内疚。

他们都等待着对方先说话。

"想吃点什么吗？"她问。

"我自己来。"他不想让她伺候。

可是她为他端出了食物，这是她为他做的，这下他高兴了，又变成一个快活的主子了。

"我到诺丁汉去了一趟。"他柔声细气地说。

"到你妈妈那儿去了？"她轻蔑地问。

"我——没回家。"

"那你去看谁了？"

"我不是为看谁才去的。"

"那你为什么要去诺丁汉？"

"我想去就去了。"

他又生气了，因为在他如此头脑清醒、精神焕发的时候她又跟他过不去。

"那你都见到谁了？"

"谁也没见到。"

"谁也没见到？"

"没有——我会去见谁呢？"

"你没见到你认识的人吗？"

"没有，我没有。"他恼火地回答。

她信他的话，冷静下来了。

"我买了一本书。"他说着把那本书讨好地递过来。

她懒洋洋地瞟了这些图画一眼。那些纯洁的、穿着洁白的拖地长衣的女人们很美。她的心变凉了：这些对他都意味着什么？

他坐等着她。她低头看画。

"这些不好吗？"他提高嗓门兴冲冲地问。

她的血直往头上涌，不过她没有抬起头来。

"好。"她情不自禁地说，他在驱使着她，他很神奇、迷人，对她施加着某种魔力。

他走过来，轻柔地抚摸着她。她的心头充满了激情，奔腾不羁的激情。不过，她在抗拒着这激情。总是那样不可名状，总是这样。于是，她拼命依赖自己所了解的自我来进行抵抗。可是，升腾上来的热血又把她载远了。

他们又狂喜地彼此相爱了，充满激情，彻底冰释前嫌了。

"难道这不比以往更美好吗？"她问他。她像一朵刚刚绽开的花蕾那样光彩照人，眼里的泪水像两颗露珠儿。

他把她抱得更紧了，他出奇地忘情、忘我。

"总是越来越美好。"她用她那兴冲冲、孩子气的声调断言。不过，她还没有忘记她的恐惧，这种感觉还没有消除。

他们之间一阵恩爱、一阵冲突，就这样一阵一阵的。今天似乎什么都破灭了，生活也毁灭、废弃、荒芜了；明天一切又变得美好起来，太美好了。今天她觉得看到他在身边就发疯，连他喝水的声音都是可憎的；明天她又喜欢他，看他走过地板的样子她都喜欢得不行。他在她心目中成了太阳、月亮和明星的集大成者。

最终，她为这种飘忽不定的日子感到烦恼。当那美妙绝伦的韶光回到他们身边时，她的心没有忘记：这还会逝去的。她感到不安。稳定，内心的稳定和对爱的持久性的信心，这些才是她所需要的，可是她没有得到，她知道，他也没有得到这些。

不管怎样，这是个美好的世界，她十有八九是沉醉在这美好之中了，就是极大的痛苦对她来说也是美好的。

她能高兴，她愿意高兴，每当他让她不痛快时她就怨恨，她甚至可以杀了他，把他扔出去。有些日子，她等待着他出去工作，到那时候，似乎被他阻拦着的生活之流的堤坝就开放了。她于是自由了。她自由了，充满欢乐，什么都让她高兴。她掀起地毯，抱到花园里去抖土。地上点缀着片片残雪，空气是清爽的。她听到鸭子在水塘里叫着，它们冲锋般地游过水面，好像是出征进攻这个世界一样。她看到一群剽悍的马匹，其中有一匹马的肚皮被剃光了，看上去像是穿了一件棕色的毛坎肩和长筒袜子。在冬日的早晨，这些马在教堂的墙根下相互用嘴巴蹭来蹭去。事事让她高兴。他，这个粗鲁的家伙不在家，障碍搬开了，世界是她的了，跟她都有了缘分。

她快活、勤快地把洗好的东西挂出去在强风中吹着。强烈地吹打着小山的风把衣物从她手中夺去。载着它们飘啊，一个劲儿地飘舞。再没有比这更让她高兴的了。她笑着，跟风打斗着，甚至生风的气，可是她喜欢过这种孤独的日子。

晚上，他回来了。她皱起了眉毛，因为他们之间总有没完没了的争斗。他在门口一站，她的心境就变了，变得冷酷了，白天里她的欢笑和激情都消失了，她变木然了。

他们无意中打着一场莫名的战斗。他们仍然互相爱着，仍怀着一腔激情，可这股激情却在战斗中消耗掉了。这场莫测、激烈、无可名状的战斗仍然没完没了。在他们周围，一切都闪耀着炽烈的光芒，世界剥下了自己的衣服，袒露出可怕、罕见、原始的裸体来。

礼拜天到了，他用奇怪的咒语迷住了她。她倒是挺喜欢这个，她变得越来越像他了。一周的六天中，天气晴朗，田野上洒满了阳光，整个上午小教堂似乎都向村舍传来絮语。可一到礼拜天他待在家里时，田野上却似乎聚集了一层凝结着的厚重颜色，教堂似乎充满了阴影，在她的心目中变成了一个巨大的宇宙。她周围燃烧着绿色和红宝石色，响着祷告声。当大门开启，她走到尘世中来时，她发现这是个新创造的世界，她进入了复活了的世界，于是跳动着的心又回忆起那黑暗和激情。①

如果他们像往常一样礼拜天去玛斯吃茶点，她就会再获得一个轻松的世界，这个世界从来不知道教堂的阴暗，不知道什么彩色的玻璃和唱圣诗的狂喜。这时，她早把她丈夫忘到九霄云外去了，她又跟她爸爸在一起了。爸爸是那么精神焕发，潇洒自如，开朗快活。让她丈夫阴着脸去吧，她才不管他呢，她离开他，忘了他，她要爸爸。

但，当她跟这小伙子一起回家时，她试探着、有点羞涩地把自己的手搭在他的胳膊上，请求他不要跟她过不去，不要与她的反抗作对。可他让她看不见也摸不着。似乎他变成了一个瞎子，似乎他没有跟她在一起。

于是，她怕了。她需要他。当他对她不理不睬时，她几乎要吓坏了。她自己一点也不加掩饰，是那么容易被伤害。她与外界事物的关系是那么密切，周围的一切都变得那么亲切，她觉得它们离她那么近，那么可爱，就像一些精灵在她头上盘旋。可要是它们都变得生硬、跟她分开、变得可怕起来怎么办呢？她了解它们，她应该乞求它们的怜悯吗？

这想法让她感到恐惧，她丈夫对她来说总是个摸不透的人，可她却把自己的全部都交给了他。她是一朵被引逗才绽开的花朵，想缩回都不行。他手心

① 指耶稣在十字架上受难。

里掌握着她赤裸裸的肌体。他是谁，他是干什么的？他是一个盲目的东西，一个不可知的黑暗力量。她要保护自己。

她又把他拢到自己身边来，暂时得到了满足。可随着时间的流逝，她愈来愈意识到，他没有改变，他是黑暗陌生的。可她以前却认为他是她光辉的反射。随着时间一周一月地过去，她意识到他是个阴沉的对头，他们两人是对立的，不能相互补充。

他并没有改变，他仍然是独立的自己，同时他似乎期望她成为他的一部分，成为他意志的引申。她觉得他在不了解她的情况下就要控制她。他想干什么？他要欺压她吗？

那么，她自己想做什么呢？她自己做出了回答：她想幸福，想活得自然些，就像阳光和忙忙碌碌的每一天。在她灵魂深处，她感到他想要她变得阴郁，变得做作。有时，当他似乎像黑暗的东西一样欺压她、窒息她时，她几乎恐怖地反抗他，回击他，直到把他打得头破血流，于是他又变得恶毒起来。因为她怕他，把他当成恐怖之物防着，所以他变得恶毒起来，他向往着毁灭，于是他们之间的斗争变得残酷起来。

她开始战栗，他要凌驾于她之上啊。而他则感到胆寒，她想抛弃他，让他成为光天化日之下的猎物，让属于黑暗的那些肮脏的狗把他吃掉。他一定要打败她，非让她跟他在一起不可，而她则要奋力摆脱他。

现在，他们流着血，阴郁地过着日子。他们感到世界太遥远了，不能帮他们。到后来她都感到厌倦了。超过一定限度后，她变冷漠了，彻底离他而去了。他动辄就冲她大发一通脾气，她的灵魂让她挺起胸，离他而去，走自己的路。可是，尽管她表面上兴高采烈，令他生气反目，实际上她却战栗着，似乎在流血。

可纯洁的爱仍像阳光照耀着他们，到这个时候，她就变成了一朵阳光下的鲜花儿，绚丽多彩，招人疼爱，真让他有点儿受不了。似乎他的灵魂长着天使的六个翅膀，^①他在赞美中陶醉了。他感到上帝发出的光芒像脉动一样传过他的身体，他站在腾腾上升的赞美的火焰中，传导着创世的脉搏。

他对她来说是一团强大可怕的火焰。有时，他站在门道里，神采奕奕，像是天使加百列向圣母报告耶稣要降生那样，她的心急速跳起来。她凝视着他，心里犹豫不定。他既是阴郁的又是燃烧着的。她怕他，她反抗着他。可她又像服从天使那样服从他，服侍他，听从他的指挥，战栗地服侍他。^②

一切不快过去后，他又爱她，爱她的孩子气，爱她那新奇、奇妙、与自己不同的灵魂，这个灵魂能在他要变得虚伪的时候使他变得真实。而她也爱他，爱他坐在椅子里时那无拘无束的样子，爱他进门时开朗、热切的面孔，爱他洪亮热烈的声音。还爱他那不可言状的朴实样儿。

可他们谁也不觉得很满足。他似乎觉得她不够尊重他。她尊重他，只是因为他跟她有关系，除了这以外他到底怎样才不管呢。她不在乎他的身份是什么，其实他也不知道自己的身份。不管他是什么吧，反正她看不起他。她对他这花边设计师的工作没尽过心，对他这个养家糊口的人也不尽心尽力。他天天要去设计室工作，这样就不能赢得她的尊重，这一点他是清楚的，其实倒不如说她看不起他，也正因此，他才爱她，尽管起初这像侮辱他一样让他发疯。

更要命的是，不久她就开始对他至深的情感挑战了。他对生活、社会和人类的看法对她来说都不算什么：他的看法正确，但毫无意义。这让他恼火，她是要在判断上超过他。最后，他还是开始接受她的观点，好像那是自己的观点似的。棘手的事并不在于此。他恨她，根本原因是她嘲笑了他的灵魂。他的思想是无声的、蠢笨的，可对有些事他则怀有激情。他爱教堂，要是她想改变他的信仰，他马上就会跟她大闹一场。

---

① 《启示录》第 4 章，第 8 节。

② 《路加福音》第 1 章，第 26—38 节。

他不是相信在迦拿①，水可以变成酒吗？她会让他相信这是一种历史性的传说：想想看，那么多的雨水能变成葡萄汁，再变成酒吗？他的头脑会明白一时，这时他会说不，以此来回答她。可不一会儿，他的整个灵魂都会疯狂地叫起来，恨她侵犯了他的自我。他认为这是真的。他又失去理智了，而热血则沸腾起来了。在他的内心深处，他需要的是那个场面，那场婚礼，从桶里倒出的水像红酒一样。耶稣对他的母亲说："女人，我与你有什么相干？我的时候还没有到。""他母亲对用人说：'他告诉你们什么，你们就做什么。'"②

布朗温③喜欢这句话，从骨子里喜欢。他忘不了这句话。可她则非强迫他忘掉这些，她恨他这股盲目的依恋情绪。

水，自然中的水，它能够一下子就自己变成酒吗？它能偶然变样儿吗？哦，不，他明知道这种说法是不对的。

她又变成了一个激动、嫉恶如仇、要毁掉一切的孩子了。他变得哑口无言，死气沉沉了。他自己的存在足以说明那是谎言：酒就是酒，水就是水，永远是这样，水并没有变成酒嘛，他知道的。这奇迹不是事实。她似乎是在毁灭他。他走出门去。一脸阴沉相，他算完了，他的灵魂在流血。他尝到了死亡的滋味儿，因为他的生命就是由这些从未怀疑过的概念形成的。

她又像儿时那样孤独，躲在一边垂泪去了。她不管，不管水是否变成了酒。他愿意相信就让他相信去吧。不过她知道她赢了。但她感到忧伤，万念俱灰。

他们失望、痛苦了好久以后，又变得有些生气了。他这人就是死心眼儿。他又想起了有关《约翰福音》的那一章中的话，于是为之激动起来："你一直

<hr>

① 迦拿：加利利地区的一座古城，耶稣在此创造了他的头两个奇迹，他在这里把水变成酒，从此得到了门徒们的信任。——《约翰福音》第2章，第11节。

② 《约翰福音》第2章，第4节。

③ 这里指威尔·布朗温。

把好酒留到今天？"①"最好的酒！"这小伙子的心灵急切、得胜般地响应着，虽然他知道实际上这并不是真的，这就像一只鼬鼠在咬他的心一样。哪一种情感更深刻呢？是被否定后的痛苦还是要得到承认的欲望？他很顽固，坚持这一欲望，但他不愿意再承认这种奇迹是真的了。

好吧，这不是真的，水并没有变成酒。没有，尽管如此，他的灵魂似乎觉得水已经变成了酒。虽然事实并非如此，可他的灵魂仍这样认为。

"不管水是否变成了酒，我都不必为此发愁，它是什么我就认为它是什么好了。"

"是什么呢？"她满怀希望地追问了一句。

"是《圣经》。"他回答说。

这个回答可把她气坏了。她看不起他了。她并没有故意对《圣经》发生疑问，可他就是让她看不起。

不过，他倒是不在乎《圣经》上写的那些东西。尽管他不能使她满意，可她知道他还算真切，他不是个死教条，他实际上并不相信水变成了酒，他也不想把它当作事实。是的，他并没有批评的态度，那纯粹是他个人的私事。他把《圣经》上他认为有价值的东西照搬过来，附丽于自己的精神之上，反而让自己的智慧睡大觉。

她怨恨他，因为他竟然让自己的智慧睡大觉。那属于人类的、只有人才有的东西，他并未发挥运用。他只顾他自己，可算不得是个基督教徒，耶稣可是标榜人类博爱的。②

她几乎是在跟自己作对。她笃信人的知识。人的躯壳总是要死的，可人会在知识中永生。这就是她的信仰，尽管这信仰还模糊、不成形。她相信人的智慧是万能的。

---

① 《约翰福音》第 2 章，第 10 节。

② 《马可福音》第 12 章，第 31 节。

他则相反，像地下的一个瞎子，偏偏要忽视人的智慧，只顾按照自己盲目的意愿，靠一只探索的鼻子前进。她常常感到，自己憋闷得很，于是她就把他赶到一边去了。

他知道自己是盲目的，肉体的恐怖使得他要反击。他干了些傻事，他坚持自己的权利，以一家之主自居。

他叫道："你应该按我的想法去做！"

"蠢货！"她回敬道，"蠢货！"

"我要让你知道谁是一家之主！"他叫道。

"蠢货！"她回敬道，"你是个蠢货！我了解我的父亲，他可以把一打你这样德行的人塞进他的烟袋里，用他的手指尖就能把你们按下去。你是个什么样的蠢货我还不知道？！"

他知道自己有多么笨，为此他责备自己。可他仍然要驾驶他们的这艘两人生命的船。他把自己摆在了船长的位置上。船长和这艘船都让她感到厌恶。社会是一支大船队，每一个家庭就是一艘船，他要在一艘船上充当举足轻重的船长。可家对她来说是一艘荒谬的船，满船都是徒劳地碰撞作响的盆和桶。她感到自己根本就不相信这东西，嘲笑他这个一家之主，嘲笑他这个他们共同生活的主宰。这让他恼羞成怒。他感到羞耻，他知道，他父亲就是一个不能当家做主的人。

他走上了歧路，感到很难回头。他心头一阵羞臊，让步了，放弃了当一家之主的想法。

可他仍想要做某种形式上的主子。有时，他丢了面子时就会挺起腰杆儿来硬气一下，憋足劲重新开战，以大丈夫气去进攻，以此来发泄精神上深深隐藏的激情。

开始还好，而结果总是他们俩干一架，直到两个人都气疯为止。他说她不尊重他，她装作看他不起的样子对此一笑了之。她觉得只要她爱他，这就够了。

"尊重你什么？"她问他。

他的回答总是牛头不对马嘴。让她绞尽脑汁也搞不清。

"你为什么不接着干你的木雕了？"她问，"你为什么不完成你的亚当和夏娃雕像？"

其实她关心的并不是亚当和夏娃的雕像，他一刀也没有再刻。

她嘲弄夏娃的形象说："她像个小木偶。为什么她这么小？你把亚当刻得跟上帝一样大，可夏娃却像个小玩具。"

"说女人是从男人身上造出来的，^① 这么说太不要脸了。"她接着说，"每个男人都是女人生的。男人们是多么没脸没皮，多么自以为是呀。"

有一天，他赌气试图刻一会儿镶板，没刻成，他憋了一肚子气，抡起斧子就把镶板劈了，扔进火里烧了，对此她还不知道。打那以后好多天他都默默无语，心里窝着火。

"刻着亚当和夏娃的板子在哪儿呢？"她问。

"烧了。"

"那是你的木雕啊。"她看着他。

"我把它烧了。"

"什么时候？"

"星期五晚上。"

"我在玛斯的时候？"

"是的。"

她没再说什么。

等到他出门上班后，她哭了一整天，精神上变得缓和多了。随之，在痛苦的灰烬中生出一缕微弱的爱的火苗。

直说吧，她怀孕了。因为好奇和渴望，她浑身颤抖起来。她想要个孩子

---

① 《创世记》第 2 章，第 21—23 节。

了，倒不是因为她一见到小生命就动心或者说她很喜欢孩子，她只是想怀个孩子，她渴望用孩子把丈夫跟自己连起来。

她想要个儿子，她觉得有了儿子就有了一切。她想把这事告诉丈夫，这可是件让人激动、暖人心田的事。可这时的他却是那么冷峻、毫无反应。于是她走到一边抹泪去了。浪费了这么好的机会，她一生中美好的一刻竟被他的冷酷扼杀在萌芽中了。她来回踱着沉重的步子，心中的秘密让她直发抖。她想抚摸他，哦，轻轻儿地抚摸，观察他那张阴郁敏感的面庞听到消息后的表情。她等待着，等他文雅、平静地对待她。可他总是粗鲁地欺负她。

自信的蓓蕾凋落了，她寒心了，干脆下山到玛斯去了。

"说说吧，"她父亲一看到她就说，"出什么岔子了？"

父亲对她的关照和爱让她潜然泪下。

"没什么。"她说。

"你们俩合不来吗？"他问。

"他太认死理。"她颤抖着说，可她的心倔强着呢。

"哦，我认识的一个人也是这样。"父亲说。

她不说话了。

父亲说："你们总不会无事生非，自找苦吃吧？"

"他才不痛苦呢。"她说。

"我可以拿性命打赌，你不会干别的，就会让他像条狗一样痛苦，你干这个可是行家里手了，丫头。"

"我压根儿没干让他痛苦的事。"她反唇相讥。

"没有，没有！你的嘴真好使，像一只装奶油糖的小口袋。"

她微微一笑。

"你别以为我想痛苦，"她叫道，"我才不呢。"

"我们毫不怀疑这一点，"布朗温说，"可你并不想让他像池塘中的鱼儿那样欢快地打挺儿呀。"

这话让她思索起来了，她也有些惊奇，她竟不愿意她的丈夫像池塘中的鱼儿那样欢快地打挺儿。

她母亲进屋来了，大家都坐下喝茶闲聊起来。

"记住，孩子，"母亲说，"什么东西你都不能要抓就抓、要弃就弃，别这么想。两个人之间，爱情是重要的。爱，既不是你也不是他，它是你们必须创造的第三样东西。你不应该期望它只是你想要的那种样子。"

"嘻——我才不呢。跟你说吧，我要是那样做，我很快就会发现我错了。要是我伸手去抓什么东西，我的手马上就会被咬。"

"那你就该留心你的手放在了什么地方。"她爸爸说。

安娜很生气，他竟对她婚后悲惨的生活这么淡漠。

"你很爱这个男人，"她父亲不高兴地皱皱眉头说，"这顶重要。"

"我是真爱他，可他不配！"她叫道，"我想告诉他——这四天中我一直想告诉他——"她的脸开始抽动起来了，眼泪也下来了。她的父亲静静地看着她，她反倒不说话了。

"告诉他什么？"父亲问。

"告诉他我们要有个孩子了，"她啜泣着说，"可他总不，总不让我说。这不止一次了，每次我要说，他对我都摆出一副吓人的样子。我要告诉他，真的。可他不让我说，他对我太狠心了。"

她哭得肝肠欲断，母亲走过去紧紧地搂住她，以此来安慰她。父亲奇怪地皱着眉头坐着，脸色比往常苍白得多，他心里恨死他的女婿了。

安娜抽抽搭搭地讲完了，该安慰的话也说了，茶也喝了，大家都平静下来了，这时威尔·布朗温来这里可不那么令人愉快。

蒂丽出去看他来没来，这时他刚好路过这里回家。茶几旁的人都听到了女仆尖声尖气的招呼声：

"你应该进来，威尔，安娜在这儿呢。"

过一会儿，这小伙子进来了。

"你来坐会儿？"布朗温厉声地问。

他看上去就像个恶棍，她颤抖着流下了眼泪。

"坐下，"汤姆·布朗温说，"坐下歇会儿。"

威尔坐下了，他感到屋里的气氛有点奇怪。他眉毛浓黑，目光锐利，有一双凝眸，好像他只是在看远处的东西。这本来是他的一种美，可却把安娜气得不行。

"他干吗总跟我过不去？"她对自己说，"我怎么样为什么对他就无所谓呢？"

汤姆·布朗温坐在这位年轻人的对面，蓝色的眼睛透着热情的光芒。

"你在这儿待多久了？"年轻的丈夫问他的妻子。

"没多大工夫。"她说。

"喝茶吧，孩子，"布朗温说，"怎么刚来了就要走呢？"

大家闲谈起来。透过敞开的门，柔和的夕阳照射进来，阳光洒在地板上。一只灰色的母鸡穿过门洞匆匆进来了。一边走一边啄着食。阳光照在她的冠子和垂肉上，看上去就像一面摇动着的军旗，每一走动，灰色的身子都像一个幻影在动。

安娜看着母鸡，冲它扔着面包屑，她感到心中燃起了童年的火焰。她似乎又记起了那些被遗忘的燃烧着的遥远往事。

"妈，我在哪儿出生的？"她问。

"在伦敦。"

"那我爸爸"——她谈起他，不过是在念着一个奇怪的名称。她永远也不会把自己跟他连起来——"他的皮肤黑吗？"

"他生着一头深褐色的头发，黑色的眼睛，脸色红润。很年轻时他就谢顶了，谢得很厉害。"她母亲回答着，似乎在叙述一个古老的幻想故事。

"他漂亮吗？"

"嗯，非常英俊。但个头不高。我从来没见过哪个英国人长得像他那样子。"

"为什么？"

"他呀，"母亲打了一个极快的手势说，"他身子灵活，姿态万变，从来没有固定的姿势。他一点也不稳重，就像一条奔腾的小溪。"

小伙子心头一亮——安娜也像一条奔腾的小溪哩。他马上又爱上了她。

汤姆·布朗温吓坏了。他的心总是被恐惧占据着，他怕那不可名状的东西。听到他的女人讲着她们过去的男人，那口气就像与陌生人相遇后又分别了似的，这让他害怕。

屋里人们的心头都笼罩着寂静和孤独感。他们是一些有着互不相关的命运的互不相关的人，为什么要找茬儿互相伤害呢？

小两口儿回家了。春日的黄昏，天边现出一弯新月。树梢在空中摇曳，山顶上的教堂影影绰绰的，地面笼罩在幽蓝的阴影中。

她隔着很远就把手伸过去放在他的胳膊上，他感到她在远远地抚摸他。他们在暮色中手拉手分开走着。深蓝的暮色中画眉鸟在鸣啭。

"我觉得咱们就要有个娃娃了，威尔。"安娜远远地对他说。

他一颤，手指更紧地捏住了她。

"怎么？"他问，他的心突突跳着，"你还不知道么？"

"我知道。"她说。

他们手拉手无言地走着，他们还是两个分开的人，虽然拉着手，可中间仍有距离。他颤抖起来，好像看不见的地方有一股强风在吹动着他似的。他怕，怕孤独，因为她在她那一半世界里过得很满足、自得其乐、很充实。他不忍想象自己被他人甩掉的滋味。他为什么不能永远跟她是一体呢？是他给了她孩子呀，她为什么不能跟他在一起，同他成为一体呢？她为何要让他处于这种孤独中？为什么她不能跟他在一起，近些，近些，成为一体呢？她必须跟他成为一体。

他把她的手指紧紧攥在自己手中。她不知道他在想什么。腹中的胎儿使得心上燃起了一团美丽耀眼的火焰。她洋洋自得地走着，画眉鸟的鸣啭，峡谷中的火车声，远处城里传来的微弱的喧哗声，对她来说都是一曲《圣母颂》。[1]

可是，他心里却在沉默地斗争着，似乎他面前有一堵黑暗的墙壁阻挡着他，让他窒息，让他发疯。他想要她靠近自己，从而让他变得完整，他想要她站在他面前，那样他的眼就不会、也不总看到漆黑一团了。只要她靠近他使他完整，别的什么对他来说都无所谓了。他怕自己能力不足，似乎他还没有变完整就死去了，又似乎他是一个在黑暗中仍没有被创造出来的人。于是他希望她来，使他得到自由，让他变得完整起来。

但她的内心是完整的，于是他为自己单方面的要求感到羞愧，感到孤立无援。他的需要，以及他为这种需要感到的羞愧使他心情沉重，简直要发疯。可他仍然很安静、文雅，这是看在腹中的孩子的分儿上才这样，也是因为她怀的是他的孩子他才这样。

在阳光照耀下，她显得很幸福。她爱她的丈夫就像爱一个精灵，她对他很感激。现在，她的需要得到了满足，她只想美美地拉着丈夫的手，什么也不想，只是一味地高兴。

他有各式各样的复制画，其中有一张是廉价买来的弗拉·安基里珂[2]的《有福之人升天记》，安娜打心眼儿里喜欢这幅画。那些升天的有福之人手挽着手走向圣灵之光，是那么美丽、纯洁。那真切的天使般的旋律让她高兴地流下了眼泪。图画上那斑斓的色彩和光线，人们手臂挽着手臂的纯洁样子让她看了受不了。

一天又一天，明亮的光线透过天堂之门照射进来。一天又一天，她走进光环中。腹中的婴孩在闪光，直到她本人也变成了一束阳光。室外优哉游哉的阳光是多么可爱呀，花园尽头纷纷扬扬的柳絮带着耀眼的光环挂在高大的榛树

---

[1] 《路加福音》第 1 章，第 46—55 节。

[2] 安基里珂（1400—1455），意大利艺术家。

上，一缕缕烟雾像火一样从紫杉树枝中升起，像一只小鸟落在枝丫上。蓝蓝的风信子顺着栅栏底爬了一溜，金黄轻盈的立金花在草地上盛开，就像闪光的吗哪①。她感到昏昏欲睡，她是多么幸福啊，生活是多么好啊——了解自己，了解自己的丈夫，了解爱的激情，了解父亲如何播下生命的种子；多么好啊！她知道所有这些都活着，都等待着，在她周围不停地燃烧着，燃烧着一团净化人心的火焰。这一次，她带着腹中的婴儿，天真地，带着对丈夫的爱，同那么多天使一起携手通过这团火，达到了金光闪烁的宁静境界。她扬起脸来让田野上吹过来的柔风轻拂自己，她感到这风就像慈祥的姐妹们在抚摸她，她在立金花和苹果花的芬芳中沉醉了。

可是这一切幸福中，有一个黑影，一只胆怯却又野蛮、正在扑食的动物在眼前游荡着，又消失了，就像眼前飘动着的一根纤丝，让她恐惧。

她最怕他晚上回家来的时候。不过，她的恐惧并未挂在嘴边上，幽影也没有把她压垮。他表现文雅、谦逊，有所收敛，抚摸她的双手是温柔的，她喜欢他这样做，可她还是感到一阵恐怖传遍全身，就像一阵疼痛让她浑身发凉。她仍然感到，在他那双戴着手套的温柔的手里有另一个黑暗的世界。

夏天，在奇特的沉寂中转来了，她几乎总是孤独的，总是感到无休止的昏昏欲睡，真好。花园中，红玫瑰花瓣儿落了，一场滂沱大雨把这遍地落红冲走了。夏去秋来，那漫长、恍惚、美好的日子就要过去。西半天上烧着一抹绯红的晚霞，暮色沉下来时，整个天际云蒸霞蔚。这疾速蒸腾着的气流烘托着一轮雪白、朦胧的月亮。夜空躁动不安。忽地，月亮会在天上的一扇清澈的窗口中出现，从遥远的天上像一个囚犯那样扒着窗口朝下俯视。安娜睡不着。她丈夫不知道为什么那么阴郁、紧张。

她渐渐懂了：他这是试图把自己的意志强加于她。他阴郁、紧张地躺着，

----

① 《圣经》中以色列人在旷野四十年里，所获得的神赐食物。见《旧约·出埃及记》第16章。

他是想干什么吧？一定是。她的心疲惫地叹息。

一切都是那么朦胧、美好，可他却要让她醒来，要她面对艰难、敌意的现实。她抵抗着，退却着。他仍然没说什么，可她还是感到了他那咄咄逼人的力量，直到她觉得被折磨得精疲力竭时，她才大叫起来。他在强迫她，他在强迫她。可她要的是怀孕后的欣喜，一种朦胧和纯洁。她不需要他那苦涩、折磨人的爱，她不想让这种爱倾注进自己的肌体去燎烧自己。她为什么要这些呢？为什么？为什么他不满意、不节制自己呢？

在那些日子里，当他那阴沉、抑郁的意志压迫她时，她就坐到窗边去，一坐就是好久，看着雨水打在紫杉树上。她脸色苍白但不沮丧，只是沉思着，腹中的婴儿对她来说是永恒的温暖，她坚信这一点。压力只是来自外界，她的灵魂上没有鞭痕。

可她内心总是如此地紧张和焦虑。她并不安全，她总是没有掩饰，总是遭到袭击。她渴望得到绝对的宁静和幸福，这种渴望是一种多么沉重的压力呀——太沉重了。

她仿佛知道，他总是不满足，总是试图从她这里夺去什么。啊，她是多么希望能够按自己的意愿去得到他的喜欢呀！他就在那儿，躲是躲不掉的，她也在他心上，她想跟他和平共处，和平。她爱他，意欲把自己的爱、纯洁的爱都献给他。那天晚上，她几乎神魂颠倒地等待他回来。

他回来了。她站起身，双手里都充满了爱，就像姹紫嫣红、纯洁无邪的花朵。他的脸阴郁地抽动了一下。她望着他，脸上神采飞扬，像一朵充满纯真的爱的花朵。可他的脸色却阴沉地绷了起来，双眉中聚集着残酷，眼睛向旁边斜看过去。当他转开目光时，她看到他的眼白。她的手抚摸着他，等待着。可通过她的手从他身上传来的是他那苦涩、消磨人激情的震颤，这震颤把她毁灭在了欲望的花苞中。她缩回双手，挺直腰板，离开了他，以此保持自己的清高，可这对她来说是巨大的痛苦。

对他来说这同样痛苦。他看到了她脸上那闪光的、花一样的爱，可他的心却是阴沉的，因为他不需要她的爱。不，不是这样的爱，他不需要花一样的淳朴。他感到不满，不满造成的气恼和疯狂一直不停地折磨着他。为什么她没有让他得到满足？他可是满足了她啊。她感到满意了，在自己的天堂前显出一副平静纯洁的样子。

可他却没有得到满足，仍然不满足，他被折磨得发疯，一个劲儿地渴望、渴望。她应该满足他，应该这样。少来鲜花一样纯洁的爱吧，他会把这些都抛到一边去，把它们踩得稀烂，从而毁灭她美丽、纯洁的幸福。难道他不配从她这里得到满足？难道他的心头没有激荡起欲望？难道他的灵魂不是因为不满足而遭受着冥冥中的折磨？让他得到满足吧，就像她得到了满足一样。他让她满足了，那就让她站起来尽她的责任吧。

他残酷地对待她，可他一直为此感到羞惭，可越是羞惭他就越是残酷。他羞惭，因为没有她他就不能满足，不，他不能。可她偏不搭理他。他被束缚着，在冥冥中受着煎熬。

她央求他重新干他的木雕。可他情绪那么低沉，把雕着亚当和夏娃的镶板全毁了。他不能重新开始了，在现在这种情况下，他一点也干不起来。

既然他不能从自己的情绪中解脱出来，那她就没有彻底宽心的时候。她感到陌生、茫然，她必须在苦恼中不断地渴望，就像一朵温暖闪光的云在风暴中震荡。她感到自己在温暖的朦胧中是那么富足，以至于她的灵魂都要冲他大叫起来，因为他干扰她，想毁掉她。

她激动过，过去的激动劲儿反复出现过。她坐在卧室的窗前凝视着绵绵的细雨，想得很远很远。

她骄傲，莫名其妙快慰地坐着，当没有共同欢度时光的人时，那得不到满足的灵魂就要跳舞，就要玩耍。于是一个人就要在那未知物面前跳起舞来。

突然，她意识到这正是她想做的，尽管她怀着身孕，身子重了，可她仍然自己一个人在卧室里跳起舞来。她对着幽冥的世界抬起了双臂和身子，那里有选择了她的冥冥的造物主，她是属于造物主的。

她谁也不让知道，秘密地跳着，她的灵魂在快乐中得到了升华。她在造物主面前秘密地跳着，脱掉衣服跳了起来，她为自己的身孕感到骄傲。

跳完了，连她自己都感到吃惊，她恐惧地退缩着。她现在这是对谁脱掉了衣服？她有一点儿想告诉自己的丈夫，可又退缩了。

她一个人无休止地畅想着。她喜欢大卫的故事，大卫就是在主面前快乐地脱去衣服跳起舞来的。他凭什么要在米甲这个普通的女人面前脱掉衣服？他是在主面前脱掉衣服的。[①]

"你向我走来，带着剑戟和盾牌。可是我以上帝之名向你走去——这是主的战争，他会把你送到我们手中。"[②]

她的心随着这些话震荡起来。她在自己的骄傲中徜徉着。她心中的斗争是她自己的主的斗争，她的丈夫被打败了。

这些日子里，她没有去理会他。他是谁，凭什么跟她作对？不，他甚至连非利士的巨人歌利亚都不是，他却像扫罗王[③]那样称王称霸。她暗自发笑：他是谁，敢来称王称霸？她的心骄傲地笑了起来。

她要避开他，自己尽情地跳舞。他也在这幢房子里，她不得不避开他，才好在造物主面前跳舞。一个星期六下午，她在卧室里生起火来，脱掉衣服，缓慢、有节奏地举起手、抬起腿兴奋地跳了起来，他就在这幢房子里，所以她越发傲慢了。她要用跳舞来冷落他，她要对着自己冥冥的主跳。在主面前，她压他一头。

听到他往楼上走，她退缩了。她踝骨和脚上辉映着火光，赤身站在下午的阴影里，头发挽了起来。他吃了一惊。他站在门道里，黑黑的眉蹙紧了。

---

① 《圣经》中，大卫是牧人的儿子，他战胜了非利士巨人歌利亚，后来他娶了以色列王扫罗的女儿米甲做妻子。见《撒母耳记下》第 6 章，第 14—23 节。

② 《撒母耳记上》第 17 章。

③ 扫罗王（死于公元前 1012 年），希伯来人的第一个国王，团结希伯来人与非利士人斗争，一次战败后自杀，由女婿大卫接替王位。

"你这是干什么？"他恼火地问，"你会着凉的。"

她理都不理他，抬起手又跳了起来。她缓慢优雅地跳着走到了屋子的远处。她通过炉边时，火光在她的膝盖上徐徐闪过。他远离她站在靠门口的黑影里，呆若木鸡地看着她跳。她拖着缓慢沉重的舞步前后移动着，就像一株饱满的玉米，在黄昏之时显得有点苍白。她在火光前荡着步子，忘记了他的存在，向着主而舞，达到了兴奋的极点。

他看着她，魂都要冒火了。他转过身去，看不下去，这太刺眼了。她那秀美的小腿抬起来了，抬起来了，她的头发乍着，她硕大、惊人、可怕的肚子直向着主挺起。她欣喜若狂的脸是美的，她一个劲儿地在她的主面前狂热地跳着，不知还有男人存在。

他看着她这样，他感到如同上了火刑柱那样痛苦，感到他正被活活烧烤着，她跳舞的怪样子和威力毁灭了他，他被烧着了。他琢磨不透，理解不了，被冷落一边，等待着。然后，他对她视而不见，透过他们中间这层看不见的纱帐，他用刺耳的声音冲她叫道：

"你为什么要干这个呀？"

"走开，"她说，"让我跳我的。"

"那不是跳舞，"他厉声说，"你为什么要这样？"

"又不是跳给你看的，"她说，"走开。"

她那膨胀的令人吃惊的肚子里有他的孩子啊！难道他没有权利在这儿么？他感到他的存在是对她的冒犯，可他有权利在这儿。他走过去坐在床上。

她停下不跳了。她跟他面面相觑，又举起纤瘦的胳膊去搅动自己的头发。向他裸露着的躯体让她感到受了伤害一般。

"在我的卧室里我愿意怎么着就怎么着。"她叫道，"你凭什么要干涉我？"

她穿上一件晨衣，蹲在火炉前。她穿上了衣服，这让他感到自在多了。她的幻影总在折磨他，她一直是一个陌生、高高在上、跟他没关系的人。

从这天起，他心上的门似乎就关上了。他的眉头紧锁着，变得无动于衷了。他的双眼不再去看什么，他的双手僵住了。他的意志就像一只动物蜷曲了，藏在内心的黑暗处。不过，这意志一直在有力地运动着。

起初，她还跟身边这位关上意志大门的人愉快相处着，后来，他的魔力开始攫住了她。他那冥冥中沸腾着的潜在力量，那种藏而不露的摧毁自由的力量渐渐控制住了她，就像一只藏在树林深处的老虎，随时都在清晨击倒并杀死在岸边饮水的小动物。虽然他阴郁地躺着，一动不动，但她知道他是在等她。她感到他的意志紧紧缠着她并把她击倒，即使是在他沉默的时候也是这样。

她发现他进进出出的时候碍手碍脚的。渐渐地，她意识到，她被压倒了，被他压过来的沉重力量压倒了。他把她扑倒，就像一头豹子压向一头野牛那样，先让她筋疲力尽，然后扑倒她。

渐渐地她意识到，她的生命、她的自由都沉陷在他身体意志沉静的控制中了，他想把她置于自己的力量之下，从容不迫地把她吞下去，占有她。最后她明白了，她的睡眠是一阵长时间的痛苦、疲惫和消耗，因为他在夜间躺在自己身边，他的意志纠缠着她。

她全明白了。在她茫然不知所措的时候，她疾速运动着的生命中出现了一段短暂的停顿，是生命的停顿，她迷惘了。

然后她对他发起怒来，跟他斗。他可不能对她这样，那是可怕的。他想怎样可怕地控制她的躯体呢？他为什么要拽倒她，还要在精神上扼杀她呢？他为什么否定她的精神呢？为什么他无视她的精神生活，只把她当作一具肉体呢？他是要她肉体的所有权吗？

在她看来，他似乎代表着某种冷漠可怕的黑暗世界。

她叫道："你对我都做了些什么？你都做了些什么坏事？你对我施加压力，你让我睡不成觉，你不让我活。你每时每刻都对我干些可怕的事，要毁灭我。可怕，你骨子里阴险、野蛮。你想让我干什么？你想把我怎么样？"

听她这么一说，他全身的血都被激怒了，变成了一股可怕的力量。他让她气昏了头，恨透了她，陷入了黑暗的地狱而不能自拔。

他恨她说的那些话。难道他没有把一切都给她吗？难道她不是他的一切吗？他心中的羞惭真是一股痛苦的火——她是他的一切，除了她以外他一无所有，可她却拿这个来伤害他，而他又偏偏无法解脱！这股火在血管里变成了怒火，他不管怎么试图摆脱也摆脱不掉。她是他的一切，她是他的生命，是他的源泉，他依赖她。要是她走了，他就会瘫痪，就像一幢房子的中心柱子被移掉了一样。

她恨他，因为他是那么完全地依赖她，他让她害怕。她想把他丢开，推到一边去。多可怕呀，他会冲向自己。那么近，那么近，就像一只豹子跳到自己身上，紧紧地缠住自己。

一天天地，他就在气愤、羞惭和挫败造成的阴郁中度过。他折磨自己，要离开她，可又离不开。她是他脚踏着的一块石头，而周围都是深深的、波涛起伏着的水。而他又不会游泳，他必须站在她的上面，必须依赖她。

除了她以外，在生活中他还有什么呢？什么也没有，其余的是波涛翻腾的洪水。没有她，生活就是黑夜里翻腾着势不可挡的洪水，他承受不了这么大的洪水，他拼命地、可怜巴巴地依向她。

她却把他打退了，打退了。可是，让他转向何方呢？就像在黑魆魆的大海中被人从双手抓住的地方打落下来一样，他转向何方呢？他想离开她，他想能离开她，为了他的灵魂，为了保住他的大丈夫气概，他必须离得开她才行。

可是让他到哪儿去呢？她就是方舟，其余的地方都是洪水。唯一可见的、保险的东西就是女人，离开了她，他只能去找另一个女人，可这另一个女人在哪儿？她是谁？他还会处于同样的状况中。另一个女人还是女人，情况会照旧如此。

为什么她是全部，是一切？为什么他只有通过她才活着？为什么离了她他就会沉沦？为什么他像为了得到自己的生命那样疯狂地依恋她？

离开她的唯一办法就是去死，这是唯一直截了当的办法。他阴郁、苦恼的心里明白这一点，可他又不想去死。

为什么他离不开她呢？为什么他不能奋不顾身地投入看不见的水中去死呢？他不能，不能。不过，假设他离开她，马上离开她，并找到一份工作，重新找到住处，他可以像以前一样过日子的。

可是他知道他不能这样。女人，他必须有一个女人。有了女人，还要不受她的控制。可他的地位还会如此，因为他离不开她。

一个人，如果脚下没有什么保险的东西他怎么站得住？难道一生都在不保险的水中跋涉能叫站稳了吗？那还不如放弃，沉下去算了。

可除了女人以外他还能站在什么上面呢？难道他就像那位摆脱不掉的海老人①，不站在另一个生灵的背上就不能行动吗？他是不能动还是跛了？是有毛病还是一块碎片？

让人发怒、发疯、发羞的折磨——极度的恐惧，极大的欲望——这可怕的、震荡着的羞耻的后遗症。

他害怕什么呢？为什么没有安娜生活似乎就一片混乱，一切都在毫无意义、黑暗莫测的洪水中翻腾？为什么如果安娜离开他哪怕才一个星期，他似乎就会像一个面临被洪水淹没的人那样疯狂地想抓住真实的彼岸？可他仍然会滑到非现实的洪水中去淹死，这可怕的下滑把他折腾疯了，他的灵魂在恐怖痛苦地呼叫着。

而她正把他从自己的身边推开去，推到一边去，固执、无情地掰断他那抓住她的手指。他想要她怜悯他，有时她也会可怜他一下，可她一定要推开他，把他推到深深的水中，推入让他发疯痛苦的动荡的水中。

她就像一个疯女人那样对待他，眼里根本就没有他。她的眼睛明亮中带着一股冷峻的仇恨。他的心似乎要在最后的恐怖中死去。她简直要把他推进大海里去。

---

① 见《一千零一夜》。一个老人外号叫"摆脱不掉的海老人"，他请求辛伯达背他过河，可过了河他仍然趴在辛伯达背上折磨辛伯达，直到辛伯达把他灌醉，才摆脱了他。

她不跟他一起睡了，她说他破坏了她的睡眠。于是恐怖和痛苦让他发疯了。她把他赶开了，他像一个胆小、躲躲藏藏的鬼那样被赶跑了。他绞尽脑汁对付她，对她使坏。可她还是把他赶开了。在他最痛苦的时候，他觉得她似乎是难以捉摸的魔鬼，是残酷的源泉。

　　她的怜悯心算是没了，她像宝石一样坚硬冷酷，她必须从她身边赶开他，她必须单独睡。她在小房间里给他支了一张床。

　　他躺在那里，像被鞭子抽打了一样，他的灵魂几乎被鞭子抽打死了，但他的灵魂没有改变。他痛苦地躺着，被抛进了虚无中，像一个人被从船上丢进了大海，一直游泳，直到沉下去，在这浩瀚咆哮的海面上，他什么也抓不住。

　　他没有睡，只是当脑海罩上了一层薄纱时，似睡非睡地眯了一会儿，那不叫睡，而是似醒非醒。他不能孤单，他需要用他的手臂搂着她。他不能忍受胸前空荡荡的空间，那里本来是由她来填充的，他受不了这种空旷。他感到好像他被自己的意志悬在半空中了。要是他放松自己的意志，他就会摔下来，穿过无限的空间掉进无底的洞中去。一直下降，不受控制、毫无依助地下降。他是不存在的，只是掉入了虚无中，下降，直到摩擦产生火焰，就像一颗陨落的星星。然后就什么都没有了，没有了，一切都没有了。

　　早晨，他起床了，一脸阴沉相，晕乎乎的。她似乎又喜欢上他了，有点儿要跟他和好的意思。

　　"我睡得很好，"她有点故作高兴地说，"你呢？"

　　"还可以。"他回答说。

　　他决不会向她讲真话的。

　　一连三四个晚上，他都是单独在似睡非睡中度过的，但他的意志没有变，没有变。他仍然紧张、专注。后来，她似乎是缓过来了，让他的沉默和表面上的默认欺骗了，同时也是怜悯心打动了自己，又喜欢上他了，她重新把他接了回去。

　　一到晚上，他就不知羞耻地等待上床的时候，看她是否要把他关在门外。

当她装着愉快的样子说"晚安"时，他觉得必须要么杀了她要么杀死自己。可是她请求他吻她，她那样子又羞涩又可怜。于是他吻了她，可他的心是冰凉的。

有时他会外出走走，有一次在教堂的前廊里坐了很久才回去睡觉。天漆黑，风萧萧。他坐在教堂的前廊里，感到有所躲避，有安全感。可是天凉了，他必须回到屋里去睡觉。

然后有一个晚上她的双臂搂住他，爱抚地吻着他说：

"今晚我们在一起吧，啊？"

他没有反对就留下了。可他的主意并没有改变，他要让她对他的感情固定下来。

不久，她再次告诉他说，她必须一个人睡。

"我不是要撵你走，我想跟你一块儿睡，可我睡不着，你不让我睡。"

他血管中的血都发怒了。

"你是什么意思？你这是弥天大谎，我不让你睡——"

"就是。我一个人时总睡得很香，可你一来我就睡不成了。你对我做些什么动作，你让我头脑发沉。可我又必须睡，孩子就要出生了。"

"是你自己，"他说，"是你自己的错儿。"

最最可怕的是夜间的战斗：当整个世界都熟睡了，只有他们两个相互反目，真令人难以忍受。

他走开，独个儿躺下了，气得脸发青、发紫、惨白。等这段时间一过，他松了口气，心里让步了。他想开了，不管自己身上发生什么事情都无所谓。他对自己、对她、对任何人都变得陌生、阴沉。什么都陷入了朦胧，就像要沉没一样。沉没是无限的解脱，极大、极大、极大的解脱。

他将不再坚持强迫她了，他将不再把自己的意志强加于她了。他将放任自流，自暴自弃！事情该怎么样就会怎么样。

可他仍需要她。他总是，总是需要她。在灵魂中，他像一个孩子那样孤独，那么孤立无援，就像一个依靠着母亲的孩子，他就靠她活着呢。他清楚这些，他知道他毫无办法。

可他必须能够让自己孤独，他必须能够伴着身边空空荡荡的空间躺下。管它呢，他必须能够留在洪水中，淹死，生存，都随它去。他最终认识到了自己的局限性和自己力量的局限，他不得不屈服。

他们相互间是平静、冷漠的。至少他们之间的斗争已结束了一半。有时她会抽泣着走来走去，她的心情很沉重，可腹中的婴儿总是令人温暖的。

他们又重归于好了，成了一对新朋友，双方都克制着自己，可他们之间是淡漠的。他们又一起睡了，静悄悄的，若即若离，不像以前那样融为一体了。她像最初那样对他亲昵，可他却是沉静的，并不亲昵。他的灵魂是快活的，但他此时并不那么有生气。

他现在可以跟她睡，听之任之，他也可以独自一个人睡。他刚刚懂得能够孤独是怎么回事了，这让他自在安宁，她给他新的、更大的自由。任这个世界是莫测的波浪，他可以是他自己了。他得到了自己的存在。他获得了第二次生命①，离开了巨大的人体，最终成为自己。他最终得到了自己独立的身分，他独立地存在着但又不十分孤独。可以前呢，那时，只有他和另一个人连在一起时他才是存在的，现在他既是绝对的自我又是一个相对的自我了。

可这个自我是一个极为沉默寡言、虚弱、孤立无助的自我，一个爬行的婴儿。他走来走去，脚步极为轻巧，在某种意义上说是忍气吞声的。可说到底，他的自我是改变不了的，这是自由独立的自我。

她得到了解脱，她挣脱了他，她把他还给了他自己。有时她会因为疲劳、无助而哭起来。他尽管是丈夫，可她却因为有了那即将出世的孩子把这事忘了。这孩子似乎让她温暖、昏昏然。她陷入长久的思忖中，懵懵懂懂，暖暖和和，朦朦胧胧的。她不愿意让人把她从这种朦胧中带出来。当然，她也依

---

① 《约翰福音》第 2 章。

赖他。

有时，她眼里会透出一种奇怪的目光，走到他跟前，那目光如此生动、可怜，好像在恳求什么。他看着她，不能理解她的目光。她是那么美，那么富于梦幻色彩，那目光倒像是从他的胸怀里射向她的。他为她着想，全都为她。她会抱住他，吻他的胸膛，吻了又吻，并且跪在他身边。她是一个等待分娩的人啊。他会躺下去看着自己的胸膛，直到看得他觉得这似乎不是自己的胸膛为止。是他把它扔在这里的，可那是他自己的胸膛，上面因着她的一个个吻而显得美好明亮。当她跪在自己身边，慢悠悠、如醉如狂、专心致志地吻他的胸膛时，他感到既高兴又莫名其妙的痛苦。

他知道她想要什么，他心里也渴望将这个给予她，他的心渴望得到她，当她抬起玫瑰云一样光彩照人的小脸儿时，他的心渴望得到她。不过现在是从远处敬慕她。她是一个如花似玉的精灵，看着她，他觉得自己是个远远而立的陌生人。

数个星期过去了，产期越来越近了。他们都显得温存，那幸福感是微妙的。他那固执、激动、阴郁的灵魂和强烈的不满似乎平静下来了，他似乎驯服了，心中的狮子与小羊一起躺下了。①

她确实很爱他，他就等候在身边。在她等待自己的婴儿的时候，她对他来说既宝贵又遥远。她的灵魂因着这个即将出生的孩子而兴奋。她想要个儿子，啊，她非常想要个儿子。

她看上去太年轻也太单薄了，事实上她还只是个女孩。她在火炉旁洗澡——她在这个时候洗澡，感到很骄傲。他看着她，心里充满了对她极度的柔情。多美呀，多么美的四肢。她那修长、圆滚滚的胳膊好像在闪光。而她的小腿，尽管是那么简单，像小孩子的腿，可是却那么骄傲，啊，她光着骄傲的腿站在那里。她那满不在意隆起的腹部很可爱，那圆滚滚的样子真招人疼爱，乳

---

① 《以赛亚书》第11章。

房也胀大起来了。顶美的还是她的脸，像一朵红红的玫瑰云在闪亮。

她是多么自豪啊，她那年轻的身子是多么可爱、多么值得自豪呀！她喜欢让他把手放在她成熟、圆胀起来的腹部上。他为那里的冲动感到心惊，他怕了，沉默了，可她却带着一股自豪和兴奋劲儿没羞没臊地搂住了他的脖子。

肚子痛起来了，啊，她嚎得没人声儿了！她要他跟她待在一起。嚎叫一大阵以后，她会含着泪微笑着看着他说：

"我才不在乎呢。"

情况糟透了，可对她来说还不算死难临头，哪怕是剧烈钻心的疼痛也令她兴奋。她尖叫着，受着苦，可她仍然出奇的生气勃勃。她感到那么有力量，有生气，是在生命的主宰力量的掌握中，她最深的感触是精神振奋。她知道她是在打胜仗，打胜仗，总是在打胜仗，每痛一次她就向胜利跨近了一步。

也许他比她更难受，他既不震惊，也不感到恐怖，可他在苦难的钳夹中缩紧了身子。

生的是个女孩儿。当人们说是女孩儿时，她脸上那一秒钟的沉默向他表明她失望了。于是他心头升起了一股强烈的反感和抗议，也就在那一刻。他承认了这孩子。

可当奶水流出来，婴儿吮吸着她的乳房时，她似乎高兴得要跳起来。

"她吃奶了，吃了，她喜欢我，哦，她爱奶子！"她叫着，双手搂抱着孩子，激动地用手护住孩子。

过了一会儿，待她适应了这种兴奋之后，她双目火热、朦胧地看着小伙子说："安娜胜利①了。"

他战栗着离开她去睡觉了。对她来说，她的痛苦是胜利者的痛苦，她是骄傲的。

康复后，她感到非常快活。她给这孩子起名为厄秀拉。安娜和她丈夫都

———————————

① 原文是拉丁文，意思是女征服者或赢家。

感到他们必须给孩子起一个能满足他们秘密的名字。这孩子皮肤呈褐色，长着奇怪的细茸毛儿，头发是古铜色的，一双黄灰色的眼睛，这双眼睛后来又变成了父亲那样的金黄色，他们叫她厄秀拉，这是画像上圣人的名字。①

起初，这孩子很细嫩，但不久后她就变得壮实起来了，像一条小黄鳝那样的很好动。安娜整日对付这个精力旺盛的孩子，累得精疲力竭。

她像爱一只小动物一样爱厄秀拉，很幸福。她爱丈夫，吻他的眼睛、鼻子和嘴，把他吻了个够。她说他的腿长得漂亮，她让他的身材迷住了。

她真是个胜利的安娜，他再也斗不过她了，他是在旷野里，单独和她在一起。有暇去了一趟伦敦，回来后他惊奇地想，一座岛上赤身裸体、鬼鬼祟祟的野蛮人是怎么建成了庞大的牛津大街和皮卡迪利广场的？这些无援无助的野蛮人是怎样手持鱼叉在河边追赶鱼群，是如何建起伦敦这座沉重、庞大丑恶的建筑的？人的世界建筑在自然的世界之上！一想到这些他就感到害怕，人在他的作品中是多么可怕呀！人的作品比人本身还可怕，几乎令人恐怖。

至于他个人，威尔·布朗温感到整个人的世界对他和安娜的真正生活来说是外在的、异己的。就是把今日世界上庞大的建筑都一扫而光——城市、工业、文明，只剩下长着植物、淌着河水的地球，他也不在乎。只要他是完整的，有安娜和孩子，只要灵魂里有新奇的信心就行。假如他赤身裸体，他会从某个地方找到衣服穿；他会搭棚子，会给他的妻子找食物。

然后，还有什么别的东西？还有更多的需要么？人类所卷入的大规模的活动对他来说是没有意义的，从本性上说他跟这没关系。那他是为什么活着呢？只是为了安娜，是为活着而活着？他需要这个地球上的什么呢？只是安娜，他的孩子，以及他和妻儿一起的生活吗？再没有别的东西了吗？

他感到还有别的东西，别的更深远的东西，是那些东西赋予他绝对的存

---

① 厄秀拉，5世纪英国的公主。据传说，她同一万一千个处女一起去罗马朝圣，在科隆被匈奴人杀害。

在。现在，他似乎是存在于永恒之中的，让时间还其可能的本来面目了。外面是什么？是他根本不相信的伪造的世界吗？他应该从外面带给她些什么呢？什么都没有吗？现在这种状况就够了吗？他为自己的默认感到苦恼。她没有跟他在一起，可离了她，他就几乎不相信自己了，尽管上帝和他同在。让整个世界都沉落下去，无影无踪吧，他可以独自挺立住。可他对她没有把握，可他又存在于她的机体中，所以他没有把握。

他在她身边徘徊，总也忘不了那朦胧、萦绕情怀的疑虑，这种疑虑似乎在向他挑衅，不过他对此闻而不知其声。听到她跟孩子说话，他心头就似乎感到害怕，似乎那是内疚，又似乎是不满。她站在窗前，怀里抱着满月的婴儿，用富有乐感的、孩子般简单的声音说话，这声音是他以前不曾听到过的，它在他心头缭绕着像是来自远方的要求，来自另一个世界。他站在她附近听着，他的心翻腾着，翻腾着，要他站起来去服从这个声音。然后，心潮又退缩了，他又冷淡了下来。他动弹不得，这里没有他的位置。不过，他似乎不能否定自己，他必须，必须是他自己。

"看看这傻乎乎的绿顶鸟儿吧，我的小美人儿。"她唱歌似的说着，把孩子抱到窗前。外面，雪白的花园内闪着银光，绿山雀在雪地上厮打着。"我的宝贝儿，看这些傻乎乎的绿顶鸟儿吧，它们在雪地上打架呢。看看，我的小鸟儿哟，翅膀扑打着雪，还摇头晃脑呢。哦，这些坏东西，坏东西！看，它们的黄羽毛都掉在雪地上了！等它们过后冷了，它们会想这些羽毛呢，是不是？"

"咱们应该让它们别打了，告诉它们停战好吗，我的小鸟儿？它们调皮，真叫调皮！你看它们！"

突然，她的声音提高了，变凶狠了，她把窗棂拍得山响，大叫：

"别打了，别打了，你们这些小混蛋！停战！"她的喊声更大了，把窗棂拍得更响了，她的声音分明是凶狠专横的。

"放聪明点儿。"她叫道。

"瞧，它们走了。这些蠢家伙上哪儿去了？它们互相之间该说些什么呢？

它们会说些什么呢？我的小羊，嗯？它们会忘记的，不是吗？它们会忘记这一切，它们傻呆呆的小脑袋和绿脑瓜会忘记这一切的。"

过了一会儿，她兴奋的面庞转向她丈夫。

"它们真是在斗架呢，它们真是恶狠狠地相处吗？"她的声音中带着激动。好像她是属于鸟的世界，是鸟的同类一样。

"啊，这些绿顶鸟儿会打仗的，不是吗？"她说道，声音里透着激动和惊奇，似乎她是鸟儿家族中的一员，认鸟儿为同类了。

"嗨，这些绿顶鸟儿就是要掐架的，"他在她那明亮的眼睛从什么地方转向他时高兴地说。他走过来站在她身边，看着雪地上鸟儿们斗架时留下的印记，看着紫杉树上黑白相间积雪的枝丫。这对他有什么吸引力呢？她那快活的脸儿提出的是什么问题？他要应付的是什么样的挑战呢？他不知道。可他站在那儿，他觉得有一种责任感让他既快活又不安，好像他必须熄灭自己的火焰。在这种情况下他是动弹不得的。

安娜非常喜欢这孩子，真是太喜欢了。可她仍然感到不满足。她微微有点期望，就像一扇半敞着的门。在考塞西，她既安全又平静，可她觉得她压根儿就没在考塞西，她在竭力向远方遥望。从她的毗斯迦山^①上她能看到什么呢？看到淡淡闪着光的地平线，远远的，彩虹就像一座拱门，一扇影子门，门上色彩浅淡。难道她要去那儿吗？

有某种东西，她没有，抓不住也够不着，这种东西与她相距很远。她为什么还要走上这条路呢？她站在毗斯迦山上本来是很安全的。

冬天里，太阳初升的时候，她起床了。从后窗向外看去，东边绿得发亮的草地上方燃烧着橙黄和橘黄，挺立在草地和苍天之间的高大梨树幽暗、庄重，就像一尊偶像。在幽暗的梨树下，一层洒上去的水闪着黄色的光芒。她

---

① 毗斯迦山（在约旦河东），《圣经》中说，先知摩西死前在这座山上望见了上帝赐给人类的乐园——迦南（即巴勒斯坦）。

说："它在这儿。"可到了晚间，夕阳透过大块云朵的空隙射下耀眼的红光时，她又说："它在那儿。"

晨曦和落日是横贯一天的彩虹的两端，她从中看到了希望和允诺。她干吗还要走得更远呢？

可她总是提出这些问题来。当冬天的夕阳匆匆下落时，她看着一天熊熊燃烧着结束。她在这当中没有起到她充分的作用，于是她仍在追问："你这是干什么呢？为什么这么晃眼？你为什么这么忙乱，不让我们清闲？"

她没有请求丈夫来引导自己。她觉得他一会儿是与她分离的，一会儿又在一起。她可以举起这孩子，把她掷入火炉中，这孩子可以在炉中，行走在燃烧着的煤炭和熊熊烈焰中，他们三个见证人就与天使在火中行进。①

很快，她就对丈夫放心了，她了解他阴郁的面孔上表露出的激情的程度；她了解他修长健壮的身躯，她说那是她的。她不会被忽视，她是一个富足的女人，享受着自己的财富。

很快她又怀孕了，这让她心满意足，一切不满都驱散了。她忘记了她曾目睹着太阳——一位向前挺进的庄严的旅行家升上来又消逝了。她忘记了月亮曾从高远、漆黑的天幕上的窗口往下观看，魔术般的向她点头打招呼，发出要她追随的信号。太阳和月亮不停地旅行着，从她这个享受着财富的阔女人身边溜过去了。她也该走，可当它们招呼她时，她却不能走，现在她必须待在家中。一经心满意足，她就从对未知的探险中退回来了，她正生育自己的孩子们呢。

又一个孩子要出世了，安娜朦胧得有些心满意足了，就算她不再在通向未知的路上旅行了，就算她已经达到了目的地，在她建成的房屋②里安营扎寨成为一个富有的女人，她的门仍然会在彩虹下敞开着，门槛上依旧映着太阳和

---

① 《但以理书》第 3 章，第 23—28 节。

② 《列王纪》第 8 章，第 27 节。

月亮这些大旅行家们穿过的影子，她的房子里仍然充满旅行的回声。

　　她，她本人就是门和门槛。另一个人通过她进来了，站在她身上，就像站在门槛上一样，看着外面，用手遮在眼上寻找着方向。

第七章　大教堂

婚后第一年，厄秀拉出生之前，安娜·布朗温和丈夫去拜访了妈妈的朋友斯克里宾斯基男爵。这人一直和安娜的妈妈保持着一点联系，他总是对安娜过分疼爱，因为安娜是纯粹的波兰人。

斯克里宾斯基男爵快四十岁时，妻子去世了，从此他变成了一个满口胡言、郁郁寡欢的人。丽蒂雅带着安娜拜访过他，那时安娜十四岁，从那以后安娜一直没再见过他。记得他是个矮个子、出言不逊的牧师，他的喊叫声和说话声让她感到害怕，她妈妈却令人奇怪地在一旁用外国话安慰她。

这位小个子男爵对安娜总有那么点不满，因为她不会说波兰话。不过，他仍认为自己是代表兰斯基当她的监护人的。他送给她一些古旧沉重的俄国珠宝，这些珠宝是他妻子的收藏中最便宜的。后来，他就从布朗温家的生活中消失了，尽管他住在仅仅三十英里以外。

三年后传来一个惊人的消息，说他娶了一位英国良家女儿。这消息令每个人都惊叹不已。后来他寄来一本书，书名叫《布里斯威尔教区史》，署名："卢道夫·斯克里宾斯基男爵，布里斯威尔教区牧师"。这本书文字上没有什么条理，满篇陈旧的趣闻，怪里怪气的。献辞是这样写的："献给我的妻子米丽森·默德·佩思，在她身上我领会到了英国的宽容精神。"

"如果他领会到的只是英国精神，"汤姆·布朗温说，"这说明他没什么前途。"

汤姆·布朗温陪妻子正式拜访斯克里宾斯基一家时，发现这位新男爵夫人的皮肤奶油般光滑，头发是棕红色的，是个阴险的人。一看到她，他就忍不住要盯住她的嘴巴看，她一笑起来嘴巴就渐渐向后咧开去，露出凸现的牙齿来，那副奇怪的笑容令人难以理解。她并不美，可汤姆·布朗温立刻就迷上了她。她像一只小猫那样蜷伏在他身边取暖，同时又躲着他，嘲讽地露出坚硬的爪来。

男爵对她很客气，很关心，几乎有些溺爱她。而她则愚弄他，乐意让他溺爱自己，尽管她并不很快乐。她是个奇特的小东西，像雪貂那样柔软、光滑、暧昧、美丽。汤姆·布朗温感到迷惘，听任她的摆布，她则上气不接下气地笑着，像别人引诱她做什么残酷的事情一样。她确实够让老男爵头疼的。

数月之后她生下一个儿子，这让斯克里宾斯基大为高兴。

渐渐地，她在乡下有了一个熟人圈子。她出身于良好的家庭，有一半威尼斯血统，在德累斯顿受过教育。而这位矮个子外国牧师则获得了足以使那发狂的自尊心得到满足的社会地位。

安娜和她年轻的丈夫接到邀请他们访问布里斯威尔教区的邀请信时，布朗温夫妇吃了一惊。人家斯克里宾斯基家现在富起来了，而米丽森·斯克里宾斯基还有一笔私房呢，怎么会邀请他们去府上呢？

安娜穿上她最漂亮的衣服，重振起当年读高中时的最佳风度，同丈夫一起去了。威尔·布朗温脸色红润，他四肢修长，头有点小，就像一只鲁莽的鸟儿，一点儿也没变样。娇小的男爵夫人冲他们启齿笑笑。她的确很迷人。那是一种冷淡的欢快相儿，笑起来像黄鼠狼。一见面，安娜就对她尊重起来，在她面前小心翼翼。她本能地被男爵夫人那奇特、孩子般的自信心所吸引，尽管不相信她，但还是对她着了迷。矮小的男爵现在头发白了一片，人显得挺脆弱。他变得干瘪，满脸皱纹，但脾气暴躁，很倔。他坐着谈话时，安娜看着他瘦弱的身躯、短小、枯瘦的腿和干枯的手，脸就红了。她承认他有一股内在的男子气，尽管上了年纪，干枯、萎缩了，可他见多识广，有激情，深思熟虑，反应敏锐。他太超然，纯粹公正无偏见。女人是根本与他无关的，什么也不能扰乱他。所以他才能做到深思熟虑，反应敏锐。

他是一个与众不同的人，很有趣。他那固有的顽强天性由于年老而衰颓，人变得很直率，很残酷，在行动上毫不动摇，充满信心。她就被这一点所吸引，迷上了他。她观察着他那冷漠、别致的热情之火，被迷住了。她会选择这团火而放弃她丈夫散发出的热能和他那盲目、火热的青春吗？

　　她的呼吸似乎急促而又强烈，好像刚刚从温室里出来一样。这奇特的斯克里宾斯基一家人让她意识到了另一种更自由的因素，这里每个人都是超然而孤独的。这难道不也是她天生所具有的因素吗？难道布朗温家那密切的人际关系不是在窒息她吗？

　　与此同时，那位矮小的男爵夫人棕色眼睛里闪着微妙的火焰，正同威尔逗趣。他不够机敏，无法看清她的每一个动作。但是，他那明亮的眼睛却目不转睛地盯着她。他感到她是个怪人，但她没有驾驭他的力量，她脸红了，被激恼了，可她又不住地打量他那黧黑、生气勃勃的脸，奇怪地打量他，像蔑视他一样。她看不起他那毫无鉴别能力和没有讽刺能力的本性。这本来跟她毫无关系，可她却为此生气，似乎是在妒忌他。他怀着敬意很有兴致地看着她，像在观看一只玩耍着的鼬，但他本人并没有受到她的影响。他同她不是一类人。如果说她浑身闪烁着耀眼的火焰，他则是一团徐徐燃烧着的红火苗。她从他这儿什么也得不到，所以她就要摆出一副咄咄逼人、难以形容的阶级优越感，让他暗暗自惭形秽。他脸红了，但仍不反抗她，他跟她太不一样了。

　　她的小儿子跟着保姆进来了。这孩子瘦小机灵，很懂事，对什么感兴趣时也很冷静。他一进来就把威尔·布朗温当成了一个局外人。他在安娜身边停一下，认识了她，然后就离开她，东瞅西瞅起来，见着什么都感兴趣。

　　父亲爱儿子，跟儿子用波兰语说话。这幅景象真奇特：父亲对儿子表现出那种生硬的贵族气派，他们之间保持着距离，一面是古老的父权，另一面则是晚辈对长辈的服从。他们两人在一起玩儿，但他们之间保持着不同程度的距离，他们是两个绝不相同的人，他们之间并不是毫无关系，而是等级不同。而这位男爵夫人却在微笑着。微笑着，总在微笑着，露出凸现的牙齿来，身上总有一种神秘的吸引力和魅力。

安娜意识到她的命运或许会很不一样，她自己的生命或许会很不同于现在。她的灵魂迷乱了，她变成了另一个人。她同丈夫之间的亲昵已变成过去，布朗温家那种奇特的、密不透风的人际关系太火热、太亲密、太令人窒息了，在这种关系下，一个人似乎总要同另一个发生联系，就像血缘关系一样。现在，这一切都消失了，她否定了与她年轻的丈夫之间的这种亲密关系。他和她不再是一体，他的热量不再总能融化她，不再总能融化她的头脑和个性直到让她与他同此凉热，直到她不再有单独的自我。她需要自己的生命。可他似乎要用自己的生命覆盖她，融化她，用他火热的生命，直到她连她是自己还是别个什么都搞不清。他要把她统一到一个亲密的血液交融的世界中去，把她封锁起来，让她与冷静的外界隔绝。

她需要自己以前那机敏的自我，超然的自我，活跃但不融合，活跃是为了自己，索取或奉献，但决不融合。可他需要这样的融合，她仍然在抵抗着。但她有点抵挡不住了。而她从前是在汤姆·布朗温的爱中生活得太久了。

离开斯克里宾斯基家，他们又去了威尔喜欢的林肯大教堂，那儿离此地不远。他对她许诺说，他们要一个一个地参观全英国的大教堂。林肯大教堂是第一个，他说他了解它。

临上路前，他开始变得激动起来。这事为什么让他发生了这么大的变化？从斯克里宾斯基家出来后，她几乎要生气了。可他却只顾自个儿走自个儿的路。他的心儿似乎敞开了大门，等着看到那座俯瞰着小城的大教堂。他的心早就飞到那儿去了。

当他看到远处耸入云端、俯视大地的藏青色教堂时，他的心都要跳出来了。教堂是天空上的一个标记，是圣灵，像一只鸽子、一只雄鹰一样俯视着大地。他那张神采飞扬的脸转向她，奇怪地、兴高采烈地笑了。

"就是她。"他说。

这个"她"字让她恼怒。干吗说"她"?应该说"它"①。这教堂有什么?
不过是一座大建筑,一处孤单的古迹罢了,却值得他这样激动不已。她开始让
自己振作起来,准备参观教堂了。

他们越过了陡峭的山坡,他那副迫不及待的样子真像一位即将到达圣地
的朝圣者一样。当他们挨近教堂领地时,但见一边是教堂,一边是城堡,这时
他的血管似乎像怒放的花蕾,欣喜若狂。

他们穿过大门口,迎面而来的是大教堂的西侧,宽阔的墙壁上满是装饰。

"这一面是假的。"他看着金色的石头和双塔说,不过他还是很喜欢它们。
一阵狂喜中,他来到了回廊里,他就要看到那未曾见过的东西了。他仰视着渐
渐展现出来的石柱,他就要穿过这里走进完美的母腹中去。

他推开门,矗立着大石柱的内部漆黑一团,他的灵魂颤抖着要跳出来了。
他的魂跳了起来,飞入这宏大的教堂中。他被这高大的教堂迷住了,却步不
前。他的灵魂跃进了黑暗中,被黑暗所攫取,灵魂离开自己、昏厥了,这灵魂
就在静谧、黑暗、丰沃的母腹中震颤,如同种子在狂喜中创生一样。

她也由于惊讶和敬畏而不能自已,尾随他前行。在这里,薄暮是生命的
本质,这为色彩所掩映着的黑暗是一切光明与白昼的萌芽。在这里,天正破
晓,最后一缕余晖正在西沉,永恒的黑暗中生命的白昼将会花开花落,重复着
平静与永恒隽永的沉寂。

远离时间,永远超越时光!在东西之间,晨暮之间,教堂矗立着,如同
一颗沉寂中的种子。发芽前的黑暗,死后的沉寂。这沉寂的教堂,融生死于一
体,载着所有生命的喧嚣与变幻。像一颗硕大无朋的种子,它会开放出难以想
象的辉煌的生命之花。但它自始至终都在沉寂中轮回。在彩虹的衬托下,这装
饰着宝物的黑暗教堂里,沉寂中弹奏着乐曲。黑暗中闪烁着光芒,死亡中孕育
着生命,就像一颗种子里,叶子紧叠着叶子,沉静笼罩着根须,花儿将所有的

---

① 英语中用"她"代指一个事物时,表示说话人崇敬的心情。——译者注

秘密都珍藏在自己的花蕊中。它挣脱了死亡，投向生命。它不朽，但它仍会再次拥抱死亡。

在这座教堂里，"过去"和"未来"交织融为一体。威尔·布朗温心满意足了。他从母腹的大门里出来，推开门扇，走入光明。他穿过日光，日复一日地走过来。一重又一重的知识，一重又一重的经验都经历过了，但他忘不了母腹中的黑暗，在那儿他就预知到了死后的黑暗。他偶然推开教堂的门，走入双重的薄暮中，走入双重的沉寂中，在此，破晓即是夕照，始末融为一体。

这里，石柱从地面上拔地而起，带着各种聚合着的欲望，每一次都向上跳起，离开地平线，穿过曙光和暮光，穿过所有的欲望，迂回着下落，哦，达到狂喜，相储，相逢，满足，相遇，拥抱，紧紧拥抱，中和，完美而令人眩晕的满足，超越时光的狂喜。他的灵魂就停留在那里，停留在穹顶上，牢牢地停留在那超越时光的狂喜中，满足了。

没有时间，没有生命，也没有死亡，只有这超越时光的完美。地面上无数冲动腾起来在空中相交，汇成狂喜的拱顶。这就是一切，一切的一切。最终，他恢复了理智，意识到自己是在拱顶下的尘世。然后，他又聚集全身的力量，跳跃，跃入高空的黑暗中，跃入丰饶的生命和奇特的神秘中，去感触，去拥抱，跃入奇妙的境界中，跃入永恒的高峰，跃上拱顶。

她也受到了震撼，但是她沉默着，不去向往那个地方。她喜欢它，是因为这个世界与她自己的世界不太一样，但是她讨厌他的那种忘我的狂喜。他对大教堂的激情最初让她生畏，后来让她气愤了。归根结底，外面还有一重天呢。而在这里，在这神秘的昏暗光线中，当他的灵魂与上升的石柱一起上升时，这灵魂不是上升到群星和清澈的夜空中，而是去和昏暗神秘屋顶下那上升的石柱的冲动相会合，相拥抱。那遥远的拱与拱的相会，石柱的跳跃与冲腾形成了一个巨大的屋顶，这东西令她畏惧，让她沉默了。

可是，可是，她牢记着，那辽阔的天空并非蓝色的穹顶，那上面并没有悬着许多闪烁着的明灯，那只是一个群星自由旋转的空间，群星上方总是自由。

这座大教堂也很令她激动，但她永远也不会愿意让这些由拔地而起的石柱交织成的屋顶把她封盖住，而屋顶外则是虚无，虚无，这屋顶纯粹是限制。他的灵魂希望教堂是这样的：这里，这里就是一切，完整，永恒，运动，相聚，狂喜，没有时间和日夜消逝的幻象，只有这完美相称的空间和运动在纠缠、在更新，激情的洪波向着祭坛奔涌，狂喜的潮水不断涌来。

她的灵魂也被卷向祭坛，被携到永恒的边缘，感到敬畏，感到狂喜。可她在被卷向祭坛的过程中每每都退却着，她不相信祭坛是至高无上的。她绝不要让激情把她携去，被甩到祭坛的阶梯上就像被甩到未知世界的彼岸一样。这当中固然有巨大的欢乐和真理，但是，即便是在大教堂炫目的光辉迷住她的时候，她仍然要求着另一种权利。祭坛光秃秃的，上面的灯光已熄灭了。上帝已不在那片丛林中燃烧①，他死了，尸体就躺在那里。她要求自由的权利，要求超越这屋顶的自由权利，她总感到被封盖着。

于是她关注一些微小的东西，这些小东西挽救了她免于被激情的潮流裹挟着随大流儿奔向上帝。她胜利地走着自己的路。她要摆脱这固定的、一直向前的运动，飞出来，就像一只鸟，柔弱的小爪沾着水从大海中腾起；就像一只鸟那样挺起胸腔跃起，摆脱那裹挟它涌向一个违反它意愿之目的的汹涌波涛；就像一只鸟一样扑棱着翅膀飞向开阔明朗的天空，高高地俯瞰这死板、负担过重的运动，离开它，悬在空中回应它，东飞西飞，在选择好或找到了方向后，再落下去让海涛载去。

似乎她一定要抓住什么东西，似乎她的翅膀太虚弱，无法将她一直拖出这奔涌着的运动。于是，她看到了石柱上雕刻的那些可憎、奇特的小脸谱，她在这些小脸谱前站立着，着了迷。

---

① 见《圣经·出埃及记》：上帝在荆棘丛生的森林中召唤摩西，这森林一直燃烧着，永远烧不尽。

这些狡猾的小脸儿从大教堂巨大的潮流中向外窥视，好像一些懂事的小东西一样。他们很明白，他们这些小精灵反驳着人的幻觉，大教堂并不是上帝。他们眨着眼睛斜视着，示意着大教堂的伟大概念所遗漏的许多东西。"不管这里有多少东西，还是有许多东西它没有容纳。"这些小脸谱讽刺地说。

这些小脸有着与那些涌向祭坛波澜起伏的巨大冲动相悖离的意志、相悖离的动向和知觉，它们挑战般地泛着涟漪向后退却，并且为自己的渺小之胜利而欢笑着。

"啊，看啊！"安娜叫道，"看啊，这些小脸谱多可爱，看她。"

威尔·布朗温不情愿地看了看。这声音发自他心中伊甸园中的蛇。她指着石墙上刻着的一张胖乎乎、狡猾、恶意的小脸儿说。

"他懂得她，刻她的那个男人懂这女人。"安娜说，"我敢说她是他的女人。"

"那不是个女人，是个男人。"布朗温简短地说。

"你这么想吗？才不是呢！不是男人，那压根儿不是男人的脸。"

她的话极有嘲弄味儿。他笑笑，继续前行，但她不情愿随他走。她还在这些雕刻画前徘徊流连，没有她相伴他也无法前行，于是他耐心地等待着这个与他作对的人。她破坏了他与教堂精神上的交流，为此他皱起了眉头。

"啊，这个才好呢！"她又大叫道，"又一个这样的女人，看啊！他让她生气了！多好看啊！他让她变得挺可恶，不是吗？"她高兴地笑道。"他不是恨她吧？"他一定是个好男人！看她，太好了，像个精明的女人。他把她弄成这样，一定很开心。他从她那儿找补回来了，不是吗？

"这是一张男人的脸，不是女人的，一个僧人，脸刮得很光。"他说。

她扑哧一声笑了出来。

"你不愿意认为他把他老婆放进了你的教堂，是吗？"她哧哧笑着嘲讽道。说完她恶作剧般得意地笑起来。

她摆脱了教堂，自由了，她甚至毁掉了他的激情。她很高兴，他可是气坏了。他跟她斗着，因此无法保持住对教堂的奇妙感了。他失望了：那对于他来说曾经是绝对、包容天地的东西，现在对他来说变成了一堆形状整齐的死东西——死的，死的。

他的嘴唇呈现出死灰色，他的灵魂都愤怒了。他恨她毁灭了他另一个活生生的幻觉。很快他就会变得一无所有，无处存身，没有可供他栖身的信仰。

但是他心中的某个地方却更深刻地回应了那些懂事的小脸谱，比他以前回应教堂的冲动更为深刻。

但此时，他的灵魂很悲惨，无家可归。他不忍心去想安娜把他从自己喜爱的真实中驱赶出来了。他需要他的大教堂，他要满足自己盲目的激情。可他再也不能了，有什么东西阻碍了他。

他们往回家的路上走去，两个人都变了。她对他所渴求的东西有了新的尊敬，而他则感到他的大教堂对他来说再也不同从前了。以前他认为那是些绝对的东西，但现在他觉得它们蜷缩在天际下，里面是现实的黑暗和神秘世界，那是世界中的世界，一场幻灯片表演。而从前他却认为那是混乱中的世界：毫无意义的混沌中的一种真实，一种秩序，一种绝对。

以前他曾想，他要是能穿过那扇伟大的门，俯瞰通向远方极点那奇妙祭坛的黑暗该多好啊。四面高悬的窗户就像镶满珠宝的诫碑在闪闪发光，能达到那个地方该多好啊。他渴望得到的满足就在这里，这里是未知世界的廊檐，所有的真是在这里聚集，而那边的祭坛是神秘的门，一切都要通过这扇门走向永恒。

可现在，他有点悲哀和失望，他意识到这座门道根本就不是门道，它太窄，是假的。教堂以外有许许多多飞翔着的精灵从来不用通过这嵌着宝石的阴暗地带。他失去了他的上帝。

他倾听着花园里画眉鸟的叫声，从中听到了大教堂里所没有的一个音符：自由，放任和欢乐。在他上班的路上，他穿过一片开满黄色蒲公英的田野，沐浴在金黄色的阳光中，这阳光辉煌而清新，他很高兴，因为他摆脱了阴暗的教堂。

教堂外是生机勃勃的，很多东西是教堂里所没有的。他想念上帝，想着蓝色的天穹，那是某种伟大而自由的东西。他想到古希腊礼拜的废墟，似乎一座寺庙不被毁掉，不与风、天空和草丛融为一体就不能变得完美。

他仍热爱教堂，把它当作一个象征来爱。他把它看作是它试图所代表的什么而不是它确实所代表的什么。他仍然爱它。他家花园墙外的那座小教堂吸引了他，他很喜欢它。于是他去看管它，照看它。在他心目中，它是一个古老神圣的东西。他照看石碑和木雕，修理风琴，修复一件破损的雕像，修理好教堂中的木器，后来他当了唱诗班的领唱。

他的生活中心变化了，变得更为表面化。他失败了，失去了真正的表达能力，找不到表达的方式，他不得不循规蹈矩。而在精神上，他形同虚设。

安娜现在一心扑在孩子身上了，任丈夫我行我素。她现在宁愿退却，也不去未知的真实世界中去冒险。她现在有了孩子，孩子是她明确直接的未来。如果说她的灵魂无法发出声音的话，她的母腹则能发出声音。

他家隔壁的教堂对他来说变得非常亲切，非常宝贵。他珍惜它，承担了全部的维护工作。既然他没有新的事情要做，他就高高兴兴地珍惜着旧的、宝贵的崇拜物。他熟悉那粉刷过的小教堂，在它的阴影中，他回到了他自己的生命状态中。他喜欢陷入教堂的宁静中，就像一块石头沉入水中一样。

他穿过自家的花园，踏着一级级小台阶上了院墙，来到教堂那宁静的环境中。沉重的大门在他身后"咣当"一声关上了，他的脚步声开始在通道上回响。他的心中也充满着温柔的激情和神秘的寂静，他也感到有点儿羞涩，像一个失败了的男人自寻满足。

他喜欢点燃风琴旁的蜡烛，独自坐在微微的烛光中练习为礼拜仪式唱的赞美诗。粉刷过的教堂拱顶没入了黑暗中，风琴声和风琴的脚踏键发出的声音都消失在教堂那无法改变的静谧中了。教堂塔楼里先是飘散着微弱的幽灵般的声音，而后，音乐声又一次激越、凯旋般的震荡起来。

他不再为自己的生活发愁。他放松自己，对什么都不在乎了。他与妻子的关系如果说不是一切，也算是一件大事情。她胜利了，真的。那他就等待、忍耐吧。等待，忍耐。她、孩子和他可是一体的呀。风琴道出了他的抗议声。他弹着琴键，可灵魂却处在黑暗中。

这孩子给安娜带来了全部的幸福和满足，她的欲望断了，她的灵魂因着孩子而感到幸福。这孩子太柔弱，带起来很困难。但她从未想到她会死，这小东西太弱，她有责任让她长壮实些。她一心照看孩子，孩子就是一切，她的想象力全被孩子占据了，她是母亲，摆弄那小胳膊小腿和小身体，倾听静谧中新生儿的哭叫就够了，她在孩子的哭声和细语中听到了全部的未来，她照看着孩子，掐算着未来的生活岁月，心中萌发出对未来充满激情的满足感，这让她变得生机勃勃，力量倍增，全部的未来都在她这个女人手中掌握着。这孩子还不足十个月，她又怀孕了。她似乎处在旺盛的生命波浪中，对她来说每一刻都是繁忙的多产时刻。她感到自己就像大地——万物之母。

威尔·布朗温则把全副身心都扑在教堂上，弹风琴、训练唱诗班的男孩子们，还在主日学校里教着一班学生呢，他很是快活。主日教这些男孩让他感到快活，他极渴望得到这种快乐。他总为自己接近了他摸不透的某种神秘感到由衷的高兴。

在家里，他伺候着自己的老婆，侍候着这个小小的母权制家庭。她爱他，因为他是她孩子的父亲，同时，她对他总怀有一种肉体上的激情。所以，他就放弃了追求精神上的优越与精神上对她的控制。甚至放弃要求她尊重他的精神与社交生活。他仅仅靠她对他肉体的爱活着，为此他侍候着这个小小的母权制家庭，抚养孩子干家务，什么尊严，什么位置的重要都不在乎。但是，放弃自己的主见，把生活仅仅局限在自己的兴趣上，让他看上去变得不真实，不重要了。

安娜从不公开表明她为他感到骄傲。很快她就学会了漠视社会生活。他并不是那种有男子气的男人：他不喝酒，不抽烟，也不会吹牛，但他是她的男人，他对一切男人权利的放弃正好抬高了她在家中的地位。她在肉体上爱着他，他也满足了她。他总是孤独，把自己摆在次要的位置上，外部世界对他来说竟是那么不值钱。这一点最初激怒了她。用外界的眼光看他，她真想嘲笑他。但是她的嘲笑变成了尊敬，她尊重他是因为他如此简单而又完善地为她服务。最重要的是，她喜欢为他生孩子，她喜欢成为孩子的源泉。

她不能理解他，不能理解他那莫名其妙的忧郁和愤怒，不能理解他对教堂为什么那样专心致志：他关心的是教堂这座建筑物，他的灵魂对什么充满了激情。他清扫石雕，修复木刻，修理风琴，尽力把赞美歌唱得完美。维护教堂建筑和教堂仪式的完整是他的任务，他的本分就是将那令人亲切的神圣建筑完全掌握在自己手心里并让礼拜的形式更完美。他闪着光泽的脸上现出一些儿痛苦与紧张，他的动作表明他感到紧张。他像一个情人，明知自己被出卖了，但仍然爱着，这爱反倒因为被出卖而变得更为强烈。教堂是虚假的，但他却因此为它服务得更加周到。

白天在工作间里他仍然安不下心来。他的心不在那儿。他机械地干着活儿，一直干到下班回家。

他喜欢黑头发的厄秀拉，爱她爱得心头发热，他等待着这孩子变得懂事起来。现在母亲则统治着这孩子。但他的心却在黑暗中等待着，他的时机会来到的。

从长远着想，他学会了服从安娜。她强迫他服从她那套法律的精神，但只让他知道一点肤浅的意思。她在与他心中的魔鬼斗争着。当他怒火中烧时，她为这股无名火吃了不少苦头。那一刻，一股恶风似乎要把一切与他有关的东西都卷走，她可以感觉到一切都被他毁灭了。

最初，她跟他较劲。晚上，在这种情况下他会跪下去祷告，她看着他跪蜷着的身影厉声问：

"你为什么跪在那儿装着祷告？你以为谁像你这样发火时都可以祈祷吗？"

他仍跪在床边一动不动。

"太可怕了，"她继续说，"装模作样！你装模作样地说什么？你装着向谁祈祷呢？"

　　他仍然纹丝不动，他开始发火了，他的本性似乎都要变坏了。他似乎戴着锁链生活着，时不时地会来一阵这样阴郁、没头没脑的怒火。那火发自一种毁灭欲。她奋起与他斗争，这斗争是可怕的。而斗完了，他们又相互爱抚，那爱也是可怕的。

　　渐渐地，她学会了怎样才能爱他才更好。她躲他，而一旦感到他要发火时，她就不理他，让他一个人守着自己的世界去，而她也守在自己的世界里。这样对付他很成功。他为了回到她身边，自己跟自己残酷地斗争着，他终于认识到，如果不回到她身边，他会痛苦死的，所以他力图向她屈服。她则害怕看到他眼里那难受的目光。于是她主动跟他做爱，接受他，为此他对她充满感激，在她面前显得低三下四的。

　　他为自己搭了一座木工棚，在里面修复教堂里损坏了的东西。这样他可有一大堆事要干了：照顾老婆孩子，管理教堂，木雕，还要挣工资。要是他不那么画地为牢，目光不那么阴郁该多好！可他不得不这样，对自己这个缺点他毫无克服的办法，这是他与生俱来的缺陷。他甚至不得不正视自己阴郁暴怒的脾气，想法克服它。不过，随着她对他的态度变得温和起来，他的脾气也小了许多。

　　有时他呆坐着，脸上会容光焕发但毫无表情，但安娜可以看出他的痛苦。他意识到了自己的缺点，意识到自己天性中某种没有成形的东西，意识到他身上有一些没有成熟的蓓蕾，有些黑暗蓓蕾在他活着的时候永远也不会再绽放，而且也没有准备绽放。他身上某种没有绽开的东西限制了他，他心中有一种黑暗无法示人，这黑暗也不会自己变得昭然。

第八章 孩 子

　　从一开始，这孩子就激起了年轻父亲心中某种深刻强烈的情感，这股情感来自他那黑暗的世界，太强烈了，他几乎不敢承认。一听到孩子哭，他内心幽远无底的深处就荡起回声，他于是感到恐怖。他一定要知道这危险的深谷到底有多深吗？

　　他抱着婴儿来回踱步时，被自己血肉的哭声所困惑。这是他自己的血肉[①]在哭啊！他的灵魂与这突然从他内心深处爆发出来的声音撞击着。

　　有时，当夜色深沉，他昏昏欲睡时，这孩子会哭个不停。他在似睡非睡中伸出手去盖在孩子脸上，制止她的哭叫。可有什么东西阻挡他这样做，这就是孩子那毫不留情令人无法忍受的连续哭声。这哭声是那么无情，毫无原因，毫无目的。但是，他立即就与之产生了共鸣，他的灵魂回应着这疯狂的哭声。这哭声让他充满恐惧，几乎令他疯狂。

　　他学会了默认，顺从这可怕、杳无踪影的源泉——这是他生命的起源。他不是他自己想成为的人！他就是现在这样子：不可知，强有力，内心黑暗。

　　他变得适应这孩子了，他知道该怎样平稳地举起她那小小的身体。小娃娃漂亮的圆脑袋让他动情了。为了保卫这精巧完美的圆圆的头颅他会战斗到流尽最后一滴血。

　　他渐渐熟悉了她的小手小脚，熟悉了她奇妙、迷茫、金棕色的眼睛，她的小嘴一张开就要哭，要吃奶，或者笑着露出奇特无牙的牙床来。他几乎能够

---

① 《马太福音》第16章，第17节。

理解她那双晃荡着的腿，最初这让他反感。它们奇怪地踢蹬着，那小脚儿软软乎乎的。

一天晚上，他突然发现这小东西光着身子在妈妈的膝上滚着，他为此感到难过，这小东西太孤立无援、易受伤害、无足轻重。在这个表面坚硬、凹凸不平的世界上，这小东西赤身裸体，随时随地都会受到伤害。可她是十分兴高采烈的。她盲目、可怕地叫着，毫不感到自己赤裸的身体会受到伤害，恐惧感离之甚远，她的叫声中丝毫没有无助的恐惧。他不忍心听她叫。他的心绷紧了，对整个世界都警惕着。

但他等待着这些日子的恐惧消逝，他看到欢乐正在来临。他看到了孩子那奶油色、清爽可爱的小耳朵，看到一绺黑头发被揉搓成一团金黄色，就像一撮黄土。他等待着孩子变成他的，看着他并且答应他的呼唤。

她是一个独立的生命，但她是他的孩子，他的血肉与她共颤动。他充满激情地开怀大笑着把孩子揽在怀中。孩子懂他。

当那双刚刚睁开的眼睛看他的时候，他想让它们理解他，认识他。他证实了这一点：孩子理解他，冲他绽出一个奇特的笑脸。他把她拥在怀中，凯旋般放声大笑起来。

孩子那棕黄色的眼睛渐渐明亮起来，看到年轻的爸爸黧黑闪光的面庞她的眼睛就睁大了。她更了解妈妈，更需要妈妈，但她跟爸爸在一起时最高兴，最快活。

她开始长壮实了，自由自在、充满活力地动着，发出像是说话的声音。现在她已经是个小女婴了。她已经认识了他那有力的手臂，被他用力握住手时她极为高兴，他跟她玩起来时，她就欢笑大叫。

他的心头热乎乎的，充满了对孩子热烈的感情。她刚一岁多一点，第二个孩子又出生了。从此他把厄秀拉独占了，她是他的大女儿，他把自己全副身心都寄托在她身上。

第二个孩子生着深蓝色的眼睛，皮肤白皙，人们说这孩子更像布朗温家的人，因为头发是金黄色的嘛。可他们忘了安娜小时候的头发也是金黄的，而且很硬。他们给这新生儿起名叫戈珍①。

此时，安娜比先前更强壮了，但不那么热切了。第二个孩子不是个男孩儿，对此她并不在乎。她有奶水喂孩子，这就够了。啊，啊，那小生命吸吮她的奶水，真让她感到巨大的幸福！啊，啊，啊，当这孩子长壮实了，两只小手盲目但充满激情地揪、抓她的胸脯，小嘴儿盲目但自信而有力地吸吮她的奶水时她是多么高兴啊。当那小小的身体埋进她的怀抱，嘴巴吸吮着，喉咙蠕动着，吸呀，吸呀，从她体内吸走生命去创造新的生命，几乎因为获得了自身的存在而欣喜若狂地啜泣，当她的乳头缩回时，那双小手就疯狂地抓住它，那一刻是绝对宁静的。有了这些，安娜就满足了。她似乎沉溺在一种做母亲的狂喜中，这狂喜就是一切。

这样，父亲就拥有了断奶后的大女儿了，厄秀拉那金棕色、闪烁着好奇的目光生动的眼睛是为他而生的，她藏在母亲背后等待着，需要时才站出来。做母亲的只感到一种妒意刺痛了自己，但她仍然更关注小的，戈珍全部都属于她，戈珍的需要直接与她相关。

于是厄秀拉就成了父亲的心肝宝贝。她是小小的花朵，而他则是太阳。他耐心，充满活力，主意也多，他教她做所有有趣的小事情，他让她那小小的心愿得到了最大的满足。她用自己那开心的笑声和欢叫回报他。

有了两个孩子后，家里请了一个女人来做家务。安娜只全副身心照顾孩子。两个小孩子对她来说不怎么算多，但除了照管孩子，她讨厌做任何别的事。

当厄秀拉蹒跚学步时，她显得很专心，很忙碌，总在自己玩耍，不怎么需要别人的照看。到晚上快六点时，安娜常会穿过街道来到围栏的梯口，把厄秀拉举过围栏放到田野上，说："去迎爹爹。"不一会儿，威尔·布朗温就爬上

---

① 北欧神话中的人物，见《尼伯龙根传奇》。

了陡峭的山包，他看到前面坡顶路上有一个黑脑袋小孩子在随风摇曳，一看到他就像小风车似的疾跑着伸开双臂，上下挥舞着跑下陡峭的山坡来。他的心提了起来，以最快的速度向她跑去，去抓住她，真怕她摔倒。她雀跃着，风风火火地奔过来，小胳膊小腿儿都飞舞起来了。一把她拥在怀中他就高兴了。有一次当她飞跑着来迎他时，他眼看着她向他张开双臂跑过来了，可她突然打了一个趔趄，摔倒了。他抱起她，发现她的嘴巴流血了。他永远不忍心想这件事，他一想起来就想哭，甚至当他上了年纪，她与他变得陌生了，也是如此。他多么爱那个小厄秀拉呀——在他婚后不久的时候，他的心曾为她感到烧焦般的疼痛过。

当她长大了一点以后，他眼看着她身着红围裙，不顾一切地翻越过栅门，冒着危险东摇西晃，摔倒了又自己爬起来，朝他飞奔而来。有时她喜欢骑在他肩膀上，有时她喜欢拉着他的手走路，有时她会张开双臂抱住他的双腿然后又松开手跑开去，害得他边走边大叫着招呼她。他不过是个又高又瘦、没有定型的二十二岁大男孩。

是他为她做好了摇篮、小椅子、小凳子和高椅子。是他常把她悠到桌子上去玩儿，他还会用一根旧桌子腿为她做玩偶，她看着他说：

"给她做双眼睛，爹爹，做双眼睛！"

于是他用刀子刻出两只眼睛来。

她很爱打扮自己，所以他就在她耳朵上拴了一根棉线，缀上一颗蓝珠子，充当耳环了。她的耳环各不相同，有红的，有金黄的，还有一颗是珍珠做的。他晚上回到家中，看到她头戴耳环自我欣赏着，就说：

"今天戴上最好的金耳环和珍珠耳环了？"

"是的。"

"我猜你去见过女王了。"

"是的，我去了。"

"啊，她怎么说？"

"她说，她说，'你别弄脏了这身漂亮的白裙子。'"

他把自己盘子里最好吃的东西拨给她吃，把它们送进她那两片鲜红、湿润的嘴巴中去。他还会用果酱在抹了黄油的面包上做出一只鸟儿来，她吃得有滋有味的。

帮工的女人把茶具洗好后就离去了，这家人自由自在了。威尔·布朗温常常帮着替孩子洗澡。他让厄秀拉坐在膝盖上跟她商量好久才能为她脱衣服，跟她说话的样子真像在谈论着什么重大事情或在进行什么深刻的说教。突然，她不听了，她看到一颗玻璃球滚到角落中去了，就滑下去追，并不急着回来。

"回来。"他说着等她回来，可她入迷了，对他的话并不在意。

"回来。"他重复了一句，话音中带着命令。

她兴冲冲地笑了，仍装出很入迷的样子。

"你听到没有，夫人？"

她兴高采烈地笑着奔过来。他冲向她，旋风般的抱住她。

"让你不过来！"他粗壮的双手摆弄着她，搔她，她开心地笑啊，笑。她愿意他用力量和命令征服她。在她眼里，他是个大力神，是一座力量之塔。

有时，孩子们上床以后安娜同他会无所事事地坐着扯闲话。他书读得很少，读到点什么，那东西都会成为一种燃烧的现实，成为他窗外的又一幅景致。而安娜则飞快地浏览一本书，就为看个故事，这就够了。

所以，他们坐在一起就是扯闲篇儿。他们之间到底真正有什么？他们无法说出。他们往往沉默无语，偶尔才说上几句。他们要说话就是闲聊。她并不喜欢做针线。

她坐着遐想的样子着实好看，喜滋滋的，好像她的心豁然开朗起来了。有时她会转身冲他笑着告诉他白天发生的一些小事儿，他听了也会笑起来，他们会聊上一阵，然后他们又都沉默了，那是生命和躯体的沉默。

她消瘦，但气色不错，挺有活力。她就喜欢无所事事，懒洋洋有尊严地坐着，那无所事事的样子倒近乎庄严，她显得漠然，很有信心。他们之间的纽带是难以言表的，但很强有力，这强壮的纽带使任何别人都无法接近他们两个人。

　　从认识他开始，他的面孔从来没有改变过，只是神情更专注了。那表情茫然的脸，黑红黑红的，不那么像常人的脸，脸上的光泽很强。有时，当他的目光与她相遇时，他那目光中闪出的一道黄光让她感到一阵昏厥，他的脸上现出的是一种令人心动、有点奇怪的微笑。她的目光先是变得呆滞，然后她似乎受了催眠般的闭上双目。于是他们都沉入了同样浓重的黑暗中去。他具有一只年幼的黑猫的特质，专心致志，无声无息，但他的身影渐渐让人感觉到了，偷偷地、强有力地抓住她。他呼唤着，不是呼唤她，而是呼唤她心中的什么东西，她无意识的黑暗心灵微妙地与他的呼唤相应和。

　　他们就这样同处于黑暗之中，充满激情，销魂荡魄，流连于每一天的背面，而不是白天。白天，他似乎睡着，没有感知。只有当黑暗让他放任自由时她才能了解他，他才能用自己那金黄色的眼睛认清自己的意图，他只有在黑暗中才能看清自己的欲望。于是她就被迷住了，灵魂微微跳动着回应他那粗犷、富有穿透力的召唤，黑暗被唤醒了，她激动万分，某种未知的强烈求宠欲望令这黑暗耸立起来了。

　　现在他们相互了解了，她是白日，是白天的光芒，而他则是阴影，尽管被弃之一旁，可黑暗中，蕴藏着强烈的情欲。

　　她学会了不去怕他，也不恨他，她学会了让他来充实自己，学会了将自己献给他那黑暗的情欲力量，这力量在白日里则藏而不露。她的眼睛奇特地转动着，似乎她恍惚中渐渐游离了自己正常的意识，当什么东西威胁并与她的理智作对时，她的眼睛里就会闪出这种目光。

　　就这样，他们在白日里相分离，在浓重的黑夜中相结合。他尊重她白日里的权威，一直不让这权威受到侵犯，而她呢，在所有的黑夜里都是属于他的，属于他那密不透风、潜移默化、富有催眠力的放纵恣肆。

　　他所有的白日活动，全部的社会生活都是一种休眠。她想要自由，归属白天。而他则在白天工作，从而躲避白天。下午茶以后，他就进到棚子里做木工或干他的木雕。他正在修理布道坛，将那千疮百孔、不堪入目的布道坛恢复原样。

但他喜欢让孩子靠近他，就在他脚边玩耍。这孩子是一线光明，真正属于他、在他黑暗的心目中闪烁的一线光明。他没有锁棚子的门，当他一感到有另一个身影时，他就知道她来了，他心里满足了，就放心了。当他同她独处时，他不想注意她，不想说话，他只要不思也不想地生活，身边闪动着她的身影。

他总是沉默。当孩子推开门，会看到他袖子高高挽着，在灯下工作着。他的衣服随便穿在身上，很散漫，就像随便把他包上了一样。衣服里面，他的躯体是专注的，充满力量而灵活，也很孤独。厄秀拉还是个小孩子时，就记得他的手臂，胳膊上长着一层细黑茸毛，活泼有力，动作飞快、令人瞠目地做着板凳。那双胳膊总笼罩在寂静中。

她在棚子门口逗留一会儿，等着他来关注自己。他转过身来，他那浓黑弯曲的眉毛微微上挑一下召唤道：

"哈喽，喊喊喳喳小姐！"

他把她身后的门关上。这孩子喜欢待在这座棚子里，这里散发着木头的清香，响着刨子、锤子和锯子的声音，可也为这位劳动者的沉默所笼罩。她继续玩着，专心致志、入迷地在刨花儿和小木头橛子中玩儿着。她从不摸他，他的脚和腿就在眼前，但她不摸。

她就喜欢当他晚上去教堂时追在他身后跑。如果那儿就他一个人，他会从墙上把她悠过去，让她也进教堂里去。

大门关上后，他们父女俩占据了这个巨大、暗淡、空旷的地方，她又狂喜起来了。她看着他点燃风琴上的蜡烛，等他开始弹奏曲子后，她就东摸摸西碰碰在屋里跑来跑去，像黑暗中的小猫，大睁着眼睛自己玩自己的。绳子恍恍惚惚垂下，从塔的腹部垂到地板上，绞在一起。厄秀拉总想抓到那松软的红白相间或绿白相间的绳扣结，可扣结悬在她头顶上，她够不着。

有时她母亲会来领她回去。这孩子对此极反感。她厌恶母亲那表面上的权威，她要保持自己的独立性。

他有时也会给她一些较残酷的打击。他让她在教堂里玩耍，他自己弹琴。她摆弄摆弄小凳子，翻翻唱诗本，或者玩玩靠垫儿。就像一只蜜蜂在花丛中飞来飞去。一连好几个星期都是这样过的。可打杂女工渐渐对此生起气来，竟敢顶撞威尔，有一天竟像个妖怪一样冲他大闹起来。他在她面前退缩了，恨不得扭断她的脖子。

他气冲冲地回到家中，对厄秀拉发起火来：

"怎么回事，你这个讨厌的小猴子，你去教堂干吗要把什么都弄个乱七八糟？"

他的声音很严厉，很刻毒，对孩子的态度很粗鲁。厄秀拉又气又怕，避开了他。这是怎么了，怎么这么可怕？

母亲反倒很平静，态度可是真好，问：

"她干了些什么？"

"干什么？她再也别到教堂去了，抓挠东西，弄了一地，弄坏了一些。"

妻子慢慢转动眼睛，垂下眼皮说：

"她都弄坏了什么呢？"

他不知道。

"威肯森太太刚说了我一顿，说了一串儿她干的好事。"

听他轻蔑气恼地提到"她"，厄秀拉胆小了。

"让威肯森太太来这儿说说她都干了些什么，"安娜说，"我倒要听听。"

母亲又说："不是孩子干的事让你生气，是你不堪忍受听那老女人对你说这事。你让她骂了又不敢还嘴，就回来撒气。"

他不说话了。厄秀拉知道爸爸是错的。在外面，他做的事是错的。这孩子已经感到这个没人情味儿的世界是冷酷的，在这个世界里妈妈做的事是对路的。但她的心仍然为父亲呼喊，在父亲那黑暗、诉诸感官的内心世界里，他是正确的。可他正生气，阴郁、粗暴，又沉默不语了。

这孩子沉醉在生活中，安静，总有乐事儿。她对事情不注意，从不注意事情有什么变化和改观。今天她会在草丛中发现雏菊，明天她会发现白苹果花儿落了一地，她会在落花中跑来跑去找乐子，因为那好玩儿。当鸟儿来叼食樱桃时。爸爸就会从树上摘下樱桃扔下来，她周围，园子里尽是樱桃。然后田野里干草遍地。

外界的东西每天都存在着，可她记不得都有过些什么或将有些什么。她总是她自己，外部世界不过是偶然现象罢了。甚至她母亲对她来说也是个偶然，她碰巧要忍受她。

在这孩子的心目中，只有父亲才占有一个永恒的位置。当他回来时，她仍恍惚记得他是怎样出去的。当他出门以后，她朦朦胧胧懂得她必须等他回家来。相反，母亲出门回来后，不过是又出现了一次，她无法将母亲出门时的情景与现在的母亲联系起来。

父亲的来去是这孩子牢记的一件事。他一回来，她心中就有什么东西被唤醒，那是一种渴望。她知道他什么时候心里乱、什么时候恼火或疲劳，她为此感到不安。

当他在家时，这孩子就会感到满足，感到温暖，就像阳光下的一只小动物一样满足。当他不在时，她就会感到迷惘、健忘。当他咒骂她时，她甚至更注意他，反倒不那么注意自己了。他是她的力量，比她自己还重要呢。

厄秀拉三岁那年，又一个小女儿出生了。从此戈珍和厄秀拉这小姐儿俩就常在一起了。戈珍是个安静的孩子，她自己一个人一玩儿就是几个小时，沉浸在自己的幻想中。她长着棕色的头发，皮肤很白。这孩子安静得出奇，几乎不好动。但她有着不可驯服的意志，一经拿定主意，就无法改变。一开始她跟随着厄秀拉，可她又挺有个性，所以，看她们俩玩在一起是件奇怪的事。她们两个姐妹就像两只小动物，在一起玩耍，但谁也不真正注意谁。戈珍是妈妈的宠儿，不过安娜总是更宠爱新生儿。

这么多生命都依靠他，真是个负担，这位年轻的小伙子都被压垮了。他工作间里的工作完全靠意志勉强干，他热爱教堂，可却顾不上了。他还有三个孩子要照顾，可这时他的身体又不大健康，面容憔悴，爱发脾气，像个瘟神一样。他一这样，安娜就让他去做木雕或者去教堂。

他和小厄秀拉结成了奇怪的联盟。他们心里都有对方，他知道这孩子总是站在他一边，可他主观上又不太看重这一点。她总支持他，他认为这是天经地义的事。但不管怎么说，他的生命依靠她，甚至她还是个小孩子，他就依靠她的支持和赞同。

安娜仍然继续沉醉在做母亲的热情中，她总是那么忙，杂务缠身，可总是沉醉在做母亲的热情之中。她似乎生活在她自己狂热的多产多育中，似乎照耀她的是热带的阳光。她脸上放着光，她的目光中溢满了多产的忧郁，棕色的秀发松散地垂在耳朵上，看上去很是丰盈旺盛。没有责任和义务让她烦心。外界和社会生活对她来说真是一钱不值。

他呢，二十六岁上已经是四个孩子的爸爸了，他的老婆实际上像田野里最经得起摔打的百合花一样生活着[①]，他就这样让责任重压着，拖拉着。就在这时厄秀拉力求和他在一起。她是同他一条心的，甚至当她还是个四岁的孩子时，当他发脾气、大喊大叫让全家人都生气时，她就跟他一条心。他大喊大叫让她吃了不少苦头，不过，大喊大叫的并不是真正的他。她想让这喊叫结束，她要恢复与他正常的联系。当他失意的时候，这孩子的心就回应着他某些需求的呼唤，这种回应是盲目的。她的心追随着他，似乎他与她之间有纽带，似乎有一种爱他不能表达。她的心，她的爱，执著地追随着他。

可她感到自己渺小，感到自己能力不足，感到自己一钱不值，她的心为这种孩子气的感觉而暗淡。她什么也做不了，她能力不足。她无法对他变得重

---

① 《马太福音》第6章，第28节。

要起来,从一开始意识到这一点她就心灰意冷了。

但她仍然像一根颤抖着的指南针直指向他。她关注他,牵挂着他,她全部的生命都受着这种感觉的驱使。另一方面,她与母亲反目。

她的父亲是清晨,唤醒了她的意识。如果不是因为父亲,她会像其他几个孩子一样:戈珍、特里萨及凯瑟琳,与鲜花、昆虫和玩具为伍,与具体东西分不开。可她的父亲跟她太近了,从朦胧短暂的孩提时代起,他握紧她的那双手和他胸脯的力量就唤醒了她,让她几乎感到痛苦。她睁大眼睛,但看不见,在她还不知怎样去看以前她就醒了,她醒得太早了,她父亲对她的呼唤也来得太早了。当她还是个小孩子时,父亲紧紧地把她拥在胸前,他那颗强大的心脏的跳动唤醒了她那仍处于沉睡中的心。他抱紧她,用身体紧贴着她,要从她这里获得爱,得到满足,像一块磁铁吸引着她。她在冥冥中恍惚地回应着。

在农村里,孩子们穿得不算讲究。小时候,厄秀拉身穿厚厚的红衣服,外面罩一件宽松的蓝袍子,身上缠一条红围巾,踏着木底鞋"嗒嗒"地走来走去。她就这样和父亲一起跑到园子里。

家里人起得很早。他早晨六点就出去到园子里松土,八点半就上班。厄秀拉常常跟他在花园里玩,离他不远。

有一年复活节,她帮助他种土豆,这还是她头一回帮他干活呢。她的记忆里留下了这样一幅图画,这是她最早的记忆。一大早儿他们就出门了,外面正刮着冷风。他穿一条旧裤子,裤腿塞到靴子里。他没穿外衣,也没穿坎肩儿,只穿着衬衫,袖子在风中飘舞着。他红润的脸上表情专注,他似乎仍在睡眠中。一干起活儿来,他对别的事情就闻而不知其声,视而不见其形。一个瘦长的男子,看上去还是个年轻小伙子,丰厚的嘴唇上方留着一道黑髭,漂亮的棕色头发飘在额前,他就这样独自在晨光中干着农活。他那孤独的身影像魔力一样吸引着这孩子。

墨绿色的田野上袭来一阵寒风。厄秀拉跑过来看他把木桩插进松好的土中,跨过去在另一边也插上木桩,然后绷紧木桩之间的线。随着一声清脆的响声，亮闪闪的铁锹掘进土里，在新翻出的松土上挖出了一道垄沟。

他把铁锹插进地里，伸直了腰。

"想帮帮我吗？"他问。

她的双目从毛织的小帽子下看着他。

"好吧，"他说，"你可以替我把土豆放进去。你瞧，这样，芽儿竖起来摆，空当儿这么大，看到了吗？"

他迅速弯腰，自信地把发了芽的土豆摆进松软的沟里，这些小土豆一个个等距离地躺在冰冷的土地里，看上去怪可怜的。

他递给她一小篮子土豆，然后他自己跨到线的另一头。她看着他弯着腰一边栽土豆一边朝她这边挪过来。她感到激动、新奇。她埋下一只土豆，摆了又摆，让它躺得自在些。有的芽子断了，这让她害怕。责任感让她激动，像一根绳子拴住了她。她忍不住要看那条埋在翻过的新土下的线绳，心里有些怕。她的父亲弯着腰过来了，越来越近了。她怕极了，赶紧把土豆埋进冰冷的土里。

他走近了。

"别摆得太近。"他说着弯下腰去拣出几个土豆，又把其余的重新摆好。她站在一旁，感到小孩子的无能为力，很是害怕、痛苦。他是那样专注、自信，她想做点什么，可她做不来。她站在一旁看着，她的小蓝袍子在风中飘舞着，红毛围巾的一头也被风吹得呼啦啦响。他一直朝前动着，挖一锹，种下一只土豆，不停地干着。他只顾干活，不怎么注意她。他自己有一个世界，那里没有她。

她在他的世界里站立着束手无策。他还在继续干他的活儿。她知道她帮不上忙。她感到有点失望孤凄，终于转身离开了他，她跑着离开园子，尽快地跑，为的是忘记他和他的农活儿。

他想着她的身影：红毛帽子下的小脸，飘忽中的蓝袍儿。

她跑到一处草丛和石缝间潺潺淌水的地方，她喜欢这里。

他走过来对她说：

"你帮不了什么忙。"

这孩子无言地看着他。她的心因为失望而变得沉重，她沉默不语，可怜巴巴的。可他没注意，仍像原先一样。

她愈是失望愈是玩耍。她怕干活，因为她不能像他一样干。她意识到了他们之间的巨大隔阂。她知道她是无力的，大人们那股经心干活的力量对她来说是个谜。

他会毁灭性地闯入孩子那敏感的心界。她的母亲则宽宏大量，无所用心。孩子们都整天地玩耍着。厄秀拉无忧无虑——她凭什么要去记住什么来呢？如果她看到园子那边的篱笆上冒出了花蕾，如果她想用这些绿里透红的小花蕾充做面包和奶酪吃，想采来到茶会上玩儿，她就走过去采撷。

可是，也许就在第二天，她父亲对她翻了脸，大声吼叫，她就会失魂落魄：

"我刚下了种子，谁在上面乱踩乱跳来着？我知道是你，小讨厌！你不会到别处走，干吗非在我下种的地方踩？你就是这样，不长心眼儿，想怎么着就怎么着。"

当他看到撒过种子的地上曲曲弯弯、深深的小脚印时，他大为震惊。这孩子更为惊恐，她那易受伤害的小小的心灵遭到了洗劫和蹂躏。这些脚印怎么会在那儿呀？她并未想过要留下什么脚印。她站立着，痛苦、屈辱、懵懂、惶恐不安起来。

她的灵魂和意识似乎都离她去了。她变成了与世隔绝、毫无感知、僵化的小动物。她的灵魂变僵硬了，毫无反应。她懵了，僵住了，如同冰霜，她豁出去了。

一看到她那张脸上清高、故作坦然的表情，他就气不打一处来。他想毁了她。

"我要毁掉你这倔强的脸。"他咬紧牙关、挥着拳头说。

这孩子一点也不改悔，漠然，一脸的冷淡表情依旧，似乎旁若无人。

但是，她内心幽远的地方，啜泣撕碎了她的灵魂。他一走，她就会爬到前厅的沙发下面，静静地蜷缩着，在儿童那寂静、隐蔽的世界中痛苦地蜷缩着。

一个小时左右以后，她爬出来，毫无精神地去玩儿。她要忘却，她把自己的灵魂与记忆切断，这样一来，痛苦和屈辱就变得不真实了。她只是要坚持自己的权利，现在世界上没别的什么，只有她自己。所以，很快她就开始相信外界对她有歹意。从很小的时候，她就感到，她可敬的父亲也是有歹意的人之一。于是小小年纪的她就学会了抵抗和抗拒外界的一切，变得坚强不屈。

对她自己的所作所为，她从来没有后悔过，而对于那些让她内疚的人她从来都不原谅。如果他对她说："厄秀拉，你为什么要在我细心整出的苗床上乱踩？"这就说到了她的痛处，她会为他做一切。可她总被外界事物的不真实折磨着。土地就是给人走的嘛，她为什么要躲躲闪闪，就因为那块地方叫什么种床？土地就是给人走路用的，她的本能让她这么认为。他要是欺侮她，她就强硬切断与外界的联系，只生活在自己那与世隔绝的强硬意志的小世界中。

她长大到五至七岁时，她与父亲间的联系更为密切了，可总有破裂的危险。她总是犯倔脾气，躲入自己那与世隔绝的世界中去。这让他气得咬牙切齿，因为他仍需要她。但是她也能够让心肠变硬，躲到自己的世界中去自成一统，无动于衷。

他特别喜欢游泳，天热的时候，他会带她到运河边找个僻静的去处，到一口大的池塘或一座水库去沐浴。他游泳时把她背在背上，她紧紧搂住他，感到他在自己身下强烈地游动着，他太有力气了，似乎可以支撑整个世界。他还教她怎样游泳。

他一怂恿她，这小东西就什么都不怕了。他有一种奇怪的念头，那就是吓唬她，看她能拿他怎么办。他问她，她敢不敢爬在他背上跟他从运河桥上跳下去。

她说敢。他喜欢抚摸那紧紧俯在他肩膀上的赤裸的孩子。他们两人的意志展开了一场奇特的争斗。他爬上了运河大桥的栏杆，离水面远得很呢。但这孩子不怕，她故意跟他斗，斗定了。

他腾空一跃，他们就往桥下跳了。落水时，河水撞击着孩子小小的身体，让她有些失去了知觉。但她毫不动摇。他们上来，来到堤岸上，并排坐在草地上。他笑着说，这样真不错。孩子睁大黑黑的眼睛，惊异地望着他，她受到了惊吓，但她不露声色，为此他都快笑出眼泪来了。

不一会儿，她又稳稳地趴在他的背上，他们向深水中游去。她习惯了他的裸体，也习惯了妈妈的裸体，从一生下来就是这样。她和父亲相互依偎，相互抚慰，以此驱除受到的惊吓。可过了几天，他仍然会背着她从桥上往下跳，跳得疯狂，跳得凶狠。终于，有一次他跳下时，她向前冲到了他头上，差点弄断了他的脖子，他们两人乱作一团落进水中，挣扎了好半天才算没丧命。他救她上来，坐在堤岸上直发抖。但他的目光中充满了死亡的黑暗，似乎死亡嵌入他俩的生命中，将他们分开了。

但他们仍然不能分离，仍然很亲昵，这可真是个奇怪的讽刺。集市开集那天，她要去荡秋千。他带她上了秋千，他站在船形秋千里，手抓住铁链子，开始往高处荡，那高度很危险。这孩子紧紧地贴在座位上。

"还想再荡高点吗？"他问她，她听了咧开嘴巴、睁大眼睛笑了起来，他们就这样在空中穿梭着。

"行。"她回答，她感到自己就要化作蒸汽，失去一切，融化掉。秋千荡得极高，然后像一块石头一样荡下来，然后还要荡上去，令人恶心。

"再高点吗？"他扭过头来冲她说，他的脸在她看来既恶毒又漂亮。

她笑笑，可嘴唇都吓白了。

他把秋千迅速地荡起，在空中划出半个圆弧，直到它抛向空中与地平线平行。孩子紧缩着身体，脸煞白，眼睛直愣愣地盯着他。下面的人开始呼叫。秋千在空中抖动，几乎要把他们甩出来。他尽他的努力荡高秋千，但他招来了人们的斥责。他坐下来，让秋千自行减缓下来。

他走出秋千船时，人群里有人高叫，骂他无耻。他笑了。孩子依偎着他的胳膊，脸色惨白，一言不发。片刻以后，她难受得恶心起来，他给她喝柠檬水。她吞下去一小口。

"别对你妈说你恶心来着。"他说。其实他没必要这样说。一回家，这孩子就爬到前厅的沙发下去，像一只染病的小动物，她在下面趴了好半天才爬出来。

可安娜还是知道了这桩恶作剧，简直气疯了，更看不起他了。他眨着金棕色的眼睛，脸上露出奇特、残酷的笑容。孩子看了看他，她有生以来第一次感到了失望，感到冷漠孤独。她站到了妈妈一边，对他，她的心死了，她感到恶心。

她还是忘了这事，仍然爱他，但爱得很冷。他这时年方二十八，脾气变得很怪、很暴躁，性欲很强。他有点制服了安娜，谁跟他接触都会被他制服的。

经过一段时间的敌对后，安娜终于不跟他闹了。现在她有四个孩子，全是女儿。七年了，她一直忙于做妻子和母亲。这几年，他就在她身边，但从未真正冒犯她。渐渐地，他心中有了另一个自我。他仍然沉默，与她隔着一层。但她可以感觉到他总在逼近她。似乎他的胸膛和躯体都在威胁着她，他总在逼近她。渐渐地，他无视自己的责任，为所欲为起来。

他开始不在家里待了。星期六他总是独自去诺丁汉，去看足球比赛或看杂耍，心安理得地看这看那。他从不喝酒。但他那双金棕色的眼睛透着残酷的目光，小小的黑眼珠锐利地盯着周围所有的人、所有的事，他在等待。

在"帝国"剧院，有一天晚上他和两位姑娘坐在一起。他很注意身边的那一位，她有点矮小，长相一般，脸色挺红润，上唇上翘着。当她不注意时，她的嘴就会微微张开，双唇就像盲目地寻求什么一样。她也很注意她身边的这个男人，所以她全身都坐得笔直笔直的，她的脸冲着舞台，可她的双臂却放在膝盖上，带着极强的自我意识挺坐着。

他心头一亮：他是否应该跟她开始过另一种为人所不容的生活？那是他的欲望，为什么不呢？他一直是个大好人，除了对他的老婆以外，他还是个处男呢。为什么女人们各有各的不同？他为什么只跟一个过呢？他需要另一个生命。他自己的生命是贫瘠的，很不足，他需要另一个。

她张着嘴，露出不齐的小白牙儿来，这吸引着他。它张开着，欣然以待，它是那么脆弱。为什么他不闯入她的世界去享受？那下放到膝盖上的修长手臂一动也不动，很美。她娇小，他几乎可以用双手捧住她。她娇小，几乎像个孩子，很标致。她的孩子气强烈地刺激着他的欲望。如果捧起她，她会瘫在他手中的。

"这一场最带劲儿。"他一边鼓着掌一边对她说，身体靠了过去。他感到自己很强壮，什么也动摇不了他，他可以与整个世界抗衡。他的灵魂敏锐、机警，闪动着愉快的光芒。他太有自制力了。他就他自己是绝对的，世界其余的东西都应该为他的生命做出奉献。

那女孩被惊动了，转过身来，目光中透出几乎是痛苦的微笑，两颊变得通红。

"是的，是挺带劲儿。"她搭讪着说，双唇抿住了有些凸出的牙齿。然后她坐着直视前方，其实是视而不见，只感到双颊上烧得通红。

这副样子着实让他感到开心。他的全副身心都给了她，她是那么年轻，那么动人。

"不过这场可不如上礼拜那一场好。"他说。

她又半侧过脸来冲着他，清澈明亮的眼睛就像浅浅的水在闪光，目光中透出惊恐和不情愿，听他说话时，目光震颤了。

"哦，是吗？我上礼拜没来看。"

他注意到她的语调是普通人的语调，这一点让他满意。他知道她是来自哪个阶层的人了。她很可能是哪个货栈的女店员。他很高兴她是个普通女子。

他接着对她讲上星期的节目。她有一搭没一搭地跟他说着话，语无伦次。她的脸在发烧。但她总在答应着。她另一边的姑娘远远地坐着不插话。他看不起那姑娘，他的话都是冲他喜欢的这位姑娘说的，她长着明亮的眼睛。眼窝挺浅，脆弱的嘴巴微张着。

　　他们继续交谈着，她无所用心，东拉西扯，而他却别有用心，目的明确。这种交谈令他感到愉快，就像一场撞大运比技巧的游戏一样。他沉静，谈话幽默，讨人喜欢，但实际上他是个强有力的人物，他的热情和沉稳在压迫着她，令她不安。

　　眼看演出结束了，他变得机警起来，要动心眼儿了，要加强攻势。他紧跟着她和她长相一般的女友下了楼梯来到大街上。外面正下着雨。

　　"今天晚上真没劲，"他说，"来喝点什么吧，咖啡好吗？天还早。"

　　她看看远处的夜空说："不，不早了。"

　　"我希望你来嘛。"他说话的口气倒像是求她。

　　他们半晌没说话。

　　"去'罗林斯'吧。"他说。

　　"不，不去那儿。"

　　"要不，去'卡尔森'？"

　　她们不说话。另一个姑娘仍然不走。现在这个男人是中心，要看他的了。

　　"让你的朋友也一起来吧。"

　　又沉默一会儿，另一位姑娘明白过来了。

　　"谢谢，"她说，"我答应过要去看一位朋友的。"

　　"下次再去吧。"他说。

　　"哦，不，谢谢。"她很尴尬地说。

　　"晚安。"他说。

　　"再见了。"他喜欢的姑娘对女友说。

　　"去哪儿？"女友问。

"你知道的，葛蒂。"姑娘回答。

"好吧，珍妮。"

女友的身影消失在黑暗中了。他转过身同这女郎一起到茶馆去了。他们聊个没完。他在同她的谈话中感到了一种纯粹的男人的快活。他一直盯着她，观察她，欣赏她，发现她，从中获得快乐。他可以发现她身上明显的吸引力：她那奇特的弯眉给他一种强烈的美感。然后，他会发现她清澈透明的眼睛就像一汪浅水，他了解这双眼，还有她那微张着凸出的嘴唇，红润而脆弱。他仍然保持着拘谨的态度。但他的眼睛一直盯着这姑娘，评价她，愉快地欣赏她的娇嫩。至于这姑娘本身，她是谁，干什么的，他一点都不在乎，他才不在乎她是什么人呢，她仅仅是他肉欲的对象。

"我们走吧！"他说。

她默默起身，似乎只是身体站了起来，毫不受大脑的控制。他似乎用自己的意志控制住了她。外面仍在下着雨。

"咱们散散步吧，"他说，"我不在乎下雨，你呢？"

"我也无所谓。"她说。

他的每一个器官和每一根神经都是机警的，同时又是极为自信和沉稳的，乐得似乎都像输了血似的。他在自己黑暗的世界里自由自在地散着步，而不是在别人的世界里。他自己就纯粹是一个世界，他与任何普通的想法毫无关系。他自己的感觉最为至高无上，其余的都是身外之物，毫无价值。只有他和这姑娘，他要吸收她，要把她的特征吸到自己的感觉中去。他要战胜她的反抗，控制她，彻底地享受她，除此之外他不管别的。

他们拐上了黑暗的街道上。他为她擎着雨伞，另一只胳膊揽着她的腰肢。她装作对此毫无意识地和他走在一起。但渐渐地，他走着走着就将她愈拉愈紧，让她紧贴着自己的腰肢，感受着自己腰和臀部的运动。她的身体严丝合缝地贴着他那个部位。太合适了，跟她这样散步真好。这让他更美妙地意识到了自己是个男子汉，他搂住她的腰肢的一只手摸到了她身上的一条曲线，他似乎觉得自己获得了重生，那是一种真实，一种绝对，是绝对的、可感知的美。真像一颗星。他的一切都融化在触摸到她娇小身体的曲线后的快乐肉感中，是他的手和他的生命照亮了她的躯体。

他带她来到了公园，这里几乎黑漆漆一片。他注意到一个墙角掩映在浓密的常春藤下。

"咱们在这儿站一会儿吧。"他说。

他放下雨伞，随她走到墙角里去，那里淋不到雨。他不需要用眼睛看，只需要通过触摸来感知。她就像一团可以摸得到的黑暗。他在黑暗中找到了她，搂住她，把手放在她身上，她沉默，不可思议。但他并不想知道她什么，他只是想发现她。透过衣服，他触到的是绝对的美。

"摘掉你的帽子。"他说。

她默默地、顺从地摘下帽子，又回到了他的怀抱。他喜欢她，喜欢抚摸她，他要更深刻地了解她。他的手指温柔地寻找着她的面颊和脖颈。黑暗中，这是多么美好、多么愉快啊。他的手指常常这样抚摸安娜的脸和脖子，可这有什么？抚摸安娜的是一个男人，而抚摸这个姑娘的是另一个男人，而他则更喜欢这个新的自己。他全然沉醉在这个女人的肉感美中，每一刻他似乎都触到了绝伦的美，那是超越知识的一种感觉。

他们贴得那么紧，每个发现都是那样奇异、那样令人兴奋，他的双手紧紧压着她的身体，十分微妙，十分细腻，充满欲望，要发现她；而她呢，也在这纯粹的肉欲知觉中几乎昏厥了。在纯粹的欢愉中，她弯曲了膝盖、腿和下腹都缩成了一团！这又给他平添了一分美的享受。

但他在耐心地让她松弛下来，耐心地。他的全部生命都聚成了一个颇为满足的微笑，他的整个躯体都是一道电弧，充满了微妙的力量，要降服她。他最终吻了她，她在他那可怕的吻中几乎不能自已。她的嘴巴太柔软，毫无抵抗力。他知道这一点，所以他的第一个吻是非常温柔的，那么温柔，那么令人放心。于是，她那柔弱、毫无抵抗力的嘴变得很平和，甚至勇敢地寻找起他的嘴来。他渐渐地回应着她，渐渐地，他温柔的吻在下沉，缓缓地下沉，但变得沉重起来，沉重起来，直到她无法承受这沉重的吻，她开始垮了。她在下沉，下沉，他暗含着满足的微笑愈来愈紧张，他在她面前很自信，他让自己全部的意志力量落在她身上，要将她一扫而光。但这个打击对她来说太大了。她突然恐怖地颤动一下，打破了刚才的局面。

"别，别！"

这叫声非常恐怖，似乎那不是她的声音。那是一种无法用语言形容的奇特痛苦的叫喊。她的叫喊中震颤着一种歇斯底里的东西，让他的神经像绸缎一样抖起来。

"怎么了？"他故作镇静地问，"怎么了？"

她重又回到他的怀抱中，但这次她颤抖了，变得小心翼翼起来。

她的喊叫让他得到了满足。不过他知道，他来得太突然了。这次他细心多了。有一段时间，他仅仅是在保护她。他的意志断裂了。他坚持再重新开始，回到刚刚离开的起点上，然后再细心些，直到成功。现在暂时是她赢了，可这场斗争并没有结束。他心中又响起一个声音，催促他放她走——让她心怀蔑视地走。

他保护她，安抚她，抚摸她，吻了她，又一次开始靠近她。他重振起了精神，就算不能占有她，也要让她松弛，打消她的抵抗心理。于是，他温柔地，温柔地，怀着无比的柔情吻她，似乎他在用自己全部的生命爱抚着她。就在到达崩溃的边缘，快要昏厥的时候，她发出了受伤般的、含混不清的呻吟：

"别，哦，不要！"

他的血管充满了强烈的情欲。一时间他几乎失去了自控力，任自己随心所欲。但最终他无法行动了，冷静了下来。他不要占有她了。他拉她靠近自己，抚慰着她，抚摸她，但情欲的高潮过去了。她挣扎着恢复了理智，意识到他将不会占有她了。在最后一刻，当他又亲昵地抚摸她时，她却开始蔑视他，肉欲变冷漠了。于是她奋力挣开了他。

"别这样，"她带着仇恨恶狠狠地喊着，挥起拳头用力打他，"别碰我。"

他的血一时间凝固了，但笑容又回到他的脸上，笑得沉稳、残酷。

"怎么了，这是怎么回事？"他有点嘲弄地说，"没人要伤害你。"

"我知道你想要干什么。"她说。

"我知道我想要干什么，"他说，"这有什么不对的？"

"哼，你甭想得到我。"

"是吗？我不想。吵有什么用？"

"是没用，"姑娘让他的嘲讽激怒了。

"可没必要大吵大叫啊，我们吻别，道个晚安，这也一样，行吗？"

她在黑暗中沉默了。

"戴上帽子，拿上雨伞，这就走吧，嗯？"

她仍然沉默着。他望着她站在明暗相交的地方，她的身影是黑暗的，他等她回话。

"来，好好说声晚安吧，要说就说吧。"他说。

她仍然没有动。他伸出手又把她拉进阴影中。

"这儿暖和一些，"他说，"舒服多了。"

他还在打她的主意，一时的气恼让他有些激动。

当他的手紧抓住她时，她咕哝道："我要走。"

"瞧，你在这儿多么好。"他说着又把她拉回原地，贴近他，"干吗要走？"

渐渐地他又沉醉了，情欲的高潮又袭了上来。说到底，他为什么不能占有她？

她并不完全服从他。

"你结婚了吗？"她终于开口问。

"如果结过，怎么样？"

她没说话。

"我可没问你结没结过婚。"他说。

"你很清楚，我没有。"她火辣辣地说。她真想躲开他，不屈从他。

最后，她终于对他冷漠了，她从他手下逃了。但是她反倒因此更恨他，她倒希望自己有什么危险。他不是冷酷地蔑视她吧？她仍然无法摆脱他，这对她来说是一种折磨。

"下星期我可以再见你吗，下星期六？"他们转身朝城里走时，他说。

她没回答。

"跟我一起到'帝国'怎么样？你和戈蒂一块儿来。"他说。

"跟一个结了婚的男人在一起，有我好看的。"她说。

"我结了婚就算不上男人了？"他说。

"反正和一个结了婚的男人在一起就是另一回事。"她陈述着陈腐的套话，表示她的懊恼。

"那又怎么了？"他问。

她不想启发他，不过她答应下个星期六来会面，但没有许诺。

他就这样离开了她。他还不知道她的名字呢，他赶上一班火车，乘车回家了。

他坐的是末班车，这样，他回到家时，已经很晚了。不过他毫不在乎，因为他跟家没什么真正的关系，他现在是另一个人了。安娜正等着他没睡。她看到他脸上浮现出一种奇怪的无所谓的表情，那表情下潜伏着一种近乎残酷的微笑，似乎他已经跟自己的"好"搭档没关系了。

"你上哪儿去了？"她迷惑不解但又很感兴趣地问。

"去'帝国'了。"

"跟谁？"

"就我一个人。我和汤姆·库柏一起回来的。"

她看着他，猜想他一直在做什么。至于他是否撒了谎她倒觉得无所谓。

"你回来的样子很怪呀。"她说。她的话里有话，耐人寻味。

他毫不受震动。他不再谦卑了，不再善良了，换了一个人。他坐下来，有滋有味儿地吃了起来，看上去他并不疲劳。他根本不注意她。

对安娜来说，这一时刻很重要。她冷静地看着他。他跟她聊着天儿，但有点儿心不在焉，因为他不怎么注意她。难道她就这么没用？事情出现了一个新的转折点！不管怎么说，他还是挺迷人的。她以前一直以为他是个木讷寡言，默默无闻，唯命是从的普通男人，可现在他绽放出他的自我来了，为此她更喜欢他了。这激起了她的好奇心。好吧！让他绽放吧！她喜欢这个新的转折点。他回来了，变成了一个陌生人。稍稍瞟他一眼，她就知道她不能再把他贬到原来的样子了，这种念头在一瞬间就打消了。但是打消这个念头并不是没有痛苦的，他们那多年的爱，多年来习以为常的亲昵，还有她这些年来树立起的优越地位让她割舍不得，她几乎要奋起跟他斗，要夺回这一切。看看他，就想起了他的父亲，她得加小心才是。这是新的转折点！

好吧，如果她不能按以前的方式左右他，她要在新的关系中跟他平起平坐。她那挑衅般敌视人的旧毛病又犯了。好吧，她也走上了一条冒险的路。她的声音和举止都变了。她准备好冒这个险了。她心中有什么东西释放了出来。她喜欢他，喜欢这个变陌生了的人回来，他的确很受欢迎，她高兴地欢迎这个陌生人。她对以前的丈夫厌恶了。对他那含而不露、残酷的微笑她报以精彩的挑战。他希望她坚守精神上的堡垒。但不是她！这个角色太令人厌倦！她精神焕发，神采飞扬地向他发出挑战。他看着她，双目炯炯闪烁。她也来到了战场上。

他所有的感官都警觉着，注意着她。她笑了，对他全然的淡漠，与他一样放得开。他靠近了她，她既不拒绝他也不与他相呼应。她在他面前的微笑声谜一般难解，如同灿烂的光。她也可以把什么都抛开，爱，亲昵和责任都可以不要。现在这四个孩子对她来说算什么？这个男人是她四个孩子的父亲，这又怎么样？

他是一个肉欲的男人，他在寻找他的快乐；而她则是一个肉欲的女人，时刻准备得到自己的快乐——但是以她独特的方式。一个男人自行其是，那么女人也可以。她跟他一样不怎么固守道德世界。以前发生的事对她来说不算什么。她在这个奇怪的男人身边变成了另一个女人。对她来说，他是一个追求自己的需要的陌生人。那好吧，她倒要看看这个陌生人现在要干什么。

她笑着，与他保持一臂的距离，明显地冷落他，她看着他脱衣服，就像看一个陌生人一样。不错，他对她来说确实是陌生人。

他还没有触到她，她就已经让他受不了了。这个诺丁汉的家伙要的正是这个，他们俩同时抛弃了道德，各自寻找自己的满足，单纯、简单的满足。

他的妻子对他来说变成了怪人。似乎她完完全全是个陌生人，似乎她压根儿就是陌生人，是世界的另一面，是月球黑暗的一面。她等他来抚摸她，似乎他是个强盗，陌生又充满了欲望。他开始探索，在她身上探索。他朦胧体验到她是那么广漠，莫测的肉欲的快感无穷无尽。欲望的激情令他在每一小小的美妙处流连，他的疯狂与欢愉令她生辉：她的美，所有的美，她躯体上各自不同的美都让他揭示出来了。

他在她身上的发现令他忘我，肉欲令他无法自已地沉迷。他是在她身上狂欢的另一个男人。他们之间不再有温柔和爱，只有追求美的发现的欲望，只有在她的肉体美中汲取的无止境的享受。她身上贮藏着绝对的美，它令他发疯般地思索，这样丰盛的筵席。可他只有一个人的胃口。

他同她一段时间里沉浸在激情肉欲的探索中，这是一场决斗：没有爱，没有语言，甚至没有吻，只有一味地体验美，完全通过触觉得到的美。他要触摸她，去发现她，发疯般地要了解她。可他万万急不得，否则他就失去了一切。他一次只能欣赏一种美。但她躯体所蕴含的多彩多姿的美，多处令人心旷神怡的地方，令他喜得发狂，他渴望了解得更多，渴望有了解更多的东西的力量。一切都在等他去了解。

白天，他会说：

"今夜，我要看看她踝骨下的那个小穴，那儿蓝色的血管交织着。"一想到这事，他就产生了渴望，心中就切切地期待着。

他一天中都等待着夜的到来，到那时他就可以尽情地欣赏她丰饶无比的美。一想到她那未被揭示的源泉，那未被开发的美和她身上令人激动的地方在等他去发现，他就有点发疯。他上瘾了。如果他不去发现，不去领略这些欢乐，他就会永远失去它们。他希望他有一百个男人的力量去享受她的美。他希望他是一只猫，用粗糙、沙沙作响、尽是欲望的舌头舔她。他要吞下她去，或将自己埋在她的肉体里，用她的肉体掩埋自己。

她无动于衷，双眼闪烁着奇怪、危险的目光看着他对自己所做的一切举动，似乎这些是她早就预料到的，而且，当他就要偃旗息鼓时，她就挑逗他，直到他纯粹无力享有她、无力再尽情占有她时为止。

他们生活在他们自己那肉欲的黑暗天地里，在那里醉生梦死，他们的孩子不过是这种生活的结果而已。有时，他感到，他在她身上体验到的绝对的美简直要令他发狂，这种美已让他无法承受了。什么东西里都有这种同样的、几乎是不祥、可怕的美。但是，通过肉与肉的接触在她身上得到的新发现是最高的美。了解这种美几乎要付出死亡的代价，但是，为了了解它，他宁愿忍受无穷无尽的折磨。他宁可失去一切，一切，也不放弃哪怕占有她的脚背的权利和放射出几个脚趾的那个地方的权利，就是从这小巧神奇的白色平原上伸展出的脚趾头豆，脚趾头之间是凹槽。他感到，他就是死也不放弃这个。

他们的爱情就变成了这样，肉欲之强烈和偏激如同死亡一样。他们之间没有清醒的亲昵，没有爱的温柔，只有欲望，感官之无止境、疯狂的沉醉，这是死亡的激情。

他和他全部的生命都对绝对的美有一种神秘的畏惧。这种美一直令他感到是一种神符，让他害怕，真的。这是邪恶的，是不人道的。于是他的兴趣转向哥特式的形状美，哥特式的形体将人类的欲望分散到尖顶上，从而避免了圆形拱顶那圆滚滚的绝对美。

但现在他以一腔无比强烈的情欲向女人躯体上的这种绝妙、悖德的绝对美屈服了。他似乎觉得，女人的躯体展示出的这种美是因了他的触摸。就是因了他的触摸，甚至还因了他的观看，这种美才得以展示出来。当他没有看到也没有触到它时，它是不完美的，是不存在的。为此。他必须创造它。

但这东西仍然让他恐惧，可怕。它是一种威胁，甚至当他献身于它时它都危险到了一定程度。不仅如此，它还是纯粹黑暗的。现在，躯体上所有让人感到羞耻的东西都展示出一种可怕、炙人的美来。他和一个女人一起分享着令人耻辱的，自然或不自然的肉欲色情，在创造的同时他们享受着自己的美和欢愉。耻辱，什么叫耻辱？它是极端欢愉的一部分，一般来说男人对此很惧怕。为什么惧怕？因为这些隐秘、令人羞耻的东西美得可怕。

他们承认这是羞耻，但在最无节制的欢愉中他们与耻辱融为一体了，它与他们合一了。它是一朵蓓蕾绽出了美丽、硕大的花朵，那是人最根本的满足。

他们的外界生活仍然照旧，但他们的内部生活却大不一样了。孩子变得更不重要了，做父母的沉溺在他们自己的生活中不能自拔了。

但是渐渐地，威尔·布朗温发现自己能够解脱出来参与外界的生活了。他的私生活是那样活跃，以至于解放了另一个他。这个新的他对社会生活发生了很大兴趣，试图成为其中的一员。这样他就有了新的活动视野，他现在就是奔这新的活动而来的。他要与整个有目的人类同步。

这个时候，教育是最令人感兴趣的问题。人们在谈论瑞典的新教育方法[①]，谈到手工训练等等。威尔·布朗温诚恳地拥护学校开设手工课。他第一次对社会事务真正产生了兴趣。他终于从他所沉溺的肉欲活动中走出，有了一个有所作为的自我。

人们谈论着要开夜校，办手工艺学习班。他想在考塞西办个木工班，每周上两节夜课，教同村的男孩子们打家具，做细木工活和学木雕。这件事似乎是他最渴望做的。他的教课费倒不会多。但一有了这点钱他就会再添些木料和

---

① 指从瑞典引进的手工课教育。1890 年英国教育部在小学实施木工课教育。

工具，关键是有了这种新的社会生活他显得非常幸福，热情很高。

他开始了木工班的教课活动，这年他三十岁，已经有了五个孩子，最小的是个男孩。男孩女孩对他来说无所谓，不管是男是女，他都爱他们，那是一种天然的血亲之情。但他最喜欢厄秀拉，似乎她在支撑着他，鼓励着他干夜校的事。

这座紫杉树旁的房屋终于与人类的大事业联系在一起了。为此这座房屋也增添了新的活力。

对八岁的厄秀拉来说，这种魔术似的变化是太重要了。她听到了人们所有的议论。看到教区的屋子改成了木工棚。这座房子位于街那边布朗温家的第二座园子里，是一座高大的石头建筑，像粮仓一样。她一直被这座古老荒凉的屋子吸引着。现在她看着人们在做准备工作。她坐在从回廊伸延到园子里的台阶上，听到父亲同牧师在谈论着、计划着什么。后来来了一个很古怪的检查员，待在这儿跟爸爸谈了一个晚上。等一切都决定了以后，有十二个男孩子报了名。这事儿太让人激动了。

对厄秀拉来说，她父亲干的一切都像魔术一样。他从伊开斯顿带来城里的新闻，他在飞着红霞的傍晚带着乐谱或工具去教堂，礼拜天他身穿白色的法衣弹风琴并用男高音领着人们唱赞美诗，他跟男孩子们在工棚里工作，无论他做什么，对她来说他都是魔法和谜语的中心，他的声音像一种命令，欢快简短的话语中总掺杂着鼻音，让她听起来血液都发颤，令她沉醉如被催眠一样。她似乎在什么黑暗、强大的秘密阴影下奔跑，她甚至不肯正视这个秘密，不敢承认它的存在，它用咒语笼罩住她，令她的头脑感到一片昏黑。

第九章 玛斯与洪水

紫杉与玛斯的两家之间倒是常来常往，但他们又各自为营，界线分明。

安娜嫁出去后，家里就成了汤姆和弗莱德这两个男孩子的天下了。汤姆是个漂亮的小伙子，就是个子矮了点。他长着黑色的鬈发，黑睫毛很长，眼神温柔，若有所思。他很聪明，中学毕业后就到伦敦上学去了。他天生能够吸引有个性、有能力的人。他对别人能忍让同时又能保持自己的独立性。但不跟别人在一块儿，他就无法生存。他孤单时，就没了主意。一跟别人到了一起，他似乎就成了人家的陪衬，让人家显得高大起来。因此，有些人喜欢他，从他这儿有所得。他谨慎地选择这少数的几个人做朋友。

他细致，聪慧，爱挑毛病，那头脑像秤一样准确平衡，这有点女人气。

在伦敦，他在一位精明的工程师手下学习，很受赏识，汤姆·布朗温结束学业时，那人已成了一位名人。通过他的老师，这位年轻人结识了各类名人。他从来不自我表现，他跟别人在一起似乎就是去估量他们并树立人家的威信。他的存在就是让我们意识到自己作为人的存在。因此，当他还年纪不大的时候，他就跟伦敦最富有活力的科学界和数学界人士有了交往。他们对他平等相待。他沉着，有悟性，又有理智，他保持着自己的地位，懂得怎样公正地衡量别人，就像一份判决书那样。除此之外，他相貌很出众。中等身材，身架匀称，皮肤黝黑，气色很好，总是很健壮。

他父亲给了他一大笔零用钱，另外他谋得一份给他的老师当助手的工作来挣钱。这小伙子时常回到玛斯来，衣着入时，仪态文雅，加上举止天生来得细腻高雅，所以特别引人注目。他给玛斯带来了变化。

弗莱德弟弟是个典型的布朗温家的人，骨骼粗大，蓝眼睛，这是典型的英国人特征。他最像父亲，这父子俩相互之间极默契。弗莱德是继承父业干农活的。

这兄弟俩很有感情，彼此相爱。汤姆像女人一样专心地关注着弗莱德，无私地关心他。弗莱德觉得汤姆很神奇，很崇拜他，恨不得自己也像汤姆一样有本事。

就这样，安娜出嫁后，玛斯开始奏起了新的乐章。男孩子们是很有绅士派头的。汤姆性情不同于一般人，出人头地了。敏感的弗莱德喜欢读书，罗斯金的作品及不可知论方面的书他都细读了。像所有的布朗温家的人一样，他也洁身自好，不过他喜欢别人，宽容别人，对别人怀有过分的敬意。

他跟哈代府上的一位少爷关系挺僵的。这两家不是一类人，不过两家的年轻人还算平等相待，尽管存有戒心。

是小汤姆·布朗温提高了玛斯的优越地位，令人想起这家子的外国味儿。他长着黑黑的眼睫毛，神采奕奕，性情温厚，举止出众，一副见过大世面的气派，加之他又在伦敦供职，这就给玛斯增了光。当他衣冠楚楚、温文尔雅、和蔼可亲但又对人敬而远之地出现在玛斯时，人们感到心里挺不是滋味儿的，在考塞西和伊开斯顿人看来，他属于另一个遥远的世界。

他跟母亲很亲。他们虽然沉默，淡泊，但感情很深。他父亲在大儿子面前总是不自在，对他有点敬畏。汤姆同时还跟斯克里宾斯基家建立起了真正的联系，斯克里宾斯基家在那个地区现在变得举足轻重了。

玛斯就这样奏起了新曲。父亲汤姆·布朗温随着年事的增高，变成了一个乡间绅士。他的体型很好，粗壮、健美。他脸色还是那么好，蓝眼睛仍然目光炯炯，浓密的头发和胡子渐渐变得银白。他习惯会心之顷放声大笑。世间的事情让他感到很莫测，于是他就干脆听之任之了。他并不在乎发生什么事，但他害怕生活中的未知世界。

他日子过得挺富裕。他老婆跟他朝夕相处，跟他完全不一样但与他血肉相连，他才不要明白这是怎么一回事呢，何必呢？他的两个儿子都成了绅士。他们跟他不一样，他们有他们独立的人格，但他们跟他密切相连。这都是一场冒险，让人说不清道不明。不管他的后代们怎么样，反正他自己的生命充满了生机，这就够了。

就这样，他健美，迷惑，微笑着恪守着自己，他只能恪守自己。他几乎仍然那么年轻、那么奇特。但他变懒了，图安逸、享清福了。弗莱德管大部分农活，父亲则负责更重要的买卖交易。他骑着一匹优良的母马，但有时也骑骑他的矮脚马。他去旅馆和酒馆里跟富裕农民及业主们一起共酌，交了一批有钱人。但他哪个阶级的人也不算。

他老婆与从前一样，没有朋友。她头上已生出一些银丝，面相显老了，但表情依然如故。她看上去跟二十五年前来玛斯时没什么两样。就是健康不如从前了，弱了。她似乎像幽灵在玛斯飘荡，而不是生活在那里，她从来都不是这里生活的一部分。她代表着某种外乡的东西，在家里她仍是个外乡人，既一成不变、无动于衷，又过分精细。她使得玛斯人互相疏远，人人有个性，使得家庭关系很松散。

小汤姆·布朗温二十三岁那年跟他的上司之间发生了点无法解释的摩擦，为此他出走意大利，然后又去了美国。他回家来住了些时候，又去了德国，总是那么漂亮，衣冠楚楚，身体健康，总是那么迷人，但总有点超脱。他的黑眼睛里满含着悲苦，他眼含着悲苦轻松自在地生活着就像他穿着合体的衣服那么轻松自在。

在厄秀拉看来，汤姆是个浪漫而迷人的人。他很会送漂亮的礼物：在考塞西从未见过的贵重盒装糖果；或者送她一把头刷和一面镶着珠母的细长镜子，这些礼物都是浅绿色的，精巧，闪闪发光；或者送她用粗宝石、紫水晶石、蛋白石、钻石和石榴石串成的一串小项链。他熟练流畅地讲外国话，性情极高雅，讨人喜欢。尽管如此，他还是局外人，也不知这是为什么，反正他没有根，哪个社会里也没他的位置。

安娜出嫁后，就不再跟父亲亲近了，一结婚就没这回事了，父女俩之间变拘谨了。从此安娜更和母亲亲。

后来，父亲突然死了。

厄秀拉八岁那年春天，一个星期六早晨，老汤姆·布朗温驾车上诺丁汉市场，走时留下话说他可能晚点回来，因为他要看一场专场表演，还要再参加一个会。家人明白他是要好好消遣一下。

正是淫雨绵绵、天气晦暗的季节。晚上又下起了滂沱大雨。弗莱德·布朗温习惯性地待在屋里，有点不安。他一边抽烟一边看书，屋外哗哗的雨声让他焦躁不宁。这黑暗的雨夜似乎将他与世隔绝了，弄得他心神恍惚，他感到自己需要点别的什么，似乎自己像没活着一样。似乎他的生活没有根，生活中没有让他满足自己的地方。他想要到国外去，但他本能地感到，换个地方并不能解决他的问题。他的生活需要一种深刻、重大的变化，但他又不知何以取得变化。

蒂丽已成老妪，她进来告诉他喂完牲口的雇工们说院子里全是水了。他听了无动于衷。但他着实讨厌潮湿恶劣的世界，他要离开玛斯。

他母亲已经上床了。他终于合上书本，头脑里一片空白。他走上楼去，只感到无限的沮丧和恼怒，沮丧加恼怒中，他蒙头睡了。

蒂丽把拖鞋放到厨房的火炉前烘上，没有插门就去睡了。玛斯庄笼罩在黑暗的夜色和大雨中。

夜里十一点时雨仍然没停。汤姆·布朗温站在诺丁汉的"天使"啤酒馆院子里，扣上了衣扣。

"哈，好啊，"他兴奋地说，"我以前就让雨浇过。喝下去吧，杰克，我的孩子，你就喝下去。你真是只少见的老公鸡，杰克，瞧你那肚子就知道你能喝，也能吃。来，孩子，离开这儿回咱老房子去。噢，我的天，这雨可真大！下这么场雨，火山都不会爆发了。嘿，杰克，漂亮、苗条的小伙子，咱俩谁是挪亚方舟？好像水库崩了吧。这么大的水，鸭子和水鸟要在城堡上占山为王了，只有鸽子和橄榄枝了。①起来，天使，起来，我们可不能在这儿待一宿。你想待也不成。这雨要是没让大伙儿都觉得醉了，我就撞南墙去。嘿，杰克，你说这雨是把人给下聪明了还是下糊涂了？"

他开着玩笑，自个儿笑了。

喝了酒以后驾驶马车，他总感到惭愧，总感到对不起马。这种负疚的心情促使他开玩笑。他已经意识到自己不能稳稳地朝前走路了，可他仍然蹒跚着竭力保持身体挺直。

他驾着车爬上坡，飞快地出了酒馆院门。他稳稳当当地坐在马车上，雨点打在他的脸上。他沉重的躯体压在马车上一动也不动，如同熟睡了一般，只有心儿还在热烈地燃烧着，其余的全陷在黑暗中。他集中精神驾着马车沿着他熟悉的路行驶着。他了解这条路，全神贯注地盯着，靠的是一股意志力量。

他自己大声地同自己聊着，焦虑地唠叨着，似乎他十分清醒。马车疾驶着，雨点不停地打在脸上和身上，马车上的灯光穿透了雨幕，他看到黑暗中马的身上闪着一层微光，马车掠过一道道黑糊糊的篱笆。

"这么黑的夜，不能把狗牵出来，"他自言自语道，"这时候应给它弄弄干净，我发誓，要不是这样，我就不是人。这时候弄他几车灰渣子来倒在路上顶有用了。要不然，可就都让雨水冲上西天了。对了，这是我家弗莱德说过的话，没准儿是。按说他可算得上高级木匠了。它们上不上西天，回来不回来关我什么事？没准儿哪天它们又会让雨水冲回来。事情就是这个样子嘛。雨水哗哗流下来，又会爬到云彩上去，人们都这么说。一年里都没有这么多的水。故事就是这么说的，我的孩子，你能懂吗？今天的雨水可不如几千年前多，不过也不算少。你没办法把雨水弄走，不能，我的孩子，它才不理你呢。你要想把

---

① 《圣经·创世记》称，上帝因世人行恶，降洪水于人世，命义人挪亚造一大船名方舟，全家避入，使之得救。洪水退时，挪亚放出鸽子，鸽子口衔一片新拧下的橄榄叶飞回，说明洪水已退，平安已到来。鸽子和橄榄枝被西方人视为和平的象征。

它弄走，它就躲进蒸汽里去，让你看不见。它变成云彩，再变成雨落下来，它对好人坏人一个样，都落在你头上。^①我真不知道我是好人还是坏人。"

马车深深地陷在路上的车辙里，歪了，他被惊醒了，醒的正是时候。从他醉过去至今马车已载着他走了好远。

终于来到了大门口，他摇摇晃晃下了车，手紧紧地抓住马车，站在几英寸深的水里。

"他妈的！"他气愤地叫道，"这倒霉的脏汤子！"

他牵着马淋着雨穿过大门。现在他已经醉得烂泥一般，全靠惯性盲目地朝前走着。脚下到处都是水。

通往房屋的路垫得高高的，没有水，农舍里也是干的。可布朗温还是奇怪地大叫一声，夜空中这声长啸似乎发自醉后的快感。他摇摇晃晃，几乎失去意识般的盲目走着，把包袱、毯子和垫子抱进屋里扔在地上，然后出去安顿马匹。

他这是在家中，在睡眠中行走着，只是在等待着行动停止的那一刻，他细心谨慎地牵马下坡走向车棚，马受到惊吓，后退着。

"怎么，有什么不对劲儿？"他打个嗝儿，继续缓慢沉重地朝前走。他又一次走入水中，马蹚着水，水花四溅，四下里漆黑一片，只有车灯在泛着涟漪的水面上洒下些儿光芒。

"哈，好一通折腾。"他说着往车棚走着，趟着六英寸深的水。什么让他看上去都很有意思。他一想到车棚里有六英寸深的水，就笑了起来。

他牵着马倒退进车棚，马歇息了。他感到卸下马鞍时脚下有那么深的水真有意思，不禁又美滋滋地笑了起来。他感到好笑，是因为这水惊动了母马。"出什么差错了，怎么了？一滴水不会把你怎么样的！"卸完马，马就迅速地离开了。

---

① 《马太福音》第5章，第45节。

他抬起车把，拎起马灯，离开了车棚，离开他熟悉的那一大堆车辕和车轮，这时外面的水已涌起些小浪，猛烈地冲撞着他的腿。他摇晃了一下，几乎摔倒。

"真他妈倒霉！"他说着，眼睛扫视着黑夜中汩汩的流水。

他迎着洪水走了出去，在水中越陷越深。他的心中感到特别惊讶。他要去看看这水是打哪儿来的。可他脚下的土地却在下陷着。他继续朝前走，走向那个水池，浑身颤巍巍的，他喜欢这么着。水已经有膝盖深了，沉重地曳着他的双腿。他蹒跚着，有点恶心地摇晃着。

他感到一阵恐惧，抓紧马灯，摇晃着看看四周。洪水冲着他的双脚往前走，他感到头晕目眩。他不知道走向何方。洪水打着漩，打着漩，黑暗旋转着扑向他。他经受着来自四面八方的冲击，摇摆着，惊恐万状。他心里明白，他要栽倒了。

他在水中挣扎着，有个什么东西撞了他的腿一下，他倒了下去，立即栽进旋转着的水涡中。他恐怖地挣扎着，想逃脱洪水的窒息，挣扎着，扭动着，但无可奈何地下沉着，下沉着。他仍然扭动着，无言地在窒息中奋力挣扎着，可他愈挣扎陷得愈深。有什么东西撞到他头上，一阵痛楚的惊悸掠过心头，黑暗猛地笼罩了他。

在黑暗中，这个失去意识的躯体随着水流漂泊着。大雨滂沱，冲刷着大地，地上积满了水。牛惊醒了，站立起来。狗在狂吠。这个失去意识的躯体任凭黑糊糊的、打着漩的水冲荡着，毫无抗拒的力量。

布朗温太太醒了，听着外面的动静。凭着她超自然的敏感，她听到了黑暗中流动着的一切。她静静地听了一会儿，然后走到窗前，她听到了激烈的雨声和洪水流淌的声音。她知道她的丈夫在外面。

"弗莱德！"她叫道，"弗莱德！"

黑暗里，远处一股洪水咆哮着涤荡而下。

她走下楼来。她不明白这聚合着的水流是怎么一回事。她下到厨房里，把脚伸进水中去试探。厨房里积满了水。她不明白这些水来自何方。

原来水是从洗涤池中溢出来的。她光脚涉水走过去一看才看到水正从门下疯狂地往里翻漾。她害怕了。然后有什么东西冲过来缠住了她的脚。那是一支马鞭，桌子上有毯子、垫子和从车上卸下的包袱。

他回家来了。

"汤姆！"她叫着，对自己的声音都感到害怕。

她打开门，随着一声可怕的咆哮，水涌了进来。四下里全是积水，响着汩汩的声音。

"汤姆！"她身穿睡衣，手执蜡烛冲着黑夜和门外的洪水大喊。

"汤姆！汤姆！"

她听着动静。弗莱德穿着衬衣和裤子出现在她身后。

"哪儿呢？"他问。

他先看看水，又看看妈妈。妈妈瘦小的身体裹在睡衣里，显得怪模怪样的不可思议，像个精灵。

"上楼去吧，"他说，"他肯定在马厩里。"

"汤姆！汤——姆！"这老女人喊叫着，那悠长、奇怪的叫声，令她的儿子寒冷彻骨。他赶忙穿上靴子和上衣。

"上楼去吧，妈妈，"他说，"我去看看他在哪儿。"

"汤——姆！汤——姆！"小个子女人的声音都变调了，令人胆寒。可是只有水声、牛群不安的哞哞叫声和黑暗中的狗吠声回应她。

弗莱德·布朗温手提马灯蹚水走了出去。他妈妈站在门道里的一把椅子上看着他的背影。四下里汪洋一片，水，在灯光下流淌着，反射着光芒。

"汤姆！汤姆！汤——姆！"黑夜中又一次回荡起她悠长、奇怪的叫声，令她儿子感到打心里往外冷。

那具失去意识的溺死者的躯体在房屋下面顺水漂流着，被黑色的水冲向公路。

蒂丽出来了。睡衣外加了一条裙子。她看到她的女主人站在敞开的门道里的一把椅子上，桌子上燃着一根蜡烛。

"天啊！"老女佣叫道，"运河崩了，大坝塌了，我们可怎么办啊？"

布朗温太太看着她儿子手拎马灯顺着甬路向马厩走去。随后她看到一匹马的黑色身影，然后看到儿子把灯挂在马厩里，马灯微弱的灯光照着他卸马鞍。妈妈看到柔和的灯光下，母马把脖子伸向马厩的门。马厩在高处，很安全。可雨水却猛烈地涌进屋里。

"水更高了，"蒂丽说，"主人还没回来？"

布朗温太太没听见蒂丽的话。

"他没有在那——儿吧？"她那可怕的声音传了很远很远。

"没有。"黑夜中传过来一句简短的回答。

"去，找、找找他吧。"

妈妈的话几乎令这小伙子发疯。

他把缰绳扔在马背上，关上马厩的门。他又蹚着水提着晃晃悠悠的马灯走了出来。

那具溺水者的尸体早冲过房屋，冲到深水中去了。弗莱德·布朗温回来对妈妈说：

"我到车棚那儿去看看。"

"汤——姆！汤——姆！"妈妈又用力地叫起来，喊得声音都变了，不是人声儿了。弗莱德·布朗温听到这叫声，血都要凝固住了。他气疯了，血管都缩紧了。她为什么要这样嚎叫？他一看到妈妈那身穿白色睡衣，站在椅子上的身影就受不了，她像个可怕的精灵。

"他卸了马，这说明他没事儿。"他抱怨着说，装得若无其事。

可当他下到车棚时，他陷入了一英尺深的水中。他听到远处哗哗的流水声，他料到这是运河决口的缘故，水越来越深了。

马饰还在，可没有父亲的踪迹。于是小伙子涉水下到水池里。水没膝盖深，打着漩儿冲撞着他，他后退了。

"他在那、那儿吗？"妈妈发疯般地叫着。

"没有。"他厉声回答。

"汤姆——汤——汤姆！"那鬼也似的叫声，划破了夜空。这声音很高，不是人声。没有一点杂音。弗莱德·布朗温憎恨它，它几乎令他发疯，可这声音却可怕地响着，像唱歌一样。

水还在往屋里灌。

"你最好去比贝家，把他和亚瑟叫来，告诉比贝太太去找威金森。"弗莱德对蒂丽说，然后他强迫妈妈上楼去。

"我知道你爸爸给淹死了。"她出奇沮丧地说。

黑暗中水势在上涨，厨房里的水壶都被从炉架上冲了下来。布朗温太太独自一人坐在楼上的窗前，她不再喊叫了。男人们忙着救猪和牛，然后驾一条船来接她。

天快亮时，雨停了，星星开始在天际闪烁，地上一片汪洋，发出一阵阵可怕的哗哗水声。然后东方露出鱼肚白，天破晓了。微微红熹中，她看到大水悠缓地漫延，水中露出一座座建筑物来。鸟儿开始昏昏然歌唱，叫声有点儿沙哑。天更亮了。另一片地那边，运河堤坝上裂着一个巨大的豁口。

布朗温太太从一扇窗口挪到另一扇窗口，向外观望水情。有人划来一条船。天色更亮了，微红的熹光从水面上消逝了，白天到来了。布朗温太太从屋前走到屋后，凝视着外面，精神仍然没有放松，目不转睛地看着春天那苍白的晨景。

她看到她丈夫那件浅黄皮上衣在水面上一闪，洪水把丈夫的躯体冲向园子篱笆墙。她立即招呼船上的人们。她很高兴，总算找到他了。大伙儿把他拽出篱笆墙，可怎么也无法把他拖上船。弗莱德·布朗温跳进齐腰深的水中，拖着父亲的尸体涉水到路上来。父亲的胡子和头发上沾满了草棍、树枝和脏东西。小伙子划着水像一头受惊的动物一样哭叫着，但没有泪。窗边的母亲哭了，但没有吵闹。

医生来了，可是人早已死了。人们把尸体抬到考塞西安娜家。

安娜·布朗温听到这个死讯后，向后仰起头，眼珠一个劲儿打转，好像有什么东西要来咬她的喉咙似的。她仰起头，神智进入了休眠状态。自从她结婚、当了妈妈，她就忘记自己的少女时代了。现在，这个打击要来扰乱她，将这段婚后的生活一扫而光，让她再次成为一个十八岁的少女，一个爱着父亲的少女。于是她仰起头，躲避这个打击，紧紧贴近她现在的生活。

只有当人们把他的尸体抬到她的住处时，这打击才真正地进入她的心灵，她吓坏了。他的衣服湿漉漉的，衣服上全是泥，这是他去集市穿的那身衣裤，可全沾上了泥水，浆在身上。这个高大、让水浸泡过、毫无感知的人在她心目中一直是力量与旺盛生命的象征。

几乎怀着恐怖的心情，她开始为他脱去湿衣服，这身赶集穿的衣服对于一位富裕农民来说有点太不相称了。孩子们都给送到牧师住所去了，尸首就停放在前厅的地上。安娜迅速地为他除去衣服，他的表袋和表坠湿乎乎一堆放在桌子上。她丈夫和女佣帮助她洗净擦干他的尸体，把它放在床上。

他看上去肃穆而庄严。死亡令他彻底地平静下来了，他笔挺地躺着，神圣不可侵犯。在安娜眼里，他庄严，是无法接近的男性，代表着死之庄严。他令她肃穆，令她恐惧，那几乎是一种快感。

她妈妈丽蒂雅·布朗温也来了，看到了这具令人难忘、神圣的躯体。看到了死亡，她的脸色立即变得苍白。他无法改变，无法让人理解，与上帝在一起。她与他有什么关系？他是庄严的上帝，神圣、绝对，只有这一会儿能被人看到。谁能要求占有他？谁能评说他？他在赤裸的这一刻从生走向死，变得昭然若揭。生与死都不能占有他，他既是生也是死，神圣，无法接近。

"我跟你分享了生命，我认为我属于永生。"丽蒂雅·布朗温说，她的心是冰冷的，她知道她是孤独的。

"活着时我并不了解你。你让我无法理解，现在你死了，变崇高了。"安娜·布朗温畏惧地说着，为他感到庆幸。

可是儿子们却无法忍受这种场面。弗莱德·布朗温脸色苍白、神情严峻，握紧拳头在屋里走来走去，父亲的遭遇真让他恨得咬牙切齿，他的心滴着血，一定要再一次夺回爸爸，再看看他，再听他说话。他无法忍受了。

直到葬礼那天小汤姆·布朗温才回来，他一如既往那样沉静，克制着自己。他吻了妈妈，妈妈仍然阴沉着脸，令人不可思议。他看也不看弗莱德，只跟他握了握手。他看到了那口装有黑色把手的大棺材，他甚至念着棺材上刻有人名的牌子："汤姆·布朗温，玛斯庄。生于……卒于……"

小伙子漂亮沉静的脸一时间露出苦相，然后又恢复了沉静。灵柩抬到了教堂里，丧钟不时响着，致哀的人们带着白花扎成的花圈来了。母亲——波兰女人让儿子挽着，表情阴沉、茫然。小汤姆·布朗温还是那么漂亮，脸上没有一丝表情。好像很文雅。弗莱德和安娜一齐走着，安娜令人感到陌生、迷人，而弗莱德则表情木然、僵固、倔强。

而后，厄秀拉飞快地从覆盆子丛中跑出来下到花园里，她看到她的汤姆舅舅穿着笔挺时髦的黑衣服站在那里。他举着拳头，脸都扭曲了，龇着牙，可怕地咧着嘴，就像一头痛苦的动物，一脸凶相，浑身因呼吸过快而颤动着，像一条大喘粗气的狗。他面对着开阔的远方，急促地呼吸，然后又停下来，再急促地呼吸，他的脸一直像一头痛苦中的动物的脸，露出满口的牙齿，鼻子纵着，目光茫然无神。

看到舅舅这副样子，厄秀拉被吓跑了。当她的汤姆舅舅又一次出现在屋子里时，他那肃穆的神态似乎显得有点做作，是装出来的沉痛。厄秀拉看着他那张安详漂亮的面庞，又一次想起当它扭曲时的样子。她发现他皮肤光洁，鼻子丰厚，很像俄国人。她记得，他那细心修剪过的胡髭下牙齿又小、又尖，排列得稀稀疏疏的，透过他高雅的举止，她可以看出他的兽性和几乎堕落的一面。她为此感到恐惧。从此以后，她总忘不了寻找他身上的兽性，可怕的兽性。

他告别母亲就走了。厄秀拉几乎是在躲避他的吻。她想要他来吻她，可又有点厌恶。

在葬礼上和葬礼之后，威尔·布朗温疯狂地爱起安娜来。老汤姆的死让他感到震惊。可是这一切却似乎让他疯狂、激情地爱起妻子来。妻子似乎那么陌生，那么迷人，让他几乎控制不住对她的欲望。

她接受了他，似乎她早有准备，她需要他。

老外祖母在紫杉农舍住了几日，直到玛斯恢复了原样。然后她回到了自己的屋里，变得沉寂起来，似乎她什么也不需要。弗莱德投入了恢复家园的工作。父亲死在这里，这一点似乎让他觉得这儿更亲切，更是他的地盘儿了。

人们常说，布朗温家的人总是遭横死。其实，也许除了老汤姆以外，都死得很顺乎自然。可是弗莱德却很固执，死心眼儿。他永远也不能原谅那杀害了父亲的未知力量。

父亲死后，玛斯变得沉寂了。布朗温太太心绪不安，无法安安定定地坐上一晚，而以前她可以。白天她总是犹豫地站立着，似乎她必须到什么地方去又不知去哪儿一样。

但见她身穿小小的短毛衣在园子里漫步消磨时光。她常常坐马车出游，坐在儿子身边，看着乡村和城内街道上的风光，那眼神纯洁得像孩子的眼神，露出不可思议的表情，似乎这一切对她来说都很陌生。

厄秀拉、戈珍和特丽萨这三个孩子上学从园子门口经过时，每次她都把她们招呼进来，她要招待他们在玛斯吃饭，她喜欢有孩子陪伴。

她几乎怕自己的儿子们。她可以看出他们心里憋着一股火儿，有什么愿望没实现，心怀不满，她再也不想看到这些。甚至弗莱德也瞪着一双蓝眼睛，沉着脸，让她心烦。家里没个安静的时候。他需要什么，需要爱，需要激情，可他无法实现这些。可是他为什么非让她心烦不可呢？他为什么偏偏用发脾气、痛苦和不满来惹她烦恼呢？她年纪太大了，经不起这么折磨了。

汤姆则很有节制，较为缄默，人也冷静。可他更令她烦恼。她从他眼中看到的只是忧郁和精神的崩溃，他突然看她一眼，那眼神似乎在说他要向她揭开自己的秘密，她可以拯救他。

年老的怎么能救年轻的呢？年轻人要找年轻人才行。总是这么闹腾！难道这些年她就不能安安稳稳地平静度日，不能遁迹吗？不，不能。汹涌的浪潮非要咆哮着卷向她，要推着她去冲撞障碍物。她总要被卷入没完没了的大发雷霆与激情的宣泄中去，总是这样。她要避开这些，她想保持住自己的天真和安宁。她不想让她儿子们强迫她听那些古老的、交织着欲望与奉献的故事，不想听男人对女人积怨如仇的倾诉。她想超越这些，想享享老年的清静。

她从来不是一个惯于操劳的女人，现在更是这样。她常常站在园子门口，看这个吝啬的世界。一看到孩子们她就打心眼儿里高兴。她衣袋里常装个苹果或几块糖果什么的准备给孩子们吃。她就喜欢孩子们冲她微笑。

她从未去过丈夫的墓地。她谈起他来，口气很坦率，似乎他还活着。可是有时她会在悲伤中情不自禁地潸然泪下，然后又恢复了老样子，变得快活起来。

阴天时她卧床休息。她的卧室就是她的避难所，在那儿她可以躺下独自畅想。有时弗莱德会读些东西给她听，可这对她来说没多大意思。她有太多的梦要做，她有取之不尽的梦，她需要时间。

这段时间里她的主要朋友是厄秀拉。这小姑娘同这位喜欢沉思的虚弱花甲老人似乎懂得同一种语言。考塞西充满了活力与激情，一切都充满着激情。厄秀拉下面还有四个弟妹，凑了一群，任何时候生命都与生命相撞击着。

所以，外祖母宁静的卧室对长女厄秀拉来说可算是个绝好的去处。厄秀拉就像来到了一块静谧、天堂般的土地上，在这儿她的自我存在变得单纯、美妙，似乎她是一朵花儿。

每到星期六，她就到玛斯来，每次来都要带一件小礼物，一块用纸条编成的彩色小席垫儿，或是在幼儿园学会编成的小篮子，或者是用蜡笔画的一只小鸟儿。

当她出现在门道里时，蒂丽会伸长瘦瘦的脖子看是谁来了。蒂丽尽管老了，可还在管家。

"啊，是你啊！"她说。"我就知道我们会见到你的。我敢说，你带来了一朵特漂亮的花儿！"

奇怪的是，蒂丽怎么能在玛斯保留住已经去世的汤姆·布朗温的精神？厄秀拉总把蒂丽跟外公联系在一起。

这天厄秀拉带来的是扎得紧紧的一束石竹花，中间是百花儿，外面一圈是粉色的花儿。她为自己的花儿感到自豪，可又极力掩饰着自己的自豪感。

"你外婆上床了。你要是上楼去，就擦干净你的鞋子，别像火箭一样猛一下子冲过去。我敢说，那是一束漂亮的花儿，全是你自个儿做的吗？"

蒂丽蹑手蹑脚地把厄秀拉引进卧室。厄秀拉迟疑地往里走着，样子很怪，她受感动时总是这个样子。外祖母身穿一件小小的灰毛短上衣，坐在床上。

这孩子手捧花束默默地在床前迟疑着，孩子气的眼睛炯炯有神，外祖母的灰眼睛也这么有神。

"真好看！"她说，"你做的这花儿可真好看，多么可爱的花束啊！"

厄秀拉高兴地把花儿递到外祖母手中，说道："我这是为您做的。"

"农民们在家都是这么扎花儿的。"外祖母一边用手指摸着石竹花一边闻着。"就得扎这么紧！他们还把花秆编起来，做了花冠戴在头上呢，再穿上最漂亮的围裙，转来转去。"

厄秀拉听着听着，自己也进入故事中去了。

"外婆，你以前头上也戴花冠吗？"

"我小的时候，长着一头金黄色的头发。有点像凯蒂的头发。我常戴上一个蓝花冠。嗬，那么蓝，刚下过雪它就开了。马车夫安德烈总是把雪后的第一茬花儿给我采来。"

她们说着话儿，蒂丽就把两个人的茶点送来了。玛斯这里专门给厄秀拉准备了一只镶金边儿的绿杯子。这顿茶点有抹黄油的薄面包片，还有水芹。这些吃的真是太美妙了。厄秀拉吃得津津有味，很有样儿地一口一口地吃着。

"外婆，你怎么有两个结婚戒指？一定要两个吗？"厄秀拉盯着外祖母放在茶盘上的那只透着青筋的玉一般的手说。

"要是我有两个丈夫，就有两个戒指。"

厄秀拉想了一会儿说：

"那你就得两个戒指一块儿戴吗？"

"对。"

"哪个是我外公的戒指？"

外祖母犹豫了一下说：

"你说的是你认识的这个外公吗？这个，这个红的是他的。这个黄的是另一个外公的，你从来没见过他。"

厄秀拉很有兴趣地看着那戴着两个戒指的手指头说：

"他在哪儿给你买的？"

"这个？我想是在华沙吧。"

"你那时不认识我的外公吗？"

"不是这个外公。"

厄秀拉思考着这个诱人的问题。

"他也有白胡子吗？"

"不，他的胡子是黑的。我觉得你的眉毛长得像他。"

厄秀拉明白了，不说话了，有些害羞。她明白了。她想去照照镜子看看自己的眉毛。她立即就把波兰那个外公认作亲的了。

"他的眼睛是棕色的吗？"

"对，颜色可深了。他聪明，像狮子一样聪明，他从来没个安定的时候。"

丽蒂雅仍然怨恨兰斯基。一想到他，她总觉得自己比他小，总是个二十或二十五岁的姑娘，听他的摆布。他用他的理想同化了她，似乎她不是一个独立的人，似乎她仅仅是他的随从，一件行李或是他外科器械中的一件。她对此仍然怨恨。她总觉得他才三十岁：他死时年仅三十四岁。她并不怜悯他。他比她年长。可一想起和他在一起的那些日子她的心就痛。

"你是不是最喜欢我第一个外公？"厄秀拉问。

"他们俩我都喜欢。"外祖母说。

沉思中她又成了兰斯基的小新娘。兰斯基出身于一个良好的家庭，比她的家境还要优越些，因为她自己有一半的德国血统，是一个财产不那么稳定的家庭里的小家碧玉。他是个知识分子，一位聪明的医生，内外科全通，他竟然会爱上了她。她是多么崇拜他呀！她记得他第一次跟她说话时她是多么的为他倾倒。他是个了不起的小伙子，胡子黑极了，他看上去那么奇妙，简直是个权威呢。她的家中气氛很轻松，因此他的严肃沉稳、顽强的信心和坚定的权威性对她来说简直有点像上帝。这些东西她从前还从未领教过，她的环境一直宽松、毫无秩序、杂乱无章。

"丽蒂雅小姐，嫁给我吧。"他用德语对她说，他的语调沉稳，但声音却颤抖着。她真怕他看她时的那双黑黑的眼睛，那不是在看她，而是钉在了她身上。他很顽强，也很自信。她感到销魂荡魄，接受了他的求婚。追求她时，他的吻对她来说真是奇迹，令她无时不想，常常回味。可她从来不想回吻他。她认为，男人应该去吻，而女人则在心中检验她接受的吻。

她总也忘不了婚后的日日夜夜她是如何拜倒在他脚下的。他把她带到维也纳，她完全单独同他在一起，完全单独地处于另一个世界中，一切，一切都那么陌生，连他也显得陌生。然后才是真正的婚姻生活，她有了激情，成了他的奴隶，他是她的主人，主人。她是新娘，也是奴隶，她吻他的脚。她认为触摸他的肉体是一种荣耀，为他脱靴子也是一件幸运的事，一连两年，她都拜倒在他脚下，拥抱着他的双膝，做他的奴仆。

后来有了孩子，他仍追求他的理想。她是他的，她要保养好他的身子。对他来说，她是他得以实现自己的民族主义、自由与科学思想的必要的基础与物质条件之一。

只是渐渐地，到了二十三岁和二十四岁时，她开始意识到她也应该思考这些思想了。他让她处于从属地位以后，耗尽了她的感情。他的一些朋友倒是同她谈论些思想，但他自己并不愿意这样做。她介入了别的男人的理想。他兰斯基的思想对她来说已经不是唯一的男人的思想了！她不再以他的附属品的身份存活于世了！她开始发现别的男人在注意她，这让她十分兴奋。现在她还记得在华沙时都有哪些男人在她婚后向她求爱。

后来起义爆发了，她也很受起义的鼓舞，她要随丈夫一起参加起义，当个护士。丈夫发疯般的工作，耗尽了心血。她不由自主地追随着他。但她并不相信他，他太与众不同，他忽视的东西太多了。他对自己期待太高了。他的工作，他的思想，除此之外难道别的就不算什么吗？

孩子们死了以后，一切对她来说都变得渺远了。他变遥远了。当他听到孩子的死讯时，脸一下就变白了，然后皱起了眉头，似乎在想着："为什么他们在我没有时间悲哀的时候死去呢？"

"他没有时间悲哀，"她那遥远、可怕的心在说，"他没时间。他现在从事的事业太重要！就是说他太自命不凡，这个半疯子！什么也比不上他起义的工作重要！他没有时间悲哀。也没有时间去想想他的孩子！他真应该连给他们生命的时间也没有才对。"

她不管他了，让他独来独往。可在混乱的时候，她又在他身边工作了。后来他们逃出了那混乱的局势，她随他来到了伦敦。

他精神崩溃了，感情冷漠，对她没有感情，对谁都没有。他的事业失败了，所以一切也就都失败了。他先是没了生气，后来就死了。

她不以为然。他失败了，一切都失败了，可是在失败的背后是不屈的生命激情。单个人的努力可以失败，但人类的欢乐仍旧存在。她就属于人类的欢乐。

他死了，走上了黄泉路，可就在这不久前他又有了一个孩子。而现在这个小厄秀拉就是他的第三代。丽蒂雅为此感到高兴。她仍旧尊敬他，尽管他做错了。

丽蒂雅·布朗温现在可怜他了。他死了——他压根儿就没怎么生活过。他从来不了解她，他与她同床共衾，可从来都不了解她。他从未接收到她给予他的东西，两手空空地离开了她。因此可以说他从未生活过，他就这么死了，走了。可他一直是有力量的。

他从未生活过，这一点她不能原谅。要不是因为有安娜，要不是有这个小厄秀拉长着跟他一样的眉毛，他就等于什么都没留下，不过是一只破旧的容器让人扔掉后只留给人一点记忆罢了。

汤姆·布朗温对她很恭顺，他来了，从她这儿有所获。他虽然死了，上了黄泉路，可他通过与她的感知获得了永生。因为他把对她的了解带走了。所以她也在死中占有了一席之地。"在我父的家里，有许多住处。"①

两个丈夫她都爱。对其中一个，她是赤裸坦诚的小娘子，忙来忙去为他操劳。对另一个，她由于从他那里得到了满足而爱他，因为他是个好人，赋予她生命，因为他对她举案齐眉，他成了她的男人，与她融为一体。

在后一段生活中，她安居乐业，她清醒过来了。在第一次婚姻中，她只有通过他，自己才存在，他是实体，而她则是影子，时时尾随着他。现在她变成了她真正的自己，她太高兴了。她感激布朗温，她感恩戴德地伸出手去，把手伸向死亡中的他。

在她心中，她隐隐为第一个丈夫感到怜悯，产生了些儿温存，因为他曾是她的主人。他到死都是错的。他从未生活过，从来都不是他真正的自己，对此她无法忍受。可他竟是她的主人！奇怪，这一切都太奇怪了！他凭什么做她的主人？他现在显得离她那么遥远，跟她没什么关系。

"是哪一个呢，外婆？"

"什么？"

---

① 《圣经·约翰福音》第14章，第2节。

"你最喜欢哪一个？"

"两个我都喜欢。嫁给第一个时，我还是个小姑娘呢。当我成为一个女人时，我爱上了你外公。两次不同。"

两人都沉默了。"我第一个外公死时你哭了吗？"

丽蒂雅·布朗温在床上晃着自言自语道：

"我们刚来英国时，他不怎么说话，他想得太多了，不怎么注意别人。后来他越来越瘦，两腮深陷进去，嘴巴都凸出来了。他不再漂亮了。我知道他忍受不住打击，这让我感到一切都那么绝望。只是因为当时你妈妈还是个小孩儿，我不能死。

"他用那双黑眼睛看着我，那样子好像他恨我一样。他病了，对我说：'准得这样。准得这样不可，等我死了，你和这个小孩准得在伦敦挨饿。'我对他说，我们不会挨饿的。可是他知道，我既年少又傻乎乎的，我害怕。

"他很痛苦，但他从来不屈服。他绞尽脑汁想对策。'我不知道你将做什么，'他说。'我无能，从始至终都是个失败者。我连老婆孩子都养不起！'

"可是你瞧，我们并不需要他养活。尽管他的生命停止了，可我还继续活着，我又嫁给了你外公。

"早知道的话我就该对他说：'别这么难过，不要因为这事儿失败就死。你既不是始，也不是终。'① 可我那时还太年轻，他又从未让我有主见，我真觉得他就是始终的神。所以我任他承担了一切。可并不是一切全靠他。生活必须继续下去，我必须嫁给你外公，生下你的汤姆舅舅和弗莱德舅舅。我们不能承担得太多。"

听着这些话，厄秀拉的心跳得很快。她无法理解，可似乎她能感受到那遥远的东西。她知道她来自遥远的波兰，还知道了一位长着黑胡子的漂亮男子，这真让她高兴万分。她的祖先很奇怪，她感到她的命运在她两边都是可

---

① 见《启示录》第1章，第8节：主称自己是始也是终，是万能的。

怕的。

厄秀拉几乎每天都见到外祖母，每次她们都在一起说说话儿。外祖母的话和故事都是在玛斯庄那十分宁静的卧室中讲的，这些故事因此涂上了一层神秘的色彩，对这孩子来说就像《圣经》一样。

厄秀拉向外祖母提出了一个十分幼稚的问题：

"外婆，将来会有人爱我吗？"

"许多人都爱你，孩子。我们大家都爱你。"

"可我长大后会有一个人爱我吗？"

"会的，会有个男子爱上你的，孩子，因为你这天性。我希望，这个人爱的是你本人，而不是他想要从你这里得到什么。不过，我们有权得到我们想要的东西。"

听到这话，厄秀拉害怕了。心一沉，她感到脚下没了根基，赶忙靠近外祖母，这里静谧、安全。从这里，从外祖母宁静的房间，屋门向更广阔的空间敞开着。过去，那包罗万象的巨大的过去，显得那么渺小；在那广阔的地平线上，爱，生与死，都显得微不足道了。在伟大的过去中，个人的重要性是微乎其微的，懂得这一点可以令人释然。

第十章 扩大的圈子

作为家中的长女，厄秀拉感到自己肩上的负担很沉重。在十一岁时她就得带着戈珍、特丽萨和凯瑟琳一起去上学了。弟弟威廉是个可爱、羸弱的孩子，才三岁，只好待在家中，大家总管他叫比利，免得同父亲的名字混淆[①]，另一个女婴叫卡桑德拉。

孩子们这时上的学校是离玛斯不远的教会学校。布朗温太太以为这所学校离家近，学校也不大，把孩子们送去那儿很安全。村子里的男孩子们给她们三姐妹都起了外号，管厄秀拉叫"厄脱拉"，管戈珍叫"古拉纳"（优秀跑步者），管特丽萨叫"蒂波特"（茶壶）。

戈珍和厄秀拉是一对好伙伴。这位二姑娘身材颀长但不爱运动，总在没完没了地幻想什么，不想同现实有什么联系。她不是为现实而生的，她为自己的幻想而生。厄秀拉才是为现实而生的。所以戈珍把一切现实的事都交给姐姐去做，毫不经意地对她表示信任。厄秀拉对她的伙伴妹妹很温存。

想让戈珍有责任心可是白费心机。她就像海里的一条鱼在游荡，沉浸在自己的世界之中，因为与他人不同而沾沾自喜。别人对她来说无所谓，她就是相信厄秀拉。

这位长女要对其他的弟妹们负责，这种责任感令她苦恼。特别是那个身强力壮、目光大胆的特丽萨；她特爱打架。

"厄秀拉、比利·皮林斯拽我的头发。"

---

① 父亲的正式名字是威廉·布朗温。

"你说他什么来着？"

"我什么也没说。"

于是布朗温家的女孩子就同那家孩子闹一通儿。

"不许你再拽我的头发，比利·皮林斯。"特丽萨跟姐妹们在一起，冲那长着雀斑的红发男孩说话时态度很傲慢。

"我为什么不能？"比利·皮林斯反问。

"不许就是不许。"特丽萨说。

"你来这儿好了，茶壶，看我敢不敢。"

"茶壶"刚走过去，比利·皮林斯就拉了一下她的一缕黑色鬈发，她气得扑向他。随后厄秀拉、戈珍和小凯蒂跑来助战。紧接着菲利浦斯家的克莱姆、瓦特和艾迪·安东尼也来参战。好一场混战。布朗温家的女孩子长得很壮，比许多男孩都壮实。如果不是穿着围裙，留着长发，她们会轻易取胜的。回家时，她们的头发被扯乱了，围裙也被扯破了。菲利浦斯家的男孩子撕了布朗温家女孩子的围裙，他们可高兴了。

然后爆发了一场吵闹。布朗温太太绝不能容忍这种事，不，绝不容忍。她生来就自尊、冷酷，这一下全露了出来。牧师到学校来上课了。"很不幸，考塞西的男孩子对考塞西的女孩子一点都不礼貌。说真的，什么样的男孩子才打女孩子，踢打人家，撕人家的围裙呢？这种孩子该重重地受罚，该叫他胆小鬼，若不是胆小鬼他就……"

皮林斯兄弟心里惭愧但很生气，而布朗温家的女儿们特别是特丽萨却自以为很有美德。这场斗争一直进行着，其间也出现不寻常的和睦。和睦时厄秀拉就成了克莱姆·菲利浦斯的情人，戈珍是瓦特的情人，特丽萨是比利的情人，甚至小凯蒂也成了艾迪·安东尼的情人。他们结成了亲密的联盟。一有机会，布朗温家这群孩子和菲利浦斯家的孩子就往一块儿凑。可是无论厄秀拉还是戈珍都不会同菲利浦斯家的男孩儿有什么真的亲昵之情。这种同盟和这种互称情人对她们来说不过是过家家罢了。

布朗温太太又生气了。

"厄秀拉，告诉你，我可不许你跟那些男孩子一块儿压马路。现在你停下来，其余的人也就不干了。"

厄秀拉真不想当布朗温家的孩子头儿。她从来不能以个人身分露面，她总是厄秀拉—戈珍—特丽萨—凯瑟琳，后来又多了一个比利。当然她也不需要同菲利浦斯家的孩子在一起。她跟他们谈不来。

后来，布朗温—皮林斯联盟终归破裂了，主要因为布朗温家过分傲气。布朗温家富有。他们在玛斯庄畅行无阻。学校的教师对布朗温家的女孩子十分尊敬，牧师与她们平等相处。她们傲气十足，昂着头对什么都不屑一顾。

"你才不那么美呢，厄脱拉·布朗温，你是一只难看的杯子。"克莱姆·菲利浦斯红着脸说。

"可我比你强多了。"厄秀拉回敬他。

"瞧你那样儿，还比我强呢，难看的杯子，厄脱拉·布朗温。"他讽刺她，试图让别人都跟她作对。

于是他们之间又以仇相见，她真讨厌他们嘲弄她，对菲利浦斯家的人她冷眼相待。厄秀拉在家中很倨傲。布朗温家的女儿们都有一种盲目的自尊，举止上甚至带点贵族气。由于出身与教养的关系，她们似乎只顾我行我素，不睬别人如何评价。厄秀拉从来就不认为别人会看不起她。她觉得不管谁认识她，懂得这一点就够了，她觉得世上的人都像她一样。如果她被迫对谁有成见她就会痛苦，永远也不会饶恕那个人。

她这种人令许多小人发疯。在他们的生活中，布朗温家都会遇上想拆他们的台、损害他家形象的人。奇怪的是，家中的母亲总会意识到将要发生的事，总会提早告诫孩子们如何应变。

厄秀拉十二岁时，普通学校和学校中同村的伙伴那股下作气开始影响她了，为此安娜采取了相应措施把她和戈珍一起送到诺丁汉的文法学校去读书。从此厄秀拉感到如释重负。她一直努力逃脱生活中渺小的环境——小人的嫉炉，小小的差异和小人的下作气。菲利浦斯家比她家穷，人格下作，他们使了一些小手腕儿占些小便宜，这真让她心里难受。她想与自己同等的人在一起——当然不能埋没了自己。她的确希望克莱姆·菲利浦斯成为与她平等的人，可是不知怎么回事，不知是由于痛苦的命运还是什么别的原因，当他真正同她在一起时，他就令她头疼，她真想拍着自己的脑门儿逃走。

随后她发现逃脱是很容易的。就是脱离这里的整个环境，去诺丁汉上学，从而离开这座小小的学校、学校里小里小气的教师以及菲利浦斯家的人。她曾经想过要爱他们，可他们不成器，对此她决不能原谅。她本能地惧怕那些小人，就像鹿惧怕狗一样，因为她这人很盲目，她不会算计、不会估量别人。她偏偏要认为人人都该像她一样。

她是以她自家人的标准来衡量别人的：父亲、母亲、外婆和舅舅们的标准。她敬爱的父亲非常朴实，可他强壮、黑暗的灵魂却扎根于难以言表的深层，令她着迷又令她恐惧；她的母亲对金钱、习俗一概不往心里去，不知道什么叫害怕，对世界漠然以待，跟谁也不发生联系，自顾孤芳自赏；她的外婆来自遥远的地方，心里装着好远好大的世界。由此可见，如果谁要同厄秀拉交朋友，他首先要符合这些标准才行。

所以，她十二岁时，她就要冲破考塞西这狭窄的地方，这里的人都不够大气。考塞西之外，有广漠的世界，有她喜爱的强有力、真实而骄傲的人们。

去诺丁汉上学要坐火车，她必须早晨七点四十五分就离开家，下午五点半才能回来。她很高兴这样。家中的房子太小，挤满了人，满屋人动来动去，像暴风雨一样令人无法躲避。她讨厌负责管事。

家里确实乱糟糟不成样子。孩子们身体健壮，好躁动，做母亲的只要他们健康就行了，别的不管。对厄秀拉来说，随着年龄的增长，家变成了一场噩梦。后来，她看到鲁本斯[1]的一幅画，画上是一群裸体儿童，画名儿叫《丰

---

[1]　鲁本斯（1577—1640），佛兰德斯派著名画家。

饶》，看得她直发颤，只觉得这个字眼儿太可怕。她深知生活在一群孩子中，在丰饶的火热与混乱中，是什么滋味儿。她跟妈妈过不去，强烈地憎恨她，她在努力寻找某种精神上高贵的东西。

天气不好时，家里就成了疯人院。孩子们在雨中一会儿冲进来一会儿冲出去，跑到黑暗的紫杉树下的水坑中去玩儿，在厨房的石板地上窜来窜去，气得清扫女工又是抱怨又是骂；孩子们蜂拥到沙发上乱闹，对着前厅中的钢琴又踢又踹，敲得钢琴发出"嗡嗡"的蜂鸣声；他们在炉前地毯上打滚儿，四脚朝天地躺着；两人扯住书把书扯成两半；他们恶魔般地偷偷上楼来找厄秀拉，在卧室门外窃窃私语，扒着门神秘地叫喊"厄秀拉！厄秀拉"！他们知道她是把自己锁起来读书呢。真没办法。关闭的门激起了他们的神秘感，她不得不打开门以打消他们的好奇心。可孩子们还是睁大眼睛缠着她激动地问些问题。

母亲在孩子们中间显得兴高采烈的。

"闹闹好，总比生病强。"

可成长起来的女孩子们都一个个地感到痛苦起来。厄秀拉现在这个年龄正是该放弃安徒生和格林童话去读《国王的田园诗》^①和其他浪漫爱情故事的时候。

> 美丽的埃琳娜，可爱的埃琳娜，
> 是阿斯特拉特城堡中的百合女，
> 她身居高塔中的闺房里，
> 守着兰斯洛特神圣的盾牌。^②

---

① 英国诗人阿尔弗莱德·丁尼生（1809—1892）以英国古代传奇《亚瑟王和圆桌骑士》为题材写的诗集。

② 《国王的田园诗》中的诗句，见前注。骑士兰斯洛特冒险来到城堡，城堡中的少女埃琳娜爱上了他，演出了一场悲剧。

她多么喜欢这样的诗句啊！她在卧室中凭窗眺望着教堂墓地和小城堡似的小教堂，黑色的散发披在肩上，热情的脸上露出心旷神怡的表情，她觉得骑士兰斯洛特就要骑马而来了，他会向她招手，他身上猩红色的大披风就在深灰的紫杉树和开阔地上闪动。而她，哦，她，她会孤独地高居在城堡中，擦亮那可怕的盾牌，给它织一个套儿，默默地在高处远远地等他。

就在这时，楼梯上传来脚步声，门外有人小声说话，然后门闩响了，比利激动地叫道：

"锁着呢，门锁着呢。"

接着孩子们就敲门，用膝盖顶门，急切地叫：

"厄秀拉！我们的厄秀拉？唉，我们的厄秀拉？"

没有回答。

"厄秀拉！我们的厄秀拉？"他们喊得更欢了，可还是没有回答。

"妈妈，她不答应。"有人叫，"她死了。"

"滚，我才没死呢。你们想干什么？"厄秀拉生气地叫道。

"开开门，我们的厄秀拉。"抱怨声一片。

一切全完了。她必须开门。她听到楼下的女人冲洗厨房地板时拉着水桶在石板地上蹭出的声音，孩子们在卧室中走来走去，问她：

"你在干什么？锁门干吗呀？"

后来她发现了教堂屋子里的钥匙，于是她就到那儿去，捧着书坐在麻袋上。又一场梦开始了。

她是老国王的独生女，会魔术。一天又一天，日复一日，她像幽灵一样默默地在古老的大厦中徘徊，或是在静静的游廊中漫游。

可是悲哀向她袭来了：她的头发是黑色的。可她必须生着黄头发才行，必须是白皮肤。她因为自己长着黑发痛苦极了。

没关系，长大以后她可以染一下头发，或者在阳光下把头发颜色晒浅，直到变黄。她还可以戴一顶镶威尼斯花边的白色针织帽。

她在游廊上走来走去，宝石样的蜥蜴舒适地趴在石头上晒太阳，当她的身影笼罩住它们时它们也不动一下。寂静中，她听到了泉水在汩汩喷涌，玫瑰吐着浓郁的芬芳，艳丽的花朵一动也不动。她就这样怀着对美的憧憬徜徉着，徜徉着，穿过水池和池中的天鹅，走到高雅的公园中，在那儿，橡树下躺着一只花斑雌鹿，四只秀气的蹄子挨在一起，它身边蜷着它浅黄色的幼仔。

啊，这只鹿是她的熟人了。它会跟她聊天，因为她是一位魔术师，它会对她讲故事，就像阳光在说话一样。

有一天，她像往常一样毫不经意地没锁房间的，孩子们进屋来了，凯蒂划破了手指头大叫起来，比利把錾刀砍出了一个大口子，毁了不少东西，屋里弄得乱七八糟。

母亲发了一通火就没事了。厄秀拉把门锁好，觉得一切都过去了。后来父亲皱着眉头，手拿缺了口的工具问：

"谁开的门？"他生气了。

"是厄秀拉开的门。"妈妈说。

这时父亲手里正拿着一块抹布，一听这话，他转过身，用抹布向厄秀拉的脸上抽去。抹布打在脸上，一时间厄秀拉惊呆了。她一动也不动，一脸的顽固相。她怒火中烧，泪水不由自主涌上眼眶。

她忍着泪，脸都气歪了，她咧着嘴想忍住，但最后泪水终于淌了下来。她凄凉地离开了这间屋，可她燃着怒火的心是不屈的。他看着她走了，心中充满了愉悦与痛苦，他体味到胜利和轻而易举的权威感，但随之又深感不安。

"给她脸上来这么一下是不必要的。"母亲冷漠地说。

"抹布不会伤着她的。"他说。

"可对她也没什么好处啊。"

一连好几天，好几周，她一直为这次挨打怒火中烧。她感到自己被残酷地伤害了。难道他不知道她是多么容易受到伤害吗？不知道她有多痛苦、多害怕吗？他知道的，可他却要伤害她。他偏偏要伤害她最敏感的地方，让她受辱。

她的心像篝火孤独地燃烧着。她忘不了，忘不掉，永远也忘不了。当她重新爱她父亲时，不信任和挑衅的种子早已种下，尽管表面上看不出。她不再毫无保留地属于他了。渐渐地，渐渐地，不信任与挑衅之火在她心中烧着，把她与他的联系都烧断了。

她几乎总是独来独往，对一切运动着的东西都怀有一股激情。她喜欢涓涓的小溪，一发现一股小小的水流她就非常高兴，她真想同小溪一起奔跑，同声歌唱。有时她会在小溪边的桤木树根上或落下的树枝上一坐就是几个小时，看着溪水在石头上或落下的树干上疾舞而过。有时，小鱼像幻影一样未等她看清就消失了，有时黄鹊鸽到水边来，别的各式各样的小鸟也来水边饮水。一看到蓝色的翠鸟儿疾飞而过，她就高兴得不得了。翠鸟儿是打开神秘世界的钥匙；是妖术的见证。

但是她必须摆脱复杂地编织起来的生活幻象：父亲的生活是外部世界中的《奥德赛》；外祖母是现实世界的一个幻影、遥远的影子成了神秘的象征——农家姑娘们头戴用蓝花儿编成的花冠，寒冬里有雪橇在奔驰；年轻时候的外祖父长着黑黑的胡子，结婚、战争和死亡；还有她自己的许多幻想：她是位真正的波兰公主，在英格兰她受着咒语的驱使，她并不真的是厄秀拉·布朗温。读书时她也会产生幻觉，她必须摆脱这五光十色的幻影，到诺丁汉的学校去读书。

她很腼腆，为此受了不少苦。比如说吧，她咬破了手指甲，她的手指尖敏锐地感到了耻辱，这种耻辱死死地纠缠着她。她一连几个小时都折磨着自己，揣摩着怎样不脱手套：就说她的手烫伤了，还可装作忘了摘手套的样子。

她一上中学就将是个有地位的人了。学校里每个女孩子都是淑女。她将在自由的人们——她的同学和与她平等的人间行进，摆脱那些小里小气的东西。哦，若是她没有咬过手指甲该多好！没有这个小小的污点该多好！她想要自己十分完美——没有任何污点，过高尚的生活。

令她伤感的是，父亲没能很好地把她引荐给学校。他的话太简单，就像个男孩子在禀报什么口信儿；衣着也太随便，不很合身。而厄秀拉为了她的地位希望他能穿制服，介绍的话要隆重些。

她对学校有了新的幻想。女校长葛雷小姐有着女校长们所具有的那种爽朗的性格美。这所学校本是一位绅士的房产，这里有墨绿色的草坪，显得煞是忧郁，草坪那边是一条暗淡的精致道路。学校里的房子都很大，很漂亮，从学校后面，可俯视草坪和灌木丛，可看到树木和植物园中芳草萋萋的坡地。从这儿遥看低地中的城镇，只见一片屋顶绵绵不断。

厄秀拉就这样坐在学校的山上，俯视着城里的烟雾和一片混乱状态，俯看着工厂、俯看着忙碌的城市。她很高兴。在这文法学校里她幻想着，躲开了工厂的烟雾，这边空气一定要好得多。她想学拉丁语、希腊语、法语和数学。当她第一次书写希腊字母时，她激动得像写申请书似的颤抖起来。

她又攀上了一座从未攀登过的山峰。她总是急迫地要攀登高峰，要看得更远。一个拉丁语的动词对她来说就像一片处女地，她从这儿闻到了一股清新的气息；它意味着什么，尽管她不懂那是什么意思。但她猜想，它一定很有意义。当她懂得了：

$x^2-y^2=(x+y)(x-y)$

这个公式时，她感到她掌握了什么东西，她自由地进入了一片迷人的空气中。当她用法语写作业时，她很高兴地用法语写下：

我把面包给弟弟。

这一切当中吹响着一声军号，召唤着她的心，激励着她奔向完美的地方。她永远也忘不了那本棕皮的《朗曼初级法语语法》，忘不了那本《拉丁语入门》，那本书的切口涂着红颜色；忘不了那本灰色的代数书。那些书中总有些魔术。

在学习上，她很聪明，直觉很好，可她"没耐性"。如果什么问题凭本能弄不清楚，她就学不会。随之她就会恨所有的课程，蔑视所有的教师，那副气急败坏的骄横样子实在让人不舒服。

她的反抗表明她是只自由、不可驯服的动物：对她来说没有什么法律，也没有什么规矩。她只为自己而存在。接下来的是她同每个人发生的冲突。她竭尽全力抵抗着，终于伤心透了、精神上垮了。经过磨练，她终于有了以前不曾有的感知，人变得更忧伤，但也更练达了。

　　厄秀拉和戈珍结伴上学。戈珍是个腼腆、文静但任性的孩子，不怎么惹眼，在人面前往往一闪即逝。她似乎故意躲避与任何人接触，我行我素，追求某种同任何别人都无关的似有似无的幻象。

　　她并不怎么聪明。她认为厄秀拉比她聪明两倍。厄秀拉明白了，既然如此，戈珍为什么还要庸人自扰呢？这位小妹妹信任姐姐，姐姐能代表她。至于她自己，她像野性的动物一样漫不经心、毫不负责地生活着。

　　当她发现自己是班上最差的学生时，她只是懒洋洋地一笑了之。还满足地说现在她可放心了。对于父亲的懊恼和母亲的气恼她并不在意。

　　"我供你去诺丁汉上学是为了什么？"她父亲恼火地问。

　　"得了，爹爹，你本来可以不供我的，"她漠然地答道，"我早准备好退学回家了。"

　　一回家戈珍就高兴了，可厄秀拉并不高兴。戈珍在外面不起眼，也不愿意到外面去，可在家中她可自在了，就像一头任性的动物在自己的窝中一样。厄秀拉则相反，在外面就有精神，在家中总显得不自在，不安，无法随心所欲地做点什么。

　　不管怎么说，礼拜天对她们来说都是一周中最后的一天。厄秀拉热情地期待这一天，它给人一种永恒的安全感。一周的其他几天中她感到十分害怕，因为她感到很多强大的力量不承认她。她对权威总是又怕又厌恶。她觉得如果她能够避免权威或避免与权威性的力量发生争斗，她就可以随心所欲地做事情。可是如果她屈服，她就会有所失落，就会毁灭。总有什么威胁的东西在跟她作对。

　　这种奇怪的残酷与丑恶感时刻都会降临，她感到乌合之众随时都会攫取她，他们的力量对她的生活产生了深刻的影响。不管在哪儿，无论在学校里，在朋友中间，在街上还是在火车中，她总是有意识地贬低自己，使自己变得渺小，生怕她未被发现的自我被人看见，生怕这个自我遭到芸芸众生的野蛮攻击。

现在她在学校里感到很安定。她懂得自己占据一个什么位置，懂得如何克制自己。只有在星期天她才自由。当她刚刚十四岁的时候，她开始感到家中日益增长的对她的反感。她知道她把家人搅得人心不安。但是在礼拜天她就自由了，真正的自由了，随心所欲，没有丝毫的恐惧和担心。

即使在情况最恶劣的时候，礼拜天也是一个幸福的日子。一醒来厄秀拉就感到了极大的解脱。她真说不出她的心情为什么如此轻松，这才想起这天是礼拜天。她感到四周的欢愉气氛包围着她，十分自由自在。整个世界都后退了二十四小时，只有星期天存在。

她喜欢家中的混乱状态。如果孩子们都睡到七点再起床那可太好了。一般情况下，刚过六点钟，就可以听到鸟儿的鸣啭，宣布了一天的开始，然后传来孩子们重重的脚步声，他们起床活动了，只穿衬衫蹦蹦跳跳，露出粉红的小腿，星期六晚上刚洗过澡，他们的头发柔软又光洁，所以心情也就激动。

孩子们开始半裸着干净的身子在屋里闹起来，父母当中就得有一个起床。母亲懒洋洋的，浓密的黑发松松地打着卷儿散落下来盖住一只耳朵。父亲睡得很舒服，浑身暖洋洋的，头发蓬乱，衬衫的领口还敞着。

然后楼上的姑娘们听到下面的说话声：

"比利，你想干什么？"这是父亲粗壮、洪亮的声音在回荡。或是听到母亲很庄严的声音：

"我说过的，凯西，我不允许你这样。"

令人惊叹的是，父亲纹丝不动，声音却像锣一样轰鸣；而母亲则在闹闹哄哄的孩子们当中像女王一样控制局面。不过，母亲的衬衣鼓鼓囊囊的，头发也没有束紧，那样子并不像女王，她说话时孩子们都大吵大叫。

早饭准备好了，几位大姑娘下楼来加入了楼下嘈杂的场面，半裸的孩子们像倒过来的胖天使在屋里打转。戈珍目不暇接地看着孩子们的光腿和胖胖的屁股一会儿出现，一会儿又消失。

小家伙们一个个被抓住，除去了睡衣，准备换上星期天穿的干净衬衫。可是衬衣刚刚套在柔软的头上，那个光光的身体已在羊皮地毯上打起滚儿来。妈妈紧跟在孩子身后尖声地叫喊着，双手捧着衬衫像一把套锁。父亲洪钟样的声音也随之响起来。光身子的孩子躺在深深的羊毛中高兴地叫着：

"我在海里洗找（澡）呢，妈妈。"

"我为什么要拿着衬衫跟着你跑呢？"妈妈说，"起来吧。"

"我在海里洗找呢，妈妈。"那光身子打滚儿的孩子重复说。

"那叫洗澡，不是洗找，"妈妈用奇特庄重的语调说，"我拿着衬衫等你呢。"

终于给孩子们穿上了衬衫和袜子，裤子上的扣子也扣好了，衬裙也系好了。家中常常纠缠着一家子的一个问题就是忘记了吊袜带，这事儿让人提心吊胆。

"你的吊袜带在哪儿，凯西？"

"不知道。"

"那就找找吧。"

可布朗温家大点儿的孩子都不拿这当一回事儿。凯西在所有的家具下都爬了一阵，弄得礼拜天的干净衣服都黑了，可让大家都松口气的是，只顾给这孩子再洗脸洗手，却不提吊袜带了。

后来，厄秀拉看到凯西从主日学校走进教堂时袜子脱落在脚踝上，脏污的膝盖露了出来，心里十分生气。

"这样太不像话了！"厄秀拉在饭桌上说，"人家会以为我们是猪，以为咱们家的孩子从未清洗过。"

"别管别人说什么，"母亲很有气度地说，"我知道这孩子按时洗了澡，只要我满意了别人也得满意。她没有吊袜带，袜子就没办法吊上去，这也不是她的错，是我让她这样的。"

因为吊袜带而引起的麻烦，在不同程度上继续着，直到每个孩子都穿上长裙或长裤才算了结。

礼拜这天，布朗温一家人沿着大路向教堂走去，围着教堂的花园篱笆墙转了一圈，并不爬墙进入教堂院内。父母倒没立什么规矩，可孩子们在安息日要体面，就自动当起了看守，互相监督着。

渐渐地，每次从教堂做礼拜回来，家里就成了一所圣殿，屋里安静极了，就像有一只奇怪的鸟儿落在屋里。屋里只允许读书、讲故事或绘画这类安静的活动。而在屋外，什么游戏都可以做。如果有谁吵吵嚷嚷，父亲和大点的孩子就会发火，小孩子们生怕会被从教会中开除出去，也就不敢喊叫了。

孩子们是严格遵守安息日的规矩的。如果厄秀拉想显示自己，用法语唱什么：

> 曾有一位牧羊女，
> 嘿，嘿，毛蹄子。①

特丽萨就会大叫：

"我们的厄秀拉，那不是礼拜天该唱的歌儿。"

"你知道什么。"厄秀拉摆架子说。但不管怎么说，她让步了，一支歌没唱完就不唱了。

尽管她没意识到，但是礼拜天对她来说是太宝贵了，她的灵魂可以在梦幻中毫无阻挡地畅游，她发现自己置身于一个奇特、虚无缥缈的地方。

基督那穿白袍子的精灵从橄榄树丛中穿过②。这只是一个幻象，不是现实，可她自己竟成了这幻象中的一部分。夜空中有一个声音在叫："撒母耳，撒母

---

① 法国诙谐歌曲《有一位牧羊女》的开头两句。

② 《马太福音》第26章，第36—45节。

耳！"① 这呼叫声一直在夜空中回响。但不是这一夜，也不是前一夜，而是在礼拜天那深不可测的夜空中，在安息日寂静的夜幕中。

那毒蛇是有罪的，但它也有智慧。犹大得了钱，以接吻为暗号出卖了耶稣。②

可是没有实实在在的罪恶。甚至如果厄秀拉在星期天打了特丽萨一个耳光，那也不是什么了不起的罪恶，不过是做了一件错事而已。如果比利从主日学校里逃学了，那是他不好，他恶劣，可他不是罪人。

罪恶是绝对、永久的。而恶劣与不良则是暂时的和相对的。当比利赶时髦，用本地人常说的"罪人"一词叫凯西时，人人都不喜欢他这么说。可是当有一只松松垮垮的猎狐小狗来到玛斯时，大家都恶作剧地给它起名"罪人"。

布朗温一家人不愿把他们的信仰贯彻到实际行动中去。他们需要的是一种永恒与永生的感觉。并不是给自己的日常行为制造清规戒律。于是，孩子们表现得都不怎么好，既刚愎自用又骄傲自大。不过他们还是很宽宏大量的。只是令普通邻居们不能容忍的是，布朗温家人举止太傲，这一点与民主的基督教义不符。为此，他们总是与普通人不合群。

当厄秀拉第一次接触到福音教义时，她对此很反感。联系到她自己的情况，她觉得那套救世的办法令人不寒而栗。"基督为我而死。他为我受苦。"这话既包含着骄傲又令人胆寒，甚至几乎令人厌倦。那手上和脚上都钉出洞来的基督令她反感。基督带着一身的圣伤。她眼前老晃着这样的幻象。可基督其人却红口白牙地告诉人们把手插进他的伤口中去，像是迷恋他的伤疤一样，这一点真让她反感。她是那些坚持强调基督有人性的人们的敌人。如果他基督是一个讨着日常生活的人，她倒不在乎。

可是那些庸俗的人出于嫉妒就坚持强调基督的人性。人们庸俗的思想不

---

① 《圣经》中希伯来法官与先知。

② 《马太福音》第 26 章，第 48 节。

允许任何超越人类本身的东西存在。是那些教会复兴者肮脏的手要把基督拉入日常生活中，给他穿上裤子和僧袍，让他去取得庸俗的平等地位。无礼、土气十足的人会问："如果基督处在我的境况中他会做什么？"

布朗温家的人要与这些做坚决的斗争。母亲深深陷入庸俗的人声中，但她对此毫不在乎。她对超越人性的东西从不容忍。她一生中从没有真正的布朗温家的那种神秘激情。

可厄秀拉是亲近父亲的。随着年龄的增长，她长到了十三四岁，从此愈来愈同母亲做对了，不喜欢母亲那种漠然的样子。厄秀拉认为母亲的态度有那么点冷酷、甚至是刻毒。安娜·布朗温这些年关心过上帝、基督或天使吗？她沉湎于眼前的生活。她仍在生儿育女，忙于家中所有的小事。她出于本能，反对丈夫对宗教的奴性崇拜，反对他冥冥中对看不见的上帝的崇拜。当一个男人有一个需要他供养的小家庭时，那个看不见的上帝算什么？他还是去做有关切身生活的事，别去崇拜上帝吧。

但厄秀拉却全然是为着上帝的。她总是讨厌婴儿，讨厌乱哄哄的家庭生活。她觉得基督是另一个世界，基督不是这个世界的人。他并未伸出手，在她面前指着他的伤口说：

"瞧，厄秀拉·布朗温，我是为你才这样的。现在，我叫你怎么做你就怎么做吧。"

她觉得基督遥远而美丽，像落日时分一弯白色的月光，在远方闪亮，像一弯追随太阳的新月向我们召唤，我们是无法认识它的。有时乌云远远退去，没入冬天黄昏时黄色的夕阳中去，使她想起基督受难像；① 有时，血红的满月从山上升起，她会因此恐怖地感到，基督死了，他的尸体沉重地挂在十字架上。

礼拜天时，这个幻象世界出现了。四下里一片沉寂，她知道，黑暗和白日正在交替。教堂里，上帝的声音在回荡，这声音不是发自这个世界，似乎教

---

① 指耶稣被钉在十字架上。

堂本身是个空壳，在讲着创世的语言：

"上帝的儿子看到人的女儿容貌娇美，就选她们为妻。

"主说：我的灵魂不会永远同人相斗，因为他也是血肉之躯。但他的生命将有一百二十年。

"地球上曾有过巨人。在那以后，上帝的儿子们与人的女儿们交欢，生出的孩子同原先一样强壮，成为名誉之人。"①

想到这个，厄秀拉很激动，觉得那似乎是来自远方的召唤。如果是在那些年月里，上帝的儿子会觉得她漂亮吗？上帝的儿子中会有一个娶她为妻吗？这是一个令她恐惧的梦，因为她无法理解。

谁是上帝的儿子？基督不是上帝的独生子吗？② 难道亚当不是上帝创造的唯一男人？可有些人并不是亚当的子孙。这些人是谁，他们从哪里来到世上的？他们一定也是上帝的人。难道，除了亚当和耶稣以外，上帝还有别的许多后代——亚当的后代认不出他们也是上帝的后代？或许，这些人、这些上帝的儿子并不知道被逐出乐园和堕落的耻辱是怎么回事。

就是这些人恣意地寻找到人的女儿，发现她们很美，就娶了她们为妻，于是女人孕育、生育了有名誉的男人。这是一种真实的命运。当上帝的儿子寻找人的女儿的重要时刻，她四处活动着。

任何神话比较都无法毁灭她对这件事的激情。朱庇特为了爱一个人间女子变成了一头牛，后来又成了一个凡人。他同她一起生育了一个巨人，一个英雄。

很好，他在希腊这样做了。可她并不是希腊女人。无论是朱庇特还是潘神，任何神都不会来找她，甚至巴克斯③或阿波罗都不会来找她。可是那些上帝的儿子，那些娶人的女儿为妻的上帝的儿子应该来娶她为妻。

---

① 《创世记》第 5 章，第 2—4 节。

② 《约翰福音》第 1 章，第 14 节。

③ 酒神狄奥尼索斯的别名。

她严守着这个秘密的希望和渴求。她过着一种双重生活，一面被无数的日常生活所包围，另一面，日常的生活早已被永恒的真理所超越。她太渴望上帝的儿子来寻找人的女儿了；她对自己的欲望和欲望的实现更有信心，倒不那么相信明显的生活事实。男人是人这个事实并不能说明他是亚当的传人，并不能排除他也是无历史记载的上帝的儿子中的一员。她感到迷惑但信念并没有被否定。

她又听到一个声音在说：

"富人进入天堂比一头骆驼从针眼中穿过还难。"①

据说，针眼是步行者的小门道，鼓着高高的驼峰、驮着重物的骆驼是无法从中挤过去的，至少，如果它是一头小骆驼，或许还可以冒险从中穿过。主日学校的老师说，不能绝对将富人从天堂排除出去。

她高兴地获知，东方人要么喜欢夸张，要么就不闻不问。因为，东方人不是要眼看着事物膨胀铺天盖地，就是要它缩小到虚无，否则他就不会产生什么印象。对这种东方式的思维方式她倒很同情。

但是，那些话的意思是"门道"或"夸张"所无法解释的。对这些话中历史的、地域的或心理的兴趣则是另一回事。话中无法解释的价值是无法改变的。针眼、富人和天堂之间有什么关系？是什么样的针眼、什么样的富人、什么样的天堂？谁知道呢？它意味着一个绝对的世界，而相对的世界对此只能一知半解。

可是，一定要对这些话做出直截了当的解释吗？她父亲是一位富人吗？他不能进入天堂吗？或者说他只是一位中等富裕的人？或者说他几乎是个穷人？不管怎么说，除非他把自己的一切都给了穷人，否则他就难以进天堂。那针眼对他来说可是太窄了。她几乎希望父亲穷得一文不名。从根本上说，任何人都算富人，跟最穷的人比，再穷也算富。

_____

① 《马太福音》第 19 章，第 24 节。

一想到她父亲把家中的钢琴、两头牛和银行中的存款都分给附近的劳动者她就感到不安，如果那样，布朗温家就会同威利家一样穷。她可不要这样。她想得不耐烦了。

"那好吧，"她想，"我们将放弃那个天堂，至少是针眼之类的天堂，不过如此。"她就这样打发了这个问题。她才不想像威利家那么穷呢，无论说什么也不，威利家太苦、太悲惨了。

于是她转而相信《圣经》的寓意。她父亲很少读《圣经》，不过他收集了一些复制本，带着一种奇特专注的表情盯着这些书发呆，那表情像个孩子，可他的激情却不是孩子气的。他喜欢意大利早期的画家，特别是乔托、弗拉·安吉里柯和菲里波·利比的作品，他们的伟大杰作令他神魂颠倒。他经常观赏拉斐尔的《圣礼上的争端》、弗拉·安吉里柯的《最后的审判》或那幅美妙但又复杂的《东方三博士来朝》，每次他都感到很兴奋、很满足。这与用人形建立起神秘的概念有关。有时他会急匆匆赶回家去看弗拉·安吉里柯的那幅《最后的审判》。敞开的坟墓中有一条路，路两边堆着土，上方似乎是天堂，一边是唱着歌步入乐园的人们，另一边是拥挤着向地狱降下去的人，这副景象令他感到满足。他倒不在乎自己是否相信魔鬼或天使。只要这整个想法令他感到深深的满足，他就不需要别的什么了。

厄秀拉从小就熟悉了这些绘画，她可以从中搜寻出细微之处来。她崇拜弗拉·吉安里柯笔下的鲜花、光线和天使，她喜欢他笔下的魔鬼，欣赏画中的地狱。可那为一群天使所包围的高高在上的上帝却突然令她感到厌烦，引起了她的反感。难道这个披着衣服、没有表情的人就是一切的终极和意义吗？天使们很可爱，光线很美。可他们只是为了环绕这个平庸的上帝偶像而生的吗？

她感到不满，可又不知是否该对此提出意见。需要叹为观止的东西太多了。冬天来了，松树枝折断了掉在雪地上，绿色的松针盖满了地面。雪地上清晰地留下一串野鸡的脚印，非常奇妙、笔直笔直的。雪地上还有野兔蹒跚留下的脚印，前面并排两个，后面两个。兔子拖着树枝从雪地上爬过，倾斜了身子。后面的双脚同时落下，在积雪上弄出一个大而深的洞。猫在雪地上踩出小脚印来，鸟儿的爪子踩出的脚印是花边形的。

孩子们开始盼望什么。圣诞节就要到了。棚子里晚上会秘密地点上一根蜡烛，有人在压低嗓门儿哼歌。男孩子们在学演古老神秘的圣·乔治和魔鬼的游戏。每周两次，唱诗班在教堂灯光下练习合唱，布朗温爱听他们学唱古老的圣诞颂歌。姑娘们也去参加排练。四周一派神秘与激动的气氛。人人都在准备着。

圣诞节一天天近了，姑娘们开始装饰教堂，用冰凉的手指把冬青、冷杉和紫杉树枝环绕在柱子上，直至教堂里焕然一新：石柱上绕满了绿油油的叶子，拱顶上绽着蓓蕾，神秘、幽暗的气氛中盛开出冷艳的花朵。厄秀拉要用槲寄生枝搭在门楣上和祭坛屏风上，在紫杉枝上挂一只银色的鸽子，一直忙到夜幕降临，教堂已经打扮得像一片林子了。

男孩子们在牛棚里抹黑了脸进行彩排。牛奶房里挂着宰了的火鸡，火鸡带着花斑的翅膀散开了。是做馅饼的时候了。

人们盼望过节的心情愈来愈切。天空中升起了星星，圣诞颂歌就要响彻天际。天上的星星是个信号。地球也应发出一个信号。随着夜幕降临，人们的心因着希冀而跳得更快，手里早备好了圣诞礼物。教堂礼拜的祈祷中充满了期望，人们的声音都颤抖了，夜晚过去了，早晨到来了，人们互赠了礼物，欢乐与宁馨令人心旷神怡，人们高唱起圣诞颂歌，世界的平安降临了，争斗过去了，人们手拉手，心里唱着一支歌儿。

圣诞节从早到晚，成了一个公假日，索然无味，这真让人难受。上午太美好了，可一到下午和晚上，兴奋的情绪就云消雾散了，就像虚假的春日里错长出的蓓蕾被掐掉了。哈，圣诞节不过是一场家庭的筵席，让人们饱餐一顿糖果，得到许多玩具！为什么大人们不改变一下往日的心情，尽情欢乐？欢乐在哪里？

布朗温家的人满怀激情地渴求着欢乐。父亲心烦意乱，沉着脸不高兴，因为圣诞之夜他并无热情，这天与往常一样了，心并不那么火热，母亲则像往常一样漠然，似乎她这一生都是被流放到这儿的一样，耶稣已降生，欢乐的心灵在何方？那引导东方博士来的星星、那震撼了大地的新的生命在何方？

尽管人们对这事不很清楚，重视不够，可它依然存在。在教会的年历中仍按时纪念着创世的事迹。圣诞节后，欢乐气氛渐渐消沉了。一个星期天接着一个星期天地过去了，家人的心绪起着微妙的变化。他们曾看到过那星星并随着它进入了耶稣诞生的地方，为之神魂颠倒，欣喜若狂。现在，他们感到那一线灵光在消退，一个阴影倒下来，四周一片黑暗。天凉了，大地一片肃穆，一切都没入了黑暗之中。大殿里的幔布撕裂了，人人都不信鬼了，心都死了。

受难日 ① 这天，孩子们默默无语地走动着，感到心头笼罩着阴影。然后，"复活的百合花"散着死亡的冷香，圣灵降临了。

可是为什么要纪念耶稣的伤口和死亡呢？难道耶稣真的安然无恙地复活了吗？难道人们真的忘记了十字架和坟墓吗？不，人们总在纪念他的伤口，总是记得坟墓中衣服的气味吗？在生死的循环中，与十字架和死亡比较，复活算不得什么。

孩子们就生活在基督教盛行的年代里，基督教就是人类灵魂的史诗。年复一年，他们的心中演出着不为人所知的戏剧，他们的心灵获得了生命，内心丰富了，在十字架上受难，放弃了魔鬼，重又回升到无法计算的日月中来，在褴褛、微不足道的生活中保持着永恒的节奏。

可这场戏剧现在却变得机械呆板了：诞生是为了受难日的死亡。一到复活节星期天，这生命的戏剧就等于结束了，因为基督的复活是笼罩在死亡的阴影之下的，升日节太少为人们注意，那不过是对死亡的证实罢了。

希望和满足是何物？难道人死后就没用了，就苍白乌有了吗？天啊，天啊，人心灵的激情会在人的肉体死亡之前很早就死去。

激情与痛苦的考验过后，人的肉体会从坟墓中站起，它变得破碎、冰冷

---

① 耶稣被钉在十字架那天。

而苍白。耶稣呼唤"玛利亚！"可当玛利亚向他伸出手时，耶稣赶忙说："不要摸我，因我还没有升天去见我父。"①

看到被拒绝了，她的手和她的心怎么能感到高兴呢？可怜啊，肉体的复活！可怜！耶稣那摇摇欲坠的身姿、恍恍惚惚的面容。可怜啊，耶稣的升天不过是死亡中的阴影，彻底离去而已。

哎，这场戏这么快就收了场：他在三十三岁上就结束了自己的生命。他灵魂的一半是冰冷的，没有历史记载！复活的耶稣与我们没有关系！悲哀、死亡和坟墓之激情的记忆战胜了苍白的复活事实！

可是为什么，为什么我不能浑身闪耀强烈的生命之光全部升天？为什么当玛利亚叫"夫子"时我不能拥抱和亲吻玛利亚？为什么耶稣升天后的死亡躯体上有可怕的伤口？

复活是对生而言而不是对死而言。难道我看不到这样的人了吗——他们复活了，又到我们中间来，肉体和精神都很完美，肉体是完整而快乐的，在肉体中生活，在肉体中相爱，在肉体中生育，最终获得完整，没有伤痕，没有瑕疵，健康，没有对不健康的忧虑？难道这不正是复活后成年、欢乐与满足的阶段吗？既然复活了，谁还惧怕死亡与十字架的阴影？谁会惧怕那属于天堂的神秘而完整的肉体？

我可以从哀痛中解脱，愉快地在大地上行走吗？我不能同我的兄弟一起愉快地吃饭吗？我不能欢乐地吻我所爱的人、在复活后不能设宴欢庆我肉体的婚姻，做我喜欢做的事让我的伙伴们高兴吗？天堂等我等得不耐烦了吗？天堂是与人间作对的吗？我会因此赶忙去那里还是面色苍白、洁身自好地在人间逗留？钉在十字架上的肉体是否对街上的芸芸众生来说变成了毒药，还是变成了他们的幸福与希望，就像在大地的腐殖土壤里盛开的第一朵鲜花？

---

① 见《约翰福音》第 20 章，第 17 节。

第十一章　初　恋

　　厄秀拉从少女时代跨入成年,心中逐渐形成了自我责任感。她开始意识到了自我:意识到自己是混混沌沌的雾霭中一个独立的实体;意识到她必须去一个地方,要做点事情。同时她也害怕、担忧。为什么,哦,人为什么要长大?人为什么要承受这沉重僵硬的责任感,去过一种未知的生活?要超越无所作为,超越庸庸碌碌的人群,去干出点儿自己的成就来!什么成就?要在一片迷茫、无路可循的情况下定出个方向!通往何处?怎么迈开这头一步?又怎么能站稳脚跟?要承担起自己生活的责任,这可真是折磨人。

　　宗教对她来说是另一个世界,一个壮观的游乐世界。她生活在这个世界里,和小矮人一起爬树,[①]像耶稣的门徒那样颤颤悠悠地在海上行走[②],像耶稣那样把大麦饼分成五千份,给五千人来个大型的聚餐。这种事在现实中已不复存在,已变成个故事,成了神话、幻想。[③]不管人们怎么宣称这些是真实的历史事实,人人都知道这不是真的——至少在我们今天看来是这样。就现在生活条件的局限,我们知道,不可能有"给五千人吃饱"这样的事情。这个姑娘得出了她的结论:凡是在日常生活中无法体验的事情就是不真实的。

　　那么,古老的生活两重性观念,这个不被人怀疑的观念一下子破裂了。这个观念就是认为有一个由乘车通勤、责任和报告组成的人们的工作日的世

---

　　① 《路加福音》第 19 章,第 1—10 节。

　　② 《马太福音》第 14 章,第 22—32 节。

　　③ 《马可福音》第 6 章,第 35—44 节。

界；除此之外还有一个由绝对真理和逼真的神秘故事组成的礼拜日的世界。在这个世界人可以在水面行走，[①]在主面前有眼无珠，[②]随着云柱穿过沙漠，[③]看得见劈啪作响但还没烧尽的灌木丛。[④]工作日的世界战胜了礼拜日的世界。礼拜日的世界是不真实的，至少是不现实的。人在行为中生活着。

只有工作日的世界才是切身相关的。她自己，厄秀拉·布朗温，必须懂得怎样去过工作日的生活，她的躯体必须是工作日的躯体，受这个世界的评价标准约束。她的心灵必须具有工作日的价值，就这个世界所知的价值。

好啦，那么，要过的就是一种拿出实际行动的工作日生活。因而就有必要去选择自己的活动和行为。你自己干的事得对这个世界负责。

不，不止要对这个世界负责，你还得对自己负责。她的内心还有一些费解的、烦人的礼拜日世界的残余，礼拜日在她的印象中就是和已被抛弃掉的梦幻世界联系起来的。已经被否认了的东西，怎么还能与之保持联系？现在她的任务就是要学会过工作日的生活。

问题是怎么行动，往何处去，又怎么实现自我。一个人还不能说是他自己，只是个回答了一半的问题。一个人是还没有定型的不足道的东西，像天空中的风那样没个准儿地流动，这时，怎样才能实现自我，怎样才知道他自己的问题及答案呢？

她转向从幻想中寻求。想象中的话语就像看不见的风荡起的涟漪，随着她的血液流动，她又听到了那些话语。因为她要做一个现实中的人，她拒绝承认这种幻象，这对现实中的人来说不是真的。她只想知道这些话在现实中的意义。

确实有在幻想中听到的话。既然话是现实的东西，它就有实在的意义。现在让它们来说吧，让它们自己用现实的词语来说出自己的意思。幻象应当将

---

① 《马太福音》第 14 章，第 25 节。

② 《使徒行传》第 9 章，第 3—9 节。

③ 《出埃及记》第 14 章，第 21—22 节。

④ 《出埃及记》第 3 章，第 2 节。

自己转换成现实的词语。

"将你所有的一切卖掉，并送给穷人。"① 这是她礼拜日上午听到的一句话。到了星期一上午，这还是简单极了、普通极了的一句话。去学校的路上，她一边走下车站前的山坡，一边在想着这句话。

"将你所有的一切卖掉，并送给穷人。"

她想不想这么做？她想不想把她背面嵌珠的梳子和镜子、她的银烛台、胸饰和可爱的小项链这些东西卖掉？想不想穿着褐布衣，像那些划舢板的人一样？在她的印象中，那些蓬头垢面、讨人嫌的舢民就是"穷人"。她可不想那样。

这个星期一上午，她面临着痛苦的抉择。她确实想做正当的事，但是她又不想照着《福音书》里说的去做。她不想当穷人，不想变得真正的贫穷。当穷人的想法对她来说太可怕了：过舢民那种生活。那么丑陋，谁见了都觉得可怜。

"将你所有的一切卖掉，并送给穷人。"

现实生活中谁也不可能这样做。这使她感到气馁绝望。

也没有谁能转过另一边脸来让人打。② 特丽萨打了厄秀拉一个耳光。出于基督教的谦卑精神，厄秀拉默不作声地把另一边脸转向她。特丽萨被这示威似的行为激怒了，照着那边脸又给了一下。于是，厄秀拉带着一腔怒火，忍气吞声地走了。

然而，怒火和缠人的奇耻大辱在折磨着她。直到她又跟特丽萨吵了一架，把特丽萨妹妹的头差不多摇掉了，她心里才舒服。

她恶狠狠地说："给你一点儿教训。"

说完她就走了。虽然违反了基督教教义，心里却舒畅极了。

基督教的谦卑也是不干不净，卑劣低下的。厄秀拉突然转向另一个极端。

---

① 《路加福音》第 18 章，第 22 节。

② 《马太福音》第 5 章，第 39 节。

"我讨厌舢民，希望他们都死尽。我爸爸为什么不管我们，让我们落到这步田地？又穷又不起眼。为什么他不是个有点地位的人？如果我们有个像样的爸爸，他会是威廉·布朗温伯爵，而我就该是厄秀拉小姐了。怎么就该我穷？该我像只虫子似的在小路上爬？如果我手中有权，我就穿着绿色的骑装坐在马背上，后边跟着马夫。来到别墅门前停下，管别墅的女人抱着孩子走出来，我问她，她那伤了脚的丈夫怎么样了。我会从马背上弯下腰，拍拍那孩子长着亚麻色头发的脑袋。我会从钱包里掏出一个先令给那女人，叫她把营养丰富的食物送到别墅来。"

她就是这样靠自尊自大过日子。有时，她冲进大火中，去救一个被人遗忘的孩子，或是从运河水闸边跳下去救一个抽筋的男孩，再不就是把一个蹒跚学步的婴孩从奔驰的马蹄下拉出来。当然，这些都是想象中的事。

可是到了最后，又回到了对礼拜日世界强烈的向往中。早晨，她从考塞西走来，看到伊开斯顿的小山坡上笼罩着袅袅烟雾，她的心情随着遥远的声音而激动：

"哦，耶路撒冷——耶路撒冷——我会常常把你的孩子们召集到一起，如同母鸡把雏鸡庇护在羽翼下，你们将不……" ①

对耶稣的热爱，对得到安全和温暖的庇护的热望在她心中油然而生。可是这怎么应用于现实世界？就是耶稣把她紧紧抱在怀里，如同母亲抱着她的孩子，除此之外，还能有什么别的意思？哦，热爱耶稣，热切盼望一个能把她抱在怀里，使她忘掉一切的人。哦，渴望男人的胸膛，一个她能够永远得到庇护和幸福的地方！对情感的渴望使她所有的神经都颤抖起来。

她模模糊糊地知道耶稣不仅仅就意味着这些：在想象的世界里，他提到耶路撒冷，一些日常生活的世界并不存在的事物。他托在胸前的并不是房屋、工厂，也不是房子里的住户、工厂里的工人及穷人，而是一些工作日的世界里

---

① 《马太福音》第 23 章，第 37 节。

并没有的事物。工作日的双手摸不着，眼睛看不见的事物。

然而，她必须以现实的形式得到这种情感，她必须这么做。因为她的生活就是现实的生活。现在，情感就是生活的全部内容。因而，要有一个男人把她揽在宽厚壮实的怀里，听到他胸膛里发出的心的跳动声，她分享着那里散发出的温暖的生命气息。这是一种热情激荡的生命。

她如此热切地渴望能躺在人子的怀里。① 在灵魂深处，她又感到羞愧，难言的羞愧。耶稣为想象中的世界说的话，她却从现实中来应答。这是离经叛道，把来自想象世界的意思挪到了实实在在的世界来。她为自己的宗教热情而羞愧，生怕有人识破她。

新年伊始，小羊羔生下来了。麦秆棚子搭起来了。在她舅舅的农场，男人们晚上提灯带狗守护着。她在感情上对想象世界和现实世界的错位又在她心中卷起了波澜。她又一次感觉到耶稣基督在乡间。啊，他会举起羊羔！② 啊，她自己就是那只羊羔。早上，走在那条小路上，她听到母羊一叫，小羊羔们带着新生的快乐，摇头晃脑地跑来。她看到小羊羔俯下身，用鼻子摸摸索索地挨近乳房，找到乳头，羊妈妈庄重地掉过头来，使劲地吸了吸气。小羊羔在吸吮着乳汁，细长的小腿一边在欢快地抖动，脖子伸得长长的，带着体温的香甜乳汁一流入，那刚出胎的身子就微微地颤动。

啊，多么幸福，多么醉人！她简直舍不得离开，舍不得到学校去。那些小鼻子摩挲着乳房，充满欢乐的小羊身子稳当地靠在那儿，小黑腿弯曲着，母羊站着不动，让小羊羔吸吮，完了，就平静地走开了。

耶稣——想象的世界——普通的世界，所有这一切都搅和成了痛苦和幸福的混乱状态。可以说这就是极度的痛苦，慌乱，解脱不了的困窘。耶稣，这个幻象，在对她这个并非幻想中的人说话！她听取耶稣精神的教诲，并把这些

---

① 《以西结书》第 2 章，第 1 节。

② 《路加福音》第 15 章，第 4—5 节。

话用来迎合自己肉欲的需要。

这是她的耻辱。在她的心灵中，精神世界与物质世界混淆不清，使她堕落了。她以直接的、凡世的欲望来回答精神的召唤。

"辛勤劳作，身背重负的人，到我身边来，我要让你好好休息。"①

她做出的是凡俗的回答。她带着感官上的渴望来应答耶稣基督。要是她能够真的走近耶稣，把头靠在他的怀里，像个孩子一样，舒舒服服地、尽情地享受爱抚，那该多好！

一路走着，她一直沉浸在迷惘热烈的宗教渴望之中。她想要耶稣甜美地爱她，要耶稣接受她的奉献。做出感官上的应答。她几个星期都处于陶醉的沉思默想中。

在心里，她也一直都知道这是自欺欺人的，为了满足自己肉体上的需要而热爱耶稣。然而她是那么迷乱，那么困惑，怎样才能摆脱这种状态？

她恨自己，她想作践自己，毁掉自己。怎样才能摆脱这一切？她恨宗教，因为宗教是导致她陷入混乱的因素。她诅咒这一切。她想变得对一切事物都是一副铁石心肠，冷漠淡然，残酷无情，只关心即时的需要，即时的满足。她对耶稣的思慕只不过是为了能够勾起自己的柔情，以此对自己产生反作用力，最后达到疯狂的程度。那时就没有什么耶稣，没有什么多愁善感了。她讨厌多愁善感，这会带来她更为痛恨的一无所获。

就在这时，来了年轻的斯克里宾斯基。厄秀拉将近十六岁了，是个身材纤细、郁积着青春之火的姑娘。她沉默寡言，时而又开怀畅谈，滔滔不绝。她有时好像是在倾吐自己的全部心事，而实际谈的只是另一番虚假的内心表白。她极为敏感，总是在折磨自己，总是装出一副冷漠淡然的样子来掩饰自己的内心。

这段时间，她的情绪大起大落，消沉地忍受着内心的痛苦。她在这个世上是个多余的人。她好像把满腔热情倾注于苦苦地思念着一个人。而她在心

---

① 《马太福音》第 11 章，第 28 节。

底却始终孩子气地怀着不信任的敌对感。她认为，她爱每一个人，也相信每一个人。可是因为她不能爱她自己，也不能相信自己，她就带着一条蛇或是一只笼中鸟那样的疑虑，谁也不相信。她反感和仇视的开启比她爱的冲动来得更为自然。

她在对付着度过这段混乱、失魂落魄、尚未成人、尚未定型的日子。

一天晚上，她正在起居室学习，两手托着脑袋。她听到厨房里有不熟悉的声音在说话。马上，她精神一振，竖起耳朵来听，冷漠的神情一下子变得兴奋起来。她的心紧张得要跳出来，放出光芒，又遮遮掩掩的，不愿显露。

有两个陌生男人的声音。一个坦率，声调柔和，带着宽厚爽直；另一个听着则轻松流畅，变化灵活，说得很快。厄秀拉心情紧张地坐着，震惊得停下了学习，不知所措了。她一直呆坐着听那两个男人的声音，几乎没留心他们说了些什么。

第一个说话的声音是她舅舅汤姆的。厄秀拉知道，在这真诚坦率之下掩盖着他内心的嘲笑和剧烈的苦楚。另一个说话的人是谁？如此流畅地吐出的声音，却又带着激情，是谁呢？这个声音好像在催促她，驱使她向前。

"我还记得你，"这是那年轻人的声音，"我第一次见你就记住了。你有一双黑眼睛和美丽的容貌。"

布朗温太太羞怯又高兴地笑了。

她说："那时你是个一头鬈发的小男孩。"

"是吗？对，我知道。他们为我的鬈发感到很骄傲。"

一阵大笑之后又没声音了。

她爸爸说："我记得，你那时是个很有礼貌的孩子。"

"哦，我叫没叫你留下来过夜？我那时总是爱留人过夜。看来，那时我可是给我妈妈出够了难题。"

又一阵笑声。厄秀拉站了起来。她不得不走过去。

门闩咔哒一响，厨房里的人都掉过头来看。她倚在门边，一下子慌乱极了。她本想显得好看一些。她停在门边那一下子，肩膀都不知怎么放才好，那腼腆的样子很迷人。她的黑发束在脑后，闪闪发亮的黄褐色眼睛不知在望着哪儿。她身后的起居室里，有一盏灯，柔和的光束照在打开的书本上。

她做出大方的样子，走到汤姆舅舅跟前。汤姆吻了吻她，热情地问候她，显得和她很亲热，同时又明显地流露出一副超然独立的神情。

厄秀拉心里想着的却是和那陌生人说话。他站在稍后的地方，等待着。他是个长着一双清澈的灰眼睛的年轻人，那双眼睛还没有表情，在等待着召唤。

年轻人沉着的等待表现出来的气质打动了她。厄秀拉把手伸给他时，发出了一阵慌乱又挺动听的笑声。继而，像个非常兴奋的孩子一样屏声静气地等着。年轻人紧紧地握住了她的手，离得很近地向她鞠了一躬，很认真地盯着她看。她感到骄傲，心中又充满了活力。

"厄秀拉，你还不认识斯克里宾斯基先生吧。"这是她舅舅汤姆亲切的声音。她一阵冲动，抬起头来，面对着那陌生人，似乎要宣告他们的相识，发出激动颤抖的笑声。

他的眼睛闪着激动的亮光，有点慌乱。他由心不在焉变成关注着厄秀拉。他二十一岁，身材颀长，松软的褐发由眉毛上方笔直向上梳成德国发式。

她问："你打算多住些日子吗？"

"我有一个月的假期，"他一边说一边望望汤姆·布朗温，"不过我还得到其他的一些地方去，各处逗留几天。"

他给厄秀拉带来了外面世界的强烈气息。她就像被带到了山顶上，朦朦胧胧感觉到整个世界在她面前延伸。

她问："你从哪儿得到这一个月的假？"

"我在部队，工兵部队。"

"哦！"她高兴地喊了一声。

她舅舅汤姆说："我们打搅你的学习了。"

她马上回答："哦，没关系。"

斯克里宾斯基笑了，显得年轻，有激情。

她爸爸说:"她还用得着别人来打搅?"

看来,这话说得不合时宜。她真希望爸爸能让她说点自己的事。

"你喜欢学习吗?"斯克里宾斯基掉过头来问她。他问这个问题与自己的情况有关。

厄秀拉说:"我喜欢一些课程,我喜欢拉丁语、法语,还有语法。"

斯克里宾斯基望着她,全部注意力好像都集中到了她身上。然后,他摇了摇头。

他说:"我不喜欢。人们都说军队的智慧在工兵部队。我想这就是我加入工兵部队的原因——沾点别人智慧的光。"

他用调侃的语气说着这些,还带点儿懊恼。在他面前,厄秀拉变得活跃起来。他的话引起了厄秀拉的兴趣。不管他有没有智慧,这人很有趣。他的直率,我行我素,吸引着厄秀拉。她感觉到斯克里宾斯基生活中的变动就在她面前。

她说:"我认为智慧无关紧要。"

"那你认为什么才是至关重要的?"这是她舅舅亲切的、半哄半逗的声音。

她把脸转向舅舅。

她说:"重要的是有没有勇气。"

她舅舅问:"哪方面的勇气?"

"各方面的。"

汤姆·布朗温尖声地笑了。她爸爸妈妈一声不响地坐着,一副注意倾听的神情。斯克里宾斯基在一旁等着谈话继续下去。那些话厄秀拉都是说给他听的。

她舅舅笑着说:"什么事都无关紧要。"

此时此刻,她真讨厌她舅舅。

"她所鼓吹的,自己并没有去做。"她爸爸说着,一边动了动身下的椅子,把一条腿架到另一条腿上,"她就是有勇气去做不值一提的事。"

她并不想答话。斯克里宾斯基静坐在一边,等着。他的脸长得并不怎么端正,甚至可以说是难看,有点扁平,还长着个大鼻子。可他的眼睛却出奇的清澈明亮，浓密的褐发绸缎般的柔软，他还留着淡淡的胡子。他的皮肤光洁，身材瘦削优美。他旁边的汤姆舅舅看上去人到中年，她爸爸则像乡野俗人。不过厄秀拉看到他还是想到了爸爸，只是他更优雅，显得更出色。当然，他的脸不好看。

长什么样就是什么样，他自己默认了，似乎这不成问题，也不会有什么变化。他就是他自己。他带有的宿命感迷住了厄秀拉。他没有费劲去向别人证实自己。别人爱怎么看就怎么看，他就是这样，既不找理由也用不着向别人解释。

因而，他好像是完美无缺的，命中注定就是这样的。他并没有要求改变一下才能生存下去，才能与其他人交往。

这一点强烈地吸引着厄秀拉。她对缺乏信心的人已经很习惯了。这种人每遇到一种不同的影响，他们就变成一个新的样子。她的舅舅汤姆总是或多或少地按别人的意愿来造就自己。因此，没人知道真正的汤姆舅舅是什么样的，知道的只是有着一副相对不变的外表的、变来变去的不能令人满意的流动体。

让斯克里宾斯基想做什么就做什么吧。他把自己的本来面目完完全全地暴露出来，总是自己负责。他不允许对自己有什么疑问。他的自我独立是不可改变的。

所以，厄秀拉认为他好极了——他的性情那么好，那么独特，不易冲动，能自我平衡。厄秀拉在心里说，这才是绅士风度，他有一种命中注定的气质，贵族的气质。[①]

她马上就把斯克里宾斯基作为她梦幻中的人了。这个人正像那些上帝的儿子，他们看上了人间的女子，上帝的儿子们都是俊美的。他不是亚当的儿子，亚当缺乏独立性。亚当不是窝窝囊囊地被赶出了自己的出生之地吗？[②] 自从诞生以来，人类不是像个乞丐似的在乞求自己的生存吗？可是安东·斯克里

---

① 劳伦斯的贵族观主要来自尼采。

② 《创世记》第 3 章，第 23—24 节。

宾斯基却不会去乞求。他占有了自己，仅此而已。别人不可能真正地给予他或从他身上取走什么。他的灵魂是独立的。

厄秀拉知道，她妈妈爸爸认可了斯克里宾斯基。这个屋子里的气氛变了。有客人拜访。从前，有三个天使站在亚伯拉罕门口，[①] 向他问好，留下来与他一起吃饭。他们走后给他的家庭留下了永远的富足。

第二天，她应邀到玛斯庄去。两个男人还没回家。她从窗子往外望，见一辆单匹马车驶来，斯克里宾斯基要从车上跳下来。斯克里宾斯基做好了准备，一跃，冲她那正赶着车的舅舅笑笑，然后就朝着她这个方向走进屋来。他的动作舒展自如。他是那么平静地停留在自己洁净美好的气氛中，似乎命运早已为他安排好了。

他安于自己的命运，表面显得懒洋洋的，几乎有些萎靡不振，举手投足间看不出精力充沛的迹象。他一坐下来，就松松散散，无精打采的。

他说："我们来晚了一会儿。"

"你们到哪儿去了？"

"我们到德比去看我父亲的一个朋友了。"

"谁？"

直截了当地发问并得到坦率的回答，这对她来说还是一种冒险。她知道，对这个男人，她可以这样做。

"噢。他也是个牧师，是我的监护人，我的监护人之一。"

厄秀拉知道了斯克里宾斯基是个孤儿。

她问道："现在哪儿是你真正的家？"

"我的家？我也难说。我很喜欢我们的上校——赫伯恩上校，再就是我的姑姑们。但是我真正的家，我看还是军队。"

"你喜欢独自生活吗？"

---

① 《创世记》第18章，第1—2节。

他清澈、灰色带点儿绿的眼睛望了厄秀拉一会儿。在考虑问题的时候，他就视而不见了。

他说："我想是这样。你看我父亲——呃，他一直都不服这里的水土。他想要——我不知道他想要什么，但我知道，这是秉性。还有我母亲，我总认为她对我太好了。我感觉到她对我太好了，我的母亲！然后，我很早就离家去上学了。我得说，外面的世界对我来说比一个教区牧师的住宅更像家，我不知道这是为什么。"

"你是不是觉得像一只越过疆界的鸟儿？"她用自己见过的词来发问。

"不，不。我觉得一切都和我所喜欢的差不多。"

他给了厄秀拉越来越多的外面那个广袤世界的见识，一种距离感和大多数人的感觉。这些吸引了她，犹如花香把远处的蜜蜂招引过来。但是有些话也伤害了她的感情。

正是夏天，她穿着棉布衣裙。斯克里宾斯基第三次见她，她穿了一件蓝白细条相间的连衣裙，领子是白的，还戴了一顶白色的大帽子。这身打扮与她暖色调的金黄皮肤很协调。

他说："我最喜欢你这身打扮。"他站在那儿，头稍稍朝一边歪，带着审视的眼光欣赏着她。

她一阵激动——新的生活开始了。她第一次爱上了自己的美好形象，这是她从斯克里宾斯基眼睛里看到的她自己的细小映象。她必须符合这个形象，她应该是美丽的。她的念头很快就转到了衣服上：她热衷于以美丽的形象出现。家里的人都很惊奇地看着厄秀拉突然的变化。她变得讲究了，漂亮了，穿着她自己做的合身的棉布连衣裙，帽子也随心所欲地弯成自己喜欢的式样。有一股力量在鼓舞着她。

斯克里宾斯基神形恹恹地坐在她外祖母的摇椅上，厄秀拉一边跟他说话，他一边慢悠悠懒洋洋地、一前一后地摇动着。

厄秀拉问："你不算穷，对吗？"

"你是说钱少？一年我自己大约有一百五十英镑——我算穷还是算富，就由你说吧。事实上，我是够穷的了。"

"可是，你将来会挣钱吧？"

"我将来会得到薪水——我现在就拿着薪水。我还有军衔津贴，又是一个一百五十英镑。"

"不过，你还会挣得更多吧？"

"将来十年之内，我挣的都不会超过两百英镑一年。如果我靠自己的薪水过日子，就总是穷的。"

"你在乎吗？"

"在不在乎穷？现在不，不是很在乎。以后可能会在乎的。人们，我是说那些军官们，对我很好。赫伯恩上校挺喜欢我。我猜想，他是个挺富有的人。"

厄秀拉心里一凉。难道他要以某种方式卖身投靠上校？

"赫伯恩上校结婚了吗？"

"结了，有两个女儿。"

她突然觉得，要是打听赫伯恩上校的女儿是否打算嫁给斯克里宾斯基，那就太掉身价了。

停了一阵，谁也不说话。戈珍进来了，斯克里宾斯基还坐在椅子上懒洋洋地摇晃。

戈珍说："看你那样子真懒。"

他应道："我是懒。"

她说："你看上去软不拉耷的。"

他应一声："我是软不拉耷的。"

戈珍问："你就不能停下来不摇吗？"

"不，这是永恒的运动。"

"看你好像身上一根骨头也没有。"

"我就喜欢这种感觉。"

"我可不敢恭维你的爱好。"

"这就是我的不幸了。"

他还是在摇着。

戈珍坐在他后面，他摇到后方，戈珍就用两个指头捏住他一绺头发。待他向前一倾，那绺头发就拖住了他。他就当没这回事。屋里只有摇来摇去的椅子跟地面接触发出的声音。戈珍像只螃蟹，一声不响地在他往后摇时就抓住他一绺头发。厄秀拉涨红了脸，如坐针毡。她看得出斯克里宾斯基面带怒容了。

他终于蓦地跃起，恰似一个钢丝弹簧蹦起，站到了壁炉前的地毯上。

他气急败坏地骂道："该死！为什么不让我摇？"

厄秀拉喜爱他从懒洋洋一下子变得火暴的样子。他怒气冲冲地站在炉前地毯上，两眼直瞪瞪的。

戈珍发出了深沉圆润的笑声。

她说："男人都不这么摇晃。"

他说："女孩子都不扯男人的头发。"

戈珍又笑了。

厄秀拉觉得挺有趣，但她坐在那儿等着瞧。斯克里宾斯基知道她在等着看他怎么办。这一来惹起了他的火气。他不得不跟着走，听从她的召唤。

有一次，他赶着单匹马车带厄秀拉去德比。他在工兵部队是管马的。他们在一家小饭馆吃了午饭，就到市场去逛，看什么都挺喜欢。他在一个书摊给厄秀拉买了一本《呼啸山庄》。再走，他们看到一个正在开着的庙会，厄秀拉说："我爸爸以前经常带我去坐船型秋千。"

他问："你喜欢坐吗？"

厄秀拉答："哦，挺好玩儿的。"

"你现在想去坐吗？"

虽然她有点害怕，嘴里还是说："我太喜欢了。"一想到要去做一件不寻常的、有刺激的事，她就按捺不住了。

斯克里宾斯基径直朝秋千架走去，付了钱，就在一边帮着厄秀拉爬上去。除了他正做着的事以外，他好像什么都不注意。其他的人对他来说都是无关紧要的。厄秀拉很想蹭到后面去不坐了。可是，她情愿在众多的人面前抛头露面，壮着胆爬上秋千，不愿在斯克里宾斯基的面前退回去，这样做她觉得更丢脸。斯克里宾斯基两眼含着笑意；他那轮廓分明的身体兀立在厄秀拉面前；他把秋千船荡起来了。厄秀拉这时不是害怕，而是激动得颤抖起来了。斯克里宾斯基脸色通红，两眼炯炯闪亮。厄秀拉抬起头来看看他，自己的脸也变得像太阳下的花朵儿，光彩夺目。他们在明净的空中荡着，一下好像被弹射到高空中，一下又掉得极低极低。在空中荡着她高兴极了。这一上一下地荡得他们热血沸腾。他们大笑着，胸中燃烧着激情。

从秋千下来，他们走到旋转木马那边休息。他两腿分开，骑上一匹面朝着厄秀拉的木马。他看上去总是那么悠闲自在，自得其乐。一阵与习俗对抗的冲动使他成了个不受任何约束的人。他们坐在旋转着的木马上，耳边响着手摇风琴奏的乐曲。厄秀拉感觉到站在外面的人群，就好像他们俩骑在木马上漫不经心地从人们的眼前闪过，总是那么轻快活泼，那么得意，那么勇敢地在人们仰着的脸庞面前闪过，一下又升得高高的，不把那些普通人放在眼里了。

他们该下来了，不得不离开。她一下变得不高兴了，觉得如同一个巨人突然被削降到一般的高度，由那一群下民摆布。

他们离开庙会，朝他们的马车停放处走去。走过那座大教堂，厄秀拉总要朝里边望望。可是，现在那里面搭满了脚手架，地板上到处都是掉下来的石头和杂物，一走过，脚下嘎吱嘎吱地踩着小块的灰浆。整个教堂回荡着世俗的声音和锤子的敲打声。

厄秀拉有一阵子陷入了忧郁沉静的状态，渴望能安静一下。刚才在庙会那边不顾一切地在众人面前骑完木马后她就想静下来。得意之后，她想得到安慰，得到平静，因为傲慢和藐视破坏了她心头的宁静。

她发现在这悠久郁闷的教堂中充满了点点坠落的灰浆，悬浮在空气中的灰泥尘，带着一股陈旧的石灰味儿，还有脚手架和一堆堆的垃圾，圣坛上扔着抹布。

她说："我们坐一会儿吧。"

谁也没注意到他们在阴暗的最后一排长椅上坐了下来。她望望泥水匠们干的脏兮兮、乱糟糟的活儿。工人穿着笨重的靴子嘎嘎地走过通道，带着粗俗的口音大声喊：

"嗨，伙计，他们的角模板拿来了没有？"

教堂的屋顶上传来了粗鲁的大叫声作答，空荡荡的教堂里响起了回声。

斯克里宾斯基紧挨着她坐。在厄秀拉看来，一切都好极了，世界坍塌成一片废墟，他们俩安然无恙地爬出来，在此之上可以无法无天。也许她心里还有点害怕。斯克里宾斯基紧挨着她坐，触到了她。厄秀拉感觉得到他对自己的影响，很高兴。这促使她去感受斯克里宾斯基对她的紧逼，似乎他的存在就促使自己去干点什么。

他们乘马车回家的路上，斯克里宾斯基坐在她旁边。随着车子摇摆，他情欲荡漾地、缠缠绵绵地朝着她摆过去，靠着她，直到为了保持平衡不得不摆开身子。他一言不发地从盖毯下面把厄秀拉的手拉过来。虽然他的脸抬起来望着路，并不看手，却是全神贯注地用一只手解开她手套上的扣子，把手套拉开，小心地把她的手裸露出来。他手指的准确动作以及出自本能地在厄秀拉手上的细腻触摸，把这年轻的姑娘弄得神魂颠倒，情窦大开。他的手是那么奇妙、专注，就像一个活灵灵的尤物，在黑暗的底层灵巧地操作，把她的手套解开除掉，露出了手掌，又露出了手指。然后，他把手合在厄秀拉的手上，合得那么紧，似乎两人手上的血肉已经交融，合而为一了。同时，他脸朝着道路和马耳朵望，稳稳当当地赶着马车穿过一个又一个村子。厄秀拉就坐在他旁边，欣喜若狂，被这一道新的光芒照得什么也看不见。他们俩都没说话。从外表看，他们的注意力是完全不一样的，但是在他们俩中间，通过紧紧握着的手，两个人的肉体坚实地连在了一起。

过了一会儿，他装作没事，声音不自然地对厄秀拉说：

　　"坐在教堂里那一阵子我想起了英格拉姆。"

　　她问："谁是英格拉姆？"

　　她也是故作镇静，不动声色。其实她知道某种受禁的事就要发生了。

　　"他是和我一起在查塔姆的，一个中尉，比我大一岁。"

　　"那教堂怎么会使你想起他呢？"

　　"噢，他在罗切斯特有个情人，他们总是在那个大教堂的一个特定的角落谈情说爱。"

　　她冲动地喊了一声："多好啊！"

　　他们俩互相误解了对方的意思。

　　"这也有不好。守教堂的人为这大吵大嚷了一顿。"

　　"太不像话了！为什么他们就不能坐在教堂里？"

　　"我想大概他们都认为这是亵渎神灵。只有你、英格拉姆和那位姑娘不这么认为。"

　　"我不认为这是亵渎，我认为这是对的，在教堂里谈情说爱是对的。"

　　她几乎是用挑衅的口气说这些话，不管自己心里怎么想。

　　斯克里宾斯基没作声。

　　"她好吗？"

　　"谁？爱米丽？是的，她挺好的。她是个卖女帽头饰的。她不能在街上让人看见和英格拉姆在一起。这可是糟糕透了，真的。因为那看教堂的暗中监视他们，知道了他们的名字，然后就经常吵吵嚷嚷的。后来这都成了众所周知的事了。"

　　"她怎么办呢？"

　　"她去了伦敦，进了一家大商店，英格拉姆还去看她。"

　　"英格拉姆爱她吗？"

　　"他和那姑娘好，到现在已有一年半了。"

"她长什么样？"

"爱米丽吗？一个小巧娇羞的姑娘，眉毛长得挺美的。"

厄秀拉在沉思着这件事。这似乎就是外部世界的一桩真实的风流韵事。

"所有的男人都有情人吗？"她脱口问出，暗自惊诧自己的鲁莽。可是她的手还是被斯克里宾斯基的手紧紧握着；斯克里宾斯基的脸也还是原来的样子，表面上挺镇定的。

"他们经常谈到这个或那个令人惊异的漂亮女人，喝得醉醺醺地谈论她们。一放假，大多数人都急急忙忙地跑到伦敦去。"

"去干什么？"

"去找这个或那个令人惊异的漂亮女人。"

"什么类型的女人？"

"各种各样的都有。一般来说，她的名字经常变换。他们之中的一个家伙是个不折不扣的狂热分子。他身边总是准备好一个小提箱，一有空，就带着提箱急急奔到车站，到火车上再换衣服。不管车厢里有什么人，他一下就脱掉上衣，至少是把上半身的衣服换好。"

厄秀拉一阵颤抖，又感到奇怪。

她问："为什么他这么着急呀？"

她的喉咙发硬，很难发出声音。

"我猜他是心里惦记着个女人。"

她心里一凉，又麻木了。然而，这个情感的世界和不受约束的行为使她着迷。这不顾一切的行为在她看来好极了。

这一天她在玛斯庄待到天黑以后，斯克里宾斯基送她回家。她不愿离开斯克里宾斯基。她在等待，等待着再发生些什么事。

天刚黑，还挺暖和的。他们俩的影子在脚下。厄秀拉感觉到是在另一个更坚实更美好而又不仅仅是个人的世界。眼下，一个新的情况要出现了。

斯克里宾斯基走近她，同样是一言不发，热切地用胳膊揽着她的腰，温柔地，非常温柔又不易觉察地把她拉近自己，直到把胳膊僵硬地按在她的身上。厄秀拉好像被带着走，漂浮着，双脚几乎不着地，倚靠在他那坚实的、移动着的身体上，似乎要在醉人的眩晕中移动，倒向那身体的一侧。正当她处于眩晕状态中，斯克里宾斯基俯身把脸对着她，她就势把头靠在了斯克里宾斯基的肩膀上。厄秀拉的脸感觉得到他呼出的温暖气息。然后，斯克里宾斯基的嘴唇轻柔地碰了碰她的脸颊。哦，轻柔的吻，那么轻柔，她好像要晕过去了。她漂移过一阵阵热流和黑暗。

她还在等待着，在她的眩晕和漂移的状态中等待，宛如故事里的睡美人。她在等待，斯克里宾斯基的脸又俯向了她的脸，温暖的嘴唇贴到了她的脸上。他们的脚步慢慢挪，停住了，站在树下。他的嘴唇贴在厄秀拉的脸上，像一只蝴蝶停在花儿上一动不动。厄秀拉的胸脯朝他挨得更近一点，他动了一下，两条胳膊将厄秀拉环抱着，紧紧地抱着。

在黑暗中，斯克里宾斯基俯向她，用自己的嘴轻轻地触她的嘴。厄秀拉还在他的怀抱里，感到害怕，感觉得到斯克里宾斯基的嘴唇在自己的唇上。她不动，没办法动。斯克里宾斯基的嘴贴近，把她的嘴压开。她的心头涌起一股热流，把嘴唇张开，在痛苦的、强烈的情感涡流中，她把斯克里宾斯基抱得更紧，让他再吻。他的双唇又贴上来了，一阵又一阵的热吻，多温柔，多么温柔啊，然而，又像水中的巨浪不可抗拒。直到随着一声低低的呻吟，她才挣脱。

厄秀拉听见他在身边喘着粗气，没见过他这样。由他这不正常的现象而产生的一种可怕而又绝妙的感觉占据了厄秀拉的心。但是，她退缩了一小步，把情感藏在心里。犹豫了一下，他们又往前走，像是白蜡树下的两个影子在颤抖。在这个山坡上，她的外祖父曾拿着黄水仙求婚；她母亲也曾和年轻的丈夫在这里漫步，紧紧地靠在丈夫的身上，和厄秀拉现在靠在斯克里宾斯基身上走一个样。

厄秀拉感觉得到黑黝黝的大树枝披着树叶在头顶上伸展，细碎的树叶装点着夏夜。

他们走着，两人的身体紧挨着，结为一个整体。斯克里宾斯基抱紧厄秀拉，他们沿着路边的弯道走，以延长路程。厄秀拉总是觉得她不是靠两条腿支撑的，腿轻飘飘的似一阵微风在摆动。

斯克里宾斯基还会吻她的，但不是在今天晚上再来那么一次深深的吻。她现在知道了，知道吻是什么滋味的了。所以，斯克里宾斯基就更不容易再进入这种状态。

她睡觉时浑身热乎乎的，通了电流似的。好像拂晓前喷薄而出的光亮积蕴在胸中，涌动着。她睡得又沉又香，哦，睡得香极了。早上醒来，她感觉良好，像一穗麦子，芬芳、结实、饱满。

在这头一次遇到的奇妙但不可能实现的世界里，他们继续相爱着。厄秀拉对谁也没有说，完全沉浸在自己的天地里了。

但是，奇怪的虚情假意却促使她去寻求自欺欺人的知己。在学校她有一位文静、爱沉思、生性严肃的朋友叫埃塞尔。厄秀拉肯定要向她吐露这段心事。厄秀拉在诉说这个秘密时，埃塞尔低着头，注意地听着，愿为她保守秘密。啊，他谈情说爱时那温柔体贴的方式是多么令人迷恋！厄秀拉像个情场老手似的说着。

厄秀拉问："你觉得，让一个男人吻你是不是太不正派了？我指的是真心的吻，不是调情。"

埃塞尔说："我想，这得看情况。"

"在考塞西山坡上的白蜡树下，他吻了我。你觉得这事对还是不对？"

"什么时候？"

"星期四晚上，他送我回家的时候。不过这可是真心的吻，真的……他是个军官。"

埃塞尔故意问："那是几点？"

"我不知道，大概是九点半。"

有几分钟谁也不说话。

"我认为这是不对的，"埃塞尔不耐烦地抬起头来说，"你并不了解他。"

她的话里带着轻蔑。

"了解，我了解他。他的血统有一半是波兰人，还是个男爵。在英国，他相当于贵族。我的外祖母是他父亲的朋友。"

可是，两个朋友从此成了仇人。似乎厄秀拉一表明她和安东的关系——她现在对他是直呼名字了——就是想和自己的熟人绝交。

斯克里宾斯基到考塞西去得很勤，因为厄秀拉的母亲喜欢他。安娜·布朗温和他在一起就像个贵妇人似的，心平气和，什么事都认为是理所当然的。

厄秀拉和那个小伙子一进门，就没好气地大声问："小家伙们还没睡？"

她妈妈说："他们过半小时就睡。"

厄秀拉嚷嚷道："那就没个安宁。"

她妈妈说："厄秀拉，孩子们也要过日子呀。"

斯克里宾斯基也反对厄秀拉这样做。她为什么要这么过分？

那时，正如厄秀拉所知，他身上并没有小孩子那种没完没了的霸道。他对厄秀拉的母亲彬彬有礼，布朗温太太对此报以宽容、友好的招待。母亲由此而来的宁静样子也使厄秀拉高兴。看来，布朗温太太的地位是无法降低的。在与其他人的关系上，她是从来不在人之下的。布朗温和斯克里宾斯基两人之间保持着无法克服的沉默。有时，两个男人交谈几句，但没有交流。看到她爸爸自己退避，不理这年轻人，厄秀拉很高兴。

在这个家里，她很为斯克里宾斯基感到骄傲。厄秀拉恼火他那一副无精打采、什么也不感兴趣的懒散样子。可是这一点又使她着迷。她知道，这是放任自由的精神和勃勃的青春活力合为一体的结果。然而，这一点还是使她非常恼火。

尽管如此，斯克里宾斯基在她家以巧妙的方式闲混日子，她却为他感到得意。斯克里宾斯基对她母亲和她什么时候都是那么彬彬有礼，殷勤周到。有他在这个屋子里多好。一想到这儿，厄秀拉就感到充实了，高大了。似乎她自己是个确定的吸引力，而斯克里宾斯基则是朝着她而来的流动体。他的礼貌、随和也许都是冲着她妈妈来的，可那飘忽不定的身体却是她的，她抓住了。

她一定要证明一下自己的魅力。

她说："我想给你看看我的小木雕。"

她爸爸说："我敢肯定，这可不值得看。"

"你想看看吗？"她一边问，身子就朝着门边倾斜。

斯克里宾斯基已经从椅子上站起了身子，虽然面子上还想顺着她父母的意思办。

她说："在这间工房里。"

不管感觉怎么样，他还是跟着厄秀拉走出了门。

在工房里，他们做亲吻游戏，真的是玩一玩。这是个有趣的、激动人心的游戏。厄秀拉满脸笑容，转向他，像是在挑战。他马上接受了这个挑战。他一只手缠满了厄秀拉的头发，然后轻轻地，用绕着头发的手托着她的头，慢慢地送到自己面前。厄秀拉挑逗性地笑得喘不过气来，他则两眼放光，回望着厄秀拉，非常喜欢这个游戏。他吻了厄秀拉，向她表白了自己的心愿；厄秀拉也回吻了他，表明了对他特别的喜爱。他们知道这个大胆的游戏是不顾后果的、危险的，两人都不是出于爱，而是由于火热的激情。在这场游戏中，占据厄秀拉心头的是藐视一切，只要她想吻斯克里宾斯基就吻。而斯克里宾斯基呢，心里的念头则是大胆妄为，好像玩世不恭，与他假装恭顺相待的一切一刀两断，来一次报复。

这时，她非常美丽，敞开了心胸，容光焕发，心儿突突直跳，极度脆弱。她过于冲动地、错误地把自己推去冒险。这又引起了斯克里宾斯基的狂热。犹如阳光下怒放的一朵花儿在摇曳，厄秀拉引诱他，向他挑战。他接受了挑战，暗自做出了某个决定。在她的笑意和强烈的忘情举动后面是颤动着的泪滴。看到此情此景，斯克里宾斯基欲火中烧，几乎要发狂，受不了了。欲念只有一个，就是要占有她的肉体。

这一下，他们俩震惊了，害怕了，又回到厨房，回到厄秀拉父母的身边，装作什么事也没发生。可是，他们俩都多了件心事，一下还不可能摆脱。这件事加强并深化了他们的感觉。他们更加朝气蓬勃，更有力量。除此之外还有一种倏忽即逝的感觉。从他们双方各自看来，这是一个绝妙的自我肯定的时机：他在厄秀拉面前表现了自己，觉得自己是个十足的男子汉，完全不可抗拒；厄秀拉也在他面前表现了自己，知道了自己有无穷的魅力，因而，也是无比强壮。除了各自最大限度地证实了自我，从这样的激情中，他们各自究竟还得到了什么与生活的其余部分截然不同的东西？生活的其余部分有有限和悲哀的东西，而人的情感到了最高点需要一种无限的感受。

不管怎么说，这种激情已经开始了，就得发展下去。厄秀拉热切地要知道自己的极限自我，受限制的自我，这样界定是为了与他抗衡。厄秀拉可以限制和界定自我来与他，这个男性抗衡。她可以成为她的极限自我——女性。哦，女性，一时间以反男性的微妙主张以及优于男性的截然不同之处获得了胜利。

第二天下午，他悄然而至，厄秀拉和他一起到教堂去了。她爸爸对斯克里宾斯基渐渐看着有气，她妈妈则是生厄秀拉的气。但是父母亲在行动上自然都是宽容的。

厄秀拉和斯克里宾斯基一起穿过教堂的院子，跑进教堂躲起来。里面比起照耀着午后阳光的外面要暗一些，可是那些弓形石块间的柔和光线非常美妙。窗玻璃燃烧着红宝石色和蓝色，给这神秘的石头砌成的精致房子挂上了一块华丽的花毯。

"真是个约会的好地方。"他悄声说道，一边四下打量。

厄秀拉也在到处打量着这熟悉的教堂内部。暗淡的光线和寂静使她觉得凉飕飕的。不过她一点儿也不怕，双眼闪闪发亮。在这里，就在这里，她将要表现她那不屈不挠的灿烂的女性自我。在这里，她那女性的花朵将像 ·团火焰一样怒放。在这昏暗的地方，这朵花比光线更为热烈。

他们分开站了一会儿，然后，都有意地转向对方，渴望身体的接触。厄秀拉双臂环抱着他，把身体紧贴在他身上。双手按在他的肩膀上，背上，厄秀拉似乎摸透了他，完全懂得了他这年轻的紧绷绷的身体。如此美好，如此坚实的躯体，又是那么微妙地受她支配，在她的控制之下。她的嘴朝斯克里宾斯基的嘴靠拢，大口吸吮着他的深吻，深深地吸了又吸。

这滋味儿真好，好极了。她感到好像全身充满了斯克里宾斯基的吻，大口大口地吞下了强烈灼人的阳光。她的胸腔发热了，阳光好像直射在心上。她吸进去的东西美极了。

厄秀拉放开他，容光焕发地望着他，心满意足，那副神采飞扬的模样宛如美丽的云霞。

她那么容光焕发，那么满意，斯克里宾斯基看了泛起苦味。她朝着斯克里宾斯基笑，不管他怎么样，只顾沉浸在自己的欢乐中，以为他也同样高兴，根本就没怀疑这一点。她光彩照人，犹如一位天使，和斯克里宾斯基一起走出教堂。她的双脚似两道光，行走在花间。

他走到厄秀拉旁边，精神上感到压抑，肉体上不满足。厄秀拉是否就要这样轻而易举地战胜他？对他来说，只有痛苦和莫名的愤怒，没有自己的欢乐。

时值盛夏，干草收获已近尾声，星期六就能结束了。斯克里宾斯基星期六无论如何都得走了。他不能再住下去了。

决定了要走，斯克里宾斯基对她就非常温柔，非常亲热，轻轻地吻着她。他们俩都为这温和、甜蜜、不知不觉的亲近而陶醉。

在他逗留的最后那个星期五，他去等着厄秀拉放学，带她在城里吃茶点。然后，他开汽车带她回家。

厄秀拉坐在车上，兴奋到了极点。斯克里宾斯基也非常得意最后露的这一手。他看着厄秀拉为这浪漫的情景激动，欢闹。她把头昂起来，像匹小马在撒欢，在使劲吸气。

车在一个拐角急转弯。厄秀拉身子一晃，靠着了斯克里宾斯基。身体的触碰使她意识到斯克里宾斯基的存在。一阵突如其来的冲动，厄秀拉摸到了他的手，把它紧紧地抓在自己的手里。他们像两个孩子，手握得那么紧。而他们已经不是孩子了。

风儿吹进来，拂在厄秀拉的脸上。车轮下溅起的泥土在狂翻。乡间一片墨绿色。新割下的干草这儿一堆那儿一垛，泛着银光。银白的天空下有一片片的树林。

厄秀拉的手有意识地又握紧了他的手，感到了不安。他们好一阵子都没说话，坐在车上，紧紧地握着手，兴奋得发亮的脸儿都避开不望对方。

随着车子的摇晃，厄秀拉不时地靠着他。他们都在等车子颠簸把他们俩晃到一起。可是，他们都一声不响地盯着车窗前方。

她看到熟悉的田野掠过车窗。可眼下，那不是熟悉的乡村了，那是一片奇境。耸立在杂草丛生的小山坡上的石块叫汉洛克石。在这潮湿的夏季傍晚，它看上去很古怪，模模糊糊地竖在一片魔幻的土地上。树林里飞出几只白嘴鸦。

啊，如果她和斯克里宾斯基能够下车，走进这片从来没人到过的神奇土地该有多好！那么，他们就会心醉神迷，摆脱沉闷、守规矩的自我。要是她能在这儿漫步多好啊！不断变幻的银白色天空下，有一个小山坡，许许多多的白嘴鸦在天空中化作了急匆匆的黑点。要是他们能够走过那刈完草的潮湿土地多好！呼吸着傍晚的空气，走进林子里，凉爽的空气中弥漫着金银花的香气，一碰着树枝，水滴就掉下来，掉到脸上真是冰凉惬意！

她却和他坐在车里，紧挨着。风儿撞在她昂起的、热切的脸上，把头发吹得往后飘。斯克里宾斯基掉过头来看她，看到她的脸儿洁净得如同一尊雕塑，风儿把她的头发塑到了后边，她小巧的鼻子尖尖地翘着。

看到她敏捷、轮廓分明又纯洁，斯克里宾斯基感到痛苦，真想杀了自己，把那讨厌的尸首扔在她的脚下。想把自己改换一新的欲望在折磨着他。

突然，厄秀拉看了他一眼。斯克里宾斯基似乎拜倒在她的脚下，向她靠拢，似乎又眉心一蹙。但是，一看到厄秀拉那双闪亮的眼睛和容光焕发的脸，他的表情马上变了，对她露出了惯用的漫不经心的笑容。厄秀拉欣喜地按紧了他的手，他忍着没动。突然厄秀拉低下头，十分崇敬地把那只手送到嘴边，吻了吻。斯克里宾斯基热血沸腾，但他还保持镇静，一动不动。

她吃了一惊：他们已经摇摇晃晃地进入了考塞西。斯克里宾斯基就要离开她了。然而，这一切是那么神奇，她的眸子里已经装满了明亮的酒液，她的眼睛只能是闪闪发亮的了。

斯克里宾斯基轻叩几下门，和家里的男人搭了腔。车子贴着紫杉树拐了过去。厄秀拉把手伸给他，像一个女中学生那样天真简洁地道了声再见。她脸上亮光光地站在门口看着斯克里宾斯基走。他开着车越走越远这个事实与她无关，她的全副身心已被欢乐喜悦占据了。她没有看见斯克里宾斯基走，因为他的光辉已经照在她身上。像她那样兴高采烈地沐浴着一束奇异之光，怎么可能想念斯克里宾斯基呢？

在卧室里，她伸出双臂，明显地感觉到了极为撩人的痛苦，哦，她脱胎换骨了，超越了自己。她想纵身扑向空中一切隐藏着的光明。在那儿，就在那儿！要是她能遇见就好了。

不过，到了第二天，厄秀拉知道他已经走了。她的荣耀消失了一半，但永远不会从她的记忆中抹去。这件事来得太真切了。可是这一切已经过去，留下的是惆怅的怀念。深深的思念之情在她心中油然而生，她有了一个新的秘密。

她回避接触和探问。她为此感到很骄傲，可是她太不老练，太敏感了。哦，谁也别来招惹她！

她最喜欢的是自己一个人来来去去。沿着小巷走下去，什么也看不见，但又和这些事物在一起，可真是有趣。这就是孑然一人又感到充实的乐趣。

放假了，她自由了。大部分时间她都是独往独来：蜷着身子缩在花园里松鼠才去的地方；在小树林里拴个吊床躺着，鸟儿飞得很近、很近，飞得近极了。再就是，阴雨天，她到玛斯庄去，在堆干草的顶棚上埋头读自己的书。

这一段时间，她一直在想念着斯克里宾斯基，有时具体确切，而在她最高兴的时候，却只有一个模模糊糊的印象。斯克里宾斯基给她的梦境涂上了一层暖色调，是使她的梦想炽烈的热血。

当她不大高兴、不舒服的时候，她就在反复回想着斯克里宾斯基的外表、衣服、有军队标志的徽章——他给过厄秀拉那种徽章。要不，她就是在想象着斯克里宾斯基在军营里的生活，或者想象她在斯克里宾斯基眼里的形象。

斯克里宾斯基的生日在八月。她费了一番苦心为他做一个蛋糕。她觉得，要是送给斯克里宾斯基一件礼物，显得不大合适。

他们之间的往来信件很简短，差不多就是互寄明信片，而且还不频繁。但是，送蛋糕她要附上一封信。

亲爱的安东：

　　我想，在你的生日来临之际，阳光特意为你而照耀。

　　蛋糕是我自己做的，祝你生日愉快。如果蛋糕变质了，就别吃了。妈妈希望你在离得近的时候来看看我们。

你诚挚的朋友

厄秀拉·布朗温

她厌烦写信，即使是写给斯克里宾斯基也一样。在纸上写字毕竟与他和她无关。

天气晴朗了，收割机从黎明干到日落，哒哒哒地在田里开来开去。厄秀拉收到了斯克里宾斯基的信。他在乡间执行任务，在索尔兹伯里平原。他现在是野战骑兵队的少尉。很快他就有几天假，要到玛斯庄来参加婚礼。

谷物收割很快就要结束了，弗莱德·布朗温将要娶一位在伊开斯顿以外的小学教员。

芳香炎热的秋天一片淡蓝色，一片金黄色，收割结束了。在厄秀拉看来，世界盛开着最柔和最纯洁的花朵，开着菊苣花，番红花。天空碧蓝悦目，小路上的黄叶子看上去像是自由漫步的花朵，在脚边颤抖，奏起刺耳的尖声，令厄秀拉的心灵无法忍受。而且，秋天的气息对她就像夏天的狂热。她像个受惊吓的林中仙子从一簇紫红色小菊花旁跑开。另一种鲜黄的小菊花散发的味儿那么浓，熏得她脚步晃晃悠悠地似喝醉了酒。

前面走来了她舅舅汤姆，总是一副画上的酒神巴克斯玩世不恭的样子。他将要把快活的婚礼、丰收的晚餐和婚宴合而为一：在自己家附近搭个帐篷，请个乐队来伴奏跳舞、露天办个盛宴。

弗莱德对此犹豫不决，但汤姆肯定会感到满意的。而且劳拉，那位新娘，一个端庄聪明的姑娘，她肯定也要举办一个盛大欢乐的宴会。这与她受过教育的观念很合拍。她曾就读于索尔兹伯里师范学院，会唱民歌，会跳莫利斯舞。

准备工作开始了，由汤姆·布朗温来指挥。在离家不远的地方搭了个大帐篷，准备了两大堆营火。请来了乐师。宴会准备停当了。

斯克里宾斯基要来，在宴会的当天上午到。厄秀拉穿一条柔软的绉纱白裙，戴顶白帽子。她喜欢穿白色。配上她的黑头发和金色的皮肤，她看上去带点儿南方或者不如说是热带情调，像个克里奥耳人。她的穿着不带一点儿彩色。

那天准备到婚礼去的时候她直颤抖，她要去当女傧相。斯克里宾斯基要下午才能到。婚礼两点钟开始。

参加婚礼的人们回到家时，斯克里宾斯基正站在玛斯庄的客厅里。从窗子望出去，他一眼就看见了汤姆·布朗温。他是男傧相，穿着燕尾服、白内衬和鞋罩，沿着花园小路风度优雅地走过来，满面笑容的厄秀拉勾着他的手臂。汤姆·布朗温的脸色像女人的一样红润，黑眼睛，剪得短短的黑髭，显得很英俊。尽管如此，他还是有一些不易觉察的粗俗及可以引起这方面的联想之处：那奇特的、野兽般的鼻孔张得很大很刺眼；他发型很好的头差不多要让人感到焦虑了，前边有些秃顶，露出了滑润饱满的前额。

斯克里宾斯基看到的是这个男人，而不是和他同行的女子。她很快活，和汤姆舅舅在一起，总是感到一种奇异的、难以表达的、令人心神不定的兴奋，常常是连她自己也闹不清。

可是，她一遇到斯克里宾斯基，一切都消失了。她只看得见那颀长不变的年轻人神秘莫测地站在那儿等着，正像她的命运那样不可测。斯克里宾斯基已经超越了厄秀拉。像匹马儿似的，他一副懒怠散漫的样子，使他看上去很有大丈夫气概，也带点儿异国派头。他的脸庞可是光洁柔滑又敏感的。厄秀拉和他握握手，嘴里发出的声音就像被黎明惊扰的鸟儿的叫声。

她大声喊道："参加婚礼可好了，对吗？"

她的黑发上还留着星星点点的五彩纸屑。

斯克里宾斯基又一次感到困惑，他似乎看不见自己，变得模糊不清，不成形体了。然而他要不动感情，要有男子气，要像一匹马。他跟着厄秀拉走去。

客人们三三两两地散坐着，喝着清茶。正规的宴席到傍晚才开始。厄秀拉和斯克里宾斯基一起走出去，穿过堆放干草的院子，到了地边，爬上堤坝，到了运河旁。

他们走过新堆起来的一个个金黄色的大玉米秸垛，一大群白鹅大摇大摆地在旁边示威而过。厄秀拉轻盈得宛如一只白绒球。斯克里宾斯基飘忽不定地在她身边移动，他原来的形体松散了，剩下的是灰白、模糊，好像从一苞萌芽中逸出的另一个自我。他们随意谈着，没有涉及什么事。

蓝色的河水在秋季长成的两排树篱间蜿蜒流动，流向一座青翠的小山。左边是黑糊糊一片躁动不安的煤矿、铁路和小山上的城镇，教堂的尖塔高高地耸立在这一切之上。黄昏时分，塔上大钟这个白圆点还清晰可见。

厄秀拉觉得，这一条路，穿过讨厌却又诱人的闹哄哄的镇子，就是去伦敦的路。在他们的另一边，暮色柔和地笼罩着水边的青草地，罩着河岸弯曲的桤木树和远处大片发白的收割过的田地。这一边，暮色轻柔，连独自飞着的一只红嘴鸥也在平和地扇动着双翅。

厄秀拉和安东·斯克里宾斯基沿着运河堤往前走。树篱中的浆果顶在叶片上，变成了绯红色，鲜红色。晚霞、盘旋的红嘴鸥和依稀的鸟鸣汇入了那一边矿井杂乱的噪声和镇上黑糊糊、烟蒙蒙的紧张。他们俩走在河堤上，一条蓝色的水流，天空中的丝带，在旁边流过。

厄秀拉心里想，他的脸和手都晒黑了，看上去很帅。他在告诉厄秀拉，他学会了给马打掌以及挑选适合宰杀的牛。

厄秀拉问："你喜欢当兵吗？"

他回答："确切地说我还不是个兵。"

她说："可你做的事都是为了战争。"

"是的。"

"你想去打仗吗？"

"我？嗯，打仗是很令人兴奋的。如果有仗可打，我就想去。"

她觉得有一种奇怪的、心烦意乱的感觉，一种强烈的不真实感。

"你为什么想去呢？"

"我得做点事情，这可是真刀真枪的事。现在过的生活不过是儿戏。"

"可是，要是去打仗，你做些什么事呢？"

"我去铺铁路，去架桥，做苦工。"

"但是你铺的路和造的桥军队用完了就拆毁了。这似乎也只是一场游戏。"

"要是你把战争也叫作游戏的话。"

"战争是什么呢？"

"它是最严肃的事情，是战斗。"

她感到了难以忍受的隔阂。

她问："战斗为什么比其他的事更严肃？"

"你要么杀人，要么被人杀，我想，屠杀，够严肃的了。"

她说："但是人死了以后就无关紧要了。"

斯克里宾斯基沉默了一会儿。

"可是结果有关系，"他说，"这关系到我们能否平息马赫迪①的问题。"

---

① 1898 年马赫迪的追随者包围了喀土穆后被别人所败。

"与你没关系，与我也没关系。我们不管喀土穆的事。"

"你想有个地方住下来生活，就得有人给你腾地方。"

她笑着把话顶过去："可我并不想住到撒哈拉大沙漠去，你想吗？"

"我不想，可我们得支持那些想住到那儿去的人。"

"为什么我们要这样做？"

"如果我们不这样做，不就没国家了？"

"可我们不是国家。有许多其他的人，他们才是国家。"

"他们可能会说他们也不是。"

"噢，如果人人都这么说。就不会有国家了。可我还是我自己。"她很高明地宣称。

"如果没有国家，你就不会是你自己了。"

"为什么不是呢？"

"因为你成了任何一个人都可以掠夺的对象。"

"这话怎么讲？"

"别人可以把你所有的东西拿走。"

"噢，即使那样，他们也拿不了多少。我不在乎他们拿走什么。我倒情愿有个强盗把我抢走，不愿要一个能给我买到一切的百万富翁。"

"这是因为你是个富有浪漫情调的人。"

"是的，我是。我想浪漫浪漫。我讨厌永远不移动的房子，人们就是住在这样的房子里。这一切都是那么呆板、乏味。我不喜欢当兵的，他们死板。真的，你为什么打仗？"

"我要为国家而战。"

"尽管如此，你也不是国家。你会为自己做些什么？"

"我是属于这个国家的，我必须尽我对国家的义务。"

"可是如果它不需要你们的特别服务呢？就是说不打仗的时候呢？那你会干什么？"

斯克里宾斯基很恼火：

"别人做什么我就做什么。"

"做什么？"

"没什么。需要我的时候我就会做好准备。"

这个回答带着一股怒气。

"看来，"她应答道，"似乎你算不上个人物——似乎你所在的地方没有重要人物。真的，你是重要人物吗？我看，你好像算不了什么。"

他们一直走到一个码头边，就在船闸的上方。那儿停泊着一艘空驳船，船舱的顶篷漆成了红色和黄色，长长的底舱却是漆黑的。一个瘦削肮脏的男人坐在舱门边的一个箱子上，抽着烟，抱着一个包在黄褐色披巾里的婴儿，两眼望着天空中的晚霞。一个女人忙乱地走出来，把一只桶放进运河里，提了一桶水，又急忙进去了。听得见里面有孩子的声音。船舱的烟囱冒出了一股淡淡的蓝烟，飘来一阵做饭的味儿。

白得像只蛾子的厄秀拉停住脚步在看。斯克里宾斯基在她旁边停下来。那男人朝上看了一眼。

"晚上好。"他朝他们打招呼，一半出于冒失，一半是因为他们引起了他的注意。

他肮脏的脸上两只蓝眼睛唐突地望着他们。

"晚上好，"厄秀拉高兴地说，"现在的景色挺好，对吧？"

那男人说："当然，很好。"

他那沙褐色的、乱蓬蓬的胡子下嘴唇红润。他一笑，露出一口白牙。

"哦，可是——"厄秀拉结结巴巴地笑着说，"天气是挺好的。为什么听你的口气好像天气并不好？"

"正好带着孩子，什么也没有孩子好看。"

厄秀拉问："我可以进去看看你的船吗？"

"没人拦你，你想看就来看吧。"

船停靠在码头边，在对岸，这艘船叫"安娜贝号"，是住在拉夫伯勒的吉·鲁思的。那男人敏锐闪亮的眼睛仔细地打量着厄秀拉。他那一绺一绺的金发垂在布满污垢的脑门上。两个脏兮兮的孩子走出来看是谁在讲话。

厄秀拉瞧一眼那几扇大船闸门。闸门关着，水声作响，朦胧中看得见喷射、流淌出来的细流。这一边，清澈的水快涨到闸门顶了。她大胆地跨过船闸，走到码头边。

她在岸上弯下腰，往船舱里看，里面有一团红色的火光，一个妇女的身影。厄秀拉真想走下去。

那男人提醒她："你会弄脏衣服的。"

"我会小心的。"她答道，"我可以过去吗？"

"当然可以，只要你愿意。"

她拢一拢裙子，把一只脚伸下去踩着船边，笑着跳下去，扬起了一阵煤灰。

那个女人走到门口。她身段丰满，一头黄发，年轻，长着一个扁肥奇怪的鼻子。

她吃了一惊，带着诧异大声笑着喊："喔，你会弄得一身脏的。"

"我就是想看看。住在船舱里舒服吗？"厄秀拉问她。

那女人欣然答道："我不完全住在船上。"

她丈夫带着应有的骄傲说："在拉夫伯勒她有自己的客厅，还有一套漂亮的房间。"

厄秀拉瞥见船舱里几个平底锅煮着的东西开了，桌上摆着几只盘子。里面很热。然后，她就出来了。那男人正对着婴儿说话。这孩子蓝眼睛，细嫩的脸蛋，长着红黄色的细发。

她问："是个男孩还是女孩？"

"是个女孩。你是女孩吗，嗯？"他摇着头，对着婴儿喊。婴儿的小脸蛋绽出了非常奇特、非常逗人的微笑。

"嗬！"厄秀拉大喊，"嗬，这可爱的孩子！哦，她笑起来多好看！"

当爸爸的说："她会笑得很起劲的。"

厄秀拉问："她叫什么名字？"

那男人说："她还没名字，她还用不着名字。"他大声对孩子说："是不是呀？你这什么都不是的小东西呀。"

孩子笑了起来。

"不，我们一直很忙，我们还没带她到出生登记处，"这是那女人的声音，"她是在这船上生的。"

厄秀拉问："那你们知道今后怎么叫她吗？"

当妈妈的说："我们想叫她格拉迪斯·埃米莉。"

当爸爸的说："我们不想要这样的名字。"

当妈妈的气愤地大喊："别听他的！你到底想要个什么名字？"

"她将叫作安娜贝，用她出生的这条船的名字。"

妈妈很激烈地对抗："她不叫这个，就是不叫。"

爸爸坐在那儿故意捉弄地咧开嘴笑。

他说："好吧，等着瞧吧。"

厄秀拉从那女人气得直哆嗦的样子看得出，那男人决不会让步的。

她说："这几个名字都挺好，就叫她格拉迪斯·安娜贝·埃米莉吧。"

那男人答道："不，就算是这样，这也太难叫了。"

"你看，"女人大声说，"他就是这么个死脑筋！"

厄秀拉对着那孩子低声念叨："她是个多好的孩子，她笑了，她连个名字还没有。"

她又加上一句："让我抱抱她。"

他把这一身奶气的孩子递给她。孩子的大眼睛长得那么蓝，像瓷一样，她笑起来又是那么的奇特，就像做怪相，厄秀拉很喜欢她。厄秀拉在和她喁喁细语。这可是个奇怪又令人兴奋的孩子。

那男人突然问她："你叫什么名字？"

她答："我叫厄秀拉，厄秀拉·布朗温。"

他惊讶地叫起来："厄秀拉！"

她赶紧补充一句，作为说明："曾经有个圣人厄秀拉。这是个很古老的名字。"

他喊一声："嗨，孩子妈！"

没人答应。

"喂！"他喊，"你听不见吗？"

一声短短的回答："干吗？"

他咧嘴笑笑："'厄秀拉'，怎么样？"

"什么怎么样？"应了一声，那女人就出现在门口，准备跟他争一争。

他温和地说："厄秀拉，是这位姑娘的名字。"

那女人上下打量着年轻的姑娘。显然，她被那苗条的身段，姣好水灵的容貌和一袭白衣的素雅吸引住了，还有她温柔地抱着孩子的样子。

当妈妈的问道："呃，你的名字怎么写？"她也动心了，这使她感到有点尴尬。

厄秀拉拼出了她的名字。那男人看看女人。孩子的妈妈一慌乱，脸上泛起了一抹红色，有点不好意思了。

她好像经历了一场冒险，激动地大声说："这可不是个普通的名字，对吧！"

他问："那么你打算用这个名字了吧？"

她口气肯定地说："我愿意用这个名字，不愿用安娜贝。"

他答一句："我愿用这个，不愿用格拉迪斯·埃米莉。"

一下子谁也不说话了，厄秀拉抬头望了望。

她问："你们真的要叫她厄秀拉？"

那男人答道："叫厄秀拉·鲁思。"他傻笑着，高兴得好像他找到了什么东西。

这回轮到厄秀拉觉得困惑不解了。

她说："这名字听起来确实非常好。我一定得给她一点东西。可我什么也没有。"

她穿着白色连衣裙站在船上，思索着。那瘦削的男人坐在旁边望着她，似乎她是个怪人，又好像厄秀拉照亮了他的脸。他的眼睛含笑大胆地望着她，却是带着极为赞赏的神情。

她说："我能不能把我的项链给她？"

这是一条含金的细链，缀着紫晶、黄玉、珍珠和水晶，是汤姆舅舅给她的。她非常喜欢这条项链。当她从脖子上取下来时，目光爱抚着它。

那男人好奇地问："这条项链贵重吗？"

她回答："我想挺贵重的。"

斯克里宾斯基在码头上说："那上面的宝石和珍珠都是真的，它值三至四英镑。"厄秀拉看得出他不同意她这么做。

她对船上的人说："我一定要给你的孩子这条项链，可以吗？"

他脸红了，把视线移开，望着夜色。

"不，"他说，"这不该由我来说。"

那女人好奇地从门洞里大声喊："你爸爸妈妈会怎么说？"

厄秀拉说："这是我自己的。"她拿着那串发亮的项链在婴儿的面前摇晃。孩子张开了小手，却抓不住。厄秀拉把宝石项链放在小手上，帮她抓紧。孩子挥动着露出来的一小段亮闪闪的链子。厄秀拉把自己的项链给出去了，很伤心，但她并不想要回。

宝石项链在孩子的手里晃了晃，落到积满煤粉的舱底。那男人崇拜地小心翼翼地摸索着去拾。厄秀拉注意到那几根粗糙烨钝的手指摸到了珠宝堆成的小小山丘。他手背上的皮肤晒红了，直愣愣的金色汗毛闪着光。不过，厄秀拉喜欢这双瘦削、结实有力、能干的手。他拾起项链，仔细地把沾上的煤粉吹掉，捧在手心。看上去他平静又专注。他把手伸出来，结实的黑手心里是一小撮闪闪发光的金链。

他说："把它拿回去吧。"

厄秀拉闻之一喜，更坚决了。

"不，"她说，"这是小厄秀拉的了。"

她朝孩子走过去，把项链挂在孩子温暖柔嫩的小脖子上。

一阵慌乱之后，当爸爸的俯身对着他的孩子说："你该怎么说？是不是说谢谢？厄秀拉，是不是说谢谢？"

当妈妈的在门边，带点讨好的神情笑着说："现在她的名字就叫厄秀拉了。"她走出来，仔细打量着孩子脖子上挂的项链。

厄秀拉·布朗温说："这是厄秀拉，是不是呀？"

当爸爸的既是献殷勤，也是出于直率，以亲切又向往的神情抬头望着她。他被征服了的心灵热爱厄秀拉，而他清楚这一点：他的心灵被征服了，常常是这样。

厄秀拉想走了。他支起一架小梯子让厄秀拉爬上码头。厄秀拉吻了吻抱在母亲怀中的婴儿，就转身走了。当母亲的热情极了。那男人沉默不语地站在梯子旁。

厄秀拉和斯克里宾斯基站到了一起。两个年轻的身影跨过水闸，下方是闪耀着粼粼波光的水面，那船上的人望着他俩离去。

"我喜欢他们，"厄秀拉在说着，"他是那么彬彬有礼，哦，多么彬彬有礼呀！那个小宝宝真可爱！"

斯克里宾斯基说："他彬彬有礼？那女人当过佣人，我敢肯定。"

厄秀拉退让了。

"可是我喜欢他的直率——实际上这说明了有教养。"

她急急忙忙地把话说完，很高兴遇到了这个又脏又瘦、胡子拉碴的男人。这个男人给了她一种愉快温暖的情感。他使厄秀拉感觉到自己的生活是丰富多彩的。而斯克里宾斯基，不知怎么地，在她身边制造了一种死气沉沉、乏味无聊的气氛，好像这个世界是一堆灰烬。

他们赶回家参加盛大的晚宴，一路上很少说话。斯克里宾斯基妒忌那个长得瘦削、有三个孩子的父亲，妒忌他不加掩饰的直率，以及体现在对厄秀拉态度上的他对妇女的崇敬，这种崇敬是包括肉体和精神两方面的。那个男人的肉体和精神向往着、崇敬着这个姑娘的肉体和精神，带着一种愿望——虽然知道这个对象是不可能到手的，但却高兴地知道有完美的事物存在，高兴享有短暂的交流。

为什么他自己就不能这样去想望一个女人？为什么他从未真正地想过一个女人、没有用全副身心去想过？他从未爱过她，从未崇敬过她，仅仅是生理上需要她。

然而，他会以自己的肉体去要这个姑娘的，让自己的灵魂去做该做的事吧。一股生理的欲火逐渐在玛斯庄燃烧起来了，是被汤姆·布朗温点燃的；是被那个羞怯、白皙、死板的农民弗莱德和漂亮、有点文化的姑娘的婚礼点燃的。似乎是汤姆·布朗温以他全部的神秘力量，煽起了正在升起的火焰。新娘子被汤姆强烈地吸引住了。而且他还在对一个白肤金发的漂亮姑娘施展魅力。他逗得这姑娘像磷光似的不停闪烁，情绪如同海水忽起忽落，讲些汤姆挺欣赏的俏皮话。姑娘的绿眼睛里好像转动着一个秘密，她的双手看上去如同珠母贝闪闪发亮，是透明的，似乎那秘密就显现在手上。

晚宴进入尾声。上过甜食后，小提琴和长笛合奏的乐声响了起来。每个人的脸上都露出了喜色。大家一下子都兴奋起来。简短的祝词结束了，没人再要葡萄酒了，想去户外的人被邀请到外面喝咖啡去了。天气很暖和。

明亮的星星在闪烁，月亮还没有升起来。星光下有两大堆看不到火焰的通红的篝火，火堆旁悬挂着灯。大帐篷支在火堆旁，里面点着灯。

年轻人成群地拥到神秘的夜色中。欢声笑语不绝于耳，还闻得到咖啡的香味。农舍在夜幕下黑黝黝的。灰白的漆黑的身影掠过去晃过来，搅成一片。红色的火光闪耀在白裙子绸裙子上，灯光照在婚宴来宾攒动不停的头上。

在厄秀拉眼里，这一切妙极了。她觉得自己换了副新貌。一团团黑影像是巨大的野兽的身躯，一起一伏地在呼吸；一个个干草垛半隐半现，背后是漆黑多产的兽窝。令人眩晕的黑暗一阵一阵地袭向她的心灵。她想放开自己，到达天空，置身于闪烁的群星之间。她想放开双脚猛跑，摆脱这块土地的限制。她想离开这儿，就好像是一只拴在链子上的猎狗，随时准备冲向黑暗，去追逐不知名的猎物。她既是猎物，也是那只猎狗。黑夜是热情的，正在以感觉不到的巨大起伏呼吸着。黑夜等着她出逃，等着接纳她。怎样才能开始，怎样才能放开自己？她必须从已知世界跳到未知世界。她发疯似的跺着脚，拍着手，胸膛好像被束缚住了。

音乐开始了，束缚就挣脱了。汤姆·布朗温和新娘跳着舞，动作迅捷连贯，似乎不受空气阻隔，又似水中游动着的生物难以企及。弗莱德·布朗温和另一个舞伴跳。乐声如波涛起伏，一对对舞伴被冲刷着，卷进了跳舞的浪潮。

厄秀拉对斯克里宾斯基说声："来。"把手搭到了他的臂膀上。

接触到她的手，斯克里宾斯基的意识一下子全没了。他用双臂抱住厄秀拉，好像要抱在他的意志的可靠又微妙的力量之中。他们动作一致，成了双人运动，在滑脚的草地上跳着舞。这个运动将会没完没了，永远继续下去。他们各自的意志禁锢在同一运动之中，两个意志围于一个动作，却永不融合，永远不会一个屈从于另一个。这是掺杂在一起的，白中带蓝的美妙的流质，是流质中两股在竞争的力量。

他们俩都深深地沉浸在缄默不语中，沉浸在心底潜藏的能赐予他们无穷力量的活力之中。舞场上所有的人都被卷入了音乐的激流中。一对对模糊不清的舞伴川流不息地经过火堆旁，跳着舞步的脚沉默地又迈到了黑暗中。此情此景在洪荒时代地狱的底层可以看得到。

黑暗中一阵奇妙的晃动，整个夜晚缓缓地大幅度地摆动，乐声浮在面上轻轻地演奏着，舞场上空荡起了奇异迷狂的涟漪，而在此之下只有一股洪流缓慢地向后翻腾着，到了被遗忘的边缘；又向前翻腾着到另一端的边缘。每一次那颗心儿都跟着移动，将至尽头又痛苦地紧缩了。那颗心在面临危机时移动，掉转头，又移回了原处。

随着舞会进入狂欢的高潮，厄秀拉意识到有某种影响正在关注着她，有什么正在注视着她。某个强有力的、闪闪发光的东西正窥视着她，不是朝着而是正对着她。这个强有力的、势不可挡的东西与她遥遥相距，可是却逼近地在注视着她。她和斯克里宾斯基跳啊跳，而那巨大的白色的物体还在注视着她，目睹着它的光照下所展现的一切。

安东说："月亮升起来了。"乐声一停，他们突然发现自己像被冲到海滩上的弃物，搁浅了。厄秀拉转过身，看见在山顶上的又大又白的月亮在望着她。她的胸怀向月亮敞开。她像一块被月光切开的透明的宝石。她站在那儿，全副身心充盈着满月，呈献出自己。她两边胸脯都为之敞开，身体大张，似颤动着的海葵。这是由月亮引发的柔软膨胀的邀请。她想要月亮来充实自己，想与月亮进行更多更多的交流，直至完美。可是，斯克里宾斯基用胳膊揽住她，带她走了。月光倾泻在燃烧的火堆上，斯克里宾斯基给她披了一件黑斗篷，握着她的手，坐在旁边。

厄秀拉心不在焉。披着斗篷，一只手握在斯克里宾斯基的手里，她耐心地坐着。然而，她赤裸的身体已经离开了那儿，在扑打着月光，胸脯、腹部、大腿和双膝碰撞着月光，与它相会，与它交流。她几乎要一跃而起，真的走开，甩掉身上的衣服逃离，离开这黑糊糊乱糟糟的人群，奔向小山，奔向月亮。但是，站在她旁边的人群如一块块石头，一块块磁石，实际上她没法走。斯克里宾斯基犹如一块天然磁石在坠着她，他在身边就把厄秀拉给留住了。她感觉到斯克里宾斯基是个累赘，一个盲目的、固执的、呆滞的累赘。正因为是呆滞的，就坠着她。她痛苦地叹了口气。哦，叹息月亮那凉意，那完完全全的自由，那光明。哦，为了那冰凉的自由能成为她自己的，为了她能完全随心所欲而叹息。她想立即就离开。她觉得自己好像一块闪亮的金属，被那漆黑不纯的磁力拉下来了。而斯克里宾斯基就是那杂质，人们就是那杂质。要是她能离开这儿去和纯净自由的月光在一起该有多好！

"今晚你喜欢和我在一起吗？"这是斯克里宾斯基低低的声音，来自她肩膀上方的影子。在纯洁明亮的月光下，她发疯似的握紧双手。

"今晚你喜欢和我在一起吗？"那温柔的声音又重复问了一遍。

她知道，如果转过身，她就会死去。一股无名怒火令她恨不得把一切都撕个粉碎。就像金属片要断裂，她的双手有破裂的感觉。

她说："让我自己待着。"

一阵阴郁，斯克里宾斯基的犟劲儿上来了，很固执的犟劲儿。他呆坐在厄秀拉身边。厄秀拉脱下斗篷，朝着月亮——那银白色的她自己的化身走去。斯克里宾斯基紧跟着她。

音乐又响起来了，人们又跳起舞来了。他霸占着厄秀拉作舞伴。一阵极为冷漠的情感在她心中郁积。但是斯克里宾斯基把她抓得紧紧的一起跳舞。在她眼前跳着舞的是斯克里宾斯基的身体，挨着她，像一块压在身上的柔软的重物，把她压倒。他把她拉得很近，厄秀拉可以感觉得到他的身体。他那下坠的重量压在身上，压倒了她的生命和活力，使之变得和他一样毫无生气。她还感觉得到斯克里宾斯基贴在她背后的手。然而她体内抑制住的情感还是冷漠的，不驯服的。她喜欢跳舞，这样可以放松，进入一种恍恍惚惚的状态。不过，这种状态只是一种等待，消磨掉介于眼前的她和纯洁的她之间的时间。她就让自己紧挨着斯克里宾斯基，让他用尽全力。似乎这样斯克里宾斯基就可以从她身上获得力量，把她压垮。她接受了斯克里宾斯基全部力量的作用，甚至还希望能被他征服。她像根盐柱 ①，冷漠淡然，无动于衷。

他决心已定，便极力使自己全神贯注地去罩住她，制服她。要能够制服她就好了。似乎他已经被干掉了。犹如月亮把自己的光华聚拢，厄秀拉冷漠、不为所动，把他拒之于外，如同月光离他很远，永远也抓不住，摸不透。要是

---

① 《创世记》第 19 章，第 26 节，罗得的妻子变成了一根盐柱。

能定个契约把她管住，把她制服，该多好！

他们一直在一起，跳了四五个曲子。虽然斯克里宾斯基的愿望变得越来越强烈，身体变得越来越敏感，撩逗着她，可还是没有得到她。同往常一样无动于衷，一样生气勃勃，厄秀拉还是和原来一样。但是，斯克里宾斯基要以自己来缠住她，包围她，把她罩在一张阴暗漆黑的网下，那么她就像在阴暗的网下闪烁的明亮的尤物，被抓住了。然后他要占有她，享有她。一旦她被抓住时，看他怎么样享有她。

最后，跳完舞，她不愿坐下来，走开了。斯克里宾斯基揽着她一起走，以保持步子一致。她好像也不反对。她明亮似一束月光，如一刃钢刀，而斯克里宾斯基则像紧握着会割痛他的刀身。然而，即使这把刀会杀死他，他也要抓住。

他们朝着堆干草的院子走去。在那儿，斯克里宾斯基看到了可怕的景象：新堆起的大垛大垛的秸秆闪闪发光，变形了，在深蓝的夜空下显得银白一片，威严、朦胧，而地上则留下了它们一个个实实在在的黑影。这些发光的秸垛腾起冰冷的火苗，与淡蓝发白的空气融为一体。厄秀拉像微微发光的薄纱，似乎要在它们中间燃烧。冰冷的燃烧、微微白光、白色泛青的火苗，这一切都是飘忽无形的。斯克里宾斯基害怕这秸秆垛的月光大火在他头上燃起。他的心越缩越紧，越来越小，熔化成了小水珠般大的一滴。他知道自己要死了。

沐浴在笼罩一切的明亮月光中，厄秀拉站了一会儿。她宛如一道发光的动力。对自己的现状她感到害怕。看看斯克里宾斯基，看看他那模模糊糊的、不真实的、摇摇晃晃的样子，一阵突然而来的欲望攫住了她：要把他抓在手里，撕裂他，让他化为乌有。她的双手和手腕都感到无比的坚实强壮，犹如两把钢刀。站在她身边等着的斯克里宾斯基像个影子，她真想驱散它，像月光扫除黑暗似的扫除它，消灭它，了结它。望望斯克里宾斯基，她的脸上顿时容光焕发。她引诱了斯克里宾斯基。

斯克里宾斯基固执起来，伸出胳膊揽住她，把她拉到黑影里。她顺从了：让他能做什么就做什么吧。随他去吧。他拉着她，倚在秸垛上。秸垛上无数冰凉尖利的火苗刺痛了他。他还是执著地拉着她。

斯克里宾斯基的双手畏畏缩缩地摸她，摸着她那盐粒结晶的、凝聚着光华的身体。倘若能够得到她，他该怎么享有她！倘若能够用自己那软铁般的双手罩住她那明亮、冰凉、结着盐晶的身体，罩住她，俘获她，制服她，他会多么狂热地享有她！他稍稍挣动了一下，但还是用尽全力抱住她，要得到她。厄秀拉一直在灼烧，像盐粒坚硬发亮，难受极了。而斯克里宾斯基则感到自己的肉体难以抑制地在燃烧，在销蚀，似乎中了使人萎靡憔悴的毒。不过他还是坚持着，认为最终他可以制服厄秀拉。甚至在狂乱中，他还用嘴去寻找厄秀拉的嘴，虽然此举就像把脸伸入可怕的死亡之中。厄秀拉让步了。他猛地一下使劲贴着她，心灵发出了痛苦的呻吟：

"让我来，让我来吧。"

在接吻中厄秀拉接受了他，并把自己硬邦邦的吻戳在他的脸上，月光似的生硬刺人，令人憔悴。她似乎要把斯克里宾斯基折腾得死去活来。斯克里宾斯基则眩天晕地的，振作起全身气力来吻她，并使自己一直处于接吻之中。

然而，厄秀拉的冷酷和残忍紧缠着他，冷如月亮，却又似过量的盐一般灼人。渐渐地，他那温暖柔软的铁让步了，屈从了。旁边的厄秀拉猛烈地向他侵蚀，为他的溃败而激动，像一堆残忍的、有腐蚀性的盐包围着他剩下的最后一块骚动不已，搞垮他，在接吻中搞垮他。厄秀拉的得胜意识清晰明朗，而他的意识在痛苦中幻灭。是厄秀拉抓住了他——这个耗尽精力，被打垮了的牺牲者。厄秀拉胜利了，他算不了什么。

厄秀拉慢慢开始清醒了。一种白天的意识逐渐地在她心中恢复了。蓦地，夜晚闪回到那个过去习惯了的温柔的现实。她逐渐地意识到夜晚是再普通不过，再平常不过的了，那个伟大的、突发奇想的、超乎寻常的夜晚实际上并不存在。她充满了后怕。这是在哪儿？她感觉到的虚无是什么？虚无就是斯克里宾斯基。他真的在那儿吗？他又是谁？他一声不响，他不在那儿。这是发生了什么事情？刚才她自己是不是疯了？是被什么可怕的东西迷住了心窍？她心里充满了强烈的对自己的恐惧；充满了强烈的愿望——刚才的事不该是那样，不该有一个燃烧的、侵蚀的自我。一个急切的愿望占据了她的心：永远不要回忆刚才的事，永远不想它，一刻也不要让它出现。她竭尽全力去否认这件事，要极力摆脱这件事。她是个好姑娘，充满爱心，心是温暖的，血是深红暖人的，温柔的。她一只手抚爱地搭在安东的肩上。

"夜色真可爱，你说是吗？"她柔声地说，带着哄劝和爱抚。

他毫无生气了。她开始以爱抚使这个失去知觉的人复活。而且她还想要他根本不知道，永远也不要意识到刚才的事。她会把他从心如死灰的境地带回来，不留一丝能使他记起被挫败之事的痕迹。

厄秀拉抚摸着他，施展自己平常多情的本性，向他表示爱恋之意。慢慢地，他恢复过来了，成了另一个人。厄秀拉温柔迷人地爱抚着他，是他的仆人，毕恭毕敬的奴隶。厄秀拉修复了他的整个躯壳，修复了他的身体和外形。可是那内核没有了。他的自尊又抬头了，血管里的血液重新骄傲地流动。不过，他没有核心了：作为一个堂堂的男性，他是没有主心骨的。男性固有的得意、自负、充满激情的心脏再也不会在他的胸腔搏动了。现在他是受支配的，他们是互惠的，再也没有那内心燃着一团熊熊不灭的傲慢之火的不驯的男人了。是厄秀拉把这团火扑灭的，她毁了他。

她却在爱抚着斯克里宾斯基。她不愿让他记住刚才的事，她自己也不愿记住。

她恳求着："吻我，安东，吻吻我。"

他吻了。不过厄秀拉知道他不会触动她。斯克里宾斯基两条胳膊环抱着她，但并没有得到她。斯克里宾斯基的嘴在她的嘴上面，她感觉得到，但并没有压上来。

"吻我，"她急切忧伤地悄声说，"吻吻我。"

叫他吻他就吻了，可他的心里却是空空荡荡的。厄秀拉表面上接受了他的吻，心灵上却什么也没得到，一切都结束了。

放眼望去，她隐约看见闪着微光的燕麦在秸垛上摇曳，在月光下，是那么骄傲那么高贵，并非人间之物。她曾经与它们一同骄傲，也曾经与它们在一起。不过，在眼下这个普普通通的温暖世界里，她是个善良的好姑娘。她渴望得到仁慈和爱，想做个和蔼善良的人。

夜色发白，周围的一切受白色微光的辉映，这儿有黑影，那儿泛白，再者就是精灵鬼怪之类的。他们往家走。树篱底下的花朵厄秀拉看得清清楚楚，还看见一小扎一小扎耙出来扔在刺篱上发白的草。

多么美，夜色多美啊！她隐隐作痛地想到，今天晚上，得到了吻之后，她觉得幸福到了极点。可是，斯克里宾斯基揽着她的腰往家走的时候，她又转过来把自己奉献给了闪耀着奇异之光的夜晚。在这个夜晚，神圣华丽的月亮洁白得如同新郎，树影下布满了泛着银光的变了形的花儿。

在家门前的紫杉树下，斯克里宾斯基又吻了她，他们就分手了。进了家，她躲过父母亲的盘问，进了卧室。从那儿往外望月光下的乡村，她极力伸开双臂，在突然爆发的狂喜中，把自己奉献给皎洁欢快的夜晚。

然而，她的心灵有一道不幸的伤痕，她伤害了自己。毁了斯克里宾斯基的同时，也挫伤了自己。她用双手捂着尚未成熟的乳房，对自己遮盖起来；又自己把自己遮盖起来，在床上蜷缩成一团，睡了。

早晨，阳光灿烂。她一起床，浑身是劲儿，手舞足蹈。斯克里宾斯基还在玛斯庄。他要到教堂去。生活是多么可爱，多么令人惊异啊，在这清新的星期日早晨，她走进花园，置身于秋天纷纭的黄花和摇摆的红叶之中，呼吸着泥土的气息，伸手触一触蛛丝。对面的田野一片苍白，显得虚无缥缈，到处都是星期日早晨的寂静，又充满了陌生的声音。她吸一口大地胸膛的气息，似乎在她的脚下，大地要鼓动一下它强有力的肋腹。淡蓝的空气中渗出活力，这种宁静是强壮的、接近尾声的呼吸所固有的。那些红的、黄的，还有收割过的田里泛着白光的麦茬，是渐趋平息的最后激动的震颤，是圆满结束的按捺不住的欣喜。

教堂的钟声正响着的时候，斯克里宾斯基来了。厄秀拉的目光热切地伴随着他走进来。可是他很烦恼，自尊心受了伤害。好像他穿得挺厚，厄秀拉注意到了他那身做工考究的西服。

厄秀拉低声问他："昨晚上很愉快吧？"

他说："是的。"不过他的面部表情既不开朗也不轻松。

那天上午，教堂里的礼拜仪式和唱诗厄秀拉没注意到就过去了。她望着窗子上五颜六色的反光，望着礼拜者的形象。她只扫了一眼《创世记》，这是《圣经》中她最喜欢的一卷。

"上帝赐福给挪亚和他的儿子，对他们说，你们要生养众多，遍布大地。

"凡地上的走兽和空中的飞鸟，都必须惊恐、惧怕你们。连地上一切的昆虫并海里的一切鱼，都交付你们的手。

"凡活着的动物，都可以作你们的食物，这一切我都赐给你们如同菜蔬一样。"

可是那天上午，厄秀拉并没有为历史所打动。生养众多，遍布大地，使她感到厌烦。看起来，这一切全都不过是些庸俗的牲畜饲养之类的事。对人们饲养牲畜时在兽类和鱼类面前主人派头十足的样子，她兴趣索然。

"你们要生养众多，养育成人，遍布大地，再生养。"

她在心里嘲笑这增殖，每头母牛都变成两头，每个萝卜都变成十个。

"上帝晓谕挪亚和他的儿子说，我与你们和你们的后裔立约。并与你们这里的一切活物立约。

"我把虹放在云彩中，这可以作我与地立约的记号了。

"我使云彩盖地的时候，必有虹现在云彩中。

"我将记住我立的约，凡有血肉的，不再被洪水灭绝。"[①]

"灭绝血肉"，为什么特别提到"血肉"？谁又是这血肉之躯的主人？这洪水究竟有多大？也许有一些林中仙女和农牧神刚跑进小山里，或者跑进更远一些的山谷和树林里，受了惊吓，不过大多数都快快乐乐地跑掉了，根本不知道

---

① 以上所引《圣经》各段参见《圣经·旧约·创世记》第6章、第9章。

什么洪水，除非居于水泽的仙女告诉他们。一想到小亚细亚的泉中仙女在溪流入海口遇见海中仙女，厄秀拉就高兴。在入海口，大海拍打着清甜的浪潮，泉中仙女向姐妹们传递挪亚洪水的消息。她们会引人入胜地讲述挪亚方舟。一些水泽仙女还会讲到她们怎样在方舟旁边逗留，窥视到挪亚、闪、含和雅弗[①]坐在大雨下的舟内，听到他们说，现在他们四个是世界上仅存的男人了，主把其他的人都淹死了，因而他们四人可以得到所有的东西，他们是每一件东西的主人，是伟大的所有者之下的占有人。

厄秀拉希望自己是个仙女。那么，她会在方舟的窗外大笑，并且，给挪亚泼几滴洪水，再向着那些被他们的所有者和洪水视为低一等的人们漂移。

上帝究竟是什么？如果一条死狗的身上布满了蛆，[②]只不过是上帝在亲吻尸体，那么，什么又不是上帝？她对这个上帝感到恶心。这个为上帝而苦恼的厄秀拉·布朗温使她厌烦。不管上帝究竟是什么，他就是吧，用不着她厄秀拉为此烦恼费心。她这才觉得一身轻松了。

斯克里宾斯基坐在她旁边听布道，听那法规制度的声音。"你的头发根数是定好了的。"[③]他不相信这句话。他相信他的事情由他做主。只要你不干涉别人的事，自己的事可以随心所欲。

厄秀拉抚摸他，向他表示爱。然而，他知道厄秀拉想引起他的反应，然后搞垮他。厄秀拉并没和他一条心，而是与他作对。不过，厄秀拉在明里向他表示爱，对他钦佩得五体投地，又使他感到高兴。

他还浑然不知厄秀拉就拢住了他。他们是一对情人，是年轻浪漫，近乎异想天开的那一类。他给了她一枚小戒指。他们把戒指放在一杯莱茵白葡萄酒里，厄秀拉喝一口，他喝一口，直到那枚戒指在杯底露出来。厄秀拉把这枚简

---

① 后三人为挪亚之子。

② 《哈姆雷特》第 2 幕。

③ 《马太福音》第 10 章，第 30 节。

单的首饰拿出来，用一根线系着挂在脖子上。

他快离开的时候问厄秀拉要一张照片。她兴高采烈地到照相馆，花五先令照了一张。结果拿到的是一张难看的小照，嘴巴歪到一边。她惊奇地看着这张照片，很喜欢。

斯克里宾斯基看到的只是姑娘活生生的脸。这张照片使他难受。他收起来了，老是忘不了这张照片，可是看到它又难以忍受。照片上这张清晰的脸显得很大胆，有点儿心不在焉。这张脸刺痛了他的心。当然，这心不在焉的样子现在不在他身边了。

英国在南非向布尔人宣战了。[①] 到处都是兴奋和激动。他写了一封信说要走，还给厄秀拉寄了一盒糖果。

一想到他要去打仗，厄秀拉就有点儿茫然，说不清有什么感受。这是她从小说里看到的多么熟悉的浪漫场面啊，到了现实中，她却很难理解。欢欣鼓舞的表面下掩盖着消沉、深深的悲凉的失望。

不过，她还是把糖果藏在床底下，全都自己吃了，或是上床睡觉吃，或是早晨起床吃。她一直感到很内疚，很不好意思，可是她就是不愿分给别人吃。

以后，这盒糖果成了她的一块心病。为什么她要藏起糖果，为什么要自己吃掉每一颗糖果？为什么？她并不感到内疚，只不过是知道应该感到内疚。她还接受不了。这盒糖果令人费解地成为纪念，现在盒子已经空了，又成了她的一个难题。她怎么看这件事？

战争使她感到忧虑，心神不安。人们在有组织地互相开战的时候，她觉得整个世界的支柱似乎都要断裂了，一切都将陷入无底的深渊。她有一种恐怖的毫无着落的感觉。当然，还有一个臆想的战争的浪漫和光荣，甚至还有关于战争的宗教。她给搅得稀里糊涂。

斯克里宾斯基很忙，不能来看她。她并没有要求什么许诺担保。他们之

---

① 布尔战争（1899—1902）。

间的关系怎么样是不会，也不可能通过下保证来改变的。她凭直觉懂得了这一点，相信固有的现实。

然而，她感觉到了无依无靠的痛苦。没有办法。她模模糊糊地知道，世界的巨大力量在滚滚向前，互相撞击，黑暗，愚蠢，无聊，却极为庞大。因而，一个人被挟其中几乎就像一粒尘土，无依无靠，随风旋飞。而她又那么强烈地想要反抗，愤怒，战斗。但是，以什么去战斗？

难道她能用自己的双手与地面战斗，把那些小山打得不敢动弹？她的胸中还是想战斗，向整个世界开战。而这两只小手就是她仅有的一切。

过了几个月，到圣诞节了，有雪花莲了。考塞西附近的林子里有一块洼地，长满了雪花莲。她给斯克里宾斯基寄去了一盒子，斯克里宾斯基就给她写了一封短信表示谢意，似乎他很感激很怀念。她的眼睛变得孩童般天真又困惑。她一天天地感到困惑不解，无依无靠，被那些一定会发生的事情牵着走。

斯克里宾斯基在干着自己的本职工作，全副身心投入了工作。在他的心底深处，他的自我——那渴望、真心希望实现自我的心灵流产了，僵死了，成了郁积的一个死结。他是谁？为什么要把个人的关系看得如此重要？就个人而言，一个男人算得上什么？他仅仅是整个庞大的社会组织、整个国家、整个现代人类的一块砖。他个人的运动是渺小的，完全是次要的。整个社会体制应该受到保护，而不是分裂，不管有什么个人的理由都不行，因为任何个人的理由都不足以证明这种破裂是有道理的。个人的情感又算什么？一个人必须在整个社会、在人类详尽的文明大体系中担任一份工作，这才是重要的。整个社会是至关重要的，而团体、个人都不重要，除非他代表整个社会。

所以斯克里宾斯基不考虑那个姑娘，走自己的路，该服役就服役，该忍受的就忍受，什么也不说。对他自己的内心生活来说，他已经死了。而且他不可能从死亡中复活。他的灵魂已经躺在坟墓里了。他的生命在于确立的制度。他也有五种官能，这五种官能都要满足。除了这些，他代表着伟大的、已确立的、现存的生活理念，而作为理念，毫无疑问，他是重要的。

绝大多数人的利益是高于一切的。① 所有人的、整个集体的最大利益就是个人的最大利益。因而，每个人都必须为国家奉献自己，为大家的最大利益工作。也许，有人可以改良国家，但总是以保持原样为目的的。

不管怎么说，社会的最高利益不会给斯克里宾斯基的心灵带来勃勃的生机，他明白这一点。可是他并不认为个人的心灵有那么重要。他相信这一点：一个人代表了整个人类，他就是重要的。

他看不到，也没有生就那本事去看透这一点：按照目前的情况，社会的最高利益再也不是一般人的个人最高利益了。他想，因为社会代表了千百万的人民，因而，它一定比任何个人都重要千百万倍。而他忘记了这一点：社会是许许多多人的抽象概念，而不是许许多多个这些人。那么，当这个抽象的社会利益的论述对具有一般理解能力的人来说成了毫无推动力、毫无价值的公式时，"共同的利益"就成了大家讨厌的东西，在一个低层次上代表了保守的庸俗唯物主义。

绝大多数人的最高利益主要指所有各个阶层的物质财富。斯克里宾斯基并不十分在意他自己的物质财产。如果他变得一文不名，那么就是碰上运气不佳了。因而，他怎么可能在为了他人的物质财富而放弃自己的生命中找到他的最高利益！自己的都不重要，他也不会认为，为了别人而做出的每一次牺牲都是值得的。而且，作为个人，他会认为自己非常重要——哦，他说，你不必从这个观点来考虑社会。不，不，我们知道社会需要什么。它需要的是实在的东西，需要的是优厚的工资、机会均等、优越的生活条件，这些就是社会所需要的。社会并不需要那些微妙的和困难的东西。责任非常简单——脑子里记着物质，记着每一个人的直接的福利，这就是一切。

所以，一种毫无价值的感觉支配着斯克里宾斯基，厄秀拉对这一点越来

---

① 源自"绝大多数人的最大幸福"，这是功利主义创始人 Jeremy Benthan（1748—1832）的名言，成为该运动的口号。

越害怕。她感到不得不屈从于绝望，有强烈的灾难临头的意识。这灾难意识使得她一天比一天更迟钝。她变得病态的敏感，抑郁，忧心忡忡。看到一只白嘴鸦在天空慢慢地飞行她也会感到苦恼。这是个不祥的兆头。这个预兆在她看来如此不吉利，又对她如此地有影响，她几乎变得心如死灰了。

可是，这有什么关系？最坏的情况只不过是斯克里宾斯基离开了。她为什么要操这份心，害怕什么？她不知道。她就是被阴郁和恐惧缠住了。晚上走出去，看到天空闪烁着的星星，她会觉得这些大颗大颗的星星可怕；白天她老是在想着可能受到什么指控。

三月份，斯克里宾斯基写信回来说，他很快就要到南非去。不过在他走之前，他会抽一天时间到玛斯庄来。

如同在痛苦的梦境中，厄秀拉提心吊胆，不敢肯定地在等待着。这是怎么回事，她不知道，也不可能明白。她只是感觉到她那几根命运之绳全都因挂虑而绷得紧紧的。有时，她一边流泪一边没头没脑地说：

"我多么喜欢他，我多么喜欢他。"

他来了。可是他为什么要来？厄秀拉看着他，想找到点暗示。他没有示意，甚至连吻都没吻她。他的举止就像是个和蔼可亲的一般的熟人。这只是表面现象。但是这底下掩藏着什么？厄秀拉在等待，想要他示意一下。

因而，整个白天他们俩都迟疑不决，回避接触。到了晚上，斯克里宾斯基笑着说，他要过六个月再回来，到时再告诉他们这次出行的事。他和厄秀拉的母亲握握手就走了。

厄秀拉陪他走到巷子。这天晚上有风，门前那片紫杉树一会儿哗哗摇动，一会儿沙沙作响。风好像从林立的烟囱和教堂尖塔刮过。天黑糊糊的。

风吹着厄秀拉的脸，衣服被吹得紧贴四肢。这是一阵阵的劲风，充满了聚成一团的生命之活力。她好像看不见斯克里宾斯基了。在这刮着急迫的强风的夜晚，她找不到他了。

她问："你在哪儿？"

“这儿。”他的声音答道，没有形体。

厄秀拉摸索着，碰到了他。一团火焰像闪电蹿遍了他们俩全身。

她说：“安东？”

他应了一声：“怎么了？”

在黑暗中，她双手抓住斯克里宾斯基，感觉得到他们俩的身体又在一起了。

她说：“别丢下我，你要回到我身边。”

“好的。”他说着，双臂抱住她。

然而，他的男子气已经受伤致残了，因为他知道，厄秀拉并没有被他迷住，也不受他的影响。他想离开厄秀拉。他就想着这一点：明天要走了，他的生活其实是在另一个地方。他的生活在另一个地方——他的生活在另一个地方——他生活的中心就不是厄秀拉所能企及的了。厄秀拉是另一种人，他们之间有一道缺口。他们是两个敌对世界的人。

她又问一次：“你会回到我身边吗？”

他说：“会的。”他也是这么想的。不过他这么说是答应这个约定，而不是像一个男人回来实现他的承诺。

厄秀拉吻了他，然后走进门，消失了。他神不守舍地走回玛斯庄。与厄秀拉的接触刺痛了他，吓坏了他。他退缩了，要摆脱厄秀拉的精灵。不然，厄秀拉会站在他跟前，像巴兰先知面前的天使一样，拿一柄剑把他从路上驱赶回来，赶进荒野之中。[①]

第二天，厄秀拉到车站去送他。厄秀拉望着他，把脸向着他，可他总是那么冷淡，没有表情，一点儿表情也没有。他很专注，厄秀拉以为他思想集中就没有表情。奇怪的是，并非如此。

站在他身旁的厄秀拉一言不发，脸色苍白，斯克里宾斯基真不愿意看见她。在生命的源头，他似乎感到羞耻，为她感到冰冷的、死一般的羞耻。

---

① 《民数记》第 22 章，第 22—35 节。

在车站，他们这三人站在一起很引人注目。那姑娘戴着顶皮帽子，披着披肩，一身橄榄绿衣服，年轻而紧绷的脸显得苍白，一副孤独倔强的样子；那一身士兵打扮的年轻人戴着弄皱的帽子，穿一件厚实的大衣，紫色围巾上方的脸没有血色，很冷淡，他的身材中等；再就是那位年长一些的男人，一顶时髦的圆顶硬礼帽低低地压在浓黑的眉毛上，面色红润，表情镇静。很奇怪，他的整体形象表现了十足的淡漠。他永远是观众，是在一旁伴唱的合唱队，是戏剧的旁观者。在他自己的生活中不会有戏剧性的事件。

火车急驰过来了。厄秀拉的心颤动了，然而，她心头结起的冰块太坚硬了。

她说着"再见"举起了手，脸上露出她特有的茫然的笑容。斯克里宾斯基俯身吻她时，她还在纳闷他干什么。他应该握握手就走。

她又说了一遍："再见。"

斯克里宾斯基拿起了他的小提包，转身背对着她。火车前一阵忙乱。啊，这儿是他的车厢。他坐到了自己的位子上。汤姆·布朗温关上了车门。汽笛一响，两个男人握了握手。

布朗温说："再见，祝你好运。"

"谢谢，再见。"

火车开了。斯克里宾斯基站在车窗前招着手，实际上他并没有望着那两个人——那姑娘和那面色红润、几乎打扮得带点儿女人气的男人。厄秀拉挥动着手帕。火车越开越快，变得越来越小了。火车还在笔直地往前开。白亮的小斑点消失了，远远地还看得见越变越小的车尾。她还站在站台上，觉得周围空空荡荡的。她的嘴巴不由自主地颤抖，她并不想哭，心已冷如死灰了。

她舅舅汤姆已经走到一台自动售货机前，在买火柴了。

他转过身说："你要不要来点儿糖果？"

厄秀拉满脸泪痕，一副哭相，撇着嘴，使劲忍着。然而她的心并没有哭泣——已经心灰意冷了。

她舅舅还在问："你喜欢哪一种？要不要来点儿？"

"我想要点薄荷糖球。"奇怪，她的脸变形了，发出的声音却还正常。过了一会儿，她控制住自己，变得很平静，什么事也没有了。

"我们到城里去。"汤姆边说边推着她上了一列开往镇上去的火车。他们到一家咖啡馆喝咖啡。厄秀拉坐下来，望着街上的人，心里受了重伤，脑子里却冷静沉着。

她精神上的冷静沉着现在还持续着。在她的心头好像凝结着幻灭感，难以置信。她已经有一部分变得冰冷、毫无感觉了。她忍受着极度的痛苦，可是年纪太轻，受挫太深，她无法理解，甚至还不知道这一点。她受的伤害太深，简直无法承受。

她的痛苦是盲目的。她想斯克里宾斯基的时候，就需要他。但是从他离开的时候起，他就成了厄秀拉想象中的人了。厄秀拉把自己的烦恼、情感和思念全都对着他发。

她坚持写日记，写下了自己冲动的想法。看到天上的月亮，她心中溢满情感，回去就写道：

> 如果我是月亮，我就知道该在哪儿落下。

这对她来说是意味深长的。她在这个句子里倾注了她青春的痛苦、青春的情感和思念。不管到了哪儿，她的心灵都向他呼唤；不管在哪儿，她的四肢都因由他引起的痛苦而颤抖。她心灵放射的力量似乎不停地、无穷无尽地传向了他，在想象中，她找到了他。

然而，他是谁？他又在哪儿？只存在于她的愿望中。

收到了一张斯克里宾斯基的明信片，她把它贴在胸口。实际上这张明信片对她没有那么重要。第二天她就弄丢了。除非将来哪一天提起，她甚至记不得曾经收到过一张明信片。

长长的几个星期过去了，战场上的坏消息不断传来。她觉得，从世界的那一头传来的这些消息都刺痛了她。在她的心灵深处有一部分仍然是冰冷、漠然、没有变化的。

这段时间，她的生活总是只有一部分，没有过完完整整的生活。她有一部分是冰冷、没有生命的。然而她却非常敏感，不能自持。在街上，一个两眼通红的邋遢老女人向她乞讨，她像躲避脏物一样跑开了。那老女人在后面大骂刻毒的脏话时，她又畏缩了，气得要发疯，四肢颤抖，不能自持。只要她一想起那红眼睛的老女人，全身就燃起了一股疯狂的烈火，差点儿要杀了自己。

在这种状态下，她对性生活的热望成了心里的一块病。她那么敏感，那么神经质，以至于触摸到粗羊毛线都会使她神经紧张。

第十二章　羞　耻 ①

　　厄秀拉还有两个学期就要毕业了，她在为大学资格考试做准备。功课真令人头痛，没有欢乐，她也就呆笨了许多。她生性固执，又考虑到等待着自己的命运，不大情愿地强迫自己钻进去。她知道，过不了多久，她就会想要成为一个独立自主的人，叫她担忧的是自己的愿望不能实现。要争得完全的自立，在社会上的完全自立，摆脱任何个人权力控制的完全自立，这个念头占据了她的整个身心，使她对学习提不起兴趣。因为她知道，她手头总有一笔资本——她是女性。她永远是个女人。作为一个人，跟其他人一样的常人，所得不到的东西，她可以因为是个女人而把它搞到手。她暗自为自己是女性感到富有，感到充实，她手头总有一笔自由的本钱。

　　然而，她十分注意保留这笔最后的财产。应该先尝试其他办法。可以到神秘的男人世界去冒冒险，在这个世界里要承担日常的工作和责任，作为社会的一名工作人员生存。对此她有点难言的怨恨。她还想征服这个男人的世界。

　　所以她苦学不倦，从不放弃，有些功课她也喜欢。她学的课程有英文、拉丁文、法文、数学和历史。她刚能阅读法文和拉丁文的文章，可那句法又使她感到厌烦。最乏味的是仔细钻研英国文学。为什么要去记住读过的东西？数学的某些东西，如那些客观的绝对性，使她着迷，但是具体的演算又使她厌烦。历史上一些人物让她感到迷惑，促她思考，可是涉及政治的地方又激怒了

---

　　① 羞耻，是那个时期提到同性恋常用的词。1915 年在审理《虹》的法庭诉讼中，这一章节被特别指出内容不宜。

她，她恨那些政府官员。偶尔，她也会有一种强烈的感受：在学习中得到充实提高，开阔了眼界。一天下午，她在读《如愿以偿》①时，曾读到了一段拉丁文的话，是血管中的血液感觉到的，而且她知道血液怎样在一个罗马人的身体内流动。所以从此以后，她觉得自己是通过接触来了解罗马人的。她喜欢英语语法中的变化无常，这给了她去探讨词和句子的灵活变化的乐趣。她还喜欢数学，一看到代数中的字母，她就感到了一种真正的魅力。

在这一段时间，她的感受是如此丰富如此杂乱，以至于她脸上带上了一种古怪、惊奇又受了点惊吓的表情，好像她拿不准有什么东西随时会把她从这种未知的状态中拉出来。

一点点细微的信息就可触动她深邃无底的情感。秋天褐色的小树芽中，蕴含着细微完整的花蕾，包裹着在那儿等待，九个月以后的夏季才开放。她得知的时候，心头激起了一阵喜悦和爱恋之情。

"只要还有一棵树，我就不会死。"她虔敬地站在一棵大白蜡树前，充满激情又不无庄重地说。

不知怎么地，是人，人走动着，对她像是个直立的威胁。她的生活这时还未定型，突突地跳动，本能地避免一切接触。她把自己的一部分给了别人，但她从来就不是她自己，因为她没有自我。面对树木、小鸟和天空她不感到害怕也不羞涩。但是，在人们面前她极力退缩，她感到羞耻。别人都有固定的、特定的形体，而自己则是一种飘忽不定的感觉而已，无形无体。

这时，戈珍成了她最大的安慰和庇护。这个比她小的女孩子是个乖巧、怕生的小东西。她不相信任何人的接近，也不去分享悄悄话啊妒忌啊这些女同学的亲昵。她不愿和这些驯服了的小猫打交道，不管是好是歹，她相信她们都不过是一群野猫子，带着一种恶意的、不可信赖的顺从习性。

这对厄秀拉来说是个强大的后盾。当她认为有人不喜欢她时，她会感到

---

① 《如愿以偿》为莎士比亚的一个剧本。

痛苦，尽管她是多么瞧不起这个人。怎么会有人不喜欢她厄秀拉·布朗温？这个问题使她感到震惊，找不到答案。她在戈珍天生的、高傲的冷漠中找到了庇护。

戈珍绘画的天资得到了发掘。这解决了她对各科学习都不感兴趣的问题。人们说："她画得棒极了！"

厄秀拉意外地发现，她和她的班主任英格小姐之间存在着奇异的默契。英格小姐二十八岁，相当漂亮，看上去什么也不怕，完全是现代女青年的类型，她的独立正好暴露了她的悲哀。她聪明，办事老练，准确，迅速，威严。

厄秀拉总是觉得英格小姐清晰、果断而又优雅的外表使她愉快。英格小姐昂着头，脑袋稍向后倾，厄秀拉看着，觉得她盘在头上的棕发显得很高雅。她总是穿着洁净合体，引人注意的衬衣和一条做工精细的裙子。她身上的一切都如此和谐，展示了美好清新的精神风貌，坐在教室里听她的课真是件乐事。

她的声音圆润清脆，调子平稳柔和。她的眼睛蓝蓝的，明亮，自豪，让人感觉到她是个容光焕发、细心修饰的人，同时又具有坚强的意念。她锋芒毕露，却又有深厚的同情挂在她孤傲紧闭的嘴边。

斯克里宾斯基走后，女教师和女孩子之间这种奇怪的默契才油然而生，然后又萌发了不可言传的亲切感，这种亲切感有时会把两个甚至还不认识的人连在一起。以前，她俩的关系就挺好，不过没什么特别的，只是在教室里老师和学生之间通常的教学关系。然而现在，出现了另一种关系。当她俩都在教室时，她们彼此感到了对方的存在，几乎把其他的一切都排除在外了。厄秀拉来上课，温妮弗雷德·英格在课堂上就感到非常高兴；英格小姐一走进教室，厄秀拉就觉得她的整个生命由此开始了。然后，有这位敬爱的、心心相印的老师在，厄秀拉就像坐在温暖的阳光下，那令人陶醉的热量直接进入她的血管里。

有英格小姐在身边的狂喜是这女孩最大的欢欣，但是她还经常处于渴望之中。回到家，厄秀拉一心想着那位女教师，不断地想象着她可以送给女教师的东西，想着她怎样才能博得比她年长的女教师的欢心。

英格小姐是位文学学士，曾在纽南①上学。她是一位牧师的女儿，出身门第高。但是厄秀拉最敬慕的是她美好、正派、活泼的举止和她自强的性格。她像男人一样的自尊、自由，又有女人的细腻。

早上去上学，女孩子心中激情荡漾。朝着心爱的老师走去，她的心中那么热切，双腿那么欢快。啊，英格小姐，她的背多么挺直俊秀，腰肢多么健美，四肢多么镇定从容！

厄秀拉一直渴望知道英格小姐是否注意到了她。到目前为止，她俩之间还没有交换过明确的表示。可是英格小姐毫无疑问也是爱她的，喜欢她的，至少对她要比对班上其他的学生更喜欢一些。不过她从来不敢肯定。也可能英格小姐根本没注意到她。不过，不过，怀着一颗火热的心，厄秀拉觉得要是能和她说话，摸到她，就能知道。

夏季这个学期到了，有游泳课。英格小姐要给大家上。厄秀拉激动得直哆嗦，轻飘飘的。她的愿望很快就要实现了。她就要看到穿着游泳衣的英格小姐了。

这一天到了。大池子里碧绿的水面闪烁着白光。一汪波光粼粼的绿色被泛白的大理石似的池边包围着。头顶上阳光柔和地照着，阳光下，随着站在池边的人跳入，明净的池水那宽阔的绿色身躯颤抖着。

厄秀拉几乎控制不住自己，哆嗦着把衣服脱下，穿上紧身的游泳衣，打开更衣室的门。有两个女学生到了水里。女老师还没露面。她等着。一间更衣室的门开了。英格小姐走出来，穿着一件像希腊姑娘穿的铁锈红的游泳衣，紧箍着腰，头上缠着一条红色丝巾。瞧她多可爱！她雪白的双膝那么壮实，令人自豪，她的体格像狄安娜②一样矫健。她径直走到池边，漫不经心地一下投入水中。厄秀拉望了一会儿那白皙、圆滑、健壮的肩膀和那怡然自得地游着的双

---

① 1871年在剑桥设立的两所女子学院之一，另一所为戈顿。

② 狄安娜为罗马神话中月亮和狩猎女神。

臂，然后，她也跳下了水。

现在，啊，现在她正和她亲爱的老师在一个池子里游泳。她心花怒放地划动着四肢，美滋滋地自己游着，却又带着一个未得到满足的热望。她想碰到那一位的身体，碰到她，摸一摸她。

"厄秀拉，我来和你赛一赛。"响起了音调美妙的声音。

厄秀拉猛地给吓了一跳。她回过头一看，老师那张热烈、富有表情的脸正对着她，朝她看着。她被注意到了。伴着她惊喜、悦耳的笑声，她向前游去。老师就在前面轻松地游着。厄秀拉看得见老师的头朝后一仰，水在她白皙的肩上一闪一闪的，两条健腿模模糊糊地在水中踢蹬。她充满激情，盲目地游着。啊，结实、洁白冰凉的肌肤！啊，健美的四肢！真想把它们握在手里，抱在怀里，贴在她自己尚未丰满的胸脯上！啊，要是她不那么瞧不起自己瘦削、黝黑的身板该多好，但愿她也是那么无所畏惧，也是那么能干。

她急切地朝前游，并不是想赢，只是想靠近她的老师，和她比着游。她们游到了池子的另一端，深水那一头。英格小姐摸到了管子，掉过头来，在水中抱住厄秀拉的腰，抱了一会儿。两个女人的身体触碰了，互相紧贴了一下，才分开。

"我赢了。"英格小姐笑着说。

厄秀拉愣了一下。她的心跳得那么快，她抓住栏杆，动不了啦。她容光焕发，流露出兴奋神情的脸转向老师，犹如转向她心目中的太阳。

"回见。"英格小姐说着向其他学生游去。对他们感兴趣是出于职业上的关系。

厄秀拉的心醉了。她还感觉得到老师的身体紧靠在她身上——这是唯一的感觉。往后她一直像处于昏睡状态。召集上岸的时候，英格小姐在浅水中朝厄秀拉走过来。她那薄薄的、铁锈红的游泳衣贴在身上，厄秀拉觉得她的体型轮廓分明，结实，优美。

"我觉得我们的比赛真有意思，厄秀拉，你觉得怎么样？"英格小姐说。

女孩子只会忘怀地、兴高采烈地笑。

两人之间的爱被心照不宣地默认了，但是有一段时间没有什么进展。厄秀拉一直挂虑着，一直处于炽热的幸福中。

一天，她一个人的时候，老师走近她，用手指摸摸她的面颊，有点难以启齿地说。

"厄秀拉，你星期六来和我一起喝茶好吗？"

女孩子感激得脸都红了。

"我们到索尔山上一幢可爱的小平房去好吗？我有时在那儿度周末。"

厄秀拉欣喜若狂，她简直不能忍耐到星期六，她的思念炽热如火。要是今天是星期六多好，要是今天是星期六多好。

星期六到了，她去了。英格小姐在索利和她碰头，然后她们大约走了三英里到那栋平房。那天天气多云，温暖湿润。

那是一幢很小的有两间房的简陋小屋，坐落在陡峭的岸边。里边的每一件东西都是小巧玲珑的。幽然独处，两个姑娘烧了茶，就谈了起来。厄秀拉可以在十点钟左右再回家。

谈话不知不觉地被引到爱这个话题上。英格小姐给厄秀拉讲了一个朋友，她怎么在生孩子的时候死了，受了些什么苦。然后她又讲了一个妓女，还讲了一些她与男人们交往的经验。

她们坐在门前的小走廊上，谈着谈着，夜幕降临了，还下了一阵温暖的小雨。

"真闷。"英格小姐说。

她们望着一列火车飞驰而过，车灯在延宕的暮色中显得惨白。

"要打雷了。"厄秀拉说。

天空还在一闪一闪，夜色更浓，她们被笼罩在黑暗中。

"我想下去洗澡。"英格小姐在黑沉沉的夜色中说。

"晚上去？"厄秀拉问。

"晚上去最好。你去吗？"

"我想去。"

"挺安全的——这一片是私人领地。我们最好在房子里脱掉衣服，免得被雨淋湿，然后跑下去。"

厄秀拉羞怯拘谨地走进小房子，动手解开衣服。灯光拧得挺小，她站在暗处。温妮弗雷德·英格正在另一张椅子旁脱衣服。

很快，年龄大的那位姑娘赤裸、阴暗的身影走到了小的面前。

"好了吗？"她问。

"马上就好。"

厄秀拉几乎说不出话来。另一个光着身子的女子站在旁边。站得很近，一言不发。厄秀拉脱完了。

她们冲出房门，走进黑暗中，皮肤马上感觉到了夜晚柔和的空气。

"我看不见路。"厄秀拉说。

"在这儿。"一声应答，一个摇晃、苍白的身影在她身旁，一只手抓住了她的胳膊。大的把小的紧紧拉在身边，她们一路走下去，靠得紧紧的。到了水边，她用胳膊揽着小的，吻了她。她把小的抱起来，抱得紧紧的，轻声对她说：

"我把你抱进水里。"

厄秀拉一动不动地躺在老师的怀里，额头挨着心爱的、令她疯狂的胸脯。

温妮弗雷德说："我把你放进去了。"

但是厄秀拉蜷起身子缠住了老师。

过了一会儿，下雨了，雨点打着她们热乎乎的四肢，一激灵，真舒服。突然一阵冰凉的雨点哗哗地打来，她们高兴地淋着。厄秀拉的胸脯、肚皮和四肢沐浴着雨水，使她觉得冷。一阵深深的静默涌上她的心头，好像无边无际的黑暗又回到了她的身边。

热量消退了，她感到冷飕飕的，就像刚醒来。她跑进屋里，她要离开一个冰凉的、不存在的东西，离得远远的。她想要灯光，要和其他的人在一起，要和许许多多的人有一种外在的联系。总之，她希望自己淹没在自然的环境中。

她和老师分手回家了。在车站，她很高兴和一大群度周末的人们在一起。高兴坐在有灯光的拥挤的车厢里。只是她不想遇见她认识的人。她不想说话，她孤孤单单的，谁也不理。

这骚动、乱哄哄的灯光和人群只不过是无限的黑暗和空虚的外围和岸边，她非常想到沸腾的、灯光照得半明半暗的岸边，因为她的内心是黑暗空间的一片虚无。

她的老师英格小姐一度离开她身边，只是一个黑洞洞的虚无。厄秀拉解脱了，像个影子漫步在被遗弃被忘却的阴间。老师消失了，离开了她，厄秀拉感到高兴，一种没有情感、没有生命的高兴。

可是，第二天早上，爱又在她的心中熊熊燃烧。她想起了昨天的事，还想再来一次，想总是这样。她想和她的老师在一起，把她和老师分开就像是与生活隔绝。为什么她不能今天，就在今天去找老师？为什么她要在考塞西边踱步边回想而老师却在别处？她坐下来写了一封感情炽热的情书——她按捺不住了。

两位女子成了亲密的朋友。她们的生命好像融为一体，不可分割了。厄秀拉跑到温妮弗雷德的住处，只有在这里她才感觉到充满生气。温妮弗雷德非常喜欢水——喜欢游泳，喜欢划船。她加入了名目繁多的体育俱乐部。两个姑娘在河里的一叶轻舟上度过了许多个美妙的下午，总是温妮弗雷德划着小船。确实，温妮弗雷德看来挺乐意照管厄秀拉，挺乐意给她点东西以此充实和丰富她的生活。

因而，厄秀拉在和老师关系密切的几个月里长进很快。温妮弗雷德受过系统的教育，她认识许多有才智的人，她想把厄秀拉的观点见解提高到她那样的水平。

她们接受了宗教思想，摒弃其中的教条和谬误。温妮弗雷德把宗教的一切都赋予人性。厄秀拉渐渐认识到她所知道的宗教都不过是一件罩在人类理想上的独特的外衣。理想才是实在的，衣服几乎就是民族的情趣或需要。希腊人有一位赤裸裸的阿波罗神，基督教有一位披着白袍的耶稣，佛教有王子，埃及人有他们的地狱判官。宗教因地而异，而宗教信仰却是全世界共有的现象。基督教是一个区域性的分支。区域性的宗教还没有同化成为全世界的宗教。

宗教有两个重要的主旨：怕与爱。怕的主旨与爱的主旨同等重要。基督教接受了钉在十字架上的刑罚就摆脱了恐惧。"有什么最可怕的尽管对着我来，这样，出现什么恶境我也不会害怕了。"但是为人们所惧怕的并不一定就是邪恶的，为人们所爱的也并不就是善。恐惧将会变为敬畏，而敬畏是对身份的屈服；爱将会变为胜利后的得意，而得意是对鉴明身份的喜悦。

关于宗教她就谈这么多，抓住了许多文章的要旨。哲学将她引至一个结论：人类的愿望是真与善的标准。真理不寓于人性之外，而是人们思维和感觉的产物之一。确实没有什么可怕的。宗教恐惧的主旨是根本，而且这种恐惧必然在古代权力的崇拜者心中留下印记，崇尚摩洛克神①。在我们有识见的心灵中，不崇拜权力。权力已经蜕变为金钱和拿破仑的愚蠢。

厄秀拉忍不住去想摩洛克神。她的上帝不是温和宽厚的，既不是耶稣也不是圣灵，②而是狮子和鹰。这倒不是因为狮子和鹰有力，而是因为它们骄傲、强壮。它们就是它们自己，不是牧羊人手下被动的隶属，也不是慈爱的妇人们的宠物或牧师的祭品。她对温顺的羔羊和乏味的鸽子感到厌烦死了。如果羔羊能和狮子躺在一起，羔羊会感到万分荣幸，而狮子强有力的精神并没有因此而减弱。她爱狮子的尊严和沉着。

她看不出羔羊怎么能爱，它们只能被爱。它们只会害怕，战战兢兢地甘

---

① 摩洛克神，古代腓尼基人所信奉的火神，以儿童作为献祭品。

② 此处原文为大写的"Lamb"（羔羊）和"Dove"（鸽子）。基督教用温顺柔弱的羔羊象征耶稣，据《圣经》记载，在耶稣受洗礼时，圣灵像鸽子从天而降。

受恐惧，成为牺牲品；它们或许会顺从于爱，成为他人的心爱之物。这两种情况它们都是被动的。那些狂热的、有破坏性的情人们，寻求恐惧达到极点，胜利的喜悦也达到极点，这时，恐惧并不比喜悦更为强烈，喜悦也不比恐惧强烈。这样的人既不是羔羊也不是鸽子。她像一头狮子或一匹野马似的伸开四肢，这些愿望使她的心变得冷酷无情。这颗心也许会死去千万次，但是一旦从死亡中复苏，它还会是一颗狮子的心。她要成为一头勇猛的狮子，一个有自信心的人，知道她自己与这个广袤的充满矛盾的世界格格不入，毫不相干。

温妮弗雷德·英格也对妇女运动感兴趣。

"男人干不了什么——他们已经失去了这个能力，"稍为年长的姑娘说，"他们夸夸其谈，其实肚里却空空如也。他们干什么事情都要符合陈腐僵化的观念。爱对他们来说就是一个死板的概念。他们不是冲着某个人去爱，他们是冲着一个理念而来。他们说'你就是我的理念'，所以他们拥抱的是他们自己。好像我是哪个男人的理念似的！好像我的存在就是为了某个男人有我这个理念！好像我要被他诱骗，把我的躯体借给他作为实现他理念的工具，只是他僵死的理论的装置似的。但是他们太能咋呼，干不了什么，他们都是无能的，不能接受一个女人。他们每次都是冲着自己的理念来的，只能接受这个理念。他们就像由于饥饿试图把自己也吞噬下去的蛇。"[①]

这位师友向厄秀拉介绍了不同的男人和女人们。他们都是些有教养、不满于现状的人。他们还在偏狭守旧的体面社会里周旋，看起来他们就像外表的举止那样驯顺，其实怒火中烧。

这个女孩子被卷入的是一个新奇的世界，犹如一片混沌，犹如世界的尽头。她太年轻了，不能理解所有这一切。但是这一切通过她对老师的爱被灌输给了她。

期末考试到了，学期结束了。假期很长。温妮弗雷德·英格离校到伦敦去了。厄秀拉独自留在考塞西。一阵可怕的、被遗弃的、伤心的失望占据了她

---

① 蛇吞自己的尾巴是传统上表达永恒的象征，但劳伦斯认为它代表着干枯的理念。

的心。没有必要再做什么事或成为什么人了。她与其他的人没有联系，她的命运是与世隔绝的，无指望的。除了这暗淡的崩溃，对于她来说，什么也没有了。然而，在这崩溃的打击下，她还是她。她总是她自己，这就是她全部痛苦的核心所在。这一点她总也摆脱不了，她不能放弃作为自我而存在。

她还是追随着温妮弗雷德·英格。不过她已经感到了一种厌恶。她爱她的老师。可是从跟这个女人的接触中，她开始产生了沉重的、受阻塞的呆滞感。她有时觉得温妮弗雷德丑陋，黏糊。她具有女性特征的臀部显得肥大难看，她的脚踝和胳膊都太粗了。她想看到的是纤巧精悍，而不是这湿泥般笨重的一大坨，本身毫无活力地粘在一起。

温妮弗雷德仍然爱厄秀拉。她非常喜爱这女孩子那美好的激情，没完没了地为她服务，什么事都愿为她做。

"和我一道去伦敦，"她恳求厄秀拉，"我会为你安排好的——你可以做许多你喜欢的事。"

"不，"厄秀拉执拗地、郁郁不乐地说，"不，我不想去伦敦，我只想自己待着。"

温妮弗雷德懂得这句话的意思。她知道厄秀拉对她开始有了抵触。这位年纪较轻的姑娘那热烈的不可遏制的激情再也不愿与这位比她年长的女人这种不合乎常情的生活搅在一起了。温妮弗雷德知道这种情况会发生的。但是她也有自尊心。她的内心深处绝望极了。她很清楚地知道厄秀拉会摆脱她的。

她感到简直活够了。可是她已经绝望得发不起怒来。明智些，不要再浪费厄秀拉对她还保留着的一部分爱，她让可爱的姑娘独自留下，到伦敦去了。

两个星期以后，厄秀拉给她的信又变得亲切了，充满了爱。她的舅舅汤姆邀请她到那儿住一段时间。他在约克郡经营一座新的大型煤矿。温妮弗雷德也一起去吗？

因为这时厄秀拉在为温妮弗雷德的婚事着想。她希望温妮弗雷德和她的舅舅汤姆结婚。温妮弗雷德也知道，她说愿去威金斯顿。既然已无别的办法可想，她现在愿意让命运来安排她的将来。汤姆·布朗温也看出了厄秀拉的用意。他对这些事已不抱什么希望。他想做的都去做过了，均以心灵受重创的沉沦而告终。这些都被他那能包容一切的乐天性情掩盖过去了。对什么事他都再也不管不顾，男人也好女人也好，上帝也好人类也好，他对什么都无动于衷了。他对肉体或灵魂都不在乎。他只要保持生命的完整性。只剩下生活这个再清楚不过的事实。他的身体还健康，他还活着，因此每一分钟他都要过得充实。这是他的一贯信条。这倒不是由于他向来无所谓，而是他性格发展的必然结果。在他绝对不受干扰的个人生活中，他想干什么就干什么，用不着小心谨慎，用不着考虑别的。他既不相信善也不相信恶。每时每刻都如一座孤独的小岛，与时间隔绝，为时间所取消，不受时间的影响。

他住在一幢又新又大的红砖房里，这幢房子坐落在一大片类似的红砖住宅旁，这就是威金斯顿。这个镇只有七年的历史。原来这里只是一个有十一幢房子的小村庄，附近是繁荣的半农业区。后来，大片的煤矿层被开发了。一年之内就出现了威金斯顿，大批五间房一排的、不结实、像闹着玩儿似的粉红色房子盖起来了。街道简直不像样，一条黑灰夹杂的碎石路，沥青路面的人行道给一排排单调的墙和门窗夹在中间，成了一条不知何处起不知何处止的新砖槽。一切都是杂乱无章的，然而一切又都是没完没了的重复。唯一的点缀只是间或看到有一间房的窗子上摆着蔬菜或小杂货出售。

镇中间有一大块说不出形状的踩得黑糊糊的泥地，或叫市场，周围排列着式样单一的房子，新红砖变得邋邋遢遢，长方形的小窗，长方形的门，不断地重复着，只有一个角落有一栋高大漂亮的酒馆，再就是广场的某一边，有一扇不透光的墨绿色大窗，这就是邮局了。

这地方有一种奇怪的败落了的荒凉。矿工们三五成群地游荡，或迈着沉重的脚步沿着沥青路面人行道去上班。他们看上去不像活人，像幽灵。空荡荡的大街上那种呆板，整个镇上千篇一律的、杂乱无序的不景气使人联想到的是死亡，而不是生气。没有集会场所，没有镇中心，没有主干道，没有整体的排列。它在那儿，像是新出现的迅速延伸的红砖地基，像是一块皮肤病。

汤姆·布朗温的大红砖房就在这旁边，一座小山坡上。从它的正面看得到镇中心的一侧，那地方就是片肮脏的灰坑和小房，还看得见一排排杂乱的房子的背面，每一排房子里琐碎的活动与其他的卑微活动无益地连在一起，搞得乌烟瘴气。再过去就是最大的矿，昼夜开采。周围是碧绿的乡间，两道弯弯的溪流，溪边长着荆豆、石楠，远方暗绿的是一片小树林。

这整个地方只是虚幻的，不像确有其地。甚至现在，汤姆·布朗温到这儿已经两年了，他还不相信它确实存在。这好像是令人厌恶的梦境，或是烦躁、呆板无趣、杂乱无章的心境变成的有形的实体。

在那草草盖成的小车站上，有一辆汽车来接厄秀拉和温妮弗雷德，然后载着她们驶过小镇。这地方对她们来说犹如什么可怕的胡乱的开端。这地方是无限延长了的一阵混乱，这种状态持续下来，定格了，不变了。厄秀拉被这儿许许多多的人吸引住了——一群群的人站在街上，四五个人一伙走着，他们的狗脚前脚后地跟着跑。他们都穿得挺整齐，大多数人干瘦干瘦的。他们的举止中那可怕的无精打采的安详使厄秀拉感到迷惑。这些芸芸众生已不再抱什么希望，在他们完全死去了的躯壳中，却还有生命，还有情感的存在。他们毫无意义地在街上行走着，带着奇怪的、与世隔绝的威严。正像是有一个坚硬的角质外壳罩住了他们所有的人。

一路上感到震惊和诧异，厄秀拉被带到了她舅舅汤姆的住处。他还没回来。他房子里的陈设简单，却相当不错。他打掉了一堵隔墙，把整个房子的前半部分弄成了一间大书房，有一头用来搞科研。这间房挺大，用作实验室和阅览室。可是它同样使人感受到了一种难以忍受的、机械似的活动，一种机械似的却又还未搞出个样子来的活动。往外望去，看得见小镇丑陋的全景，远处绿色的草地和高高低低的乡村。另一边是大片确凿无疑的煤矿。

她们看见汤姆·布朗温从弯曲的车道走上来。他比以前矮胖。可是，他戴着一顶圆顶硬礼帽，恰压在眉毛上，看起来英俊，男子气十足，不知怎的还挺像个实干家。和往常一样，他的气色很好，身体向来都是棒极了。他一路走着，好像陷入了专心致志的沉思。

看到他走进书房，温妮弗雷德吃了一惊，他的外衣整整齐齐地扣着，头发秃到了头顶，但还没发亮，挺像是一件看惯了被遮盖着的东西裸露出来，他的黑眼睛明亮灵活。似乎他站在阴暗处，像是害臊。握着他那么柔和然而又是那么有力的手，她的心一紧。她怕他，被他击败了，也给他吸引住了。

他看着这位健壮的、似乎什么也不怕的姑娘，从她身上发现了与他自己心中隐隐的某种联系。他马上就知道他们是同路人。

他的举止彬彬有礼，几乎不合时宜，而且还冷冰冰的。他还是以他那种奇特的、动物的方式大笑，猛然皱起他的阔鼻子，露出他的利牙。他光滑的皮肤和面容，有些部位近似蜡质，掩盖住那奇怪的、讨厌的臃肿，遮住了那轻微的腐烂感和他肥胖的腰腿显露的粗俗。

温妮弗雷德马上就看出了他对厄秀拉带点低三下四又带点逗弄的顺从态度，这使得厄秀拉一下子就洋洋得意又不知如何是好。

"这地方就没个像样的角落吗？"厄秀拉问，眼神有点紧张。

"它看上去怎么样就是怎么样，"他说，"没遮掩。"

"那些人为什么那么忧伤？"

"他们忧伤吗？"他答道。

"他们看上去非常非常的忧伤。"厄秀拉用动情的声音说。

"我不这么认为。他们觉得这是理所当然的。"

"他们觉得什么理所当然？"

"这——包括矿井和这个地方。"

"他们为什么不改变它？"她激昂地提出异议。

他说："他们认为他们应该使自己适应矿井和这个地方，而不是使矿井和这个地方适应他们。这样比较容易办得到。"

"你也同意他们，"他的外甥女忍不住大声喊起来，"你想的和他们想的一样，那就是要活人忍受和适应各种各样可怕的事。没有矿井我们也能行。"

他不自在地冷笑着。厄秀拉再一次对他感到憎恶。

"我猜想他们的生活并不真是那么糟。"温妮弗雷德·英格带着比左拉的悲剧还要高明的口气说。①

他礼貌周全，又保持一定距离地把注意力转了过来。

"他们的生活相当糟。矿井很深很热，有的地方还潮湿，常常有人死于肺结核。但是他们挣的工资挺高。"

"多可怕啊！"温妮弗雷德·英格说。

"是的。"他严肃地回答。正是他严肃、稳重、不易冲动的态度赢得了人们对这个煤矿经理的尊敬。

佣人走来问在什么地方用茶。

"史密斯太太，把茶送到凉亭。"他说。

这位长得好看的金发年轻女人走了出去。

"她结了婚还来帮佣？"厄秀拉问。

"她是个寡妇。她丈夫不久前死于肺结核。"布朗温阴沉沉地轻轻一笑，"他躺在岳母家的起居室里，慢慢地死了，房里还有五六个人。我问女的，他的死是不是折磨得她挺厉害。她说：'唉，到了最后，他烦躁极了，怎么也消除不了他的烦恼，怎么也平静不下来，老是没完没了的烦，根本不知道怎么给他解脱。所以从这方面来说，了结了就解脱了——对他，对每个人都是这样。'他们结婚才两年，她有了个男孩。我问她是不是有过一段很幸福的日子。'哦，是的，先生。开始，我们的日子过得很舒适，在他病情恶化以前——哦，我们的日子过得很舒适——哦，是的——可是，你看，对这种事已经习惯了。我的父亲和两个兄弟也是这样离去的。对这种事已经习惯了。'"

"已经习以为常了，真是件可怕的事。"温妮弗雷德·英格不寒而栗地说。

---

① 见左拉描写矿工生活的小说《萌芽》。

"是的，"他说，还带着微笑，"但他们就是这样。她很快就要再嫁了。是这一个男人还是另一个，没多大关系。他们都是矿工。"

"你这是什么意思？"厄秀拉问，"他们都是矿工？"

"不论在我们眼里还是在那些妇女们眼里都是这样。"他答道，"她的丈夫叫约翰·史密斯，是个装煤工。我们把他看成个装煤工，他把自己看作个装煤工，因此她就知道他代表了他的工作。婚姻和家庭只是个过场戏。妇人们对这点知道得很清楚，不会把它看得很重。是这一个男人还是另一个，根本没什么关系。要紧的是矿井。矿井周围常有这种过场戏，多极了。"他环视着威金斯顿那红色的、呆板的、杂乱无章的一大堆，说："每个男人都有他自己的过场戏，他的家，然而每个男人都为矿井所占有。女人得到的只是剩下的东西。这个男人还剩下什么东西，或者那个男人还剩下什么，完全无关紧要。矿井把最主要的东西都拿去了。"

"到处都一样，"温妮弗雷德喊起来，"那些事务所、商店、贸易行抓住了男人，女人只能抓到一点商店消化不了的东西。他在家里是什么，是男人吗？他只是没用的废物———一台站着的机器，一台下了班的机器。"

"他们知道自己给卖了，"汤姆·布朗温说，"问题就在这里。他们知道自己被卖给工作了。女人磨破了嘴皮地说，又能顶什么用？男人被卖给了自己的工作。所以这些女人也不找这个烦恼。她们能抓到什么就要什么。听天由命呗。"①

"他们这里的人很看重这些吗？"英格小姐问。

"哦，不看重。史密斯太太有两个姐妹都换过丈夫了。她们不算特殊的——也不引人注目。他们就是把井里留下的拖出来。他们对道德不道德并不感兴趣——道德和不道德都差不多一回事——只是个下井的工钱问题。英格兰一位最有道德的公爵每年从这些矿井获得二十万。道德就是这样完结了。"

---

① 这句话原文为法文。

厄秀拉心情抑郁，非常痛苦地坐在那儿听他们俩谈话。他们俩就是在为这些状况叹息时也如食尸鬼一般残忍。他们似乎从中得到一种残酷的满足。矿井是了不起的情人。厄秀拉望出窗外，看见那骄傲的、恶魔般的煤矿在半空中，轮子一闪一闪的，旁边是那不成形的、邋遢的威金斯顿镇。这就是那一堆肮脏的过场戏。矿井是正戏，是所有这一切存在的理由。

这多么可怕！它有一股可怖的魅力，人的肉体和生命隶属于煤矿这个魔鬼。它有一种令人神魂颠倒的、邪恶的满足。她感到一阵眩晕。

过了一会儿她好了，心里有一种强烈的孤独感。这使她伤心却又觉得解脱了。她已经置身其外。她再也用不着和这个大煤矿、大机器站在一边，即使机器控制了我们所有的人。从内心来讲，她是反对它的，甚至否认它的威力。只有该抛弃的东西才是无用的，毫无意义的。而她却知道这个矿是毫无意义的。但是对她来说，眼望着这个煤矿，还要保持她的这种看法，需要在意志上做出极大的努力。

可是她舅舅汤姆和她的老师还置身于这些人群中，一边愤世嫉俗地诅咒这种怪异的现象一边又依附于它，就像是一个辱骂他的情妇的男子，又爱着她。她知道她舅舅汤姆意识到了这一点。然而她更清楚地知道，尽管他批评谴责，他还是想要大机器。他唯一幸福的时刻，他唯一感到完全自由的时刻，就是他为机器服务的时候。那时，也只有在那时，机器把他吸引住了，他对自己才不憎恶，才能全副精力地做事，没有玩世不恭和幻想。

他真正的情人是机器，温妮弗雷德真正的情人也是机器。温妮弗雷德，她也崇拜这种不完全的抽象概念、物质机构。从机器，从机器的使用中，她才不受人类情感的障碍和人类情感的堕落的影响。这可怕的机器，在它的运转中，掌握了所有的一切，活着的或死去了的。她从机器中找到了她理想中的完善，高度的和谐和永恒。

厄秀拉的心中充满了憎恶。如果她办得到，她会把机器捣毁。她在脑子里采取的行动就是捣毁这大机器。如果她能摧毁这座煤矿，使威金斯顿所有的人都失业，她会这么干的。让他们挨饿，到地里刨树根，也比给他们这样一个摩洛克神干活好。

她恨她舅舅汤姆，也恨温妮弗雷德·英格。他们到凉亭去用茶了。那是一个令人愉快的地方，凉亭周围有几棵树，在一个小花园的尽头，一块田边上。她舅舅汤姆和温妮弗雷德像是在嘲笑她，贬低她。她感到痛苦，孤单。然而，她可决不退让。

她和温妮弗雷德再也热乎不起来了。她知道她俩之间的那种情谊结束了。她在她老师的身上看出了那迟缓难看的动作，她看到的是一个黏糊、呆滞、不活跃的肉体，使她联想起那些史前的大蜥蜴。一天，她舅舅汤姆从外面火辣辣的太阳下走进来，额头上冒着汗珠。他们握了手，他的手又湿又热又闷。他也有股黏糊湿软的劲儿——水分挺多，胀鼓鼓的，同那生命和腐朽合而为一的沼泽地一样气味难闻，令人作呕。

如此干爽，充满热情的她，对他挺反感。她从骨子里希望他离得远一点。

就是在这几个星期里，厄秀拉变得成熟了。她在威金斯顿待了两个星期，她恨这地方。一眼望去一片灰色：干煤灰，冷冰冰，死沉沉的，难看极了。但她还是留下来了。她留下来也是为了摆脱温妮弗雷德。女孩子对她老师和她舅舅的憎恶和反感似乎把这两人推到了一起。他们好像是联合起来对付她似的。

在她心灵痛苦悲伤的时候，厄秀拉知道温妮弗雷德成了她舅舅的情人。她很高兴。她曾爱过他俩。现在她想摆脱他俩。他们那黏湿的、难以形容的腐烂味朝她扑鼻而来，让她恶心极了，讨厌极了。不管怎么着吧，躲开这恶臭的空气。她愿永远离开他俩，永远离开他们那种奇怪、湿软、半腐的成分。不管怎么说，躲开他们。

一天晚上，温妮弗雷德带着火热的激情走到厄秀拉的床前，用胳膊搂着她，不管愿意不愿意，把她揽近自己身边，嘴里说着：

"亲爱的，我亲爱的——我要不要和布朗温先生结婚——要吗？"

这缠人的、沉重的、湿泥般的问题压得厄秀拉难以忍受。

"他向你求婚了吗？"她问，极力忍着。

"他求过了，"温妮弗雷德说，"厄秀拉，你想要我嫁给他吗？"

"是的。"厄秀拉说。

两条胳膊把她抱得更紧了。

"我知道你这么想，我亲爱的。我要嫁给他。你喜欢他，对吗？"

"喜欢得要命——从我还是个孩子时就喜欢他。"

"我知道——我知道。我看得出你喜欢他什么。他是个独立的男子汉，他具备与众不同的气质。"

"是的。"厄秀拉说。

"可是他不像你，我亲爱的——哈，他没你那么好。他有一点不讨人喜欢——他的大腿粗——"

厄秀拉默不作声。

"我还是要嫁给他，我亲爱的——这么着最好。好了，说你爱我。"

女孩子被迫说了句应景的话。不过，她的老师还是叹着气走开了，回到她的卧室抹眼泪去了。

两天以后，厄秀拉离开了威金斯顿。英格小姐到诺丁汉去了。她和汤姆·布朗温订了婚，这位舅舅看来会把订婚吹嘘成他能干的明证。

布朗温和温妮弗雷德·英格小姐的订婚又延续了一个学期，然后他们就结婚了。布朗温到了想要孩子的年龄。他想要孩子。婚姻或家庭的建立对他来说都算不了什么。他想给自己繁衍后代，他明白自己正在做的事。他本能地感觉到越来越严重的惰性，感觉到有某种东西在选择一个休息的地方，在那儿滑落到无感觉、安全的、极度的冷漠。他要让这部机器带动他：丈夫、父亲、煤矿经理。温暖的泥土被这部大机器通过日复一日的循环运动提升上来，由此导致了它的运动。至于温妮弗雷德，她是个受过教育的女人，和他是同一类人。她会做一个好伴侣的。他俩才是一对儿。

第十三章　男人的世界

厄秀拉回到考塞西就和她妈妈吵个不休。她的中学生活结束了，她通过了资格会考。现在她回家来打发从学校出来到可能结婚这一段空闲时间。

开始，她以为这就像是放长假，她会感到自由自在的。她的脑子乱得一团糟，苦于茫然无措，倍受煎熬。她没有心思考虑自己的事。她要有一段时间来放松放松。

可是才没过多久，她就发现自己跟妈妈过不去。这时，她妈妈还有精力继续干那些使这个女孩子恼火、发狂的事。已经有七个孩子了，布朗温太太却又怀上了一个，这是第九个了。有一个在襁褓中就已死于白喉病。

她妈妈怀孕这件事就惹得家里的长女发火。布朗温太太对生儿育女是那么洋洋自得，那么心满意足。没有这些直接的、有形的、普普通通的实体，她就无法生存下去。厄秀拉的心里窝着火，年轻人向往那未知的理想而又实现不了，甚至还分辨不出、想象不出这个理想，这种痛苦在折磨着她。她疯狂地向她所面临的愚昧无知开战。她妈妈就是这愚昧无知的一部分。如果仅仅限于从有形的范围来考虑事情，像她妈妈一样，自以为是地拒绝承认还有其他的现实存在，那就糟透了。除了孩子、家务和一些邻里间的闲言碎语，布朗温太太什么也不管。她不愿受外界影响，不让别的东西在身边共存。她挺着个大肚子，懒懒散散，从容自得又挺神气地走来走去。她的时间总是花在孩子们身上，她也从中得到乐趣，感到由此尽到了一个女人的本分。

这种长时间自得其乐地孕育孩子的状态，使得她还是那么年轻，那么不成熟。跟生戈珍的时候相比，她几乎一点儿也没老。这些年来，她除了生孩子，什么事也没有做，只有孩子的身体和她有关，别的都无关紧要。孩子们一懂事，一开始为实现自己的抱负而烦恼，她就撒手不管了。但是她在家里还保持着说了算的地位。布朗温和他妻子在一起的时候，还耽于强烈的肉欲冲动。他俩都不能自持，不能独善其身，而是狂热地沉溺于繁衍后代的肉欲冲动之中。

厄秀拉对此是何等的厌恶！她强烈地反对过这种一大家子封闭的、纯物质的、限制得死死的家庭生活。和往常一样，布朗温太太心平气和，不为所动地走来走去，身上依附着一条小生命。

时有纠纷。什么事妨碍了厄秀拉，她就要抗争。她要其他的孩子们别那么粗鲁，别那么霸道，她要在这个家有一处安身之地。可是她妈妈把她推倒了，整垮了。完全出于一个生育动物狡黠的本能，布朗温太太嘲弄厄秀拉的感情、想法及发音，对这些很不以为然。厄秀拉极力坚持在自己的家里，妇女在活动和工作方面要有一个和男人平等的地位。

"是啊，"妈妈说，"有一大堆袜子等着要补呢，就把这作为你活动的天地吧。"

厄秀拉不喜欢补袜子，而且这句反驳激怒了她。她恨透了她妈妈。过几个星期这种受管束的生活，她在家就待够了。家庭生活的庸俗、琐碎和明摆着的毫无意义把她逼得要疯了。她说出喊出自己的想法，她唠唠叨叨地责备弟弟妹妹，她转过脸，不屑搭理自己的生身母亲。她妈妈不跟她计较，把她当作个自负的孩子，用不着这么认真。

布朗温有时也给卷入纠纷中。他爱厄秀拉。每当他对厄秀拉发了火，总是感到对不起她，几乎是背弃了她。所以他变得又暴躁又尖刻，一副凶神恶煞相，厄秀拉给吓得脸色发白，木呆呆的，说不出话来。她的感情好像麻木了，性情变得冷酷漠然。

布朗温自己也在不断地变化。经过了这么些年，他开始看到一线自由之光。二十年来他一直在办事处当一名制图员，做着他毫无兴趣的工作，就因为这工作似乎规定着是他做的。他的女儿们长大成人，她们对老一套逐渐产生抵触情绪，这一来使得他也不保守了。

他是个闲不住的人。像只鼹鼠，他盲目地在盖在头顶的泥土里往前刨，总是背离掌握着他生活的物质因素。幸亏他还有那么一点儿创造性，慢慢地，盲目地，他摸索着找出了自己独特的表达方法和形式。

时隔二十年，他终于又捡起老行当干木刻，几乎是又从当年他求爱的时候在亚当夏娃那件作品上停刀不刻的那一点开始。可是现在不同了，虽然没有想象力，他的知识还是丰富了，技术长进了。他看得出自己年轻时那些想法的稚气，看得出这些想法表达的不真实的世界。从对现实的感受中，他获得了一种新的力量。他觉得似乎自己是现实的，把握住了现实的事物。他在考塞西干了多年，给教堂制造风琴，修复木制品，从简单的劳动中逐渐懂得了美。现在他又想搞木刻，创作一些表达自己心声的作品。

然而他无法拴在这上面，他总是太忙了，心里又没个准儿，也不知该怎么办。他犹豫不决地开始搞塑像。出乎意料，他发现自己能做好。他做出了漂亮的复制品，有黏土的，有石膏的，确实漂亮。然后，他开始认真做一个厄秀拉的头像，用高浮雕，多那太罗①的手法。他的创作激情一起，就有了一个表达他心愿的美妙构想，但精力却集中不起来。他不甘愿地放弃了。他继续做复制品，或是选择古典作品的主题来构图。他喜爱德拉·罗比亚②和多那太罗的风格，就像他年轻时喜爱弗拉·安吉里柯的一样。他的作品带着清新的气息，具有早期意大利雕塑家朴拙的生气。这毕竟只是复制品。

塑像搞不出什么名堂，他又转向绘画。他试着画水彩画，随便哪个不入流画家的手法他都模仿。他取得了一定的成绩，自己对此却又不是很感兴趣。他画了一两幅自己钟爱的教堂，画得如同他的塑像一样有生气，可是看上去与

---

① 多那太罗（1386—1466），佛罗伦萨雕塑家。

② 佛罗伦萨雕塑家。

现代绘画融入氛围的画法不协调。因而他的教堂尖塔戳在那儿，真是戳在那儿表示它是直立的，为它自己没什么意义感到不好意思。尔后，他又不画了。

他做起珠宝饰物来了。看了贝纽维多·切利尼①的著作，他钻研起如何复制装饰品，开始用银、珍珠和脉石做小坠饰。开头做出的几件还有点创新，确实漂亮，往后做的模仿的成分就多了。他还是从他妻子开始，给女亲眷每人做了一件。完了他又做戒指和手镯。

然后他干起了打凿金属制品这一行。厄秀拉从学校毕业时，他正在制作一个造型优美的银碗。他那么喜爱这个碗，几乎到了如痴如醉的地步。

这段时间，他与现实外界的唯一联系是冬季夜校，通过这个渠道与公办教育保持接触。因而，他阅读有关教育的报刊，居然还关注教育的纷争。其余的事，即便是有关战争的事，他都不在意，全然无关紧要。国家对他来说并不存在。他缩进自己的小天地，这儿既无民族主义，亦无什么伟大的拥护者。

厄秀拉花点儿工夫留心报纸，关心南非的战事。报纸上的消息使她感到难受，她尽可能地摆脱它们。可是斯克里宾斯基在那儿。他偶尔给她寄张明信片。然而，在他那一面，厄秀拉就像是一堵白墙，没有窗子也没有出口。她只有在回忆中把自己和斯克里宾斯基连在一起。

她对温妮弗雷德·英格的爱看来把她的生活剥离了根基和出生的土地。斯克里宾斯基也曾属于这块土地。而且她被移植到了贫瘠的土地上。确实，斯克里宾斯基只不过是一个留在记忆中的人。和温妮弗雷德分手后，厄秀拉带着不可思议的情感又回想起了他。对她来说，斯克里宾斯基几乎就是她真正生命的象征。似乎是这样，通过他，在他的身上，厄秀拉才能回归到自我。这是她爱温妮弗雷德以前的自我，在这死寂向她袭来之前，这无情的移植之前的自我。然而，即便是她的回忆也不过是她想象的结果。

她梦见过去他俩在一起的时候。她梦不见以后的事情，梦不见他现在在

---

① 佛罗伦萨雕塑家、金属匠和宝石匠。

做什么，他现在和她会是一种什么关系。只是有时她流着泪，想到他离开的时候她忍受了巨大的痛苦——啊，她受了多大的痛苦！她想起了自己在日记里写下的一段话：

"如果我是月亮，就知道我该在哪儿落下。"

啊，回想起那时的情景，她心里就隐隐作痛。因为这就是回想起一个死去了的自我。自从和温妮弗雷德的感情了结了以后，所有这一切都死了。她知道她那充满爱和青春的自我已化为尸骸，她也知道这尸骸的坟墓。她哀悼的充满爱和青春的自我几乎不存在了，那只是她的想象之物。

冰冷的绝望留在她心灵深处，毫无变化，也不会有什么变化。现在再没有人会爱她了，她也不爱任何人。在温妮弗雷德以后，在她心中，爱本身给扼杀了，只剩下爱的尸骸之类。她要生活，还要继续活下去，但是她不会再有情人了，再没有人会做她的情人。她自己也不想要情人了。最强烈的一星欲望之火在她胸中已经永远熄灭了。这棵生气勃勃的细小萌芽被扼杀了。这棵萌芽包含着她真正的自我，真正的爱。像一棵植物一样，她会继续生长，她会尽力开出一小朵一小朵的花，可是那朵最夺目的花在长出来以前就夭折了。现在生长着的都是在传达着希望的僵死。

在那狭窄、挤满了孩子的屋子里，她度过了难受的几个星期。她的生活就是这样，可怜可悲，尚未定型，什么也没有。厄秀拉·布朗温成了个毫无价值、毫无意义的人，住在考塞西这个小破村子里，在伊开斯顿醒醒的辖区内。厄秀拉·布朗温，年方十七，微不足道，不受重视，谁也不想要她，谁也不需要她。她意识到了自己失去的价值。真是不堪细想。

但是她倍受折磨的自尊心还是挺住了。她的心灵也许会被玷污，她也许是一具根本不值得爱的僵尸，也许是一根烂了心的茎梗，靠别人供给的养分活着，然而，她不会向任何人屈服。

她逐渐地意识到她不能像现在这样继续在家里住下去，既无地位又无意义，更无价值。家里那些上了学的孩子们瞧不起她这样无所事事。她得找些事干。

她爸爸说，她可以帮妈妈干许多活儿。迎面泼来的一瓢冷水，除了这，她从父母亲那儿不会得到什么。她可不是个讲实际的人。她想到的是些不着边际的事：出走，去当一个家庭女仆；再不，就叫某个男人将她带走。

她给她就读高中的女校长写信，请她给出个主意。

回信是这样的："厄秀拉，我不大清楚你该做什么，除非你愿意去当一名小学教员。你通过了资格会考，有资格在任何一所学校当一名试用教员，一年大约可拿五十英镑薪水。

"你热切希望做点事情，在这一点上，我无法形容我与你有着多么深切的同感。你将会了解到人类是一个伟大的整体，你是其中有用的一员。在人类正在努力完成的伟大任务中，你将会得到自己的一席地位。这将会给你带来一种什么也替代不了的满足和自尊。"

厄秀拉的心一凉。想起来这真是一种使人心灰意懒的满足。可是她冷静地做出了决定。这就是她想要做的。

"你的性情容易激动，"那封信接着写道，"天生的反应敏捷。如果你能学会耐心一些，自我约束一些，我觉得你一定能当一个好老师。起码你能试一试。你只要做一年或两年的试用教员，然后就可以去一所进修学院。我希望你在那儿能拿到学位。我十分恳切地敦促和建议你：心中要常常有拿个学位的愿望，坚持学习。学位会使你在这个世界上有个资格，有一席地位，还会给你更大的范围，以选择你自己的道路。

"看到我的一位女学生赢得自己在经济上的独立，我将会感到骄傲。这其中的意义远比它看上去的要重大得多。知道我的女学生中又有一名为自己找到了可供自由选择的方式，我会感到由衷的高兴。"

这些话真无情，真令人绝望。厄秀拉讨厌这些话。可是她妈妈的蔑视和她爸爸的粗暴已经刺到了她的痛处。她知道做个白吃饭的人是耻辱的，她感觉到了妈妈那根无情评价的毒刺。

她终于要说出来了。闷在心里沉默不语真难受。一天晚上，她溜出去，走到工棚。她听见锤子敲打在金属上的乒乒乓的声音。门一开，她父亲抬起了头。他的脸色生来就红润光亮，还像当年他是个小青年那样，长在宽阔的嘴巴上的黑髭须刮得短短的，一头黑色的头发也总是那么短。可是他却是一副心不在焉的样子，犹如一件工具超然于人间琐事之外。他是个劳作之人。他望着女儿板着的、毫无表情的脸，一团怒火在他心头燃起。

"又怎么啦？"他问。

"我能不能，"她眼睛望着另一边，没看她父亲，回答说，"我能不能出去工作？"

"出去工作，为什么？"

他的声音那么大，脱口而出，那么震耳，把厄秀拉给惹恼了。

"我想过另一种生活。"

一阵狂怒攫住了他，热血一下涌了上来。

"另一种生活？"他重复了一句，"嗨，你想过一种什么样的生活？"

她犹豫了一下。

"做一些其他的事，不是做家务事，也不是闲待着。我还想挣点钱。"

他觉得，厄秀拉话语中那种古怪的、蛮横的强硬，她咄咄逼人的旺盛青春活力，没把他放在眼里。他气得下了狠心。

他问："你打算怎么去挣？"

"我可以当教员，我的会考使我取得了这种资格。"

他真想让她的会考见鬼去。

他嘲弄地问道："你通过了会考能挣多少钱？"

她说："一年五十英镑。"

他不作声了，手中的那点控制力没了。

他一直暗自得意，他的女儿们用不着到外面去工作。他妻子的钱加上他自己的，一年总共可以挣四百英镑。如果以后要用钱，他们可以取出本钱。他也用不着为老年担忧。他的女儿们有可能成为贵妇人。

一年五十英镑就是一个星期一英镑，这足够她独立生活的了。

"你想你会成为什么样的老师？你对自己的弟弟妹妹们一丁点儿耐心都没有，别说一个班的孩子了。我看你也不会喜欢那些'供膳学校里邋遢的小家伙'。"

"他们并不是都邋遢。"

"你会发现他们不是都干净。"

工棚里一阵沉默。灯光照在他面前烧制过的银碗上，照在木槌、炉子和凿子上。布朗温站着，脸上带着一种怪诞的、好似猫儿脸的神情，像在微笑。然而绝不是微笑。

她问："我能去试试吗？"

"你想搞什么名堂都可以去搞，想去哪儿都可以去。"

她不动声色，面无表情，淡漠得很。他看到这种情况总是狂怒到了极点。但他还是保持着绝对的平静。

厄秀拉冷静地、一点儿也不露感情地转过身，离开了工棚。他继续工作，神经给刺激得紧张烦乱。过一会儿，他不得不放下工具，走进了屋子。

他把这件事告诉他妻子，语气中流露出气愤、轻蔑和沉痛。厄秀拉也在场。他们争吵了几句，就被布朗温太太的话止住了。她说话的调子冷漠、傲慢得刺人。

"让她去尝尝是个什么滋味儿吧。过不了多久，她就会受够的。"

这事就这么不了了之啦。可是，厄秀拉认为她可以自由行动了。有几天她都没动静。她还不愿迈出找工作这残酷的一步——她非常敏感，非常害臊，怕与生人交往，怕新的环境。最后还是一股倔犟劲儿驱使她行动。她的心里充满了痛苦。

她到伊开斯顿的自由图书馆，从"招聘女教员"一栏抄下了地址，填了申请表格。两天后，她早早起床去等邮递员。不出所料，她得到三个大信封套着的邮件。

她拿着这三封信往她的卧室走去，心跳得很厉害。手指不停地颤抖，她简直无法强迫自己去看她要填的长长的正式表格。这事情整个儿是那么无情，那么公式化，却必须要做。

"姓名（姓氏在前）：……"

她颤抖着手写下了："布朗温，厄秀拉。"

"年龄及出生日期……"

经过一番考虑之后她填好了这一栏。

"已获资格，附通过考试日期……"

带着点骄傲，她写下了：

"伦敦资格会考。一九〇〇年六月"

"既往教学经历及在何处获得：……"

她心一沉，写下了：

"无。"

还有许多栏要填。填这三张表格花了她两个小时。然后，她还得把她班主任老师和牧师的评语抄好。

不管怎样，终于填完了。她把三个长信封封好。下午她到伊开斯顿把这三份表寄了。这件事她对父母亲一个字也没说。她把邮票贴在三个信封上，把它们投进了大邮局的信箱里。这时，她觉得好像已经在她父母亲的管辖之外了，好像她已经把自己和外边广阔的繁忙的世界，这个人们创造的世界联系起来了。

回家路上，她又以自己的方式编织起她熟悉的美妙梦境了。她的表格一份寄至肯特郡的吉灵厄姆，一份寄至泰晤士河畔的金斯顿，还有一份寄至德比郡的斯旺威克。

吉灵厄姆这个地名真可爱，肯特郡是英格兰的花园。那就这么着：在吉灵厄姆，蛇麻草田旁边一个古老的村子，柔和的阳光照耀着。下午，她从学校走出来，走到大门边那棵法国梧桐的树阴下，转下通向村舍的寂静小道，矢车菊从破旧的木栅栏里伸出蓝色的脑袋，路旁还站着花苞满枝的福禄考。

厄秀拉一走进屋，一位娇小的银发女士站起来，象牙般的小巧的双手举过头顶，嘴里说着：

"噢，我亲爱的，你猜猜有什么事？"

"怎么啦，韦德罗太太？"

弗雷德里克回来了。他那男人的脚步声就在楼梯那儿。她看得见他那双结实的靴子，他的蓝裤子，他穿着制服的身影。然后又看见了他的脸，干净，尖瘦，宛如鹰头。他的眼里闪烁着奇异的大海的魅力，啊，那奇异的海洋渗透了他的心灵。他走进了厨房。

这个梦，加上一些细节，伴随着她走完了一英里路。然后，她又到了泰晤士河畔的金斯顿。

泰晤士河畔的金斯顿就在伦敦的南边，是个古老的历史名城。那儿住着出身名门的高贵的人。他们是大都市的人。但是他们喜爱宁静。她在那儿遇到了一个富裕家庭的几姊妹。她们住在一所老式的安妮女王时代的大住宅里，房边的草地向河边倾斜。在这样一种庄严的和平气氛中，她觉得自己是和知心朋友们在一起。她们爱她如同姊妹，和她有着共同的高雅的想法。

她又高兴起来了。她在沉思冥想中展开了她那双被修剪过的可怜的双翅，飞向极乐的太空。

日复一日，她没有跟父母说。从吉灵厄姆寄回了她的鉴定书，她没有被聘用。斯旺威克的学校也没有聘用她。甜蜜的希望之后接踵而来的是苦涩的回绝。她闪亮的羽毛又落回了尘土中。

两个星期之后，突然从泰晤士河畔的金斯顿寄来了一张通知。她得在下个星期四到那个镇的教育局去，教育委员会的人要和她面谈。她的心一紧。她知道自己能被委员会录用。不久就要离开家，现在她心里害怕了。她战战兢兢，犹豫不决。然而，她的目的还是达到了。

她闷闷不乐地挨过这一天。她不愿把这消息告诉妈妈，她在等着爸爸回家。她忧心忡忡，很害怕。她怕到金斯顿去，对现实的了解使她安逸的梦境破灭了。

可是，一个下午过去，梦境的甜蜜又重现了。泰晤士河畔的金斯顿，对她来说是个那么庄严的地方。她沉浸在历史的影响和令人瞩目的进步所产生的魅力之中。宫殿变旧变黑了，国王的地位被淡忘了。而对她来说，这些国王还保持着地位——理查、亨利、沃尔西和伊丽莎白女王。她推测，那里大片的草地上有名贵的树木，一级级的台阶被水冲洗得很平滑，不时还有天鹅到此栖息。她一定还看见了女王那艘雄伟豪华的大游艇顺流漂来，大红地毯铺在舷梯上，绅士们披着紫色天鹅绒斗篷，不戴帽子，在阳光下站成两排恭候。

"可爱的泰晤士河，缓缓地流，等我唱完这支歌。"①

到了晚上，她父亲回来了。和往常一样，他脸色红润，充满活力，一副超脱的样子。他比厄秀拉的幻想还要不真实。他吃茶点，厄秀拉在等着。他大口大口地塞，大口大口地咬，毫无顾忌地大吃着，跟动物恣意吞吃食物没有什么区别。

吃完茶点，他马上就到教堂去了。唱诗班练习，他想先去给风琴调调音。

厄秀拉跟着走进去时，大门上的门闩咔哒作响，而风琴发出的那一连串声音还要更大。他没有觉察到厄秀拉进来。他在练习赞美诗。厄秀拉看见他那颗小而黑亮的脑袋和机灵的脸庞在烛火中间，细长的身子陷在琴凳上。他的脸是那么神采奕奕，那么凝重，而四肢的动作看上去却不对劲，像是离开了他的躯体。风琴发出的声音似乎是从那几根石头柱子发出来的，好像是柱子里流动着的汁液。

乐声结束了，一阵沉寂。

她喊道："爸爸！"

---

① Edmund Spencer（1559—1599）所创作的《婚礼预祝歌》的副歌。

他环顾四周，恍惚如在幻觉之中。厄秀拉站在烛光的阴影里。

"怎么啦？"他问一声，还没回到现实中。

很难张口跟他讲。

她强迫自己开口说："我有件难办的事。"

"你有什么事？"他回应一声，很不情愿地从弹奏风琴的心境中出来。他把面前的乐谱合上。

"我有一件难办的事要去做。"

这时，他转向厄秀拉，还是心不在焉地，勉勉强强地。

"哦，去哪儿做呢？"他问。

"泰晤士河畔的金斯顿，星期四我得到那儿去见见委员会的人。"

"你星期四要去？"

"是的。"

厄秀拉把信递给他。他就着烛光看了。

"德比郡，考塞西，紫杉树屯，厄秀拉·布朗温：

"亲爱的女士，请您于下星期四，即十日，上午十一时三十分到本局与委员会一晤，商谈您提出的惠灵伯罗·格林学校助理教员职位的申请。"

布朗温很难看懂这种不常用的官样信函，而在教堂的寂静和赞美诗的音乐声中他自得其乐。

他不耐烦地说："嗯，你现在用不着拿这个来烦我了，对吗？"他把信还给厄秀拉。

她说："星期四我得去。"

他一动不动地坐着，然后又弹奏乐曲。他把手按在琴键上，响起一阵急促的排气声，接着按出了一长声强调的小号音。厄秀拉转身走了。

他试图使自己的注意力回到风琴上，却做不到。他再也收不回心思了。时时刻刻都有一根绳子拽着他，把他拽到别处去，糟透了。

所以，唱诗班练习完后，他走进家门时脸色阴沉，心情极坏。直到年纪小些的孩子们都去睡了，他也没说什么。尽管如此，厄秀拉也知道正在酝酿着一场风暴。

最后，他问了：

"那封信在哪儿？"

厄秀拉把信给他。他坐着看信。"请您于下星期四，即十日，上午十一时三十分到本局……"这是一份给厄秀拉自己的，打官腔的正式通知，与他毫不相干。好啦！她现在是作为一个独立的社会成员存在的。是要厄秀拉来回复这份通知，并没有考虑到他。他甚至无权干涉。他的心里又难受又气愤。

他冷笑着说："你是背着我们去做这件事，是吗？"厄秀拉的心里火烧火燎地作痛。厄秀拉知道她自由了，她已经摆脱了父亲的控制。他被击败了。

厄秀拉回了一句嘴："你说的，'让她去试试。'"差不多是在向他赔不是。

他没听见。他坐在那儿看信。

"泰晤士河畔的金斯顿，教育局，"下面是打字机打的，"考塞西，紫杉树屯，厄秀拉·布朗温小姐。"什么都齐全，是不可改变的了。他不得不意识到厄秀拉才获得的地位，她是这封信的收信人。这是他心头的一颗钉子。

"好吧，"他终于说道，"你不能去。"

厄秀拉一惊，一下子找不到合适的话来表示自己的反抗。

"如果你以为你能跳着舞到伦敦的另一头去，你就错了。"

她大喊起来："为什么不能？"立刻铁了心要走。

他说："不能就是不能。"

一阵沉默，布朗温太太走下楼来。

"安娜，你看。"他说着，把信递给布朗温太太。

布朗温太太头一昂，看见一封打字机打的信，预料到是从外界来的麻烦。她的眼睛难以捉摸地滑动了一下，似乎要把她那有感觉的、母性的自我封闭起来，代之以不动声色、没有含义的神情。就这么着，她无所谓地把信粗略一看，故意不去细读它，以她浅薄、麻木不仁的头脑了解这封信的内容。她的感情本身是封闭的。

她问道："这是个什么职位？"

"她想走，到泰晤士河畔的金斯顿去当一名教员，一年拿五十英镑。"

"噢，是这么回事。"

妈妈的语气就像谈到某个陌生人的一件不愉快的事。出于冷漠无情，她会让厄秀拉走的。布朗温太太要和她最小的孩子一起再次长大。她的长女现在挡着道。

爸爸说："她不能去那么远。"

"哪儿要我我就得去哪儿，"厄秀拉喊道，"而且这是个好去处。"

爸爸严厉地说："对那个地方你知道些什么？"

妈妈平静地说："如果你爸爸说你不该去，那么他们想不想要你去都没关系。"

厄秀拉真恨她！

"你说过我可以去试试，"女孩子大声喊，"现在我谋到了一个职位，我要走了。"

爸爸说："你不能去那么远。"

"你怎么不在伊开斯顿找个职位？那你就可以在家住了。"戈珍说。她厌恶争争吵吵，也理解不了厄秀拉不舒心的处境，可是又必定要站在她姐姐一边。

"伊开斯顿没有职位，"厄秀拉大声说，"而且我愿意马上就走。"

爸爸说："如果你想找，还是可以在伊开斯顿找个职位的。可是你要当'神气活现'小姐，走自己的路。"

"你愿意马上就走，我不怀疑这一点，"她妈妈十分刻薄地说，"我也不怀疑其他人对你也忍受不了多久。你自己的主意太多对你没好处。"

在这个女孩子和她母亲之间有一种十足的仇恨。一阵难堪的沉默。厄秀拉明白她得打破沉默。

她说："好啦，他们已经写信给我，我就要去。"

爸爸问："你从哪儿搞到这笔钱呢？"

她说："汤姆舅舅会给我的。"

又是一阵沉默。这次她得胜了。

过了一会儿，她爸爸终于抬起头来，脸上一副神不守舍的样子。看来他在出神地琢磨怎么表述自己的意思。

"噢，你不该去这么远。"他说，"我要去问问伯特先生，在这里谋个职位。我不会让你自己一个人到伦敦的另一边去。"

"可是我要去金斯顿，"厄秀拉说，"他们已经叫我去了。"

"没有你他们也一样。"他说。

她眼泪就要掉下来了，一阵可怕的沉默。

"好吧，"她低沉又紧张地说，"这件事你可以阻止我，可是我要谋一个职位。我不要在家待着。"

"没人想要你在家待着。"他突然大声喊起来，气得脸都发青了。

她再没说什么。她的性情变得冷酷了，她为自己的傲慢，为自己对他们这些人的敌对性的冷漠沾沾自喜。看她这样子，布朗温真想杀死她。她走到客厅去唱了起来：

　　　　米歇尔妈妈丢了一只猫。

　　　　她在窗边大喊，快把她还回来……①

往后这几天，厄秀拉出来进去的，一副兴高采烈又冷酷无情的样子。自己哼哼唱唱，对孩子们挺好，可是她心里对她的父母淡漠无情，没什么可说的。

这种冷漠和欢快持续了四天就完结了。晚上，她对爸爸说：

───────────

① 法国童谣。

"你去没去帮我说要一个职位？"

"我跟伯特先生说了。"

"他说什么？"

"明天委员会要开个会。他星期五告诉我。"

所以，她就等到星期五。泰晤士河畔的金斯顿已经成了个令人兴奋的梦境。她可以由此感受到冷酷无情的、粗野的现实，因而她知道眼下这种事情会发生的。她发现，没有什么事情是能够完完全全实现的，在极为有限的情况下除外。她不想在伊开斯顿当教员，因为她了解这个地方，憎恶这个地方。然而她想自由，在哪儿可以得到自由，她就到哪儿。

星期五她爸爸告诉她在布林斯里街小学有一个空缺。这个职位很有可能给她弄到，而且很快，用不着费事去递申请。

她心里犹豫不决。布林斯里街小学在一个贫穷的街区，而且她已经领教过了伊开斯顿那些粗鲁的孩子们的厉害。他们跟在她后边喊叫起哄，还扔石头。然而，作为老师，她就有了威严。还不知道怎么样呢。她激动起来了。就这林立的干巴贫瘠的砖块对她有一种吸引力。这些砖块那么硬那么丑陋，丑得没有一丝温情，会荡涤掉她一部分飘忽不定的感伤。

她在幻想怎么才能使那些难对付的孩子们喜欢她。她要有人情味儿。老师们总是那么厉害，那么不近人情，师生间没有一种亲切随和的关系。她要使得事事都有人情味儿，不那么死板。她要献出自己，她要奉献，奉献，把她所有的一切献给孩子们。她要使他们感到无比幸福，他们将会喜欢她胜过喜欢天底下的任何一个老师。

圣诞节她会为他们选购非常迷人的圣诞卡，她还会给他们在教室里举行一次非常欢快的聚会。

她想，校长哈比先生是个矮壮、平庸的人。可是，在校长面前，她会表现得举止优雅得体，校长不久就会非常器重她。她会成为这所学校光彩照人的太阳，孩子们像小草一样茁壮成长，老师们就像高大结实的植物绽开罕见的花朵。

到了星期一早上，这是九月的最后一天。蒙蒙细雨如同薄纱罩在她周围，使她看着亲切。这是一个她自己的世界。她朝着一个新地方走去。那块老地方被抹掉了。遮住新世界的这块薄纱会被撕破的。她拿着饭袋，冒着雨走下小山的时候，心里忐忑不安。

透过稀疏的雨幕，她看到前方黑糊糊的，隆起了一大片，就是那个镇子了。她必须走进去。她立即感到了一股抵触情绪，伴随着兴奋的满足感。然而，她抑制住了。

她在终点站等有轨电车。这里是一个起点。在她的后面是到诺丁汉去的车站，在那儿，特丽萨半小时前已经去上学了。她后面是一所不大的教会学校，她小时候就在那儿上学，那时她外祖母还健在。她外祖母是两年前去世的。在玛斯，有一个陌生女人和她舅舅弗莱德在一起，还有一个婴儿。她身后是考塞西，树篱上有熟了的黑莓。

她在终点站等车时，迅速地回顾了一下她的童年。她那爱逗乐的外祖父，长着金黄色的胡子、蓝色的眼睛和高大魁梧的身材。他被淹死了。还有她的外祖母，厄秀拉有时要说她爱外祖母胜过爱世界上的任何一个人。还有那小小的教会学校，还有菲利浦斯家的男孩子们，他们其中之一现在是一名皇家卫士，另一个是煤矿工人。她怀着激情依恋过去。

正当她沉浸于过去的梦幻之时，她听到了电车在转弯处嘎嘎的响声和沉闷的隆隆声，看见它走进视野，鸣着笛越来越近。它在终点站转了个弯，停住了，赫然耸立在面前。灰黑阴暗的人们从电车的那一头走下来，乘务员在泥浆中行走，手扶着柱子转了一圈。

她上了湿漉漉、不舒适的电车。车上的地板给脏水弄得黑糊糊的，窗子全都水汽蒙蒙。她心神不定地坐了下来。她的新生活开始了。

另一位乘客上来了，是一个打杂女工之类的人，穿着一件湿了的褐色斜纹布外衣。要等着车开，厄秀拉真难受。铃响了，车往前一晃荡，小心翼翼地开过湿漉漉的街。她被载着向前，进入她的新生活。她的心被痛苦和不安灼得难受，如同身上的组织被切割。

一会儿，哎呀，车子好像一会儿就停一次。潮湿、披着外衣的人们上车，一声不响，阴沉着脸在她对面直挺挺地一排排坐着，雨伞夹在双膝间。车窗上的水汽越来越多，越来越模糊。她和这帮毫无生气、鬼怪似的人们关在一起。即便是这样，她也没把自己算作他们之中的一员。乘务员走过来售车票。每次他手中的票钳咔哒一响，厄秀拉就给吓得难受一次。尽管这样，她的票肯定与其他人的不同。

他们是去上班的，她也同样是去上班的，她的票是同样的。她坐在那儿试图使自己跟他们合拍。可是恐惧源于心底，她感到被一种说不出的、可怕的力量控制住了。

她得在巴斯街下来换车。她抬头望望山上，那儿看来是通向自由的。想起曾经有许多个星期六的下午，她走上去买东西。那时她多么自由自在，无忧无虑！

啊，她要坐的那辆电车小心翼翼地滑行下坡。每向前滑行一码，她都跟着提心吊胆。汽车停了下来，她急忙上车。

车子一边开，她一边不停地东张西望，因为她不敢肯定是不是那条街。最后，她很不放心，颤抖着站了起来，乘务员猛地一下把铃拉响。

她沿着一条狭窄潮湿、破破烂烂的街走去，一个人也没有。学校矮趴趴地猫在一个围着栏杆、铺着沥青的院子里。雨把沥青地面浇得黑亮亮的。那栋房子邋遢又可怕，窗户里干巴巴的花草影影绰绰。

她走进通向门廊的拱门。这整个地方看着挺瘆人的。这是模仿教堂的建筑，为的是造成威慑，就像权势者一个粗鄙的姿势。她看见一双脚摇摇摆摆地穿过石板地面的门廊。这儿静悄悄的，没有人，像座空荡荡的监狱在等着拖着沉重双脚回来的人。

厄秀拉走到藏在阴暗角落里的教师办公室。她战战兢兢地敲了敲门。

"进来！"一个男人用诧异的声音说了一声，像是从监狱的小单间里发出来的。她走进了这间从来照不进阳光的又黑又小的房间。没加灯罩的汽灯点燃着。桌旁，一个只穿衬衫的瘦男人拿着张纸往糨糊盘里蘸。他抬起长条尖瘦的脸看看厄秀拉，说声"早上好"，又掉开了脸。把那张纸从盘里扯出来，扫一眼褪到盘里的紫色字迹，然后把那张卷曲的纸往旁边的一堆一扔。

厄秀拉呆呆地望着他。在汽灯光下，在朦胧中，在这间房子的狭窄空间里，这一切看来都不像是真实的。

她说："今天早晨的天气真糟。"

"是糟，"他说，"不是个好天气。"

可是，在这儿，似乎早晨和天气都不存在。这儿是没有时间的。他用一种忙碌的口气说话，像是一声回答。厄秀拉不知说什么好。她脱下了雨衣。

她问："我是不是来得太早了？"

那人先看看一只小钟，然后看看她，眼睛好像一下亮了起来。

"过了二十五分钟了，"他说，"你是第二个到的。今早上我是第一个。"

厄秀拉小心翼翼地坐在一张椅子边上，看着他那双又瘦又红的手在那张白纸上移动，停一下，捏起纸的一角，看一看，又在上面移动。桌上已经有了一大沓卷曲的写过的白纸。

厄秀拉问："你得改这么多？"

那人又飞快地抬头望了一眼。他大概是三十至三十三岁，瘦削，脸色发青，鼻子长长的，脸尖尖的。他的眼睛是蓝色的，亮得像金属上的反光点。挺漂亮的，女孩子心里想。

他答道："六十三份。"

她轻声说："这么多！"这下她记住了。

她又问："但这不全是你班上的吧？"

"怎么不是呢？"他答道，话还挺冲。他机械地埋头干，顾不上理她，话又说得直率。厄秀拉给吓得有点不自在。她还没经过这种事。从来没人这样对待她，好像她算不了什么，好像她是和机器说话。

她同情地说："太多了。"

他说："你也会得到差不多这个数。"

这就是她所得到的一切。她茫然地坐着，不知有何感觉。她还是对这个人挺有好感。他看上去那么易怒。他那种奇异、尖刻、有棱有角的态度吸引了厄秀拉，同时也使她害怕。这种态度如此冷酷与他的本性不符。

门开了，一位个子矮小，脸色发灰，大约二十八岁的年轻女人走了进来。

"哟，厄秀拉！"刚进来的人大声喊道，"你这么早就在这儿了！我敢说，我保证你坚持不下去。那是威廉逊先生的衣钩。这个才是你的，五年级老师总是用这个的。你不把帽子脱掉吗？"

维奥莱特·哈比小姐把厄秀拉的雨衣从挂着的衣钩上取下来，挂到了更远的一个衣钩上。她已经把呢帽上的别针摘了下来，别在外衣上。她一边把那一头鬈曲的，被压平的褐色头发往上托，一边转向厄秀拉。

"今天早上的天气糟透了吧，"她大声说，"糟透了！我最讨厌的事就是星期一早上下雨。一群孩子在泥里水里踩来踩去，没法子——"

她从一个报纸卷里拿出一条黑色的围裙，往腰上系。

"你带围裙来了吗？"她扫一眼厄秀拉，急急地道出这句话。"哦，你该要一条。你不知道，不到四点半你就会变成个什么样子，弄上粉笔灰、墨水渍和孩子们的脏脚丫子印。这样吧，我可以叫个男孩去问妈妈要一个。"

厄秀拉说："哎，别麻烦了。"

哈比小姐大声说："哦，没关系，我叫个男孩儿去，容易得很。"

厄秀拉的心一沉。一个个的口气都是那么肯定，那么专横。她怎么跟这些如此张狂、愚昧、爱支使人的人们相处？而且，哈比小姐跟坐在桌边的男人还没说过一句话。她根本就不搭理他。厄秀拉感觉到这两位老师之间那种冷淡的、毫不掩饰的无礼。

两位姑娘走出房间，来到走廊上。门廊里已经有几个孩子在叽叽呱呱地谈笑了。

"吉姆·理查兹。"哈比小姐用严厉的、命令式的声音喊。一个男孩顺从地走过来。

"你给我到我家去一趟行吗？"哈比小姐用威严又居高临下带哄骗的口吻说。她根本不等回答。"去问我妈妈要一条我上课用的围裙，给布朗温小姐，好吗？"

男孩子驯顺地应了声："好的，小姐。"就走了。

"哎，"哈比小姐喊，"回来，你说说，你去拿什么？你怎么对我妈妈说？"

男孩儿咕哝道："一条上课用的围裙……"

"劳驾，哈比太太，哈比小姐说请您给她拿一条上课用的围裙，给布朗温小姐用，她没带围裙来。"

"是的，小姐。"孩子低着头，咕哝着，走了。哈比小姐把他抓回来，按住他的肩膀。

"你该怎么说？"

"劳驾，哈比太太，哈比小姐想要一条围兜给布朗文小姐。"孩子十分顺从地咕哝。

"是布朗温小姐！"哈比小姐笑道，推一把让他走了。"给你，等一等，你最好还是带上我的雨伞。"

孩子不情愿地被塞上哈比小姐的雨伞，这才走了。

哈比小姐冲着他背后喊："早点回来！"然后她转身看看厄秀拉，快活地说：

"噢，他让人担心，这孩子，还不错，对吧？"

厄秀拉轻声地附和："不错。"

门闩咔哒作响，他们走进了那间大教室。厄秀拉打量了一下这间教室。教室里那呆板、冗长的寂静很正式，给人阴森森的感觉。中间有一道玻璃隔墙，通往里边的门开着。滴答滴答的钟声回响着，哈比小姐一说话，就有回声：

"这是间大教室——五、六、七年级的教室。这是你的地方——五年级……"

她站在大教室的这一头。这儿有一张老师用的又小又高的桌子，前面是一堆长凳，对面墙上高高地开着两扇窗子。

厄秀拉觉得这儿又迷人又可怕。教室里这奇异的、无生气的光线使她显不出个性。她想，因为这是阴雨天的早晨。她又抬头望望，有一种被关在呆滞、不流通的空气里的可怕的感觉，与平时的感觉相距甚远。她看到窗子上装的是凸条水纹玻璃。

简直是在一间囚室里！她望望四周的墙壁，刷了淡绿色和巧克力色，望望大扇的窗子上暗淡的玻璃衬着邋遢的天竺葵，望望一长排一长排的桌子摆成一组，充满了恐惧。这是一个新世界，一种新生活，她给吓着了。可是她还是感到兴奋，爬到她办公桌前的椅子坐下。椅子很高，她的脚够不到地面，得搁在踏板上。高高地离开地面坐在那儿，这样她就职了。多么奇怪，这一切是多么奇怪！这和考塞西的蒙蒙雨雾是多么的不一样。想起她住的村子，她心头流过一阵思念之情，好像离得那么远，已经见不到了。

她在这儿，在这冷酷的、刻板的现实中——这就是现实。她该管这叫现实，真奇怪，她还是今天才知道这一点。现在，这使得她充满了恐惧和厌恶，以至于她希望能够离得远远的。这就是现实，而考塞西，她那可爱的、美丽的、熟悉的考塞西——熟悉得就像是对自己情况的了解，只不过是一个小小的现实。这个监狱似的学校就是现实。那么，就在这儿，她要庄严地坐着，成为学生的女皇！在这儿，她要实现她成为被热爱的老师的梦，把光明和欢乐带给孩子们！然而她面前的这一张张桌子有一种抽象的生硬感，挫伤了她的情感，使她退缩。她畏缩了，感觉到她原来傻乎乎地期待太多了。她把她的感情和慷慨放到了并不需要慷慨和情感的地方。而且她已经觉得被挫败了，被这种新的气氛搅得不安，不知所措。

厄秀拉出溜下来，她们回到那间教师休息室。要是认为一个人应该改变自己的个性，真是件怪事。她是个无名小卒，她自己没有现实，现实在她之外，她必须把自己投入现实中。

哈比先生在教师休息室，站在一个打开的大橱柜前。厄秀拉看见那橱柜里有一摞摞粉色的吸墨纸，一堆堆崭新的书，一盒盒粉笔，一瓶瓶彩色墨水，像个宝库。

校长是个矮壮的男人，长着硕大的头，宽厚的下巴颏儿。不过，他长得还是好看的，匀称的眉毛和鼻子，一大片垂挂着的胡髭。他好像在专心致志地工作，不理会厄秀拉走进来。他那么有意识地不注意别人，那么忙碌，这种态度有点儿无礼。

他走了一会儿神，从桌子上抬起头来，跟厄秀拉说了声早上好。他那褐色的眼睛流露出愉快的神情。看上去他男子气十足，不容争辩，正像她要征服的对手。

他对厄秀拉说："你是冒雨走来的。"

她有点紧张地笑笑，答道："哦，我不在乎这个，我习惯了。"

可是他已经不在听厄秀拉说了。她的话显得可笑，唠叨。他没注意她的话。

"你得在这儿签上你的名字，"他对厄秀拉说，就像她是个孩子，"还有你到达和离开的时间。"

厄秀拉在考勤簿上签了自己的名字，又站回原来的位置。再也没人搭理她了。她绞尽脑汁想点什么事说说，却想不起来。

"我想让他们现在就进去，"哈比先生对那瘦子说，他正在急急忙忙地收拾着那些卷子。

那助理教员没表示同意，仍然在忙着他手头上的事。房间里的气氛一下子变得紧张起来。最后，勃兰特先生匆忙地穿上他的外套。

"你到女生休息室去，"校长对厄秀拉说，带着诱惑人、羞辱人的温和调子。完全是一副官气十足，高高在上的样子。

她走出去，看到哈比小姐和另一个青年女教师在门廊里。雨点洒在铺着沥青地面的院子里。沉闷的钟声当当地响起，单调地响个不停。终于停止了。这时，勃兰特先生出来了，没戴帽子，站在另一个院门边，口里吹着哨子，发出尖厉的声音，眼望着阴郁的小雨中的街道。

男孩子成群结伙地小跑着拥来，和着噼噼啪啪的脚步声和说话声跑过校长，穿过院子到男生集中的门廊。女孩子从另一个入口走着跑着进来。

在厄秀拉站着的那个门廊里，女孩子们发出很大的嘈杂声。她们脱下外套和帽子，挂在一排排钉着衣帽钩的架子上。一股湿衣服的味儿，一阵甩打湿头发的乱劲儿，一阵说话声和嘈杂的脚步声。

女孩子越来越多，衣帽勾旁闹哄哄的气氛愈加热烈。门廊里吵吵嚷嚷的学生三五成群。这时，维奥莱特·哈比小姐击一下掌，又击得更响一些，尖声喊叫着："静一静，女同学们，静一静！"

声音停了下来，吵闹声下去了，可是并没有完全静下来。

哈比小姐尖声叫道："听见我的话了吗？"

几乎完全静了下来。不时又有一个女生迟到了，急奔进来，甩下她的东西。

哈比小姐尖声命令道："班长，站出来。"

留着长发、围着围裙的女生一对一对地站开了。

哈比小姐喊着："四年级，五年级，六年级，集合。"

一阵骚动，女生们逐渐分成了三路纵队，两个两个一行，站在过道里傻笑。在一排排的衣架间，其他的老师在给低年级的学生整队。

厄秀拉站在她管的五年级队伍旁边。女生们推推肩膀，甩甩头发，用胳膊肘碰碰别人，扭扭身子，呆望，咧嘴笑，讲悄悄话，转过身子，干什么的都有。

一声尖厉的哨声，六年级，最大的女生们，在哈比小姐的带领下，开始往外走。厄秀拉和她的五年级学生跟着走。她和一群咧着嘴傻笑的女孩子站在狭窄的过道里等着。她不知道自己究竟算什么。

突然响起了钢琴声，六年级的学生全都走到一间大教室里。男生是从另一个门走进去的。钢琴弹着一支进行曲，五年级的学生跟着走到了大教室的门前。远远地看得见哈比先生坐在他的桌子前。勃兰特先生守在教室的另一扇门边。厄秀拉班级的拥上来。她紧挨她们站着。她们瞟瞟她，笑着，连推带挤地走。

厄秀拉说："往前走。"

她们嘻嘻地笑了。

厄秀拉又说："往前走。"因为琴声还没停。

女生们松松散散地走进去。远远地坐在桌边，似乎沉浸在工作中的哈比先生抬起头来大吼一声：

"站住！"

大家停住了，琴声止了。刚从另一边走进来的男生又往回挤。响起了勃兰特先生刺耳、驯顺的声音，接着是哈比先生嗡嗡震耳的声音从教室的那一头传来：

"是谁叫五年级的女生这样走进来的？"

厄秀拉的脸变得绯红。她的学生瞥她一眼，为她遭到的训斥暗自高兴。

她努力用清晰的声音说："我让她们进来的，哈比先生。"一阵沉默。哈比先生离得远远地大喊一声：

"五年级女生，回到原位。"

女生们带着嘲弄的神情偷偷瞧一瞧厄秀拉，向后拥去。受了耻辱的痛苦，厄秀拉的心沉下去了。

"齐步——走，"这是勃兰特先生的声音。女生们迈开步子，和男生的队伍步伐一致。

厄秀拉面对着她的班级，大约五十五名列队站在一排排桌子边的男女生。她感到自己全然不存在。她没有一席之地，也不在那儿。她面对着一大群孩子。

她听得到从教室的那一头传来的一连串飞快的提问。她站在自己的班级面前不知道怎么办。她在难受地等待着。她班上的那群孩子，那五十五张不认识的脸，敌意地望着她，随时准备嘲笑她。她感到这一张张燃着怒火的脸蛋在灼烧着她。不论从哪一面看，她都赤裸裸地暴露在它们面前。时间一秒一秒地在这长得难以形容的折磨中过去了。

一会儿，她鼓起了勇气。她听到勃兰特先生在出心算题。她站得和她班级的更靠拢，这样她的声音就用不着抬得很高。她犹犹豫豫，不那么肯定地说：

"两个半便士一顶的帽子，七顶一共多少钱？"

看见她开始上课了，全班人都咧咧嘴笑了。她脸一红，心里不好受。几只手草叶般竖了起来，她问他们答案是多少。

这一天过得难以置信的慢。她根本不知道怎么办，只要往孩子们跟前一站，就有一层可怕的隔阂。靠一些活跃的小女孩快嘴快舌的帮忙，她才开始讲一课书，又不知道怎样才能把它讲下去。这些孩子们是她的主人。她得听从他们的。她常常可以听到勃兰特先生的声音。他像一台机器，总是用同样刺耳、同样尖锐，不像人发出的声音来讲课，什么都不在意。在这些多得离谱的孩子们面前，厄秀拉常常陷入困境。她无法摆脱。这五十来个孩子的集体靠她来指挥，这个集体就是憎恨、不满这种指挥。这使她感到喘不过气来，她肯定会窒息的。太残酷了。他们的人那么多，就不仅仅是孩子，而是一个连队了。她不能像对一个孩子那样说话，因为他们不是单个的孩子，而是一个无情的集体。

午饭时间到了。她晕头涨脑，稀里糊涂，孤孤单单地走进教师休息室进餐。她从来没有感到生活如此陌生。她似乎是才从一个陌生可怕的国度里爬出来，那里的一切都是地狱般的，一个冷酷无情的、恶毒的体制。而且，她还没有真正获得自由。像给她套上枷锁似的，下午又到了。

第一个星期在糊糊涂涂的混乱中过去了。她不知道怎么教课，她觉得她永远也不会知道。哈比先生不时地到她的班上来，看她在干什么。当哈比先生带着威胁恐吓的神情站在旁边时，她觉得自己那么无能为力，不真实，恍恍惚惚，变成了中性的，不存在的东西。可是哈比先生站在那儿看着，两眼流露出正在倾听的和蔼的笑意，那双眼睛可真吓人，他什么也没说，让她继续讲课，她却已觉得魂不附体了。过了一会儿，他走了。这一走也像是个嘲弄。这个班是哈比先生的班。厄秀拉不过是个瑟瑟作抖的替代。他鞭打、威吓学生，他招人恨。然而他是校长。虽然厄秀拉态度温和，她替这个班着想，但是他们是属于哈比先生的，不是她的。他把权力一起抓在自己手中，像是这个机制中不可匹敌的源头。这个班承认他的权力。在这个学校里也有权力，权力是唯一至关紧要的。

没过多久，厄秀拉就害怕他了，而且在这恐惧之下是一颗仇恨的种子。她鄙视他，然而他是上司。她慢慢开始适应了。其他的老师们都恨他，并且在他们自己中间煽动这种仇恨。因为他是老师们和学生们的上司，他就像个重要人物似的站在那儿使他对这帮人的权威绝对化。把持着对这个学校的盲目的权威好像是他活着的一个原因。他手下的老师们和学生们一样，都是他的下属。不过，因为他们有一点点权威，他本能地憎恶他们。

厄秀拉无法使自己成为他喜欢的人。第一次见到这人她就有一种强烈的感觉，这是个对头。她和维奥莱特·哈比也是对头，尽管她并不讨厌哈比小姐。不管怎么说，哈比先生对她太过分了，也太强硬了，是她无法控制的。她曾试图像一个年轻伶俐的女孩子去接近一个男子一样，希望得到一点骑士风度的殷勤。但是，恰恰是她是个女孩子，是个女性这个事实本身被忽视了，要不就是被作为蔑视她的因素。她不知道自己是什么样的人，也不知道她该成为一个什么样的人。她想保持她敏感的、属于自己的自我。

所以她就继续教下去。她和三年级的老师玛琪·斯科菲尔德交上了朋友。斯科菲尔德小姐大约二十岁，是个温和的姑娘，不大搭理其他的老师。她长得相当漂亮，爱沉思，好像生活在另一个更可爱的世界里。

厄秀拉把午饭带到学校，第二个星期就到斯科菲尔德小姐那间教室去吃。三年级的教室独自一栋，两边开着窗子，正对着操场。在这封闭的学校里，找到这么个僻静的地方，真能得到一种精神上的放松。那儿有几盆菊花和彩色的观叶植物，还有一大盆浆果。墙上有几张好看的小画片，是格勒兹的画及雷诺兹的那幅《天真时代》[①]的复制品，让人感到亲切。这间教室，窗外有开阔的空间，里边有小一些，整齐一些的桌子，有画儿和花儿的点缀，厄秀拉立即就感到心情愉快。这儿终于有一点可以引起她共鸣的带点儿人情味儿的色彩了。

星期一。她到学校已经有一星期了，对环境已经熟悉，尽管她还觉得自己是个外人。她盼着和玛琪共进午餐。这是一天中的美好时刻。玛琪坚定而冷漠，迈着缓慢平稳的步子沿着一条艰难的路走去，把她心底的梦幻带走了。厄秀拉教课时一直觉得恍恍惚惚的，没意思透了。

她杂乱无章地讲课，混到了中午。她还没意识到她那居高临下的容忍，她的和气和放任的态度给她带来的是一群不服管的学生。他们都走了，她摆脱了他们，就这么回事。她急急忙忙地到教师休息室去。

勃兰特先生正弯腰朝着那一只小火炉，把一只大米做的小布丁放到烤炉里。然后他直起腰，小心地用一把叉子在炉旁铁架上的平底锅里拨拨，再盖上锅盖。

"好了吗？"厄秀拉欢快地问道，打破了他全神贯注的紧张状态。

她总是保持着轻松愉快的态度，对所有的老师都是高高兴兴的。因为她觉得自己犹如鹅群中的天鹅，是这些人中天生高人一等的一员。她是这所丑陋的学校中的天鹅，这种骄傲还没有减退。

"没好。"勃兰特先生简短地回答。

"不知道我的菜热了没有。"她说着，朝炉子弯下腰。她有点指望勃兰特

---

① Reynolds（1723—1792），英国肖像画家。《天真时代》被伦敦国家美术馆收藏。

先生帮她看看，可是他没理会。她饿了，着急地伸只手指到锅里试试她的汤菜、土豆和肉是不是热好了。还没好。

她对勃兰特先生说："你不觉得带饭来挺有趣的吗？"

"我不知道有没有趣，"他一边说，一边铺了块餐巾在桌子的一角，没看厄秀拉。

"我猜想是你回家的路太远了吧？"

他说："是的。"他直起身望望厄秀拉。他有一双厄秀拉所见到过的最蓝、最厉害、最犀利的眼睛。他盯着她，怒意渐起。

"如果我是你，布朗温小姐，"他用威胁的口气说，"我就要把我的班级管得紧一点。"

厄秀拉心里紧张起来。

"是吗？"她温柔地问道，可是已经吓慌了，"我还不够严格吗？"

"因为，"他没理睬她的话，再一次说，"你不赶紧治住他们，他们就会把你整倒。他们会把你拖垮，让你发愁，直到哈比把你换下来。这就是后果。你在这儿待不过六个星期，"他往嘴里塞了一口饭菜，"如果你不治住他们，不赶紧治住他们的话。"

"哎呀，可是……"厄秀拉怨恨又沮丧地喃喃道。她害怕极了。

"哈比不会帮你的。他要做的事就是让你继续干下去，越来越糟，直到你离开或是他赶你走。这对我无关紧要，只是你一走留下这个班，而我不希望让我来接。"

她听得出这个男人话中的责备，觉得被定了罪，但是，学校对她来说还没有成为实实在在的现实。她在逃避现实。这是现实，但都与她无关。她抵制勃兰特先生所说的，她不愿知道这是真的。

"有这么可怕吗？"她的声音颤抖着，挺动听，可是还有点儿屈尊求教的意味，因为她不愿暴露自己的惊慌。

"可怕？"那男人一边说一边又转向了他的土豆，"我不知道什么可怕。"

"我可是给吓怕了，"厄秀拉说，"这些孩子看起来那么……"

"什么？"哈比小姐这时走了进来。

"嗨，"厄秀拉说，"勃兰特先生说我该管住我的班级。"她不自然地笑了笑。

"哦，你要教课就得维持课堂秩序。"哈比小姐的话生硬，傲慢，还是老一套。

厄秀拉没搭话。她觉得在他们面前说也没用。

勃兰特先生说："如果你想在别人手下活下去，你就得这样。"

哈比小姐说："噢，如果你连秩序都维持不了，你还有什么用？"

"而且你得自己来干，"他的声音提高了，像预言家们的苦苦相告，"你不会从任何人那儿得到帮助。"

"哦，确实是这样，"哈比小姐说，"有的人你是帮也帮不了的。"说完她离开了这间屋子。

敌意，被打得一败涂地，在有抵触的顺从中去实现意愿，这种气氛真让人受不了。这个小人物，胆小、尖酸刻薄地羞辱人的勃兰特先生吓坏了她。厄秀拉想跑出去。她只想逃走，不想知道这些。

这时，斯科菲尔德小姐进来了，是又一副更加宁静的样子。厄秀拉立即转向刚进来的人加以证实。玛琪在这肮脏的权力体制下保持着个性。

"大的安德生在吗？"她问勃兰特先生。接着他们就冷冷地、一本正经地谈起了两个学生的一些事。

斯科菲尔德小姐拿起她的棕色菜肴，厄秀拉也拿起自己的跟着她走。那令人愉快的三年级教室铺着桌布，桌上有一只开着两三朵月季的花盆。

厄秀拉高兴地说："这儿真好，是你把这儿弄得跟别处不同。"然而她还是害怕，学校的气氛在压着她。

"那间大教室，"斯科菲尔德小姐说，"哈，在那里边真受罪！"

她的话里也带着苦涩。上有校长，下有班上的学生，两头受气，她也是处在这种上等奴仆的尴尬地位。她知道，她随时都有可能受到来自任何一边的攻击，或是两边同时夹击。因为校长会听信家长们的抱怨，双方都会转向这什么也不是的权威——老师。

所以，甚至在把她那可口的金黄色的豆子和棕色的浓汁倒出来的时候，玛琪·斯科菲尔德都在艰难苦涩地忍耐着。

"这是罐焖素菜，"斯科菲尔德小姐说，"你尝尝好吗？"

厄秀拉说："好极了，我尝尝。"

她自己的午饭和这美味、洁净的菜看放在一起，显得粗糙不雅。

"我还没吃过素菜，"她说，"不过，我肯定会觉得好吃。"

"我并不是真正的吃素的人，"玛琪说，"我不喜欢带肉来学校。"

"对，"厄秀拉说，"我想我也不喜欢。"

新的清雅，新的自由向她心灵呼唤。如果所有的素食都像这么好，她很乐意放弃那有点不洁的肉。

她喊道："多好吃啊！"

斯科菲尔德小姐说："是好吃。"接着，她开始告诉厄秀拉这道菜的烹饪方法。两个姑娘的话题转到谈论她们自己。厄秀拉谈到她在中学的事，她的资格会考，有点儿吹牛。她觉得这里，这个讨厌的地方，是那么没意思。斯科菲尔德小姐一边听着一边沉思，表情端庄，有点儿忧郁。

她终于问道："你不能到比这儿好一点的地方去吗？"

厄秀拉还拿不准地说："我原来不知道这儿是什么样的。"

"啊！"斯科菲尔德小姐叹息一声，把头痛苦地一摇。

"这儿是不是有那么可怕？"厄秀拉问，提心吊胆地微微一皱眉。

"是的，"斯科菲尔德小姐怨恨地说，"哈！这儿真可恨！"

厄秀拉看到就是斯科菲尔德小姐也在这死一般的束缚中，她的心凉了。

"就是哈比先生，"玛琪·斯科菲尔德突然爆发出来，"我看，在那间大教室我再也待不下去了，勃兰特先生的声音和哈比先生……啊——"

她受了伤害地把头转到一边。有些事情她忍受不了。

厄秀拉鼓起勇气问她担心的问题："哈比先生真的可怕吗？"

"他呀！嗨，他不过是个恃强凌弱的人。"斯科菲尔德小姐说，一边抬起她那双蒙受过羞辱的黑眼睛，眼里燃烧着燎人的蔑视之火。"你不断地讨好他，向他请教，什么事都照他那样去做，他就不坏——可是，这太下贱了！这只不过是个两方相斗的事，那些大蠢人……"

她越来越伤心，难以说下去了。显然她受了委屈。她的心因受了羞辱而刺痛。厄秀拉也有同感。

她无可奈何地问："可是这儿为什么这么讨厌呢？"

"你什么也做不成，"斯科菲尔德小姐说，"他在一边反对你，又让孩子们在另一边反对你。孩子们简直是坏极了。什么事你都得逼着他们去做，每件事，每件事都得要你来说。他们所学到的，都是你强迫他们学进去的，就是这么回事。"

厄秀拉觉得心里失去了勇气。为什么她要了解这一切，为什么她要强迫五十五个不愿学习的孩子去学习？而在她的身后时时都有丑恶、粗野的嫉妒，准备把她弄得去乞求一群孩子的怜悯。而这群孩子会把她当作校方的一个无能的代理人撕碎。她的心头笼罩着对她的任务的极大畏惧感。她看到勃兰特先生、哈比小姐、斯科菲尔德小姐，所有这学校里的老师，不情愿地去干那又乏味又粗野的工作，强迫许多孩子成为一个守纪律的呆板集体，使整个集体处于服从和注意的无意识状态，然后命令他们接受各种各样的知识。第一个重大的任务就是使六十个孩子统一思想，或是成为一体。这种状态必须是老师的意愿，整个学校当局的意愿强加在孩子们的意愿上，不知不觉地形成的。重要的是校长和老师们行使权力时应该有一个共同的意愿，引导孩子们的意愿与他们的一致。但是校长却是心胸狭隘的、专横的。老师们的意愿不可能与他的一致，他们不同的意愿都不肯服从对方的。因此就形成了一种无政府状态，让孩子们自己去做最终的判断。而此刻却应有权威存在。

这一来，就有了一套独立的意愿，各自竭尽全力去行使自己的权力。孩子们决不会乖乖地坐在教室里顺从地接受知识，必须有一个更强、更明智的意愿来强迫他们。他们肯定会经常竭力反抗这个意愿。那么，每一个教大班级的老师第一项重大的努力就是要引导孩子们的意愿与他自己的意愿一致。为了取得某种预期的结果，他只得放弃自我，运用一整套的条条框框，去传授一些知识。厄秀拉则认为，她要成为第一个明智的老师，用人格的力量使学生接受知识，而不用强迫。她完全相信自己的能力。

　　因而，她陷入了极为混乱的状态。首先，她想与班上学生建立的关系只有一两个敏感的孩子能明白，那么大多数孩子都成了不解其意的外人，所以就反对她。其次，她把自己置于哈比先生这一稳固权威的被动的对立面，所以同学们就可以更加放心地折磨她。她本来不知道，可是她的直觉逐渐提醒了她。勃兰特先生的话使她痛苦。那声音一直在响着，轧轧地作响，很刺耳，充满了仇恨，又是那么单调，几乎把她给逼疯了——总是那么同样的一套刺耳的单调声音。这个男人成了一部机器不停地运转，运转。可他本人却一直处于被压抑的摩擦中。真讨厌——全是嫉恨！她应该像这样吗？她感觉得到有这种可怕的必要。她必须成为同样的人——把具有个性的自我抛开，变成一种工具，一种抽象的作用，作用于某种材料，那个班级，来达到一个特定的目的，就是使他们每天学那么多东西。她不能屈服。然而她逐渐地感觉到那看不见的熨斗越来越近了。太阳被遮住了。时常有这样的情况，她在娱乐时间走出去，看到明亮蔚蓝的天空飘着不断变幻的云朵，仿佛幻想的图案，犹如绘出来的一幅风景画。为了教学的事，她的心是如此阴郁、困惑。她的自我被囚禁，被取消，她被迫服从一个恶劣的、有危害的意愿。那么，天空怎么能够阳光灿烂？没有天空，没有户外那明亮的环境，只有学校里面是实在的——难以忍受的，具体的，实实在在的，也是邪恶的。

　　不管怎么样，她还是没有让学校把她完全征服。她总是说："这种状况不是永久的，会结束的。"她时常可以看到自己在学校的范围之外，有她离开学校的时候。星期天，假日，她在考塞西或是在落满了山毛榉树叶的树林里，她会想起圣菲利浦教会学校，经过主观的努力，把它作为一座又脏又小、矮趴趴的房子放进一幅画面，在苍穹之下隆起极其渺小的一丘。而这广袤的山毛榉林在她周围无边无际地延伸，这个下午是开阔的，美妙的。此外，那些孩子们，那些学生们，他们都是在遥远的地方无足轻重的小人物。哦，离得远远的。那他们还有什么力量来控制她自由的心灵？她在山毛榉树叶中踢踏着走，脑子里一瞬间想到他们，又消失了。可是她的意志时时刻刻都在紧张地与他们对抗。

他们一直在纠缠着她。对身边的美好事物，她前所未有地热爱。傍晚，坐在有轨电车的顶层，她看到天空垂暮之时的迷人景象，这时，学校就被从脑子里拂去了。她的胸膛，她的双手，为夕阳西下的秀丽霞光骚动着。她要接近晚霞的欲望强烈得几近顶点。看到日落的美景她几乎大声喊出来。

她还是忍住了。不管她怎么对自己说，只要她一离开，学校就不复存在了，它却仍然存在。在她内心，学校是个黑影，控制着她的举动。这个勇敢的、骄傲的年轻姑娘想甩掉这个学校，想甩掉与它的一切联系的努力是徒劳的。她是布朗温小姐，也是五年级的老师，现在她生命最重要的一部分就是她的工作。

有个念头常常萦绕在她脑子里，像一团黑暗盘旋在她心头，随时都会朝她猛扑下来。这就是，不管怎么说，她已经被打垮了。她痛苦地向自己否认了她是个真正的小学教师。让维奥莱特·哈比们去当吧。她要避开那些责备。她徒劳地否认自己是老师。

在她的内心似乎有根记录指针呆板地指向否定。她完不成自己的任务。她一刻也摆脱不了获知自己不称职的致命重负。

正因为如此，她觉得自己不如维奥莱特·哈比。哈比小姐是个出色的教师。她能使课堂保持秩序并且效率极高地把知识给班上的学生灌下去。厄秀拉就是给自己鼓气说她比维奥莱特强千百倍也没用。她知道维奥莱特·哈比在她自己失败的地方获得了成功，而且是在一项对她来说几乎是个考验的工作中获得了成功。她觉得有点儿什么一直在困扰着她，使她厌倦。开头这几个星期她想方设法地否认这一点，对自己说她还和过去一样自由自在。她试图不在哈比小姐面前感到自己不行，尽力保持她的优越感。可是有一副重担压在她肩上，维奥莱特·哈比承受得了，她却受不了。

虽然她没有放弃努力，却从未获得成功。她的班级里情况越来越糟，她知道自己越来越无法胜任这个班级的教学。她是否该退让再回到家里？她是否该说她到了一个不合适的地方，所以就退职了？她的生活此时面临着考验。

她顽强地、盲目地继续干下去，等着出现转机。哈比先生现在开始来为难她了。她对哈比先生的畏惧和仇恨增长了，越来越明朗化了。她担心要被哈比先生欺负，整垮，因为她无法使班上保持正常的秩序，因为她的班是学校这根链条上薄弱的一环。

其中一件惹祸的起因是：当哈比先生在教室另一头给七年级学生上课时，厄秀拉的班吵吵嚷嚷，惊动了他。一天上午，厄秀拉和学生们一起走进教室，上写作课。有些男孩子的耳朵和脖子挺脏，衣服发出难闻的气味，对此她可以视若无睹。她走进来就改正作文中的错误。

她问："如果你说'它们的皮毛是棕色的，''它们的'怎么拼写？"

有一阵没人说话。男生们总是故意不踊跃回答问题。他们已经开始共同来嘲弄她的权威。

"小姐，是这样拼写：t—h—e—i—r。"一个男生带着嘲笑的调子大声地拼读。

正在这时哈比先生走过来。

他高声喊："希尔，站起来！"

人人都给吓了一跳。厄秀拉瞧瞧那个男生，一看就知道他家境贫寒，也很狡黠。一小绺头发直挺挺地竖在脑门上，其余的头发紧紧贴在他的瘦脑袋上。他脸色苍白，没有血色。

哈比先生怒喝道："谁叫你大声喊的？"

这男生面有愧色地抬眼望望，垂下，狡猾地一声不出。

"先生，我是在回答问题。"他答，同样是口气谦卑却不服气。

"到我的办公桌来。"

这男生朝着教室的另一头走去，一件宽大的黑色夹克打着褶颓丧地挂在他身上，两条细腿，膝盖严重地向外翻，迈着乞行的步子，穿着大靴子的脚几乎没抬起。厄秀拉看着他拖着两条弯腿朝教室的那一头挪去。他是她班上的一个学生！他走到那张桌子边，偷偷地看了看周围，淘气地向七年级的男生们咧咧嘴，投去可怜巴巴的一瞥。他样子令人怜悯，脸色苍白，身着丧气的外衣，倚着威严的校长办公桌，一条细腿在膝部一弯，那只脚朝旁边拐着，双手插在那件成年人穿的夹克垂得低低的口袋里。

厄秀拉想把自己的注意力拉回到课堂上来。这孩子有点让她讨厌，同时她又因同情他而激动。她真想尖声喊叫，这学生受罚她有责任。哈比先生正在看着她写在黑板上的字，他转向班上的学生：

"把笔放下。"

孩子们放下笔抬头望着。

"两臂相交坐好。"

他们把书本挪挪，手臂交叠在桌上。

厄秀拉立在后排，没法摆脱窘境。

校长问："你们的作文写什么？"每个学生都举起了手。"写——"一声抢着回答的声音刚吐出一个字。

哈比先生说："我没叫你们乱喊。"要不是他的调子里常常带着可恶的威吓，他的嗓音应该很好，洪亮悦耳。他一动不动地站着，双眼在浓黑的眉毛下闪烁，看着班上的学生。他站在那儿有股慑人的魔力，厄秀拉又想尖叫了。她受了严重的刺激，什么也感觉不到了。

他说："好吧，艾丽斯说说。"

"兔子。"响起了一个女孩子的尖嗓子。

"对于五年级的学生，这是个非常容易的题目。"

厄秀拉有点感到无能的羞愧。她被当着全班同学的面亮相。她被所有这一切的相互矛盾折磨着。哈比先生那么强壮地站着，那么有男子气，眉毛浓黑，额头轮廓分明，脸庞线条粗犷，留着大胡子，好一个孔武有力、具有不修边幅的自然美的男子汉。把他看作一个男人，厄秀拉可能会喜欢他。而现在他以另一种身分站在这儿，为一个男生不经允许就说话这样一件小事恶狠狠地训人。他又不是那种琐屑卑微的人。看来，他的心残忍、固执、邪恶。他被一个职位禁锢住了。这个职位对他来说太小太无足轻重了，可是出于一种奴性的默认，他得完成这个任务。他要挣钱过日子。他只有这鲁莽、固执、一锅端的劲头，不能更好地约束自己。既然他要干工作，就不能让它停下来。而他的工作就是要孩子们把"谨慎"这个词写好，句号后另一个句子开头第一个字母要大写。带着被压抑的怨恨他埋头于工作，总是控制住自己，直到发狂。厄秀拉忍受着痛苦看着矮墩墩、英俊、强有力的哈比先生站在那儿，给她的班上课。做这工作看来对他是件难受的事。他的内心不俗、强健又直率。那他对写"兔子"的作文还计较些什么？可是他的意愿使得他站在这个班的学生面前，翻来覆去地拿这件小事做文章。这么琐碎，这么庸俗，这么过分，他现在已养成了习惯。她看到了哈比先生给这个职位抹的黑，感觉得到他受抑制的邪恶终究会燃起凶狠的怒火，他就像一个被缚的固执、强壮的尤物，真是令人难以忍受。刚才的冲突对厄秀拉是个折磨。她看看安静又注意力集中的全班学生，他们像是形成了一个有秩序的、呆板的、没有特点的整体。是哈比先生用他的权力使这个班变成这样的，把孩子们变成一块块木讷不言的碎片，依他的意志将他们固定成形。就是他那残酷的意志，纯粹用威慑力压服人的意志。她也必须学着让学生们服从她的旨意了，她必须这么做。这学校既然就是这个样，那么这就是她的职责。哈比先生把班上整顿得秩序井然。但是，看到他这样一个强健有力的男人用尽全力去达到这样一个目标，简直是令人厌恶。还有可怕的：他那奇特、温和的目光实在是凶恶吓人，他的微笑使人感到痛苦。他不可能超脱个人情感。他也不可能有一个纯洁明确的目的，只能是实现他的残酷意志。他并不相信自己年复一年地强加给孩子们的教育。所以他就要威吓人，甚至在这样做的同时，给他坚强健康的性情带来的羞辱像一块心病时常折磨着他，他还是只知道凶人。他是那么的昏庸，乖戾，不相称。他站在那里的时候，厄秀拉不能忍受下去了。整个情形都是不正常的、丑恶的。

　　下课了，哈比先生走了。她听得见从教室的那边尽头传来的嗖嗖的鞭打声。她的心一阵紧抽。她忍受不了这个，不，听着这孩子挨打她受不了。她讨厌这种事。她觉得必须离开这个学校，这个折磨人的地方。而且，她对这个校长是完完全全地恨透了。这畜生，不知羞耻么？他这种残忍的威吓人的暴行理应受到制止。过了一会儿，希尔一边可怜地哭着，一边慢吞吞地挪着步子回来了。他的哭泣声带着凄凉，使厄秀拉的心都要碎了。不管怎么说吧，如果她把班上的学生都管得规规矩矩的，这件事就不会发生，希尔就不会大声喊叫，不会挨打。

　　她开始上算术课。可是她心神不宁。希尔那孩子坐在最后排的桌子后，把身子缩成一团，一边哭一边吸吮着手。时间过得真慢。她不敢走近希尔，不敢跟他说话，她在希尔面前感到羞愧。而且她觉得，她不能原谅这孩子做出那缩成一团，一把鼻涕、一把眼泪地哭哭啼啼的样子。

　　她接着改正孩子们做的算术题。可是学生太多，她不能全班一一顾到。为希尔的事她心里感到内疚。他终于停止了哭泣，双手垫着伏在桌上，不声不响地玩儿。然后他抬头望望厄秀拉。他的脸给泪水弄脏了，眼里有一种奇特的湿润的神色，仿佛雨过后的天空，暗淡倦然。他不带一点怨恨。他已经忘了刚才的事，正等着让他回到正常的位置。

　　她说："希尔，继续做作业。"

　　孩子们边做算术题边玩，而且她知道，完全是在消磨时间。她在黑板写下另一道题。她不可能全班一一顾到。她又走到前排去看。有一些学生已经做好了，有一些还没做好。她该怎么办？

　　终于到了娱乐时间。她命令停止做作业，凑合着把班上的学生弄出了教室。然后，她面对着那些乱七八糟到处扔着的、墨渍污损还没改的本子，折了的尺子和牙咬过的笔，心里懊丧极了。她愈发觉得痛苦难熬。

一日又一日，烦恼没完没了。她总有一堆堆本子要改，有数不清的错误要纠正，她厌恶这种劳神费心的事。作业越来越糟。当她自我庆幸学生们的作文越来越活泼有趣时，却看到他们的字写得越来越马虎，本子越来越邋遢。她已经尽力而为，可是不起作用。然而，她不准备把这事看得很严重。她为什么要这么认真呢？她为什么要对自己说，她无法教这个班的学生写得干净整齐，是件关系重大的事？为什么她就该把过错揽到自己身上？

发薪日到了，她得了四英镑两先令一便士。这一天她非常自豪。她从来没有得过这么多钱，而且这是她自己挣来的。她坐在有轨电车的顶层，用手指抚弄着金币，真怕会弄丢。因为有了钱，她觉得心里踏实牢靠了。她到了家就对妈妈说：

"妈妈，今天是发薪日。"

"哎。"她妈妈冷冷地应一声。

然后厄秀拉把五十先令放在桌上。

她说："这是我的伙食费。"

"哎。"妈妈应一声，没看放在桌上的钱。

厄秀拉的感情受了伤害。然而，她付了自己的那份开销，她轻松了。她付了自己的吃用，另外，她自己还剩下三十二先令。她一个先令也不愿意花，因为她不忍心失去精致的金币，而她的手不紧，一花就花光了。

现在她有一个不依靠她父母的立足点了。她再也不仅仅是威廉·布朗温和安娜·布朗温的女儿了。她是自立的。她自己养活自己。她是劳动大军中重要的一员。她敢肯定，一个月五十先令足够她的生活费用了。如果她妈妈一个月从每个孩子那儿都得到五十先令，那她一个月就能有二十英镑，还不用管做衣服，那就很好了。

厄秀拉是不依赖父母的。她现在是在另外一个圈子里。"教育部"，现在她听起来意义非同一般。离她非常遥远的白厅，她觉得是她最后的归宿。她知道政府部门里哪一位部长掌管教育大权。而且，在她看来，这位部长在某些方面与她是有关联的，就像她父亲与她有关联一样。

她还有另一个自我，另一种责任。她再也不仅仅是威廉·布朗温的女儿厄秀拉·布朗温了，她还是圣菲利浦学校五年级的老师。现在，情况就是这样，她就是五年级的老师，别的什么也不是。她无法逃脱这个职责。

她却干不好这个工作，这是她最害怕的事。随着时间一个星期一个星期地过去，再也没有一个无忧无虑、快快活活的厄秀拉·布朗温了。只有一个叫这个名字的姑娘，她为管不住班上的孩子们这个事实而烦恼。到了周末，就到了她感情激动的日子。她欣喜若狂地享受这点空闲，这种享受只不过就是早上没事，坐下来绣绣花——用彩色的丝线一针针地绣是她喜爱做的事。那间囚室时时在等待着她！她那颗被禁锢的心很明白，这只是小憩。所以她不放过周末飞逝的时光，就是还有最后一滴甜蜜也要带着点残忍的急切把它挤出来。

她没有告诉任何人这种状况对她的折磨。她觉得当个小学老师是多么可怕，对戈珍或父母她都没有吐露这个想法。可是一到星期天晚上，她就觉得星期一上午马上就要到了，她被这种恐怖的预感弄得精神紧张，因为劳累和折磨又近在眼前了。

她相信她永远也教不了这么粗野、这么大的一个班，又是在这么个令人难以忍受的学校里，永远，永远也不可能。可是，如果她教不了，她就要一败涂地。她就得承认男人的世界对她来说太强大了，她没法在里面占有一席之地；她就要在哈比先生面前败下阵来。那么，从此以后她的一生，还像过去那样，永远无法在男人的世界赢得自由，永远得不到进入这个重要世界担负要职的权利。玛琪在那儿已经占有了自己的地位，她甚至和哈比先生平起平坐，摆脱了他；她的心灵时常遨游在富有诗意的遥远的峡谷和林间空地。玛琪是自由的。然而，就是在玛琪的自由之中还有着某种服从。哈比先生，作为男人，他不喜欢玛琪这个沉默寡言的女人；作为校长，他敬重斯科菲尔德小姐，他手下的老师。

不管怎么说，目前厄秀拉只羡慕和钦佩玛琪。她自己还得争取玛琪已经得到的地位。她还得站住脚。她已经在哈比先生的领地得到了一个职位，必须保住。现在哈比先生开始对她进行经常性的攻击，要把她赶出他的学校。她不能维持课堂秩序，她的班级吵吵嚷嚷，是学校工作的薄弱点。因此，她得走，她的位置得让给另一个更能干的人来顶，让能执行纪律的人来顶。

校长一个劲儿地对她发火，就是想要她走。她来到这个学校后，一个星期又一个星期过去了，她搞得完全是一团糟。校长的体系，就是他在学校的那一部分生命，他的动作产生的结果，遭到了包括厄秀拉在内的那一个部位的袭击和威胁。她是给他的躯体带来打击和衰亡的威胁。不知不觉地，完全出于强烈的对抗本能，校长着手干起逐她出门的事来。

他惩罚厄秀拉班上的学生，像惩罚那个男生希尔那样，因为是跟他顶撞，他就罚得格外重。这就意味着这些外加的惩罚是因为那软弱无能的老师允许这些事情发生。如果他惩罚顶撞厄秀拉的学生，他就罚得轻，好像顶撞厄秀拉无关紧要。学生们都明白这一点，他们就相应地行事。

哈比先生常常会猝不及防地到班上来检查作业本。他会一整个小时地在班上走来走去，拿起一本又一本作业，一页又一页地比较。而厄秀拉则站在一旁听意见，由学生转告她挑出来的错。确实，她来以后，作文本变得越来越不整齐，又乱又脏。哈比先生指着由她教课以前写的几页和以后的几页，大动肝火。他叫许多学生带着本子到教室前边去。把这悄然无声、战战兢兢的班级检查完以后，他当着大家的面把做得最差的几个学生打了一顿，万分恼火地大声怒喝：

"一个班搞成这个样子，我简直不能相信！真丢人！我想象不出你们给惯成这样！每星期一上午我都要来检查作业。别以为没人管教你们，你们就可以放任，把学过的东西都忘掉，退到连三年级的水平也不如。每星期一我都要检查所有的本子……"

完了，他怒气冲冲地拿着他的教鞭走了，留下厄秀拉去面对着脸色苍白、战战兢兢的全班学生。他们稚气的脸上笼罩着不满、恐惧和痛苦的表情。他们的心里对她而不是对校长充满愤怒和轻蔑。他们的眼睛带着孩子冰冷无情的责备望着她。她很难找得出死板的套话来跟他们说。她下一声指令，他们都傲慢无礼、不当回事地去执行，似乎在说："要不是校长，就你，你以为我们会服从你吗？"她让那些挨了打哭哭啼啼的男生回到他们的座位上。她心里明白，他们也嘲笑她和她的权威，把他们挨惩罚的责任归咎到她的软弱无能上。她知道这整个的情形，所以连她对肉体上的鞭打和伤害的恐惧都沉入心底成为更深的痛苦，变为对她的道德审判，这比什么伤痛都要难受。

下个星期，她必须严格看本子，有错就罚。她心里冷冷地做出了决定。至少在那一天她个人的愿望泯灭了。在学校里凡是她自己的都不能留，她只能是五年级的教师。这就是她的责任。在学校，除了是五年级的教师，她什么也不是，没有什么厄秀拉·布朗温。

她面色苍白，板着脸，变得冷漠，不带情感。她再也看不见那个孩子了，看不见他的眼睛是怎么闪动的，看不见他小小的、奇特的心灵想到什么就写下什么，不管字写得好不好。她看不见孩子们，只看见要完成的任务。眼盯着那项任务，而不是望着孩子们。她硬起心肠惩罚学生，而对那些过错她本来只能是同情，理解和不追究。这样做以证实她过去对这些仅仅是不感兴趣罢了，而她的兴趣已无处可在了。

要一个感情冲动，生气勃勃的十七岁的姑娘摆出副一本正经，令人不敢接近的样子，和孩子们没有一点私交，是件极为痛苦的事。经过了星期一的痛苦挣扎，连续几天她那么干，也在班上取得了一点成效。然而这种情形对她来说是不正常的，她又开始放松了。

另一次打击又来了。笔不够班上的学生一人一支。她派人向哈比先生要几支。他亲自来了。

他表面平静，把对厄秀拉的一肚子火压下去，微笑着说："布朗温小姐，笔不够吗？"

她声音颤抖地说："不够，还差六支。"

他带着威吓的口气说："哦，怎么会这样？"然后，他扫视一下班上的学生，问：

"今天到了多少学生？"

厄秀拉说："五十二名。"可是他不理睬，自己数起来。

"五十二名，"他说，"有多少支笔呀，斯台帕力斯？"

厄秀拉这次不作声了。既然他点了班长的名，她回答了他也不会搭理的。

哈比先生说："真是件非常奇怪的事。"他扫视着宁静的学生们，极为恼怒地咧咧嘴。稚气的小脸全都不加掩饰，毫无表情地朝上望着他。

"几天以前，这个班还有六十支笔，现在有四十八支。威廉斯，四十八和六十相差多少？"问题里有一种不祥的疑虑。一个穿水手装，单薄，雪貂脸的男孩动作夸张地猛然站起来。

他说："先生！"然后，他慢慢地、淘气地咧嘴一笑。他不知道答案。一阵紧张的沉默。这男孩低下了头。一会儿，又抬起头，眼里流露出一丝狡黠的占了上风的得意。他说："十二。"

"请你专心一些。"校长毫不放松地说。那男生坐了下来。

"四十八和六十相差十二；就是说有十二支笔不知哪儿去了。斯台帕力斯，你找了没有？"

"找了，先生。"

"那么，再找一遍。"

这种场面一直拖延下去。找到了两支笔，十支丢了。一阵怒骂爆发了。

"你们的作业又脏又差，表现不好，还要给我来偷东西吗？"校长骂开了，"当了全校表现最差、最脏的班你们还不过瘾，还要当贼，是吗？这件事真奇怪！笔不会融化到空气里，又不会悄悄地化为乌有。那么这些笔呢？一定要把它们找到，要在五年级找到。它们是在五年级丢的，一定得找出来。"

厄秀拉站在那儿听着，心里僵硬透凉。她被搅得心烦意乱到了几乎要发狂的程度。她心里真想跟校长翻脸，叫他住嘴，别说那些烦人的笔了。可是她没这样做，她不能这样做。

每次上完课，不论是上午放学还是下午放学，她都数一数收上来的笔。可还是有丢的。铅笔和橡皮也有不见的。她把班上的学生留下来，把丢失的东西找到。但是，哈比先生一走出教室，男生们就跳起来大喊大叫。最后，一起逃出学校。

这里酝酿着一个危机。她不能把这告诉哈比先生。因为他会惩罚班上的学生，这样就使厄秀拉成了学生受惩罚的根源，她班上的学生就会用不服从和嘲弄来回报她。她和孩子们之间已经滋长了极深的敌意。傍晚有时留下来做完一些功课，走出来时她会发现几个男生躲在她后面，对着她喊：

"布朗温，布朗温，得意的家伙。"

星期六上午，她和戈珍一起走进伊开斯顿，又听到后面朝她喊的声音：

"布朗温，布朗温。"

她装作没听见，可是在大街上被戏弄使她羞红了脸。她，考塞西的厄秀拉·布朗温，没法摆脱她正当着的五年级老师的身分。她是出来买一条系在帽子上的丝带的，白跑了一趟。那些她试图去教育的男孩子们跟在她身后叫喊。

一天晚上，她正从镇边往乡下走去，几颗石子飞到她身上。羞愧、气愤的感觉一齐涌上心来。她气极了，不理睬，继续往前走。天黑，她看不清是谁扔的石子。她也不想知道。

只是在她的内心才发生了变化。她再也不会，再也不会把她个人奉献给这个班了。她，厄秀拉·布朗温，这个姑娘，这个人，再也不会与这些男孩子们有什么瓜葛了。她会做五年级的老师。作为个人来说，距离她的班级很远，就像她从来没有迈进过圣菲利浦学校。她会马上把他们都忘掉，与他们没什么关系，把他们仅仅当作学生。

所以她越来越经常地板着面孔。这个年轻的姑娘敞开热烈的胸怀，把自已献给了孩子们。而她的头上却凌驾着一个僵硬的毫无情感的东西，它死板地按照一个强加于人的制度来工作。

第二天，她对班上的学生几乎是视若无睹。她只能感觉到自己的决心，以及从她要制服的这个班级所能得到的一切。祈求和利用班上学生们的好感再也不会有什么好处。她反应敏捷的脑子已经意识到了这一点。

作为一个老师，她必须把他们都当作学生来制服。这正是她要做的。她豁出去了。自从那次挨石子砸以后，她已经变得冷漠无情，不受个人情感左右了。她这样做是向他们报复，也差不多是向自己报复。蒙受了这样的耻辱之后，她再也不想做人，再也不想做她自己了。她仅仅是个老师，要维护自己的师道尊严。她下定了决心。她要搏斗，征服他们。

现在，她知道她在班上的对头了。她最恨的是威廉斯。这孩子是有点毛病，还没有坏到可以归入最可恨的一类人。他可以朗读得很流畅，而且挺聪明伶俐。但是他静不下来。他对一个敏感的女孩厌恶极了，是狡黠、病态又下作的情绪。一次，他在气头上把一个墨水瓶朝那女孩砸去。他有两次上课时逃跑回家。他是个出了名的人物。

对这位还是个姑娘的老师他暗自发笑，有时跟在她周围讨好她。这反而使厄秀拉更不喜欢他。他有蚂蟥一样死死抓牢不放的本事。

厄秀拉从班上一个学生那儿得到了一根柔韧的教鞭。她决定一有适当的机会就用它。一天上午，在写作文，她对威廉斯说：

"你为什么要弄上这点墨渍？"

"小姐，请听我说，它是从我的笔尖上滴下来的。"他带着嘲弄的口气嘀嘀咕咕地说。他很会来这一套。周围的男孩子们高声大笑起来。威廉斯会演戏，他能恰到好处地把听众逗乐。他特别擅长逗引这些孩子们和他一起捉弄老师，甚至还捉弄任何一个他不害怕的上司。他有这种特殊的恶作剧的本能。

老师说："那么你得留下来再写完一页作文。"

这又是不符合她通常所抱的公正观念的。那孩子对这一套也大为不恭地表示不满。十二点钟的时候，厄秀拉发现他正往外溜。

她说："威廉斯，坐下。"

厄秀拉在前边坐着，他一个人坐在最后一张桌子边，和她面对面，频频抬眼偷看她。

他傲气十足地喊："小姐，请你让我出去一下，我有事。"

厄秀拉说："把你的本子交给我。"

那孩子走过来，一路用本子拍打着桌子。他一行字也没写。

厄秀拉说："回去把你该做的作业做好。"

她坐在自己的桌子旁，试图静下心来改本子。她心烦意乱，气得直哆嗦。整整一个小时，这倒霉的孩子在他的座位上如坐针毡，扭来扭去，到头来只写了五行字。

"既然已经这么晚了，"厄秀拉说，"你就把其余的今晚做完吧。"

那孩子傲慢地踢着脚沿着通道走了。

又到了下午。威廉斯坐在那儿，看着她。厄秀拉的心跳加快了，她知道他们之间有一场较量。她望着威廉斯。

上地理课。她用教鞭指着地图，那孩子把他那发白的脑袋埋在桌下，引起了其他男生的注意。

要说他，现在正是时候。厄秀拉鼓起勇气说："威廉斯，你在干什么？"

他抬起头，眼圈红肿，眼里带着笑意。他的身上有种内在的粗鄙。厄秀拉心里害怕了。

他得意扬扬地回答："没干什么。"

"你在干什么？"她重复一遍，心跳快得要透不过气了。

"什么也没干。"那孩子回答的口气傲慢、不服气又带点揶揄。

她说："如果我再次点到你的名，你就得去见哈比先生。"

可是即便是对哈比先生，这孩子也是旗鼓相当的对手。他是那么固执，那么油滑和灵活，受伤害时号啕得又是那么起劲儿，弄得校长对把他送上来的老师比对这孩子本人还要讨厌。他一看见这孩子就头疼。威廉斯懂得这一点，他显然咧嘴笑了笑。

厄秀拉转脸对着地图，继续上地理课。可是这时教室里响起一阵轻微的骚动。威廉斯的恶作剧感染了全班学生。她听见一阵扭打，心里一哆嗦。如果他们这次全都冲着她来，她可招架不住。

"小姐，请你……"一声求救的呼喊。

她转过身。一个她喜欢的男孩正沮丧地拿着片撕破的赛璐珞领子。听着诉说，她觉得无能为力。

她说："赖特，到前边来。"

她每一根神经都在颤抖。一个满脸不高兴的大个子男孩懒洋洋地走到前边来。他算不上坏，却不好对付。厄秀拉继续讲课，同时也意识到威廉斯在和赖特做鬼脸，赖特站在她背后咧着嘴笑。她心里发怵，就转过身来对着地图，还是害怕。

"小姐，你看威廉斯……"一声尖叫，一个坐在后排的男孩站了起来。他皱着眉头咧着嘴，一半是因为疼痛，一半是他真的对威廉斯生气了，"小姐，他掐我。"说着，惨兮兮地用手揉着他的腿。

她说："威廉斯，到前边来。"

这讨厌的孩子干笑着坐在那儿，不动窝儿。

"到前边来。"她口气坚决地重复了一遍。

"我不去。"他大声喊，耗子似的，咬着牙，咧咧嘴。

这正好触动了厄秀拉心里的某一根弦。她脸一板，眼一瞪，径直朝后排走去。威廉斯给她那双直瞪瞪、冒着怒火的眼睛吓呆了。她走到那孩子的面前，抓住他的胳膊，把他拖出座位。他抓住长板凳。这是他们俩之间的一场争斗。她突然变得镇定和敏捷了。她一把拉开他抓紧板凳的手，把挣扎踢打着的孩子往前边拖。那孩子踢了她几下，一边被她拖着走，一边抓住就近的板凳。班上的学生们都兴奋得站了起来。她看到这种情形，不动声色。

她知道如果她放开这孩子，他就会冲向门口。他已经从厄秀拉的课上跑回家一次了。她从桌上抓过教鞭，朝那孩子打下去。他一边扭动一边踢厄秀拉。她看见在下方的他那发白的脸，眼睛像鱼眼，呆滞却又充满了仇恨与恐惧。厄秀拉厌恶他，这扭动着的丑陋的东西简直是让她受不了。她持教鞭一下一下地打着，唯恐自己被他压倒，心里却又异常镇定，威廉斯则一边发出不清不楚的嚷嚷声，一边狠狠地踢她。厄秀拉用一只手抓住他，另一只手上的教鞭一下一下地打在他的身上。威廉斯发疯似的扭打着。但是鞭打的疼痛杀下了他那胆小鬼在扭打中的凶气，打得越来越痛。终于，长长的哽咽声变成了一声叫喊，他无力挣扎了。厄秀拉把他放开，可他一下又冲过来，龇着牙，双眼射出凶光。她的心里掠过一阵极度的恐惧：这是个野性十足的人。厄秀拉又抓住了他，教鞭又打在他的身上。他气急败坏地扭打着，疯狂地朝厄秀拉踢了几脚。但是他又一次被鞭打得大吼一声倒在地上，像一只被打伤的野兽躺在地上嚎叫。

　　哈比先生在这场戏的尾声中赶到。

　　他大声问道："怎么回事？"

　　厄秀拉觉得心头有一股怒气要爆发了。

　　"我打了他。"她的胸脯起伏着，艰难地吐出了这几个字。校长气得说不出话来，毫无办法地呆站着。厄秀拉看看瘫在地上扭动嚎哭着的躯体。

　　她说："站起来。"那个躯体一扭，离她远了点儿。她向前迈了一步。有一瞬间她意识到了校长在场，马上她又不顾这些了。

　　她说："站起来。"这孩子很快地一下就站了起来。他的大声喊叫变成了恼怒的哭泣声。那股疯狂劲儿过去了。

　　她说："去站到暖气片旁边。"

　　他抽泣着，机械地走过去。

　　校长呆呆地站在那儿说不出话来。他的脸色蜡黄，双手痉挛似的抽搐。就离他不远，厄秀拉直挺挺地站着。现在什么人也不敢碰她了，她超越了哈比先生。她好像受够了耻辱。

校长的嘴里嘟哝了句什么，转过身，朝教室的另一头走去。这时，他听见远处传来了他自己那个班的大吵大嚷声。

那个男孩子在暖气片旁边使劲地抽泣着。厄秀拉看看全班学生。五十张苍白、毫无表情的小脸望着她，一百只圆圆的眼睛全都目光呆滞地注视着她。

她对班长说："把历史读物发下去。"

全班一片死寂。她站在那儿，听得到时钟的滴答声，听得到从矮柜子里把一摞摞的书拿出来的声音，然后是书本放到桌上的轻轻的声音。孩子们一声不响，动作整齐地把书往下传。他们不再是一伙，而是各自分开的沉默、封闭的个体。

厄秀拉说："翻到一百二十五页，读这一章节。"

一阵翻书的沙沙声。孩子们找到了那一页，低着头顺从地读了起来，呆板得很。

厄秀拉还是颤抖得很厉害，走到她的高椅子旁坐下。那孩子还在抽泣。隔着玻璃传来的勃兰特先生减弱了的刺耳声音和哈比先生的吼叫声。不时有一双眼睛从书本上抬起来，目光在她身上停留一会儿，小心翼翼地，似乎在冷冷地盘算着，又低下头去了。

她还是一动不动地坐着，眼睛望着班上的学生，视而不见。她不动弹，挺虚弱的。她觉得手都没法从桌子上抬起来。她感到如果在那儿一直坐下去，就再也动不了了，也不能发号施令了。四点一刻了。她差不多可以说是害怕放学，放了学就剩她独自一人了。

紧张的气氛缓解了，班上开始恢复自然。威廉斯还在哭。勃兰特先生正在宣布下课。厄秀拉走下讲台。

她说："威廉斯，回你的座位。"

他一边用袖子擦着脸，一边拖着脚步从教室中间走过。他坐下的时候，偷偷瞧了瞧厄秀拉，眼睛还是红红的。他现在像是被打伤了的老鼠。

终于，孩子们放学回家了。哈比先生脚步沉重地走过，没朝她这边看，也没说话。她在锁柜子时勃兰特先生在旁边犹豫了一下。

"布朗温小姐，如果你也照这样整治克拉克和列兹，就顺顺当当的了。"他说着，蓝眼睛带着奇怪的友情扫视了厄秀拉一下，长鼻子正对着她。

"我该这么做吗？"她不自然地笑了笑。她此时并不想有人跟她说话。

她咔哒咔哒地踩在花岗岩路面的人行道，沿街走去时，感觉得到后面有一群男孩子躲躲闪闪地跟着她。一个什么东西砸中她提着提包的手，青了一块。这个东西滚到地上时她看清了是个土豆。她的手被砸伤了，但她就当没这回事。再往前走一截她就该坐车了。

她害怕，心里感到异样。对她来说，这一切是生疏又讨厌的，就像是一场被贬低身分的梦。她宁愿死也不愿向任何人承认这件事。她不会去看她那肿起一块的手。她内心的某种信念垮了，她经历了一次危机。威廉斯被打败了，却要她付出代价。

她心烦意乱，不想回家，就往前多坐了一截到城里，从电车下来就走进了一家小茶馆。她在茶馆里一个黑暗的小角落坐了下来，喝茶，吃黄油面包。她食不甘味，喝茶只是用来掩盖她的存在的一个机械的行为。她坐在这个昏暗的小角落，什么也不知道。她只是不知不觉地按揉着被打肿了的手背。

当她终于站起来回家的时候，已是夕阳西下。她不知道为什么要往家走。家里并没有什么在等待她。她只不过是装出一副一切正常的样子，这倒是真的。她无人可倾诉，无处可逃遁。她知道人性中有可怕的一面，会毁了她，她正在与之搏斗。即使知道这一点，她还要在这夕阳的余晖下独自往前走下去。只能是这样。

第二天早上她又得到学校去。她起床后一声不吭地走出门。她已经有了更大、更坚定、更不顾一切的决心了。

学校里很平静。但是她能感觉得到全班的学生都在注视着她，准备朝她反扑过来。她凭直觉知道，如果她松垮下来，班上的学生就会本能地抓住不放。然而她保持冷静，谨慎防范。

威廉斯没来上学。这天上午，时间过了一半，有人来敲门：是找校长的。哈比先生脚步沉重，怒气冲冲，神情紧张地出去了。他害怕来的是愤怒的家长。在通道里待了一会儿，他又进来了。

"斯特吉斯，"他对她班上一个年龄稍大的男生说，"站到前边来，谁讲话就把谁的名字记下。布朗温小姐，请你到这边来一下。"

他好像是报复性地逮住了厄秀拉。

厄秀拉跟着他出去，看到门厅站着个有点苍白的瘦女人，穿得并不差，一件灰外衣，戴一顶紫色的帽子。

这女人带着过于讲究的口音说："我为弗农的事而来。"这女人的外表整洁讲究，奇怪的是她那近乎乞丐的举止与此极不协调，还有她给人的不愿相碰的感觉，就像里面有什么东西在变烂。她既不是贵妇人，也不是个普通工人的妻子，而是个与社会隔绝的尤物。从她的衣着看，她并不穷。

厄秀拉马上就知道她是威廉斯的母亲，那男孩就是弗农。她想起那孩子总是干干净净，穿得挺好，常穿一套儿童水手服。而且他也同样有这种奇特的、说明显又不明显的腐烂劲儿，恰似一具尸体。

"今天我没法让他到学校来，"那女人装出一副优雅的样子，继续说下去，"晚上他回到家是那么不舒服——他病得很厉害——我想我该去找医生。你可知道他的心脏不好。"

那女人用她灰白、呆滞的眼睛望着厄秀拉。

"不，"姑娘答道，"我不知道。"

她站在那儿不动，心里觉得反感，又拿不定主意。高大、留着髭须而显得阳刚十足的哈比先生站在一旁，眼角带着一丝阴险的微笑。那女人不通人情地伺机往下讲：

"哦，是这样的，他从小就有心脏病，所以他不能每天都上学。打他真是糟糕透了。今天早上他病得非常厉害——我回去就要叫医生。"

校长用深沉的嗓音狡诈地发问："那么，现在谁在陪着他？"

"哦，我把他交给了一个来帮忙的女人。她了解这孩子。但是我在回家的路上就要把医生叫去。"

厄秀拉站在那儿不动，从这一切她感觉到了隐约的威胁。可是这个女人对她来说完全是个陌生人，她一点儿也不了解。

"他告诉我他挨打了，"那女人继续说，"我给他脱衣服让他上床的时候，他的身体满是伤痕——这些伤痕我可以让任何一位医生看。"

哈比先生望着厄秀拉要她回答。她开始明白了：这个女人在威胁她，要控告她殴打了她的儿子。她可能想要钱。

"我鞭打了他，"她说，"他非常捣蛋。"

"如果他添了麻烦，我感到抱歉，"那女人说，"但是他肯定是被打伤了，这是可耻的行为。我可以让任何一位医生看那些伤痕。我敢肯定，如果让人知道，是不允许这样做的。"

厄秀拉说："我打了他，可他也一直在踢我。"她有点儿生气了，因为她对自己已经原谅了一半，也因为哈比先生站在那儿，眼角闪着光，在欣赏这两个女人陷入的困境。

"如果他表现不好，我真感到抱歉，"那女人说，"但是我真不能想象他就该受到这样的处罚。我没法把他送到学校，也确实付不起医生的费用。哈比先生，校方允许老师这样打学生吗？"

校长拒绝回答。厄秀拉讨厌自己，也恨哈比先生在这种时候流露出来的奸诈和恶意。另外那一个可怜的女人在等待着她的机会。

"对我来说这是一大笔开销，我得大费一番周折才能使我的孩子像个样儿。"

厄秀拉还是不愿回答。她望着外面沥青铺面的院子，有一小片脏纸给刮来刮去。

"把个孩子打成这样，这是不允许的，我敢肯定，尤其是他的身体还挺弱。”

厄秀拉板着脸，眼盯着院子，就像没听见。她厌恶这一切，她已经感觉不到或者说不存在了。

“虽然我知道他有时挺惹麻烦，但是我认为这样做还是太过分了。他的身上都布满了伤痕。”

哈比先生坚定地、不动声色地站在那儿，眼角闪光，细小的鱼尾纹现出嘲讽的微笑，正在等着处理这件事。他觉得自己是这个局面的主宰。

“他病得很厉害。我今天没办法让他来上学。他的头都抬不起来了。”

没人答她的话。

她转过身来对哈比先生说：“先生，你会明白，他为什么没来上学。”

他粗野地脱口而出：“哦，是的。”厄秀拉憎恶他这种男性的得意。她也讨厌这个女人。她讨厌所有的一切。

“先生，以后你得记住这一点，他的心脏不好。这样折磨他，他病得很厉害。”

“是的，”校长说，“我会留意的。”

“我知道他会添麻烦，”那女人现在只对那位男性说了，“不过你看能不能不打他，用别的办法惩罚他，他确实是太弱了。”

厄秀拉开始觉得心烦了。哈比一副高高在上、控制局面的派头站着，那女人对他的畏缩迎合了他的口味。

“先生，我来是为了说明他今天上午为什么不上学。你会理解的。”

她把手伸出来。哈比握握她的手，放开了。他感到意外又生气。

她说：“早上好。”又把她戴着手套、令人不舒服的手伸向厄秀拉。她长得并不难看，有一股很讨厌却又很奏效的献媚劲儿。

“哈比先生，早上好。谢谢你。”

那穿着灰外衣、戴着紫色帽子的身躯拖着古怪的步子穿过学校的院子。厄秀拉为她感到一阵莫名其妙的怜悯，也感到厌恶，一阵不寒而栗。她又走进了教室。

第二天早上威廉斯来了。他看上去比平时苍白，穿着他的水手服，非常整洁。他似笑非笑地看一眼厄秀拉，那神情狡黠，驯顺，要他干什么就干什么。他的身上总有点什么使厄秀拉颤抖。想到自己的手曾打在他的身上，厄秀拉就感到厌恶。他哥哥在娱乐时间就站在外面。这是个十五岁左右的小伙子，高个，瘦削，苍白。他像个绅士似的抬抬帽子打招呼。可是在他身上也有一股压抑着的潜在威胁。

厄秀拉问："这是谁？"

"这是威廉斯家的大儿子，"维奥莱特·哈比粗声粗气地说。"那个女人昨天到这儿来了，是吗？"

"是的。"

"她来有什么用，她的名声还没好到可以来找茬儿的程度。"

厄秀拉听到这种不是人干的事，这种丑闻，吓得不敢出声了。但这种事有着朦朦胧胧的，可怕的诱惑力。看来一切都是那么肮脏！她为那个拖着脚步的古怪女人难过，也为那两个阴险怪异的男孩难过。在她班上的这个威廉斯有某些方面不正常。这一切统统是那么丑恶。

她在心里来来去去地折腾，直到受不了。她要确立自己的威信还得征服其他几个男生。哈比先生恨她恨得就好像她也是个男人。她知道，只有一顿痛打才能使那些想跟她捉迷藏耍滑头的蠢东西们老实下来。只要能够制止，哈比先生都不会让他们挨打的。因为他恨这位老师，恨这位傲慢无礼，具有独立人格的年轻女子。

他会和蔼地对五年级送到他那儿听候处罚的男生这样说："好了，赖特，这次你又干了什么事？"他就让那孩子站着，闲待着，耗时间。

因此，厄秀拉就再不求助于校长了。她给逼急了的时候，就抓起教鞭，瞪着冷酷的双眼，劈头盖脸地把对她无礼的学生打一顿。他们终于都怕她了，规规矩矩的了。

这样做却让她从精神上付出了极大的代价，犹如一大团火焰烧过，把她敏感的神经灼伤了。她这个一想起任何形式的肉体痛苦都要退缩的人，却被逼得要用教鞭来争斗、打人，要唤起她所有的本能来伤害人。把他们治得听指挥了以后，她还要被迫去忍受他们的哭泣声和凄凉相。

唉，有时候她觉得就要疯了。这有什么关系，如果他们的本子脏了，他们不听话又有什么关系？实际上，她宁愿让他们不遵守这个学校的一切规定，也不愿让他们挨打，变得沮丧，陷入这种号哭、绝望的状态。她宁可忍受一千次他们的辱骂和侮慢，也不愿让她自己和他们处于这种境况。她痛苦地追悔自己一时兴起，抓住那孩子来打。

然而事情就得是这样。她并不想这样做，可是不做不行。唉，她为什么要与这个罪恶的制度结成同盟？在这种制度下她必须变得残忍才能生活下去。当初她为什么要当个小学教员？这是为什么，为什么？

是这些孩子逼得她打人的。不，她不可怜他们。她满怀善意和爱来到他们身边，他们却要把她撕成碎片。他们选择了哈比先生来对付她。那么，他们该摸透她的脾气了吧，就像摸透了哈比先生的那样。他们首先得服她管。她可不是到这儿来被他们、被哈比先生或被这周围的一切制度改造成废物的。她不愿被羞辱，被限制自由。不能让人说她承担不起这个职责，无法完成她的任务。她还要争斗，要在这个国度里，在这个有工作的，男人习惯势力主导的世界里保持自己的地位。

现在，她与童年时代的生活隔绝了，成了讲工作、讲机械地考虑问题的新生活中的陌生人。吃饭时，偶尔到小吃店吃茶点时，她和玛琪谈论着人生和思想。玛琪热衷于提倡妇女有参政权，她相信选举。对厄秀拉来说，选举根本就不现实。在她的内心世界有着对宗教、对生活的奇特的，富于激情的认识，远远超出包含着选举在内的自行其是的体系局限之外。但是，到目前为止，她那基本的，有机的认识有待于成形，要表达出来。

对她和玛琪来说，妇女解放是现实的，深刻的。她感觉到，在某些地方、某些事情上她是不自由的。她希望得到自由。她在反抗。一旦获得了自由，她就可以到别处去。啊，一个她还无法企及的、美好的、实实在在的地方，一个她在内心深处感觉到了的地方。

在离家外出谋生这件事上，她已经朝着解放自己的方向迈出了坚定而又痛苦的一步。但是得到的自由愈多，却使她愈深切地意识到需要更大的自由。她想要得到的东西是那么多。她想读优美的名作，以丰富自己；她想看美好的事物，其中的愉悦永存；她想认识自由自在的大人物；在她的心里还有许许多多的愿望是她难以说清的。

困难重重。要对付，要超越许许多多的问题。从来都没人知道自己是在朝何处走去。这是一场盲目的战斗。在圣菲利浦学校，她忍受着极度的痛苦。她就像一匹给套上了车辕的小母马，失去了自由。现在，她正在车辕下受煎熬——痛苦的挣扎、擦伤以及被驯服的耻辱，都在折磨着她的心灵。但是她永远不会屈服。在这样的束缚下，她不会忍受太久的。可是她得了解它们。她为这些人做事是为了能够打垮它们。

她和玛琪一同进进出出，到诺丁汉的选举大会去，去音乐会，剧院，去看图片展览。厄秀拉攒钱买了一辆自行车。两个姑娘一起骑车去林肯，去南威尔，去德比郡。她们有无穷无尽的事情可谈论。去寻找，去发现，真是一种极大的乐趣。

但是厄秀拉从不提温妮弗雷德·英格。这是她生活中一段秘密的插曲，永远也不能公开。她甚至没想到这些事。她无力打开这扇关闭着的记忆大门。

一旦适应了教学工作，厄秀拉又逐渐开始了一种新的生活。她打算过一年半上大学，拿到学位，然后她就要——哦，她可能会成为一位女名人，领导一项运动。这谁能说得准？不管怎么说吧，她过一年半就要上大学。现在整天就是工作，工作。

在上大学以前，她还是得继续在圣菲利浦学校教课。这项工作一直在折磨着她，但是现在她能应付自如了，影响不了她的生活。既然到上大学这段时间是有个限度的，她可以忍受一段时间。

课堂教学终于变成了机械呆板的工作。这对她是一件重负，一件耗精费神、令人厌烦的重负，总让她感到不自在。然而在埋头于教学工作中又有一点乐趣——那么多的工作要做，那么多的孩子要管，还有那么些事在等着你，弄得自己什么也顾不上了。当她做这项工作已经成了习惯，无暇考虑她个人的心事，心思又往别处去的时候，她可以说是幸福的。

在教学的两年时间里，在对付课堂教学的琐碎中，她真正的、独特的本性聚集得更为紧凑。这个学校一直是她的监狱。但正是在这个监狱里她那任性混沌的心灵变得坚定而具独立性了。她如果感觉良好，不疲倦，就不讨厌上课。她喜欢一个上午都沉浸在工作中，使出全身劲来上好课。这对她是一项紧张的锻炼。她的心灵得到了休息，有一段重整旗鼓的休眠期。可是课时太长，任务太重，学校的纪律对她来说又是如此不合情理，她熬得形体消瘦，弱不禁风。

早上去学校的路上，她看到山楂花湿漉漉的，玫瑰红的细小花蕊浸在一汪儿露水中。云雀把歌声送上朝阳初升的天空，乡间是多么欢快。投身到城镇灰蒙蒙的尘埃中简直是一种玷污。

接着却是她站在教室里，不情愿地把自己奉献给了教学活动。她喜欢乡间，喜欢初夏之快乐的活力被用来统领五十个孩子，向他们传授点滴算术知识。她有一点走神，没法使自己忘掉外面。摆在窗台的一瓶金凤花和欧芹引得她不住地去想外面的草地。在那儿，月光菊在葱翠的草丛中探出头，还有一簇粉红的布谷鸟剪秋萝。而她面对着的却是五十张孩子的脸。她差点儿以为那就是若隐若现在草丛中的五十朵大雏菊。

她的脸庞变得鲜亮，她的讲课带上了一点虚幻的成分。她看不清眼前这些孩子们了。她在两个世界之间搏斗，一个是她自己的初夏和鲜花的世界，另一个是工作的世界。她心目中的太阳发出一线光芒，照在她与班上的孩子们之间。

整个上午在一种奇异的恍惚和宁静中过去了。午饭时间到了，她和玛琪高高兴兴地吃饭，把所有的窗子都打开。饭后，她们走出去，到圣菲利浦教堂的院子里，那儿有一个红山楂树遮着的角落。她们在那儿谈话，阅读雪莱、勃朗宁的诗歌，或是有关"妇女和劳工"的书。

人回到了学校，她心还留在那块树荫下的角落，地上散着山楂树飘落下来的粉红花瓣，宛如海滩上无数的小贝壳；伴随着玛琪甜甜的低声细语，耳边不时响起一阵响亮的教堂钟声，以及鸟儿唧啾声。

这些天来，她感到心情愉快。哦，她是那么的高兴，真想能把她的欢乐撒向四面八方。她欢快的情绪也感染了孩子们。这个下午，她觉得孩子们不是学校里的学生了，他们是花朵、鸟儿、伶俐的小动物、小娃娃，可以是任何一种可爱的小东西，但不是五年级的学生。她觉得对他们没有责任。只有这一次教学是一场游戏。要是他们做题得出的总数错了，又有什么关系？她还可以来点儿轻松愉快的阅读。她可以讲一个好听的故事，而不是那些要记事件发生日期的历史。语法练习可以让他们做一些并不难做的句子分析，他们以前做过了的：

> 她蹦蹦跳跳如小鹿，
> 在草地上撒欢，
> 在山泉边饮露。①

她凭记忆把这一段写下来，因为这挺对她的口味。

这个金色的下午就这样过去了，她高高兴兴地回家。在学校的一天结束了，她自由自在地置身于考塞西彩霞满天的傍晚。她爱步行回家。而且这并不是上完了一天的课，是在红山楂花丛下玩儿了一天。

---

① 引自华兹华斯（1770—1850）的诗句。

她不可能再这样下去。段考就要到了，而她的班级还没有准备好。她必须把自己从幸福的自我中拽出来，竭尽全力去强迫这么大一个班的学生用功复习算术，这使她很烦恼。他们不想用功，她也不愿强迫他们。然而，良心又在折磨着她，告诉她工作没有做好。她烦躁极了，几乎要疯了，她又把这些怒气一股脑儿全发在课堂上。接着就有一天是充满了争吵、仇恨和粗暴行为的。回家的路上，她心情糟透了，身边再也没有金色的傍晚，她被禁闭在一个黑沉沉、阴森森的地方。工作做得差极了，这个念头老在缠着她。

好在这时正是夏天，傍晚时分，秧鸡一叫，云雀就飞到亮处，在夜幕降临之前再唱一阵子。可是，她心情不好，这一切也没能使她忘记这一天的沉重负担和教不好课的羞愧。

她还是讨厌学校。她要大声喊，她不相信学校这一套。为什么孩子们要学习，她要教他们呢？毫无意义。是什么愚蠢的念头使人把一生花在这自找的、乏味透顶的任务上？都是那么瞎编乱造出来的，假得很。学校、总分数、语法、段考、记分册，这些玩意儿，什么也不是！

为什么她要效忠于这个世界，让它来支配自己？为什么要让她那有着温暖太阳的世界，她那蓬勃向上、充满活力的生命退居于微不足道的位置？她不打算这样做。她不想在这个干巴枯燥又霸道的男人世界里当囚犯。管它那么多呢，她教的班级要是段考考得前所未有的糟糕又怎么样？让它去吧，这有什么关系？

不管怎么说，到时候，成绩报上来，她的班考得不好，她就很难受，夏天带来的欢乐就会一扫而光，她被愁云笼罩着。实际上，她不可能逃脱这个有制度有工作的世界，回到她感到幸福的田野上。她必须在一个劳动的世界里占有一席位置，成为那个世界里被承认的，享有一切权利的成员。这些对于这个时候的她来说，比田野、太阳和诗歌更为重要。可是她却越发成了这个世界的敌人。

暑假漫长的休闲时间里，她在想：要照自己的意思高高兴兴地生活，享受躺在阳光下玩耍和游泳的乐趣，感到心满意足，又要做一个能让班上的学生拿出好成绩的老师，真是太难了。她天真地幻想她再也不必当老师的时候会是个什么样。可是她模模糊糊地意识到，这个责任已经永远落在了她的肩上，而且到目前为止，她最重要的事情就是工作。

秋天过去了，冬天已经来临。厄秀拉逐渐适应了当一名劳动世界里的公民，也就是说逐渐适应了生活。她看不到自己的前途，但是在不远的将来，可以上大学，她紧紧抓住这一点希望。她要上大学，免费受两三年训练。她已经提出了申请，获得了来年入学的机会。

因此，她在为获得学位而继续学习。她将要学法语、拉丁语、英语、数学和生物学这些课程。她白天到伊开斯顿上课，晚上学习。这儿有个世界要去征服，知识有待于去掌握，资格有待于去获取。她内心的需要在驱使着她玩儿命地干。现在，她要在这个世界占据一席之地的愿望高于一切。是要一席什么样的地位，她没有问自己。这个盲目的愿望推动着她，她必须获得一席之地。

她知道自己在小学教师的工作中永远也不会干出很大的成就，但她也并不是干不了小学教师。她恨这个工作，可是她也对付得了。

玛琪离开圣菲利浦学校，找到了一个更满意的工作。两个姑娘还继续保持着友谊。她们在夜校相会，一起学习，互相鼓励，坚定信心。她们并不知道这是在朝哪方面努力，也不知道自己究竟想达到什么目的。但她们明白这一点：现在想学习，想了解，想干一番事业。

她们谈论爱情、婚姻和妇女在婚姻中的位置。玛琪说，爱情是生命之花，花儿开放是意想不到的，没有一定之规，一发现就要采摘，享受这短暂的乐趣。

厄秀拉不满意这种说法。她认为她还爱安东·斯克里宾斯基。然而她不能原谅这一点：斯克里宾斯基不够坚定，没有承认她。他拒绝了她，那她还怎么去爱斯克里宾斯基？爱情怎么就如此绝对？她不相信这一点。她认为爱情是一种渠道，一种方法，而不是它自身的终结，玛琪似乎就认为是这样。爱情之路总是能够找到的，可是，它引向何方？

厄秀拉说："我认为一个人可能爱上许多个男子，不仅仅是一个。"

她还在想着斯克里宾斯基。因为认识了温妮弗雷德·英格，她的心像被掏空了一块。

"你得分清爱情和激情，"玛琪带着点儿轻蔑的口气又说了一句，"男人很容易对你产生激情，可他们并不爱你。"

"是的。"厄秀拉冲动地说。她脸上的表情看得出在忍受着强烈的痛苦。"激情只是爱情的一部分。它不能持久，因而格外强烈。激情总是不幸福的，就是这个原因。"

她坚定地追求欢乐，幸福和持久性，与玛琪正好相反。玛琪肯定的是悲伤和事物不可避免的消逝。厄秀拉在生活的摆布下痛苦不堪，而玛琪总是孤独的，抑制情感的，所以，沉溺于郁闷的忧伤中几乎成了她的食粮。厄秀拉在圣菲利浦的最后一个冬天，两个姑娘的友情发展到了高峰。就是在这个冬天，厄秀拉最深切地从玛琪内向性格的主要成分——忧伤中体验到了痛苦和享受。玛琪也从厄秀拉与她生活的局限做斗争中享受到了乐趣并忍受了折磨。后来，厄秀拉摆脱了玛琪将自己禁闭在内的那种生活方式，这两个姑娘就逐渐疏远了。

第十四章　扩大的圈子

　　玛琪的家人——斯科菲尔德一家，住在一所园林工的大房子里。这儿占了一个农场的一半，前面是贝尔寇特庄园。庄园里太潮湿不能住人，斯科菲尔德一家就成了看管人、猎场看守人加农场主。父亲兼管猎场看守和牲畜饲养，大儿子利用庄园里的菜园子种菜卖，二儿子种庄稼也种蔬菜。这个家庭跟考塞西的那个一样，是个大家庭。

　　厄秀拉喜欢到贝尔寇特去住，玛琪的两个哥哥把她当作一位尊贵的小姐来招待。他们都长得挺英俊。大的有二十六岁了，是种菜种花的，个子不算很高，可是魁梧健壮，棱角分明的棕色脸庞上一双褐色的眼睛，显得开朗随和，他一边和厄秀拉说话一边用手去捋那留长的金色小胡子。

　　她一走近，这两个男人就注意她，厄秀拉为此感到兴奋。她可以使他们两眼放光，闪烁不已；还可以使安东尼——那位老大，捋着他的胡子绕了又绕。她知道自己可以随意用轻快的笑声和谈话声打动他们。他们喜欢她的各种想法，望着她，听她激昂地谈论政治和经济学。而她在谈话的时候，看见他们在望着她，安东尼淡褐色的眼睛像森林之神①的眼睛，闪闪发亮。他并不是听她说的那些话，而是在听她的声音。厄秀拉激动不已。

　　厄秀拉跟他到暖房去看那些绿色的可爱的植物。粉红色的樱草花在叶丛中点头，紫的、深红的、白的瓜叶菊在摇摆，安东尼像个农牧神②似的，高兴

---

　　①　森林之神，出自希腊神话，性好欢娱，耽于淫欲。
　　②　农牧神，古罗马传说中半羊半人的神。

极了。厄秀拉什么都问，他非常准确、详细地告诉她，一副卖弄学问的样子。厄秀拉真想放声大笑。不过，她对他所做的解释确实感兴趣。而且，他一脸好奇的神色，就像被挡在栅栏门外的山羊眼里流露的神情。

她和安东尼一起走进温暖的地窖。在这黑洞洞的地方，淡黄色的大黄节芽已经冒出来了。安东尼举着灯下到了漆黑的窖底。她看见大黄那发亮的芽端从粗壮的红色茎秆上伸出来，像一团火苗从柔软的土壤中冒出。他昂起头看厄秀拉，光线一照，他两眼闪亮，笑起来牙齿也是亮闪闪的，那笑声犹如轻轻的，悦耳的马嘶声。他挺英俊的。他的胡子往上翘，充满笑意的眼睛闪闪发亮，显得冷静，稳重。同时，她耳边还响着这从来没有听过的轻微悦耳的安东尼的笑声。他行走起来迈着胜利者欢快的阔步，厄秀拉不由自主地跟着他欢快地移动，认可了他的举止。他仍是那么恭顺，声音里流露出爱意。厄秀拉要爬上矮墙时，他就伸出一只手来给她做踏板。厄秀拉踏上他这坚实的活踏板，感觉得到那只手因受力而微微颤抖。

厄秀拉好像在催眠的状态中意识到他的存在。在她感觉正常的时候，与安东尼什么事也没有。不过，他走进房间那种特有的悠闲和不声不响，他看她的时候那冷静焕发的容光之威力，这一切都使厄秀拉心醉神迷。从他那双眼睛里似乎看得到从容燃着的月光之火，与白天没有任何关系。他的眼中之光就像从山羊的淡灰色眼里看到的一样。这目光唤醒了厄秀拉，而她的头脑里却像是万念俱灰了。她只有感觉，她所有的感觉都激活了。

星期天她见到安东尼。安东尼穿着星期天才穿的正式服装，想给她留下个好印象。他看上去真可笑。厄秀拉对他始终有一种穿着僵硬的正装的印象。

在安东尼这件事上，厄秀拉常常感到有点儿对不起玛琪。可怜的玛琪好像受了背弃，站在一边。玛琪和安东尼生来就是冤家对头。厄秀拉不得不充满柔情蜜意，带着强烈的同情感回到她朋友的身边。玛琪则以有点生硬的态度接受她的温柔和同情。然后，诗歌、书籍和学习取代了安东尼，以及他的山羊动作，他微露的幽默。

厄秀拉在贝尔寇特的时候，下了雪。早晨，雪花厚厚地压在杜鹃花枝子上。

玛琪说："我们出去玩儿好吗？"

她现在已经丧失了一部分领导者的自信，谨慎地试探性地问着她的朋友。

她们拿来大门钥匙，步入猎园。这是一片白茫茫的世界，黑糊糊的树干和一片片的树林子耸立在寒峭的天空中。两个姑娘走过关闭着的清静的庄园，她们的脚印留在铺满雪花的车道上。远远地在猎园的那一边，一个男人抱着一大抱干草踏雪而行。只见一个黑色的矮小身影像一只动物埋头在走着。

厄秀拉和玛琪探着路往前走，到了一条寒气逼人的潺潺小溪边。溪水把积雪冲成一坨一坨的，在白雪间流动。她们看见一只知更鸟，鸟儿明亮的眼睛一闪，长着猩红色和灰色羽毛的身子钻进了树丛，惊动了一些羽毛别致的蓝山雀。而小溪在旁边平静地流动着，自己在轻声欢笑。

两个姑娘穿过积雪的草地，来到了结着薄冰的人工鱼池。池边有一棵大树，爬满了常春藤的粗壮树干伸展出去，几乎与池水面平行。厄秀拉兴冲冲地爬上去，坐在凸起的明晃晃的常春藤和干浆果之间。有一些伸出去的常春藤像是绿色的长矛，沾着星星点点雪花。冰层就在下面。

玛琪拿出一本书，坐在大树干的低处，读起柯勒律治①的《克里斯托贝尔》来了。厄秀拉不经意地听着，激动得全身颤抖。这时，她看见安东尼迈着自信，神气活现的大步子踏雪走来。在白雪的映衬下，他的脸呈褐色，显得坚硬，还挂着非常自信的笑容。

"喂！"她朝安东尼大喊一声。

他脸上的表情做出了应答，头也猛地一抬，做了个回答的姿势。

"喂，"他说，"你在那儿像只小鸟。"

厄秀拉大笑起来。她的笑声是对安东尼那特有的，带着土音的尖亮声音

---

① 柯勒律治（1772—1834），英国浪漫主义诗人。

的回答。

她并没有想过安东尼，不过她生活在与他有关联的环境之中，生活在他的世界中。一天傍晚，她在小路上遇见他，两人肩并肩地走着。

她大声说："我觉得这个地方是那么可爱。"

"你真的这么认为？"他说，"我很高兴你喜欢这儿。"

他的口气有一种难以理解的自信。

"哦，我喜欢这儿。住在这个美丽的地方，在你的园子里种植，就再也不想更美的事了。这儿就像是伊甸园。"

"是吗？"他笑了笑，接着说，"是的，喔，是不错——"他犹犹豫豫没往下说。他眼里微微的闪亮变强烈了，目光沉着地望着她，野兽看人一般地望着她。厄秀拉的心里咯噔一跳。她知道，他就要提议让她也来过这种生活了。

他试探性地问："你和我一起住在这儿好吗？"

这份向她奉献的特许一提出来，她感觉紧张，害怕地退缩了。

他们走到了大门前。

"这怎么行呢？"她说，"你又不是一个人住在这儿。"

他答道："我们可以结婚。"他那奇怪的、暗示的又是冷冰冰的语气能把阳光冷却成月光。一切事物似乎都转化了。影子和晃动的月光，以及所有冰冷的、非人性的、闪闪烁烁的感觉都成了真实的。她带着恐惧意识到，她将接受这个事实，她将不可避免地接受安东尼。安东尼一只手伸向了他们面前的大门。她站着不动。他的肉体呈棕色，坚硬，说一不二。厄秀拉好像受了侮辱。

她言不由衷地说："这不行。"

他同样简短地发出了马嘶一般的笑声，这回是悲伤苦涩的了。他把门闩拉开，但没有开门。他们俩都在那儿站了一会儿，望着在紫色的树枝后颤动的火红的晚霞。厄秀拉看见他那轮廓分明的冷酷的棕色脸庞上流露出愤怒、羞辱和屈从。他成了一只自知被征服了的野兽。厄秀拉心里点燃了对他的激情，向往他提出的迷人计划，又感到懊悔和无可慰藉的孤独。她的心灵是黑暗中哭泣的婴孩。^① 安东尼没有灵魂。哦，她又为什么要有呢？安东尼是扫除灵魂的清洁工。

她转过身，背对着他，看到东方呈现出奇妙的玫瑰红，黄色的月亮在玫瑰色的天空中升起，下面是变暗变蓝了的雪地，真可爱。这景色多么美丽，多么可爱！安东尼没有看到这景色。他是置身其中的一人。可是厄秀拉看见了，她也置身于其中。她所看见的景色使他们相隔遥远。

他们一言不发地沿着那条路走下去，各自有着不同的命运。树木变得越来越黑，白雪只是给一个不真实的世界增添了一点朦胧。白天像影子一样过去了，到了一个光线昏暗的雪夜。这时，她正在和安东尼漫无边际地谈话，与他保持一定距离，又使他靠近一些。安东尼步履沉重地走着。他不声不响地为厄秀拉打开园门，厄秀拉进了自己的游乐园，把他撇在门外。

第二天，正当她在摆脱，或者说试图在摆脱这种痛苦的情感时，玛琪来了。她说：

"厄秀拉，如果你不想要安东尼，我会叫他不爱你。你这样做不好。"

厄秀拉又惊愕又难受地大声说："可是，玛琪，我从来没有要他爱我。"她觉得好像做了什么不光彩的事。

不过，她是喜欢安东尼的。在她的一生中，她不时想起安东尼和他的求婚。但她是一个旅行者，在大地上漂泊游荡；而安东尼则是一个以满足自己的感官为生活目的的与世隔绝的尤物。

她是个旅行者，对这一点自己也毫无办法。而她知道安东尼不是这种人。哦，但是最终，她必须不断地往前走，去追寻那她认为越来越接近的目标。

在圣菲利浦学校的第二个也是最后一个学年，她折腾得精疲力竭了。月份过去一个她就划掉一个，先是十月，再就是十一月、十二月、一月。她总是很注意从剩下的月份里减去一个月，直到暑假。她在看着自己沿着一个圈子环

---

① 参见 Alfred Tennyson（1809—1892）的《诗篇·追思》。

行，只是还有一段弧要走完。那时，她就不受限制了，像一只抛在半空中的鸟儿，好歹学会了飞行。

再过一段时间就要上大学，这是她的未知的天空，非常广阔。上大学将使她从已知的生活范围里走出来。她爸爸也打算搬家，他们都要离开考塞西。

布朗温对自己的境况一直漫不经心。设计花边的工作对他个人来说没多大意思，他很清楚这一点，做这工作是为了拿工资。什么才有意思，他不知道。和安娜·布朗温住在一起，他的脑子里总是充满了自然的冲动，做什么事都是凭直觉，摸索着干，再摸索下一步。

有人向他建议，他可以申请一个手工艺教员的职位。诺丁汉教育委员会将要设立这种职位。这么一来就好像已经给了他一个职位，他可以从这又热又黑的地方搬出去了。他满怀信心地寄出他的申请，并且期待着回音。对自己超自然的命运他是相信的。他干的日常工作不可避免的劳累已经僵化了他的一部分肌肉，并给他红润机灵的脸上抹上了一层暮气。现在他可以摆脱了。

他有许多新的潜力，他妻子也默认了。她也厌倦了考塞西，愿意现在就改变一下。对正在长大的孩子们来说，这房子太小了。鉴于她已将近四十岁，她开始从做母亲的沉睡中苏醒过来，精力更多地转向外界了。正在成长的生命发出的喧闹声把她从淡漠的状态中唤醒。她也要用自己的手创造生活。她做好了搬迁的准备，带着所有的孩子一起走。现在给他们挪个地方更好。她已经生下了最后一个孩子，也要长大的。

因而，她和丈夫谈起搬家的计划和安排，心平气和，这是从来没有过的。既然要改变一下，那么她对这改变的方式真的无所谓，不是这种方式就是那种方式。

这所房子里骚动不已。厄秀拉兴奋极了，她爸爸终于要成为在社会上有一席之地的人了。这么长时间他在社会上无足轻重，没身分没地位。现在他将要成为诺丁汉郡的手工艺美术教员。这可是有地位的，是个要人啊。他不是个平凡的人，会成为那个方面的专家。厄秀拉认为，最终他们都会有一个立足点。她爸爸就要站住脚跟了。其他的人谁能做出她爸爸制作的那么漂亮的东西？她认为她父亲肯定能得到这份新的工作。

他们就要搬迁了，要离开考塞西的这所小屋，这对他们来说已经太小了；要离开考塞西，孩子们都是在这儿出生的，他们总是在这同一个范围里生活。那些从小就认识他们的人，还有其他村子的孩子们不会也绝不可能明白这一点：布朗温家的孩子长大是要成为另一种人。他们认为"厄脱拉①·布朗温"是他们中的一员，在她出生的村子给了她一席之地，就像是家庭中的一员。这条纽带很牢固。而现在，她要成为超乎考塞西能够允许和理解的人物，这条把她和老熟人联系在一起的纽带就成了束缚。

他们遇见她就这么招呼："喂，厄西拉②，过得好吧？"这要求她用老一套的声音做出老一套的回答。而且她自己的某些方面必须响应和属于她所认识的人们，而另一些方面则痛苦地否定了。十年前对她适用的现在并不适用了。她成了而且必须成为另外一种人，这是他们不能看到也不会允许的。不过他们还是感觉出来有些方面是超出他们的范围之外的了，这触怒了他们。他们说她骄傲自负，说她摆架子。他们还说，她用不着装模作样，知道她是个什么货色，她一出世他们就认识她了。有关她的这件事那件事，他们传来传去。她也为自己与生活在周围的人不同而感到羞愧。使她感到痛心的是，她再也不能无拘无束地与他们相处了。然而——然而，一只风筝总要随风飘上天空，那根线绳有多长就飘多高。风筝飘啊飘，总要往上升，它升得越高，放风筝的人就越高兴，就是其他的人都扁损它也无所谓。所以，考塞西妨碍了她，她就想一走了之，自由地去放她的风筝，想放多高就放多高。她想离开，这样才能够站直身子，自己有多高是多高。

因而，当她知道父亲有一个新的职位，她家要搬迁了，她就高兴得想要

---

① 厄秀拉的外号。

② "厄秀拉"一词的方言发音。

在地球上蹦蹦跳跳，唱着欢快的赞美诗。考塞西那陈旧封闭的外壳就要甩掉了，她要手舞足蹈升入蓝天，真想跳舞，真想歌唱。

她在幻想将要去居住的新地方。在那儿，那些趣味高雅的有身分、有教养的人们将会成为她的朋友。她将和高贵的人住在一起，搬到一个感觉非常自由的地方。她梦见了一个富有，骄傲又单纯的女朋友。这个朋友从来不认识哈比先生这类人，也从不像玛琪那样语气里带着受压抑的轻蔑和恐惧。

同时，她也感情充沛地沉湎于考塞西几处她所喜爱的地方，因为她要走了。她到最喜欢的几个地方散步。有一个地方她擅自走进去，发现那儿的雪花莲长得很茂盛。那时是傍晚，冬季变黑了的草地充满了神秘色彩。走进林子，她看到小山谷里有一棵刚被砍倒的橡树。榛子丛下，发白的花瓣很显眼，飞溅四处的金黄色的尖利木屑周围，分布着不起眼的灰绿色的雪花莲叶片。默默地耷拉着脑袋的小花也不引人注意。

厄秀拉欣喜地摘了些小花。金色的木屑在阳光下显得黄灿灿的，夕阳下的雪花莲就像是夜空中最早升起的星星。独自置身其中，厄秀拉非常喜欢走进这余晖映照的薄暮中，有亲切的小花儿，还有溅得到处都是的木屑，像是阳光洒在黄昏的地上。她在放倒的树干上冷冷清清地坐了一会儿。

回家的路上，她离开暗淡微紫的树丛，走到了空旷的小道上。路上的小水洼宝石似的闪亮，周围的土地都变黑了，头顶上的天空就是一大块宝石。哦，在她眼里，这一切是多么奇特！真是美不胜收。她想奔跑，唱歌，疯狂地把强烈的情感大声喊叫出来。但是她不能跑不能唱也不能这么喊叫，这样也无法宣泄她内心深处的感受。所以她静静的，差不多要为孤独而悲伤了。

复活节她又到玛琪家住了几天。可是这回她变得害羞，躲躲闪闪的了。她看见安东尼。看上去他是那么的富有挑逗意味，目光里恳求的神情是多么美好。她望了望他，又望一眼，让他在眼里变得真切。但这不过是她自己走了神，好像她还有另外一个实体。

她转向了春天和含苞欲放的蓓蕾。墙边有一株大梨树，无数朵细小淡绿的花蕾缀满了枝头。站在这株梨树前，她充满了喜悦，心里认清了一个道理。在这一簇簇淡绿发白的花蕾之后还有许许多多的东西，有大量的阳光要倾泻下来。

孕育着新生命的几个星期仿佛一下过去了。考塞西的屋边，梨树盛开着花朵，好像浪头迸溅的泡沫。铃兰花也渐渐地开了，蓝得好像是一汪汪清水浅浅地积在树底下，灌木丛边。这一汪汪清水越积越多，直到成了一片蓝色的汪洋。淡绿色的叶子也热热闹闹地绿成了一片，小鸟儿叽叽喳喳地又唱又跳。蓝色的汪洋很快就退落、消失了，转眼到了夏天。

今年不到海边去度假了，假期就要从考塞西搬出去。

他们要住到威利格林附近的地方。对布朗温来说，这里是很中心的地区了。威利格林是密集的煤矿区边缘的一个古老、宁静的村庄。村子里的一幢幢古老村舍造型别致奇特，门前都有阳光灿烂的花园。所以，对于煤矿小镇贝多弗外延的一个区来说，这个村子是个歇凉处或小花园。星期日上午小酒店开门以前，这儿是矿工们漫步的好去处。

在威利格林有一所中等学校，布朗温在这学校里每周上两天课。学校进行着教学实验。

厄秀拉想住在威利格林偏僻的一角。那儿对着南威尔和舍伍德森林，那么可爱，那么富于浪漫情调。但是，离开了家乡就意味着走进了大千世界，威尔·布朗温一定要变得新派一些。

他用妻子的钱在贝多弗的一片红砖房新区买了一所相当大的房子。这是由已故矿区经理的遗孀建的一幢别墅，坐落在大教堂附近一条新辟的安静小街。

厄秀拉真沮丧。他们到了一个脏兮兮的小镇的红砖房郊区，而不是到什么与众不同的地方。

布朗温太太很高兴。房间很大，极为令人满意——楼下除了一个大饭厅、客厅和厨房，还有一个非常合意的书房。一切都装饰得极好，那寡妇不惜花费把自己安顿得舒舒服服。她是贝多弗人，她要像个女王一样统治这儿。她的浴室用白色和银色装饰，楼梯是橡木的，壁炉架是厚实的橡木制的，还有凸出的圆形支柱。

"又好又结实。"这句话定下了基调。可是，厄秀拉讨厌这儿到处都示意着粗大厚实的兴旺。她要爸爸答应把那凸出的橡木壁炉架凿掉，凿成平的。这种大幅度隆起的形状很不对她的口味。爸爸的身材是细长松垮的，他与这么多的"又好又结实"有什么关系？

他们还买下了那寡妇的许多家具。这些家具都美观大方——威尔顿大地毯，大圆桌，盖着光滑的花鸟印花布的低靠背长沙发。屋子开着大扇的窗子，阳光充足，一切都显得非常好，望出去还看得到低平的山谷的那一头。

毕竟，像一位熟人所说的，他们将要成为贝多弗名流之一了。他们将代表文化。由于那儿没有比医生、矿区经理和药剂师的社会地位更高的人，布朗温一家会显得很出色的。他们有代拉·罗比亚①的美丽的《圣母玛丽亚》雕像的仿制品，有仿制多那太罗②作品的可爱的浮雕，还有复制的波提切利③的画。甚至，挂在通常用作会客室的饭厅里的大幅照片《春天的寓言》《阿芙罗狄忒④》和《耶稣诞生图》就可以封住贝多弗人的嘴了。

在贝多弗当个公主毕竟要比在乡村当个粗俗的平民好。

布朗温全家，总共十个人，为搬家做了大量的准备工作。在贝多弗的房子收拾好了，在考塞西的房子清理了。学期一结束就开始搬家。

厄秀拉七月底离开学校，暑假开始了。早晨，外面阳光明媚。在这最后的一天，自由也到了教室里面，好像学校的围墙也要消融了。看上去，它们已经模模糊糊不真实了。这是一个学年结束的早晨，学生们老师们很快就要出

---

① 罗比亚（1399—1482），意大利文艺复兴初期陶雕塑家。

② 多那太罗（1386—1466），意大利文艺复兴初期雕塑家，是现实主义雕塑的奠基人。

③ 波提切利（1445—1510），意大利文艺复兴时期画家。

④ 阿芙罗狄忒，希腊神话中爱与美的女神，相当于罗马神话中的维纳斯。

来，各走各的路。铁窗砸开了，判决无效了，监狱成了他们脚边瞬息即逝的影子。孩子们拿走了书和墨水瓶，卷起了地图。他们的脸上全都兴高采烈，友好和善。教室里忙忙乱乱，在打扫清除掉这个学期受监禁所留下的一切痕迹。他们都自由了。厄秀拉卖力地在忙着把出勤总数写在登记册上。她骄傲地写下了几千个出勤数。面对着这么几千张孩子的脸，她又上了一个学年的课。看来真不少。这些兴奋的课时在不安中慢慢过去了，终于结束了。这是最后一次她站在孩子们面前。孩子们在做祷告，唱赞美诗。然后，一切都结束了。

"孩子们再见，"她说，"我不会忘记你们的，你们也不要忘记我。"

孩子们容光焕发，齐声喊道："小姐，不会忘。"

他们鱼贯而出时，她站在那儿向他们微笑，受了感动。然后她给班长们这个学期的六便士，他们也离开了。橱柜锁起来了，黑板擦洗了，墨水瓶和掸帚拿走了。这个地方空了，人也走了。她在这儿取得了胜利。这教室现在是一个空壳了。在这儿，她打了一个大胜仗，这也不是完全不愉快的。她甚至还该感谢这个坚硬空荡的地方，它像个纪念馆或纪念品。在这儿她耗掉了生命的那么大一部分来战斗和取胜。这个学校的某些东西永远属于她，她的某些东西也永远属于这个学校，她承认这一点。现在要告别了。

在教师休息室，老师们正在闲谈消磨时间。大家兴奋地谈着要去的地方：马恩岛、兰度诺、雅茅斯。他们非常热切，而且互相依恋，像是一条船上要分手的亲密同伴。

到了哈比先生来对厄秀拉说几句话的时候了。看上去他仪表堂堂，两鬓斑白，眉毛是黑的，具有男性的沉着、稳健。

他说："噢，我们要和布朗温小姐道别了，祝她未来一切顺利。我想，有一天我们还会再见到她的，也能听听她的情况。"

厄秀拉结结巴巴地笑着说："哦，是的，"她脸都红了，"哦，是的，我还会来看你们的。"

说完她又意识到这话显得太不合时宜了，傻乎乎的。

哈比先生说："斯科菲尔德小姐提议送这两本书，"他把两本书放在桌上，"希望你喜欢。"

厄秀拉觉得很不好意思，拿起这两本书。一本是史文朋[①]的诗集，一本是梅瑞狄斯[②]的。

她说："哦，我会喜爱这两本书的。非常感谢你，非常感谢大家。这真是太——"

她结结巴巴说完话，脸色通红，性急地翻着书页，装作先睹为快，其实什么也没看进去。

哈比先生两眼放光，他自己感到很自在，控制着局面。送礼物给厄秀拉，他很高兴，就这一次他向老师们表示了好感。已经成了个习惯，在他的管辖下，人人都神经紧张地处于不满的气氛中。

哈比先生说："是的，我们希望你喜欢我们挑的这两本书。"

他带着独特的挑战似的微笑望了一会儿，然后回到他的书橱前。

厄秀拉感到困惑极了。她抱着她的书，非常喜欢，还觉得她喜欢所有的老师和哈比先生。真是弄不明白。

终于，她走出来了。匆匆地望了一眼热辣辣的太阳下沥青院子里的校舍，又看了看熟悉的道路，她就转过身背对着这一切了。要走了，她心情沉重。

她在路口和最后一位老师握手，那位老师说："好啦，祝你好运！我们等着你回来。"

他后一句说的是反话。厄秀拉笑着走了，她自由了，坐在阳光照着的电车顶层，她喜悦万分地到处看着。她留下了一些对她意义重大的东西。她再也不会到学校去了，不做那些熟悉的事了。怪哉！狂喜之中，她又感到一点害怕的痛苦，而不是懊悔。不过，今天上午她是何等欣喜呀！

---

① 史文朋（1837—1909），英国诗人。

② 梅瑞狄斯（1828—1909），英国诗人和小说家。

她因骄傲和高兴而颤抖。她喜爱这两本，这是给她的纪念品，相当于她两年工作的成果和奖品。感谢上帝，这两年过去了。

"送给厄秀拉·布朗温，致以美好的祝愿。你在圣菲利浦学校的日子给我们留下了温馨的记忆。"这是校长工整认真的字迹。她可以想象得出那只小心翼翼的手拿着笔，每一只粗大的手指背上都有一簇黑毛。

他签了名，所有的老师都签了名。她喜欢有大家的签名，并且认为她热爱所有的老师。他们都是她的同事。从学校她带走了一份骄傲，这是永远不会丢失的。老师们都给她签了名，把她当作他们中的一员，她自己的身份是同仁和学校工作的参与者。她也是劳动者之一，把自己的一小块砖放到了人类正在建造的建筑物上，取得了合作者的资格。

搬家的日子到了。厄秀拉早早起床，收拾剩下的东西。几辆马车来了，是她在玛斯庄的舅舅借给他们的，正好在收割干草和谷物的空隙时间。东西绑在了马车上，厄秀拉骑上她的自行车朝贝多弗飞奔而去。

这房子是她的了。她走进擦洗得干干净净又宁静的房间。饭厅的地上铺了一块厚厚的草席，是用晒干的净色芦苇编织的，硬实，美观，还有光泽。墙壁是淡灰色，门是深灰色的。太阳从宽大的窗子照进来，厄秀拉十分欣赏这所房子。

她推开门窗，让阳光照进来。路边的小草坪上盛开着鲜艳的花儿，再望过去，对面是一片荒地，过些时候也要盖房子的。还没有人来。她漫步到了后面的花园，又到了墙边。教堂里的八口钟在响着钟点。她可以听见周围镇上的许多声音。

终于看到马车绕着拐弯处过来了，上面不大雅观地堆着熟悉的家具。汤姆、她弟弟和特丽萨走在这一大堆东西旁边，为他们从电车终点站起步行了十来英里而自豪。厄秀拉倒出啤酒，男人们渴得在门口就喝起来了。第二辆马车来了。她爸爸骑着摩托车来了。家具被摇摇晃晃地搬上台阶，放在小草地上，阳光照着仓促地堆在一起的东西，看上去怪里怪气的，很不舒服。

和布朗温一起干活使人觉得很愉快。他兴致勃勃，又很随和。厄秀拉喜欢指挥他把重东西放在什么地方。她焦急地看着人们搬东西上台阶、进门口所做的一番努力。大件东西都搬进来了，马车又走了。厄秀拉和爸爸继续把还放在草地上的轻东西搬进去放好。吃饭的时间到了，他们在厨房吃了面包、奶酪。

布朗温高兴地说："喔，我们快干完了。"

又来了两车东西。一个下午都在把家具搬进来，搬上楼。快五点钟的时候，最后一车东西到了，是弗莱德舅舅赶的双轮轻便马车，布朗温太太和年幼的孩子们也在上面。戈珍和玛格丽特是从车站走来的。全家人都到了。

他妻子从马车上一下来，布朗温就说："好啦，现在我们都在这儿了。"

"是的。"他妻子高兴地说。

两句简短的话，两人之间无言的亲切之情，使围在他们身边到了新地方还不习惯的孩子们感到自在多了。

东西全都是乱七八糟的。不过，厨房里已经生起了火，炉前地毯铺上了，壶坐在了炉旁铁架上。将近日落时，布朗温太太开始准备第一顿饭。厄秀拉和戈珍在卖力地收拾卧室，点着蜡烛来来去去。一会儿，从厨房飘来了火腿、鸡蛋和咖啡的香味。在汽灯下凑合着开了晚饭，一家人挤在一起，好像在一个陌生的地方搞野炊。厄秀拉感到有责任照管半大的孩子，最小的守在妈妈身边。

天黑了，孩子们困了，可他们上了床还很兴奋。过了很长时间才听不到说话的声音。真有那么一股子历险的感觉。

第二天早上天刚亮，大家都醒了。孩子们大喊：

"一觉醒来我不知身在何处。"

听得见陌生的城镇的声音和大教堂里一遍又一遍的钟声，这比考塞西的小钟声更刺耳更逼人。他们从窗子望出去，越过其他的红房子，就是山谷和长满树木的小山。他们都喜欢空间和自由，喜欢阳光和空气。

过了一会儿，他们都开始干活了。这家人随随便便，不讲究整洁。然而，一旦他们着手收拾屋子，东西很快就放得井井有条了。到傍晚，屋子基本上收拾好了。

他们不想要一个住在这所房子里的佣人，要一个晚上回家的女佣就行了。甚至连这样的女佣也还没有。在自己家里，他们想怎么做就怎么做，不想要一个生人在中间。

第十五章　狂欢之苦涩

这所房子里猛刮了一阵勤劳之风。厄秀拉十月份才去上大学。带着一种明确的责任感，好像她必须在这所房子里表达自己的意图，她忙着整理，再安排，挑选，设计。

她父亲常用的工具，包括做木工活儿的和做金属制品的，她都能用。拿起工具她敲敲打打，做些手工活儿。能把东西做好，她母亲也挺满意。布朗温对此也很感兴趣，他早就相信他女儿能干。他自己也在花园里搭了一个工房。

眼下，她终于做完了。客厅又大又空：铺了那块漂亮的威尔顿地毯——全家人都为此自豪；摆着蒙上丝光印花布的长沙发和宽大的椅子；还有钢琴，一尊布朗温制作的石膏塑像，此外就没什么其他的了。客厅太大了，空空荡荡的，使人感觉到这间房是不常用的。然而他们还是喜欢有这间又大又空的厅。

家庭气息最浓的是饭厅，厚实的灯芯草垫子一铺上就使地板显得很光亮，折射出一家人心底的欢快。凸窗台就是一个向阳的宽大座位，桌子牢固得谁也推不动，椅子也很结实，倒在地上也摔不坏。布朗温制作的那架熟悉的风琴放在一边，看起来特别小。餐具柜的大小就显得正常了，看着顺眼了。这也是布朗温家的起居室。

厄秀拉自己有一间卧室。这可真是个仆人的卧室，又小又一般。从卧室的窗子望出去是后花园，毗邻其他人家的后花园。有些老花园侍弄得很好，有些则堆着包装箱，再过去就是房子的背面。这些房子的前面对着教堂，是高街商店的铺面，是经理助理或银行高级职员们体面的家。

还有六个星期她才去上大学。在这段时间，她紧张地复习一遍拉丁语和植物学，间或做做数学题。她是作为一名教师去大学进修的。不过，她已经通过了资格会考，读的是大学课程。一年之后，她要参加文科中级考试，然后再过两年，参加文学士学位考试。所以，她的情况不同于一般的小学教员进修。她将和那些纯粹是为了受教育而入学的自费学生一起学习，而不是只学职业进修课程。她将是上帝的选民。

往后的三年时间，她将要重新多多少少地依靠她父母。她的进修课程是免费的，学费全都是由政府付的。另外，每一年她还能得到为数不多的一点助学金。这刚够她的火车费和买衣服。父母只需给她伙食费。她不想让他们花费过多，他们的日子也不会很宽裕。她父亲一年只挣两百英镑，而她母亲的存款拿了很大一部分来买房子。过日子还是够的。

戈珍上了诺丁汉的艺术学校，她的专业是雕塑，她有这方面的天赋，喜欢用黏土做小人、小动物模型。有一些作品参加了在卡索尔举行的学生展览会，戈珍是参赛的佼佼者。在这个艺术学校她很烦躁，想到伦敦去，可是没有那么多钱，父母亲也不让她去那么远。

特丽萨上完中学了。她是个高大强壮又鲁莽的少女，对任何更高的目标毫无兴趣。她愿待在家里。除了最小的孩子，其他的都上学了。学期一开始，他们都要转到威利格林的文法学校。

厄秀拉很兴奋地在贝多弗结交朋友。这兴奋劲儿很快就过去了。她到牧师家、到药剂师家、另外的药剂师家、三个医生家和经理助理家，在这些人家吃茶点。这样，她几乎人人都认识了。她不可能对人十分感兴趣，虽然有时她也想这样。

她步行或骑自行车在乡村里漫游，发现靠森林那边景色非常秀丽。那是曼斯菲尔德、南威尔和沃克索普之间的地区。然而，她在这儿只是小打小闹地开开心，真正的探险要从大学开始。

开学了，她每天坐火车进城，大学里如修道院似的宁静开始包围她了。

开始，她并没有感到失望。偌大的学院坐落在宁静的街区，是石块砌成的，周围有草地和欧椴树，幽静极了。她觉得这是一块偏僻神奇的地方。学院大楼的建筑式样真可笑，从她父亲那儿得来的知识使她能看出这一点。不过，它的式样还是与其他大楼的式样有所不同的。在这座肮脏的工业城里，它那秀丽又好玩的哥特式造型差不多可以算一种风格了。

她喜欢大楼的门厅，有高大的石块壁炉和哥特式的拱形支撑着楼厅。当然，那些拱形很难看，用割成卡纸板一样的石块砌成的壁炉架装饰着纹章图案，对面就是自行车停放处和暖气片，看上去不伦不类。而那边墙上一大块告示牌上飘动的纸片好像把所有的僻静感和神秘感一扫而光了。不过，尽管样子杂乱无章，它还是有着修道院闭门读书的良好教育传统的。厄秀拉的心儿飞到了中世纪，那个时候，上帝的修道士们掌握着人类的知识，并在宗教的影子下传授知识。她就是怀着这样的心情进入了大学。

门厅和卫生间的简陋粗糙最先使她感到伤心。这学校为什么不全是漂亮的呢？可是她又不能公开承认她所持的批评态度。她是站在神圣的地方了。

她认为所有的学生都应该有高尚纯洁的心灵，只说实话真话，学生们的脸全都应该像修女和修道士的脸那样平静光洁。

哎呀！姑娘们叽叽喳喳，咯咯傻笑，又紧张害怕。她们盛装打扮还卷头发。男人们看上去粗鲁平庸。

尽管这样，手里拿着书穿过走廊还是一件很愉快的事，然后，推开玻璃旋转门，走进上第一节课的大教室。窗子又大又高，许许多多的棕色课桌在等待着，讲台后的大黑板很光滑。

厄秀拉坐在相当靠后的一扇窗子边。往下望去，欧椴树叶变黄了。店主的孩子一言不发地走在秋高气爽的宁静街道上。这是一个遥远僻静的世界。

在这儿，在这个呜呜作响，时刻在低声缅怀着各个世纪的往事的巨大贝壳里，时间渐渐流逝了，知识的回声填充了永恒的沉默。

她听课，愉快地——几乎是欣喜若狂地记笔记，从来没有对她所听到的加以评论。讲课的是个代言人，是个牧师。他一身黑袍，往讲台上一站，那些充满了教室的窃窃低语结成乱麻一团的知识，被他一股股理顺又织成了一篇讲稿。

最初，厄秀拉不加评论。她不愿把教授们看作是平常人，吃了熏肉，提上鞋才到大学来的普通人。他们是身着黑袍有知识的牧师，永远在僻静的圣殿供职。他们是入门的引导人，掌握着奥秘的开端和结尾。

她又好奇又乐意听课。听教育学理论是一种乐趣，去探究知识又是多么自由愉快，看它是如何演变、如何存留下来又如何形成的。拉辛[①]的剧本给了她多少欢乐！她不知道这是为什么。拉辛剧本里大段的台词那么从容，那么有节奏地展现在眼前，她震颤不已，好像身临其境。拉丁语课程她正学到李维[②]和贺拉斯[③]的著作。拉丁语课那奇特、亲切、闲适的调子与贺拉斯很相符。可是她从来不喜欢贺拉斯的著作，也不喜欢李维的。在闲谈的教室里根本就没有严肃可言。她要极力保持她原来对罗马精神的理解。可是，拉丁语对她来说逐渐成了闲谈的废话和做作，是冗长的赘词和风格的问题。

她最怕的是数学课。老师讲课那么快，她的心跳也跟着加快，每一根神经都紧张极了。自学时间她下苦功来掌握所学的东西。

然后到了令人愉快的，平静的下午，到植物学实验室去，那里的学生很少。她很喜欢坐在长桌前的高凳上，拿着木髓、刮刀和材料，小心地把承物玻璃片架好，又小心地给显微镜调好焦距，然后就高兴地记下观察结果。如果玻璃片上的材料好，就兴奋地画到本子上。

很快她就在大学结交了一个朋友——一个原来住在佛罗伦萨的姑娘。她穿一袭普通的黑裙，配一条极好的紫色或有图案的围巾。她叫多萝西·拉塞尔，是南方一个律师的女儿。多萝西和一个未婚的姑姑住在诺丁汉，空余时间

---

① 拉辛（1639—1699），法国新古典主义剧作家。

② 李维（前59—公元17），罗马历史学家。

③ 贺拉斯（前65—前8），罗马诗人。

她就为"妇女社会政治联盟"①出力。她文静又热情，一张象牙色的脸，乌黑的头发简单地拢在耳后。厄秀拉非常喜欢她，可是又怕她。她看上去显得很老成，对自己很严格。其实她只有二十二岁。厄秀拉总觉得她是个卡珊德拉②似的人，能预知吉凶。

两个姑娘的友谊亲密，牢固。多萝西干什么事都是同样热情，对自己从不放松。上植物学课，她紧挨着厄秀拉坐，因为她不会画。显微镜下的切片厄秀拉画得惟妙惟肖，多萝西常常来学她画画的方法。

第一年在与外界隔绝，埋头学习中过去了。她的大学生活紧张得像打仗，又平静得如死水。

早晨，她和戈珍一起去诺丁汉。两姊妹走到哪儿都很出色，苗条，健康，热切又极为敏感。戈珍更漂亮一些，她那少女懒洋洋的倦容显得那么温柔，内心又很稳定、坚决。她身着柔软舒适的衣服，帽子任其自然地下垂，随意而优雅。

厄秀拉的穿着就讲究得多了。然而她总是不自然，总是一下子非常钦佩某个人，以这个人为样板打扮自己，弄得极不协调。只要她穿着得体，看上去就挺美。冬天，她穿着花呢套裙，一顶黑皮毛小帽盖在热情激动的脸上方，走在街上，飘然而过，超逸感觉之外。

第一学年末，厄秀拉通过了文科中级考试。她那繁忙的学习可以暂告一段落了，可以放松放松，好好休息一下。准备考试的极度紧张，以及伴随她度过这道难关的亢奋状态使得她精神疲惫，易怒易躁。现在她精神松散，陷入了消极状态。

布朗温一家到斯卡伯勒去一个月。戈珍和父亲忙着在那儿参加假期手工艺学校，厄秀拉大部分时间和弟妹们在一起。不过，要是能走得开她就自己

---

① 1903 年创立的妇女组织，争取村选举权。

② 希腊神话中美丽的预言家。拒绝阿波罗的爱情后，阿波罗判她终生不受信任。

出去。

站在那儿看看粼粼银光的海面，她觉得真是太美了。她的心里涌起了一股热浪。

从十分遥远的地方，一个热烈的、尚未问世的渴望慢慢向她飘来。"还有许许多多个黎明尚未到来。"[①]似乎，在大海的那一端，所有尚未到来的黎明都在召唤着她，而她未来的精神又在大声呼唤着尚未到来的黎明。

她坐下来望着温柔的大海。大海在闪耀着星星点点明媚的光亮，厄秀拉胸中一阵感伤，她猛地一下咬住嘴唇，眼泪不由自主地涌了出来。还在抽噎，她就笑了起来。为什么要哭？她不想哭。景色那么美，她笑了；景色那么美，她哭了。

她担心地望望四周，希望没有人看到她这个样子。

大海也有狂暴的时候。她望着海水冲上岸边，望着一个大浪悄悄地过来，猛地一下打在礁石上溅起泡沫，把一切都裹在一大片美丽的白色之中，又倒回大海，露出了大片黑色的礁石。哦，海浪迸溅成了一片白色，它就获得了自由！

有时她沿着码头闲逛，去看被海风吹成棕色的水手。水手们穿着蓝色海魂衫，靠在码头边，大胆传情的眼睛望着她，对她笑。

在她和水手们之间建立起了一点联系。她决不会和他们讲话，也不知道他们的其他情况。不过，当他们靠在海堤边她从旁经过时，她与他们之间就有一种渴望、欣喜和痛苦。她最喜欢其中一位年轻的水手，他那有海上生活气息的金发遮着蓝色的眼睛。他是那么清新、有生气、风趣，他不属于这个世界。

她从斯卡伯勒到汤姆舅舅家。温妮弗雷德有了一个孩子，是夏末才生的。她跟厄秀拉变生分了，两个女人之间有一种说不出的冷淡。汤姆·布朗温是个关怀备至的爸爸，又是个十分顾家的丈夫。他的顾家有一些虚假的成分，厄秀

---

① 取自印度最古老的颂诗集《梨俱吠陀》，尼采曾将该句引用于其著作《黎明》的页首。

拉再也不喜欢他了。他丑陋、咋咋呼呼的本性暴露出来了，什么事都转移到感情的基础上来。作为一个物质主义的非基督教徒，他做出富于情感的样子待人接物——热情周到的主人，慷慨的丈夫，模范公民。他很精明，到了哪儿都能赢得赞赏，也足以哄住他妻子。他妻子并不爱他，她乐意和他生活在自己欺骗自己的满意状态中，照他所说的去做。

一回家厄秀拉就解脱出来了。她还有平静的两年。两年以后她的前途就要决定了，她回学校去为大考做准备。

但是，在这一年中，学校的魅力开始消失了。教授们不再是传授知识和生活之深奥秘密的牧师了。他们不过是经纪人，对他们经营的物品已习以为常，不再放在眼里。拉丁语是什么？一大堆干巴巴的知识。拉丁课是什么？不过是倒卖古董的铺子，可以买到古董，知道点古董市价而已，总的来说，古董也没意思。她对拉丁语这老古董已经厌烦了，就像她厌烦了文物商店里的中国古玩、日本古玩一样。"文物"这个词就能使她精神垮掉。

她的生活走出了书斋。为什么？她也不知道。然而，一切看来都是虚伪假冒的——假的哥特式拱顶，虚假的宁馨，虚伪的拉丁文法，虚伪的法兰西式尊严，虚伪的乔叟式质朴。这是一个旧货铺子，到这里是为买一件工具应付考试。这不过是城里许多工厂的一个小小的附属零件。这种感觉逐渐占据了她的头脑。这里不是宗教的避难所，不是专心读书的隐居地。这里是一个小训练场，进来是为挣钱做进一步的准备。大学本身就是工厂的一个又小又脏的实验室。

残酷可憎的幻灭感又笼罩了她。同样的黑暗和强烈的忧伤，意识到了丑恶永远藏匿于一切事物之下，她永远也不会安宁。一天下午，她到学校去。草地上开放着雏菊，欧椴树枝在阳光下柔软地垂下来，显得很绿。哦，她不忍目睹那些雏菊，那是在地面泛起的白泡沫。

在学校里，她知道自己必须走进那虚假的工作间。它一直是个虚假的商店，虚假的货栈，只有一个物质获利的目的，没有生产能力。它装作因宗教的美德——知识而存在，而知识这宗教的美德却成了物质胜利之神的仆从。

一股惯性支配着她。出于习惯，她呆板地继续学习。不过，几乎没有什么希望了，她很难专心做一件事。下午的课讲盎格鲁—撒克逊，她坐在那儿，眼睛往下望出窗外，贝奥武甫①也好其他的什么也好，一个字也听不进去。下面街上，木栅栏边是阳光照耀的灰色人行道。一个身着粉红色衣裙，打着猩红阳伞的女人横过马路，一只白毛小狗在她脚边跑动，像一团白光。这个打猩红伞的女人已经过了马路，步子轻快，一个小影子伴随着她。厄秀拉看得出神。打猩红阳伞的女人和她脚边忽隐忽现的小狗走了。往何处去了？

这穿粉衣的女人走在什么样的现实世界中？她把自己托付给什么样的死气沉沉不现实的货栈？

这个地方，这个学院有哪一点好？如果学盎格鲁—撒克逊只是为了答考试题，为了将来有个更高的商业价值，学它有什么益处？长期在心里供奉着商业意识，她厌恶极了。可是，还有什么？生活就是这些，仅仅是这些吗？处处、事事都因此而贬值。事事都产生庸俗的东西，妨碍物质生活。

她突然放弃了法语，要在植物学拿优等成绩。植物学是一门为她而存在的学科，她进入了植物的生命中。植物世界奇怪的规律强烈地吸引着她，在这里她看到了一些活动是完全背离人类世界的目的的。

学院无聊，贬了值，是一个转向庸俗卑微的商业的殿堂。她不就是来听知识的回声在奥秘的源头跳动吗？奥秘的源头！无聊极了，那些身着袍子的教授们提供在考场里能获得好收益的商品，还是些现成的东西，值不了它要的价钱。这一点他们都清楚。

现在，除了在植物学实验室——奥秘之光还在这里闪烁——工作的时间，在学院的所有时间里，她都认为是自己堕落到学起虚伪的徒有其表的生意之道来了。

---

① 贝奥武甫，英国传奇长诗《贝奥武甫》中的主人公，此诗被称为英国的民族史诗。

刚结束的这个学期她是在愤怒、呆板的状态中度过的。她情愿再出去自己挣钱过日子。比较起来，布林斯里街和哈比先生好像更真实一些。她极度仇恨的伊开斯顿学校比起这所学院枯燥无味的堕落算不了什么。但是，她并不打算回布林斯里街。她要拿到文学学士学位，当一段时间中学教员。

大学的最后一年慢慢地过去了，考试和离开学院的日子不远了。幻灭的粉末还在摩擦着她的牙，下一步行动结果是不是又一样？前面总是一道光辉灿烂的门，然而走到跟前，光辉灿烂的门总是通向又一座丑陋的院子，肮脏，活跃，又死气沉沉。前面总有一座小山，山尖在天空下闪闪发亮。然后，上去了从山顶往下看，只有另一道充满了乱七八糟的肮脏活动的污秽山谷。

没关系！每一座山顶总有一点不同，每一道山谷不管怎么说也是新出现的。考塞西和她在爸爸身边度过的童年；玛斯庄和玛斯庄附近的小教会学校，她的外祖母和舅舅；诺丁汉的中学和安东·斯克里宾斯基；安东·斯克里宾斯基和月光下的营火舞会；然后就是她一想起就懊恼的日子，温妮弗雷德·英格，还有当小学教员以前的那几个月；然后是布林斯里街的恐怖，又到了比较平静的日子；玛琪，玛琪的哥哥，当她的脑海中呈现出这个男人的时候，血管里还感觉得到他的影响；然后就是大学，还有多萝西·拉塞尔，她现已到法国了；再往后就是又一次回到那个世界中！

这些已经成了历史。每一个阶段她的差异都那么大，然而她始终是厄秀拉·布朗温。可是，这是什么意思，厄秀拉·布朗温？她不知道自己是什么，只知道她常常摒弃，拒绝，一贯如此。她总是把嘴里的灰尘和沙子吐出来，她唾弃幻灭和虚假。她只能在不断地摒弃中坚强起来，她似乎总是在否定自己的行为。

明确地讲，她是隐蔽的，没有露出来，不能露出来，就像一粒埋在干灰里的种子。她生活的这个世界好像是灯光照亮的一个圈子。这个被人类最完整的意识所照亮的范围，她认为就是整个世界。这里的一切永远都是暴露着的。然而，在黑暗中，她一直都意识到光亮点，像野兽的眼睛，在闪烁、渗透、消失了。一阵惊恐之中，她的心头所承认的只是外部的黑暗。她生活于斯，周旋于斯的这个光亮的内圈，火车在奔驰，工厂生产出机制产品，植物和动物都在科学与知识的光照下生长。突然，这个圈子在她眼里就像弧光灯下的区域，飞蛾和孩子们都在炫目的灯光庇护下玩耍。因为他们是在灯光下，根本不知道还有什么黑暗。

但是，她可以隐约看见黑暗的运动，就在这范围之外。她看到在黑暗中闪光的野兽眼睛，它们在望着营火边的虚荣和在睡觉的人们。她也感觉到了营地里不可思议的愚蠢的虚夸——"在我们的光亮和我们的秩序之外什么也没有。"他们总是脸朝内对着将灭的启蒙意识之火——包括太阳、星星，造物主和正义的体系，无视周围旋转着的大片黑暗已经半隐半现地潜伏在边缘地带了。

而且，甚至没人敢扔一根燃烧着的木头到黑暗中去。因为，他要是这么做了，就会被其他人笑死。他们会大喊："蠢东西，反社会的无赖，你为什么要弄鬼弄怪来打扰我们？没有黑暗。我们活动和生存于光亮之下，被赋予知识的永恒之光，我们就组成并包含了最内层的核心和知识的结果。蠢东西，无赖，你怎么敢以黑暗来贬低我们？"

然而，黑暗就在旁边围着转，还有野兽灰暗的身影。另外还有的是天使漆黑的身影。这光亮把更为熟悉的野兽身影隔在外面，也把天使们隔在外面。有一些曾经看过黑暗的人见到其中布满了一簇簇的鬣狗毛和狼毛。还有一些放弃了光亮底下的虚荣的人，被自己的自负折磨得要死的人，他们看到了狼和鬣狗眼中的闪亮。这是天使的剑光在门口闪亮，要进来。黑暗中的天使是高傲的、可怕的、不可否认的，犹如闪亮的毒牙。

在大学的最后一年，厄秀拉二十二岁了。复活节快到了，厄秀拉又收到了斯克里宾斯基的信。他从南非给她写过一两次信，那是在战争期间，他刚到那儿的头几个月写的。以后又不时给她寄一张明信片，间隔的时间就更长了。他当了中尉，留在非洲。厄秀拉已经有两年多没有收到他的信了。

厄秀拉常常想起他。他就像那微微透亮的黎明，一个昏暗的长日之前呈现出黄色光芒的黎明。对他的回忆犹如想起早晨的初辉。这里就是白天的一片灰暗。啊，要是他一直是她身边真真切切的实体，她就看得见阳光，不受这些劳累和伤害，也不会陷入糟糕的白天。他会是她的天使。他控制着阳光，现在还控制着。他可以朝她打开自由和欢乐之门。不仅如此，要是他一直是她身边真切的实体，他就会是她投身于无边无际的幸福海洋之门。无穷无尽的自由是她心灵之乐园。啊，他会向她打开广阔的区域，打开辽阔无垠的自我实现和永远欢快的空间。

她相信这一点，相信自己还爱着他。这爱是闪闪发亮的，完整无缺的，可以追溯到源头。眼前的事情看来都不成功，她就对自己说："啊，我以前是钟情于他的。"好像他一走，她生命中最鲜艳的花朵就枯萎了。

现在她又收到了他的信。最主要的感受就是痛苦，再也没有愉快和本能的高兴了。可是这遂了她的愿。她已决意把自己和他连在一起了。过去她梦幻中的兴奋被激起和唤醒了。他要来了，那个能用奇妙的嘴唇跨过空间把吻颤巍巍地送过来的男人要来了。他是回到她身边来吗？她不相信。

我亲爱的厄秀拉：

　　我回到英国了，住几个月又要出去，这次是去印度。我不知道你是否还记得我们在一起的日子。我还存着你的小照。从那时到现在你的样子一定变了，已经将近六年了。我已足足长了六岁——自从在考塞西认识你以后我经历了另一种生活。我不知道你想不想见我。下星期我要到德比，也会到诺丁汉，我们可以一起去喝茶。请你告诉我，好吗？我等着你的回音。

安东·斯克里宾斯基

这封信是厄秀拉从学院大厅的信件架上拿到的。她一边穿过大厅到卫生间一边拆开了信。周围的一切似乎都消失了，她站在空旷中。

到哪儿去才能独处一隅？她跑上楼，穿过一条幽静小道，进了参考书阅览室。她抓起一本书，坐下来，回味着这封信。心儿怦怦地跳，四肢在哆嗦。好像在梦中，她听到学院的一下钟声，很奇怪，接着又一声。下第一节课了。

她急忙抓起一本笔记本，写了起来。

亲爱的安东：

　　我还保存着那枚戒指。我很高兴再见到你。你可以来学院找我，或者我到城里的某个地方会你。请告诉我。

你的诚挚的朋友

她用颤抖的声音问图书馆员，能不能给她一个信封。馆员是她的朋友。她把信封好，写了收信人地址，帽子也没有戴，就跑出去寄了。信丢进了邮筒，周围成了一个无边无际，暗淡寂静的世界了。她信步走回学院，走回她那黎明的第一线曙光似的世界。

斯克里宾斯基是信寄出后第二个星期的一天下午来的。在这之前，她每天早晨一到学校就急忙跑到信件架去看，课间也去看。有几次，她遮遮掩掩，飞快地把斯克里宾斯基的信从显眼的地方抓下来，紧握在手里，快步走出大厅。她把信拿到植物学实验室去看，那儿有一个角落总是留给她的。

几封信之后，他就要来了。他约定的是星期五下午。厄秀拉对着显微镜兴奋地工作着，只能集中一半的注意力，却干得仔细又迅速。承物玻璃片上放的是当天从伦敦送来的一种特殊的东西，教授还为此大惊小怪，兴奋不已。她把目光集中在显微镜的视场，看到这像植物又像动物的东西模模糊糊地摆在无边的亮光下，同时，她正为几天以前与弗兰克斯通博士的谈话而烦恼。弗兰克斯通博士是学院里的一位物理学女博士。

"不，真的，"弗兰克斯通博士说，"我不明白为什么我们要把一些特殊的奥秘归因于生命。你知道吗？我们对生命的了解甚至还不如对电的了解。但这并不能成为我们说生命特殊的理由。说它是不同的种类，说它与宇宙中的其他任何事物都截然不同，你认为是这样吗？生命存在于复杂的物理活动和化学活动之中，是由我们在自然科学中已知活动的相同次序排列组成的，难道没有这种可能吗？我不明白，真的，为什么我们要想象生命有一种特殊的活动次序，而且只有生命……"

谈话是以一种不肯定、不明确、若有所思的口气结束的。但是，目的，目的是什么？电没有灵魂，光和热没有灵魂。她自己是非人的力量吗？还是像这其中的一个，是几种力的组合？厄秀拉一动不动地望着显微镜视场里的单细胞影子。它是活的。厄秀拉看见它动了，看见它纤毛活动的一点亮，看见它滑过光亮的视场时细胞核发出的微光。那么，什么是它的意愿？如果它是物理化学几种力的组合，是什么使这些力成为一体？又是为了什么目的要成为一体？

这些无数的物理化学的活动为什么要成节状模模糊糊地在她的显微镜下移动？使它们成节状并创造了她看到的这一物体的意愿是什么？它的意图又是什么？成为它自己？它的目的只是机械的、局限于它自身的吗？

它的目的是成为它自己。可什么是自己？在她的脑子里，世界突然以强烈的光线奇怪地闪烁着，就像显微镜下这个生物的细胞核。突然，她一下子进入了耀眼的知识之光。她不可能完全了解这是什么。她只是知道这不是有限的机械能量，也不是纯粹的自我保存、自作主张的目的。这是一个完美的结果，无限的形体。自我是基于无限的一体。成为自我是无限的一个至高的辉煌胜利。

厄秀拉坐在那儿出神地望着显微镜，心神不定。她的脑子没空，忙着想这个新世界。斯克里宾斯基在新世界等着她——他会等着她的。她现在还不能走，因为她的脑子正忙着。她很快就要走的。

一阵寂静攫住她，她好像要昏死过去。远处，走廊下，传来了五点钟的报时声。她要走了。可是她还坐着不动。

　　其他学生都把凳子往后一推，把显微镜收起来。一切都处于混乱之中。从窗子望出去，她看到学生们走下台阶，臂下夹着书本，一边走一边说话，都在说话。

　　非常想离开的念头一下占据了她的心。她也想一走了之。她惧怕物质世界，惧怕她自己的变形。她想跑去与斯克里宾斯基相会——那是新的生活，是现实。

　　她非常迅速地把玻璃片擦干净放好，忙忙碌碌，敏捷地收拾好她那块地方。她要跑去与斯克里宾斯基相会，快，快。她不知道将要见到的是什么样的人，但这将是一个新的开端，必须赶快。

　　她快步掠过走廊，一只手拿着刀片、笔记本和铅笔，手臂上搭着围裙。她昂着头，脸上显得热切、紧张。斯克里宾斯基可能不在那儿。

　　刚出走廊，她就看见了斯克里宾斯基，一眼就认出了他。但是，他又是那么陌生。他避免被人注意地站着。很奇怪，他会不好意思。厄秀拉吃了一惊，她认识的教养良好的年轻人可不是这样的。似乎他不愿别人看见他。他的穿着很体面，浑身凉飕飕的，像有一束冷若冰霜的阳光照在她身上，厄秀拉自己都不愿承认这一点。这就是他，打开新世界的钥匙，新世界之细胞核。

　　斯克里宾斯基看着她迅速穿过大厅——一个身着白色法兰绒衬衣和黑裙子的苗条姑娘，有点心不在焉的样子，露出一抹陌生的光彩。他一惊，又兴奋起来了。其他学生在大厅附近来来去去，斯克里宾斯基紧张不安。

　　厄秀拉笑着把手伸给他，一副迷惑的神情，他也看不出是什么意思。

　　一下子她又走了，去拿她出门的东西。过一会儿又来了。像她过去在中学时一样，他们到城里吃茶点。他们又去原来那个茶馆。

　　厄秀拉看得出他和过去有很大差别。密切的关系，过去的密切关系还在，但是他属于不同的世界，不同于她那一个。似乎他们俩都要求停战，就在这停战之时他们相会了。从最初的一刻，厄秀拉就模模糊糊地意识到，他们是敌对的双方，在停战之际走到一起来了。他的每个动作、每句话都与厄秀拉的本质不相容。

不过，她还是喜爱斯克里宾斯基脸上和身上细滑的肌肤。他棕色的皮肤晒得更深了，身体更壮实了，现在是个男子汉了。厄秀拉认为，是他的男子气使他变得陌生了。当他还是个小伙子，不大稳定的时候，他和她更亲密一些。厄秀拉认为，男人不可避免地要处于这种不可思议的独立状态，成为冷漠的另一个人。他在讲话，但不是对她讲。厄秀拉试图和他说话，却没法接近他。

看起来他那么稳重，有把握，表现得很自信。他是个真正的好骑手，具有骑师的稳妥劲儿和习惯性的果断明确，还有养马人的邪性儿。而他的灵魂不过是动摇不定，含含糊糊的。他好像是由一套习惯性的行为和决定组成的。男人脆弱、易变的感情中枢是难以接近的，厄秀拉对此一无所知。她只能感觉到他那动物欲望的阴暗沉重的稳定性。

是他那无声的欲望使他来找厄秀拉。斯克里宾斯基的稳定性刺痛了厄秀拉的心，她感到困惑又恐惧，心里凉了一大截，失望极了。他想怎么样？他的欲望隐藏得那么深。为什么他不自己承认？他想要什么？他想要的东西准是不可名状的。厄秀拉害怕地退缩了。

不过她还是兴奋得脸儿红红的。在他那阴暗隐秘的男性心灵中，他正跪在她面前，丑恶地把自己暴露无遗。阴郁的火苗燃遍全身，厄秀拉直哆嗦。斯克里宾斯基跪在脚下等待，那么无能，等着她的怜悯。她可以接受也可以拒绝。如果她拒绝了，斯克里宾斯基的心有一部分就要枯萎了。因为这对他是生死攸关的事。然而，这一切都必须隐藏得那么严密，什么也不能承认。

她说："你在英国打算待多久？"

"我还说不准——不过我认为，最多到七月份。"

然后，他们俩都不说话了。他在这儿，在英国，待六个月。他们在一起有六个月的时间。他等待着。又是同样的僵硬死板，似乎她又被钢制的世界缠住了。对这铁打的安排动以血肉之情是徒劳的。

她的想象力很快又调整到眼下的情况。

她问："你在印度有任务吗？"

"有，我只有六个月的假期。"

"你喜欢待在那儿吗？"

"我想是的。那儿有许多社交活动，还有许多事可干，打猎、打马球，而且，总能骑上一匹好马。还有许多工作，大量的工作。"

他总是改变话题，转移自己的注意力。厄秀拉可以很清楚地知道他在外面，在印度的情况：附加在一个古老的文明之上的统治阶级的一员，成了比他自己国家的文化更不熟悉的另一种文化的主人。这是他的选择。他又成了贵族，被授予权威和责任，下有一大群无助的平民。作为统治阶级的一员，他的整个生命将为完成和实施国家的计划而献出。而且，在印度将有真正的工作要做。那个国家需要他所代表的文明，需要道路和桥梁，需要启蒙，他也占其中一部分。他要去印度，可是，这又不是她厄秀拉的路。

厄秀拉还是爱他，爱他的身体，不管他做出一些什么决定。好像他想要她的一些什么东西，正在等着她的裁决。她很早以前就做出了决定，那还是在斯克里宾斯基第一次吻她的时候。纵然天荒地老，斯克里宾斯基仍是她的情人。即便厄秀拉的感情和精神受禁锢而且沉默了，意志力却从未松懈。他正在焦急地等待着，厄秀拉认可了他，因为他回到了她的身边。

斯克里宾斯基细腻光滑的脸上容光焕发，金灰色的眼睛里闪耀着亲切的光芒。烈火在他身上燃烧起来了，他变得那么庄严威武，犹如一只老虎。厄秀拉也受了他那热情洋溢的魅力的感染。她的感情和精神都被紧紧地封闭、藏匿起来了。她从这二者的羁绊中解脱出来，要好好地满足一下自己了。

她变得骄傲又挺拔，宛如一朵鲜花尽力开放。斯克里宾斯基的温情鼓舞了她。使她感到骄傲的是，斯克里宾斯基的俊美体型与其他人的相比更加醒目。这好像是对她的尊重，使她觉得，在斯克里宾斯基面前，她体现了人类之花的千姿百态。她不仅仅是厄秀拉·布朗温。她是女人，是人类次序排列中完整的女人。这是无所不在的、普遍的，为什么她要把自己围于个性之中？

她振奋了，不愿离开斯克里宾斯基了。在斯克里宾斯基身边她有自己的地位。谁能让她离开？

他们走出了咖啡馆。

"你有什么事情要去做吗？"他问，"我们能做些什么事？"

这是三月的一个有风的漆黑的夜晚。

她说："没什么事要做。"

这正是他想听到的回答。

"那么我们走一走。我们往哪儿走呢？"他问。

她胆怯地提议："我们到河边怎么样？"

一会儿他们就坐上了电车，到特伦特桥去。厄秀拉真高兴。丰水的河边，漆黑的夜晚，走在延伸向远处的河边草甸子上，一想起这个情景，她就狂喜。黑水沉默地流经广袤的不眠之夜，她就要失去控制了。

他们过了桥，往下走，离开灯光。一到黑暗中，斯克里宾斯基马上抓住她的手。他们默默地走着，两双能辨路的脚在黑暗中移动。城区在他们的左边隐去，那儿有奇怪的灯光和声音；风儿刮着树木，在桥下吹来吹去。他们紧紧挨着走，动作一致而且有力。怀着微妙、没有明言又感染力很强的感情，斯克里宾斯基把她拉得很近，似乎他们有一个在浓厚的夜色中适用的秘密协定。漆黑的夜晚就是他们的世界。

她说："就和从前一样。"

然而，这情形和从前一点儿也不像。尽管如此，他的心和她的完全合拍，他们想的是一个念头。

他终于说了一句："我知道我会回来的。"

厄秀拉心里一顿。

她问："你一直都爱我吗？"

这问题的直率镇住了他，他有一阵子缓不过劲儿来。眼前一片黑暗。

他说："我必须回到你身边。"他好像进入了催眠状态，"什么东西后面都有你。"

仿佛命中注定的，她胜利了，一言不发。

"我爱你，"她说，"一直都爱。"

黑暗的火焰在斯克里宾斯基的胸中蹿起。他要把自己交给她，一定要把自己最根本的交给她。他把厄秀拉揽得紧紧的，两人继续沉默地走着。

听到了什么声音，厄秀拉被吓了一大跳。他们走到了一个横过阴暗的草地的阶梯。

斯克里宾斯基轻柔地对她说："那是情人。"

她望了望，见两个黑影倚着栅栏，真怀疑黑暗是永远占据此地的。

他说："今晚只有情人才到这儿来。"

然后，他用低低的颤抖的声音给她讲起了非洲，那儿不可思议的黑暗和血腥的恐怖。

他说："我不害怕英国的黑暗。对我来说，它是那么温柔，那么自然，它是我的媒介，特别是你在旁边的时候。但是在非洲，它就显得粗陋，充满了恐惧——并不是害怕什么东西，就纯粹是害怕。呼吸一下，就好像闻到了血腥味儿。黑人们懂得它。他们崇拜它，真的，崇拜黑暗。身临其境的人几乎都要喜欢它——害怕也是一种感觉。"

厄秀拉对他又感到毛骨悚然了。他是一个黑暗中传来的声音。他一直在低声地向她讲述有关非洲的事，给她转述有关黑人的一些奇怪的刺激感官的事，他那不受约束的、温柔的激情可以把人裹缠得严严实实。他逐渐把自己血液中火热旺盛的黑暗成分传输给厄秀拉。他是个奇怪的秘密。整个世界都要被摧毁了。他那轻柔、哄骗、颤抖的调子使厄秀拉发狂。斯克里宾斯基想要她回答，要她理解。一个肿胀的塞满了旺盛生殖力的夜晚，物质的每一个分子都因增殖而胀大；一个暗中充满了急切的生殖欲望的夜晚，好像就要到了。她战战兢兢，紧张极了，几乎到了痛苦的地步。渐渐地，他不讲非洲了。他们在滔滔河水边的黑暗中行走，沉默不语。厄秀拉的四肢灌满了铅似的，绷得紧紧的。她觉得它们在不停地微微颤抖着。她差不多走不动了。黑暗的震颤是听不见的，只能感觉出来。

走着走着，突然，厄秀拉转向他，紧抱着他，好像就要变僵了。

她极度痛苦地喊："你爱我吗？"

"爱，"他的声音很奇特，像波浪拍打声，不像他自己的声音，"是的，我爱你。"

斯克里宾斯基似乎是在她之上的有生命的黑暗，而她就在强大的黑暗的怀抱中。斯克里宾斯基温柔地环抱着她，说不出的温柔，是命运的毫不放松的温柔，是不留情的生殖力的温柔。她哆哆嗦嗦，紧张得就像受到了攻击。可是他一直温柔地抱着她，无休无止，恰似包围着她的黑暗，似无所不在的夜晚。斯克里宾斯基吻了她，她则像被打垮被压碎似的哆嗦不停。她心灵中光亮的船儿摇晃了，破碎了，灯掉下来，还亮了一下，就一片漆黑了。她处于彻底的黑暗之中，没有意愿，只有接受的分儿。

斯克里宾斯基吻着她，温柔隔开了一切；她也圆满地回报了他，脑子已经完全空了。黑暗紧贴黑暗，她紧紧地靠在斯克里宾斯基身上，迫使自己接受他那一连串温柔的吻，把身子压下去，贴在吻的源头及中心上，用身体遮住、裹住吻的情欲旺盛的暖流。这股暖流移到了她身上，流遍全身，覆盖了她，流遍了身上的每一根神经，便汇成了一股黑暗的生殖力细流。她紧抱着斯克里宾斯基的身体，一直张着嘴承接他最深的源泉。

他们就这样站着，沉浸在黑暗的纯粹的吻中。吻战胜了他们俩，使他们就范，把他们编织成暗流中的一个情欲旺盛的细胞核。

这是巨大的幸福，是情欲的黑暗凝成的核心。一旦那条船摇摆破裂，意识之光就熄灭了，黑暗统治了一切，就得到了难以形容的满足。

他们站在那儿享受吻的乐趣，兴奋不已。一个人接受了吻，又没完没了地吻对方，一时还不会终止。脉搏在跳动，他们俩的血汇成了一股。

渐渐地，他们感到累了，情绪低落了，想打瞌睡了。而且由于犯困，又恢复了一点知觉。厄秀拉开始感觉到她周围的夜晚，旁边河水的拍打声和流动声，树木被一阵阵风吹得飒飒作响。

她还是跟他挨得很近，保持接触，可是已经越来越清醒了。而且她知道要去赶火车，却又不想与他的身体分离。

他们终于清醒过来向前走了，不再处于完全的黑暗中了。桥上灯光一片，河对岸闪烁着灯光，他们右前方的城区明晃晃的。

可是，他们的身体还是不可否认的黑暗柔软。在灯光照不到的地方走着。黑暗是傲慢的，至高无上的。

厄秀拉还沉浸在肉欲的盛气之中。"这愚蠢的灯光，"她心里想，"这愚蠢的、不自然的、夸张的城市，灯光贼亮。实际上它并不存在。它在无边的黑暗之中，像黑水面上一星五颜六色的油花。它是什么？什么也不是，什么也不是。"

在电车上，在火车上，她还是这么认为。灯光——城市的制服，是个鬼把戏，走着坐着的人不过是陈列的假人。在他们苍白呆板的假镇静和小市民的意图之下，她可以看得出他们都有那股暗流。他们就像一只只活动的小纸船。而实际上，每个人都是一个黑暗、盲目又急切的浪头，盲目地朝前涌，都带着同一种欲望。他们的谈话举止都是虚伪的，他们是衣冠禽兽。她想起了隐身人①，一团黑暗，穿上衣服才看得见。

以后的几个星期，她处在同样浓烈的黑暗之中，大睁着的眼睛闪闪发亮，像只野兽的眼睛，黑暗笼罩着的脸上一副奇异的半笑不笑的样子，似乎在嘲弄她身边芸芸众生的城市假面。

"脸色苍白的市民们，你们是什么东西？"她的面部表情好像在得意地说，"你们是披着人皮的野兽，是假冒成社会机构的原始黑暗。"

她一直处于下意识的感觉之中，嘲笑其他人的现有的不自然的白昼。

---

① 见威尔斯（1866—1946）的小说《隐身人》。

她一边以嘲弄轻蔑的眼光望着那些中性化了的呆板男人，一边暗自说："他们表现自我正如展现一套套服装，他们认为，当职员或当教授比当那些生存于潜在的黑暗之中的会繁殖的生物要好。你以为你是个什么东西？"课堂上，她在心里问着坐在对面的教授。"你穿着袍子戴着眼镜坐在那儿，你以为自己是什么？你是只偷偷摸摸的，嗜嗅血腥的动物，两眼在林莽的黑暗中凝视着，鼻子使劲儿地嗅着以满足欲望。这就是你，虽然没人会相信这一点，而你也是最不能允许这么说的。"

她在心里嘲笑着所有的这些装腔作势。她自己也在继续假装，穿上衣服，打扮漂亮，去听课，还记笔记。这一切都是出于做做样子，开个玩笑而已。对那些"二二得四"的把戏她清楚得很。她并不比他们笨。谈到计较，她在乎他们的知识啦学习啦或者市民的举止啦这些糊弄人的把戏吗？一点儿也不在乎。

她有斯克里宾斯基，有她黑暗的、生机勃勃的自我。在学院外面，另一个黑暗处，斯克里宾斯基正在等着她。夜幕降临之际，他就殷勤周到。他在乎吗？

犹如一只夜里粗声吼叫的豹子，她自由了。她的血液中流动着浓烈的深黑的细流，她有闪烁的生殖力内核，有配偶，有补充，有成果的分享者。因而，她一切都有了。

斯克里宾斯基一直住在诺丁汉。他也自由了。在这个城里，他不认识其他人，用不着保持一个众人面前的形象。他是自由的。他们涉足的电车、市场、剧院和在公共场所相会，对他来说是一个晃动着的万花筒。像一只狮子或老虎趴在笼子里，眯缝着眼看人们走过一样，他看着人们千变万化的不真实之事，或者是一只豹子趴着观望饲养员难以理解的技艺。他藐视这一切，这些都是不存在的。他们的好教授、好牧师、好政治演说家，他们诚挚的好女人，看见这些人，他都想在心里苦笑一下。那么多在做戏的木偶，都是木头和碎布在表演！

市民是社会的栋梁，是模范，他在观望他们，看见了僵硬的山羊腿。因为想做木偶动作，那些腿变得几乎像木头一般硬。他还看见裤子形成的木偶动作：那是两条男人的腿，可是却硬邦邦地变了形，非常丑陋，呆板机械。

现在，很奇怪，他喜欢独自行动，一个人总是咧着嘴笑。他再也用不着跟其他人一起表演戏法了。他发现了寻求自我的线索，从表演中逃了出来，犹如野兽直接逃进了林莽之中。他在一个安静的旅馆开了个房间，租了匹马，骑到乡下去，有时在个村子里过一夜，第二天再回来。

他自己觉得丰富充实。每做一件事都能给他满足肉欲的享受，不管是骑在马背上还是步行，躺在太阳底下或是在酒馆里喝酒。他不需要人群，不需要说话。每一件事他都能自得其乐，他极富情欲之感，对他拥有的夜晚怀着强烈的生殖之念。人们那些木偶的外形及木讷呆板的声音他都离得远远的。

他频频与厄秀拉相会。下午厄秀拉经常不去学校，而是和他一起去散步。要不就是他开辆汽车或赶辆单匹马车到乡村，然后下车走进树林子里。他还没占有她。怀着微妙、本能的吝惜心理，他们每一次亲吻、每一次拥抱和每一次亲密的接触获得愉悦之后，都下意识地认为该到最后一项了。这将是他们进入创造之源的最终一举。

厄秀拉把他带回家。他在贝多弗和她家人过了一个周末。厄秀拉喜欢有他在家。一进入她家的气氛之中，斯克里宾斯基就好像变得陌生了，大声欢笑，显露出平时见不到的魅力。她家的人都喜爱他，他和他们也跟一家人似的。他善意的嘲笑，他热情挑逗的模仿表演是布朗温家庭的乐趣和欢快。因为这所房子总是在黑暗中颤抖，他们一回家就戴上面具，躺着晒太阳或打瞌睡。

他们都感觉到了自由，也都感觉到黑暗的潜流。可是在这儿，在家里，厄秀拉讨厌这些。黑暗又成了她厌恶的了。而且她知道，如果他们了解她和斯克里宾斯基之间真正的关系，她父母，特别是她父亲，一定会气得发疯。所以，她很滑头，看起来只是一个有男人围着转的姑娘。而且她确实是跟其他的女孩子一样。然而，这个时候，在她的心里，对抗社会强求的情绪已至终极。

白天的每时每刻，她都在等待着斯克里宾斯基的下一次亲吻。她既羞愧又幸福地向自己承认了这一点。她简直是有意识地在等待着。斯克里宾斯基也在等待，却是不知不觉的，直至适当的时机到来。如果他要亲吻厄秀拉的时机到了，却受到妨碍，他就沮丧极了。他觉得自己的肉体成了灰色，昏昏沉沉地拖着一具行尸走肉，如果一直得不到满足，他就生存不下去。

终于，他给厄秀拉来了一次登峰造极的满足。又是一个漆黑有风的阴沉夜晚。他们走过了通往贝多弗的小路，往山谷走去。接完吻，他们都沉默不语。在一个峭壁的边缘，他们站住了，下面是黑沉沉的一片。

离开小路，走在黑暗中，漆黑的空间随风延伸。下面有车站闪烁的灯光，远处传来调轨的火车排气的响声，风声间听得见四轮马车微弱的丁零丁零声，对面小山坡贝多弗镇边的灯光在闪亮，右边沿着铁路炉火在发光，他们的步子开始跌跌跄跄的了。很快他们就要走出黑暗，走进灯光里了。这是走回头路，没达到目的。这两个摇摇摆摆，极不情愿的家伙，在黑暗的边缘徘徊，凝视着那边的灯光和机车发出的微光。他们不能回到那个世界，不能。

因而，徘徊了一阵，他们走到了小路边的一棵大橡树下。正是枝叶茂盛的大树被风吹得怒吼，树干的每一根纤维都在震颤，非常强大，不屈不挠。

他说："我们坐下吧。"

在树下呼呼作响的圈子里，几乎是伸手不见五指，但这强大的精灵接受了他们。他们躺了一会儿，望着对面黑暗中闪烁的灯光，看到一列火车头燃烧着的木块在黑暗的原野边一晃而过。

然后，他转过身来吻她，她也在等着。疼痛正是她想要的疼痛，痛苦的挣扎也正是她想要的。她被抓住，卷入了这个夜晚强有力的颤动中。这个男人，他是什么？是包围着她的黑暗强有力的颤动。一阵阴风刮过，她昏死过去了，到了非常遥远的极乐的原始黑暗之中，到了最初的永恒之中。她进入了永恒的黑暗之地。

她爬起来，感觉到了非常奇妙的自由和强壮。她不感到害臊——为什么要害臊？那个刚才跟她结合的男人就走在身边。她占有了这个男人，他们结合过了。他们去过何处，她不知道。可是，她就像接受了另一个天性。她属于那个永恒不变的他们一起跳入的地方。

她心里很踏实，也不在乎这不自然的灯光世界里有什么看法。他们走上铁路天桥的阶梯时，遇到了一些乘客。她觉得自己是属于另一个世界的，无所谓地走过他们身边，全然的黑暗把她与他们分开。走进家里亮着灯光的饭厅，对灯光和父母的眼光她都无动于衷。她平常的自我还没变。她只是有了另一个更坚强的懂得黑暗的自我。

这个奇妙的分离的力量存在于夜晚的骄傲及黑暗之中。这个力量永远不会抛弃她。她从来没有这么我行我素。任何一个人，甚至是世间的年轻人斯克里宾斯基，她都从来没有想到过会与她永恒的自我有什么关系。至于她临时的、社会的自我，就随它去吧。

她的整个心灵是与斯克里宾斯基维系在一起的——不是世间的年轻人斯克里宾斯基，而是那个与她分不开的男人。对自己她非常有把握，绝对强壮，比整个世界还要强。这个世界并不强大，她才强大。世界是在次要的意义上才存在，而她是在最高的意义上存在的。

她继续在大学就读，还和平时一样，只是这一切都成了她黑暗强大的地下生活的掩护。她自己和她的斯克里宾斯基的行为是那么强有力，她要在另一种生活中休息休息。上午她去学校上课，显得风华正茂又离群独处。

午饭她和斯克里宾斯基在他的旅馆吃，每天傍晚她都和他一起度过，在城里，在他的房间里或是在乡间。对家里她找了个借口，说要晚自习准备拿学位。然而她对学习一点儿也不放在心里。

他们俩都感到幸福，平静，没有疑问了。两人那圆满成功的行为使其他的一切都成了次要的，他们自由了。随着日子一天天过去，他们最需要的就是更多一些两人在一起的时间，想要全部的时间都成为他们自己的。

复活节假期快到了。他们商量好了一放假就走。还回不回来就无关紧要了。对现实情况他们都无所谓了。

斯克里宾斯基若有所思地说："我想我们该结婚了。"像现在这样就非常自由，而且处于更深一层的世界。他们的关系要是公之于众，就会与其他令斯克里宾斯基显得毫无价值的事物并列。而他目前是完全置身于这些事物之外的。如果结婚了，他就要表现出社会的自我。表现他的社会自我这个想法会使他马上变得缺乏自信、抽象。如果她在社会地位上是他的妻子，如果她是这死亡的现实中纷纭复杂关系的一部分，那么，斯克里宾斯基的地下生活与她有什么关系？一个人的合法妻子简直就是一个物质的象征。而现在，厄秀拉在他面前比传统生活中的任何事物都要生动逼真得多。对所有的传统生活她撒了弥天大谎。斯克里宾斯基也和她站在一起，黑暗，不固定，具有无限的能力，对整个包括他们在内的死亡的世界撒了个活生生的谎。

斯克里宾斯基望着她沉思、困惑的脸。

她双眉紧锁，说："我认为我不想和你结婚。"

这句话使他非常生气。

他问："为什么不想？"

她说："我们一起来考虑一下以后的事吧，怎么样？"

斯克里宾斯基气极了，不过还是强烈地爱着她。

他说："你长了一副动物的嘴脸。"

"是吗？"她大喊一声，脸儿像燃起一团火焰，闪闪发光。她以为已经逃脱了，斯克里宾斯基又杀了个回马枪，他还不满意。

他问："为什么？为什么你不想和我结婚？"

"我不想和其他人在一起，"她说，"我想就像这样。如果我想嫁给你了，会告诉你的。"

他说："好吧。"

他情愿把这事无限期地搁下来，那就是厄秀拉的责任了。

他们谈到复活节假期。厄秀拉只想着痛痛快快地享受一番。

他们到了皮卡迪利大街的一个旅馆。厄秀拉装作他的妻子。在一个贫困区的商店里他们花一先令买了个订婚戒指。

他们一起废除了平常人的世俗世界。自信使他们丧失了理智，着了魔。完全地、极度地自由了，毫无疑问，他们很骄傲，超越了世间的境况。

他们是完美无瑕的，因而其他的一切就不存在了。世界是奴仆的世界，客气地说可以不理会。不管到哪儿，他们都是感觉上的贵族，热情，欢快，带着纯粹的感官上的骄傲扫视周围。

这在其他人身上产生的效果是非凡的。这一对年轻夫妇的魅力迷住了所有他们接触过的人，侍者或偶然相识的人。

她会假装谦恭地回答她丈夫："是的，男爵先生。"[①]

所以他们就被看作是有贵族头衔的人。他是工兵部队的军官。他们刚结婚，马上要到印度去。

这样，就有一篇浪漫故事围绕着他们。她相信自己是个年轻的妻子，丈夫是有贵族头衔的，即将要到印度去。这个与社会有关的行为是一个有趣的假扮。生活中的真相是，他和她是独立的不受任何限制的男人和女人。

日子一天天地过得非常顺利。他们在一起有三个星期时间。这段时间，他们自己是真实的，而外界则看到了他们显示出来的一面。他们不大在乎钱，却也没有过分奢侈。当他发现在不到一星期的短短时间内就花了二十英镑，感到挺吃惊。不过这只是要到银行去的烦恼。旧体制不在了，旧体制的机构还为他维持着。这笔钱根本不存在。

旧的义务职责也不存在。他们从剧院回来，吃了晚饭，换下衣服，就穿着晨衣走来走去。他们在高层有一大间卧室加一个在拐角处的起居室，又安静又舒适。他们每天都在自己的房里进餐，一个叫汉斯的年轻德国人侍候他们。汉斯认为他们俩都极好，总是殷勤地回答他们：

---

① 此句原文为法语。

"好的，男爵先生。乐意效劳，男爵夫人。"①

他们经常能看到公园那一边黎明的晨曦。威斯敏斯特大教堂的尖塔浮现了，皮卡迪利大道的街灯环绕着公园的大树，暗淡下去了，变得飞蛾一般，清晨的车辆在树影下的街道上有节奏地行驶着。下面的街道在灯光的照耀下整个晚上都像块金属似的微微闪亮，在夜色中向前远远地延伸，现在好像在云雾中模模糊糊的了，因为有了晨光。

朝霞映红了天空。他们把玻璃门打开，走到令人眼花缭乱的阳台上，像两个极乐的天使似的得意洋洋，朝下望着静静的还在沉睡的世界。这个世界将要醒来，进入一种不真实的、讲义务的、吵吵嚷嚷又呆滞的骚乱中。

可是，外面的空气很冷。他们走进卧室，上床之前洗个澡，开着浴室的隔门，让蒸汽进入卧室，镜子变得模糊不清。厄秀拉总是先上床，看着还在洗澡的斯克里宾斯基，看着他自然而然的敏捷动作，以及照在他湿漉漉的肩膀上闪亮的灯光。他站在浴池外，湿发平贴在额头上，在擦干眼眶的水，他是个体形修长，匀称又笔挺的青年，没有一星赘肉。在厄秀拉的眼里，修长即完美。他身上棕色的毛又软又细，很可爱。站在白色的浴室里，他发红的身躯很美。

他看到厄秀拉兴奋，微暗，喜气洋洋的脸从枕头上朝他望——其实他并没有看见——那张脸总是在眼前，对他来说就像是自己的眼睛。他从来没有意识到厄秀拉的独立存在。厄秀拉就像他自己的眼睛，像他自己的心脏在跳动。

他朝着厄秀拉走去，去拿睡衣。走近她常常是激情的冒险。厄秀拉张开双臂搂住他，搂住他的下身，吸着鼻子，闻闻他温暖柔滑的皮肤。

她说："香味儿。"

他答道："香皂。"

"香皂，"她重复了一句，抬起明亮的双眼望着。他们俩都笑了，笑声常在。

---

① 此句原文为德文。

他们很快又酣睡了，紧紧地抱在一起，一同做着好梦，直睡到中午。醒来他们就到了不断变化的现实中。只有他们才处于现实的世界中。其他人都生活在低一层次的范围内。

想做什么他们就做了。他们会了多萝西，厄秀拉原来应该是她的客人。还见了斯克里宾斯基的朋友，几个牛津大学的年轻人。完全是为了方便，他们叫她斯克里宾斯基太太。确实，他们那么尊敬地对待她，使她开始认为自己真的是整个世界的女王，是新世界的也是旧世界的。她忘记了自己是在旧世界范围之外的。她认为这是自己的魅力带来的，真实的世界，因而就是她的。

在这不断变化着的现实中一个个星期过去了。他们各自对对方始终都是一个未知的世界。其中一人要进行的每一项活动对自己是现实，对另一个人就是冒险。他们不想要外界的刺激，很少到剧院去，而是经常在高居于皮卡迪利之上的起居室，两边的窗子都打开，通往阳台的门也开着，眺望绿色公园，或是看下面来来去去的车辆。

一次，正看着日落，她突然想走了。她一定要离开，一定要马上离开。两小时之后，他们在查林克罗斯乘火车去巴黎。巴黎是斯克里宾斯基提议的地方。厄秀拉不在乎到哪儿，出发就是最愉快的事。有几天她都陶醉在巴黎的新奇之中。

然后，有什么原因，她在回伦敦的途中一定要造访卢昂。斯克里宾斯基本能地不相信她想去这个地方。可是，她任性地要去。好像她要试一试那儿会对她产生什么影响。

在卢昂，斯克里宾斯基第一次尝到了死亡的冰冷感觉，这不是因为害怕其他的男人，而是怕她。厄秀拉似乎要离开他了。她追随的不是斯克里宾斯基而是其他的事物。她并不想要他。古老的街道，教堂，城市的岁月和极为宁静的环境把厄秀拉从他身边拉开了。似乎这些是她已经忘却而想要的，她把注意力转向这个城市。现在，这就是现实：这座高大的石砌的教堂在沉睡着，里面正做着弥撒，它既不知时间倏忽，也听不见任何否定。它的稳定与绝对使它显得十分庄严。

她的心开始独自驰骋了。斯克里宾斯基没有意识到这一点，她自己也没意识到。不过，在卢昂，他第一次受到了极度痛苦的煎熬，第一次有了死亡的感觉，他们正是朝着死亡迈进。厄秀拉第一次感觉到强烈的渴望，非常沉重，毫无希望的预兆，简直就是深深陷入了冷漠和绝望之中。

他们回到了伦敦，可是只剩下两天时间了。斯克里宾斯基开始焦虑，担忧她的离去。厄秀拉心里有某种命中注定的预兆，很平静。该怎么样就怎么样吧。

不管怎样，斯克里宾斯基保持着从容自在，还是他那富于魅力的样子。星期天晚上，直到厄秀拉走了，他才转身离开圣潘克拉斯，坐上了开往平里科的电车去安吉尔，到莫尔盖特街。

接着，寒冷的恐怖逐渐渗透了他。他看到都市路况的恐怖，感觉到了他乘坐的电车上令人厌恶的肮脏。寒冷、僵硬、灰白的贫瘠把他包围住了。那么，哪儿是光明美好的世界？按理说他应该属于美好的世界。他怎么会被抛到这个垃圾堆上？

他好像要发疯了。砖楼、电车和街上灰蒙蒙的人群使他感到恐怖，感到天旋地转，什么也看不见，犹如喝醉了酒。他要疯了。他曾经和厄秀拉生活在一个封闭、充满活力、激动人心的世界，一切都富有生命力地跳动着。现在，他发现自己正在僵化的，灰干冰冷的世界里拼命挣扎，在几堵死墙之间及呆板的车辆，移动着的鬼怪一般的人群中挣扎。生命之火熄灭了，只剩下灰烬在移动，扬起或呆立着，一阵可怕的咔哒咔哒的活动，倒干炉渣的嘎啦声，寒冷又无生命。仿佛照射下来的阳光都是不自然的光线，把城里的灰尘都暴露出来了；仿佛夜里的灯光是腐烂的不祥之光。

气得要发狂，他走到自己的俱乐部，坐下来喝一杯威士忌，一动不动，变成了泥塑。他觉得自己是行尸走肉，只能像其他鬼魅一样出现，在我们这死亡的语言里管这些没有生命的东西叫人们。厄秀拉不在对他来说比痛苦还难受，毁了他的生命。

他毫无知觉地从午饭时间一直挨到下午吃茶点，脸上一直僵硬不变，没有血色。他的生命成了枯燥呆板的活动。然而他自己还弄不明白这压倒了他的极度痛苦。他怎么会那么潦倒，心如死灰？他给厄秀拉写了一封信。

"我一直在想我们必须在短期内结婚。我到印度之后，薪水就会更多一些，够我们用的了。要是你不想去印度，我很可能留在英国。不过我认为你会喜欢印度的。你可以骑马，还可以结识那儿的每一个人。也许你要留下来拿学位，我们可以在你拿到学位后马上结婚。一收到你的回信我会马上给你父亲写信……"

他一直写下去，替她安排好。要是能和她在一起就好了！现在他所想的都是要娶她，把握住她。然而他始终是一点儿希望也没有，心冷如灰，没有激情，没有关联。

生命仿佛已经完结，心灵也枯竭了。整个人完全枯萎了。他是个鬼怪，被生活抛弃了。他没有丰满的形体，只是扁平的一块。疯狂与日俱增，没有生命的恐惧攫住了他。

他去这儿，去那儿，到处走。可是不管做什么，他都很清楚，只有一个他的符号在那儿，里面什么也没有。去剧院，他听到看到的落在了意识的冰冷表层，现在他就只有这个冰冷表层了，下面什么也没有。他什么也没有体验到。除了机械地把所见所闻记录下来，什么也没有。他没有生命，没有内在的东西，也没有人与他接触。人们只不过是一些已知数量的排列。现在他身处的这个世界没有丰满浑圆的形体，一切都是一个死板的人为安排的形状，没有生命，没有形体。

很多时间他都是和朋友们、同仁们在一起。这样他就忘掉了一切。他们的活动弥补了他的空虚感，他们挤掉了他消极的恐惧。

只有喝酒的时候，他才高兴。一喝就喝很多。于是，他就成了完全不同的另一个人，成了一朵温暖、弥漫、发光的云，在弥漫着温暖气息的空中世界遨游。他是一个扩散无形，包容一切的人。一切都融为一片玫瑰色的光，他就是那片光，所有的一切都是、其他人也都是那片光。那红光非常非常好看，他要歌唱，真好。

厄秀拉回到贝多弗就坚决闭门不出。她爱斯克里宾斯基这一点是坚定的，不允许有其他的想法。

她看了斯克里宾斯基长长的、感情缠绵的关于结婚和到印度去的信，没有任何特殊的反应。看来她不理睬他说的关于结婚的事，这没有打动她。他的信大部分似乎都没有什么意思。

她愉快从容地给他回信。她很少写长信。

　　印度听起来挺可爱的。我几乎可以看到自己骑在大象背上，一摇一摆地走在满是谄媚模样的当地人中。可我不知道父亲会不会让我去。我们还得再考虑考虑。

　　我们在一起度过的美好时光我重温了一遍。可是我认为你在最后几天不那么喜欢我了，是不是？我们离开巴黎时你就不喜欢我了。为什么你不喜欢我？

　　我非常爱你。爱你的身体。它是那么光洁漂亮。我很高兴你没有裸体走出去，不然所有的女人都会爱上你的。我很羡慕你的身体，非常爱它。

斯克里宾斯基对这封信多少有点儿满意了。但是，日复一日，他还是没感觉没心思地到处走。

直到四月底，他才能再到诺丁汉去。接着，他说服了厄秀拉和他一起去一个住在牛津附近的朋友家度周末。这时他们已经订婚了。他写了一封信给厄秀拉的父亲，事情就定下来了。他给厄秀拉买了一枚绿宝石戒指，厄秀拉很得意。

厄秀拉家里的人现在与她有了一点距离，好像她已经离开他们了。他们经常撇下她一个人。

她和斯克里宾斯基一起到牛津附近的乡村小舍住了三天。过得很有趣，她高兴极了。但是，她记得最清楚的就是：斯克里宾斯基和她度过的一个夜晚，早上爬起来轻轻地走回他的房间。这时，她发现自己独处非常丰富充实，尽情享受自己一个人的房间。她把遮帘拉上去，看见下面花园里有几棵李子树，蓝天下盛开着一片雪白耀眼的花朵，阳光一照多么欢快。蓝蓝的天空下开放着一片雪白的花朵！这幅图景使她兴奋不已。

在有人来跟她说话以前，她赶快穿好衣服到花园的李子树下散步。她悄悄地走出来，像个女王，在这仙境般的乐园里慢慢地走。从树下往上望，繁花就是蓝天上一团团银白的云。一股淡淡的香气，一阵蜜蜂轻微的嗡嗡声，一个愉快早晨的美妙感受。

听到开早饭的钟声，她走进房里。

其他的人问："你到哪儿去了？"

她说："我到李子树下去了，"脸儿像一朵花容光焕发。"真是太可爱了。"

愤怒的阴影掠过斯克里宾斯基的脑海：她不想要他去那儿。斯克里宾斯基压了压火气。

晚上，月亮出来了，一树树花儿幽灵似的反射着月光。他们一起去看花儿。斯克里宾斯基在旁边等候时，她看到他脸上的月光，银白的面部轮廓，阴影下的眼睛深不可测。她爱斯克里宾斯基。他很宁静。

他们回到屋子里。厄秀拉装作累了，所以她很快就去睡了。

应该和斯克里宾斯基道晚安吻别时，她悄声说："快来，别太久了。"

他热切着迷地等着能够去她房里的时间到来。

厄秀拉欣赏着他，尽情地享受其中的乐趣。她爱把手指放在斯克里宾斯基两肋柔滑的皮肤上；或者，当他把肌肉绷紧，就放在他背后柔软的部位。他骑马把肌肉练得很结实。厄秀拉感到一阵兴奋，激情荡漾，因为斯克里宾斯基那硬邦邦不敏感的身体在她手指的触摸下是那么柔软光滑，绝对听从她的旨意。

她占有了他的身体，并以一个拥有者的喜悦漫不经心地来欣赏它。可是斯克里宾斯基逐渐变得害怕厄秀拉的身体了。他想要她，没完没了地想要她。然而，在他的欲望中有了一种紧张，一种拘束感，妨碍了他去享受美妙的亲近和没完没了的紧紧拥抱。他害怕，心里总是紧张困窘。

厄秀拉的毕业考试在仲夏。虽然前几个月她都把功课给荒疏了，她坚持要坐下来准备应考。斯克里宾斯基也想要她钻进去准备拿学位。他想，那时厄秀拉就该满意了。暗地里，他希望她不及格，这样，她就会更高兴和他在一起。

他问厄秀拉："我们结婚后你喜欢住在印度还是在英国？"

她说："呵，最好在印度。"她漫不经心，不加考虑的样子令斯克里宾斯基恼火。

有一次她激昂地说：

"我将很高兴离开英国。一切都是那么贫乏，那么没价值，那么不高尚——我恨民主。"

听到她这么说，斯克里宾斯基很生气，不知道这是为什么。不知怎么地，厄秀拉在攻击一些事情时，他就忍不住，好像厄秀拉在攻击他。

"你这是什么意思？"他带着敌意问，"为什么你要恨民主？"

她说："在一个民主国家，只有那些贪婪邪恶的人才能爬到上层，因为只有他们才自己把自己推上那个地位。只有退化的民族才是民主的。"

"那你想要什么？想要贵族统治？"他问，暗自有点动心了。他总是认为，按理说，他是属于统治的贵族阶级的。然而，听到厄秀拉为他的阶级说话，他感到难以理解而又得到痛苦的满足。他认为，这是默认了不合法的东西，为了自己就利用一些错误的应受指责的观点。

"我是想要一个贵族统治的国家，"她大声说，"而且我还更愿意要一个贵族出身的人，而不是有钱的贵人。现在谁是贵族，谁是被选出来的最适合统治的人？那些有钱的和会赚钱的人。他们还拥有什么无关紧要，可他们一定要有会赚钱的头脑，因为他们是以金钱的名义来统治的。"

他说："政府是人民选出来的。"

"我知道是他们选出来的。不过这些人民是谁？他们每一个人都是金钱爱好者。我讨厌这一点，任何一个和我平等的人手里的钱都和我的一样多。我知道我比他们所有的人都要强。我恨他们。他们不是我的对手。我恨基于金钱的平等。这是肮脏的平等。"

厄秀拉两眼冒火地望着他，好像要消灭他。厄秀拉控制了他，又试图在打垮他。他也对厄秀拉动了怒，至少他要为自己的存在而与她斗一斗。盲目又强烈的反抗情绪攫住了他。

"我不在乎钱，"他说，"对这些事我也不想染指，我还怕弄脏手。"

"你的手与我无关！"她激愤地大声说，"你的手可真讲究，而你要去印度是因为你将在那儿成为一名要人！这不过是个借口，去印度。"

他大声说："怎么是借口？"又气又怕，脸都白了。

她说："你认为印度人比我们简单，所以你喜欢和他们在一起，当凌驾于他们之上的老爷。而且你还会觉得那么正当，为了他们的利益去统治他们。你是谁，还觉得这是正义的？你的正义是什么，是你的统治？你的统治臭极了。你为什么要统治，就是为了要把那里的事情弄得和这里的一样死气沉沉，一样卑鄙！"

他说："我一点儿也没觉得这是正义的。"

"那么，你觉得怎么样？你觉得什么不觉得什么都没有任何意义。"

"你自己怎么觉得？"他问，"你自己的心里不觉得你是正义的吗？"

她大声说："是的，我是正义的，因为我反对你，反对你的陈旧僵死的东西。"

最后的几个字她好像是以不容置疑的认识说出来的，用以击倒一直在斯克里宾斯基手中飘扬的旗帜。斯克里宾斯基觉得被齐膝砍倒了，身体成了无用的东西。一阵可怕的生病的感觉控制了他，仿佛他的腿真被砍了下来，动不了了，剩下一截残缺的躯干，要依赖他人，没有用了。无依无靠的感觉真可怕，似乎他只是一个没有生命的躯体，他要发狂了。

现在，甚至是和厄秀拉在一起，他也感觉到了自己的死亡。如一具行尸走肉，个人的生活荡然全无。在这种状态下，他听不见看不到也感觉不出，只有他的生命还在机械地延续。

他恨厄秀拉，恨到了目前这种状态的极点。他的狡黠启发他想起许多使厄秀拉尊重他的方法，因为厄秀拉并不尊重他。于是，离开了厄秀拉，他也不给她写信。他还与其他女人调情，向戈珍献殷勤。

最后这一招使厄秀拉非常生气。她还是非常强烈地爱慕斯克里宾斯基的身体。在极度气愤中，她责备斯克里宾斯基不够男子气，一个女人尚且满足不了，还要去附在别的女人周围。

他问厄秀拉："我满足不了你吗？"又是气得脸色发白。

"对，"厄秀拉说，"从刚到伦敦那几个星期，你就没有满足过我。现在我一直没得到满足。这对我意味着什么，你要我——"

她耸起肩膀掉开脸，做出一副冷漠不屑的样子。斯克里宾斯基真想杀了她。

当她激得斯克里宾斯基狂怒的时候，当她看见斯克里宾斯基的眼里痛苦得阴沉沉的时候，巨大的痛苦征服了她的心，那是巨大的不可抑制的痛苦。她又爱斯克里宾斯基了。因为，哦，她想爱他。她渴望能爱他，这比生生死死更强烈。

斯克里宾斯基被伤害得非常愤怒，他的自得被打破，平常的自我破灭了，只剩下一个残留的、被剥光了外衣的原始人，被折磨得要发狂。每当这种时候，厄秀拉要爱他的热情就变成了爱。她又占有了斯克里宾斯基。两人怀着不可压抑的情欲到了一起。他知道他满足了厄秀拉。

然而这一切都包含着不断发展的死亡因素。每一次接触之后，厄秀拉对他的欲望都更强烈，也更渴望从他那儿得到新的满足。因此，厄秀拉的爱就更没有希望了。每一次接触之后，斯克里宾斯基对她的狂热依恋就加深；他要坚强地站起来，把厄秀拉掌握在自己手中的愿望就减弱。他觉得自己只是厄秀拉的附属物。

降临节到了，就在厄秀拉考试之前，她要休息几天。多萝西继承了遗产，在索塞克斯有一幢小屋。她邀请他们去住几天。

他们到了多萝西那坐落在高原边的整洁低矮的小屋。在这儿，他们想干什么就干什么。厄秀拉非常想爬到这一带丘陵的最高处。白色的小路盘旋而上直到圆形的顶端。她一定要去走走。

在那上面，她可以看到几英里之外的英吉利海峡。海面升高了，和天空连成一片，闪烁着微光。远处凸起的一个小黑点是怀特岛。泰晤士河明晃晃地蜿蜒穿过组成图案的平原流向大海。阿兰特城堡模模糊糊的一大块。再就是延绵一片平坦的高原，成了天空底下一片又高又平的土地，只承认天空喷射着日光的巨大威力，仅受到一些灌木丛插入它们庞大的不衰退的身体与天空多变的身体的交流。

在脚下，她看到村庄和树林，有一列火车在勇往直前。这勇敢的小东西装载着世界上的重要物质穿过牧草地进入高原地带的峡谷口，车头飘出了白色的蒸汽，但是一直都那么小，那么小，它的勇气却推动着它从大地的这一头走到那一头，直到走遍天涯海角。而高原则淡漠极了，摊开四肢和身体承接太阳，金黄色的皮肤吸入阳光、海风和海边吹来的积雨云，极为平静，不动声色。高原不是更精彩吗？火车小模小样地冒着烟穿过一块块平地驶向迷蒙的大海，走得那么快那么有劲儿。厄秀拉为它的盲目、可怜的勇气和旺盛的精力而落泪。它往哪儿去？它哪儿也不去，只是不停地走。没有目标没有目的，那么盲目然而又那么急促！她坐在一处古老的史前的土方工程上哭了起来，泪流满面。火车盲目又讨厌地穿过了大地。她脸对高原趴着。高原那么强大，只顾与永恒的天空交媾。厄秀拉也希望能成为天空下一座结实平滑的土丘，胸脯和四肢朝着风儿、云彩和强烈的阳光裸露。

可是，她必定还要爬起来，从这洒满阳光的立足点往下看，遥望远处成图案的平坦的土地，土地上的村庄、烟雾及其活力。看上去，那列奔驰而去的火车目光那么短浅，村庄渺小得惊人，村子里的活动更是微不足道。

斯克里宾斯基茫然地走来走去，不知道他在哪儿，他在和厄秀拉干什么。厄秀拉的激情好像全都在高原上迷失了，要往下走的时候，她就情绪低沉了。在高原上她又活跃又自由。

在房子里，她再也不愿爱斯克里宾斯基了。她说她恨房子，特别恨床，很讨厌斯克里宾斯基上她的床。

她要上高原过夜，斯克里宾斯基和她一起去。时值仲夏，日子特别长。十点半左右，黑中带蓝的夜幕终于降临了。他们俩拿起毛毡，顺着陡峭的山路爬上顶峰。

在上面，星星显得特别大，下面的土地没入黑暗中了。在上面，和星星在一起，厄秀拉自由了。远处，他们看见一片黄色的微弱灯光，那是非常远的地方，在海上或还在陆地。和星星在一起她就无拘无束了。

她把衣服全脱掉，让斯克里宾斯基也脱掉他的。没有月光，他们在平坦的草地上跑，跑出去很远，离他们放衣服的地方有一英里多。他们全身赤裸，在黑暗中，在轻柔的风中跑，和高原一样赤裸。厄秀拉的头发吹得松散，披在肩上。她跑得飞快，跑去露池以前她穿上了凉鞋。

圆形的露池里，星星很平静。她慢慢地摸下水，用手去抓星星。

突然，她惊退了，迅速跑开。斯克里宾斯基在她身边，然而只是勉强被容许在那儿。斯克里宾斯基是她害怕时的掩蔽物，为她效劳。厄秀拉抓住他，拥抱他，紧紧地抓牢他。不过，她睁大眼睛望着星星，仿佛是星星而不是斯克里宾斯基和她躺在一起，是星星进入了她黑暗无底的子宫内，终于了解了她。

黎明来了。他们一起站在高处——那是石器时代人的土方工程，一起观望着黎明之光。光照到了大地上，大地却还是一片黑暗。厄秀拉望着天空一条发白的边缘，远远地映衬着黑暗的大地。黑暗变淡呈蓝了。身后，从海边刮来了一阵微风。风儿似乎要跑到黎明的缝隙中。站在黑暗前哨的他们俩，在等待着黎明。

光线越来越强烈，冲着深蓝色的半透明夜空喷薄而出。天越来越亮，接着，在光线射出之处出现了一抹红霞。玫瑰色的云霞变黄了，发白了，又成了一种新的黄色，颤动着，浮现在天边的光源之上。

玫瑰色在徘徊颤动着，燃烧起来了，成了一片火红色，倏忽即逝，黄色从越来越亮的光源大片地涌上来，黄色的波浪盖满了天空，把浪花洒向黑暗。黑夜越来越蓝，越来越淡，发白了。很快也要变得光辉明亮。

太阳出来了。融成一团的光亮在强有力地震颤，令人吃惊地滑动，接着，那一团光源涌上来，展示自己。太阳升上高空了，强烈得不能直视。

高原下的大地还在睡着，那么平静。只有不时传来的雄鸡报晓声。要不然，从远处的黄色丘陵到高原脚下的松树，一切都被刚才的金黄色洪水冲洗塑造成了新的面貌。

金黄色阳光照耀着清晰的大地，说不出的宁静，极有希望。厄秀拉的心灵在震颤，在哭泣。突然，斯克里宾斯基督了她一眼。她泪流满面，嘴巴在奇怪地牵动着。

他说："你怎么了？"

她极力忍住抽泣，过了一会儿，一边说："景色真美，"一边望着光辉灿烂的大地。大地那么动人，那么完美，那么纯洁。

盲目、肮脏、狂热的活动，都是徒劳无益的。冒着污秽的浓烟，奔驰的火车，在地壳底下摸索，全都徒劳无益。他感到极不愉快。

他望望厄秀拉。厄秀拉的脸上泪痕未干，非常明亮，像灿烂的阳光下一个理想化的形象。他的手也不配去擦干那些灼热晶莹的泪珠。苦于无能为力，他站到了一边。

巨大的孤立无援的悲哀渐渐涌上他的心头。然而，他还在努力驱散哀愁，又要为自己的生命而奋力挣扎了。他变得非常安静，全然不知身边的事，一如既往，在等着厄秀拉对他的裁决。

他们回到诺丁汉，厄秀拉考试的时间到了，她必须到伦敦去。不过她不愿意和斯克里宾斯基住在一个旅馆，她要住在不列颠博物馆附近的一个安静的小膳宿公寓。

伦敦那些清静的住宅区给她留下了相当好的印象，那儿的环境无可挑剔。厄秀拉的头脑似乎都要被禁锢在那儿的宁静之中了。谁会来解放她？

一天傍晚，她的实习考试结束了。斯克里宾斯基来和她一起去泰晤士河边里奇蒙附近的一家饭店吃晚饭。暮色金黄美丽，河水是黄的，加上白色和猩红色条纹的小艇遮篷，树下的阴影呈蓝色。

"我们什么时候结婚？"他平静、简短地问厄秀拉，仿佛这是个轻松的问题。

厄秀拉望着河里来来去去的游船，斯克里宾斯基望着她那副金黄、困惑的脸庞，这件事成了堵在斯克里宾斯基嗓儿的一个结。

她说："我不知道。"

又着急又伤心，他一下被卡住了喉咙。

他问："你怎么不知道？你不想结婚了？"

厄秀拉的头慢慢转了过来，脸上一副困惑的神情，犹如一张男孩的脸。因为她正努力去思考，没有表情地望着斯克里宾斯基的脸。因为正出神，她并没有看见他，还不知道该说些什么。

她说："我认为我不想结婚。"那双天真、忧虑、困惑的眼睛望了一会儿他的眼睛，然后又移开了，出神地望着别处。

他问："你的意思是永远不结还是暂时不结？"

斯克里宾斯基嗓子里的结更硬了，脸拉得长长的，好像被扼住了脖子。

她说："我是说永远不结。"这句话是由某个遥远的自我说出来的，这一次她也无法理解。

他那张拉长的被窒息的脸茫然地望了她一会儿，然后，嗓子发出了一声奇怪的声音。厄秀拉吓了一跳，醒悟过来了，也给吓坏了，看着他。他的头古怪地动着，下巴往里牵动贴着脖子，那怪异的像鸡叫又似打呃的声音又响了。他的脸好像精神病人那样扭曲着。他在哭泣，哭得那么昏乱那么伤心，好像失去了控制。

厄秀拉大声说："托尼①，别这样。"她吓坏了。

看到他这样，厄秀拉的每一根神经都要撕裂了。他摸摸索索地从椅子上站起来。但是，他还是控制不住地哭着，不出声地哭着，脸扭曲得像一张面具，变了形，泪水在脸上令人吃惊地流出了几道槽。什么也看不见——他的脸一直是这副可怕的面具。他摸到帽子，摸索着走出平台。这时是八点钟，但是天还很亮。其他人都盯着他看。非常激动不安又有点儿气恼，厄秀拉留下来，付了侍者一枚半英镑金币，拿了她的黄绸上衣，这才去跟着斯克里宾斯基。

她看见斯克里宾斯基迈着踉跄的步子沿着河边的路走去。从他的体态未曾有过的僵硬脆弱的样子，厄秀拉看得出他还在哭。在后面紧赶几步又跑了几步，厄秀拉抓住了他的胳膊。

"托尼，"她大声喊，"别这样！你为什么要这样？你这么做干吗？别这样，没有必要。"

他听到了，男子汉的尊严受到了冷酷无情的损伤。没有用，他还控制不住，还在猛烈地抽噎着，胸脯一吸一顿，仿佛是自动的。他的意志和理智都不管用，就是停不下来。

厄秀拉挽着他的手臂走，沉默不语，心中交织着气恼、茫然和痛苦。他迈着盲人那样一脚高一脚低的步子，因为头脑已经哭得麻木了。

厄秀拉说："我们回家吧，叫辆出租车好吗？"

---

① 托尼为安东及安东尼的昵称。

他根本无法注意厄秀拉说了些什么。厄秀拉慌慌张张又焦虑不安，向一辆慢慢开来的出租汽车做了个不大明确的手势。司机伸手致意开过来了。厄秀拉打开车门，把斯克里宾斯基推进去，然后自己也进去坐下。她脸儿扬得高高的，紧闭着嘴，看上去既冷漠无情又羞愧。司机那张黑里透红的脸转向她时，她皱了皱眉头。那是一张动物的血气旺盛的脸，眉毛漆黑，还有一抹浓密的剪得短短的胡髭。

"小姐，到哪儿？"他一说话就露出一口白牙。

厄秀拉又慌了。

她说："拉特兰广场，四十号。"

司机碰碰帽子，不动声色地开动了车子。他好像与厄秀拉串通一气不理斯克里宾斯基。

斯克里宾斯基就像陷入圈套似的坐在车子里，脸上还在抽动，偶尔轻轻动一下头，摇掉泪珠，手却一直没动。厄秀拉不忍心看他，昂着头，脸朝窗外。

终于，厄秀拉恢复了自制力，又转向了他。他已经安静多了，脸还是湿的，不时抽动一下，手还是一动不动地摊着。不过，他的眼里已经挺平静了，犹如雨后的天空，目光暗淡，很呆滞，鬼一般。

小腹一阵疼痛，厄秀拉为他感到痛苦。

她说："我没想到会伤害你，"一边把手轻轻地试探着放在他胳膊上。"那些话我还不知道就说出来了，没什么意思，真的。"

他听着，还是一动不动，苍白无力，全没了感觉。厄秀拉等待着，望望他，似乎他是什么奇异的，不可理解的尤物。

"托尼，你不要再哭了，好吗？"

一听到这句问话，斯克里宾斯基的心里涌起一股苦涩，是厄秀拉羞辱了他。厄秀拉注意到他的胡髭被泪水打湿了，拿出自己的手帕去揩他的脸。司机厚重、木呆呆的背脊一直朝着他们，似乎意识到了却无动于衷。斯克里宾斯基一动不动地坐着，厄秀拉温柔小心地擦着他的脸，但还是不如他自己擦那么顺手。

她的手帕太小了，很快就湿透了。厄秀拉伸手到他的口袋掏他自己的。这下够大了，她仔细地擦干他的脸。斯克里宾斯基一直没动。接着，厄秀拉把他的脸扳到面前吻了他。他的脸冰凉。厄秀拉的心被刺痛了。她看到斯克里宾斯基的眼里很快又涌出了泪水。厄秀拉又擦干了他的眼泪，仿佛他是个孩子。不过，这时厄秀拉自己也快要哭了，紧咬着下唇。

害怕自己也流泪，厄秀拉坐着不动，紧挨着他，热情地握着他的手，以表示爱。车子向前开着，仲夏温柔的夜色越来越浓了。很长一段时间他们都坐着不动，只有厄秀拉的手不时把他的手握得更紧，以示亲爱，过一会儿又逐渐松开了。

夜幕降临了，看得见一两盏灯。司机停下来打开车灯。斯克里宾斯基第一次动了，探身去看司机。他的脸总是同样的平静清晰，几乎就是孩子的神情，不受情感影响。

他们看见司机饱满的黑脸庞凝神向着前面的灯光，厄秀拉全身战栗。这简直就是一张野兽的脸，而且是一只已经知道他们的，敏捷强壮又小心翼翼的野兽，几乎就是处在它的威慑之下。她靠斯克里宾斯基靠得更紧了。

车子又全速开着，厄秀拉对他说："我亲爱的？"口气不大肯定。

斯克里宾斯基不动也没出声。他让厄秀拉握住他的手，让她靠上来，在黑暗中吻他平静的脸颊。哭声没有了，他不会再哭了。他又完全恢复了常态。

厄秀拉又重复了一遍："我亲爱的，"想引起他的注意，然而目前还不可能。

他望了望路上，他们的车正好路过肯星顿花园。他的嘴唇第一次启动了。

他问："我们下车走进公园，好吗？"

"好的，"厄秀拉平静地说，不知道将会发生什么事。

过了一会儿他示意了一下。厄秀拉看见结实强壮，沉默寡言的司机偏了偏头。

"在海德公园角停车。"

那颗黑暗的头点一点，车子照样往前开。

一会儿，车子停下来了，斯克里宾斯基付了车费。厄秀拉站在后面，她看见司机拿到小费时行了个礼，接着，在开动车子之前，他转过头望望她，一副迅捷有力，动物似的表情，两眼全神贯注，眼白闪亮。然后，他开着车走了，钻进了车流。他放开了她。厄秀拉刚才感到害怕。

斯克里宾斯基和她一起转身进了公园。一支乐队还在演奏着，到处挤满了人。他们听了听已近尾声的音乐，然后走到旁边黑暗中的一个座位，紧挨着坐下，手拉着手。

终于，厄秀拉打破了沉默，纳闷地问他："什么使你那么伤心？"

此刻，她确实不知道。

"你说永远不想和我结婚，"他的回答带着孩子气的直率。

她说："但是，为什么这就使你伤心成这样？你用不着对我说的每一件事都那么认真。"

"我不知道，我并不想这样。"他低声下气地说，不好意思了。

厄秀拉温情地紧握着他的手。他们紧挨着坐，看着士兵们跟他们的心上人一一走过，在公园边上的大道那边，微弱的灯光数不清。

厄秀拉也谦卑地说："我不知道你这么计较。"

"我没有计较，"他说，"我自己受不了了。不过，我最担心的是——"

他的声音那么平静，不带感情色彩。厄秀拉心里感到害怕。

"我亲爱的！"厄秀拉说着又向他靠近。但她不是出于爱而说的，是出于害怕。

"我最担心的——其他的都无所谓，生也好死也好，"他还是用同样平稳，不带感情色彩的声音在叙述实情。

厄秀拉忧郁地低声说："你最担心的是什么？"

"是你——你和我在一起。"

厄秀拉又害怕了。她会被这句话征服吗？她哆哆嗦嗦地靠着斯克里宾斯基，靠得很紧。他们坐在那儿不说也不动，听着城里喧闹嘈杂的声音，听着走过身边的情人们的低声细语和士兵们的脚步声。

厄秀拉战栗着倚在他身上。

他说："你冷吗？"

"有一点儿。"

"我们去吃点晚餐。"

现在，他又显得平静、果断、冷淡了。这样很美。他似乎有某种奇怪的冷静的力量能控制厄秀拉。

他们来到一家餐馆，喝了意大利红葡萄酒。可是，斯克里宾斯基苍白的倦容并没有消失。

他终于说："今晚别离开我，"一边望着厄秀拉，恳求她。他变得那么生疏，那么不近人情。厄秀拉感到害怕。

她颤抖着说："可是我那儿的人们……"

"我会向他们解释的，他们知道我们订婚了。"

厄秀拉坐着，脸色苍白，一声不响。他在等着。

最后他说："我们走吧，好吗？"

"到哪儿？"

"到一家旅馆。"

厄秀拉的心一沉。也没应一声，她就站起来，默许了。但是现在她冷淡极了，就像在幻境之中。不过她不能拒绝他。看来这就像是命中注定的，她并不想要这种命运。

他们到了一家意大利旅馆，要了一间昏暗的房，里面有一张很大的床，挺干净，就是暗一些。天花板上正对着床画着一大圈花边装饰纹，中间有一束花。厄秀拉认为挺好看的。

斯克里宾斯基走近她，紧紧地缠着她，就像钢铁贴在她身上，扭住她。厄秀拉的激情也给唤起来了，很强烈，却是没有感情的。这个夜晚他们的情欲很强烈很狂热。他把厄秀拉紧紧地搂在怀里睡。整个晚上他都把厄秀拉紧紧贴在身上。厄秀拉顺从了他，默许了，但是睡得不熟也不实在。

早晨，院子里有一阵水的溅洒声，阳光从窗格子泻进屋里，厄秀拉醒了。她以为是在外国。斯克里宾斯基是她噩梦般的精神负担。

她静静地躺着，想着。斯克里宾斯基的胳膊环抱着她，头靠在她肩上，身体就在后面紧紧贴着她，还没醒。

她望着从百叶窗射进来的阳光，一条一条的，周围的一切又消失了。

她到了另一块土地上，在另一个世界。在那儿，旧的约束全都融化消失了，人们可以自由行动，用不着害怕自己的伙伴，用不着小心翼翼，也用不着防卫，而是平静淡漠，自由自在。模模糊糊地，她漫步在一片银白色的光亮中，逍遥自在。这个世界的一切束缚都被冲破了。英国消失了。她听到下面院子里的喊声：

"喔，乔瓦尼——喔喔喔，乔瓦尼！"

她知道自己是在一个新的国家，过一种新生活。这样静静地躺着真是美极了，心灵自由又单纯地在另一个更单纯更接近自然的世界之银光中遨游。

但总是有一种不祥的预兆在准备控制她。她越来越清楚地意识到斯克里宾斯基的存在，知道他就要醒了。她必须调整一下精神，离开自己那遥远的世界，回到他身边。

厄秀拉知道他醒了。他静静地躺着，躺着不动跟他睡着的时候不一样。接着，他的胳膊痉挛一般紧搂住她，小心地问她："你睡得好吗？"

"很好。"

"我也是。"

沉默了一阵。

他问："你爱我吗？"

厄秀拉转过身仔细看着他。看来，他是外人。

她说："爱。"

可她这么说是出于自鸣得意，也是希望不再惹出麻烦。他们之间的沉默是一道奇怪的豁口。斯克里宾斯基对此很害怕。

他们一直躺到很晚，起床后他按铃要早餐。一起床，厄秀拉就希望能直接走下楼，离开这个地方。在这间房里她感到很愉快，可是想到楼下大厅里众目睽睽，又觉得挺麻烦。

一位年轻的意大利西西里人端着盘子进来了。他肤色黝黑，还有几颗麻点，穿一件直扣到颈下的灰色紧身上衣。他的脸几乎跟非洲人一样冷静，无表情，莫名其妙。

斯克里宾斯基友好地跟他说："我们也许是在意大利。"那家伙一副茫然的样子，跟害怕差不多。他不懂斯克里宾斯基说什么。

斯克里宾斯基解释说："这里就像意大利。"

那意大利人的脸露出了不可理解的笑容，摆好盘子后，就走了。他没有理解，他什么也不会理解，像一头半驯化的野兽从门口消失了。那人身上的敏捷机灵和热切的兽性，厄秀拉想着便微微战栗。

这天早晨，斯克里宾斯基在她的眼里很美。他的脸由于注入了痛苦和爱情变得柔和了，动作安静从容。厄秀拉虽然觉得他美，但有一段冷淡的距离把他们隔开。好像她一直在努力缩短把他们分开的距离，而斯克里宾斯基却没有注意到。今天早晨他充满了爱，显得很美。厄秀拉倾慕他的动作，把蜂蜜抹到面包卷上或倒咖啡的动作都很潇洒。

吃完早饭，厄秀拉又静静地躺在枕头上，斯克里宾斯基去盥洗。厄秀拉看他用海绵揩拭身子，又很快地用毛巾擦干。他的身体很美，动作专注又敏捷，厄秀拉钦佩他，毫不掩饰地欣赏他。这时，他看起来完整了，没有引起生殖力旺盛的感觉。看来他已渐臻完美。厄秀拉已全面了解他，没有哪个方面是未知的。厄秀拉对他非常欣赏，到了动情的地步，绝不是可怕的惊异，不是提心吊胆，不是与陌生人的关系，也不是爱的敬畏。可是他今天早晨却没觉察到这一点。他心满意足了，身体不再躁动，显得平和，完成了一件事，他很幸福。

厄秀拉又回家了。这次他和厄秀拉一起回去，他想待在她身边，想要和她结婚。已经是七月了，九月初他就要乘船去印度。想到要独自去，他简直受不了。厄秀拉必须和他一起去。他忐忑不安地跟在她身边。

厄秀拉考完试，大学生活结束了。现在摆在面前的就是结婚或再去工作。她没有申请职位，由此推断就是要结婚。印度这块陌生奇异的土地在引诱着她。但是，一想到加尔各答、孟买或西姆拉，想到那儿的欧洲人，印度对她的吸引力就跟诺丁汉差不多了。

厄秀拉没有通过考试，走下坡路了，没拿到学位就离开了大学。这对她是一个打击，心里难受极了。

"没关系，"斯克里宾斯基说，"按照伦敦大学的说法，是不是个文学士又有什么关系？你懂的，就懂了。而且，你要是斯克里宾斯基太太的话，文学士也没什么意义。"

这番话不但没有安慰她，反而使她更难受，更无情。现在她要起来反抗自己的命运了。由她来选择，是做斯克里宾斯基太太，甚至斯克里宾斯基男爵夫人，皇家陆军工兵——他称为坑道工兵——中尉的妻子，和在印度的欧洲人一起生活；还是做厄秀拉·布朗温，老姑娘，中学教师。文科中级考试已使她获得了当中学教师的资格。甚至就是现在，她很可能在一个高级中学挺容易地谋到个助教的职位，或者就在威利格林中学谋职。她要选择做什么？

她最恨再次受到教书的束缚，非常憎恶。可是一想到结婚，和斯克里宾斯基一起生活在印度的欧洲人中间，她的脑子里就拒绝考虑，不肯让步了。关于这件事她并没有太多想法，就是僵持着。

斯克里宾斯基在等待，她在等待，都在等待做出决定。当安东和她谈话，而且似乎在悄悄地暗示是她丈夫的时候，她就知道自己是把他完全排除在外的。另一方面，当她看到多萝西，谈论起这件事时，她又觉得应该立即和斯克里宾斯基结婚，马上就结，以示对多萝西的看法坚决否认。

这种情形简直是可笑。

多萝西问："可是，你爱他吗？"

"这不是爱不爱他的问题，"厄秀拉说，"我爱他爱得够深的，当然比爱世界上的任何一个人都深。而且，我对其他人再也不会爱得那么深了。我们互相献出了青春年华。可是我并不在乎爱情，不珍视它。我不在乎是爱还是不爱，我曾经有过爱情还是没有过爱情。这对我算什么？"

她气愤又非常轻蔑地耸耸肩。

多萝西沉思了一会儿，又气又怕。

多萝西被激怒了，问："那么，你在乎什么？"

厄秀拉说："我不知道。不过，这并不针对某个人。爱情——爱情——爱情，它意味着什么？它相当于什么？这么多的个人满足。它引向何处？无处可去。"

"不该期望它引向何处，对吧？"多萝西挖苦地说，"我认为爱情本身就是一种终结。"

"那么，它与我有什么关系？"厄秀拉大声说，"既然它本身就是一种终结，我可以爱一百个男人，一个接一个。我为什么要以一个斯克里宾斯基为结束？如果爱本身就是终结，为什么我不继续下去，去爱我所喜爱的所有类型的人，一个接一个地去爱？除了安东以外还有许许多多的男人我可以爱，我愿意去爱。"

多萝西说："那么你就不爱他。"

"我告诉你我爱，非常爱，比我对其他人应有的爱都要深。只不过我会去爱其他男人有而在安东身上没有的许多东西。"

"那是什么？举个例。"

"无所谓什么。但是，像一些男人具有的默契，还有尊严、直率，毫无疑

472

问，这是劳动者的性格；此外还有快活，什么也不在乎的性情。你看，一个男人可以真正地放得开——"

多萝西可以感觉得到厄秀拉在渴望一些这个男人没有给她的东西。

"问题是，你想要什么，"多萝西提出来，"就想要其他的男人？"

厄秀拉被问得哑口无言了。这正是她所担心的，她只是乱交朋友和谁都行吗？

多萝西继续说："如果是这样，你最好嫁给安东。别的男人到头来只会更糟。"

所以，出于对自己的担忧，厄秀拉要和斯克里宾斯基结婚了。

这时，斯克里宾斯基忙得很，准备到印度去了。要拜访亲戚要洽谈生意。现在，他对厄秀拉差不多已是稳操胜券了。厄秀拉好像已经让步了，而他又似乎成了自信的显要的人物。

八月的第一个星期，他到林肯郡海滨的一幢平房参加一次盛大的聚会。这是一次打网球、高尔夫球，玩汽车汽船的聚会，由他的姑奶奶——一位有社会地位的贵妇人主办。厄秀拉被邀请去和他们共度这一周。

她勉勉强强地去了。她的婚期大约定在这个月的二十八日。他们要在九月五日乘船去印度。有一件事她下意识地知道，那就是：她决不会去印度。

因为即将结婚，她和安东作为重要的来宾在那幢大平房里住。这房子挺大，中间有一个大厅，两个小一点的写字间，再就是两道走廊，连着八九间卧室。斯克里宾斯基被安排在一条走廊，厄秀拉在另一条。在人群中，他们不知所措。

不管怎么样，作为情人，他们可以两人单独出去，愿去多久就去多久。可是，在这一群陌生人中间，厄秀拉觉得很生疏，很不自在，似乎一切都暴露在公众面前。她不习惯与这一群同类的人们相处，感到害怕。

她感觉到与其他人不同，他们那强烈的随便的浅薄的亲热，太不当回事了。她认为自己不够显眼，这儿有一种不遵从惯例的自顾自的气氛。她不喜欢。在人群中，人们聚集的时候，她喜欢讲究礼节。她觉得自己的行为并没有产生应有的效果：她没有打动人，她不漂亮，她算不了什么。甚至在斯克里宾斯基面前，她都显得不重要，不如他。在其他人中间，他可以相处得很好。

晚上他和厄秀拉一起出去。月亮躲在云层后，漫射着光芒，珍珠母似的不时闪烁着星星点点的光亮。他们一起走在海边潮湿的被海浪推成一条条肋状的沙滩上，耳边响着大浪奔腾的声音，浪头涌起幽灵般的白色和一阵低沉的哗哗声。

斯克里宾斯基很有自信心。厄秀拉穿一件宽裙裾的蓝色绸连衣裙，一走动，柔软的绸裙被风吹得哗哗飘动，贴在斯克里宾斯基的腿上。她真希望裙子不要飘。什么事好像都跟她作对，她慌乱极了，无法打起精神来抵制。

他要把厄秀拉带到沙丘之间的一小块凹地，周围长着灰色的荆棘丛和光滑的草棵子，很隐蔽。他揽紧厄秀拉，贴着自己的身体，透过垂在她腿上的丝绸感觉得到她结实、非常匀称的体形。绸子哗哗飘动遮掩着她的身体，又把她结实丰满的线条勾勒出来，她的阴部好像一团火烧起来，把斯克里宾斯基的脑子烧成了一块硫磺。他的双手按在厄秀拉的大腿上，厄秀拉喜欢他这样。他越凑越近还要探个究竟，绸子在双手摩挲下带的电传遍了她全身。她像个电喷射器似的颤抖着，报以黏稠的液体。然而她并不觉得美好。她始终觉得，对斯克里宾斯基来说，她并不美，只是能使他兴奋。她让斯克里宾斯基占有了她。斯克里宾斯基激情沸腾，简直就是疯了。然而，完事之后，厄秀拉躺在又凉又软的沙地上，望着云朵半遮，淡淡发光的天空，觉得冷冰冰的，就像她过去曾有的感觉。斯克里宾斯基却喘着粗气，似乎已经粗野地满足了。他好像雪耻了。

一阵微风拂过海草吹到她脸上。哪有她从未享受过的最消魂的满足？为什么她会那么冷，那么没激情，那么淡漠？

他们往回走的时候，她看到那栋平房有许多可恨的灯光，几栋房子连成一片的灯光。斯克里宾斯基轻声说：

"别锁你的房门。"

她说："我倒情愿在这儿。"

"不，不行。我们都是属于对方的，别自己否认了这层关系。"

她没回答。斯克里宾斯基把她的沉默当作了默认。

他和另一个男人同住一间房。

他说："我想，如果我走到那个更快活的地方去，不会惊动大家吧？"

"只要你没引起大声喧哗，别走错门就行。"那人说完，转过身去睡了。

斯克里宾斯基穿着宽条纹棉睡衣往外走。他穿过宽敞的餐厅，那儿的壁炉火光昏暗，夹杂着雪茄烟味，威士忌味和咖啡味。走到另一条走廊，他找到了厄秀拉的房间。厄秀拉躺在床上，没睡着，睁大眼睛，一副痛苦的样子。如果只为得到安慰，她很高兴斯克里宾斯基的到来。被他拥抱在怀里，紧贴着他的身体，厄秀拉感到欣慰。可是，他的双臂和身体多么生疏！不过，她感觉还是比这栋房子里那可怕的陌生感和敌意要好一些。

住在这所房子里，厄秀拉不知道有什么不对劲儿。她身体健康，而且非常有兴致。她打网球，还学会了打高尔夫球。她划船出去，跳到深海里游泳，确实很快活，兴致高极了。但是，跟其他人在一起，她一直胆战心惊，畏畏缩缩的，仿佛她非常敏感的裸体被暴露在其他人残酷无情的物质冲击力面前。

日子不知不觉地过去了，每天都有丰富的活动，简直是在紧张地玩乐着。斯克里宾斯基是那些人中的一员；到了傍晚，就来领厄秀拉和他一起出去。作为一个将要结婚的姑娘，又将要到另一个大洲去，厄秀拉被准许有许多自由，而且大家也挺尊重她。

麻烦事是在傍晚开始的。一种对未知事物的向往占据了她的心头，这是她自己也闹不清的激情。天黑下来后，她独自在海滩上走，期待着，期待着什么，仿佛她是来赴约会的。大海咸涩的激情，它对大地的冷漠，它确切地来回动荡，它的力量，冲击和咸涩的燃烧，好像把厄秀拉刺激到了疯狂的程度，它以自身实现的启示逗弄着厄秀拉。接着，就有它的化身，出现了斯克里宾斯基。斯克里宾斯基是她认识的人，喜爱的人，有魅力；可是，他的精神无法将她包容进自己力量的波涛中，他的胸膛也不能以燃烧、咸涩的激情征服她。

一天黄昏，吃过晚饭他们往外走，穿过低平的高尔夫球场走向海边和沙丘。天上有一些暗淡的无声无息的小星星。他们一块儿沉默不语地走着，在沙丘之间的低洼处深一脚浅一脚地在松软的沙子上跋涉，在平静昏暗的夜色中走，又进入更黑的沙冈阴影中。

正在沙地艰难地行走着，突然，厄秀拉抬起头，一下子给吓得退了一步。面前一片银白，闪闪发光的月亮如一个熔炉的圆门，[①] 射出一团极亮的光，耀眼的白光照亮了海边的半个世界。他们大叫一声，缩回阴影里躲了一会儿。斯克里宾斯基觉得他那埋藏着隐秘的胸膛裸露出来了，他被熔为乌有了，就像一滴水珠在白热的火焰中迅速消失。

"多么奇妙啊！"厄秀拉低声呼唤着，"妙极了！"

她往前走，投身于月光之中。斯克里宾斯基跟着她。她也好像朝着月亮融入了耀眼的月光中。

沙滩上铺了一层银色，大海在一色的光亮中波动，朝他们涌来。厄秀拉走上前去迎接闪亮轻快的海水。她把胸脯向月亮呈上，腹部给了闪烁起伏的海水。他在后面站着，仿佛一个月光中永不消融的阴影。

厄秀拉站在水边。站在纯色闪光的大海边，海浪冲刷着她的脚。

"我要去。"她用坚定无畏的声音喊，"我要去。"

斯克里宾斯基看见她脸上泛着月光，她仿佛是一块金属，还听得到她那丁零零的金属声，就像是鸟身女妖[②] 的声音。

厄秀拉在水边来回走动，像着了魔。斯克里宾斯基跟着她，看见水沫之后跟着的亮闪闪的漩涡猛地一下没过了她的脚踝，她伸开手臂摆动着平衡身体。他一直都以为会看到厄秀拉穿着这一身走进海里，给浪头打进水深处游起

---

① 《但以理书》第 3 章，第 23—28 节。

② 见希腊神话。

泳来。

但是厄秀拉转过身，向他走来了。

"我要去。"她又大声喊起来，声音又高又刺耳，犹如海鸥的尖叫声。

他问："去哪儿？"

"我不知道。"

厄秀拉一把抓住了他的胳膊，把他抱得紧紧的，就像抓了个俘虏，拉他一起在银光闪耀的水边走了几步。

在闪烁的亮光中，厄秀拉使劲地抓住他，仿佛突然间有了毁灭之力，两条胳膊环抱着他，箍得紧紧的，同时嘴巴在寻找他的嘴，猛烈地要撕裂嘴似的吻着他，一下又一下不停地吻，直到他的身体被箍得无力，他的心对这女妖凶猛的叮啄一般的吻害怕得软弱下来。海水又一下冲刷着他们的脚，厄秀拉不理睬，根本没发觉。她好像要把尖尖的鸟嘴紧紧按着，直至取出斯克里宾斯基的心脏。最后，她放开了手，看着斯克里宾斯基，观察着他。斯克里宾斯基知道她想要什么。他拉着厄秀拉的手，带她穿过沙滩走到沙冈后面。厄秀拉一言不发地跟着走。斯克里宾斯基觉得生与死的考验仿佛就在面前，他把厄秀拉带到一个黑暗的低洼处。

厄秀拉一边说："不，这儿。"一边走到洒满了月光的斜坡上。她躺下，一动不动，大睁着眼睛望月亮。斯克里宾斯基没有什么准备动作就直接到她身边。她抱住斯克里宾斯基，在胸前按住他。那一场挣扎，要达到高潮的挣扎，可怕极了，直到他精神上感到痛苦，屈从了，放弃了，要死了一样地趴着，脸一半埋在厄秀拉的头发里，一半埋在沙子里，一动不动，似乎从现在起就再也动不了了。他躲在黑暗中，埋没在黑暗中，只想埋没在这美好的黑暗中，再也不要别的了。

好像晕过去了，他很长时间才苏醒过来。他觉察到厄秀拉胸脯异常的起伏，抬起头来看。厄秀拉的脸像月光下的一尊塑像，眼睛呆呆地大睁着。从她的眼里慢慢地流出一滴泪水，在月光下闪闪发光。

斯克里宾斯基觉得好像有一把刀正插入他僵死的身体。他把头极力往后仰，紧张地看了几分钟，望着那张月光下金属一般不变的僵硬的脸庞，那双凝视又视而不见的眼睛。那双眼里慢慢地积起了泪水，在明晃晃的月光下颤动，积得太多就溢出眼眶淌下来，载着月光，进入黑暗，滴下沙滩。

斯克里宾斯基害怕地慢慢离开，离开，厄秀拉则躺着不动。他望了厄秀拉一眼，还是那样躺着。能不能脱身？他转过身，看到前面清晰开阔的海滩，就跑开了。一直往前跑，远远离开那伸开四肢躺在月光下的身影和那张滚动着泪珠的永远不动的脸。

斯克里宾斯基觉得，要是再看见厄秀拉，骨头都要粉碎，身体会被压垮，永远就被抹掉了。而眼下，他爱惜起自己的身体了。他漫无目标地走了很远很远，走得脑子里一片漆黑，累得失去了知觉。然后，他找到一块最暗的地方，在草丛中蜷作一团，迷迷糊糊地没了知觉。

厄秀拉渐渐从极度痛苦的麻木中恢复过来，虽然她每动一下都会感到一阵刺痛。她把僵硬的身子慢慢从沙滩上抬起，终于坐了起来。现在她面前没有月亮也没有大海了，都消失了。她拖着麻木的身子回到那幢房子，进了她的房间，就倒在床上。

早晨给她带来了一个表面生活的新机会。然而她内心已经冷淡、麻木、没有活力了。吃早饭时斯克里宾斯基出现了，面色苍白，神情颓丧。他们俩谁也没看谁，谁也没和谁说话。除了一般礼节性地说两句无关紧要的话，他们都不在一起，在这里的最后两天他们也没谈两人之间发生的事。像两个死人一样，他们不敢辨认，也不敢互相看着对方。

她收拾好行李，穿戴好了。有几位客人一起走，乘一趟火车。斯克里宾斯基就要没机会跟她谈了。

在最后的一刻，他敲响了厄秀拉卧室的门。厄秀拉手里拿着伞站在门前。他把门关上，不知道说什么。

终于，他抬起头问厄秀拉："你和我就完了？"

"这不是我，"厄秀拉说，"你也和我完了，我们互相了结了。"

他望着厄秀拉，望着这张拒人于外的脸，觉得这张脸真冷酷。而且他知道再也不能去碰她了。他的意志崩溃了，他被灼伤了，可是，还没有放弃他体内的生命。

斯克里宾斯基问："喂，我做了什么不对的？"他的声音带着怒气。

厄秀拉用同样单调、没有感情的声音说："我不知道。这件事结束了，失败了。"

斯克里宾斯基不作声了，话还在肚子里憋着。

他终于抬起头来，提出最后一次质问："这是我的错吗？"

"你不可能——"她刚说了个开头，就不往下说了。

斯克里宾斯基害怕再听到什么，转身走开了。厄秀拉收拾起她的行李、手帕和雨伞，现在一定要走了。斯克里宾斯基在等待着她离开。

马车终于来了，她和其他人一起走了。她走远看不见了，斯克里宾斯基大为宽慰，感到平庸的愉快。一时间，一切都被忘却了。那天他一直孩子般的温和友好，很惊讶生活会是这般美好，比过去的美好。摆脱厄秀拉是件多么简单的事！一切事情都是那么的友好和简单。厄秀拉强加于他头上的是些什么虚假的东西？

然而到了晚上，他不敢独处。和他同住一室的人走了，黑暗的时光对他是痛苦。他恐惧地望着窗子，备受折磨。这可怕的黑暗什么时候才能离开他？他神经高度紧张地熬过去了，拂晓时分才睡着。

他再也不想厄秀拉。只是他越来越害怕晚上的几个小时，这种感觉像躁狂症一样地缠住他。他时睡时醒，常常半夜苦恼地醒过来。恐惧已经把他内耗空了。

他打算很迟再睡，和别人一起喝酒，喝到夜间一点或一点半，然后他再忘掉一切地睡三小时。五点钟天就亮了。但是，只要他睁眼一看是漆黑一片，他就给吓得半死。

白天他就一切正常，总是忙忙碌碌地干这干那，盯着眼前的琐事，这样似乎就充实、满足了。不管他干的事情多么琐屑无益，他都一门心思地干，就感到正常了，达到目的了。他总是那么活跃，高兴，那么令人愉快那么可爱，还琐琐碎碎。他就怕黑夜和卧室里的寂静，黑暗会搅得他心神不安。这他可忍受不了，正如想起厄秀拉他也忍受不了一样。他没有灵魂没有背景，从不想厄秀拉，一次也没想，不留她的痕迹。厄秀拉就是黑暗，就是挑战和恐怖。他转而顾及眼前的事。他想赶快结婚，以避过黑暗，避过向他心灵的挑战。他要和那位上校的女儿结婚。总要找点事干的冲动驱使着他，没有犹豫，他很快就写了一封信给那位姑娘，告诉她，他的婚约已经解除。那是一时的冲动，他自己比其他任何人都更不理解为什么要这样做，现在已经结束了。他能不能很快就见到他最亲爱的朋友？在得到回答以前，他高兴不起来。

　　他得到了那姑娘出乎意料的回音，她愿意见见斯克里宾斯基。现在她和姑姑住在一起。斯克里宾斯基马上到她那儿去，第一天晚上就向她求婚。她同意了。两周之内就举行了婚礼，没有大肆声张。这件事没有通知厄秀拉。下一周，斯克里宾斯基和他的新婚妻子就乘船到印度去了。

第十六章　虹

　　回到贝多弗的家，厄秀拉神色暗淡，委顿不堪，不愿露面。她几乎说不出话，也没精神注意其他事了，似乎精力已耗尽。家里人问她这是怎么啦，她告诉他们，和斯克里宾斯基的婚约已解除。他们显得怅然若失，很生气。可是，厄秀拉已经感觉不到了。

　　在毫无知觉的状态中，一个星期又一个星期慢慢地过去了。斯克里宾斯基肯定已乘船去印度，她对此兴趣索然。她呆滞得很，没有气力也没有兴趣。

　　突然，她大为震惊，这一下非同小可。她怀孕了吗？她从来没有想到这一点，她一直在为自己也为他感到极度的痛苦。现在，这个念头如一团火焰蹿遍她全身。她怀孕了吗？

　　刚这么怀疑的那一阵子，她根本不知道有什么感受，仿佛被绑到了火刑柱上。火焰烧上身，吞噬了她。不过有火焰也好，把她烧尽便安息了。她让火焰裹住自己，烧毁自己。心里怎么想，子宫有什么感觉，她不知道，晕厥一般。

　　沉重的心情逐渐使她恢复了知觉。她在干什么？怀着孩子了吗？怀孩子？怎么了？

　　她的肉体激动得一阵阵战栗，精神上却很懊丧。这个孩子似乎就是一纸否定她自己的封条。然而在肉体上，她又为怀了孩子而高兴。她开始考虑，要给斯克里宾斯基写信，说要到他那儿去，和他结婚，做他的好妻子，简简单单地过日子。自我及生活的方式有什么关系？只有一天天过日子才要紧。体内这个可爱的小东西，生命力旺盛、宁静、完满，没有什么能超过它，再没有苦恼及麻烦。她过去错了，傲慢又刻薄，还想追求其他的东西，追求异想天开的自由。那个自己想象出来的虚幻自负的目标，她不可能与斯克里宾斯基一同去实现。她指望与谁去追求她生活中异想天开的目标？她有自己的男人，自己的孩子，在天底下有一块自己的藏身之地还不够吗？既然这些对她母亲足够了，对她就不够吗？她要结婚，爱她丈夫，做个本分的妻子算了。这就是理想。

突然，她从一个公正的切实的角度来看她母亲。母亲单纯而且完全真实，生活是怎么样的就怎么过，没有狂妄地自以为是，没有坚持按自己的想法来创造生活。母亲是对的，完全正确，而她自己则错了，充满奇想，毫无价值。

一下子她感到很谦卑，谦卑中包含着苟且求安。她把手脚伸出来就缚，喜欢受缚，称之为安宁。在这种状态下，她坐下来给斯克里宾斯基写信。

自从你离开我以后，我忍受了不少痛苦，因而醒悟过来了。对自己任性的恶劣行为我说不出有多懊悔。是上天的恩赐，要我爱你，并且懂得你对我的爱。可是，我没有跪下来感恩，接受上帝赐予我的恩惠，而是一定要自己守着月亮，一定要坚持自己拥有月亮。因为我不可能得到它，其他的一切都要放弃了。

我不知道你是否还能原谅我。想起我们在一起最后那段时间我对你的行为，真是羞煞人。不知道我是否还敢望着你的脸。确实，我最好是去死，把我的怪念头永远埋葬。不过，我发现我已怀孕了，死是不可能的了。

这是你的孩子，正因为如此，我必须尊重这个小生命，为了它的幸福毫无保留地奉献我的身体，摒弃死的念头——这个念头又是一个奇想。因为你曾经爱过我，还因为这是你的孩子，我请求你，要我回到你身边。如果你给我打一份哪怕只有一个字的电报，我将尽快赶到你身边。我向你起誓，做一个尽职的妻子，一切都听候你的吩咐。现在，我只是恨我自己，恨我自高自大的愚蠢。我爱你，喜欢思念你，你的一切都自然得体，而我却是如此虚伪。一旦我又和你在一起，我就不求别的，只要在你的庇荫下过一辈子……

这封信是她一句句写的，似乎发自内心深处。现在，她觉得是表达心底里的感情了。这就是她真实的自我，永远如此。在最后的审判日，她将带着这份书面材料去见上帝。

一个女人不顺从还能怎么样？她的肉体难道不就是为了生孩子吗？她的力气难道不就是为了照料孩子和丈夫——给予生命的人？她终归是个女人。

她把信寄到斯克里宾斯基的俱乐部，由俱乐部转递到加尔各答给他。到印度不久，在三个星期之内，他就能收到这封信。一个月就能接到回音了，那时她就走。

对斯克里宾斯基她相当有把握。她只想到准备衣服，安安静静地过日子，直到再次与斯克里宾斯基在一起，她的历史就永远结束了。这段平静的日子似乎有点反常，久违了。不管怎么样，她意识到自己越来越烦躁，内心的骚动就要来临。她试图逃避这场内心的混乱，希望能够得到斯克里宾斯基接到她信后的回音，那么她的事情就能定下来，就要忙着去做命中注定的事了。正是这无所作为的状态使她更害怕突变。

以前，她都不怎么计较斯克里宾斯基不给她写信，自己的信寄出去就完了，真是不可思议。她会得到信中所要求的回音，这就行了。

十月初的一个下午，她觉得心里乱糟糟的成了一锅粥，就悄悄地冒着雨走出来，在外面散步，不然，在房间里会把她憋死。到处都被雨淋湿了，没有人，那些讨厌的房子都是单调的红色，毗邻的房屋在微弱的光线下显得绯红，顶上盖着暗紫色的石板瓦。厄秀拉朝着威利格林走去。她仰着脸，走得很快，看见横过低洼山谷的光线，不时还隐约见得到在雨雾朦胧的远处有一片光亮，那是煤矿，还有它冒出来的一团团白色蒸汽。一会儿，雨幕又遮住了一切。雨很亲切地把她隐蔽起来，她高兴极了。

正朝着树林走去的时候,她隔着云雾看见下面有星星点点的微光,那是威利沃特。山楂树长成一片,密密麻麻地随风摆动,一丛丛的灌木精灵鬼怪似的出现在眼前,她绕到空旷的地方走。真是好极了,又自由又混乱。

不过,她还是赶紧到林子里躲雨。头顶上呼呼作响的风声震颤她,包围她,无数的树干支撑起了这巨大的声响。这些被雨水冲成一道道黑的树干,就是戳入头顶怒吼的风声,插进脚下这块风扫荡着的土地的支柱。她在树干间悄悄地行走着,真害怕在这威严的沉默中行走时它们会移过来把她关在里面。

因而,她一边往外走,一边在幻想着她没有被注意到。她觉得真像一只鸟儿从窗子飞进一间大厅,里面庞大的武士们围桌而坐。她急急掠过他们庄严齐整的行列,假定她没被注意到,心儿怦怦直跳地从另一边窗子飞出去了,飞到外面葱绿湿软的草地上。

她转到一个避雨处,眼前一片大地上巨大的雨幕慢慢地荡起一层层水浪。她身上都湿透了,被封在这雨幕中,在这水浪漂动的旷野中,离家还有很长一段路。她必须冲过飘摇的大雨,回到稳定安全的地方。

她孤独地踏上直穿过荒地的小径,往回走。这小路是一条草地里的小槽,两边有高高的枯草丛,比兔子踩出的道宽不了多少。所以,她眼盯着脚下,沿着这条路走得飞快,犹如一只风中的鸟儿,什么也不想,就是快走。不过,在空旷的洼地里走着,她的心里就种下了一颗害怕的种子。

突然,她发现还有什么东西——雨中隐约出现了几匹马,还没走近,不过,正在往这边走过来。没法躲避,她继续走她的路。几匹马站在那边树下的背风处,地势比她这儿高。她低着头赶路,不想看它们,不想知道它们在那儿。她继续沿着这条荒野小径走。

因为想到那些马,她觉得心情沉重。不过她会避开它们。她要承受住这种负担,逃离这儿,一直往前走,就能过去。

突然,心理负担又加重了,她的心情越来越紧张。她吃力地呼吸着,不过这点精神压力她还能承受得了。不用看,她就知道那几匹马走近了。它们到底是什么？她感觉得到地面沉重的马蹄声。这越来越近的是什么？压在她心头的重负又是什么？她不知道，也没看。

可是现在，她的路都截断了：它们堵住了她。她知道那几匹马正聚集在一座木桥上，木桥横跨过长满蓑衣草的水渠；那是黑暗又非常沉重的一大群。然而她的双脚还在不停地走。它们会在她面前突然跑开，它们会在她面前跑开。她的双脚不停地走，神经越来越紧张，脉搏越跳越快。它们会被激怒，非常凶猛地跑过来，会受惊，那她就必死无疑。

那几匹马在她走到之前跑开了。知道她靠近了，它们就从她身边飞快地跑过，震颤、紧张、强壮有力的马身疾驰而过时带着冲力。奔驰过去后它们又从远处慢慢地朝这边移动。

厄秀拉知道它们没走，还在等着她。但她还是过了那座它们的蹄子捣过敲过的木桥，继续朝前走，知道它们在干什么。她觉察到，它们的前胸紧夹，缩得窄窄的，不放松，通红灼热的鼻孔显示出有持久的耐力，又圆又厚实的腰臀部在挤压着，挤压着，要挤压得前胸不再紧夹，挤压得发狂，没时没日地狂跑，永远也无法挣脱时间的控制。它们巨大的腰臀部给雨淋得又滑又黑。可是雨淋出来的黑色和湿滑不可能浇灭封闭在两肋之间的急促强烈的大火，绝不可能。

她一直往前走，越走越近了。她又觉察到了马蹄飞驰而过的声音，一道淡蓝色的闪光绕着漆黑的一圈。马蹄铁闪出的淡蓝光圈似乎很大，大得就像罩在这一群黑马身上的光环。这些强壮的马身上发出了闪电一般的马蹄急驰之光。

它们又在等着她了。在一棵橡树下，一群可怕、鲁莽、得胜了的马聚在一起，等待着，等待着，等着她走近。她好像从一个遥远的地方来，走向这一排枝叶茂盛的橡树。它们聚在这小山坡上形成了一道漆黑的屏障。

她必须走过去。它们又逃开了，在旁边散开一大圈慢慢地跑，免得招呼她。它们慢慢跑回她背后山脚下的开阔处。

它们在后面了。前面不远就围着一道高高的树篱，她面前的路开放着，一直通向大门。她可以走进这块耕地，穿过去就是大路，到了人类有秩序的世界。路畅通了，她这才放下心来。可是，她心底隐藏着恐惧，一直隐藏着恐惧。

突然，就像被闪电慑服，她迟疑一下，以为自己倒下了，其实却在迈着细碎的步子踉踉跄跄向前走。那几匹马在她身后顺着小路疾驰而下，发出的巨响震得她发抖。她又感到了沉重的压力，几乎要给压死了。她不敢看旁边，那几匹马雷鸣般的向她压过来。

残酷极了，它们跑到跟前突然转弯，从她左边冲过去了。她看到凶猛的马匹两肋起皱，还不大明显；巨大的马蹄如闪电流星，当时只是在她身边舞动；一匹匹马一股劲儿地冲过去，疯狂极了。

它们冲过去了，轰隆轰隆地掠过她身边，包围了她。它们放慢这一阵突发的急冲，在她前面慢跑着，到大门边几棵树旁又聚成了一团。它们在不安地走动着，活动着，那些骚动的身子结成了一个群体，为了一个目的。它们在和她作对。

她给吓得魂不守舍，惊恐万分，再也不敢走上前去了。这些齐心协力抱成一团的马群征服了她。它们在骚动着，等着她，知道得胜了。它们带着等待胜利的焦急动来动去。她吓得心跳都要停止了，四肢松软，全身化成了一滩水。坚硬和短兵相接的力量都聚在这群马的身上了。

她双脚发软，停了下来。这是决定性的时刻了。那几匹马不安地骚动着。她没办法了，望望远处。在她左边，下坡二百码处，宽厚的树篱与山坡平行延伸。有一个地方长着一棵橡树。她可以爬上去，攀着树枝，跳到树篱的另一边。

她浑身战栗，四肢软绵绵的，时刻担心会跌倒，但还是开始尽力寻路走，好像要绕一个大弯避开马群。那几匹马移动身子集成一群挡着她。她恍恍惚惚，颤抖着往前走。

突然，一股怒气爆发，她飞快地冲过去，抓住橡树干上突起的节疤往上爬。她的身子软弱无力，可是，两手却钢铁一般坚硬。她知道自己还很坚强。尽了最大的努力，她终于攀到树枝上了。她知道那几匹马也觉察了，就把脚也挂到树枝上。马群在散开、移动着，试图弄清怎么回事。她正在奋力地爬到树枝的另一端。当马群开始朝她慢跑来的时候，她已跌落在树篱的里边了。

好一阵子她动弹不了。从树篱下兔子钻来钻去的空隙，她看见慢跑过来的马群巨大的蹄子。她受不了这个，爬起来快步斜穿过那块地。马群在树篱的那一边疾驰到拐角处，被挡住了。她急匆匆地穿过那块光秃秃的田地时，一直觉得它们还在那儿，聚成一团。它们现在真是可怜啦。只有意志在支持着她往前走。大路边上一棵挂着野草的歪脖有刺的树下，有一道栅栏，她颤颤抖抖地爬上去就耗尽了气力。她干脆就坐在栅栏上，背靠树干，一动不动。

她坐在那儿，筋疲力尽，时间和不停的变化在身边流过。靠在树干上的她宛如一块躺在小河床的石子，毫无知觉，没有变化，不可能变化。而万事万物则倏忽而过，把她留在那儿歇息。躺在河床的石子，她不可改变地被动地沉到了一切变化的底下。

她背靠树干静静地躺了很久，消磨她最后的孤独时光。有一些矿工走过，沉重的脚步踏在潮湿的路上，说话声音很响，耸肩缩脖，身上给雨水弄得斑斑驳驳、星星点点的。有些人没看见她。他们走过的时候厄秀拉懒洋洋地睁开了眼。一个独行的人看见了她。当他惊讶地看着厄秀拉的时候，黑黑的脸上眼白特别明显。他犹犹豫豫放慢脚步，出于关心，怕出了什么事，想和厄秀拉说话。厄秀拉真担心他开口，担心他问话。

她从座位上滑下来，懵懵懂懂，迷迷糊糊地沿着小路走了。离家还很远，她产生了一个念头：以后这一辈子，她都必须疲惫不堪地走，走。一步又一步，一步又一步，总是沿着树篱间雨淋湿的路走。一步又一步，一步又一步，这单调的运动使她产生了强烈的厌恶感。这憋在心里的厌恶多么强烈，多么深切！深得触到了底。今天她好像注定要探及一切事物之底，发现一切事情的根底。噢，不管怎么样，她现在是走在最低的地方，挺安全的。如果她必须永远不停地向前走，也挺安全。既然这是最低处，就没有什么更低的了。没什么更低，你瞧，处在这种境地的人只会感觉到安全稳妥，消极被动。

终于，她到家了。爬上山到贝多弗真费劲。为什么一定要爬山？为什么一定要爬上来？为什么不待在下面？为什么要强行爬上山坡？在低处的人为什么要竭力往上爬，往上爬？哦，这真是太费劲，太累人了，负担太重了。总是有负担，一直有负担。然而，她还是必须爬上山顶，走回家上床睡觉。一定得上床了。

进了家门，她在昏暗中走上楼，没人看见她淋得全身湿透。太累了，她没有力气再走下楼，就上床躺下了。她冷得全身发抖，又懒得爬起来或者喊一声帮忙。这样，她的病情就逐渐加重了。

整整两个星期，她病得很厉害，说胡话，打颤，难受极了。但是，就在神志昏迷的痛苦中，她始终隐隐约约而坚定地相信自己还活着，那是一种永存的感觉。从某种意义上来说，她像是河底的一块石头，不可侵犯，不能变动，不管她身上刮起多么凶猛的风暴。她的心灵静静地，长久地栖息着，虽然充满了痛苦，却保留着本色。在病中她还存留着深沉、不可更改的认识。

她很清楚，也不在乎那么多。她生病期间，模模糊糊之中，她和斯克里宾斯基的问题一直萦绕在心头，仿佛是持续的皮肉之苦，尚未触及她孤独的、坚定不移的现实内核。可是，她心中有关斯克里宾斯基的那块锈蚀之物已经烧成了灰烬。

她一定得属于斯克里宾斯基，一定得依附他吗？有什么事情迫使她那么做，然而那是不真实的。总是有痛苦，幻想引起的痛苦，她属于斯克里宾斯基的痛苦。她没有和斯克里宾斯基结为一体，又是什么要把他们绑在一起？为什么还有虚假之情？虚假还在啮啮她、折磨她、消耗她。为什么她就不能清醒过来回到现实中？只要她能够醒悟过来，只要能做到这一点，梦幻的虚假，她和斯克里宾斯基之间不现实的关系就会消失。然而，沉睡和神志昏迷把她压住了。甚至在平静和清醒的时候，她也受到沉睡的诱惑。

不过，她从未被迷住。是什么外来的东西要把她和斯克里宾斯基连在一起？有某种加在她身上的纽带。为什么她不能挣断这纽带？是什么纽带？到底是什么？

神志不清时她一直都放不下这个问题。最后，在疲倦中，她得出了答案——就是那个孩子。孩子把她和斯克里宾斯基连在一起。这孩子就像套在她脑袋上禁锢她头脑的纽带。是孩子把她和斯克里宾斯基绑在一块儿。

然而，为什么孩子就把她和斯克里宾斯基连在一起？她就不能有一个自己的孩子吗？难道孩子不是她的事，不完全是她的事？这与斯克里宾斯基有什么关系？为什么她非得百般痛苦，备受约束地与斯克里宾斯基、斯克里宾斯基的世界连在一起？安东的世界，在她发热的头脑中，已成了一个禁锢她的浓缩的世界。如果她不能从这个世界走出来，就会疯狂。这个安东和安东的世界，不是她曾占有的安东，而是她从未占有的安东，这个安东为其他势力所占有，为众人所占有。

患病期间，她挣扎、搏斗，极力摆脱斯克里宾斯基和他的世界，撇开它，甩开它，放到它该去的地方。然而，这个世界对她又重新占了支配地位，又控制住了她。哦，肉体上难言的疲乏，她无法摆脱，还没有解脱。假如她能解救自己就好了。假如她能摆脱情感，摆脱躯体，摆脱世间与她有关联的巨大障碍，摆脱她的父亲、母亲和情人，摆脱所有的熟人，那该多好。

在极度的倦乏折磨下，她一遍又一遍地重复着："我没有父亲没有母亲也没有情人，我在物质世界中没有固定的位置，我既不属于贝多弗也不属于诺丁汉，不属于英国，不属于这个世界，这些地方一个都不存在，我被套在，束缚在这些地方，而它们都是不真实的。我必须脱离这些地方，犹如栗子破壳而出，壳是虚假的。"

在她发热的头脑里，又一次出现了活生生的现实：二月，林子里的地上躺着一颗颗橡树子，橡实壳被胀破遗弃了，橡实仁裸露出来，绽开胚芽。她就是赤裸、光洁的橡实仁，抽出光洁、强壮的幼芽。这个世界是过去了的冬天，被抛到后面去了。她的母亲、父亲和安东，学院和她所有的朋友，像过去的一年一样，全都被抛弃了。而赤裸的橡实仁自由自在地努力扎下新根，在时间的变化中创造出对永恒的新认识。只有橡实仁才是现实，其他的都被抛弃埋没了。

这种念头在她心里越来越强烈。当天下午，她睁开眼就看到窗子和窗外烟雾弥漫的模糊景色，这些都是平摊着的皮壳。除了皮壳，她不见其他东西。她还被关在这儿，不过很松动，与外壳之间有空隙。外壳有一条裂缝，要破裂了。很快，她将把根扎在一个新生的日子，她赤裸的身体将躺在新的天空下，新的空气中。这个陈旧腐朽的纤维外壳将消失。

她逐渐进入了正常睡眠，带着对新现实的信心睡着了。在沉睡中，她的灵魂呼吸着新世界的空气，非常平静，非常丰富。她的根扎在新的大地上，吸收着养分，逐渐成长起来。

终于，她醒了，仿佛新的一天已经来临。为了这新的黎明，她与尘埃和昏暗搏斗了多久？她感到自己多么脆弱多么纤细多么清晰，宛如冬末开放的娇弱花朵。然而黑暗已经过去，黎明就要到了。

过去的经历——和斯克里宾斯基在一起的日子，以及他们的分手，这些事已经非常久远，非常遥远了。其中有一些事是真实的，那就是富有魅力的头几个星期。以前，那几个星期就像是幻觉，现在，则像是最平常的现实。其他的事就是不真实的了。她知道，斯克里宾斯基最终不可能成为真实的。那几个激情荡漾的星期，斯克里宾斯基和她在一起是迎合了她的热望。那时，是她造就了斯克里宾斯基。但到后来，他就垮下来了，没能成为她期待的形象。

奇怪得很，他们之间的隔阂多大！现在，她喜欢斯克里宾斯基了，如同喜欢记忆中的事，过去的自我。他是过去有限的几件事，已知的事。她感到对斯克里宾斯基和过去的事有非常亲切的感情。可是，她一抬起头朝前看，斯克里宾斯基又不在了。而且，再望远一点，望到前面尚未发现的土地，她能辨认出的只有一片明朗的阳光和烟云一般从地下冒出来的神奇的树木。^①那儿是未知的，尚未探索，还没有被发现的。黑暗冲刷着新世界与旧世界，她跨越了新旧交替的空间后，曾独自踏上过那块未知的土地。

不会有孩子了，她感到高兴。假如有了孩子，也只是有一点儿不同。她要自己照管孩子，不会去找斯克里宾斯基。安东属于过去的世界。

斯克里宾斯基的电报来了："我已结婚。"过去的痛苦、气恼和轻蔑又被勾起来了。他就那么彻底地属于被抛弃的过去？厄秀拉唾弃他。他就是过去的样子，这是件好事。根据自己的愿望，她想要的男人是谁？这不是由她来创造的，而是她去认识一个上帝创造的人。这个男人是从上帝那儿来的，她要为之欢呼。她庆幸她造不了这个人。她庆幸自己与造就此人没有关系。她庆幸这都是在一个巨大的权力范围之内，她最终将要在此安息。这个人来自厄秀拉自己所归属的永恒世界。

身体逐渐恢复了，她就坐起来观看新的创造。在窗前，她看到人们在下面的街道走，有矿工、妇女和孩子，人人都披着旧荚壳。但是，透过荚壳可以看到新的萌芽膨胀鼓起的轮廓。从矿工平静无语的外形她看出了犹豫不决、等待着重新获得解放的痛苦。从妇女虚伪强烈的自信中她也看出了这一点。妇女的自信是脆弱的。自信的外壳很快就要破碎，显露出新芽的力量和耐心的成就。

看见每一件事情，她都要紧紧抓住，摸索着找出上帝的创造物，取代过去的人们陈旧僵硬的枯槁形体。有时她又非常恐惧，失去了敏感，失去了知觉，只知道像过去那样害怕那束缚着她和全人类的荚壳。人们都被禁锢着，都要发疯了。

她看到矿工们僵硬的身板，好像已被盖在棺材里了；还看到他们呆滞不变的眼睛，与被活埋的人的眼睛一样。她看见轮廓线坚硬刻板的新房子，它们

---

① 《创世记》第2章，第6节。

似乎要把没有生命的成就布满山坡，这些可怕的成就由乱七八糟的角和直线组成。那是腐败不受限制，获得胜利的显示。纯粹是腐败，因而是坚硬的也是脆弱的。她还看见对面发黑的山上暗褐色的空气，一片片污渍般的房子盖着石板瓦，乱糟糟的；陈旧丑陋的老教堂尖塔耸立在粗糙的新房之上。这种乱七八糟、坚硬又易碎的新房子从贝多弗一直延伸，与莱瑟利的污浊的新房子相连，莱瑟利的房子延伸过去又与海诺的房子混成一片。这一片枯燥烦人、不堪一击的污浊在大地上蔓延。她感到恶心极了，坐在那儿就要冻僵了。接着，在漂浮的云层中，她看见一条淡淡的彩虹架在那座小山的一边。她吃了一惊，忘掉了一切，期待着天空呈现的五彩，看着彩虹自己慢慢地形成。虹云在一个地方显得耀眼，她带着强烈的期望搜寻着彩虹的拱形搭到什么地方。虹彩加深了，不知从哪儿来的，神秘极了，它自己呈现在天空——一弧朦胧巨大的彩虹。这个拱形的弯度和强度都精彩极了，是光、彩色在天空中的伟大建筑。它光辉灿烂的柱脚坐落在低矮的小山那一片新盖的污秽的房屋上，它的拱划到了天顶。

那道虹是拱架在大地之上的。[①] 她知道，那些给硬壳包着在地上爬行的贱民们，各自都不动声色地活在世间的腐朽表层之中。但是这条虹扎根在他们的血肉里了，它会颤抖着在他们的精神中成活。她知道他们就要挣脱那蜕变中的硬壳甲，崭新、清洁的裸体会长出新的萌芽，在那从天而至的光明、劲风和洁净的雨水中得到新生。透过这虹，她看到了大地上的新建筑，那些陈旧的、不堪一击的糟朽房子和工厂被一扫而光，这世界将在生命的真实中拔地而起，直耸苍穹。

---

① 《创世记》第 9 章，第 11—17 节。